蒲生邸事件

GAMOU-TEI JIKEN

宮部みゆき

毎日新聞社

蒲生邸事件　目次

装幀　坂川事務所
装画　峰岸　達

蒲生邸事件

ススメ
ススメ
ヘイタイ
ススメ

昭和七年十二月発行
尋常科用　小學國語讀本より

第一章　その夜まで

1

チェックインしたときフロントにいたのは、ちょうど二週間前、ここを引き払うときに宿泊料金の精算をしてくれたフロントマンだった。こちらはすぐにそれとわかったが、先方はどうやら気づかないようだ。もっとも、商売柄、気づいても気づかないふりをするのが上手なだけかもしれないけれど。

「ご署名をお願いいたします」

カウンターごしに宿泊者名簿を差し出され、尾崎孝史《おざきたかし》は、足元にボストンバッグを置いてボールペンを手にとった。ぶかっこうでごつい軸のところに「風見印刷」という会社のネームが入ったものだった。そのボールペンは、客室のほうにもあった。つまり、ここの宿泊客はみな、一泊するだけで、ホテルで使われている伝票だの用箋だのの印刷を引き受けている会社がどこであるか、知ることができるというわけだ。そのことが、風見印刷にとってもホテルにとっても、お客にとっても、果たして意味のあることなのかどうかは、大いに疑わしいと思うのだけれど。

孝史がペンを置き、提示された額の前払い金を支払うと、フロントマンが言った。「お部屋のほうにご案内します」

「いや、いいです。わかるから」と、孝史は首を振った。「キーだけ下さい」

そのときのフロントマンの微妙な表情の変化で、あ、こいつもオレのこと覚えてるんだなと、孝史は悟った。知らん顔してるだけで、ちゃんとわかってたんだ。そりゃそうだろう、一泊や二泊の客じゃなかったんだから。

こいつ、腹の底では何を思っているのだろうと、孝史は想像した。おやこの受験生、また上京してきたな。今度も受験かね。でも、今日は二月も末に近い二十五日。国立はもちろん、私立大学の主立《おも》ったところの入試は、もうあらかた終わっているはずだ。すると、国立の二次試験を受けるのかな？　それとも首尾よく入学して卒業しても、履歴書の上では染み程度の価値しかないようなところでもいいから入らなくちゃならないと、悲壮な覚悟でやってきたのかな？　それとも専門学校かい？　それとも——

目の前に、ルームキーが突き出されている。孝史はふっと我に返って、それを受け取った。ボストンバッグを持ちあげ、一台しかないエレベーターのほうへ足を向けた。フロントマンはもう何も言わなかった。

ボタンを押し、エレベーターを待っていると、急に、首筋が熱くなるような羞恥心が襲ってきた。

こういうことばかり考えるのはやめなきゃいけない、と思った。会う人誰もが自分をバカにしているように感じるなんて、これはもう立派な被害妄想だ。しかも、そういう妄想にとらわれるたびに、反射的に脳細胞を総動員して、もしも相手が口に出して嫌味やからかうようなことを言ってきたら、さあどんなふうに言い返してやろうかと考えるなんてのも、ほとんどビョーキだ。

勝手に想像して、勝手に腹を立てている。こんなことを続けていたら、しまいには、道端で通りすがりの誰かを包丁で刺すような羽目になってしまうだろう。そして駆けつけた警察官たちに肘をとられパトカーのほうへ引きずられてゆくあいだじゅう、

「オレのことバカにしやがった！　あいつら、オレのこと笑ってやがったんだ！」とわめき続けるのだ。

おっかない、と思った。早く自分を取り戻さなきゃ。

古いホテルの古いエレベーターは、なかなか降りてこない。五階で止まったきりだ。あるいは業務用と兼用で、客室係がリネンやトイレットペーパーを載せたワゴンを押して乗り込み、ついでにそこで掃除までしているのかもしれない。

腕時計を見ると、午後五時を少しすぎたところだ。

一階ロビーにはひと気がなく、物音も聞こえない。高級ではないが、静寂だけはたっぷりあるというわけ。それで助かった。もしこれで、フロントの奥の従業員控え室から、有線テレビの音が漏れ聞こえてきたりしたら、内装といい設備といい、故郷の町のはずれにあるモーテルとそっくりになってしまって、妙な里心がついてしまうところだ。

所在なくぼんやりとしていて、ふと、エレベーターの右脇の壁に、ぱっとしない観葉植物の陰に隠れるようにして掛けられている額縁が目にとまった。あれ、と思った。

前回宿泊したときには、こんなものに注意を惹かれることはなかった。それだけ、受験で頭が一杯になっていたのだろう。

飾ってあるのは、上下に並べて、揃いの額縁に納められた二枚の写真だった。かなり古いもののようで、セピア色に退色している。上下どちらの写真も、キャビネ版に毛の生えた程度の大きさだ。

額縁のすぐそばまで近づき、観葉植物の葉を手でど

けて、見あげてみた。

下の写真にうつっているのは、古風な洋館だった。

中央に小さな三角屋根をのせた時計塔をはさんで、ほぼ左右対称の建物だ。二階建てだけれど、建物の両端には、それぞれ、屋根裏のような小部屋が設けられているらしく、そこだけ台形になっていて、丸窓が開いている。向かって左手に煙突が見えるから、暖炉があるのだろう。モノクロだからわかりにくいが、屋根の部分や窓枠は白っぽく、建物のほかの部分は赤煉瓦のようだ。あちらこちらに、煉瓦が欠けたり、黒くすすけて汚れたりしている部分が見える。古い屋敷なのだろう。細かく桟で仕切られた窓の内側に、うっすらと白くカーテンがかかっている。正面玄関は半円のアーチ型になっていて、そこに階段が数段。のぼると、観音開きのドアが待っている。前庭には芝生。植え込みが散らばり、いくらかピントがボケているが、小さい花壇もあって、ちらほらと花が咲いているのがわかる。

額の余白の部分に、金釘《かなくぎ》文字で書き込んである。

「旧蒲生邸　昭和二十三年四月二十日
撮影者　小野松吉」

蒲生邸《がもう》。ということは、これは個人の邸宅だったのだ。博物館みたいな外観はともかく、それほど大きな建物ではないようなのは、それでうなずける。

それにしても、なんでこんな洋館の写真がここに？という疑問は、すぐ上の額縁の写真を見あげると解けるようになっていた。

それは肖像写真だった。肩章《けんしょう》のついた軍服の胸に勲章を飾った初老の男性が、カメラに正対している。視線はわずかに上を向き、そのせいか、やや放心したような表情だ。被写体の男性は椅子に腰掛けていて、上半身しか写っていないが、それでも、輪郭のはっきりしたいかつい顔と、がっちりした肩の感じから、いかにも軍人らしい武張った雰囲気が、充分に伝わってきた。

「陸軍大将　蒲生憲之」

被写体の下に、そう書いてある。写真に並べて、同じ金釘文字の筆跡で綴《つづ》られた長文の文書も掲げてあった。

「現在当ホテルの建っている場所は、戦前、陸軍大将蒲生憲之《のりゆき》氏の屋敷があったところです。

蒲生大将は、明治九年千葉県佐倉市の農家の次男として生まれました。幼い頃から学業と武芸に優れ、地元の中学を卒業すると陸軍士官学校へと進み、さらに陸士卒業後、陸軍大学在学中に日露戦争が勃発すると、中隊長として前線でめざましい活躍を果たしました。

日露戦争が終わると陸軍大学へ戻り、恩賜《おんし》の軍刀を賜《たまわ》って卒業後は軍務局軍事課に勤務、以降も順調に進級を続け、歩一旅団長、参謀次長などの経歴を経て昭和八年四月に陸軍大将になりました。しかし、翌九年に病を得て予備役に退き、病後の回復がはかばかしくないままに退役。著作と軍務とりわけ補給に関する軍略の研究に打ち込む生活に入りましたが、二年後の昭和十一年二月二十六日、二・二六事件勃発当日に、蒲生大将は、長文の遺書を残して自決しました。この遺書は、当時の陸軍内部の派閥争いと、青年将校の決起をきっかけとして始まる軍部の政治介入と独走を深く憂える内容で、発見当時は遺族の配慮により公開されませんでしたが、戦後蒲生邸が売却された時に大将の書斎から発見され、現在も原本は恵比寿の防衛庁戦史資料室に保管されています。

大将の遺書は、戦前の我が国の政府・軍部が置かれていた状況と抱えていた問題を鋭く分析した上、起こりうる最悪のケースとしての対米開戦とその敗北まで見通し、軍部の独走を諌《いさ》めた恐ろしく先見の明に富んだ内容で、現在でも、歴史研究家のあいだで高い評価を受けております。

なお、当ホテルの創始者小野松吉は、昭和二十三年に旧蒲生邸を買い取った折、大将の遺書の存在を知り、故蒲生大将の人柄とその慧眼《けいがん》に深い尊敬の念を抱き、創業当時から館内に大将の肖像と経歴を掲げて顕彰《けんしょう》して参りました」

読みにくい筆跡なので、孝史は自然と身を乗り出し目をこらしていた。後ろでエレベーターのドアが閉まる音が聞こえ、はっとして振り返った。ようやく降りてきたエレベーターの箱が、乗り手のないままそこで静止している。急いでバッグを持ち直すと、ボタンを押して乗り込んだ。

(元は軍人の屋敷があった場所……)

いずれにしろ、孝史にとっては縁のない話である。昔はどうだったか知らないが、現在のこのホテルにとって、あの蒲生大将とかいう人物に、大きな意味があるとも思えない。もしもそうならば、あの額縁をあんな隅っこに飾っておくわけもないのだから。

　狭い箱のなかには、かすかにトイレの芳香剤の匂いがした。苦笑してしまいつつ、またがっくりと気が萎えた。

　今度の部屋番号は202だった。この前のときは最上階の505、北西の角で、部屋そのものは御粗末きわまりなかったが、窓からの眺めだけは最高だった。足掛け十日間の滞在中、五校六学部の入試を受ける予定の受験生の身には、それは本当に嬉しいものだった。入試から帰って夕暮れ、西側の窓から、皇居を包む深い緑と枯れ木立の浅葱色の森の向こうに、大きな夕陽が沈んでゆくのを眺めると、一日の疲労が身体から溶け出し抜け出てゆくのを感じたものだ。

　そんなときは、この東京の街が、もう自分のものになったように感じたものだった。未来はただひたすら明るい、とさえ感じたものだった。

　今とは、全然違う。

　202号室の窓から見ることができるのは、ホテルの隣にある四階建てのうらぶれた商業ビルの外壁と、排気ダクトの穴だけだ。日差しなど、ほとんど入らない。このホテルの唯一の取り柄みたいなものだった眺望が、前回と今回とでこれほどに違うのは、ただの偶然だろうけれど、なんだか暗示的な気もして、余計にクサクサしてきた。ベッドの上にボストンバッグを投げ出し、ついでに自分も身を投げて、ごろりと仰向けになって天井を眺めた。

　この平河《ひらかわ》町一番ホテルを探してきたのは、父の太平《たいへい》だった。本当は、探してきたというより、手近にあったというのが正確なところなのだが、ともかく本人が言うところによると、「落ち着いて勉強できるいいホテルを探してきたぞ」ということだった。

　この平河町ホテルは、東京の赤坂に本社のある、複雑な組織と途方もない資金力とを持つある合弁企業の持ち物だ。そしてその企業にとっては、盲腸みたいな存在だった。害にならないうちは、無理に切ることもない、という程度。

　太平は、このホテルは一種の幽霊会社であって、ここでつくられた赤字が、その合弁企業全体の収益を確保するために大いに役立っているというようなことを言っていた。が、そんなのは笑い話だ。実際には、この経営にかかる金と、ここからあがる微々たる収益の両方をあわせても、その企業の一年分の使途不明金の五パーセントにも満たないことだろう。

　つまりは、企業にとってはここはただの土地でしかないということだ。皇居に臨むこの地区に、小さいとは言えホテルひとつ分の土地を持っているというのは、大企業にとっても、悪い気がすることではないに決まっている。バブル景気がもう一年長く続けば、たぶんここは取り壊し、周辺の似たような立場のビルにも買収をかけて、インテリジェント・ビルだかなんだかを建てていたことだろうと、孝史は思う。言ってみれば、平河町ホテルはホテルの墓標であり、そこで働く従業員たちは、いずれホテルの遺骨を改葬してここをまっさらな土地に戻す時期がくるまで世話をする墓守りにすぎない。泊まるお客はいい面《つら》の皮だ。

だが父の太平は、商売の関係で、ほんの少し係わりのできたその合弁企業内の一会社の一部署の一課長が、「個人的な好意で、自社のグループ内のホテルを安く提供してくれた」ということだけにしか目がいかない。これから受験する息子のために、東京のあの大企業のなかにいる知り合いが、特別にいいホテルを紹介してくれたのだ——としか思えない。

いや、思いたくないのだろう。

前回の上京のとき、孝史は、太平がいっしょについていくと言い出すかと思った。だとするとうっとおしいなとも思っていた。が、ふたを開けてみたら、おまえの勉強の邪魔をしては悪いからと、ひとりで出てくることを許してくれた。

そのとき、ふと思ったのだ。親父は怖いんだろうな、と。

故郷の家にいれば、自分には、東京の一等地にあるホテルの部屋を、受験生の息子のために空けて待っていてくれる大物の知り合いがいるんだぞ——と自慢していれば済んでしまう。だからうちの孝史は、よその息子どもみたいに都内のシティホテルの受験生パックなんてものを利用しないでもいいんだと、鼻高々にしていられる。

でも、もしいっしょに来て、この部屋をひと目見たなら、どうなる？　父は、心ひそかに恐れていること——恐れている事実——大企業の「知り合い」は下っ端の下っ端で、しかも自分は、その下っ端にさえこんなホテルをあてがわれて陰でニヤニヤされているような小者でしかないんだということを、地方の零細会社の田舎社長でしかないのだということを、目の当たりにしてしまうことになる。

それが怖かったから、出てこなかったのだ。東京の大企業の「知り合い」なんてものを頼らず、受験生パックを利用しろ、でも、料金は多少かかってもいいぞ、おまえの好きなところに泊まれよ——と言うことができるような懐《ふところ》の深さも自信も、親父にはないのだ。

そしてそれ以上に、何よりも、親父は「知り合い」を利用したかったのだろう。おふくろや妹や社員たちの前で、東京の大企業の代表番号に電話し、例の課長を指名して呼び出し、「いや、うちの伜《せがれ》が今度大学受験でしてね。で、都内に十日ほど泊まれるホテルを探してるんですが——あ、そうですか、お願いできますか。いやあ、助かります」なんて、気さくに親しげに会話を交わすところを見せたかったのだろう。いかにも太っ腹な大物の男同士さという口調の会話を聞かせたかったのだろう。俺はただの田舎社長じゃないんだぞとアピールしたかったのだろう。

そういう親父の、どうしようもなく小心で、救いがたいほど見えっ張りなところを、孝史はよく承知していた。そして、それを芯から憎んだり嫌ったりすることができない。

親父がなぜそんなふうになってしまったのか、理由を知っているから。

それはずいぶんと理不尽なことで、親父自身がこれまで五十年間の人生のどこかでとっくに乗り越えていていいはずのものだったけれど、親父にはそれができなかった。だから、ひとり息子の孝史に、その問題を解決することを任せてしまっている。

だけれど孝史も、その期待に応えることができなかった。少なくとも今年は。志望校の全て、全ての学部の入試に落ちてしまったからだ。

(学歴、か)

薄汚れた天井を見あげて、孝史は心のなかで呟いた。

それがなかったがために、人生の大半を失意のなかで過ごしてきた——少なくとも本人は過ごしてきたと思っている——親父。嘗《な》めなくてもいい辛酸と屈辱を嘗めてきたと思っている親父。そして僕、賢いひとり息子の孝史は、お父さんのために今ふたたび、来年の捲土重来《けんどじゅうらい》を期して、明日と明後日、予備校の試験を受けに行きます。

狭苦しい部屋だけれど、家具がない分、天井のほうがまだ広く見える。ほぼ真ん中あたりに、これまで一度も作動したことがないんじゃなかろうかと思うようなスプリンクラーがひとつ、ぽつんと飛び出している。目をこらしてよく見ると、糸状になった埃があちこちから垂れ下がって、空調のつくりだすわずかな気流のなかで揺れていた。寝てるあいだにあれが顔の上に落ちてきて、鼻から吸い込んじゃったりしたら、きっとひどく悪い夢を見ることだろう。たとえば、大学に落ちたその上に、予備校の試験にまで落っこちるというような夢だ。

縁起でもない。孝史は勢いをつけてベッドから跳ね起きると、床に足をおろした。外に出よう。夕食時だし喉も乾いた。

そういえば、平河町一番ホテルにはティールームがない。なくて幸いだけれど。


ホテルの近辺には、およそ喫茶店やレストランのたぐいが見当たらない。そのことはよく承知していた。外へ出てすぐ目につくものといったら、要塞のような最高裁判所の威容と、国会図書館の見かけだけはとっつきよさそうなカラフルな外壁と、並木道。眺めとしては美しいけれど、およそ生活感がない。

孝史は皇居のお堀のほうへ足を向け、三宅坂をのぼり、半蔵門のところを左に折れて、麴町から四谷のほうまで、ぐるりと長い散歩を楽しんだ。気温は低かったが快晴で風もなく、厚いコートを着込んでいたから、寒さも苦にならなかった。

一度は、上智大学の近くの、いかにも学生が好みそうな喫茶店に入りかけたが、自虐的な気分になりそうだったので、やめた。結局、ファーストフードの店で夕食を済ませ、コーヒーを飲み、目に付いたコンビニエンス・ストアでスナックを買って、白いビニール袋をぶらぶらさせながらホテルに戻った。そろそろ七時になるところだった。

耳障りな音をたてる自動ドアを通り抜け、ロビーへと足を踏み入れる。コンビニの袋をさげていても遠慮しないでいいのがこのホテルの利点だってことは、認めてやらなきゃな——

と、そのとき、フロントに新しい客がいることに気がついた。さっきのフロントマンがあいかわらず無表情な顔で、宿泊カードに記入する客を見つめている。

ここで相客に出くわすのは、これで三度目だった。前回は十日もぶっ続けで泊まっていたのに、である。自然に、孝史の目は、新しい相客の背中に惹きつけられた。とたんに、驚きのあまりちょっと後ずさりをした。

それは、フロントに立つその新しい相客が——小柄な中年男性だった——ひどく「暗かった」からだった。文字通り暗いのである。彼の立っている周辺だけ、明かりが届かない部屋の隅のように薄暗くなっている。もともとロビーの明かり自体、それほどぱっとしたものではないが、一応きちんと灯されている。それなのに、カウンターのその一角だけが、墨がにじんだようになっている。

——目がおかしくなったかな？

孝史は何度もまばたきをし、手でまぶたをごしごしこすった。しかし、相客の周囲は依然としてぼんやりと暗い。どうしたっていうんだろう？

視線を感じたのか、中年男性のほうも、孝史を振り向いた。目があった。それからゆっくりとフロントのカウンターのほうへ身体を返した。彼は右手に、例のあのごついボールペンを握っていた。無表情なフロントマンは、この一瞬の幕間劇のあいだも、終始ひらべったい顔で、ぼうっと立っていた。視線は中年男のほうにも、孝史のほうにも向いていなかった。

おずおずと足を前に運んで、孝史はロビーを横切った。なんとなく、自分がここを通り過ぎ、エレベーターに乗って階上へ行ってしまわないうちは、あの中年男性はフロントから動かないだろうという気がした。それでも、エレベーターの箱が降りてくると、こそこそと妙に急いで乗り込んでしまった。

ドアが閉まってひとりになると、思わずため息がもれた。

——ヘンだな。

光の加減による目の錯覚だろうか。こんな経験は初めてだ。

今のとまったく逆のケースなら、経験したことがある。ある人物が部屋に入ってくると、ぱあっと明るくなったような感じがする、というようなことだ。飛び抜けてきれいな女の子や、グループ内の人気者や、活躍しているタレントや——いわゆる「オーラ」を持っている人物には、そういう力があるものだ。

してみると、今の中年男性の場合は、「負のオーラ」を持っているということになるのだろうか。光を放つのではなく、光を吸い込む？ あるいは闇を振りまく？

そういえば、ちらっと視線があっただけだったけれど、あの人の顔も目も暗かった。こちらは表情の方の「暗さ」だけど。なんだか葬式にでも行くような顔つきをしていた。上手く言葉で言えないけれど……。

孝史は、高校のクラスメイトだった、進学組文化系ではトップの女生徒の顔を思い浮かべた。アイツなら語彙《ごい》も豊富だし、きっと、オレよりずっと巧い表現を考え出すに違いない。大学も、一発で第一志望のところに受かっていることだろう……。

そんなところにまでコンプレックスが顔を出してくる。自分で自分に苦笑した。

202号室に戻り、ベッドに腰かけて、買ってきたばかりのダイエット・コーラの缶を開けた。半分ほどぐいぐいと飲んで、大きく息をついていると、遠くでエレベーターのうなる音が聞こえてきた。さっきの男が部屋にあがってゆくのだろう。

エレベーターはこの階を通過してゆく。ほっとしたような、もう一度彼の顔や姿を見てみたいような、妙な気分だった。こっちにまで伝染してきそうな、あの暗い暗ぁい表情。

オレなんかだったら——そう、たとえば十年に一度というような恋を毎年ひとつずつして、毎回こっぴどく振られて、それを十年続けたら、あんな顔をするようになるかもしれない。それくらいひどい目に遭わないかぎり、オレは一生、あんな表情とは縁がないだろうと思う。

でもそのとき、背中がひやりとした。

そんな能天気なことを言ってられる身分か、おまえは。現実に受験をしくじって、未来の展望などまるっきりないまま、ひとりでこんなホテルに泊まってるくせに。

急に落ち着きを失って、ベッドから立ち上がろうとしたとき、サイドテーブルの上の電話が鳴った。出てみると、フロントマンだった。外線電話がかかっているという。父の太平からだった。

「もしもし?」と呼びかけてきた声には、晩酌のアルコールの気配があった。

「あ、オレ」と、孝史は応じた。「ちゃんとホテルについたよ」

「そうか、よかったよかった。今度の部屋はどうだ?」と、父はきいた。持ち前の大きな声だった。

「広い部屋か? 見晴らしはどうだ」

「居心地いいよ。静かだしね。助かるよ。窓から最高裁判所と国会図書館がよく見える」

静かなのは確かだが、それはさびれているからだ。おまけに今度は見晴らしも最悪だよ。そう言ってしまってもいいのに、父が喜びそうなことばかり口にしてしまう。自動嘘つき機になってしまう。

孝史に限らず、母も、ひとつ年下の妹も、そして父の部下たちも、そういうふうにして太平を喜ばせるという習性を、長い年月のあいだに身につけてしまってきた。うっとおしいと思いつつも。

太平は、本当は明日の試験の見通しのことなど聞きたくてたまらないが、おまえに妙なプレッシャーをかけるといけないからきかないよ、と言った。それじゃきいたと同じことなのだが、孝史は黙って笑っていた。

途中で母が電話に出た。夕食はちゃんととったかときいた。母は、父に気兼ねしながらも、ぎりぎりになるまで、本当は受験生パックを利用したほうがいいとこだわっていた。

「ああいうところなら、ご飯にも気を遣ってくれるだろうから」と。だから今も、真っ先に頭に浮かぶのは飯のことなのだ。

「ホテルの近くにうまい定食屋があってさ。前にも言ったろ？　そこで食ったよ。ちゃんと味噌汁も飲んだ」

前回の宿泊のときと同じ嘘を、孝史は繰り返した。いつか母が、平河町一番ホテルに泊まってみようなどという粋狂な気を起こさない限りばれる気遣いはないのだから、かまいやしない。

明日の試験は、午前九時から。受付は八時開始だ。母は、朝六時半に電話をして起こしてくれるという。このあたりのくだりも、大学受験に来たときと、そっくり同じだった。ホテルでモーニングコールを頼めるのに、という孝史に、母は小声で言い訳する。

「だけど、お父さんがうるさいから」

なんだかんだで十分ほど話し、ぐったり疲れた気分で、孝史は受話器を置いた。

どうしてこんなに、自分の親に気を遣わなきゃならないんだろう？

立ち上がって、狭いバスルームに入った。フレームに錆の浮いた小さな鏡に顔を映してみた。

顎のほっそりした、ちょっと神経質そうな顔つきの青年が、そこにはいた。尾崎家の男は、みんな遺伝的に髭が薄い。だが、目のあたりは母親にそっくりだと、よく言われる。子供のころには気恥ずかしくて、治せるものなら治したいと何度も思った、ぱっちりとした二重まぶた。皮肉なことに妹は父親似の一重まぶたで、父の言う「色気づく年ごろ」になってからは、始終ぶうたれてばかりいる。お兄ちゃんはずるいという。まるで、先に生まれてきた彼が、母親のおなかのなかから見栄えのいいパーツばかり選んで持って出てきてしまい、彼女にはロクなものを残さなかったとでもいうかのように。

オレはどんなオーラを持っているだろう、と思った。頭の上の、安ホテルのくすんだ蛍光燈の光のようなヤツだろうか。

その夜は、寝つきが悪かった。エレベーターの音が気になって仕方なかった。

2

睡眠不足のわりには、翌日の試験は出来はなかなかよかった。

苦手の英語の試験が、いちばん最初にあったのがよかったのかもしれない。大学入試のときには、気が急くあまり頭が空回りしてしまって、答案用紙の半分くらいしか埋められずに時間切れとなったこともある科目だ。それをわりと無難に乗り切ることができたので、気が楽になったのだろう。

試験は午後二時すぎには終わった。我ながらお調子者で困ると思ったが、のんびり気分になって、そのまま銀座へ出て映画を観た。『ジュラシック・パーク』。昨秋の超話題作を今ごろになって観るというのも妙なものだけれど、自宅にいるときは、立場上、なんとなく気兼ねしてしまって映画館に足を運ぶことができないでいたのだ。

映画が終わって場内が明るくなると、三分ほどの入りの観客の大半は、自分と同年代の若者たちだとわかった。カップルやグループが多い。ところどころに背広姿や住所不定風の身形《みなり》をした男たちも散らばっていたが、彼らは皆、申し合わせたように独りで来ていた。

にぎやかにしゃべり散らしながら階段をあがってゆく若者のグループをやりすごし、出口へ向かおうとしたとき、観客席の最後列の端に、昨日見かけたあの男が腰かけていることに気がついた。

さすがに今度はあとずさりこそしなかったけれど、やっぱり足は止まってしまった。

一瞬、オレにくっついてきたのかなと思った。だがそんなことがあるわけがない。平河町あたりから映画を観に行こうと思うなら、銀座は手ごろな場所だし、映画のモノがモノだ。偶然いっしょになっただけだろう。

もともと館内の照明が暗いせいだろう。昨夜ホテルで驚かされたときほどには、男の周辺が薄暗いという感じはしなかった。けれど、雰囲気は充分に暗かった。見ているだけで陰鬱な気分になってくる。負のオーラと、孝史はまた考えた。

そのとき、向こうも孝史に気がついた。おや、と驚いた顔をして、軽く会釈をしてよこした。口元をちょっとほころばせて。

孝史も機械的に会釈を返した。また階段をのぼり始めながら、あいつ、俺の顔を覚えてた、こっちに近付き、話しかけてきたらどうしようかと、それぼかり考えていた。

だが、それは取りこし苦労だったようだ。男は、何も映っていないスクリーンのほうに顔を向け、まるで面接を受ける学生のように背中をのばして座席に座ったまま、動こうとしなかった。昨日と同じジャケットにスラックスという出で立ちで、きちんとそろえた膝の上にファーストフードの袋がのせてある。どうやら、次の回の上映を待つつもりらしい。SFXで再生された恐竜たちを、もう一度観ようというのだ。よほど気に入ったのだろう。

目を伏せたまま階段をあがりきったところで、先を歩いていたグループの会話が耳に飛び込んできた。

「ねえ、あのいちばんうしろの席にいるおじさん、気味悪くない?」と、女の子のひとりが言う。

「なんか、どろっと暗い顔してるよな」と、男の声がこたえる。チカンじゃないのと別の女の子の声がまぜかえし、すぐに最初の女の子の声がこう言った。

「暗いだけじゃなくてさ、なんかこう、ガラスをひっかく音を聞かされてるような気分になるのよ、あのおじさんの顔を見てると」

そう……残酷だけど、君の言ってることは当たってると、孝史は心のなかで思った。

振り向いてみた。問題の男は、灰色のスクリーンに向かってぽつりと座っている。少なくともスクリーンは、彼を嫌って映画を映すのをやめたりはしないと安心している——そんなふうに見えた。


映画館を出てどこかで夕食をとろうと、慣れない銀座でウロウロした。ようやく、和光の近くにラーメン屋を見つけた。

もし予備校にうかったなら、実家を離れてひとり暮らしをすることになる。そうなれば、東京の町にもすぐに慣れることができるだろう。どこに住むのか、心積もりはあった。というより、これまた親の決めたことなのだけれど。

今日試験を受けたところも、明日受ける予定のところも、予備校はふたつとも御茶ノ水にある。それだから、歩いてそこに通うことのできる範囲内に住め、具体的には神保町がよろしいというのが両親の意向だった。五年ほど前、母方の従兄がやはり一浪したとき、孝史と同じように御茶ノ水の予備校に通い、神保町のアパートに住んでいた。それでとても便利だったという話を聞いているものだから、そっくり踏襲しようというのだ。

その従兄は、一浪はしたものの慶応の法学部に入った。そのへんのところもげんをかつごうという気持があるのかもしれない。それに母は、どうせ自炊など無理なのだから、外食する場所の豊富なところのほうが安心だとも言っている。

そういうことになれば、おそらく、法外な家賃がかかるだろう。金のことは心配するなと太平は言うが、孝史の心の底には、親からの借入金がどんどんふくらんでゆく——という圧迫感のようなものがあった。

友人たちのなかには、「気前のいい親でいいなあ」とか、「親の金で遊んじゃえばいいじゃんか」などと言う者もいる。そちらのほうが、現代の受験生としてはまっとうな考え方なのかもしれない。でも孝史は、そんなふうに気楽な発言を投げかけられると、いつも釈然としない思いを味わう。この違和感は——たとえればそう、オリンピック強化選手に選ばれたスポーツ選手が、一般の人々に、

「国の金でバンバン海外遠征とかができていいなあ」

と言われたときに感じるものと似ているかもしれない。

それでも、家を離れてひとりになる——ということには、何物にもかえがたい魅力があった。だからこそ、予備校にはぜひ合格したかった。今日の試験に手ごたえがあったことで大きな解放感を味わったのも、そのせいだろうと思っている。

本屋に寄ったりデパートの家電売場でひとり暮らし向きの電化製品をひやかしたりで、けっこう時間をくった。陽がとっぷり暮れてから、ホテルへの帰路についた。

丸ノ内線の銀座駅から赤坂見附に出て半蔵門線に乗り換えるつもりだったのだが、ちょっとぼうっと考え事をしているあいだに、押し合いへしあいの赤坂見附駅で降り損なってしまった。引き返すより四谷から歩いたほうがいいやと思って外に出た。昨日の散歩コースを、今夜は逆にたどることになる。昼間もいい天気だったが、夜も空には雲のかけらもなく、星がまたたいている。東京の夜空も、そう捨てたものではないと思う。

半蔵門の交差点まで下り、お堀端まで来ると、国立劇場の向かい側に、テレビのキー局の中継車が停まっていた。国立劇場でかかっている芝居かなんかの中継かと思ったが、近づいてゆくと、見慣れた顔の女性キ

ャスターが、マイクを握り、三宅坂をゆっくりと桜田門の方へ歩きながら、国立劇場の方向へ軽く手をあげ、何かしゃべっているのが見えてきた。ニュース番組なのだ。

でも切迫した感じはない。事件ではなさそうだ。わざわざ中継車の停まっている側の舗道を歩いてゆく通行人もいたが、孝史はお堀側を歩いた。

二、三歩先を、年配の男性がふたり、肩を並べてゆっくりと歩いていた。ふたりともきちんとコートを着ている。このあたりの企業の勤め人だろう。

「何かあったんですかねえ」と、ひとりが、孝史と同じようなことを言った。中継車のライトがまぶしそうだった。

「だけど、こんなところで?」と、もうひとりが応じた。「国立劇場じゃないか」

「最近は、どこで何があるかわかったもんじゃないからさ」

ぶっそうな御時世だからねえ——とうなずきかけた相方のほうが、そこで急に大きな声を出した。「ああ、そうか。わかったよ」

「なんですか」

ふたりを追越しかけていた孝史も、興味を引かれた。なんですか、おじさん?

「今日は二十五日だろう? それだよ」

「それって……」

「今夜だろう。今夜っていうか、明日の朝っていうかさ。二・二六事件が起こったのは」

するともうひとりも大きな声で応じた。膝でも叩きそうな様子だ。「そうか、そうでしたなあ」

ふたりは歩調をさらに緩め、まだゆっくりと移動し続けながらしゃべっている女性キャスターをながめた。

「あの人なんか、生まれてもなかったころのことだろうに、レポートしにくるのかね」

「終戦五十周年が近いんで、テレビでもぼちぼちいろんなことをやってますからな」

「しかしこのへんに、事件と関係のあるようなもんがあったかい?」

ひとりが国立劇場のほうへ手を振った。

「あのへんに、陸軍省や参謀本部があったんじゃないですか。たしかそんな話ですよ」

「そうか、警視庁も近いしね」

うしろでこっそり耳をそばだてていた孝史は、思わず「へえ」と声を出すところだった。

二・二六事件か。ホテルに飾ってある蒲生大将の経歴のなかに出てきてなかったっけ。なんでも、大将はその日に死んだって。

それって、明日のことだったのか。明日が、戦前あそこの主人だった人の命日だってわけか。偶然にしろ、ちょっと気味が悪いような感じがしないでもない。

それにしても、二・二六事件てのは、いったい何だろう。ニュースで取り上げるってことは、有名な事件なんだろう。日本史の授業で出てきたかな？

（だけどなあ……）

前を行くふたり連れは、父の太平よりも年上だろう。その世代の人たちでさえ、ちょっと考えないと思い出すことのできない遠い出来事だ。孝史になど、まるっきり無縁のことである。

「今夜は雪が降ってないからねえ。気分が出ないんじゃないの」

「しかし、降ってたら寒くてやってられんでしょう」

ふたり連れはそんな言葉を交わしながらお堀端を歩いてゆく。三宅坂の交差点で、孝史はふたりと別れた。中継車のライトはまだこうこうとあたりを照らしていた。

昨日と同じ、夜八時をまわったころに、太平から電話がかかってきた。試験はバッチリだったと聞くと、父は喜んだ。

「大学の受験のときは、緊張しちまったんだろうな。気楽にやれば、おまえには力があるんだから、きっとうかるってことだ」

太平の心は、早くも来年の春に飛んでいるようだった。

今さらじたばたしたって無駄だと、昨日は全然そんな気持ちになれなかったのに、今日の成果で少しばかり自信を回復したせいか、欲が出たのだろう、より楽にいい形で明日の試験を乗り切りたくなってきた。昨夜のようにゴロ寝をするかわりに、鞄につめてきた参考書の類を取り出して、机の上に広げた。気の済むところまであれこれやって、ふっと顔をあげて時計を見ると、零時をすぎていた。これには自分でも驚いた。オレって、その気になれば、けっこう集中力があるんだ。

熱いコーヒーが飲みたくなった。缶コーヒーでもかまわない。ジャケットをひっかけて外へ出ることにした。

平河町ホテルのなかには自動販売機がない。ビジネスホテルとは違うのだという、格好だけはつけているわけだ。それなのに、ルームサービスはない。幸い、半蔵門線の駅のそばに温かい飲み物の販売機があるので、こっちは全然かまわないけれど。

さすがに寒さが身にしみた。夜半になって北風が出てきたのか、まともに顔に吹きつけてきて、耳たぶが痛い。走っていって、走って帰ってきた。今夜のフロントマンはあの無表情男ではなく、小柄で丸顔の年配者だったが、外から買い物をして帰ってくる客に対して無関心であるということについては同じだった。孝史は小走りにフロントの前を通り抜けた。

エレベーターで二階にあがり、ホールに出る。202号室に戻るには、目の前の通路を左に曲がる。右に曲がると通路に沿って203、204、205号室のドアが並び、通路の突き当たりには非常口があって、普段は金属製の防火ドアが閉じられている。

202号室へ向かおうとして、右手のほうへ顔を向けたのは、そちらから冷たい風が吹き込んでくるのを感じたからだった。非常口が開いているらしい――

孝史の目に飛び込んできたのは、手前に開いている防火ドアと、そのドアを抜けた向こう、非常階段の踊り場に、手すりに身を乗り出すようにして立っている人の後ろ姿だった。小柄でちんまりした後ろ姿には見覚えがあった。あの後頭部にも見覚えがあった。昼間、映画館で目撃しているから。

あの中年男性だ。昼間と同じ服装で、コートも羽織らず、この時刻に寒風のなか、非常階段の踊り場なんかでいったい何をしてるのだろう？

中森明菜の以前のヒット曲の歌詞のなかに、『二十五階の非常口で　風に吹かれて爪を切る』というのがあったが、父親が大手の建設会社で高層ビルの建築に携わっている友達が、この歌詞にさかんにちゃちゃをいれていたことがある。

「ホテルだかビルだか知らないけど、二十五階の非常口でのんびり爪なんか切れるもんか。風に吹かれてんだから、外階段だろ？　命綱がなくっちゃ一歩だって歩けねえよ。だいたい、そもそもドアが開かねえって」

そのときは「ロマンのねえこと言うヤツ」と笑ったものだったが、今、中年男性の後ろ姿を見ながら、頭に浮かんだのはそのことだった。おっさん、爪でも切ってんですか？

つくづく妙な人だなと思いながら、ちょっとのあいだ様子をうかがっていた。今夜も、おっさんの周囲が暗く見えるだろうか？　場所が場所だから、あんまりよくわからないかな？　男はじっと佇んでいるだけで、動かない。

――バカバカしい。

何を子供みたいにと、急に思った。踵《きびす》を返して２０２号室に向かった。ドアの前に行ってポケットから鍵を取り出し――

そのとき、そこでもう一度非常口のほうを振り向いたのはなぜなのか、自分でもわからない。ひょっとしたら、爪切ってんですかぁというお気楽な考えは表面的なもので、心の底のほうには、「夜中すぎに非常階段に立つ人」という、どう考えてもあまり穏健でない光景に対して、小さく警鐘を鳴らすものがあったのかもしれない。それにあの男のあの暗い顔。あれは自殺志願者の顔なんじゃないかと、ふと思いついたのだ。

あとあとになって、孝史は、このとき振り向いて非常口のほうを見るか、それとも振り向かずに部屋に入ってしまうかということに、自分の運命がかかっていたのだと、しみじみ思うことになる。そこには、ほかでもない彼自身の生死の分かれ目があったのだ。

だが今はまだ、もちろんそんなことなど思いもよらない。心の底のほうから浮かんできたちょっとした衝動につつかれて、ひょいと首を向けてみた。たったそれだけのことだ。あのおっさん、ホントにヘンな人――

孝史は大きく目を見開いた。

孝史が目を向けたとき、あの中年男はたしかにそこにいた。まだ踊り場に立っていた。だが次の瞬間には、彼は手すりの方向へ大きく一歩踏み出した。踏み出したように、孝史には見えた。少なくとも、そっちの方向へ移動したように見えた。階段の上へでもなく、下へでもなく、右でもなく左でもない。廊下のほうへ引き返してくるのでもない。手すりの向こうに。

そこには、隣のビルとのあいだのわずかな隙間を埋める空間があるだけだ。そしてその下側には、ホテルのゴミ置き場のコンクリート剝きだしの地面があるだけだ。

コンクリートの。

そのとき、孝史が息をのんでいる目の先十メートル足らずのところで、あの中年男の姿が、非常階段の踊り場から消えた。

おっさん、飛び降りた！

思った瞬間に、孝史は走っていた。貧相な絨毯を敷き詰めた廊下の上を突っ走り、踊り場に飛び出し手すりに飛びついた。ひとつ間違えば自分も勢いあまって手すりの向こう側に転がり落ちてしまいかねない勢いをつけて。危ないところだった。

そのまま上半身をいっぱいに手すりから乗り出し、コンクリートの地面を見つめた。

白じろとしたコンクリートが、建物の隙間から漏れる青白い人工灯の光に照らされている。手前には、ずらりとゴミ箱が整列している。いっぱいいっぱいに乗り出しているので、スチールパイプ製の棚に乗せられた、大きなプラスチックの青いゴミ箱が、ほとんど鼻先に見える。片隅に立てかけられている薄汚れたモップから漂い出る湿った臭いまで感じられそうなほど近くに見える。

誰もいない。誰も落ちてない。

孝史は息を止めていた。そのまま頭をあげて階段の上を振り仰いだ。金属性の滑り止めのついた階段の裏側をまともに見あげることになった。三階の踊り場へあがる段々のいちばん上のところに、誰かがなすりつけた古いガムがはりついていた。

今度は下を見た。非常階段がこの踊り場のところでひとつ折れて、ゴミ置き場へと続いている。万が一火事が起きたら、宿泊客たちはみんなゴミ箱のあいだを縫って外へ避難しなければならない。ゴミ置き場を抜けていった先に、ホテルの小さな専用駐車場へと通じるペンキ塗りのドアがついているのだから。

誰もいない。足音も聞こえない。

それでも孝史は階段を降りてみた。段々を降りてゆくと、冬の夜中でもゴミ置き場の臭いが鼻をついた。ゴミ置き場を通り抜けながら、大きな箱のあいだをいちいちのぞいてもみた。もしもそんなところにあの中年男が隠れていたりしたら、それこそ心臓が止まるほど驚いてしまうだろうけれど、それでもそこに彼がいてくれたほうがいいような気がした。どんなに妙な状況でも、見つからないよりは見つかったほうがいい。

ゴミ置き場のドアを内側から開けて、駐車場をのぞいてみた。白のカローラが一台、置き去りにされたような風情で停められているだけで、人影はない。引き返して、今度は非常階段を一階から五階までのぼってみた。やっぱり誰もいない。

じゃ、あれは何だった？　目の錯覚か？　あのおっさんが飛び降りたように見えたのは、俺の勘違いか？

強く頭を振って、こめかみを両手で叩いてみた。この癖は太平ゆずりだ。父は仕事に行き詰まると、しょっちゅうこうやって自分を叱咤していた。昔はよく、映りの悪いテレビをこうやってひっぱたいて直したもんだ。悪い頭だって、ひっぱたいてやりゃ少しは働くようになる、と言いながら。

だが、孝史の目も脳も、さっき見たものは錯覚なんかじゃないと主張している。

フロントへ行ってみようか。だけどなんて言う？　お客さんがひとり、非常階段から飛び降りたみたいなんですけど。え？　で、どこに落ちたんです？　それが、見当たらないんです。煙みたいに空中に消えちゃった——

孝史はまた頭を振った。間抜けだ。すごい間抜けだ。みっともなくってやってらんない。

孝史は部屋に帰ることにした。とにかく、缶コーヒーを飲もう。だいぶ冷めちゃったけどかまわない。喉、カラカラだ。

五階からエレベーターに乗って二階のボタンを押した。二階に着き、ドアが開いた。

目の前に、ジャケットのポケットに両手をつっこんで、あの男が立っていた。

3

孝史も驚いたが、相手もびっくりしたらしい。顔を見合わせているうちに、エレベーターのドアが耳障りな音をたてて閉まり始めた。孝史は反射的にエレベーターの箱のなかの「開」ボタンを叩いた。

扉は開いた。それでも男は、孝史がそこにいては乗りこむことができないとでもいうかのように、足をもじもじさせて立ちすくんでいる。

彼は孝史の顔を見てはいない。目を伏せている。それでやっと、孝史は、あまりにも露骨にまじまじと、相手を見つめてしまっていることに気がついた。

心臓はまだドキドキしている。ようやく声を取り戻し、孝史はきいた。「下ですか？」

男は律儀に返事をした。

「そうです。乗ってもいいですか」

孝史は反射的に壁際に寄った。男は箱のなかに乗りこんできた。孝史は降りるタイミングを失った。扉が閉まり、下降が始まる。

ちらりと目を動かして、彼の顔をうかがってみた。

無表情というより、表情のないことが表情になっているような、平たい顔がそこにあった。昨夜初めて出会ったときに感じた、あの負のオーラのようなものは、こうして近くにいると、よりはっきりと感じられた。

そして今度こそ間違いない、エレベーターの箱のなかは、孝史がひとりで乗り降りする時よりも、明らかに薄暗くなっていた。

闇を放つおっさん。孝史は、小さな箱のなかにいて、次第に息苦しくなってくるのを感じた。

すぐそばにいる男は、ネクタイこそしていないが、昼間見かけたときと同じジャケットにYシャツ姿、ズボンの折り目もきちんとついており、靴もきれいに磨いてある。けっして見苦しい服装ではなく、他人に不快感を与えるような格好をしているわけではない。髪も乱れていない。

どこかから落ちたとか飛び降りたあとだとか、あるいは非常階段の踊り場から舞い上がって空を飛んできたあとだ――というような様子は、微塵も見えない。怪しいところなど何もない。

だけど孝史は、たしかに見たのだ。ほんの十分ほど前にこの男が、非常階段から姿を消したところを。

がくんと振動があって、エレベーターが止まった。

男が足を踏み出し、箱から外に出てゆく。孝史の脇を通るとき、軽く会釈をした。謝ってでもいるかのように、視線を落として。

そのことが、孝史の心にからんでいた紐を切った。男の背中を追いかけるようにして、声をかけた。

「あの……さっき、二階の非常階段のところにいたですよね?」

丁寧な言葉づかいなどしたことがないから、妙な言い回しになった。男が足を止めた。まるで、上着のうしろ襟を捕まえて引き戻されでもしたかのように、がくんと立ち止まった。そのまま、その場で背を向けて固まった。

孝史はさらに言った。「踊り場に立ってたでしょう？　それでそのあと……そのあと……」

姿が見えなくなったので、僕はあなたが飛び降りたのかと思いましたという言葉を、口にしていいものか悪いものか迷っているあいだに、男がゆっくりこちらを振り向いた。

視線が一瞬だけ、孝史の顔のほうを向いた。そしてすぐ逸れた。まともに孝史に顔を向けるのは、とても罪深いことだと思っているかのように。そういうことをすると、孝史に迷惑をかけるとでも思っているかのように。

「さあ、それは私じゃないと思いますが」

声は低く、ほんのわずかだが語尾が震えていた。

「そうかな……見間違いかな」

孝史は、自分の声もバカみたいに震えていることに気がついた。どうしてこんなに緊張するんだろう？

「だけどびっくりしたんですよ。煙みたいに姿が消えたように見えて。あなたじゃなかったですか」

男は、ちらっと孝史の目を見た。臆病なネズミみたいに。そして首を振った。

「私じゃないですよ。私は今さっき部屋から出てきたところだから」

それは嘘だ。そう言いたかったけれど、どんどん頭が混乱してきて、心臓がますます早く鼓動を打ち始めて、はるか昔の初デートのときみたいに、耳たぶが熱くなってくる。

どうにかして言葉を続けようと焦っていると、男が言った。「エレベーターを止めっぱなしだと、まずいんじゃないですか」

孝史は扉のところに立ちふさがり、「開」のボタンを押しっぱなしにしていたのだ。

あわてて廊下へと降りた。扉が閉まり、エレベーターはそのまま沈黙した。

「一階でよかったんですか」と、男がきいた。歩きだしかけていた。身体が正面玄関のほうを向いている。

「あ、あなたはどこへ行くんですか」

「私？」男は目を見張り、初めて、まともに孝史の顔を見つめた。

「ええ、こんな時間に」

男の口元が、ちょっと歪んだ。笑ったのだった。それを見て、孝史は、オレってやっぱり本質的に救いようのないバカなんじゃないかと思った。知らない人をつかまえて、なんていう会話を交わしてるんだ。

「煙草を買いに行こうと思いましてね」

「煙草なら、フロントにないですか？」

中年男はちょっと笑った。「銘柄がね、私はハイライトでないと駄目なんです」

「はあ……そうなんですか」

孝史は、ジャケットのポケットに缶コーヒーを入れたままであることを思い出した。ポケットを叩いてみせた。

「これ、駅前の自動販売機で買ってきたんです。煙草の自動販売機もあったと思うけど、でもハイライトは入ってたかな」

男は軽くうなずいた。「そうですね。まあ、少し歩いてみましょう。見つかるかもしれない」

では、という感じでもう一度会釈をして、ひと気のないホールを横切り、無人のフロントの前を通り抜けて、男は正面玄関のほうへ歩いてゆく。孝史は突っ立ったままその背中を見送った。だが、彼が自動ドアを踏んで外へ出てゆくとき、我慢のバネがはじけて、思わず、大声できいた。

「ホントに、非常階段のところにいませんでしたか? 俺びっくりして、飛び降りたんじゃないかと思って、探したんですよ」

男は振り向かなかった。どんどん歩いていってしまう。姿が見えなくなった。

そのままじっとしていることに堪えられなくなって、孝史はぱっと走り出した。自動ドアのところまで行った。ドアが渋々開く。そして、その間抜けながああという音を聞き、吹き込んできた外の寒気に頬を打たれて、急に気が抜けた。

いったいどうなってんだよ? オレ、何をやってんだ?

手をあげて、掌《てのひら》で頭をひとつ叩いてみた。鈍い音がする。かぶりを振って、孝史は踵を返した。

ちょうどそのとき、さっきまで無人だったフロントに、ひょいと人が出てきた。さっき見かけた小柄なフロントマンだった。現れるタイミングがタイミングだったので、孝史は自分でもぎょっとするくらいに大きな声を出してしまった。

その様子に、今度はフロントマンの方が驚いた。丸い顔に丸い目を見開き、フロントのカウンターに両手を突っ張って、ぎゅっとのけぞった。

「あ、えーと、スミマセン」あわてて、孝史は言った。

フロントマンはまだ目をむいていた。「何かございましたか」

職業的な、滑らかな声だった。だが、顔はまだ驚きで突っ張ったままだ。

「いえ、別に」額の生え際に冷汗が浮いてくる。「なんでもないです。ちょっとびっくりしただけで」

「びっくりなすった」と、フロントマンは暗唱するように繰り返した。「何にでございますか」

「何って……」

孝史は相手の顔を見た。そうして気づいた。フロントマンは、怪しんでいるとか訝《いぶか》っているとかいうより、探るようなというか、何かを期待するかのような表情を浮かべている。

ヘンだな、と思った。

孝史が黙っていると、フロントマンはちらっと周囲を気にして、それから小声できいてきた。

「もしかして、何かごらんになりましたか」

「何か?」

「ええ、ごらんになりましたか」

「ごらんにって――」

何かを見たかと、フロントマンはきいているのである。孝史はカウンターに近づいた。

「僕が何かを?」

「ええ。お客さん、怖いものでも見たような顔をしてるから」と、フロントマンは続けた。相手が若造の孝史であるからか、くだけた口調になってきた。

孝史の頭がやっと働き始めた。どきどきしてきた。これはもしかしたら――

「じゃ、あなたも見たんですか?」と、いっしょになって声をひそめる。

フロントマンは熱心にうなずいた。

「見ましたとも」

安堵で、孝史は思わずふっと笑った。

「さっきですよね? 二階の非常階段で」

このフロントマンも、さっきの男が消えるところを見ていたのだ、きっと。

「ふっと消えて、しばらくしたらまた出てきた。そうでしょう?」

しかし、フロントマンはかぶりを振った。熱心な表情はそのままで、身を乗り出して、

「いえ、さっきは見てません。それに、消えるところは見たことがないですよ。私は歩いているところを見かけたことがあるだけだ」

「歩いてるところ……?」

「そうです、そうです。今までに二度ばかりありましたかね。二度とも、恐ろしくて動けなくて、バカみたいにじっと見ているうちに、どっかいっちまいました」

孝史は困惑してきた。なんか話が食い違ってないか?

しかし、フロントマンは孝史におかまいなく、しきりと首をひねりながらぶつぶつと呟く。いやに興奮している。

「しかしね、私が見かけてからずいぶん経ってるし、もう出なくなったかと思ったんですがね。そうか、また出ましたか」

「あの……何が出たんですか?」

やっと孝史がそうきくと、フロントマンはまた目をむいた。

「何がって、決まってるじゃないですか。幽霊ですよ」

「幽霊?」今度は孝史が目をむく番だ。「幽霊の話を

してたんですか？」

「違うんですか？」と、フロントマンは目をぱちぱちさせた。「お客さんは何を見たっていうわけです？」

「いや、僕は……」孝史は頭を抱えたい気分になってきた。「それより、あなたが見た幽霊はどんな？」

フロントマンは、人間の目を盗んで夜中に食料を荒らしに行くネズミみたいに、小さな目をきょろきょろさせた。まるで、彼の話す「幽霊」が今もそこらにいて、この話に耳を傾けていたらまずいとでもいうように。

それから、内緒話みたいに声をしぼって、言った。

「蒲生大将の幽霊ですよ」

孝史はぽかんと口を開いた。それにあわせて、フロントマンの口も開いた。

「お客さんが見たのは、違うんですか？」

孝史は口を閉じ、また開け、また閉じた。非常階段から消えてまた現れた男の話なんて、ここでしてもしようがない。

「蒲生大将って、昔この土地に立ってた屋敷に住んでいた軍人さんでしょう？」

「そうです。自決した人で」

「その人の幽霊が出るっていうんですか？」


フロントマンは大きくうなずいた。

「見たのは私だけじゃない。ほかにもいます。軍服を着て、杖をついて、ホテルの廊下を歩いていたり、玄関から外に出て行ったりしてね」

「エレベーターの脇に、肖像写真がありますよね。あの人ですか？」

「そうです、あの人ですよ。あの軍服ですよ。もっとも、写真は白黒だからね。色まで同じかどうかはわからないけど」

フロントマンは、丸い肩をちょっとすくめた。

「まあしかし、何か悪さをするってわけじゃないですよ。ただ歩き回るだけです。それに、さっきも言ったけど、ここ一年ばかりは誰も見てません。ずっと出なくなってたんですよ」

「はあ……」

孝史はあいまいな声を出して、ぎこちなく笑ってみせた。

エレベーターの脇で見た、蒲生憲之大将の肖像写真を思い出した。がっちりとした体軀を軍服に包み、意志の強そうな顎を引き締めたあの軍人が、写真からするりと抜け出してホテルの廊下に降り立つ。その様が、妙にはっきりと頭に浮かんだ。悪さをするわけじゃない、ただ歩き回るだけ――一歩進むごとに胸の勲章が揺れ、杖の先が床を叩いてかちりと鳴る――

目の粗いブラシで撫でられたみたいに、背中がゾワリとした。見おろすと、腕に鳥肌が浮いていた。

早く部屋に戻ってひとりになりたい。孝史は急いで言った。「僕が見たのも、それだったかもしれません。よくわかんないや」

「ホントですか?」

小柄なフロントマンは食い下がってくる。孝史はそろそろとカウンターから離れた。

「本当です。それに、大してびっくりしたわけでもないんですよ。ま、そんなことですから」

急いで回れ右して、エレベーターに向かった。走りながら、そうしたくないのに、ついついあの肖像写真を横目で見てしまった。写真は貧弱な照明の届かない暗がりに、観葉植物の陰に隠れていた。それでも孝史は、もう一度鳥肌立つのを感じた。

ドアが開いて乗り込むときに振り向いてみたが、フロントマンももう追いかけてはこず、あの中年男が戻ってきた気配もなかった。

ましてや幽霊など、影もない。エレベーターのドアが閉まると、孝史は大きくため息をついた。


部屋に戻って、ぬるくなってしまった缶コーヒーを、半分ほど一気に飲み干した。そうして、部屋の壁に取りつけられている鏡に映った自分の白い顔に、大声できいた。

「おまえ、頭プッツンか?」

消えるおっさんに、半世紀以上も前に死んだ軍人の幽霊。そんなものに脅かされるなんて――

だけど、幽霊はともかく、おっさんに関しては、確かにこの目で見たのだ。あのおっさんは二階の非常階段の踊り場から煙のように姿を消し、ほんの五分ほどのちに、同じ二階の廊下でエレベーターの前に立っていた。ホントに確かだ、間違いじゃない。絶対ホント、嘘じゃない。

そもそもあのおっさんには、最初から妙な感じがつきまとっていた。普通じゃないという印象があった。あのコセコセした態度だって変だ。それにどうして――

(どうして、あんなふうに人に嫌がられるような暗い雰囲気を持ってるんだろう?)

いっしょにエレベーターに乗り合わせているとき、孝史は、度のあわない眼鏡をかけているような気分だった。視界が歪んで――

はっと気づいた。そうあの男は、暗いというよりは歪んだ男なのだ。彼の周囲では光さえも歪んでしまう。だから暗く感じられるのだ。

あんな人間に出会ったのは初めてだ。

空の缶をゴミ箱にシュートして、孝史はベッドに寝転んだ。すすけた天井には何の答えも書いてなかったけれど、横たわって自分の心臓の規則正しい鼓動を聞いていると、だんだん気持ちが静まってきた。

明日の試験が終わったら、できるだけ早く家に帰ろう、と思った。

自分では大丈夫なつもりだけれど、やっぱりかなり神経がピリピリしているのだ。だから、小さなことが気になってしまう。両親には、試験が終わったらゆっくり一泊して休んでから戻ってこいと言われているけれど、今のこんな状態では、ひとりきりで薄暗い部屋に閉じこもっていても、あまりいいことはなさそうだ。

（幽霊も出るそうだし）

心のなかで呟いて、またちょっとひやりとして、だけど吹き出してしまった。急に、何から何までバカバカしくなってきた。今夜一晩をここで過ごすのも面倒なような気がしてきた。

よっこらしょと身を起こし、机の上に広げっぱなしになっていた参考書やノートを片付けた。明日の用意をして、それからさっとシャワーを浴びた。さっぱりして出てくると、だいぶ気分がよくなった。

テレビをつけ、三十分のオフタイマーにして、着替えてベッドにもぐりこむ。寝つきが悪い性質《たち》なので、これはいつもの習慣だった。番組の内容が気になると目がさめてしまうので、ボリュームを小さくしぼり、映画やドラマのような番組は避ける。

午前一時をまわっているので、映るのは深夜番組ばかりだ。偶然つけたチャンネルでは、トーク番組をやっていた。睡眠薬がわりにするには、こういうのは最適だった。

目を閉じ、身体の右側を下に、枕を抱え込むようにして横になる。テレビの音が、ぶつぶつぼそぼそと流れてゆく。

そのなかの一節が、ふと耳に入った。

「というわけで、昭和十一年の今月今夜、二・二六事件は起こったわけですが――」

孝史は横になったまま目を開いた。テレビ画面がまぶしい。

マイクを前に、トークショーのセットを囲んだ男女が数人。司会役は、ほかの番組でもよく見かけることのある男性アナウンサーだ。斎藤とかいったっけ。しゃべっているのは彼だった。

「さて、今夜の『ナイトで極楽』では、僕らにとっての太平洋戦争と題して、ゲストの皆さんのトークと会場に集まった若者たちとの討論を中心にお送りするわけですが、しかしですね、ただ太平洋戦争と言っても、なんだもう半世紀も昔のことじゃん——という反応が返ってくるのは見え見えでありますので」

と、斎藤アナウンサーは愛想笑いをする。

「ポイントを絞って、学校の授業では教えてくれないような超基本的なところから少しずつお話を進めて行こうと、こういうわけであります。そこでまず、午前一時五十分までの第一部では、我が国が戦争へとこう——何と言いますかね、傾斜してゆくとでも言いましょうか、その大きな分岐点となったクーデター、二・二六事件から、リメンバー・パールハーバーと今でも言われるあの真珠湾攻撃までをひとくくりにして、とりあげて考えてゆきたいと思うわけです」

言葉は真面目だが、口調はほとんどワイドショーの乗りである。しきりににこにこする顔に、うっすらと汗が浮かんでいる。

「そしてですね、第一部のあとは十五分間、おなじみのウイークリー・エンターテイメント情報のコーナーを挟みまして、そのあと第二部として午前四時まで、真珠湾攻撃からポツダム宣言受諾による終戦までの歴史を、皆さんと一緒に学んでいこうと、こういうスケジュールに、今夜はなっているわけでございます」

斎藤アナウンサーの隣には、明るいカナリア・イエローのスーツ姿の女性局アナがひとり。その脇には、若者に人気のある女性タレントの飯島ミチルが、胸の谷間がくっきり剝きだしになるようなドレスを着て、テーブルに肘をついて座っている。

「今日は実に、硬派の企画ですね」と、女性アナウンサーが嬉しそうに言う。

「でしょう? 時期的にも非常にぴったりなんですよ。何と言っても、二・二六事件は今月今夜の出来事ですからね。今月今夜って言っても金色夜叉じゃないよ、ミチルちゃん」

ミチルは、えくぼをつくりながら無邪気に問い返す。

「コンジキヤシャってなあに?」

「関係ないの、本題とは」

笑いながら、斎藤アナウンサーが、隣に座っている三十代半ばの男性に顔を向けた。

「藺草《いぐさ》さんはいかがです？　今夜みたいな企画にゲストとしておいでになることは少ないと思いますが」

藺草と呼ばれた男の前には、「トレンド評論家　藺草和彦」と書かれたプレートが置いてある。渋い低音で話し出した。

「そうね、だけどさ、歴史ってのは結局トレンドの積み重ねでしかないものだと僕は思うからね」

「ほほう、なるほど！　歴史はトレンドの積み重ねですか」

「結局そういうことじゃない？　だから、僕なんかがそういう視点から、この国のことを見直してみるっていうのは意義のあることだと思うな。楽しみだね」

彼の台詞に応じてカメラが切り替わり、スタジオに集まっているという若者たちを映し出す。皆、孝史と同じ年代の、服装も髪型も似通った顔、顔、顔。女の子も混じっているが、七・三ぐらいで男のほうが多い。

「でも、なんかみんな眠そうな顔してるな」

斎藤アナウンサーの言葉に、スタジオで笑い声があがった。

「こういう硬い企画をやると、つまんないからチャンネルかえて寝ちゃうって人が多いんだけど、頼むから寝ないでね。ミチルちゃんもしっかりしてよ」

「はあい」ミチルちゃんがくねくね笑う。「だけど斎藤さん、あたしもう最初っからわかんないんだけど、さっきから言ってる二・二六事件てなあに？」

スタジオ中がまた笑う。トレンド評論家も笑っている。

「困るなあ、出鼻をくじくようなことを言わないでよ」

「我が国では希有《けう》の大規模な軍事クーデターのことだよ」と、藺草が注釈する。

「へえ、クーデターってカッコいいわね」

ミチルの言葉に、よく日焼けした闊達《かったつ》そうな顔をほころばせて、藺草が身を乗り出す。

「そうだよな。実は僕は今夜、とっても期待してるんだけど、それはね、昭和四十年、五十年代生まれの若者たちをさ、僕は『超戦無派世代』って名付けてるわけ」

「超戦無派ですか」

「そう。我々戦無派世代さえ超越しちゃってる存在だからね。で、その超戦無派から見ると、たとえばクーデターってのはカッコいいだけのことなわけよ。二・二六事件の青年将校たちなんか、悲劇のヒーローだとしか思えないわけね。だけど、これからの日本をつくっていくのはこの世代であってね。妙な過去を引きずってない分、リベラルな社会をつくることのできる、希望の世代だと思うんだな。たとえば今夜のテーマについても、これまでと全然違う角度から解釈をすることができるんじゃないかな」

なんだよ、また二・二六事件か。昨日から今日にかけて、妙にこの事件に縁があるけど、もうたくさんだよ……また幽霊のこととか思いだしちゃうじゃないか……

眠気を覚えながらも、なんとなくテレビから目を離すことができずに眺めていると、画面が切り替わった。黒字に大きな活字で、

「二・二六事件」

と、タイトルが出る。ついで、ナレーションが始まった。

「昭和十一年二月二十六日明け方、陸軍第一師団管下の歩兵第一連隊、歩兵第三連隊、近衛《このえ》師団管下の近衛歩兵第三連隊の青年将校を中心とした決起部隊が、当時の内閣総理大臣・内大臣・侍従長・大蔵大臣などの重臣を襲撃・暗殺した。これが二・二六事件の始まりである。決起部隊は襲撃後、兵力を維持して、政治と軍事の中心部である麹町・永田町一帯を占拠した。彼らの要求・目的は、戒厳令を布いて軍部が国政の主導権を握り、その指揮の元で政治の腐敗の元凶である重臣たちを追い出し、新たな内閣をつくりあげることにあった。彼らはこれを『昭和維新』と考えていた。

このクーデターの発生は、そもそもは当時の陸軍内の、皇道派と統制派の二大派閥の深刻な勢力争いに起因する。決起した青年将校たちは皇道派であり、これに対峙《たいじ》した当時の陸軍中枢には統制派将校が多く存在していたが、青年将校たちに同情的な皇道派寄り勢力も少なくはなく、この微妙な力関係によって、事件は不可思議な展開を見せることになる。

しかし、昭和天皇は、一貫して『重臣を暗殺した暴徒である青年将校たちを断固討伐《とうばつ》すべし』という意見であった。陸軍中枢は決起部隊を叛乱《はんらん》軍と認め、部隊を繰り出して攻撃も辞さない構えで対決、同時に下士官や兵隊たちの帰隊を促した。二十九日に至って青年将校たちも投降、四日間にわたる二・二六事件は終結する。

身柄を拘束された決起部隊の青年将校たちはただちに軍法会議によって裁かれ、死刑を宣告された。弁護人も付かず上訴権もないこの裁判は暗黒裁判とも呼ばれたが、これにより陸軍内部からは皇道派勢力が一掃

された。しかしこの事件により、強大な武力を持つ軍部の国政に対する発言力が格段に大きくなり、やがて日本は軍部独走による戦争の時代へと突入してゆくことになる――」

ナレーションにあわせて、当時の新聞の紙面や、武装した兵隊、雪の積もった街路を行進する部隊などのスチール写真が映し出される。有刺鉄線をぐるぐる巻きにしたみたいなバリケードの前を歩く兵士。駅頭に張り出された――あれは号外だろうか――新聞を読む人々。「戒厳司令部」の看板の前に、銃剣を立てて立つ兵士。大きな旅館みたいな建物の前に集まる兵士たち。遠巻きに見る人々。すべてモノクロの、白と黒の世界だ。画面の隅に、「写真提供　毎日新聞社」と小さくテロップが出る。

と、ここでまた画面が切り替わり、スタジオのセットに戻った。飯島ミチルのアップだ。カメラに向かって、彼女はにっこりする。とろんとした目つきだ。

「と、いうわけなんですが……」と、斎藤アナウンサーが切り出す。「どうミチルちゃん、今のビデオ見て、理解した？」

ミチルは肩をすくめた。胸の谷間が深くなる。「うーん」と、甘い声を出す。

スタジオでは笑い声が起こったけれど、孝史は眠い目をこすりつつ、オレはこの娘《こ》を笑えないと思った。今の短いビデオを見ただけでは、何がなんだかさっぱりわからない。予備知識のある人ならばあれでも理解できるのだろうけれど、いきなり「コウドウハ」だの「トウセイハ」だの言われたって、素人の耳には暗号みたいに聞こえるだけだ。

スタジオの面々が陽気に笑っていると、ゲスト席の端の一段高くなったところに、ほかのメンバーとはちょっと離れて座っていた年輩の男性が、マイクを引き寄せて口を開いた。

「今の映像と解説は、手際よくまとめてあるとは思いますが、あれだけでは説明不足でしょう」

ネームプレートによると、どこかの大学の教授であるらしい。きちんと背広を着て、白髪の多い髪を丁寧になでつけてある。

「それに、今夜の企画の趣旨を実現するには、二・二六事件からというよりも、少なくともその前の昭和六年の満州事変から取り上げていかないことには、流れとして正しくないのではないかと私は思うのですよ。陸軍内部の派閥争いが一挙に表面化するのも、実はこの満州事変がきっかけで――」

斎藤アナウンサーが、愛想笑いをしながらあわてて割り込んだ。

「いえいえ、多部先生、そのあたりのお話はですね、もう少しあとのコーナーでお願いしたいんです。続いて日中戦争の――」

多部教授は、わかっているわかっているというように、せっかちに小刻みにうなずいた。

「そう、そう、二・二六事件の翌年に日中戦争が起こるわけですが、それまでのあいだに、さっきからあなたが何度かおっしゃっている、軍部の独走ですね、結果としてそれを招くキーポイントとなった出来事が、いくつかあるんですよ。けれどもね、若い方たちにそのあたりのことを理解してもらうには、もう少し前の方から丁寧に説明していかないと――」

斎藤アナウンサーは気もそぞろという風情で、画面の端の方に視線を泳がせた。何か合図があったのだろう。

「あ、はいはい、そうですか、では先生のちほど。ここでちょっとコマーシャルです」

待ちかねていたかのように、ジュエリー専門店のコマーシャルが飛び出してきた。急に音量が大きくなる。孝史が顔をしかめたとき、オフタイマー機能が働いて、テレビが消えた。

孝史は目をつぶった。あくびが出て、目尻に涙がにじんだ。番組の続きにいくぶん興味を惹かれないでもないけれど――あの教授とアナウンサーの嚙み合っていないことといったら――わざわざテレビをつけるのも面倒くさい。

あのスタジオに集まっている若者たちは、社会人であれ学生であれ、みんな進路が決まっている連中であるに違いない。そうでなかったら、平日の夜中に、のんびりテレビ番組なんか見学に行けるものか。孝史とは立場の違う若者たちだ。

――オレには、そんな余裕なんかないよ。歴史を振り返ったりする暇なんかない。

そんなふうに思いながら、寝返りをひとつ打ってテレビに背を向けた。そして、数秒もしないうちに寝入ってしまった。

4

意識下の警告。

それはどこからやってくるのだろう。文字通り心の底の底か。皮膚の表面に張りめぐらされている敏感なセンサーがキャッチしたものが、複雑な神経の予備回路を通り、日ごろは閉鎖されているゲートを抜けて心へと——脳へと届く。そして赤いライトが点滅を始める。危険、危険、危険。

だがそれには言葉がなく、音もなかった。孝史を熟睡から揺り起こしたのは騒音ではなかった。ベッドの上でパチリと目を覚ましたとき、部屋のなかはひっそりとしていた。

身体の右側を下にして、わずかに背中を丸め、一秒か二秒のあいだ、目覚めた状態のまま、孝史は目を見開いていた。いきなり目覚めてしまったことに驚いていた。夢を見ていたわけでもないのに、どうして?

眠りは深い性質だ。一度寝ついてしまえば、たいていのことじゃ、途中で起きたりしない。受験勉強をしているときだって、それが悩みの種だったのだ。どれだけボリュームを大きくしてラジオをかけておいても、居眠りをしてしまうと朝まで目覚めない。隣の部屋にいる妹が騒音で目を覚ましてやってきて、腹立ち半分にラジオのスイッチを切りながら、彼の背中に一発パンチをくらわしていったことがあったそうだけれど、そのときだって、朝飯の時にそう告げられるまでは、何も知らなかったほどだ。

(きっと、殺されそうになったって起きやしないわね、お兄ちゃんは)

だが今は違う。横たわったまま孝史は、しだいに身体が強ばり、緊張が高まってくるのを覚えた。

部屋のなかに、誰かいるのか?

最初に考えたのはそのことだった。人の気配で目覚めたのか。

動くに動けない。まばたきさえせずに、息を殺して周囲の物音に耳をこらした。でも自分の鼓動ばかりが耳をついて、何も聞こえない。心臓が耳の奥にせりあがってきてしまっているみたいだ。

よし、寝返りをうってみよう。できるだけさりげなく、自然にやるんだ。そうして気配をうかがう。部屋のなかに誰かいるのなら、きっとリアクションがあるはずだから。

目を閉じる。それから身体を反転させるために、勇気をふりしぼらなければならなかった。悪い予感ばかりがどんどんつのっていた。絶対、普通じゃない。なんかおかしい、今のこの状態は。
一、二の三で身体を動かそうとしたそのとき、頭上のどこか遠くのほうで、ガラスが割れる音が響いた。それを追いかけるようにして、甲高く短く、女の悲鳴。

孝史はベッドの上で跳ね起きた。闇に慣れてきた目に、室内の家具や壁、窓の存在をうっすらと見てとることができる。動悸は高まるいっぽう、背中には冷たい汗をかいていた。

起きると同時に、反射的にベッドの右側に手を伸ばした。ランプのスイッチをさぐる。サイドテーブルの電話機に手がぶつかり、がたがたと音を立てて受話器が床に落ちた。

スイッチを探りあて、押した。その瞬間、青白い火花がパッと飛び散って、ランプの電球が割れた。孝史はあわてて手を引っ込めた。手の甲に、チクリとガラスが刺さった感触があった。

ランプの周囲に、金気臭いような焦げ臭いような異臭が漂う。目の裏に、稲妻のような青白い線が残像になって焼きついていた。ショートしたんだ。

いったいどうなってるんだよ？　叫びだしそうになりながらも動けずにいるとき、再び頭上で物音がした。今度は重く、腹の底にこたえるような、ズシーンという音だった。天井からパラパラと何かが落ちてきた。

今やすべての分別を忘れ判断力も失って、孝史はベッドから飛び降りた。裸足で床に降りたとき、さっきのランプの電球の破片を踏んでしまった。ガラスのかけらが右足の裏に食いこんだ。バランスを失くして横っ飛びになりながら、孝史はドアのほうへと突進した。チェーンをはずし、ドアノブを握ったとき、なぜかしらそれが温かいことを、ほんの一瞬意識した。だが深く考える間などなく、孝史は廊下にまろび出た。

廊下は一面、煙っていた。しかも照明は全て消えている。

左手の「非常口」の青白いランプが、うっすらと白いもやの向こうに霞んで見えている。そして右手の突き当たり、わずか二メートルほどのところにある窓は、真っ赤に照り映えていた。

認識が、膝のあたりから駆けのぼってきた。神経全体がピンと張ったワイヤになって、その一端をつかまれ、強く一振りされたみたいだ。孝史が摑んだ認識は、それ自体が恐怖でわなわな震えながら、身体のなかを駆けあがってきた。

火事だ。どうしよう、ホテルが燃えてる。

どうして非常ベルが鳴らないんだ？　スプリンクラーはどうして動かないんだ？　ホテルの連中は何をしてるんだ？

立ちすくんだまま無駄に頭を空回りさせ、膝から力が抜けてゆくのを感じた。いきなり嗚咽がこみあげてきた。このホテルには防火設備なんかないんだ。そんなもの、最初からどこにもないんだ。ここはホテルの墓場なんだから。

そうしているうちにも、煙はどんどん濃さを増し、息苦しくなってきた。熱気もはっきりと肌に感じとることができる。よろめいて壁にもたれると、びっくりするほど熱くなっていた。

はじかれたようにそこから離れ、孝史は姿勢を立て直し、青白く輝く「非常口」へと向かった。ガラスを踏み抜いた右足がずきりと痛み、前のめりに倒れて床に両手をついた。だがそれで、床に近いところのほうが呼吸が楽だと気がついた。ホテル火事に遭ったら脱出するときは姿勢を低くしろと、テレビで言ってたことがあったじゃないか。

孝史は這って廊下を進んだ。二階の他の部屋には宿泊客がいないらしく、孝史はひとりぼっちだった。それでも途中で一度声を張り上げて、「火事だ、火事だぞ！」と叫んでみたが、応える声も、動きもなかった。

非常口までのわずかな距離を進むあいだに、額から汗が流れ落ち、顎を伝って滴る。だんだん、煙が目にしみるようになってきた。あと七メートル。あと五メートル。時おり顔をあげて青白い「非常口」を確認しながら、孝史は半泣きになってじりじりと進んだ。鼻で呼吸をするとひどく熱い。だが口で息をすると、そのたびに咳込んだ。

あと一メートル。さあ「非常口」の青白いライトのそばまできた。孝史はひと息に立ち上がった。このときは右足の痛みも忘れていた。つかみかかるようにしてドアのノブを握り――

悲鳴をあげて後ろに飛び下がった。

ノブは焼けていた。まるでアイロンみたいだ。手のひらが真っ赤になり、ついで柔らかな部分が白く膨れ上がってゆく。

これじゃドアを開けることができない。開かない、開けられない、外に出られない。

そのとき、孝史を哀れむように二、三度またたいて、「非常口」の青白いライトがふうっと消えた。今や廊下を照らしているのは、反対側の窓に照り映える真っ赤な炎の色だけとなった。

「ちきしょう！」

孝史は膝をがくがくさせながら回れ右をした。これじゃ駄目だ。ノブがあんなに熱くなってるんじゃ、向こう側はきっと火の海になってるにちがいない。あのゴミ捨て場のゴミが盛大に燃え盛り、炎が手すりをなめているのだろう。

安全な外へ、二月末の寒い夜気のなかへ、深呼吸することのできる当たり前の空気のなかへ、たった壁一枚、ドア一枚通れば出てゆくことができるのに。

廊下の煙は灰色に濃くたちこめ、目がヒリヒリして、絶えまなくまばたきをしていないといられなくなってきた。孝史は這って非常口から離れ、やっとの思いでエレベーターのすぐ近くまで戻ってきた。

こんなとき、エレベーターは危険だ。それにどうせ動きやしない。炎の色が照り映えている窓は論外。あの外側も火炎地獄なのだろうから。

何ていう火事だ。出火場所はどこなんだろう。ホテルの建物全体がパン焼き釜みたいになっちまってる。

懸命に自分を落ち着かせ、孝史は考えた。残る道はふたつ。エレベーターのすぐ脇にある業務用の階段室を通って下に降りるか、部屋に戻って窓を割り、二階の高さから地上に飛び降りるか。幸い、ここには客室ドアのオートロック・システムなどないから、202号室には戻ることができる。

部屋に戻ろう。即座に決めた。階段室も、きっと煙突みたいになってしまっているはずだ。無理して降りてみても、降りたところがどんな状態になっているかもわからない。

孝史は思い切って立ち上がった。もう這っていても呼吸は苦しい。エレベーターの前を駆け抜け、部屋に飛び込むのだ。煙の向こうに、それが唯一の安全な脱出口であることを保証するかのように、202号室のドアがなんの変化もなく、うっすらと見えている。

足を踏み出した。ほんの二歩ぐらい。エレベーターの真ん前にさしかかる。そのとき、一瞬思わず目を閉じてしまうほどの熱風が、エレベーターのほうから横殴りに吹きつけてきた。

孝史は反射的にそちらを見やった。エレベーターの両開きのドアの中央に、真っ赤な線が一本入っていた。もともと、ぴっちりとは閉まらないドアだった。万事に建てつけが悪くなっているホテルなのだから。

でも、あれほどの隙間が空いていただろうか？　しかもこの熱風は何だ？

危ない。

このとき前に踏み出していたのは、怪我をしている右足だった。もしこの右足が完全で、ぐっと体重をかけることができていたなら、孝史は迷わず身体を前に向けて、エレベーターの前を駆け抜けていただろう。が、熱気にさいなまれている身にも、右足の裏の鋭い痛みははっきりと感じられ、孝史は一瞬躊躇した。体重が左足にかかった。尻餅をつきかかって、孝史はたたらを踏みながらあとずさりし、エレベーターから離れながら、とうとう床の上に転がった。

次の瞬間、エレベーターのドアがふっ飛んだ。

床に倒れた孝史の目にも、ドアの半分が逆くの字形に曲がり、廊下の天井近くまでふっ飛ばされた瞬間が、ありありと見えた。ドアを壊した爆風は、炎といっしょに廊下に吹き出し、耳をろうするような轟音をたてて天井にまで舞いあがった。

孝史の目の前で、飛ばされたエレベーターのドアが、202号室のドアに激突し、そこを封じてしまった。エレベーターを繋いでいたワイヤが数本、瞬間的な爆風にあおられてひらひらと飛び交った。まるで孝史にサヨナラを言うように。

もう、腰を抜かして床に座りこみ、燃え広がってゆく炎を見つめることしかできなかった。今の爆風の直撃を受けずに、まだ無事でいることのほうが不思議なくらいだった。

もう、駄目だ。

俺は死ぬんだな——と思った。それは諦めではなく、すべてのスイッチが切れてしまった、機能停止状態のようなものだった。もう恐怖さえ感じにくくなっていた。

息を吸うと、喉が焼けた。鼻毛が焦げるのさえ感じられた。髪がチリチリし始めている。頭がもうろうとして、おかしなことに眠気がさしてきた。気を失うのかな。本当に、妹の言ったように眠ったまま死ぬことになるのなら、それでもいい。

さようならだ。もう家族にも友人にも会うことはできない。こんな死に方をするなんて、思ってもみなかった。どれほど貧弱だろうとみっともなかろうと、自分には未来があると思っていた。

それなのに、ここでこうして焼け焦げて死んでゆく。運命なんて、残酷なものだ。死んでしまった、なぜ、何が原因でこんな火事が起こったのか、その理由を知ることさえできないじゃないか。

新聞にはなんて書かれるだろう。父は——太平はどう思うだろう。自分のせいだと思うだろうか。それとも、こんな老朽ホテルを紹介してよこした知人を恨むのだろうか。

床が熱い。尻も熱い。身体中が熱い。もう目を開けていられない。天井は火の通路だ。退路はどこにもない。孝史は目を閉じた。

そのとき、背後からいきなり肩をつかまれた。

孝史は目を開かなかった。錯覚だと思った。炎にあぶられた感触を、そんなふうに勘違いしたのかとも思った。だが、その手は孝史の肩をつかんだだけでなく、揺さぶった。

「おい、しっかりしろ!」

耳元で、怒鳴るような大声が響いた。それでやっと、孝史のなかにわずかに残されていた力が働き、目を開けることができた。

すぐ近くに、あの中年男がいた。

濡れタオルで口を覆っていたが、額も頬も真っ赤だった。寝間着姿ではなく、ちゃんとシャツとジャケットを着ていた。その肩が焦げていた。髪も焦げていた。両目は充血して真っ赤だった。

——こんなときでも、俺はあのおっさんの幻を見てる。

かすんだ意識の上っ面を、男の声が滑ってゆく。

「しっかりしろよ。今助けてあげるから。いいかね、聞こえるか?」

聞こえてはいるけど、身体が動かない。だいたい、どうやって助けるっていうんだ。

「手を貸せ!」

男が手を伸ばし、孝史の右腕の肘のあたりを、むんずと握った。

「私の服に摑まりなさい。どこでもいいからつかむんだ。つかめ! しっかり!」

孝史の腕を引っ張り、ジャケットの裾のほうへ導く。かすんだ目に、真っ赤に染まってふくれあがったように見える指先が、どうにかこうにか動いた。

孝史は、男のジャケットをつかんだ。感覚の失せかけた指に、男のジャケットのウールの感触がした。

突然、強く腕を引っ張られた。身体が前に動いた。軽々と持ち上げられたような感じがした。どこへいく? どっちへ? 逃げ場などないのに。

次の瞬間、すべてが消えた。あたりが真っ暗になった。

暗転。

ブラックアウト。闇がやってきて孝史を包み込んだのではなく、孝史の方が、闇の中に頭から飛び込んだという感じだった。

周囲から熱気が消えた。それも瞬時に。だが孝史の肌に残った熱気は、まだ彼を焼き続けていた。頭皮が熱く、頬がヒリヒリする。パジャマのズボンがどこかやぶれたのか、ふくらはぎがむきだしになっているようだ。とても痛い。火傷したのだ。そういえば、非常口のドアのノブをつかんだ右掌《てのひら》もずきずきする。

死ぬとはこういう暗黒のなかに飛び込むことなのか。でも、それにしては熱さも痛みもそのままで、ちっとも消えて失くなってくれない。破れたパジャマの袖がひらひらして手首をたたく、その感触さえわかる——

なぜひらひらするのだろう。

俺は動いてる。移動してる。それに気づいたのは、火傷で痛む頬を、かすかな風がなぶっているのを感じたからだった。

いや、風ではない。空気の動きではない。そうではなく、孝史の身体がふわふわと漂っているから、だから微風に吹かれているように感じるのだ。

いったい、どこにいるんだろう？

目を開けてみようとする。でもまぶたが動かない。どうしても駄目だ。まるで貼りつけられてしまったみたいだ。

身体を包んでいた熱さが、次第しだいに薄れてゆく。それに比例して、ところどころ、局所的に熱くて痛いところがあるのがはっきりしてきた。怪我をした部分だ。思ったよりも少ない。右掌と右肩のあたりと、両方の頬と額とふくらはぎ、指先、そして足の裏。右足の裏には、ガラスを踏んだ傷の痛み。まだ血が出てる。感じる。痛みを感じる。生きているしるしだ。俺は助かったんだろうか。

身体は宙を漂う。右手が何かつかんでいる。絶対に放すなと言われたからつかんでいるんだ。なんだったっけ？　何を放すなと言われたんだっけ？　あれは誰だったっけ？

頭が混乱して意識が薄れてきた。とても眠い。眠ってしまいそうだ。

そこでぷつりと、意識が途切れ——

孝史は気を失い、時間の観念も消えた。自分の内側の暗黒のなかに転がり込んだ。

そして次には、そこから転がり落ちた。身体が落下してゆく。その感じが孝史を目覚めさせたのだ。耳元で空を切る風の音を聞き、指先が冷たい外気に触れているのを感じた。

下へ、下へ、下へ。身体はどんどん落ちてゆく。破れたパジャマがはためく。今度は本当にはためいている。目が開かない。強い向かい風が顔を打っている。下へ。

そして突然、鈍いどすんという音と共に地面に叩きつけられた。

右肩から落ちた。あまりの痛みに、ちょっとのあいだ呼吸が停まってしまった。

本能的に身体を丸めたので、頭は強くぶつけずに済んだ。苦痛の波が過ぎてしまうまで、しばらくその姿勢のまま、動かず目を開かず、ぐっと縮まっていた。意識の空白の真っ黒な波が、ゆっくりと寄せ返してきて、孝史を包んだ。

その波は、今度はすぐに引いていった。頭のほうから足のつま先へ。潮騒のように、その引いてゆく音さえ聞こえそうなほどにはっきりと。

孝史のなかに、現実感が戻ってきた。

目を閉じたまま横たわっている。ずっとこうしていたかった。こうしていれば、誰か助けにきてくれるだろう。

うつ伏せになって、半身をぺったりと地面につけている。ひどく冷たい。まるで氷のようだ。火傷した頰や額には、とても心地好い。うんと手をのばして、右手のひらを地面に押しつけると、すっと傷みが遠のいた。

いくら二月だといっても、アスファルトの地面って、こんなに冷たいものだったのだろうか。それに、こんなに感触が柔らかいものだったのだろうか。

寒い。今度は全身を寒気が包んでいる。それに、身体の上に、ちらちらと冷たいものが降りかかってくるような感じがする。

まばたきしてみようとする。うまくできない。睫毛が焦げついているのだ。

身体を動かそうとすると、思わずうなり声がもれた。閉じた目の奥がくらくらして、吐き気が込みあげてきた。途中で断念して、孝史はまた地面に伏した。

ややあって、もう一度試みた。慎重に身体を起こし、痛みの度合いの少ない左腕を地面について、膝を引き上げる。そうしておいて、どうにかこうにか地面の上に横座りになり、右手をあげて、顔をこすった。

目が開いた。

最初に見たものは、一面の白い地面だった。輝くような白い地面。その上に、孝史はへたりこんでいる。

まばたきを繰り返すたびに、かすんでいた視界が少しずつはっきりしてくる。それでも地面はまだ白く、身体を包む寒気は凍えそうなほどに強く、頭や額、頰にちらちら降りかかる冷たい粒の感触も消えてなくなりはしない。

錯覚じゃない。頭がおかしくなっているのでもない。

孝史は頭上を見あげた。灰色に閉ざされた夜空から、無数の白く輝く破片が舞い落ちてくるのが見えた。

雪だ。雪が降っている。

5

信じられないままぽかんと口を開けて、孝史は頭上を見つめ続けた。雪は次々と降り落ちてくる。大きな、見事なぼたん雪だ。地面にも積もっている。ところどころで丸く山のようになっているのは、植え込みでもある場所だろうか。

背後で人の動く気配がして、孝史はびくりと振り向いた。孝史が何かを認めるよりも早く、腕が二本のびてきて彼のパジャマの裾をつかみ、乱暴に引っ張った。孝史は、すぐうしろにあった大きな雪の吹き溜まりのうしろへと引きずり込まれた。

叫ぼうとしたところを、また背後から腕で口をふさがれた。耳元で押し殺した声が聞こえた。

「声を出しちゃいかん」

ぐっと息が詰まった。

そのとき、頭の上のほうで、パッと明かりがついた。窓を開けるようなガタガタという音も聞こえてきた。

「なんだろう、今のは」

男の声が、そう言った。

驚きで、孝史は声を出しそうになった。それを予想していたのか、背後の腕がぐっと強く締め付けてきて、孝史を押さえた。

声を出すなと言われたのは、あの声の主に気づかれないためだろうか？　だけどどうしてだ？　助けを求めてしかるべきところなのに。ホテル火災から逃げ出してきたところだというのに、どうして隠れなきゃならない？

「猫でも屋根から飛び降りたんでしょう」

今度は女の声だった。ちょっとトーンの高い、甘ったるい口調だ。

「また大雪になりそうな具合だね」

男がそう言い、窓を閉めるような音がした。明かりはしばらくついたままだった。そのあいだじゅうずっと、孝史は羽交い締めにされていた。

やがて——五分もしたろうか——明かりが消えた。それから十ほど数えて、やっと孝史を締めつけていた腕が緩んだ。

背後で身動きする気配がして、あの中年男——そう、彼だった——が孝史の顔をのぞきこんだ。

「大丈夫か？」ひそめた声で、そうきいた。

彼は煤けた顔をしていた。服はあちこち焼け焦げだらけ。ただ、火傷はあまりひどくない。鼻の頭がちょっと赤くなり、眉毛が焦げている程度だ。

「身体がバラバラになりそうですよ」

男がそうしているので、孝史も自然に声を小さくした。男の真剣な顔、態度を見ていると、そうしたほうがよさそうに思えた。

「僕ら、窓から飛び降りたんですね？」

それ以外のやり方で、あそこから逃げられたはずはない。

「あなたが僕を引っ張って、どこかの窓を破って飛び降りてくれたんでしょう？　どうしてそんなことができたのかわからないけど。どこかエレベーターから離れた部屋に、２０４とかそのへんに飛びこんだんですか？」

男は黙って、孝史を見つめている。焼け焦げた眉毛のところに、雪の粒がくっついて、だんだん白くなってゆく。普通だったら吹き出してしまいそうな眺めなのだが、孝史は笑えなかった。

妙だ。この雰囲気。それにどうして消防車のサイレンが聞こえてこないんだろう。救急車のライトも見えない。野次馬もいない。

だいいち、燃えている平河町一番ホテルはどこにあるんだ？

「あの……」

言葉を探しながら続けようとする孝史に、男は黙ったまま、先ほど窓が開け閉《た》てされ人声がした方向へ、ずんぐりした顎をしゃくってみせた。孝史はそちらを見あげた。

灰色の雲にとざされた夜空を背景に、降りしきるぼたん雪のカーテンの向こうに、黒い建物の影が浮かびあがっていた。

二階建てだ。半円のアーチ型をした玄関のところに、小さな黄色い明かりが灯されている。縦長の窓、格子で細かく仕切られた窓がいくつか見えるが、今は明かりがついているのは、二階のいちばん向こう側の端だけだ。

視線を動かして、孝史は建物の輪郭をなぞっていった。ショックのさめやらぬ、かきまわされたばかりの頭のなかにも、この建物の記憶が残っているような気がした。かすかだが、どこかで見たことのある建物であるように思った。

洋館だ。今時の東京では珍しい。博物館か、銀行の本店みたいな感じだ。大きさはさほど大きくないけれど、中央にはちゃんと三角屋根つきの時計塔まである。それにこの赤煉瓦の外壁――

髪に雪を降り積もらせたまま、男が静かに言った。

「ホテルのエレベーターの脇に、この館の写真が貼ってあっただろう。気づかなかったかい？」

孝史はあっと声を出しそうになった。

そうだ、その写真なら知っている。モノクロの小さな写真だったけれど、ちゃんと額に収められていた。金釘文字で書き込みもしてあった。

ゆっくりと、男が言った。「蒲生邸。そう書かれていたはずだ」

蒲生邸。そうだ。一緒に掲げられていた陸軍大将蒲生憲之の肖像写真も覚えている。あの軍人の顔を思い出すことができる。今、前方に見えているあの洋館は、確かに彼の家、彼の屋敷だ。

孝史は男の顔を見た。ふたりとも雪まみれで、顔は青白い。くちびるも真っ白だった。

「あれは――だけど――」

「昭和二十三年に撮影されたものだよ」

「そうですよ。だから、あなたが今言ったことは正確じゃないんだ。あの写真には『旧蒲生邸』とあったんです」

孝史は建物を振りあおいだ。やっと少し、笑みを浮かべることができた。

「それでわかった。これは、その蒲生邸とかいうお屋敷の、新しいほうなんですね？　立て直されたほうだ。これ、平河町ホテルのどっち側にあるんです？　そんな建物があったなんて、僕は全然気づかなかった」

男は目を伏せている。その口元に、かすかに笑みのようなものが浮かんでいることに、孝史は気づいた。もしもなめてみたら、きっととびきり苦いにちがいないだろうな、あの笑みは。

「オレ、おかしなことを言ってますか？」

男はゆるゆると首を横に振った。笑みは消えていなかったが、孝史を笑っているわけではなさそうだった。

「おかしなことを言ってるわけじゃないよ。事実がおかしなことになっているだけだ。君にとってはね」

「どういうことです？」

男はちらりと屋敷の窓のほうに目を向け、様子をうかがうような素振りを見せてから、言った。「話せば長いことになる。ここじゃ凍えちまうよ。それにここは前庭だから、人に見とがめられる危険がある。建物の脇を通っていくと裏庭に出られるんだ。薪小屋がある。とりあえず、そこで休もう」

　男は孝史の全身を、検分するようにながめた。

「着るものが必要だし、手当ても要りそうだね。とにかく移動しよう」

　中腰で立ち上がりかけた男の袖をとらえて、孝史は言った。「待ってくださいよ。何がなんだかわかんないな。なんで薪小屋なんかに隠れなくちゃならないんです？　ここを出て、助けてもらいましょうよ。あんな凄い火事なんですよ。救急車も消防車もわんさと来てるはずだ。オレ、病院で診てもらいたいですよ」

「だけど、救急車や消防車の来ている気配があるかい？」

　素っ気ない男の言葉に、孝史は詰まった。

「なんか手違いがあって……」

「それにこの雪は？」男は手をあげて、ぼたん雪を掌で受け止めた。「夜のあいだに、こんなに降り積もってたんだと思うかね？」

「寝てたから気づかなかっただけでしょう。雪は静かに降るからね」

　ため息をつき、今度こそはっきりと苦笑を浮かべて、男は言った。「じゃあ、平河町ホテルはどこにある？　どこに見える？　君の言ったとおり、あれだけの火事だ。煙が立ちのぼってるだろうし、空が赤くなってるだろう。探せば、どっちの方向かすぐにわかる。どっちだい？」

　そんな意地悪い言い方をされるまでもなく、孝史だってヘンだと思っていた。

　なんだか、とんでもないペテンにかけられたような気がしてきた。将棋の駒のなかに混ぜこまれた、たったひとつのチェスの駒みたいに、孝史ひとりだけがルールも何もわかっていなくて、状況を理解していないのだ。

「——ホテル、見えませんね」

　渋々、そう認めた。とても怖かった。

「俺たち、今どこにいるんです？　教えてください。あなたは俺を、あのホテルからどこへ連れ出してきたんですか」

　中腰になっていた男は、もう一度座り直した。説明しなければ、孝史を動かすことはできないと思ったのだろう。

「もう一度言うよ。あの写真はね、昭和二十三年に蒲生邸が取り壊される直前に撮影されたものなんだ」

「ええ、聞きましたよ。昭和二十三年。ボクなんかが生まれるずっとずっと前だ」

孝史はごくりと唾を飲み込んだ。

「その昭和二十三年の建物が、どうして今ここにあるんです？」

男は孝史の目を見据えて答えた。「今が、昭和二十三年より以前だからさ」

そんな馬鹿な、と言いかける孝史の口を封じるように、男は素早く続けた。

「こうするよりほかに、あの火事のなかから逃げ出す方法がなかったんだ。信じられないのはよくわかるよ。でも、事実なんだ」

「何が事実だっていうんです」

男は孝史を見つめ続けた。軽く息を吸い込み、白い息を吐き出しながら、言った。

「我々はタイムトリップしたんだ」

タイムトリップしただと？

言葉もない孝史に向かって、男はわずかに後ろめたそうな顔をしてみせた。

「私はね、時間旅行者なんだよ」

6

じかんりょこうしゃ。

ちょっとのあいだ、孝史の頭のなかには、その言葉が意味をなさずに、バラバラの音として存在していた。あまりにも突飛な言葉だ。突飛すぎた。

やっと、声が出た。「時間——」

「旅行者」と、男があとを引き取った。

「タイムトラベラーという意味？」

「漢字よりカタカナのほうがいいのなら、そう呼んでくれてもいい。私はあまり好きじゃないがね」

「そんなものがこの世にいるわけないじゃない」

相手にというより、自分に向かって孝史は呟いた。笑おうとすると、火傷した頬が引きつってひどく痛んだ。

「小説じゃあるまいし。いったいどうやったらタイムトリップなんてことができるっての？ 俺たち、ラベンダーの香りでもかいだんですか」

「ラベンダー？」

「『時をかける少女』ですよ。知らないの？ タイムトラベラーのことを書いた小説だ。すごく面白い」

髪にくっついた雪をはらいながら、男は首を横に振った。「少しでも時間旅行についてふれているようなものには、小説だろうと子供向け科学読み物だろうと、いっさい手を触れないことにしてるんでね」

「ウソだろ」孝史は思い切って痛む頬を歪め、意地悪そうな顔つきをしてやった。「そういうものをいっぱい読んで、あんた、自分の妄想をつくりあげる参考にしてるくせして」

男は黙って孝史の顔を見た。しばらくそうしていた。その表情のあまりの暗さに、孝史は、ひどく卑しいことを言ってしまったような気分にさせられた。

「とにかく、場所を移そう」声をひそめて、男は言った。「それとも、一〇〇パーセント私の言葉を信じずに、君は他所《よそ》に助けを求めにゆくかい？　それならそれでもいいよ。ただ、断っておくがその場合、君の身の安全の保障はできないからね」

口調は厳しく、顔も強ばっていた。何かを恐れているかのように見えた。

「そんなパジャマ姿で――それも一九九四年のパジャマ姿で、やれホテル火事から逃げてきただの、警察を呼んでくださいだの、家に連絡させてくださいだの言ってごらん。どうなるかね」

「どうなるっていうんです」

「問答無用で警察に引っ張られるか、病院に閉じ込められるか――」暗い旋律の歌をうたうように抑揚をつけて、男は言った。「あるいは、射殺されるかだろうな」

孝史は吹き出した。ホントにこの人、どうかしてるぜ。「撃ち殺される？　そんな馬鹿な。僕は犯罪者でもなんでもないんですからね。どうして警察官が、いきなり僕を撃つんです」

「警官がそうするとは言ってないよ」

ここで男は、左手首にはめた古風な形の腕時計を、ちらりと見た。

「それに、そういう最悪の事態になる可能性が出てくるまでには、まだちょっと間がある。ほんの一時間程度だろうけれど」

「何がなんだかさっぱりわかんないよ」

孝史にかまわず、男は慎重に周囲をうかがいながら立ち上がった。「とにかく、私は薪小屋へゆくよ。凍えそうだ」

真っ白な雪におおわれた蒲生邸の前庭は静まり返り、降り続く雪のさやさやという音しか聞こえない。さっき見たときは明かりのついていた、二階の端の窓も、今は真っ暗だ。ふたりが話をしているあいだに、消えたのかもしれない。

そのことが急に、孝史をひどく震えあがらせた。

ここで孝史とあの男が非現実的な会話をかわしてい

るあいだにも、あの館のなかには確かに人がいて、明かりをつけたり消したりしていた。何か夜業をしていて、それが終わったからさあ寝ようとでもいうことかもしれない。

ここには、ごく当たり前に動いている世の中があるのだ。この豪華な洋館はけっして舞台装置でも書き割りでもなく、そのなかにいる人も役者ではなく、孝史とあの男の存在になど、今はまったく気づかずに暮らしており、もしもふたりの存在に気づいたなら――

(どんな騒ぎになるだろう?)

少なくとも、「あのホテル火事から逃げてきたのか、さあ入りなさい、今救急車を呼んであげるからね」というようなことにはならないだろう。だいたい、もしもここが平河町一番ホテルのすぐ近くであるならば、館の住人たちがこんなにも平和に寝静まっているはずがないのだ。みんな飛び起きて表に走り出て、延焼はないか、爆発はないかと、パニックに近い状態で見守っているはずだ。

それなのに、現実は、事実はどうだ。こんなにも静かで、こんなにも平和だ。

ここはホテルの近くじゃない。孝史とあの男はホテルの窓から飛び降りたわけじゃない。ここは孝史の知っているどこでもない。ここでは何か、とてつもなく異常なことが起こっているのだ。

いやそれとも、孝史とあの男の存在の方が異常なのか?

目をあげると、男は中腰の姿勢のまま、植え込みをまわって館の脇を抜け、裏庭のほうへ行こうとしていた。孝史はあわててあとを追った。

が、立ち上がったとたんに、すぐよろよろとよろけ、あげくには顔からまともに雪のなかに倒れこんでしまった。まるで両膝がスポンジにでもなったみたいだ。全然力が入らない。

雪のなかで起き上がろうとしてもがいていると、男が引き返してきて助け起こしてくれた。

「オレ、どうかなっちゃってます」と、孝史は震えながら言った。「一酸化炭素のせいかな」

男は落ち着いていた。「そうじゃないよ。タイムトリップの後遺症だ」

なかば男におぶさるようにして、孝史はやっと立ち上がった。身体中の骨という骨が、やわらかいパンみたいなものに変わってしまったような感じがする。

「タイムトリップは、身体におそろしく負担をかけるんだよ。回復には少し時間がかかる。本当なら、どこかで横になっていられるといいんだがな」

「あんたは大丈夫なんですか」

「私もしんどいよ。でも、だいぶ慣れてきているし、準備もそれなりにしていたからね」

「準備？」

「まあ、その話はあとにしよう」

ふたりはよろけながら、蒲生邸と館のぐるりを取り巻いている低い生け垣――今はそれも雪で真っ白におおわれている――とのあいだを通り抜け、裏庭へとまわった。雪明かりのなかに、男が言ったとおりの、小さな小屋が立っているのが見えた。板張りの、粗末なつくりの小屋だ。

裏庭は前庭よりもずっと狭く、薪小屋のトタン屋根の庇《ひさし》が、生け垣の上におおいかぶさっているような状態だった。

孝史はここで初めて、周囲の景色を見た。

灰色の夜空と、降りしきる雪。館の背後を取り囲む、背の高い木立。ごく限られた視界の内側に、目立つ建物など何もなく、ただ舗装されていない道が一筋、木立のなかを抜け、蒲生邸の背後をまわって右手のほうに通じているだけだった。

目に降りかかる雪をまばたきしてはらいながら、孝史はそのとき、雪をまぶされた木立の枝を透かして、はるか遠くのほうに、明かりがひとつふたつまたたいているのを見つけた。

「あれは何です？」

できるだけ物音をたてずに薪小屋の扉を開けようと苦心している男に、孝史はきいた。男は顔をあげて孝史の視線をたどり、すぐに答えた。

「陸軍省の窓だ」

孝史の身体を支えながら、またちらっと腕時計をのぞいた。「この時刻じゃ、まだ明かりもあの程度のもんだろう」

孝史は呆けたように、黙って男の横顔を見つめていることしかできなかった。耳の奥で、今の言葉が繰り返し響いた。陸軍省、リクグンショウ、リクグン――

昨夜のどこかで、この言葉を耳にした覚えがあると思った。どこでだったろう？ 誰から聞いた言葉だったろう？ 陸軍？ 現代の日本では、それは死語だ。存在しない言葉。陸軍省？ 厚生省の間違いじゃないのか。

薪小屋の前には雪の吹き溜まりができており、そのために、扉がなかなか開かない。それでも、ひと一人どうにか擦り抜けられる程度に扉を開けると、男はまず孝史を押しこみ、周囲の様子をひとわたりうかがってから、自分も小屋のなかに入ってきた。

幸い、小屋の床は地面が剝きだしではなく、ちゃんと板が張ってあった。孝史は、四畳半ほどの広さの部屋の中央に積みあげてある薪の山にもたれて、崩れるように腰をおろした。めまいがひどくて、ちょっとのあいだ、自分がどっちを向いているのかわからなかった。

鼻先に、湿った木の匂いが漂う。背中に触れているごつごつしたものは、まぎれもなく薪の山だ。湿気らないように、また取り出しやすいように、十本ずつぐらい互い違いにして積みあげてある。

混乱している頭にも、その事実――それが差し示すことの意味が、じわりとしみこんできた。今日日《きょうび》、銭湯だって電気で湯をわかす時代だ。しかも東京のど真ん中で、どうしてこれだけたくさんの薪を必要とする家があるだろう？

男の言葉が、今さらのように蘇ってきた。昭和二十三年よりも以前。今我々がいるのは、昭和二十三年よりも以前。

本当にタイムトリップした？

この小屋は物置も兼ねているらしく、男がどこからか古毛布を一枚探し出してきて、それを孝史にかけてくれた。ひどくかび臭く、ぼろぼろだったけれど、有り難かった。

「もう少したてば、館の使用人たちが起き出してくる。そうしたら、訪ねていこう」と、床に腰をおろしながら、男が言った。「それまでに、私は君を連れてきた理由をでっちあげないとならない。それに、どうして君がこんなひどい火傷を負っているかという理由もね。鉄工所に働きに出ていて、親方に折檻されて逃げてきた、とでもするか」

毛布にくるまれたとたんに、ショックと疲労もまた孝史を包みこんだ。口を開くのも辛かったけれど、やっときいた。「ひとつ教えてください」

「なんだね？」

「ここは東京ですか？」

「東京だよ」

「あんたの背中には羽根がはえていて、ホテル火事から逃げるために、俺を連れて、軽井沢の別荘地まで飛んできたっていうことじゃないんですね？」

男は薪の山をちらっと見あげ、微笑した。

「別荘地か。なるほどね。そういうところなら、今でも薪を使うだろうが、でも、そうじゃないよ。ここは東京だ。正確に言えば、我々はまだ、平河町一番ホテルの敷地内にいる。位置的には、そうたいした距離を移動したわけじゃないし、その移動は、さっき我々がよろよろしながらここまで歩いてきた結果だ。タイムトリップでは、空間的な距離を移動することはできないんだから」

男はちょっと肩をすくめた。「そのへんのことを、小説や映画ではどう書いてあるか知らんけど」

「『バック・トゥー・ザ・フューチャー』じゃ、どうだったかな……」おかしくもないのに、孝史のくちびるが、ふっと緩んだ。

「そうそう、やっぱり距離的な移動はしてませんでしたよ」

「なかなか正確なものもあるんだね」と男は言って、孝史に笑みを見せた。

小屋の壁の上のほうに空けてある明かりとりの窓から、時おり雪がちらちらと舞い込んでくる。おかげで、お互いの顔を見ることができる程度の明るさもあった。孝史は、ひどく疲れたような様子でぐったりと座りこんでいる男と、しばらくのあいだ意味もなく顔を見合わせていた。

「あんた、頭がおかしいんですか」

男はかぶりを振った。「残念ながら、私は正気だ」

「じゃ、あくまでも、俺たちはタイムトリップしたんだ、あんたは時間旅行者なんだって言い張るの？」

「それが事実だからね。正確には、私は時間軸を自由に移動することのできる能力を持っている人間である――ということだが」

それから、小声でつけ加えた。「不幸にも、ね」

孝史は目を閉じた。疲労でクラクラする。泣きたくなってきた。

「わかったよ、信じますよ。だからさ、提案します。現代へ帰ろうよ」

目を開き、男を見た。彼はあぐらをかいて、その上に肘をつき、子供のように両手で頰をおおっている。

「俺をここに連れてくることができたんだ。連れ戻すこともできるでしょう？　帰りましょうよ」

「それはできない」

「どうして？」孝史はうめきながら身を起こした。

「距離的な移動は、歩けばすむことでしょう？　ここだとまだ、火事の燃え盛ってるホテルの敷地内にいるってことなら、歩いてここから離れて、そこからタイムトリップすりゃいいじゃないですか。国会図書館のなかだろうと最高裁判所の玄関だろうと、どこでもいいよ。あのへんは家がたてこんでるところじゃないから、どこへ出たってそう面倒なことにはなんないもの。現代に帰れるなら、どこでもいいよ」

「それはできないよ」男は頑固に首を振り続けた。

「ひとつには、君は野次馬や報道関係者の存在を忘れてる。平河町ホテルの周辺は、今や大騒ぎだろう。我々がどこへトリップして戻り、現代に降り立とうと、目撃される可能性はわんさとある。誰かに見られたら、どんな騒動が起こると思う？　私はそんなことに巻き込まれるのは御免だね」

「じゃ、遠く離れりゃいいじゃないか。どこまでだって歩いて、ここから遠く離れりゃいいじゃないか」

男は、孝史の苛立ちを無視して続けた。

「ふたつめには、君は今、自分がどれだけ衰弱してるかわかってないだろう？　タイムトリップは身体に大きな負担をかけると言ったろう？　こんな短い間隔で、しかも怪我をしている状態でもう一度やってごらん。間違いなく、君の心臓は止まっちまうよ」

たしかに男の言うとおり、孝史はひどく弱っていた。落ち着いてくるにつれ、自分でもそれがよくわかってきた。身体が重く、めまいがおさまらず、吐き気もする。足はあいかわらずスポンジになってしまったみたいだ。

「それなら、ひと晩ここに隠れて、それから帰りましょうよ。それだったらいいでしょう？　休めば、俺だって大丈夫だし、ひと晩たてば、ホテルのまわりの騒ぎだっておさまってるでしょう」

すがるような思いでそう言ってみたのに、男は素っ気なく首を振る。

「駄目だ。できないんだよ」

「どうしてです？」

食い下がる孝史に、男は頬杖をつくのをやめて座り直し、逆にきいてきた。

「君はさっきから、一度もきかないね。我々が今、いつの時代に来てるのか。私は昭和二十三年より前だと言ったきりで、ほかには何も話してないのに」

「いつだっていいよ」孝史は喧嘩ごしになった。「さっきは陸軍省とかなんとか言ってたから、戦前の日本なんでしょうよ。それならいつだって同じだよ」

「同じじゃないんだよ」と、男は静かに言った。「場所によってはね」

意味有りげな口調に、孝史はじっと男を見つめた。

たった今自分が口にしたばかりの「陸軍省」という言葉が、不意に記憶を刺激した。その言葉を聞いたのは昨夜――そう、あのお堀端を歩いていて――テレビ局の中継車が来ていて――年配のサラリーマンのふたり連れが――

(何かあったんですかね)

(今日は二十五日だろう？　それだよ。今夜っていうか、明日の朝っていうかさ)

(雪が降ってないから気分が出ないんじゃないの)

(陸軍省や参謀本部が、あの辺にあったんじゃないですか)

(警視庁も近いしね)

すべて、平河町ホテルのすぐ近くで、昨夜聞いた会話だった。そしてこの雪。そうそれにあのテレビの深夜番組。今月今夜に起こった事件なんですよ。

孝史のなかで、急に何かが焦点を結んだ。だけどまさか、そんなことって――

孝史が気づいたことを悟ったのか、男はゆっくり、ゆっくりと大きくうなずいた。

「そう……我々は今、昭和十一年二月二十六日未明の東京、永田町にいるんだよ。間もなく――あと三十分もしないうちに、二・二六事件が始まる。この一帯は封鎖され、人の出入りは難しくなる。まして君のような何も知らない人間が歩き回るには危険すぎる四日間が、これから始まるんだ」

7

孝史の顔に、小窓から舞い込むぼたん雪が降りかかる。さっきまでは寒く冷たいだけだったけれど、今ではそれが心地好い。熱が出てきたのかもしれない。

「どうして俺を、こんなところに連れてきたんですか？」

男はしばらく無言のまま、答えなかった。孝史から目をそらし、床板の上に舞い落ちては溶けてゆくぼたん雪のかけらを見ていた。それから、小声で呟いた。

「自動車に乗るようなわけにはいかないんだ」

言い訳しているような口調だった。

「え？」

「なぜここへ、この時代へ連れてきたかと訊くからさ。これがその答えだ。確かに私は時間旅行者だけど、お手軽にいつでもどこでも行きたいところへポンと飛べるわけじゃない。ある場所へ到達しようと思ったら、経験と訓練を積まなきゃならないんだ。君が、たとえばホテル火災の始まる十分前の世界に連れていってくれればよかったのに――と文句をつけたくなるのはもっともだよ。だけどそれは、私にとっては難しいことだったんだ。十分前の世界より、昭和十一年へたどりつく道の方が、私にとってはずっと勝手知ったる道だった。そう、文字通り、すでに〝道〟がついているからね。しかもあの火災のなかで、私自身も取り乱していたから、なりふり構わず脱出して、気がついたらここへ降りていたという感じだった」

やがて、静かに訊いた。「助けないほうがよかったかね？」

「意地悪な質問だな」と、孝史は言った。

「助けてもらったことは、感謝してます」

口にした本人にも、あまり心のこもった言葉とは聞こえなかった。男は苦笑した。

「いいんだよ、無理するな。実を言うと、どうして君を助けようと思ったのか、自分でもわからないんだ」

事の次第を説明すると、長くなるよ──と、男は言った。

「いいですよ。どこへも逃げられないんじゃ、時間だけはくさるほどあるもんね」

「それだったら、どうして私がこんな能力を持っているのか、そこから始めることにするかな」

身震いして上着の襟を立て、男は話し始めた。

「もともとこの能力は、私の一族──正確には母方の一族なんだがね──に、代々受け継がれてきたものなんだ。血のなかに眠っている特殊能力というべきものなんだろうね。能力というより、私に言わせれば、これは病気みたいなものだけれど」

「病気……」

「そうだ。ちょうど思春期になると表れる」

男は、遠くを見るような目をした。

「私が初めて自分にこの能力があることを知ったのは、十四歳のときだった。おくてだった私が、初めて女の子に恋をして、生まれて初めてラブレターを書いてさ、それを見事につっ返された日の夜のことだったよ。

そのころ私が住んでいた町は──ゆくゆく現代に帰る君には、本当の地名は教えられないな──仮に、坂井という町にしておこう。私をフッた、その女の子の名字だけど。

その坂井という町で、私の両親は小さな乾物屋をしていた。子供は五人。男、男、男、女、女の順でね、私は次男だった。私の年代にしては、子供の数は多いほうだ。だから暮らしは結構きびしかった。両親は、とても優しい人だったけれどね。

ただ私には、子供のころから、あまり親に可愛がってもらったという記憶がない。親だけでなく親戚とか、兄弟のあいだでもそうだった。妹たちは、ほかのふたりの兄たちにはしょっちゅうまつわりついているのに、私にはなついてこない。長兄は、ほかの兄弟姉妹たちにとっては父親がわりのような頼りがいのある存在だったのに、私にはほとんどかまってくれなかった。

そしてあるときふっと気づいてみたら、私には友達もいないんだ。親しい友は、一人も。誰も私を草野球に誘ってくれない。うちへ遊びに来てくれない。いや、一度や二度来てくれても、みんなすぐにつまらなそうな顔になって、次からはやってこなくなってしまう。

どうしてだか、子供心にも不思議だったし、寂しかったよ。自分なりに一生懸命考えて、どこが悪いんだろうと悩んだりもした。

でもそのかたわらで、なんとなく漠然とではあるけれど、自分がみんなとなじめず、みんなからはじき出されてしまうのは、自分がほかの人とは違った人間であるからだ――ということに、気づいていた。みんなとは、決定的にどこか違ってるんだと。

言っておくけど、それは優越感をくすぐる発見でもなければ、少しも誇らしいことでもなかった。私はその『違い』が、かなり異常なことであると、子供なりに感じていたからね」

「どう異常だっていうんです？」

「子供のころは、うまく言葉で言えなかった。今ならこう言うよ」

男はちょっと口をつぐみ、考えてから続けた。

「私には、いつどんなときでも、自分がここにいる――という現実感が無いんだ。家族で夕食を食べているときでも、自分もそこにいてみんなと一緒に箸を動かしているというより、自分は一歩離れたところにいて、自分の抜け殻が家族と飯を食べている光景をながめている――という感じがするんだよ。大人になってから調べてみたら、そういう症状を起こす心の病気も、実際にあるらしい。『離人症』というそうだけど。

とにかく私には、そんな奇妙な『現実離れ感』がつきまとっていた。だから、家族や友達と、心から一緒に笑ったり泣いたり楽しんだりすることができない。いつも一歩退いた観客でしかないからね。

そしてそんな子供時代、私はよく空想をした。最初のうちは、そんな空想も、孤独だからすることだと思っていた。でも、それもちょっとおかしいと思えてきた。だってそういう空想のなかでさえ、私はいつも独りぼっちなんだよ。空想のなかの私は、たいてい、知らない町を歩いていたり、どこともわからない駅にいたり、真新しいピカピカのビルディングを見あげていたりするんだけれど、やっぱりいつも独りでいるんだ。孤独な子供が空想することにしては、現実とくっつきすぎていやしないかい？

それで、次第に考えるようになったんだ。自分が時おりはまりこむこの『空想』は、自分が頭のなかでつくりあげているものじゃなくて、実は現実に存在しているものなんじゃないかって。

ただ、今はまだ無いだけで。あるいは、今はもう無いだけで。

最初にそのことを思いついたのは、そう、それは十三歳の冬だった――真冬の、空っ風の吹く寒い日だった。学校の帰り道に、急に頭がぼうっとしてきてね。そのうち、あ、僕は『空想』のなかにはまりこんでいるなあっていう気分になってきたんだ。そのころにはもう、私はそういう気分に慣れてきていたからね。

現実の私はそのとき、家から学校へ帰る途中にある、大きな国道を渡る交差点にさしかかっていた。その地方でもいちばん最初に整備された道で、四車線の道路をいつもダンプカーがうなりをあげて走っていた。三十二年前といえば、ちょうど、高度経済成長の始まるころだったからね。一面にアスファルトで舗装されて、埃っぽくて、およそ味もそっけもない風景さ。

それなのに、『空想』のなかの私は、菜の花がたくさん咲き乱れている、舗装されていない田舎道を歩いているんだよ。

春の花と土のかぐわしい匂いが、はっきり鼻に感じられた。私は学生カバンを持って、とぼとぼ歩いていく。すると右手のほうに崩れかけた古い井戸があるんだ。おそるおそるのぞいてみると、底のほうで水が光っているのが見えた。井戸の脇に、ひときわ丈の高い菜の花がはえていて、私はそれを摘んで、右手に持って、振り回しながら歩いてゆくんだ――

そして気がつくと、『空想』の外に出ていた。現実に戻っていた。いつのまにか国道を渡っていて、家に向かう細い道を歩いていた。両側にしもたやがごたごた立ち並んでいて、緑の気もない。足元のアスファルトに、風に飛ばされて飛んできた枯れ葉が落ちて、カサカサ舞っているだけだった。それなのに私の手には、みずみずしい菜の花が握られていたんだ。

私はそれを、家に帰る前に道に捨ててしまったよ。初めて、怖いと思った。

それから間もなく、国道でトラックが防音壁に激突するという事故が起こった。補修のために周囲を壊して掘り直していると、古井戸の跡が出てきたという話を聞いた。そして私は、自分の『空想』がただの幻ではなく、過去の光景を見た——そのなかを歩いて、菜の花を持ち帰ってきたんだ——ものであったんだと、理解したんだ」

そして翌年の春、同級生の女の子にふられて悲しんでいるとき、その「空想」のなかに入りこむことが、ひとつの特殊な能力であり、訓練することによって自在に操ることができるものであるということを知ることになった——と、男は続けた。

「私にそれを教えてくれたのは、母の妹——叔母にあたる人だった。そのころで三十代のはじめだったと思う。そして、とても暗い人だった」

話に聞き入っていた孝史は、はっとした。さりげなく口にされた「暗い」という言葉に、頬をぶたれた気がした。

男にも、それがわかったらしい。孝史にうなずきかけながら、言った。

「そうなんだよ。叔母はとても暗い人だった。それも、表情や顔がどうのという次元ではなくて——」

「その人のまわりで光が歪んでいるような？」と、孝史は訊いた。「その人を見ていると、ガラスをひっかく音を聞かされているような気がしてくる、そんな感じじゃないですか？」

男は微笑した。その微笑も暗かった。白い雪の世界で、男の周囲だけが薄墨を流したようになっている。

「ぴったり、君のいうとおりだよ。残酷だけどね」

「すみません……」

「まあ、いいさ。事実だから」と、男は続けた。「実際、叔母はそういう人だった。当時まだ独身で、その後も結婚しなかったと思う。友達もいなかったし、いつも独り暮らしで、兄弟姉妹のなかでいちばん親しかった私の母のところにさえ、何年かに一度、ふらりと顔を見せにくるだけだった。しかもその短い訪問と滞在は、いつも、まるっきり歓迎されていなかった。叔母はそう、人に疎まれる歪んだ人だったのさ。私とそっくり同じように」

孝史は黙って目を伏せていた。

「さっきも言ったように、その春私は十四歳で、初恋に破れて傷ついていた。私の書いたラブレターは、封も切られずに返されてきた。私の恋した女の子は、こう言ったよ。子供だから、率直で残酷だったんだ。

『悪いけど、あんたって暗くて気味悪いから嫌なの。あんたって人間じゃないみたい』」

思い出すと、今も痛む部分が心のなかにあるのだろう。男はしばし、言葉を切った。

「叔母が訪ねてきて短い滞在をしたとき、私はそれこそ死んでしまいたいほどに苦しんでいる最中だった。そんな私に、叔母がちょっとしたお使いを頼んだんだよ——煙草を買ってきてくれとか、そんなことだったと思う。私は小銭をもらって煙草を買い、うちの裏庭で待っているという叔母のところに持っていった。叔母は私に駄賃をくれて、それから私を引き止めて、こう言った。『どうやら、話してあげなきゃならない時期がきたみたいだね』とね。そして私に、母方の一族のなかに流れる時間旅行能力者の血について、話してくれたんだ」

「おばさんも、その力を持ってた?」

孝史の問いに、男はうなずいて答えた。

「かなり強い能力者だった。訓練の仕方もうまかったのかもしれないが」

叔母の話は、信じ難い内容ではあったが、単純だった。

「代々、母方の一族のなかにひとりだけ、時間軸を自由に移動することのできる能力を持った子供が生まれてくるというんだな。その子は例外なく『暗く』、気味悪い雰囲気を持っていて、人に愛されないという宿命も背負っている。しかもみんな早死にだ。だから当然、子孫も残せない。次の世代の時間旅行能力者は、彼もしくは彼女のごく普通の兄弟たちの子供たちの世代——つまり甥や姪たちのなかから、またひとりだけ生まれてくるんだ。

叔母にこの秘密について教えてくれたのは叔母の伯父だったそうだ。そこで叔母は叔母で、自分の甥っ子や姪っ子たちのなかにそういう子供が現れてこないかと、ずっと観察してきたと言っていた。

そうして、赤ん坊の私をひと目見たら、すぐにそれとわかったそうだ。小さいときからはっきりしていたと言ったよ。あんた、写真が少ないだろうと言われた。その通りだったよ。家族にさえ、写真を撮ることをためらわせるような、歪んだものを身にまとって生まれてきたんだ、私は」

「どうしてそんな……」孝史は男の暗い顔に目をやりながら、呟いた。「その能力と、歪んで暗いことと、何か関係があるのかな」

「わからない」と、男は首を振った。「ただ、私なりに考えていることはあるよ」

時間は「光」だ――と、わずかに謳《うた》いあげるような口調で言い出した。

「光こそが時間だ。だから、時間軸を離れているときは、そこには光がない。さっきも真っ暗だったろう？」

燃えるホテルを飛び出して、虚空を飛んでいたあのとき――

「光である時間の束縛を逃れて動き回ることのできる私のような存在は、光にとっては異分子なんだ。人間の身体に飛び込んだインフルエンザのウイルスみたいなもんさ。異物だよ。だから、光の恩恵を受けることができない。私たち時間旅行者の周囲では、光が本来持っている力を削られてしまう。だから暗く歪んで見えるんだろうね」

初めてこの男の姿を見かけたとき、あのホテルのロビーで、そこに小さな小さなブラックホールがあるみたいだと思った。ブラックホールのなかには、光さえも吸い込まれてしまうそうだ。ブラックホールのなかには、時間はあるのだろうか？

「それともうひとつ、これは一種の『安全措置』でもあるのだろうね」

「安全措置って何ですか？」

男の顔が、自嘲的に歪んだ。

「だってそうだろう？　時間軸を自由に移動することのできる人間が、当たり前の人間的魅力や温かみを持っていたら、どうなる？　行く先行く先の時代で大勢の人間たちと係わり、それだけ多くの影響や足跡を残していくことになる。その分、かきまわしてしまう危険性も増えるじゃないか」

孝史は目を見張った。「それ、タイムパラドックスってやつですか？　ちょっとでも過去を変えたり、歴史に影響を及ぼしたりしたら大変なことになるっていう――」

勢い込んで問いかけたが、男は妙な反応を見せた。彼の顔に浮かんでいた歪んだ笑みが、すっとしぼんだ。視線が下がった。一瞬、男は孝史がそばにいることさえ忘れているかのように見えた。それほど孤独で、荒涼とした姿に見えた。

「タイムパラドックスか」と、ぼそりと呟いた。「君も、そういう言葉は知っているんだな」

思わせぶりな口調に、孝史は困惑した。

「そうでしょう、タイムパラドックス」

「どうかな。まあ、そう思っていてくれていいよ」

「違うんですか？」

　悪寒がだんだんひどくなり、男の話に注意を集中することが難しくなってきた。孝史は両手で頭をはさむようにしてぴしゃりと叩き、自分にカツを入れた。

「変わったことをするんだな」と、男がちょっと面白そうな顔をした。「痛くないのかい？」

「痛いですよ。だからいいんだ。ボケた頭が働くようになる」

「ラジオやテレビの調子が悪いとき、ボカンと叩いてやると直るのと同じように？」

「そう。これ、もともとはうちの親父の癖なんですよ。親父も、今のあんたと同じようなことを言ってた。昔はよくそうやって、調子の悪い機械を直したもんだって」

「その『昔』が『今』になってるんだよ。そのことを忘れないように」

　真顔で、男は言った。孝史は目をしばたたいた。

「だけど、まだ信じられない――」

　つっかえつっかえそう言い出したとき、突然、男がぱっと身を乗り出して孝史の口を手でふさいだ。腕を首に巻きつけ、孝史が動けないように押さえつける。

「シッ、静かに」

　声を殺してささやき、そのままの姿勢で、頬を強ばらせ、あたりの様子をうかがっている。

　ぼたん雪は降り続いている。さわさわというその静かな音以外に、聞こえてくる物音はない――

　が、その時、遠くからごく小さく、車のエンジン音のようなものが聞こえてくることに気がついた。

　近づいてくる。こっちに。

　男に押さえつけられたまま、孝史は目を動かして男の顔を見あげた。男は車の音が近づいてくる方向へ視線を向け、軽く目を細めている。

　エンジン音が近づいてくる。この雪道だ。タイヤはくぐもった音をたてている。車の進み方は、いらいらするほどにゆっくりだ。半ば男に押しつぶされたような格好のまま、孝史はぼんやり考えた。あの車、タイヤ・チェーンを巻いてないぞ。いや、それともこの時代には、まだチェーンなんてものは普及してなかったのかな？

　のろのろと近づいてきたエンジン音は、蒲生邸の前で止まった。続いて、車のドアが開け閉てされる音が聞こえてきた。

　男の手がゆるんで、口が自由になった。孝史はささやいた。「誰か来た」

男がうなずく。

「どうしよう？」

「ここへは来るはずがないから大丈夫だ」

ふたりはじっと息をひそめていた。車から降りた人物の——単数か複数かわからないが——目的地が蒲生邸であることに間違いはなさそうだった。ほどなくして、玄関のドアを叩く音と、声が聞こえてきた。

「ごめんください、ごめんください」

男性の声だった。ひどく急いでいる。ここにいてこれほどはっきり聞こえるのだから、よほど大声を出しているのだろう。

ややあって、蒲生邸のほうで誰かが玄関のドアを開けたのだろう。先ほどの来訪者の声が、「おはようございます」と挨拶した。

玄関のドアは、すぐに音高く閉じられた。あの来訪者が屋敷のなかに入っていったのだ。

「誰だろう？」孝史はつぶやいた。

「そのうちわかる」と、男が言った。「というより、だいたい想像はついてるんだ」

「誰なの？」

返事の代わりに、男は孝史を押さえこんでいた腕を離して、腕時計を見た。

「ずいぶん早くに、報せに来たんだな」と、独り言のように言った。

「何がなんだかわかんないよ」

ぼやく孝史を、男はまた「シッ」と制して、耳を澄ます。さっきの来訪者の声が、

「では、失礼いたします」と告げているのが聞こえてきた。号令でもかけているかのような、きびきびとした威勢のいい口調だ。

ややあって、車のエンジンがかかった。雪道を四苦八苦しながら、遠ざかってゆく。

車の音が消え去ったところで、ようやく、男は元の場所に腰をおろした。

「ぐずぐずしてはいられないな。よし、話を決めよう」

「話って？」

「君の身分をつくるんだよ。いつまでもここにいられるわけがない。凍死しちまう」

では、いよいよ蒲生邸のなかに入るのだ。

「君は今から、私の甥だ。いいな？」

「甥っ子だね」

「そう。私の妹の子供ということにしておこう。君、名前は？」

「孝史——尾崎孝史」

「名前はそのままでいい。いくつだ？」

「十八」

「じゃ、君は一九一八年の生まれということになる。大正七年だ。いいか？」

　頭がクラクラしてきた。俺が大正生まれだって？

「ちょっ、ちょっと待ってよ——」

　男はかまわずたたみかけるように続けた。

「現在は昭和十一年。一九三六年だ。ただし、この時代の一般庶民は——まして君のような無教養な労働者は西暦なんか使わないからな。今は昭和十一年。君は大正七年生まれ——そうそう、生まれはどこだ？」

「俺の家？　群馬だけど。高崎市」

「高崎か——」男はくちびるを噛んだ。「まずいな。さっぱり土地カンのないところだ。君、郷土の歴史ってやつに詳しいか？　昭和十一年当時の高崎市が——まだ市になってもなかったかもしれないが——どんな様子だったかわかるか？」

「わかるわけないじゃない」

　泣きたくなってくる。

「そんなもの知ってるくらいなら、入試だって落ちないよ」

「それじゃしょうがない。もしも何かきかれたら、東京の深川区の、扇橋《おうぎ》というところで育ったと言うんだぞ。いいな？　深川区、扇橋だ」

「あんたもそこの生まれなの？」

「そうではないが、一時そこに住んでたことになってるもんでね」

　じれったそうに、男は吐き捨てた。

「いいか、今ここでの私は、平河町ホテルにいたときの私じゃないんだ。別の名前を持ってる。生まれ育ちも違う。別の身分と戸籍を持ってる別人なんだ。ここでの私は四国の丸亀という土地の生まれで、家は農家だ。故郷を捨てて、東京に出てきた男だ。この時代での正式な身元を手にいれるために、私はさんざん苦労してきたんだよ。だからそれを台無しにしてくれるな。いいか？」

　ごくりと喉を震わせて、孝史はうなずいた。

「深川区の扇橋だぞ。そして君は鉄工所で働いていた。事情があってそこを逃げ出し、昨日の深夜に私のところに転がりこんできた」

　男はひとつひとつ確認をとるように、孝史の顔に指をつきつけながら言った。

「君は追われていたので、私はひとまず君を、今日から住み込みで奉公することになっていたこの蒲生邸まで連れてきた。二、三日私のところに匿って、それから他所へ逃がすつもりだ。ぐずぐずしていられなかったので、私は自分の身の回りのものさえ持って出てくることができなかった。いいか？」

頭のなかで復唱して、孝史は何とかうなずいた。

「わかったよ」

「先方が何もきいてこなければ、何もしゃべらなくていい。口下手で、頭もあんまりよくないようなふりをしていろ。それがいちばん安全だ」

てきぱきとそれだけ言うと、男は口元を引き締めて腕時計に目を落とした。外へ出て、この屋敷の人たちに接触する時が近づいている。その覚悟を固めたという表情だった。

だが、男のその決意の顔が、逆に孝史を怖じ気づかせた。落ち着きとか理性とか頑張りとかいうもののスイッチが一度に切れて、迷走するラジコン飛行機になったみたいに、心がフラフラしてきた。

なんとか逃げられないか——なんとか。その思いが、弱気な言葉になって口から出た。

「ねえ、あんただけ屋敷のなかに入るわけにはいかないの？」

「なんだって？」

「今日から住み込みで働くことになってたんだろ？あんただけで行ってよ。僕はこのままここに隠れてるからさ」

男はじいっと孝史を見つめた。「死んでしまうぞ」

「大丈夫だよ」

弱った身体を強いて動かして胸を張り、請け合ってみせた。

「そう簡単に参りやしないって。二日でも三日でも、あんたの都合がつくまで、またタイムトリップできるようになるまで隠れてるよ」

男は険しい表情で首を振った。断固、という感じだった。

「鏡で自分の顔を見てないからそんなことを言うんだ。君には手当てが必要だ。医者を呼んではもらえないだろうが、傷を消毒して水分をとって、少なくとも一日安静に寝てなきゃいけないよ。こんな寒い場所にいちゃ駄目だ。いいから言われたとおりに——」

「嫌だ！」

大声が出てしまった。自分でも情けないほどに、すべてのことが恐ろしくなった。とてもじゃないけどこなせない。こんなこと、本気でやれるわけがない。

「行かないよ。面倒くさいよ。芝居する自信なんかないよ。つくり話を覚えていられないよ」

「できないできないじゃ、話にならない」

「お願いだから勘弁してよ」

ああオレ泣き出しそうだと思ったときには、もう涙が頰を伝っていた。

頭を抱え、孝史は身を縮めた。小さくなって、周囲のもの全てから隠れてしまいたい。

「嫌だよ、行きたくないよ。それぐらいならここにいるよ。それより現代に帰してくれよ。ホテル火事のどまんなかでもいいよ。帰してよ、帰してください」

そのとき、孝史の前に仁王立ちになっていた男が、いきなり、薪小屋の出入口のほうを振り向いた。そのまま、絶え間なく吹き込む北風と舞い込む雪のために凍りついてしまったかのように棒立ちになっている。

おそるおそる、孝史は目をあげてみた。

薪小屋の扉が、三十センチほど開けられていた。そのわずかな隙間から、降りしきる雪が、いく筋もの真っ白な線となっているのが見えた。

そしてその雪の白い斜線を背景に、若い娘がひとり、わずかに身をかがめ、こちらをのぞきこむような姿勢で立っていた。

着物姿だ。肩から小さい毛布のようなものをかぶっている。髪は長いのだろうが、古風な形に頭のうしろでまとめてあり、寒さで真っ赤になっている耳たぶがよく見える。

片手に大きな籠のようなものをさげ、足は裸足に下駄履きだ。見ているこっちのつま先まで凍りそうだと、孝史は思った。

整った顔だちに、肌は真っ白だ。大きな瞳は目尻が少しさがり気味で、ふっくらした頰に睫毛が影を落としている。飾り気も化粧っ気も髪の毛一筋ほどもない。

それでも、とてもきれいだ。

孝史に背を向けて突っ立っていた男が、その姿勢のままそろそろと両腕をうしろに回し始めた。何をするのかと思えば、両手を背中にかくして、左腕にはめた腕時計をはずしているのだった。

はずし終えると、時計を孝史の膝の上にぽろりと放って寄越した。孝史はあわててそれをつかみ、パジャマのポケットに押し込んだ。

そのとき、娘が初めて口を開いた。

「平田さん？　こんなところで何してるんですか？」

平田と呼ばれたのは、孝史の目の前で突っ立っているあの男——孝史をここへ連れてきた諸悪の根源だった。彼は空咳をひとつすると、いかにも弱り切ったという声を出した。

「すみません、驚かしちまったでしょう」

若い娘は薪小屋の扉を開けると、なかに一歩踏み込んできた。視線は、平田と孝史のあいだを往復している。孝史はあわてて顔を伏せ、古毛布にしっかりとくるまった。

「どうしちゃったんですか?」と、娘は言った。ほんの少しなまりがある。「そちらの人は?」

「私の甥なんです」と、平田がすかさず言った。「ちょっとゴタゴタがありまして——私といっしょにやってきまして——ここへ隠していただいてるわけでして……」

平田は、孝史にとって名前も知らない時間旅行者であったときには一度も出したことのない、卑屈でへりくだった口調で話していた。

「このことは、旦那様や奥様には……」

「申し上げないほうがいいんですか?」と娘がきいた。

平田は平身低頭という様子だった。「お願いしますよ」

娘はしばし、無言だった。それからまた、孝史のほうに視線を向けた。孝史は彼女の瞳の動きを、身体全体で感じとっていた。

「怪我を、してるんですか」

孝史を指してきいたらしい。

平田が答えた。「火傷を少し。私の住まわせてもらうことになっているお部屋に寝かせてやりたいんですが、いかんでしょうか」

娘は男には答えず、手にさげていた籠をその場に置いて、薪小屋の扉を閉めると、孝史のそばへ近づいてきた。孝史はますます小さく丸まった。

白い小さな手が孝史のほうに伸びてきた。孝史は身を引いた。手は追いかけてきた。孝史の顔のすぐそばでちょっと迷い、それから思い切ったように動いて、額に触れた。

「熱がありますね」

優しい口調だった。可愛い声なのに、少しかすれているように聞こえた。孝史の耳のほうがおかしいのかもしれない。

白い手はやわらかかった。冷たくて心地好かった。孝史はそのまま、目を閉じた。身体がゆっくりと、横に倒れてゆくのを感じた。

8

――遠くで人の話し声がする。

目を覚ましたとき、最初に見ることができたのは、灰色のしっくいで塗られた低い天井だった。そのほぼ中央から、裸電球がひとつ、殺風景な風情でぶらさがっている。

明かりは今、つけられていない。それでも室内は薄明るく、およそ四畳半ほどの広さの天井を、隅々まで見渡すことができた。

額に何か、濡れた生暖かいものが乗っている。触れてみると、手ぬぐいだった。

孝史はゆっくりと半身を起こし、見慣れない、狭い部屋のなかを見回した。

布団に寝かされていた。この部屋の戸口から遠いほうの壁に寄せて敷かれている。床は板張りだが、古い畳が三枚、部屋の中央部分に並べて敷いてあり、孝史の寝ていた布団もその上にあった。

布団の足元の壁に、ドア一枚分ほどの幅の引き戸がある。同じ壁のもっと右端に、上の部分に曇りガラスがはめ込まれた引き戸がもうひとつ。たぶん、右側のほうがこの部屋の出入口で、足元の引き戸は物入れだろう。

この明かりはどこからくるのだろうと、首をめぐらしてみた。すぐ頭のうしろに、三つ並んだ明かりとりの窓があった。そこから、白く輝くような光が差し込んでいる。窓は引き戸ではなく、窓枠の下のところに取っ手がついていて、向こう側に押して開けるタイプのもののようだった。

畳の端に、花柄の模様のついた、ひとかかえほどある火鉢が据えてあった。火箸がひとつ、無愛想な感じにぶすりと突き立ててある。この部屋の暖房といったら、それだけのようだった。

空気は冷えきっている。ほうっと息を吐くと、その息が白く見えた。畳の下からも冷気があがってくる。こういうのを、底冷えがするというのだろうか。

遠くのほうで、また人の会話する声が聞こえてきた。何をしゃべっているのかはわからない。ついでぱたぱたと足音がし、ドアが閉まる音が聞こえて、ぱったりと静かになった。

孝史はひとりになった。

俺はいったいどこにいるのだろう。何がどうなっているんだろう。頭のなかは、綿か何かがぎっちりと詰まったみたいにぼんやりとして、いっこうに血がめぐらない。しかもこの綿は石綿だ。頭の内側を、がさがさと刺激する。我慢できないほどのものではないが、起きたときから頭痛を感じていた。

頭だけではない。身体中の関節が痛む。頬っぺたや、手の甲や、ちょっと身体を動かしてみたら、右の太ももにもびりりと電流のような痛みが走った。そう、これは火傷の傷だ。そしてそのことが、孝史にこれまでのことを思い出させた。

――ここは、蒲生邸のなかか。

俺はあの薪小屋で気を失ったんだっけ。で、あの時間旅行者の男がここへ運びこんでくれたのだろう。

(君は少し休まなくちゃいけない)

倒れる直前の、薪小屋での会話を思い出してみた。

(私の住まわせてもらうことになっているお部屋に寝かせてやりたいんですが、いかんでしょうか)

すると、ここはあの男がこれから暮らす部屋なのだ。たしか、ここで住み込みで働くと言っていた。どんな仕事であるにしろ、要するに使用人だ。ここは使用人部屋か。

まだ、濡れ手ぬぐいを手に持っていた。枕元には水を張った金たらいがある。誰かが、こうして額を冷やしてくれていたのだ。

孝史は寝床の上で立ち上がってみた。ふらふらした。ちょっと壁に手をついた。その冷たさにびっくりした。壁もしっくいだ。湿り気を帯びている。

関節の痛みと折り合いをつけながら、布団の足元の引き戸に近づき、開けてみた。中には、大きな布製の旅行鞄がひとつ、ぽつりと入れられている。その脇に、革靴が一足。底の部分をあわせて、横向きに置いてある。孝史の記憶に間違いがなければ、これはあの男がホテルで、そしてここまでくるあいだにも履いていた靴だった。

物入れの引き戸を閉め、今度は窓に歩み寄った。孝史の背丈なら、背伸びしなくても楽に窓の取っ手に手が届いた。取っ手を回し、窓を向こう側に開けようとする。が、動かない。ほんの一センチ足らず、隙間があいただけだ。何度かやっているうちに、小さな雪の固まりが、窓枠の隙間から転がりこんできた。

ちょっと考えて、得心がいった。たぶん、ここは半地下にある部屋なのだ。今、地面には雪が積もっている。だから窓が開きにくい。この真っ白な外光も、雪のせいなのだ。

短い時間に、夜の闇のなかで、雪明かりで見ただけだけれど、この蒲生邸はずいぶんと豪華な洋館のようだった。それでも、使用人にあてがわれる部屋といったらこの程度のものなのか。

孝史は窓を元どおりに閉め、冷たく凍えてしまった指先をこすりながら、火鉢に近づいた。真っ白な灰のなかに、炭が埋もれて赤くおこっている。手をかざすと、そこだけはかあっと熱くなった。

これまで、いったいどこで、炭なんてものを目にしたことがあっただろう？　一度も見たことがないなんてことはない。

そうか……焼き鳥屋だな。だけど昔は、普通の住まいのなかで、こうやって暖をとっていたんだ。

昔――昭和十一年。

今は何年だったっけ？　考えてみた。平成六年だろ？　てことは、昭和にすると――昭和六十四年が平成元年なんだから――昭和六十九年か。差し引き五十八年前の時代に、俺は来ていることになる。

いや、違うんだと思い直した。昭和十一年のほうが「今」なんだ。俺が予備校の試験を受けるために上京して、平河町一番ホテルに泊まって、あのクソったれホテルが火事になって逃げ出した――その昭和六十九年のほうが、五十八年先の未来の彼方にあるんだ。

本当に、人間がタイムトリップすることなんかできるんだろうか。時間軸を自由に移動することのできる能力を持つ人間なんて、本当にこの世に存在するんだろうか。

ひょっとしたらこれは、ものすごく手のこんだペテンか何かで、俺は完全に騙されてるんじゃなかろうか。まだ、ホテルに泊まっていたときのパジャマを着たままだった。孝史は自分の身体を見おろし、パジャマの袖口や身ごろに触ってみた。

湿っぽい。鼻をくっつけると汗の臭いがした。熱があるせいだろう。

（熱がありますね）

薪小屋で会ったあの娘。彼女がそう言っていたっけ。きれいな娘だったなと、孝史は思った。あの娘はこの女中さんだろうか。それとも、それとも――

（ペテンの仲間か）

ぶるりと、身震いが出た。

事実を確かめるには、どうしたらいいんだろう。何を根拠に、今のこの状況を判断したらいいんだろうか。

孝史はゆっくりと室内を歩き回った。灰色にくすんだしっくいの壁。釘を打ったあとが数カ所に残されている。前の使用人の痕跡だろう。畳には一カ所、煙草の焼け焦げがある。

火鉢に手をかざす。つま先が冷たいので、代わりばんこに足を持ち上げて温める。急に、バカみたいな気がしてくる。

この部屋、なんだか変だよな……と思いながら見回していて、急にその理由に気がついた。そうか、テレビがないんだ。

ぐるぐると、壁沿いに部屋を調べてまわる。コンセントもない。テレビアンテナの引込線もない。昭和十一年。

日本でテレビの商業放送が始まったのは、いつのことだろう？　一般家庭に——使用人クラスの部屋でも——あって当たり前で無いと変だと感じるくらいにまで受像機が普及したのはいつのことだろう？

堂々巡りを繰り返しながら、孝史は自分で自分をごまかしていることを知っていた。おいおまえ、心の半分くらいで、自分はペテンにかけられてるんじゃないかと疑っているのなら、どうしてこの部屋から外に出てみないんだ？　表に出てみりゃいいじゃないか。歩けないほどひどい怪我じゃないんだから。

突っ立ったまま動けずにいると、下腹が不吉な感じでぐるぐるっと鳴った。差し込むような痛みが走る。

雪で冷えたんだ——両手で腹をさすりながら、ため息をついた。なんてカッコ悪いんだろ。『バック・トゥ・ザ・フューチャー』のマイケル・J・フォックスは、六十年代に戻ったって、元気でバリバリ活動してたぞ。

トイレに行きたくなってきた。ますます情けない。どうしようもないまま下腹を押さえていると、また遠くのほうでドアの開け閉てされる音が聞こえてきた。足音もする。こっちに近づいてくる。

孝史は急いで布団に飛び込んだ。目の下まで掛け布団を引き上げて様子をうかがっていると、足音は引き戸の前でとまった。

かたんと音をたてて、引き戸が開けられた。

そっと顔をのぞかせたのは、あの娘だった。孝史は急いで目を閉じたので、彼女は孝史が眠っていると思ったらしい。部屋のなかに入ってきた。

戸が閉められる音がする。孝史はそうっと目を開いた。

確かにあの娘だ。さっき会ったときと同じ着物姿で前掛けをかけ、足袋《たび》をはいている。左腕に何かたたんだものをかけ、右手には小さな瓶のようなものを持っていた。

ほっそりとして、色が白くて、ホントにきれいな娘だ。横顔が特に――頬の線がいいな――などと考えていると、彼女がこちらを向いた。いきなり視線があってしまった。

「あら、目がさめたんですね」

口元をほころばせて、娘は言った。笑みを浮かべると、目尻のところに小さなしわが寄った。若い娘であることに違いはないが、ひょっとすると俺より年上かもしれないなと、孝史は思った。

娘は近づいてきた。足袋を履いて畳の上を歩くと、衣擦れの音がするんだなと、初めて知った。

孝史の枕元に膝を折って座り、娘はこちらをのぞきこんだ。

「気分はどうですか?」

孝史はちょっと言葉が出なかった。すごくあっちこっち痛いしおまけに腹をこわしちゃったみたいで……なんて、とても言えそうになかった。

娘は着物の袖をたくしあげて腕をのばし、孝史の額に掌で触れた。孝史はとっさに目をつぶったが、白い二の腕が、鮮やかにまぶたの裏に焼きついた。

「まだ熱があるわ」と、娘はつぶやいた。

「寒くないですか」

ようやっと、孝史は声をしぼりだした。

「平気です……」

「これ、着替えです」

腕にかけていたものを枕元に置いて、娘は言った。

孝史は首をのばして見た。浴衣のようだった。

「それとこっちは馬油《ばゆ》」小さな瓶を孝史に見せて、娘は続けた。「火傷にはいちばんよくきくからって、ちゑさんが」

初めて耳にする名前に、孝史は多少とも戸惑った顔をしてしまったのだろう。娘はクスッと笑って、言った。

「ごめんなさい、ちゑさんはここの女中です。あたしといっしょ。いろんなことを知ってる人だから、ちゑさんの言うとおりにしてれば間違いないですよ」

それから声をひそめて、

「平田さんから頼まれて、あなたがここにいることは、お屋敷のみなさんには言ってません。あたしとちゑさんが知ってるだけです。だから安心していいですよ」

親しみをこめたその言葉は、孝史の心にすうっとしみこんできた。孝史は黙ってうなずいた。

「孝史さんていうんですってね」と、娘は続けた。

「たいへんな目にあわされたんですね。平田さん、あなたを三日か四日ここへ匿って、それから大阪のほうへ逃がすんだって言ってましたよ」

　平田――そう、それがあの男がここで名乗ることになっていた名前だ。孝史は頭を整理した。そして俺は、平田の甥っ子だ。

「伯父さんは、どこにいるんですか」

　ようやく口を開き、そうきいた。情けなくなるほどの小声だ。

「平田さんは今、表の雪かきをしてますよ」と、娘は言った。「ここは平田さんの部屋だし、この階には使用人しかいませんからね。心細いでしょうけれど、じっとしてれば誰にも見つかりません」

　娘は、孝史の落ち着きのない様子を、あくまで「追われる身」のそれと解釈しているらしい。どこまでも優しく、なだめるような口調だった。

「着替え、ひとりでできますか？　あたし手伝いましょうか」

　娘に見つめられて、孝史はあわてて言った。「いいです、ひとりでできます」

「油も塗れます？」

「できます、できます」

　娘は笑った。「平田さんが、あなたは恥ずかしがりだからって言ってたけど」

「すいません」

　娘は微笑して、すっと立ち上がりかけた。

「じゃ、着替えたら、今着てる寝間着はそのへんに置いておいてくださいね。洗濯しますから」

　娘のてきぱきとした態度に、孝史は口をぱくぱくさせていたが、そのとき、また下腹が大きくぐるぐるっと鳴った。痛みがきた。

「あら」立ち上がりかけた娘はまた膝を折った。「おなか？」

　孝史は顔から火が出る思いだった。「冷えたみたいで……」

「そうかもしれないわ。雪のなかを、寝間着一枚で歩いてきたんですものね。ちょっと待ってて」

　止める間もなく、娘は小走りに部屋から出ていった。そして本当に、すぐに戻ってきた。赤い蓋のついた黄色い瓶と、小さな湯飲みを乗せた盆を持っていた。

「これ、飲んでおけばいいでしょう」

　孝史はその小瓶を見た。どこかで見覚えのある形と色だと思ったら、正露丸だった。

　だが、孝史の知っている正露丸とは、ラベルが違っている。字も違う。こちらのラベルには「征露丸」とあり、商品名の下のところに小さな戦車の、上のところには複葉機の絵が描いてあった。

娘の見ている前で、孝史は正露丸を飲んだ。湯飲みの中身はぬるま湯だった。

「薬だけだと毒だから、すぐにおかゆを持ってきますね。おなかもすいたでしょう」

娘は言って、孝史から湯飲みを受け取り、盆に乗せて立ち上がった。

「お手洗いは、この部屋を出たすぐ右側ですよ」

出ていこうとする娘に、その笑顔にもう一度振り向いてもらいたくて、孝史は衝動的に声をかけた。

「あの、名前は?」

娘はきょとんとした顔をした。それから、さっきと同じように、ほうっと心の緩むような笑顔を見せてくれた。

「ふきです。向田《むこうだ》ふき」

第二章　蒲生家の人びと

1

寝間着を着替え、傷口に馬油を塗り、金だらいの水で手ぬぐいを湿して頭に乗せ、孝史は布団にもぐりこんだ。

と、またさしこみが襲ってきた。今度こそトイレに行かないともちそうにない。下腹を押さえて、戸口のところまで行った。

引き戸に手をかけ、そっと力をこめる。戸は動かない。もっと力を入れて引いてみる。あまり力むと腹に響く。へっぴり腰になって、息をぜいぜいいわせながら引っ張る。するといきなり、戸がぴしゃん！　と開いた。

大きな音が、この階全体に鳴り渡ったように思えた。孝史は縮みあがり、首をすくめて身を固くした。誰かが今の騒音を聞きつけてやって来はしないだろうか？

しかし、誰も来なかった。足音も聞こえない。周囲は静かなままだ。ほっと息をつき、孝史はあわててトイレを探した。ふきの言っていたとおり、部屋のすぐ右側に、上部に曇りガラスをはめこんだ別の引き戸があった。開けるまでもなく、そこが目的の場所だとわかった。悪臭が漂っていたからだ。

戸を開けると、臭いはいっそう強くなった。古風な和式便器の内側には、どろんとした真っ黒な闇がよどんでいる。落とし式便所、くみ取り便所だ。こんなの、小学校一年生のときのキャンプ旅行で泊まった山小屋で、たった一度お目にかかったきりの代物だった。

トイレットペーパーなんてものもありっこない。便所の隅に置いてある、四角いざるのようなもののなかに、灰色っぽいガサガサした手触りの紙が入れてあるだけだ。

何もかも、勝手が違う。用を足したあと、このまま外へ出るのは変だという気がして仕方なかった。ボタンを押すとかレバーを引くとかしないと、出てはいけないような気がした。身に染み付いている一九九四年の暮らしが、こんなところで孝史に追いついてきた。

部屋に戻って横になるとすぐに、ふきが小さな土鍋を盆に乗せてやってきた。今度は着物の袖をたすきでくくっており、鼻の頭にうっすらと汗を浮かべていた。きっと忙しいのだろう。

ふきの、ここでの仕事はどういうものなのだろうかと、孝史は考えた。彼の世代は「女中」という存在を知らない。現代——というか孝史の暮らしていた時代には、ホームヘルパーや家政婦というものはいるけれど、「女中」はいない。ましてや、ふきのような若い娘が、家事の仕切りをするために他家へ住み込むなどというのは、想像の範囲をこえたことだ。

そんなことをぼうっと考えながら、炭火をかきたてたり粥《かゆ》をよそったりしてくれているふきの横顔に見とれていた。見れば見るほどきれいな頰の線だ。優しいまなざしだ。

こういうのを一目惚れというのかな——と思う。それでいて、ふきの横顔に、何かしらひどく懐かしいような面影があることに、初めて孝史は気がついた。どこかで会ったことのある人だ——そんな気がする。

そうなのだろうか。ふきは孝史の知り合いの誰かに似ているのだろうか。でも誰に？　現代の孝史の周囲に、ひとつふたつ年上くらいのこんな女の子がいただろうか。

いや、いるわけがない。いたら覚えていないわけがない。それよりもむしろ、これが一目惚れの効能なのだ。初めて会ったような気がしない、というのが。

孝史に見つめられていることに気づいたのか、ふきはちょっとはにかんだような目をした。

「見られてると、食べにくいでしょうから」

そう言って、さっさと部屋を出ていってしまった。残念な気がしたが、食事のことについては、彼女の言うとおりではある。孝史は土鍋の蓋を開けた。

粥は熱くて旨かった。食べるにつれてますます食欲が出てきて、どんどん口へ運んだ。身体も暖まって、元気が出てくるような気がした。

あいかわらず、あたりは静まりかえっている。ふきは「この階にいるのは使用人だけだから」と言っていたが、そういう人々は、昼間は自室になど、ほとんど降りてこないのだろう。追い使われ、忙しく働いているのだ。

孝史が粥を食べ終えたころ、明かりとりの窓の方で、ざくざくという音が聞こえ始めた。なんだろうと見つめていると、窓の外側の雪が、だんだん取り払われてゆくのがわかった。誰かが雪かきをしているのだ。

あの平田という男かなと思いながら見あげていると、いちばん右端の窓の外側の雪がきれいにかきとられ、そこに人の手の影が映った。コンコンと、その手は窓ガラスを叩いた。孝史は立ち上がり、窓を押して開いた。

思ったとおり、平田の顔が、そこからのぞいた。膝の出たズボンをはき、丸首セーターの上から綿入れのチャンチャンコみたいなものを着ている。首には手ぬぐいを巻きつけて、足元はぶかっこうな編み上げ靴みたいなもので固めてある。

「気分はどうだ？」

しゃがみこんで窓に顔を寄せているので、彼の声はつぶれて聞こえた。

「少しよくなってきました。ありがとう」

「顔色はひどいもんだがね」と、平田は言った。

「あんたのほうは健康そうに見えますよ。さっそく仕事ですか？」

平田はちょっと腰をあげてあたりをうかがい、声を落とした。

「あんまり大きな声を出さないでくれよ」

「すみません。小さくなって隠れてますよ」

「雪かきが済んだら、一度そっちへいくよ。いろいろ、心得ておいてもらいたいことがあるから」

平田は仕事に戻った。孝史は窓を閉めた。そのまま寝床に戻らず、しばらく平田の仕事ぶりをながめていた。なかなか手早い。雪かきに慣れているように見える。

一応、彼の身の上話らしきものは聞かせてもらった。そしてそれを全面的に信じるにしても、わからないこと、知りたいことはまだまだたくさんある。彼のこれまでの人生——家族や友人関係、仕事のこと。彼の言う「時間軸を自由に移動することのできる能力」を駆使して、これまで、別の時代へ行ってみたことがあるのかどうか。

それに、いちばん不思議なことが、ひとつある。平田はなぜ、よりによってこの時代を選んでトリップしてきたのかということだ。

歴史の知識が乏しい孝史の頭で考えても、昭和十一年というこの時代が、人々が好んで住み着きたいと願う時代であるとは思えない。現に、ここからほんの数キロ、いやもしかしたら数百メートル離れただけの場所では、現在あの二・二六事件が勃発・進行中なのだ。

中学や高校の日本史の授業では、現代史についてはほとんど教えない。受験には必要ないからだ。それに、教科書のページ順に縄文式土器のあたりから歴史を解きほぐしてゆくと、明治維新をひととおりやり終えて、明治の元勲《げんくん》の名前を覚えてゆくあたりまでたどりついたところで、三学期の期末試験が来てしまう。それだって、相当スピーディな授業をする先生にあたったらの話だ。孝史がかつて習った中学の社会科の教師は、廃藩置県以降のページは授業では教えられないので、自分で教科書を読んでおけばよろしいと断言したほどだった。

そんな孝史でも、二・二六事件が軍部によるクーデターであるということぐらいは知っていた――というより、白状すれば、今は知っている。平河町一番ホテルで眠りにつく直前、テレビ番組のなかでそう言っていたからだ。

軍がクーデターを起こすということは、それだけの力を持っているということだ。だからこそ、その軍部の方針によって、日本は太平洋戦争へと突入していったのだろう。少なくとも、戦争については、孝史はそう教えられて育ってきた。火事の直前にホテルで見ていたテレビでも――あれは、孝史の体感時間感覚で言えば、ほんの数時間前のことだった――同じように言ってはいなかったか。かの戦争は、全部が全部、暴走した軍部のせいでした、と。国民は物資の欠乏と飢えに苦しみ、非戦闘員までバタバタと空襲によって殺されていった、と。

二・二六事件というものは、日本が暗黒の時代へとなだれこむ、その転換点であったのだろう。この先に待っているものは、死の恐怖と欠乏と飢えという、忌まわしいものばかりなのだ。

一九九四年という豊かで満ち足りて安全な時代に生きる人間が、いくら時間軸を自由に移動して旅行できるからといって、どうしてまたそんな暗い時代に行きたがるものだろう? ちょっとのぞいてみようというなら、観光気分ならまだわかるが、あの男は、ここで「平田」という名前と戸籍とを手にいれて、ここで暮らし、ここで働くというのだ。

粋狂としか思えない。

やっぱりこの話、でっちあげなんじゃないか?

濡れ手ぬぐいを額にあて、孝史はゆっくりと考えた。俺、騙されてるんじゃなかろうか。そもそも、時間旅行ができるわけがないんだから。超能力なんてものは、夢幻の世界の話だ。

そのとき、引き戸をとんとんと叩く音がした。曇りガラスにぼんやりと、ふきの着物の色が映っている。孝史は小さく、はいと答えた。

ふきはまだ、たすきで袖をくくったままの格好だった。昼間はずっとこうなのだろう。今度はどびんと湯飲みの乗った盆を持っていた。近づいてきて、孝史がきれいに粥を平らげているのを見ると、うれしそうににっこり笑った。

「すごい旨かったです。ありがとう」

礼の言葉に、ふきはちょっと戸惑った顔をした。どうしたのだろう？

「着替えは？」

「しました。脱いだパジャマは——」

枕元に丸めておいてある。が、そちらへ手を伸ばしながら、孝史ははっとした。

ふきの出してくれた寝間着は浴衣だ。自分は現に今それを身につけている。ふきにとっては、寝間着とはそういう類のものだろう。このパジャマを、どう思うだろうか？

初めて出会ったときから今までのあいだには、「変なものを着てるんですね」と言われたことはなかった。でもそれはそれ。手にとって、しかも洗濯をしようというのだから、じっくり見ることになれば、どう感じるだろう？

これ、ものは何だっけ。綿一〇〇パーセントだったかな。それならいいけど、ポリエステルやレーヨンとの混紡だったりすると、話が面倒になってくる。この時代には、まだそういう化学繊維は存在してなかっただろうから。

「洗いますから、こっちにください」

パジャマを手にしたまま動かずにいる孝史に、ふきが声をかけてきた。

「どうかしたんですか？」

孝史の手のなかで、薄いパジャマがくしゃくしゃになってゆく。手のひらに汗が浮いてくる。

どうしよう？

これをこのまま渡してみようか。そしてふきの反応を見てみようか。

これが本当のタイムトリップである場合と、企まれた大掛かりな芝居である場合とでは、ふきの反応が違ってくるのじゃないかと思った。前者ならば、わざとびっくりしたような顔をするかもしれない。あるいは、まるっきり気づかないふりをするということもあり得る。

だが後者なら？　人は、それまで見たことがないものをいきなり見せられたとき、どんなふうに反応するものだろうか。

どきどきしてきた。自分で自分の考えていることがわからなくなってきた。こんなにも気持ちを動かされている女の子を、一方では疑っている。俺って、なんてヤツなんだろう。

「洗濯、しないほうがいいですか」

柔らかな、ふきの声が聞こえた。

「恥ずかしいですか」

パジャマを握り締めたまま、孝史は一度ぐっと目を閉じた。それから振り向いた。

「いえ、そんなことないんだけど、悪いから」

ふきは首を振った。「遠慮することはないですよ。それ、いい寝間着だもの。洗って持っていったほうがいいです。もったいないもの」

震える手で、孝史はパジャマをふきのほうに押しやった。ふきはすぐにそれを手にとると、しわをのばし始めた。

「こんなにくしゃくしゃ」と、微笑する。「これ、いい生地ですね」

「……もらったものだから」

「鉄工所で働いていたんですってね。じゃ、そこの誰かがくれたんですか？」

「親方が」

嘘というのは、実に滑らかに出てくるものだ。そのかわり、止められない。

「あたしもこういうの、見たことがあるんですよ」と、ふきはパジャマの上着を広げながら続けた。「貴之さまが、欧州旅行のお土産に、買っておいでになったんです。あれは正絹だったけど」

タカユキ。さま付けで呼ぶところを見ると、この家の家族だろう。してみると、富裕階級の屋敷で女中をしている娘にとっては、この形のパジャマも、仰天するほど珍しいものではないということか。

「でも、貴之さまのより、これの縞柄のほうがずっと鮮やかだわ。染めがいいんでしょうね」

ふきはじっくりとパジャマを観察している。孝史の脇の下を、冷汗が滑り落ちた。

「変だと思いませんか？」

自分でも意識しないうちに、そんな言葉が口をついて出ていた。カマをかけるというやつだ。

「何がです？」ふきは大きな瞳で孝史を見た。

「俺みたいな貧乏人が、そんないいパジャマ着てるなんて変でしょう？」

ふきはじいっと、孝史を見つめた。実際には、呼吸をひとつふたつするくらいのあいだのことだったろう。が、孝史には、それが一時間にも感じられた。喉の奥で言葉が外に出たがって暴れていた。

（俺ね、今君のいるこの時代の、五十八年先の未来からやってきたんだよ。その時代では、こんなパジャマ、大きなスーパーへ行けば二千九百円ぐらいで売ってるんだ）

信じるかい？　それとも、信じたふりをするかい？

あるいは、信じられないふりをするかい？

だが、ふきは紅の気もないくちびるを開いて、ぽつんと問いかけるようにこう言った。「盗んできたんですか？」

孝史はめまいを覚えた。それが安堵のせいだったのか、混乱のせいだったのか、自分でもわからない。

「親方のところから、盗んできたの？」続けて、ふきは言った。「それがわかってしまって、そんな折檻をされたんですか？」

ほらほらこっちが抜け道だよと、嘘のヤツが手招きしている。孝史は目をつぶった。

「そうなんだ……」

ふきはパジャマを持ったまま、両手を膝の上におろした。孝史を見つめている。

「俺、手癖が悪いんです」と、孝史は続けた。「だから憎まれて」

意外なことに、ふきはちょっと笑った。孝史はびっくりした。

「あたしには、ふたつ年下の弟がいます。川崎の造船会社で働いてるの」

孝史は黙ってふきの顔を見ていた。

「勤めが辛いって、ときどき手紙を寄越します。おかげで、辛いっていう字を覚えてしまいました」

「弟さん……」

「ええ。あなたもきっと、そうなのね。弟は、来年徴兵検査なんです。あなたと同じ年くらいじゃないかと思います」

徴兵検査。初めて耳にする言葉に、孝史は面くらうしかない。また冷汗が流れ出した。「俺——昭和——じゃないや大正七年の生まれだけど」

ふきの顔がぱっと明るくなった。「あら、じゃあ弟と同じだわ」

来年、徴兵検査。この時代にいれば。孝史の頭のなかに、その言葉が重々しく鳴り響いた。

2

向田ふきは、孝史のパジャマを小さく折りたたむと、袖の下に隠すようにして部屋を出ていった。やはり、きれいに洗って返してくれるという。

ふきが出ていってしまうと、孝史にはすることがなくなった。それでも、もう横にはならず、寝床の上に半身を起こして座ったままでいた。まだ身体はだるいし火傷の傷も痛むけれど、今朝がたに比べれば、ずっと気分がよくなった。

ぽつねんとしていると、

(外へ出てみようか)という考えが、ここへ来て初めて、頭をかすめた。身体が元気を取り戻したからだろう。現金なものだ。

その考えを頭のなかで転がしていると、次第に動悸が高まってきた。掌の内側が汗ばんできた。

もし、このすべてがペテンであるならば、蒲生邸から外へ走り出た瞬間、すぐにそれとわかるだろう。ここが本当はどこであれ——たとえば周到に用意されたセットのなかであるとしても、そんなものがそうそう広い場所を占めているわけはない。屋敷のぐるりを取り囲んでいるあの低い植え込みなど、飛び越えるのは簡単だ。そうしてまっしぐらに道路を走ってゆけばいい。どっちに行ったってかまわない。もし方角がそれとわかれば、今朝まだ真っ暗なときに遠くにぽつりと見えたあの明かり——平田が「陸軍省の窓だ」と指して教えてくれたあの明かりの見えた方へと走ってゆくのがいいかもしれない。

あのとき、孝史はとても弱っていた。冷静な判断能力を失くしていた。だから、陸軍省の窓だなんて言われても、笑い飛ばすことができなかった。今、昼間の光の下で見てみたら、あの窓明かりは、皇居の堀端に建つビジネスビルのどれかの窓のものだと判るかもしれない。そしたら、大笑いだ。

逆に、もしもこれがペテンでなく、あの平田という男の言っていることがすべて本当なのだとしたら、どうだろう。外に出ることで、孝史はそれを確認することができる。なんだか中途半端なときめきを伴ったふきへの疑いを、きれいさっぱり解消させることもできる。

同時に、それは平田に強いプレッシャーを与えることにもなる。

なぜなら、孝史がふらふら出歩き、この屋敷の住人たちに姿を見られ、不審に思われるようなことがあったら、いちばん困るのはあの男なのだから。彼はこの時代で平和に生きようとして、そのために身分と職とを手にいれた。孝史に騒ぎを起こされ、やれ時間旅行者だの超能力だのとごたくを並べられたら、この先大いにやりにくくなるに違いない。

戦前のこの時代、そんなことを言い触らしたら、ひょっとすると警察に逮捕されてしまうかもしれない。ちょっと大げさかなと思いつつも、孝史は考えた。だって孝史でさえ、戦前のこの時期には、日本に「神」はたったひとりしかいなかったと知っている。それなのに平田は、その「神」でさえできないこと——歴史の上を自由に行き来することが自分にはできると言っているわけだから。

よし、と、孝史は決心した。できるだけ慎重に、まずはこの部屋を出て、蒲生邸の内部を探ってみよう。この屋敷の主人やその家族がどういう人物であるのかも知っておいたほうがいい。だって、もしかして、ここが時間旅行を研究している科学者の家だったりしたら、そして平田がその協力者であるのだとしたら——

自分で考えて、吹き出してしまった。

笑いが顔から消えないうちに、戸口のほうで物音がした。と思うと、がらりと戸が開いて、当の平田が顔をのぞかせた。

孝史はあわてて真顔に戻ったが、平田は鋭く見咎《とが》めたようだった。ずかずかと寝床のそばにやってきて、どすんと腰をおろすあいだも、孝史の顔から目を離さない。

「楽しそうだな」と、いきなり言った。

「だいぶ元気になったから」と、孝史は答えた。「それに、いろいろ珍しい経験をしてるし」

平田は雪かきのときと同じセーター、同じズボンで、右手にくるくると輪にした新聞紙のようなものを持っていた。あぐらを組みながら、孝史にそれを差し出した。

「読んでごらん」

広げてみると、それは本当に新聞だった。「東京日日新聞」。日付は昭和十一年二月二十四日の朝刊と、二十五日の夕刊だった。

「物置のなかに古新聞の置き場があってね。そこから失敬してきた」と、平田は説明した。

新聞を目の前に、実を言えば孝史は、その発行日を確認するためにさえ、少し暇がかかった。横組の活字が右から左へと並んでいるからだ。欄外の上部に印刷されている「東京日日新聞」という名称も、ぱっと見たときには「聞新日日京東」と読めてしまった。

二十四日の夕刊の一面は四段に分かれており、ひとつひとつの段に、黒地に白抜きの大きな活字が並んでいた。

いちばん上の段は縦書きだ。「高橋是清《これきよ》自傳」——「自傳」は「自伝」だろう。「活ける明治史」という推薦文が付けてある。ところが、この立派そうな本といっしょに、「男女生活の設計」という、思わず笑い出したくなるようなタイトルの本の広告も載せられているのだ。どうやら版元が同じであるらしい。千倉書房という出版社だ。

二番目の段には、端から端までいっぱいに、横組の「座講學古考教佛」という活字が並んでいた。その下に縦書きで「佛教は東洋思想の精華であり我國文化の一大要素であります」と書いてある。

孝史は目をあげて平田の顔を見た。

「昭和十一年にはまだ、こんな広告が許されてたの?」

平田は意外そうな顔をした。「え?」

「太平洋戦争に突入する以前の日本は、国家神道一色に染められていて、ほかの宗教が生きる余地なんかなかったんじゃないんですか? こういう広告は、ヘンだよね」

平田の顔に、日向の雪がとけてゆくときのように、ゆっくりと笑みが広がってゆく。

「それで君、鼻の頭に汗なんかかいているわけか?」

孝史は自分の鼻の頭に触ってみた。たしかに湿っていた。

「どうして俺が汗かかなきゃならないんです?」

「インチキの証拠をつかんだと思ったからだろうさ」

平田は愉快そうだった。「君、今でも、私の言ってることを信じていないんだろう? これは大掛かりな芝居か何かだと思っている。この新聞もまがいものだと。だから、仏教講座の広告を見て、私がまがいもの作りに失敗したと思ったんだ。そうだろう?」

グウの音も出なかった。

「大学を受験しようという人でも——いや、だからこそ、現代史なんか勉強しないもんな」と、平田は言った。「たしかに君の言うとおり、太平洋戦争前の我が国では、国家神道が文字通り国の宗教だった。でもそれが定められたのは昭和のことじゃない。もともとは、明治初年に神仏判然令が出されたときに、始まったことなんだ」

平田は孝史の手から新聞を取り上げた。

「それでも、この新聞も広告も本物だよ。君が信じようと信じまいと、ここは昭和十一年の東京だ。第一、こんなものまで偽造して、なんで私が君を騙さなきゃならない?」

孝史はムッと口をつぐんでいた。心中を見抜かれたことも悔しいし、平田の言っていることがあまりにまっとうであるような気がすることも腹立たしいし、それでいてどうしても言いくるめられているような気分がとれないことも苛立たしい。

新聞に目を落として、平田はさらに笑みを広げた。

「ごらんよ」と、三番目の段の右側を指さす。

「これなんか、三省堂の広告だ。なんと英和辞典のコンサイスだよ。懐かしいな。学生時代、さんざんお世話になった。このころからの人気商品だったんだな」

コンサイス英和新辞典のこの広告には「いつもポケットから離す事の出来ない感じのよい辞書！」と書かれている。不本意ながら、孝史は微笑した。素朴なもんだと思った。ヘッドフォンステレオの広告にでも使ったら、かえってウケるかもしれない。いつもポケットから離すことのできない感じのいいウオークマン。

「皮肉だと思わないか？」と、平田が言った。視線は最上段の広告に向けられている。

「何がです？」

「最上段の、高橋是清自伝の広告さ」

と言われても、孝史には意味がわからなかった。すると平田は失笑した。

「そうか、ホントに何も知らないんだね。この高橋是清という人は、昭和十一年のこの現在の我が国の大蔵大臣なんだよ。で、今この時間には、もう青年将校たちの軍刀と拳銃で暗殺されてしまっている。襲撃は、今朝の五時ごろのことだからね」

孝史はまじまじと平田の顔を見つめた。じいっと凝視していると、彼の身体全体から放たれる負のオーラ、他人に嫌悪感を催させる暗い雰囲気を、ことさらに強く感じとることができるだろうと思ったからだ。それほどに、孝史は今、徹底的にこの男を嫌ってやりたかった。

「私をにらんだってしょうがないよ」と、平田は言った。「歴史的事実と、君がそれについてまったく無知であるという事実に変わりはないからね」

「どうせ、オレはバカだよ」

「誰もそんなことを言っちゃいないよ」平田は言って、ズボンの尻ポケットを探り、小さな箱を取り出した。孝史に見せる。

「甘いものは好きかい？　ちえさんがくれたんだ。甥っ子さんに食べさせろって」

森永のキャラメルの箱だった。エンゼルマークの商標はかわっていない。ただ、横書きの「森永」が「永森」になっているだけだ。

「半分残ってる」カサカサと箱を鳴らして、平田が言った。「大きい箱だから、ひと箱十銭だ。ちえさんの唯一の楽しみだし、彼女の給金を考えれば、けっして無駄にしていい好意じゃない。甘いものが嫌いなら返してくれていいよ」

「ちえさんて、あのふきって娘の……」

「いっしょに働いてる先輩の女中さ。もう六十歳近い人だがね」

「ふきって娘さんとは仲がいいの？」

「親子みたいにね。どうしてそんなことをきく？」

ふきって娘がちょっと可愛くて、気を惹かれたからだよ、とは言えない。キャラメルをひと粒とって、包み紙をむきながら、孝史は別のことを呟いた。

「だけど平和な雰囲気だね。本当に今は二・二六事件の最中なの？　ここは静まり返ってて、誰も騒ぎもしていない。本当にクーデターなんか起きてるのかな」

「君が知らないだけの話さ」平田は素っ気なく答えた。「そしてそのままでいたほうがいい。じっと息を殺して、クーデターが終わるまで隠れていてくれよ。せいぜい、今日を入れてあと四日の辛抱だ」

「事件のことで、マスコミは騒いでないの」

「陸軍が新聞記事の差し止めをかけているんだよ。だから、東京日日新聞でも、第一報が載るのは明日の朝刊だ。いちばん早い報道は、今日の夕方のラジオのかな」

平田は、孝史の目の奥を見通そうとしてでもいるかのように、すくうような強い視線をぶつけてきた。

「それを聞こうなんて思うなよ。外の様子を見ようなんてことも考えるな。いいな？」

孝史はうなずいた。キャラメルが喉につかえた。

「ひとつ教えてあげるよ。君は事態がどうなっているのかまったく知らない。でもそれは、この時代の平均的な庶民の感覚とほとんど変わらないんだ。私がここで名乗っている名前の持ち主だった男は、薪小屋で話したように、この当時深川区の扇橋というところに住んでいたんだがね。二・二六事件のことなど、ほとんど気にとめてもいなかった。官庁街のほうで何かどんぱちがあったらしいという程度の知識しかなかったんだ。たしかに、事件の現場に近い丸ノ内だの永田町、麴町の一部、あるいは海軍の陸戦隊がものものしく上陸した品川のあたりでは、『内戦の勃発だ』とか、『日本中が焼け野原になる』なんていう流言が飛び交ったりもしたよ。でも、それはほんの一部でのものだった」

孝史は肩をすくめた。「だけど、この蒲生邸は襲撃された場所のすぐ近くなんでしょう？　陸軍省とかさ」

「陸軍省はこの近くではあるけど、襲われた場所じゃない。襲撃されて、今現在占拠されているのは桜田門の警視庁だし、陸相公邸だ。ここから歩いていける距離にあるがね。興味ないだろう、君は」

平田の口調に、孝史はまたカチンときた。またオレのこと、バカ扱いしてる。

「そんなことはともかく、近くで騒ぎが起こってるのに、この蒲生邸の人たちが落ち着いてるのはヘンじゃない？」

平田は少しのあいだ、考えるように間を置いた。一度口を開きかけ、やめて、また少し考え、ようやく言った。

「この屋敷の主人は、陸軍の退役軍人だ。タイエキってわかるか？」

「それぐらい知ってる。軍の現役を退いた元軍人という意味でしょう」

「退いたと言っても、予備役と退役とでは意味が違うんだけどね、まあいいか」平田は早口に続けた。「名前を蒲生憲之という。憲法の憲のノリだよ。名前にふさわしく、明治憲法を頭に押し頂いて生まれてきたような人柄だ。明治九年の生まれだから、今は六十歳。そしてこの人は、かつては陸軍のなかでも皇道派のシンパで、青年将校たちとも親しかった。だから間近で事が起こっているとしても、いきなり襲撃されたりする危険はないだろうということなんだけど、君には今の説明じゃわからないだろうね」

孝史は平田をにらみつけた。

「オレをからかうのが楽しいのなら、ご自由に」

「そんなつもりはないよ」

平田はあぐらを解いて立ち上がった。

「ここに隠れていることが辛いわけはないと思うよ。ちえさんも、ふきちゃんも親切だろう？　たった四日の辛抱だ。現代史のことなんか知る必要もない君としては、終日ここで身体を休めて、現代に帰ったときに待ち受けている厳しい受験の過当競争に勝ち抜くための力をたくわえておけばいいじゃないか」

平田は部屋を出ていった。彼が後ろ手に引き戸をぴしゃりと閉めたとき、孝史は、何か大切なもののそばから締め出されたような気がした。

外へ出てみよう。今やその気持ちは、臆病な自己保全本能から生まれてくるものではなくなっていた。孝史にだって意地がある。腹が立っていた。

寝床から離れると、孝史は寝間着の紐を締めなおした。初めて、本当の意味で周囲の様子をうかがうために、耳を澄ませた。

それからゆっくりと、ゆっくりと、引き戸に手をかけた。あたりには人の気配もなく、足音や声も聞こえない。それなのに手が汗ばむのが、自分でもおかしかった。

(なにも死ぬか生きるかの分かれ目じゃあるまいし)

気楽に考えればいいんだと自分を励ます。たてつけがよくないことは、さっきトイレに行ったときによくわかったから、今度は物音をたてないよう、慎重に、戸を持ち上げるようにして静かに引いた。

思ったとおり、今度は音もなく引き戸は動いた。車が錆びているのかもしれない。こういうことにはわりとマメな方だから、その気になれば直してやれる。ふきにそう言って、やってあげようかと思った。思ってから、苦笑した。オレもアホだ。そんなことにかまってる場合じゃないだろ?

足元は裸足だから、猫のように歩くことができた。部屋を出た右手にはトイレしかないことを確認してある。行くべき道は左。孝史は身体をそちらに向けた。

右側には壁が、左側には、たった今出てきたのと同じような引き戸が三つ、等間隔に並んでいる。これはみんな、使用人の部屋だろう。今気がついたが、引き戸はみな、外側だけ白いペンキが塗ってある。これがぞんざいな塗りかたで、むらもあるし塗り残しも目立つ。またまた几帳面な性格が頭をもたげてきて、オレだったらもうちょっときれいに――と、思った。

これはいい兆候かもしれない。自分のペースを取り戻して来つつあるのだ。孝史はゆっくりと前に進んだ。廊下の突き当たりまで行く。三つめの引き戸の少し先で廊下が右に折れ、その先に階段があった。

あれが屋敷のなかに続いているのか。そう思うと、わずかに、心臓がスキップした。

思ったとおり、この階は半地下だった。階段は数えて六段。普通ならこの倍はあるだろう。のぼり切ったところについているのは引き戸ではなくドアで、古風なガラス製のノブがくっついていた。上半分に、曇りガラスがはめこんである。

と、そのとき、その曇りガラスの前を人影がよぎった。孝史はぱっと身を屈めた。白っぽい人影で、小柄な感じだ。廊下の折れているところまで戻り、そこから首だけ突き出して様子を見ていると、その人影はそこを通過して、また戻ってきた。なにかしゃべっている。

「白木屋に行けばあるかもしれない――」

そんな言葉が聞き取れた。年配の、女性の声だ。するとあれが、キャラメルをくれたちえさんかもしれない。

(どうしよう……)

階段を駆けあがり、あのドアを突破してちえさんを驚かし、「今は何年です?」と詰問してみるのもひとつの手かもしれない。あるいはそのまま屋敷のなかを走り抜け、玄関を探して表に飛び出すか。それも手だ。

でも、どちらの手も使いたくない。というのは、ちえさんの声に続いて、ふきの声が聞こえてきたからだ。

「それでもきっと、高いでしょうから」

ちえさんの声が応じる。「なんとか買って送ってやりたいんだけどねえ」

「アヤコちゃん、喜ぶでしょうからね」と、ふきが笑う。「うらやましいな」

あのドアの向こうは、屋敷のなかと言ってもまだ、使用人たちのスペースなのだろう。ふきとちえさんは、なにやら作業をしながらおしゃべりをしているのだ。

孝史は壁に背中をつけ、ふたりの気配をうかがった。首をひっこめてしまうと、会話の内容までは聞き取ることができなくなる。ただ、時折ふたりが歩き回る足音と、話し声の断片は流れてくる。

当分、あそこから立ち去りそうな様子はない。

いいじゃないか、と思った。思おうとした。ひょっとするとオレは騙されてるかもしれないんだろ? だったら階段をあがっていって、核心にぶちあたれ。あのふきって娘だって、詐欺師の仲間かも知れないと、さっきまでは思っていたじゃないか。

でも足が動かない。

カッコつけてるんだと、自分でも思う。ふきに変な顔をされたくない。悪く思われたくない。どうしてかっていったら、親切にしてもらったからだ。優しくしてもらったからだ。そしてあの娘が——あんまりきれいで可愛いかったからだ。男ってのはどうしようもない生き物だ。

孝史はそろそろと来た道を引き返した。ただし、自分の出てきた引き戸の、ひとつ前の引き戸のところで足を止めた。

まず、ここから調べてみよう。鍵がかかってなければの話だけど——

かかっていない。引き戸はすっと、十センチほど開いた。用心を重ねるために、今度も戸を持ち上げるようにして開けた。

造りも広さも、平田の部屋と同じだった。だが、内容は全然違う。右手の壁に、小さいけれどがっしりした造りの和箪笥《わだんす》がひとつ。擦り切れた畳の上にはござのようなものが敷いてあり、ぺったんこになった座布団が一枚、ぽつんと置かれている。そのそばに、おなじみの火鉢がひとつ。出入口の脇には、脚をたたんだ丸いテーブルが、壁にたてかけてある。

こういうのを、なんていうんだっけ？　テレビドラマのなかで見たことがあった。ＮＨＫの朝のテレビ小説とかで――

そう、卓袱台《ちゃぶだい》だ。こういう丸いやつ。たたんで片付けることができるやつ。

反対側の壁には、木の板が打ち付けてあり、そこに鉤をつけて、ハンガーをさげることができるようにしてあった。着物が一枚かけられている。その着物の色合いで、ここはちえさんの部屋だろうと見当をつけた。

いったい、何年ぐらいこの蒲生邸で働いているのだろう。長く住み込んでいるにしては、部屋のなかがあまりに簡素で、物が少なく、いくら使用人とはいえ、寂しすぎるような気がした。それともこれも、物余りの時代から逆行してきた人間の感覚であって、昭和のこの時代の人々は、生活してゆくために、それほど多くの物を必要としなかったのだろうか。

孝史はそっとちえさんの部屋を離れ、隣へ移動した。この引き戸も簡単に開いた。そして、期待半分、うしろめたさ半分で予想していたとおり、そこはふきの部屋だった。今度も、かけてある着物でそれとわかった。

古ぼけた畳や火鉢はちえさんのと同じだ。あてがわれたものかもしれない。だがふきの部屋には卓袱台はなく、箪笥もない。かわりに、あの明かりとりの窓のすぐ下に、小さな文机が据えてあった。そしてその隣に、小物入れの引き出しのような物の上に乗せた、玩具みたいな鏡台があった。上に手ぬぐいがかけてあったが、形でそれとわかる。

孝史はゆっくりと部屋を横切り、鏡台に触れてみた。手ぬぐいをとりはらう。丸い鏡は、曇りひとつないように、きれいに磨かれている。鏡台には小さな引き出しがひとつついており、金具の取っ手を引っ張って開けるようになっていた。

一度うしろを振り返り、うしろめたさを追い払っておいてから、孝史は引き出しを開けた。

ヘアピン。つげの櫛。黒いゴム――これは髪を束ねるためのものだろう。化粧品のたぐいは見当たらない。妹の部屋の鏡の前に林立している、あの化粧品の瓶の群れと比べることさえできない簡素さだ。

引き出しの底に、新聞の切り抜きらしいものが一枚入っていた。取り出してみる。

「パピリオ」と、大きく片仮名で書いてある。さっき見た東京日日新聞の広告の書体と比べると、やや洒落ているというか、モダンな字体だ。それもそのはず、よく読むと化粧品の広告であるとわかった。「粉白粉十二色」「定價六十銭」「世界一の粉白粉が日本で出来ました」。

ふきはこれが欲しいのかな、と思った。いつか買おうと思って切り抜いてとってあるのだろうか。

孝史はそれを元どおりにしまうと、ちょっと迷ってから、下の小物入れの引き出しに手をかけた。いちばん上の段は、どうやら針箱がわりに使われているらしく、糸やはさみ、端切れの類でいっぱいだった。二段目には鉛筆や小刀、そして千代紙が数枚。折りかけになったものもある。

そしてその下には——葉書が数枚、束ねてあった。

(弟が、ときどき便りをよこします)

急にどきどきしてきた。引き戸のほうを振り返る。幸か不幸か誰もこない。

ゆっくりと、孝史は葉書の束を取り出した。いちばん上になっている一枚を抜き出してみる。

拙い字だ。表書きの宛先は、東京市麴町で始まっていた。「蒲生憲之陸軍大将様お屋敷内向田ふき」と、くちゃくちゃとくっついた字面が並んでいる。差出人は「向田勝男」とあるだけで、住所は省略してある。

裏を返す。縦書きの、やはり汚い字が、時々うねうねと曲がったり戻ったりしながら文章を綴っている。

「姉さん　お元気ですか。

この前の便りから、ずいぶんとあいてしまいました。自分はとても元気ですが、寒いときですから、姉さんは若しかしたら風邪でもひいては居りませんか。

自分は仕事は忙しくすごしております。前の便りにもかきましたが、自分の班の班長はとても厳しい人なので、怒られてばかり居ります。お国のために大事な軍艦をつくる仕事ですが、ときどきうちが恋しくなります。姉さんはじょうずにパンをつくれるようになりましたか。

休みがとれたら、きっと銀座へ行きませうね。映画をみませう。また手紙をかきます。サヨナラ　勝男」

孝史はこれを、二度繰り返して読んだ。読み終えると、その下の葉書にも手をかけた。が、そこでやめた。急に恥ずかしくなってきた。

この勝男というふきの弟は、孝史と同い年なのである。お国のために、怖い班長さんに――たぶん作業長のような立場の上司なのだろう――叱られながら、軍艦をつくっているという。ネジをはめたり、部品を磨いたり、資材を運んだりという単純作業なのだろう。この文面からしても、高い教育を受けているとは思えない青年のことだ。きっと、日々を雑用まがいのことに追われ、こきつかわれて過ごしているのだろう。

（きっと銀座へ行きませうね　映画をみませう）

これはその弟が、離れたところで住み込みの女中奉公をしている姉に、一字一字、それこそ刻むようにして書いて寄越した手紙だ。ひらひら盗み読みなどしていいもんか。

取り扱いに気をつけて、そっと、孝史は葉書を元の場所に戻した。引き出しをしめ、立ちあがった。

（ときどきうちが恋しくなります）

ふきの故郷はどこなんだろうと思った。そして、あのパジャマの一件のとき、

（盗んできたんですか）と尋ねたふきの気持ちが、初めてわかったような気がした。この時代は、まだまだそういう時代だったんだ、と。少なくとも、ふきや勝男のような人々にとっては。

踵《きびす》を返して、孝史はふきの部屋を出た。廊下に戻ると、先に進んで、三つ目の引き戸の前に立った。この引き戸も鍵はかかっていない。開けてみると、そこはこれまでのどの部屋よりも殺風景で、人の暮らしている気配がほとんど感じられなかった。畳の一部には穴さえ空いている。誰か、辞めてしまった使用人の部屋だったのだろう。

そうして再び、孝史はあの階段の下に立った。

曇りガラスの向こうには、人影が見えなくなっていた。声も聞こえない。ちえさんとふきが何をしていたにしろ、今はもうその作業を終えて、別のことをしているのだろう。そういえば、ガラスの向こう側が、さっきよりも薄暗くなっているようにも見える。

あがってみよう。孝史は階段のステップに足を踏み出した。

一歩一歩、やっぱりドキドキした。ただ今度の胸の動悸は、以前のとは少し種類が違っていた。ペテンにかけられているとかいう疑いが大きく退き、ただ純粋に、今は誰にも見つかりたくないという思いだけが先行していた。もう少し、この周囲のことがよくわかるまで、知識が増えてくるまでは、誰にも見咎められずにいたい。

一段、二段。あがってゆく。六段あがって、ドアの

正面だ。ガラスのノブを握る。ひんやりと冷たい。角ばったカットを、掌のなかに感じる。

回してみる。ぎいっというような音がする。そして、ドアがほんの少し、向こう側に開いた。

十センチほどの隙間から漏れ出てきたのは、陽光——自然の明るさだった。どこか近いところに窓があるのだろう。続いて、何か甘い匂いが漂ってくるのを感じた。ホットケーキとか、クッキーみたいないい匂いだ。

ドアの隙間から、孝史は首を出した。

この部屋は使用人たちの作業部屋だろうという予想は、半分だけ当たっていた。実際にはそこは、部屋というよりちょっと広めの廊下というくらいのものだった。床は板張り、壁もそっけない白塗りで、右側にも左側にもドアも壁もない。手前の壁際に、奥行が五十センチくらいの細長いテーブルのようなものが造り付けてある。よく見ると、アイロン台であるらしい。そのテーブルの端に、だんだら模様の布で巻かれた太いコードにつながれた、いかにも重そうなアイロンが一台、どすんという感じで鎮座していた。

コードは、壁のコンセントからは抜いてある。孝史はしみじみとコンセントを見つめた。馴染み深い形を、久々に見た。

指先でアイロンに触れてみる。まだ熱い。すぐ隣には、こちらはたぶん炭を使って熱くするのだろう、とってのついたコテみたいな形のものが、斜めに立て掛けてある。これもまだ熱い。さっきまで、ちえさんとふきは、ふたりでアイロンがけをしていたのか——ふっと微笑した。

右手に続く廊下の先で、不意に女の悲鳴のようなものが弾けたのは、そのときだった。

3

孝史はその場で凍りついた。あまりびっくりしたので、息が止まった。

だがそれはほんの一瞬のことだった。最初の悲鳴に続いてもう一度叫び声があがり、それがふきの声だとわかったときには、孝史は走り出していたからだ。考えるより先に動いていた。

声が聞こえてきたのは、孝史がいる場所から見て左手のほうだった。アイロン台のある通路のような小部屋をつっきり、左に進むとそこに三段ほどの小階段がある。それをあがると右手にどっしりとした木製のドア。前後を忘れ、孝史は急いでそのドアを開けた。開けたところにまた短い廊下があった。ドアがふたつ。左手にひとつ。突き当たりにひとつ。ふきの声は、突き当たりのドアの向こう側から聞こえてきた。

孝史はそこで足を止めた。汗が額から頬をつたって流れた。

今そちらの方向からは、何か足音のようなバタバタする音が聞こえてくる。そして、驚いたことに、今度は笑い声がはじけた。若い女の声だ。だが、ふきの声ではない。

この木のドアのノブも、凝ったカットのガラス製だった。ドアの中央にも、幾何学模様にカットされた飾りガラスがはめこまれている。そこにうっすらと人影が映っている。

孝史はノブを握った。それはくるりと回った。ドアを十センチほど開けてみる。女の笑い声がさらに高くなった。

「ほら、ほら、鬼さんこちら」

歌うような陽気な声だ。孝史はドアの隙間から室内をのぞきこんでみた。

若い女の姿が見えた。派手な柄の、朱色の着物を着ている。髪はふきと同じように頭のうしろで髷に結ってあるが、そこにもきらきら光る髪飾りがつけてある。

二十歳ぐらいだろうか。着物の女性は年齢の見当がつけにくい。彼女は両手をぽんぽんと打ち、いかにも楽しそうに声をあげて笑っている。

「ほら、ふきってば、そっちじゃないわよ、こっちよ」

心臓の高鳴りをおさえて、孝史はふきの姿を探した。目の前に背もたれの高い椅子が一脚あって、視界をさえぎっているのだ。

「お嬢さま――」と、ふきの声がした。右手の奥のほうだ。

「お許しくださいまし。困ります」

意外と冷静な、丁寧な声だった。少し笑いを含んでいるようにも聞こえる。

ちょうどそのとき、孝史ののぞきこんでいる部屋の、どこか違う場所でドアの開く音がした。足音が響く。誰かが入ってきたらしい。

朱色の着物の女が、「あら、お兄さま」と声をあげた。孝史の視界から消える。

これがチャンスだ。孝史は姿勢を低くすると、急いでドアの内側にすべりこんだ。頭のなかは真っ白で、そのあとどうするという計画があったわけではない。

だが、ドアのすぐ内側の壁際に、金屛風が一枚、壁の角を覆うようにして立てられているのが目についた。孝史はその裏側に逃げこんだ。

幸い、誰にも気づかれなかったらしい。そこから用心深く首を出すと、室内の様子がよく見えた。孝史は震える息を吐き出した。

この場の登場人物は三人。ひとりはあの朱色の着物の女、もうひとりは——これが「お兄さま」と呼びかけられた人物だろう——二十代の半ばくらいの年齢の男性だ。灰色のズボンに白いシャツ、スリッパをはいている。ほっそりと面長の顔の青年で、短く刈りあげた髪型は、あまり似合っていない。

そして三人目がふきだった。孝史は仰天した。ふきは、頭からすっぽり風呂敷のようなものをかぶせられているのだ。手には雑巾を持っている。いったい何事が起こったのだろう？

「珠子《たま》、何をやってるんだ」と、青年が言った。咎める口調だった。

「遊んでいるのよ」と、朱色の着物の女が答えた。

「ふきと目隠し鬼をしていたの。ねえ、そうよね、ふき?」

「はい、左様でございます」

ふきは雑巾を手に、風呂敷をかぶったまま うなずいて返事をした。と、青年がふきのそばに近寄り、その風呂敷を取り去った。うなじのところに結び目があり、それをほどくのに少し手間がかかった。

風呂敷から出てきたふきの顔は、少しばかり歪んではいたものの、目元も口元も笑っていた。

「こんないたずらをして、よくないとは思わないのか」

さっきの青年が、珠子という朱色の着物の女を叱りつけた。するとふきが、とりなすように言った。

「貴之《たかゆき》さま、お怒りにならないでください。ちょっとしたいたずらでございますから」

「そうよ」珠子は着物の袖をにぎってぶらぶらさせた。「雪ばかり降って退屈なんですもの。お父様は外に出てはいけないっておっしゃるし」

「だからと言って、こんな子供じみたことをしていいわけがない。危ないじゃないか。ふきは働いているんだよ」

珠子はわざとらしくすねてみせた。「お兄さまは、いつもそうやってふきの味方ばっかりなさるのね」

そうして、これもまた下手な芝居のような仕種でぷいと横を向くと、くるりと回れ右をして、部屋の左手にあるドアのほうへぱたぱたと駆けてゆき、そこから出ていってしまった。ドアを閉めるとき、朱色の着物の袖がひらりとひるがえった。

孝史はあっけにとられた。なんなんだ、あの女。

だが、部屋に残ったふたりには、珠子という女の行動も、さして不思議なものではなかったらしい。ふきは進み出て頭を下げた。

「申し訳ございません」

貴之という青年は、腹立たしそうに風呂敷をひとふりすると、それを腕にかけた。

「ふきが謝ることはない。珠子があんなことをしたら、遠慮は要らないから叱ってやりなさい。あいつは本当にどうしようもないやつだ」

本気で怒っているようだ。青年のよく目立つ大きな耳が、かすかに赤くなっている。そこには若干の「恥」の意識もあるように見えた。

「掃除をしているところへ、いきなりこれをかぶせられたのかい?」と、貴之がきいた。

「はい」ふきは笑顔を見せた。「でもすぐに、お嬢様が『だぁれだ』とおっしゃいましたから」

「悲鳴を聞いて、びっくりしたよ」

「不作法なことをして申し訳ございません。お恥ずかしゅうございます」

ふきはまた頭をさげる。貴之がふきの肩に手をおいて、

「そんなふうに謝る必要はないんだ。悪さをしたほうがいけないんだから。いいね?」

そう言い残すと、貴之は風呂敷を手にしたまま部屋を出ていった。珠子と同じドアを通ってゆく。

部屋のなかに、ふきがひとり残された。彼女は小さくため息をついた。顔は微笑でゆるんでいる。

「ふきさん」と、孝史は小さく声をかけた。

ふきは小さく飛びあがった。皮肉なことに、さっきよりももっと驚いたような声をあげかけ、雑巾を放り出してあわてて両手で口を押さえた。孝史もあわてた。この声を聞きつけて貴之が戻ってきてはまずい。

「オレです。ここ、ここ」

孝史は屛風から首を出すと、手を振ってみせた。ふきは目を真ん丸に見開いて突っ立っていたが、急いで貴之たちが出ていったドアのほうを振り向いた。誰もやって来る様子がないのを確かめてから、椅子のあいだを飛ぶように縫って孝史のところへすっとんで来た。

「こんなところで何をしてるんです?」

孝史はザクッと傷ついた。

「オレも、悲鳴が聞こえたからびっくりしてとんできたんです」

「あら、まあ」

ふきは両手で頬を押さえた。それから、ぷっと吹き出した。

「どうもありがとう。ごめんなさいね」

「あれ、誰です？　子供っぽいいたずらをする女だなあ」

ふきはもう一度あたりの様子をうかがうと、孝史のそばにしゃがみこんだ。

「このおうちのお嬢さまです。珠子さま」

「あの男は？　兄さんですか」

「はい、貴之さまですよ。あの男なんて呼んだらいけません」

ふきは真顔でたしなめた。孝史は面白くないと思った。さっきのやりとりからしても、また、ふきとパジャマの件で話をしたときに貴之の名前が出てきたことからしても、なんとなく、ふきが貴之に好感を持っているように思えたからだ。

「お部屋に戻ったほうがいいですよ。ここには、お屋敷の皆さまがおいでになりますからね」

「すごい部屋ですね」

あらためて、孝史は室内を見回した。

天井の高い洋間である。普通の家の二階分くらいの高さがあるだろう。天井の四辺に太い梁が走り、その内側は、六角形を組み合わせたような形に、これもまた太い梁で仕切られている。梁のない天井部分はすべて布で張られており、しかもその布には、凝った刺しゅうがびっしりとほどこされていた。その布も刺しゅうも、全体に、渋い小豆色というか、落ち着いた赤色系のトーンで統一されている。

壁紙も同じだった。こういうの、なんて呼ぶのだろう。手で触れてみると、ちゃんと凹凸が感じられる。印刷ではないのだ。手刺しゅうだろう。天井のそれはよくわからないが、壁の刺しゅうは、花弁の大きなぼたんのような花と、その葉と、枝の合間を小鳥が飛び交う図になっている。

床に敷き詰められているのは、緋色の絨毯だった。色は一色だが、よく見ると織りが凝っている。うねのような模様が走っていて、つま先が埋まってしまうほどの深さだ。裸足だったら、ほとんど足音はしないだろう。だからさっきの珠子という娘も、掃除しているふきに気づかれずに、背後に忍び寄ることができたのだ。

「ここは居間なんですか?」

孝史の問いに、ふきはうなずいた。「お客さまもお通しします」

孝史から見てちょうど正面に、差し渡しの幅が二メートル以上ありそうな、大きな暖炉があった。盛大に火が燃え盛っている。マントルピースと呼ぶのだろうか、暖炉の周囲は、たぶん大理石であろう淡い白色の石で造られており、その上に写真立てがいくつか乗せられているのが見えた。

暖炉の手前には、天板にガラスをはめ込んだ大きな猫足のテーブルがひとつ。その周囲を、さっき孝史の視界を遮っていた背もたれの高い椅子が取り囲んでいる。暖炉の右手にはオットマン付きの長椅子もあり、その上に、鮮やかな柄模様の小さなクッションが三つ、飾りのように乗せられていた。

孝史が隠れている屛風は、暖炉から見て部屋の西側の隅の壁際にあった。よく見ると、そこの壁紙が一部破損している。それを隠すために配置されたものだろう。屛風の右側は大きな窓で、上下に開け閉めする窓枠が、三段重なって天井近くまで届いている。雪明かりで、戸外は白く明るい。カーテンというよりは芝居に使う幕に近いようなどっしりした布が、窓枠の上のほうにたくしあげられていた。これも渋い緋色だ。端のほうに紐がさがっている。これで上げ下げするのだろう。

壁際では、大きな振り子時計がゆっくりと時を刻んでいる。

「お部屋に戻ってください」

ふきが頼むような口調で言った。

「見つかったら大変です。平田さんにも迷惑になりますよ」

孝史は腰をのばして立ちあがった。部屋の全体像がさらによく見えた。

ドアの位置は二カ所。孝史が入ってきたドアと、珠子たちが出ていったドアだ。暖炉から見て部屋の東側の隅には、大きな三角形の飾り戸棚があった。ガラス付きのその戸棚のなかには、壺や花瓶みたいなものがぎっしり入れられている。孝史はそこに近づいた。

「きれいだね」

「旦那さまのです」と、ふきが早口に言った。「ね、いろいろ見てみたいのはわかりますけど、お部屋に——」

孝史の袖をひっぱるようにして、ふきがせかす。そのとき、珠子たちが出ていったドアの方向から、人の足音が近づいてきた。

「あ」と、ふきが声をあげた。「誰か来ます、ね、早く――」

とっさの判断で、孝史はふきの袖をとらえると、急いで部屋を横切り、さっきの屛風のうしろに飛びこんだ。

「もう、どうして――」

「しぃー、静かに」

ふきを制しておいて、孝史は息を殺し、居間に入ってくる人物を待ち受けた。

ドアが開いた。

現れたのは、小柄だががっちりとした体軀の老人だった。着物を着て、右手に杖をついている。実際、ひどく歩行が困難であるようだった。一足ごとに休み休み、ゆっくりと室内に入ってくる。

顎の張った、頑固そうな顔つきの老人だった。髪は豊かな銀髪、首は短くて、その分肩が盛りあがって見える。眉毛も半分以上白くなっているが、隆々と弓を描き、細い目の上にいかついひさしのように突き出していた。

「あの人は?」と、孝史はささやき声で聞いた。「旦那さま?」

ふきはびっくりしたような顔で老人を見つめている。

「ええ、そうです」

では、あれが蒲生憲之か。元陸軍大将だと、平田は言っていた。昭和の軍人。

だけど、六十歳という年齢よりも、もっと老けて見える。歩きかたのせいだろうか。

「ご病気なんです」と、ふきが押し殺した声で言った。「めったにご自分のお部屋からお出ましにならないのに、どうなすったのかしら」

蒲生憲之は、一歩進んでは止まるという歩調で、暖炉に近づいていた。炎が顔に照り返すようなところまで近寄ると、そこで歩みを止め、じれったくなるような動作で杖をマントルピースにたてかけた。

そして懐に手を入れた。何かを取り出す。白い紙――書類の綴りのようだ。

蒲生憲之は、しばらくのあいだそれを両手に、じっと見つめていた。読み返しているという感じだった。

やがて、その書類を一枚ずつ丸めると、暖炉の炎のなかに放り込み始めた。孝史は数を数えた。一枚、二枚――全部で七枚だ。投げ込まれた紙は、炎に焙られてあっというまに灰になってゆく。

蒲生憲之は、それをじっと見つめていた。あまつさえ、近くにある火かき棒を取り上げて、燃えあがる薪をつっつき、灰となった紙が完全に崩れてしまうのを見届けた。老人が火かき棒を手にしているあいだ、孝史はハラハラした。足元が危なくて、よろけたら暖炉のなかに転げ込んでしまいそうだったから。

ようやく作業を終えると、老人は来たときと同じ不自由な足取りで部屋を出ていった。ごとん、ごとんという杖の音が完全に聞こえなくなるまで、孝史もふきも息を殺していた。

4

豪奢な居間のなかに、ふきとふたりきりになったことを確かめると、孝史はほうっとため息を吐き、屏風のうしろから部屋のなかへと出た。まだふきの手をとったままだった。

ふきは、たった今目にした蒲生憲之の姿が、よほど不思議で仕方がないのだろう。とっさのこととはいえ、孝史のとった馴れ馴れしい行動を咎めることも忘れて、視線はまだ蒲生邸の主が出ていったドアのほうに釘付けになっている。

孝史はふきの手をちょっと引っ張った。彼女ははっと目をしばたたいた。

「旦那さまがあんなふうにして自分の部屋から外に出てくるのは、そんなに珍しいの？」

ふきは、孝史の言葉を聞き終える前に、こっくりとうなずいた。本当に驚いているという様子だ。

「しかもおひとりで居間に降りていらっしゃるなんて——」

言いさして、そのときようやく、孝史に手を握られたままであることに気づいたようだ。口のなかで小さく「あら」というようなことを呟くと、急いで手を振り払った。孝史は思わずにやりとしてしまった。

「変わり者なんだね、このお屋敷の人たちは」

高い天井の、手のこんだ刺しゅうを見あげて伸びをしながら、孝史は言った。狭い部屋から出てくることができて、やっぱり気分は悪くない。ふきはけげんそうな顔で孝史を見守っている。

「閉じこもりっきりの旦那さんとか、あんな子供みたいなことをする娘さんとかさ、ひと昔前の青春映画の主人公みたいなボンボンとかさ。ほかにはどんな人がいるんですか？」

孝史は、明け方まだ暗いうちに、蒲生邸の前庭にひそんでいたころ、窓を開け閉てして会話をしていた男女のことを思い出していた。あの声は、今の兄妹のものではなかった。もうちょっと年かさの感じがした。

ふきは、黙って孝史の顔を見ていた。それから、思い出したように孝史のそばを擦り抜けると、床にかがんで、さっき取り落とした雑巾を拾いあげた。

「階下のお部屋にお帰りなさい」と、背中を向けたまま言った。「わたしはまだまだこれからいろいろすることがいっぱいあるんです。遊んでいられる身分じゃありませんからね。だいいちあなたは――」

きっと振り向くと、怒ったようにくちびるを引き結んでから、言った。

「このお屋敷の皆様に見つかって、追い出されたら困る身の上でしょう？　それでもあなたは構わないかもしれないけれど、平田さんはうんと困るわ。少しは、小父さんのことも考えておあげなさい」

怒った顔もいいな。孝史はそんなふうに考えていた。隠れていた場所から外へと足を踏み出していることで、自分で意識している以上に舞いあがっているのかもしれない。

この昂ぶった気持ちは、優越感に似ていた。そのことに気がついて、孝史自身、意外に感じた。ついさっきまで、大掛かりなペテンにかけられているのかもしれないと思っていたくせに、ひとたびその疑いから足を抜いてみると、今度は振子が逆に振れて、なんだか愉快になってきたのだ。

オレは本当に過去に来ている。だからオレはこの人たちが知らない未来を知ってる。未来から来てる。この人たちの未来に何が待ってるのか知ってる。

この偉そうな屋敷に住んでる連中の知らないことを知ってる――

ぷっと頰をふくらませ気味にして、孝史とのにらめっこに負けまいとしているふきの顔の、なんとも言えない可愛らしさが、孝史の優越感をさらにくすぐった。この娘をびっくりさせてやりたい――そう思ったそばから、言葉が出ていた。

「日本は戦争に負けるよ」

ふきは目を見開いた。にらめっこは終わり、彼女の薄紅色のくちびるが、ぽかんと開いた。雑巾を握った手が、胸のあたりまでぐいとあがった。ふきは孝史に一歩詰め寄った。

「え？　今なんて言ったんです？」

孝史は繰り返し、さらに言葉を足した。

「日本は戦争に負けて、アメリカに占領されるんだ。軍人なんて、ちっとも偉いものじゃなくなる。日本は平和国家になるんだから」

口に出してみると、スッとした。特に「軍人なんて」というところが。結局、今こみあげてきている急激な優越感も、元はこれだったんだなと思った。軍人の家に使われて、ペコペコ頭をさげなきゃならないふきが気の毒で、そんなにしなくっていいんだよと言ってやりたいのだ。戦後の日本、俺の住んでる現代の日本なら、君みたいな可愛くて働き者の女の子はどんな企業だって大歓迎だし、あんな蒲生憲之みたいな上司がいていばりちらしてたって、そんなの見せかけだけのもので、そういう奴らだって使われてる身のサラリーマンなんだ。俺のいる時代では、ホントにみんな自由なんだからさ。日本はそういう国になるんだからさ。

だが、さらに言い募ろうとする孝史の目の前で、ふきはすうっと青ざめた。

「日本が……戦争に負ける?」と、小さく呟いた。目をあげると、孝史をまじまじと見つめて、「どうしてそんなことを言うの? なんてひどい」

「ひどい?」孝史はびっくりした。ふきは拳を握って、孝史の胸を打つような仕種をした。「そうですよ。あんまりだわ。お国のために一生懸命働いている兵隊さんたちに、なんて失礼なことを言うの。日本が負けるなんて」

今度は、孝史のほうが開いた口がふさがらない気分になった。ふきは涙ぐみそうにさえなっているのだ。両手をふりしぼりながら、「それは……軍隊のなかではいろいろあるって……偉い人たちは勝手なことばっかりしてるって貴之さまもおっしゃってるけど、だけどそれでも、いざ戦ったら日本が負けるはずはありませんよ。だいいち、どうして戦争になるの? どこと戦争をするの? 中国?」

「だから、アメリカと。つまり米国と」

カタカナで言ったらわからないのかと思って、言い換えた。ふきは首を振った。

「亜米利加とは戦争にならないって、貴之さまはおっしゃってます」

孝史はカチンときた。ふた言めには「貴之さま」だ。

「貴之って、さっきの兄さんだろ? 彼が何を知ってるっていうのさ。どうしてそんなに彼が偉いと思うの?」

ふきは(呆れた)というように、くるりと目を上にあげた。そういう仕種は、遥か未来の平成の二十歳の女の子のそれと、とてもよく似ていた。

「貴之さまは東京帝国大学をご卒業になってるんです

よ。あなたみたいな、ただの職工さんとは違います。少しは口を謹んでください！」

　ふきの声が高くなったので、孝史はあわてて周囲の様子をうかがった。ふきもそれを見て、自分の立場を思い出したのだろう。口元に手をあてると、目を伏せた。乱れてもいない襟元を直すような仕種をして、声をひそめて孝史に言った。

「お部屋に帰って、おとなしくしていなさい」命令口調だった。「今度こんなことをしたら、平田さんには悪いけど、あなたを匿《かくま》うことはできませんよ」

　背を向けて、ふきは、孝史がやってきたほうのドアから出ていこうとする。

「どこ行くの？」

「ちゑさんを手伝うんです。お昼の支度をしなくては」

　さっき通り抜けたアイロン台のある部屋に、いい匂いが漂っていたのを思い出した。

「何をつくるの？」

「知りません」

「いい匂いだったな。ホットケーキか何か？　俺にも持ってきてくれる？」

　ふきは背を向けたまま首だけこちらに向けて、また「知りません」と言った。そして本当に、ドアを開けて出ていってしまった。完全に怒らせてしまったらしい。

　ドアが閉まる。孝史はそれを見送り、いささか混乱した気分でぽつんと取り残された。今のあの反応といったら何だろう？　お国のための兵隊さんだって？　ふき、君たちは、その兵隊さんのおかげでこれから大変な目にあうんだぜ——

（マジで、こいつは本物なんだ）

　あらためて、そう思った。俺は本当に昭和十一年にやってきてる。行く手に待ち受けている悲惨な戦争を、まだ知らない人々の世界にいるのだ。

　と、そのとき、一度閉まったドアが急に開いた。瞬間、孝史のうなじの毛が逆立った。

　が、顔をのぞかせたのは、ふきだった。まだ怒ったような口元をしている。早口に言った。「お部屋に戻りなさい。おとなしくしてたら、お昼を持っていってあげます」

　そのままドアを支えて、孝史を待っている。孝史はふきにほほ笑みかけた。

「わかったよ。ごめんね」

　軽く頭をさげて、孝史はドアを通り抜けた。ふきは、彼が来た道を通って階下の部屋へ降りてゆくまで、ずっとあとをついてきた。孝史は、発見された脱走兵が連行されてゆくような気分で、振り出しの平田の部屋へと戻った。

だが、ふきには悪いけれど、おとなしくしているつもりはなかった。ひとりになると、孝史は、平田が雪かきをしながら顔をのぞかせた、あの明かりとりの窓を見あげた。

ここから外へ出てみよう。屋敷のなかを通り抜けるより、そのほうがてっとり早そうだ。何か足台になりそうなものはないかと考えた。三十センチかそこらの高さの物があれば、その上に乗って窓を開け、窓枠をつかんで身体をひっぱりあげることができるだろう。

火鉢では危ない。そのとき思いついた。物入れのなかにあった、あの旅行カバンはどうだろう。孝史は急いで物入れの引き戸を開けた。

古ぼけた旅行カバンは丈夫そうな布製で、叩いてみた感じでは、枠は木でできているようだ。厚みは二十五センチくらいか。なんとかなりそうだ。

持ち上げてみると、意外に重い。そのとき初めて、奇妙なことに気づいた。

これ、誰のカバンだろう？

平田は孝史と一緒に火事に追われてタイムトリップしてきて、手回り品など持ってはいなかった。ホテルの部屋には用意してあったのかもしれないが、少なくともここには持ってきていない。あのとき、そんな余裕はなかったのだから。

しばらくカバンをじっと見つめてから、孝史はやおらそれを畳に置き、蓋を開けにかかった。が、取っ手のすぐ脇に頑丈な南京錠がぶらさがっていて、ガタガタゆすぶってみてもビクともしない。最後には足で蹴とばしてみたが、

「痛てェ！」

損をしただけだった。

孝史は、開けっ放しにしてある物入れのなかに目をやった。そこには、平田がここへ履いてきた靴が、きちんとしまってある。平田が脱いで、ああして置いたのだろう。そのとき、彼は、このカバンを不審に思わなかったのだろうか？　思わなかったのだとすれば、これはやっぱり彼の物か？

（あのおっさん、以前にもここへトリップして来てたんだろうか？）

下準備のために？

記憶のなかに、火災の前、二階の非常口のところに

立っていた平田の姿が蘇ってきた。あのとき、まるで幽霊みたいにパッと姿を消して、そのあとまた、手品のように二階のエレベーターホールに立っていた平田
――

あ、と声をあげてしまった。

(あのときも、タイムトリップしてたんじゃないか？)

そう――そうだったのだ。あれはタイムトリップだったのだ。平田は、火事の最中に孝史と一緒に「飛んで」くる以前に、あのときもタイムトリップしていたのだ。

だが、あのときの平田は手ぶらだった。それは間違いない。孝史がこの目で見たのだから。平田がこんな大きなカバンを持っていたのだったら、見落とすはずがない。

じゃ、このカバンは誰のものだ？　そして、あのとき二階の非常口から――そう、二階だったのだ――平田はどこへ、いつの時代へトリップしていたのだろう？

あれはすごく短時間のトリップだった。孝史が平河町一番ホテルの非常階段を、平田の姿を探して駆けずりまわっていたのは、せいぜい十分足らずのあいだのことだったろう。平田はどこかへ行って、帰ってきた。その短い時間のうちに。

俺、騙されてたと、孝史は思った。この蒲生邸にやってきたとき、薪小屋のなかで、早く現代に帰してくれと泣いて頼んだ孝史に、平田はこう言った。短時間のうちに何度もタイムトリップをすることはできないと。身体がもたない、下手をすると死んでしまう、と。

そのほかにも色々ごたくを並べていたが、だけどそんなもの、今考えてみれば言い訳とも受け取れる。

孝史は汗の浮いてきた両手を、寝間着にこすりつけた。頭が働き出した。チクショウ、あのおっさん、クセ者なんだ。いったい何を考えてるんだ？　どこまで信用できるんだろう？

この時代で暮らしてゆくのだと言っていた。ここで生きてゆくのだと。そのための準備をしてきたと。だけどそんなこと、どこまで本当だかわかったもんじゃない。たしかにあいつはタイムトリップできる能力を持っているのだろうけれど、それを使ってここへやってきた目的も、ああして口で言っていたこととは、どこか別のところにあるんじゃないだろうか。

とんでもないことになってきた。いや、今だってとんでもないんだけど、それよりもっと厄介なことに。

とにかく平田をとっつかまえて、あいつがここにいる本当の目的を聞き出さなくては。そして、現代に帰してもらうんだ。いや、何が何でも俺を帰させるんだ。

孝史の手は、まだ寝間着の浴衣に包まれた腿をこすっていた。そしてその平たい感触が、もうひとつ別のことを思い出させた。

着替える前に着ていたパジャマ。薪小屋で倒れるとき、そのパジャマのポケットには何か固い物が入れてあって、意識を失くす寸前、掌でそれを感じた。あれは、あれは――

腕時計だ！

薪小屋でふきに見つけられたとき、平田は孝史に背を向け、ふきに悟られないように腕時計をはずし、孝史の膝の上に落とした。孝史はそれをポケットに隠した。むろん、その腕時計が平成の時代のものであり、ふきに見せるわけにはいかなかったからだ。

孝史は額をぴしゃりと打った。なんてこった、すっかり忘れてた！

必死で思い出してみた。着替えるとき、ふきにパジャマを渡すとき、腕時計はポケットに入っていたろうか？　自分の動作やふきの仕種を繰り返してみながら、懸命に考えた。

なかった――なかったと思う。着替えたとき、重みを感じなかった。それにふきは、丁寧にあのパジャマをたたんでくれた。もしポケットに何か入っていたならば、そのとき彼女が気づいていたはずだ。

じゃ、落としたんだろうか。この部屋で？

孝史はカバンをほうり出した。時計を見つけなきゃ！

あの腕時計さえ手に入れれば、それをテコに、平田に圧力をかけることができる。これを蒲生邸の人たちに見られたら困るだろ？　だったら、さっさともう一度トリップして俺を現代に帰してくれよ、と。

孝史は畳の上を這いまわり始めた。

5

だが、しかし――

狭くてじめじめした室内を、それこそ舐めるように探し尽くしても、腕時計は見当たらなかった。

孝史は肩で息をしながら身を起こした。あれがここにないということは、孝史がここに運ばれてくる途中でポケットから滑り落ちてしまったか、薪小屋で倒れたときに落としたか、どちらかだろう。ふきが洗濯するためにパジャマを持って出ていったときには、もうポケットに入っていなかったというのは確実なんだから。

(薪小屋か……)

もう一度、あそこへ行ってみる必要がある。薪小屋になければ、そこからここへ降りてくるまでのルートを、できるだけ丁寧に探してみるしかない。

孝史は放り出してあった旅行カバンの取っ手をつかみ、持ち上げた。明かりとりの窓の下まで運んでいって、きっちりと壁に押しつけて平らに置くと、その上に乗ってみた。木枠の頑丈なつくりのカバンは、孝史の体重を支えてびくともしなかった。

窓を押し開けてみる。冷たい外気が流れ込み、くしゃみが出た。外は明るく、人の気配も取り合えずは感じられない。

思いついて、一度カバンから降り、物入れのなかから平田の靴を取ってきて、それを先に窓から外へ投げ出した。裸足で雪の上を駆けずりまわるのは、もうたくさんだ。

次は防寒具代わりになるものだ。布団のそばにとって返し、掛布団をめくりあげた。綿入れの夜着――半天の裾をずっと長くしたような形のものが、布団の下になっている。寝ている間、おかげでとてもあたたかく、具合がよかった。これ、たしかかいまきとかいうものだったと思う。まだ小学生のころ、母の故郷の山形の家に泊まりに行ったとき、祖母がこういうのを出して使わせてくれた記憶がある。袖がついているので、浴衣の上に羽織るにはちょうどいい。これも丸めて、窓から外に押し出した。

準備よし。最後は自分だ。孝史は両手を窓枠にかけ、懸垂の要領でよいしょと身体を持ちあげた。

窓枠に頭をぶつけたり、肩を擦りむきそうになったりしながら、どうにかこうにか上半身を外に引っ張り出す。どうやら、しばらく前から雪はやんでいるようだ。平田が雪かきしたときのまま、黒い地面が剝きだしになっている。泥が孝史の指先を汚し、爪のあいだにも入りこんだ。

うんうん唸りながら、這いつくばって、ようやく外に出たときには、汗をかいていた。立ち上がると、とたんにその汗がすうっと薄い氷の膜となって身体を包んだ。あわててかいまきを拾い上げ、袖を通して着物を着るようにくるまった。でも、ぐずぐずしてはいられない。冷気で耳たぶが痛くなり、頬がつっぱる。

孝史が脱出したこの場所は、蒲生邸のぐるりを囲む庭の側面――今朝ここの前庭に到達したあとも、屋敷の脇を擦り抜けて裏庭の薪小屋へと移動したが、今立っているところは、それと反対側の側面であるらしい。すっぽりと丸く雪をかぶった生け垣は同じだが、こちらの側のほうがやや広く、生け垣の向こう側には、蒲生邸と似たようなレンガ造りの建物がひとつ、こちら側に建物の背面を向けてどしんと建っていた。建物と同じ色合いの、二メートルほどの高さのある煉瓦づくりの塀に囲まれている。塀と建物とのあいだには、孝史の高崎の家が二軒ほど入ってしまいそうなほどの距離があった。おそらく、庭があるのだろう。豪勢なものだ。

距離的には遠いけれど、隣の建物の二階部分に小さな窓が三つ並んでおり、そのうちのひとつに明かりがついているのを見つけて、孝史は急いで姿勢を低くした。そのまま、ドジな忍者みたいに這っていって植え込みの下にまわり込み、あらためて蒲生邸の壁を見あげた。

灰色の雲に閉ざされた頭上の高いところを、黒い煙がなびいている。煙突から吐き出されているものだろう。蒲生邸のこちら側の壁には、たった今孝史が脱出してきた窓のほかには、二階と、屋根のすぐ下に、三十センチ四方くらいの小さな窓があるだけだ。

左へ行けば正面玄関。右へ行けば裏庭と薪小屋。しかも右側へ進んで屋敷の裏手にまわれば、蒲生邸の背後を守る背の高い木立に遮られて、周囲の目を気にすることもない。

けれども、すぐに右へ行くべきところを、孝史は一瞬の好奇心に足をとられて、左へと進んだ。屋敷の全体像を見てみたいと思ったのだ。建物の角まで進んで、そこから用心深く首だけ突き出す。

蒲生邸の正面は植え込みに囲まれているだけで、いかめしい門扉の類はない。今朝がた見かけた――そして平河町一番ホテルのロビーの写真にも映っていた、特徴のあるアーチ型の玄関まで、なだらかな斜面があるだけだ。通り道の部分だけ、たぶん平田の仕事だろうが、きれいに雪かきをしてある。ぬかるみに、人の足跡がひと組み、くっきりとついていた。

蒲生邸正面の植え込みの向こう側には、公道なのだろう、幅の広い道が走っていた。孝史は周囲を見回し、人目のないことを確かめて、また忍者のように正面の植え込みの陰へと走った。そこでしばらく息を殺し、振り返って屋敷の窓を見あげる。なんの動きもない。ただ煙だけがたなびいている。

孝史は首をのばし、植え込みごしに外を見た。

平らな道だ。自動車道路だ。全体に白く雪がつもっているが、車の轍《わだち》がいく筋もついている。まっすぐに、右から左へ――あるいは左から右へかもしれないが、蒲生邸の前を通り過ぎている。そこだけ雪が溶けて泥水の色になっている。

だが、そのうちのひとつだけは、蒲生邸の前でわずかに曲がり、植え込みの手前で切れていた。今朝、薪小屋に隠れているとき、車のエンジン音を耳にしたことを思い出した。あのときの車の痕跡だろう。

（来客だったみたいだよな……）

早朝の、あわただしい来訪だった。あのきびきびした話し方、そしてこの屋敷のあるじが元陸軍大将だということから推して、あの来客も軍人だろう。だとすると、この車も軍のものか。轍は、はっきりしているところでは相当深く、タイヤの痕もよくわかった。刻みの深いタイヤみたいだ。トラックだろうか。

訪問を終えてここを離れるとき、この車はバックして向きをかえ、来た方向へと走り去っている。何度かハンドルを切り返した跡が、雪の上に残っていた。

孝史は勇気をふるって、首だけでなく背中も伸ばし、屈めていた膝も伸ばして、周囲に視線を走らせた。

最初に感じたのは、曇天にもかかわらず、空が高いということだった。建物の数が少ない――孝史の知っている平河町ホテル近辺に比べたら、半分以下だろう。それぞれの建物の背も低い。だから、景色が広々として感じられるのだ。

だが、ひとつひとつの建物の構えは頑丈そうで、つくりも大きい。煉瓦とか、コンクリートの灰色。石造りみたいに見えるものもある。四角いビルは、案外少ない。大半の建物に屋根や塔がついている。それらの屋根に雪が積もって、静かで美しい眺めをつくりあげている。

あちらこちらに電柱がある。数えてみたが、すぐにわからなくなってきてしまってやめた。それほど数多い。ここは東京の――東京市の中心部の一角なのだ。ちょうど、孝史の知っている永田町駅近辺がそうであるように。官庁街なのだ。建物のあいだを埋めている、今は真っ白にしか見えないところは、きれいに整備された緑地で埋められているのだろう。このころの東京のこの一帯は、きっとヨーロッパの都市のように美しかったに違いない。

目の前の道は、孝史がホテル滞在中に幾度となく歩き、右手に国会図書館を、左手に最高裁判所を仰いで通ったあの道だ。街路樹が枯れ枝を空にのばしている、ゆるやかな下り坂だった。今、街路樹は影もないが、下り坂は同じ。そして、この道の突き当たるところに、皇居のお堀と緑の森があることも同じだろう――

だが今、孝史の視界にぼうっとかすんで映る皇居の森は、真っ白に雪をかぶり、木々の枯れ枝も白く凍って、おとぎ話のなかに出てくる雪の女王の国のそれのように見えた。緑はなく、またその向こう側に、輝く銀座の明かりも見えない。

誰も歩いていない。車も通らない。今朝薪小屋で、平田が（この一帯は封鎖される）と言っていたことを思い出した。

あのとき、平田が指差して（陸軍省の窓明かりだ）と教えてくれた建物がどこにあるのか、見当がつかなかった。頭のなかで簡単な図を描いてみて、この位置からだと、蒲生邸の陰になってしまって見えないのかなと思った。

それでも、どのみち、あの窓明かりは遠かった。陸軍の中枢の建物なのだから、おそらくお堀端にあるのだろう。襲撃されたという警視庁だって、この当時は桜田門にあったわけで、どちらもここからは徒歩で十分から十五分はかかる場所だ。

それならば、人気のないこの道を下っていって、蒲生邸から充分に離れた、でもクーデター騒ぎからは遠いところに行って、そこからタイムトリップして現代に帰ることは、けっして不可能ではないだろう。平田の口振りから、このあたりまで武装した兵隊がウロウロしているような印象を受けたけれど、実際にはそんなことはないじゃないか。拍子抜けしたようでもあり、今まで平田の言いなりになってきた自分が、あらためて情けないような気がしてきた。

（もう騙されないぞ）

ただ真っ白に静まり返った景観をまぶたの裏に収めて、孝史はまた身を屈めた。蒲生邸の窓に変化はなく、玄関から出てくる人もいない。来たときに付けた足跡を踏んで、孝史は屋敷の側面へと引き返した。

途中で一度、出てきた窓から首をつっこんで、室内の様子をうかがった。ここも変化はない。気づかれていない。

孝史は裏庭へと回った。薪小屋は、真っ白な裏庭の片隅にぽつりと建っていた。裏庭は雪かきされておらず、ただ薪小屋と屋敷の向こう側の側面の通路とのあいだを、使用人たちが行き来した足跡が、ごちゃごちゃと入り乱れて残されているだけだった。孝史が平田とふきの手で屋敷のなかに運びこまれたときの足跡も、混じっているかもしれない。

孝史は一面に平たい雪の上を、遠慮せずに走った。薪小屋は蒲生邸の背後の木立に背中を向け、屋敷のほうに正面を向けて建てられている。だから扉も屋敷の側だ。孝史の方から見ると左手になる。近づいてゆくと、そのドアがほんの少し開いていることに気がついた。

風にあおられたんだろうか――と思ったとき、薪小屋のなかから声が聞こえてきた。

「ねえ、やっぱり考えすぎじゃない?」

とっさに、孝史はしゃがみこんだ。不用意に扉を開けなくてよかった。冷汗が吹き出した。

聞こえてきたのは女の声だった。記憶に間違いがなければ、今朝、前庭で耳にしたあの女の声だ。

「あたしには信じられないわ。あの人に、まだそんなことをする気力が残っているかしら」

笑いを含んだ口調だった。ちょっとはすっぱな感じもした。誰なんだろう、この女。

「君は兄さんを甘く見ているんだ」と、男の声が応じた。この声もまた、今朝前庭で聞いた声だった。正体不明のこの男女は、孝史の前に、いつもカップルで現れる。

「そりゃあ確かに、卒中で倒れて以来、ずいぶんと気力が弱っているようには見えるよ。しかし、ああいうふうに黙り込んでいたって、内側には何を溜め込んでいるかわかったものじゃない。もともとは剛毅な人なんだから」

「どうかしら。あたしには、あの人はもう芯から萎えているように見えるけど。だって、倒れる以前の気力が少しでも残っているなら、貴之があんなことで大恥をかいた時、放っておくはずはなかったわよ。あれなんか、半年以上も前のことだけどさ」

「貴之のことは、もうとっくに諦めてるんだろう」と、男は笑いながら言った。「兄さんにとっちゃ、貴之がとんだ臆病者だってことは、最初からわかってたことなんだしな。親父にならって職業軍人になる道を選ばなかったんだから。そのくせ、ことごとに親父と対立するへ理屈好きのひとり息子さ」

「本当にねえ」女もせせら笑う。

「それにしてもなあ」と、男が真面目な口調に戻って言った。「今度の騒動も、元をたどればあの相沢事件と係わりがあるんだろうな。というより、相沢事件がなかったら、青年将校たちもこんな形で決起することはなかっただろう。するとしても、もっと時期を見て――」

女の声が、うるさそうにさえぎった。「難しいことを言わないで頂戴。どうせあたしにはわかりゃしないんだから」

だいたい、どうしてこんなところでコソコソ話をしなくちゃならないのよ――と、女は文句をたれた。

「あたしの部屋でいいじゃないの」

「誰が聞いているかわからない」と、男は声をひそめた。薪小屋の外で、孝史は首をすくめた。

「特に最近は、珠子が僕たちの様子に目を光らせて、しょっちゅう聞き耳を立てている。君は気づかないのか?」

「あんなバカ娘、どうだっていいわ。まったく、あの娘のどこがよくってもらい手がついたのか、あたしにはさっぱりわからない」

「珠子としちゃあ、自分が嫁に行ったあとの父親のことが心配で、なおさら君の行動が気になるんだろう。しかし、僕らが駆け落ちしたら、珠子の縁談も壊れるだろうよ」

「ざまあみろよ」

「まあ、いいさ。しかし君、これは駆け落ちの相談なんだぜ。どれだけ慎重にしたってし過ぎるということはない」

女は気乗りしない様子で言った。「だけど、どっちにしろこの騒ぎがおさまるまでは、ここを出ていくことはできないんでしょう? 間が悪かったわねえ。何も今日を選んで鉄砲の撃ちあいをしなくたっていいでしょうにさ」

女は、唾でも吐くように、「ふん、軍人なんてさ」と言い足した。

「この騒ぎが鎮まるまで、しばらくは僕たちも知らん顔を通していよう。それしかない。願わくば、彼らが失敗してくれるといいんだがね。そうなったら一石二鳥だ。駆け落ちなんかする必要もなくなる」

女の声が跳ね上がった。「何よそれ、どういうこと? 失敗って、あの兵隊さんたちが? それがあたしたちとどう係わり合いがあるの?」

孝史は息を詰めて薪小屋に身をすり寄せた。

男の低い声が聞こえてきた。「この決起が失敗したら、兄さんはまず生きちゃいまい」

一瞬の間をおいて、女が飛びつくように問い返した。

「どうして? なんであの人が死ぬんですよ」

その口調に、抑えて抑えきれない喜色が混じっているのを、孝史の耳は聞き取った。ますます、女の正体が知りたくなった。

この女と駆け落ちしようとしているこの男も、どういう立場の者なのだろう？　誰を「兄さん」と呼んでいるのだろう？　貴之という名の、あの坊ちゃんだろうか。でも、声の調子からして、この男は貴之よりも年上だ。それに孝史は、蒲生邸の住人すべてを知っているわけではない。推測のしようがなかった。

「いいかね、よくお聞き」と、男が続けた。

「兄さんは皇道派の青年将校たちと親しかった。倒れる以前は、彼らを家に招いて話をしていることだってしょっちゅうあったろう？」

「ええ、そうだったわ」

「病気で退役しないで、今でも大将として陸軍の中枢に頑張っていたならば、兄さんなんか、間違いなく今決起している連中に担がれることになっていたろうね。兄さん自身、喜んで担がれたろう。昭和維新のためにさ」

女はまた「フン」と鼻を鳴らした。

「今となっては、それはできまい。でも、兄さんの気持ちは、倒れる前も今も何も変わっていないと思うよ。青年将校たちの味方さ。だからだよ、もしも彼らが失敗したら、兄さんはどう思うだろう？　とりわけ、身体の動かないひとりぼっちの老人となってしまった今、自分と同じ信念を持って立ち上がった若い将校たちが失敗するのを目の当たりに見せつけられたら？　たったひとつの夢も破れることになったら？　もしもこの決起が失敗したら、これを機会に、反皇道派の連中は陸軍中枢から皇道派を一掃するだろうな。兄さんにだって、それはわかっている。だが、そんな惨状を、絶対に見たくないだろう」

ふたりは沈黙した。やがて、息を殺して女がささやいた。

「じゃ、自決するっていうの、あの人が」

ふふんと、男は鼻で笑った。「そうだよ」

6

薪小屋のなかの男の、いかにも小気味好さそうな笑いかたに、孝史は、屋外の冷気のせいだけではなく、背中がすうっと冷たくなるような気がした。

自決というのは、自殺のことだろう。このふたりは、蒲生憲之が自殺することを望んで、それを期待してこんなところでコソコソ話し合っているのだ。

確かに、蒲生大将は自殺する。そのことは歴史的事実だ。ただそれは、二・二六事件後ではなく、事件の初っぱなでの出来事なのだが——

しかし、本当にいったい、このふたりは何者なんだろう？

男の笑い声がまだ残っているうちに、女の声が、さすがにいちだんと低くなって、こう続いた。「ねえ、そういうことになったら、あたしはどうなるの？」

「どうというのは？」

「このうちのお金よ。財産よ」

男は即座に断言した。「君のものになるだろうよ」

女の声がはねあがった。「本当に？」

「そりゃあ、もちろんさ。君は蒲生憲之の妻なんだからね」

孝史は目を見張った。このはすっぱな口のききかたをする女が、あの老人の妻だって？

どう考えたって、不釣合いだ。声の感じからすると、けっして若い娘ではなさそうだが、それでも、年齢だって、蒲生憲之よりは、あの珠子とかいう娘のほうに近いんじゃないだろうか。

（後妻か……）

すると男の方は？　彼がしきりと「兄さん」と呼んでいる相手は、では蒲生憲之のことか？

それもまた歳の離れた兄弟であるような気がするけれど——でも、あり得ないことじゃない。

すると蒲生夫人は、義弟とできているというわけか。

孝史の驚きをよそに、小屋のなかのふたりはくつくつと笑いあっている。

「財産ももらえて、しかも駆け落ちの必要もなくなる！」

「そういうことさ」

嬉しくてたまらないという様子だ。孝史は胸が悪くなった。

「じゃあ、待っていればいいのね？」と、女が念を押すようにきく。「今度の決起とやらが失敗するように祈りながら、ねえ」

「せいぜい、心をこめて祈るといいさ」男が言って、立ちあがるような気配がした。ごとんと音がした。

「それじゃ、僕は部屋に戻っている。君は少し間をおいて、屋敷に入れ。庭を散歩してきたとか言って、ふきに紅茶でもいれさせるといい。そのときには、その真っ赤な鼻の頭をよく見せるんだよ。表にいたという証拠になるから」

からかうような男の口調に、女がはしゃいだ声をあげた。「嫌ねえ、意地悪」

薪小屋の扉が動いた。孝史は小屋の側面に身体を張りつかせて、息を殺した。長いかいまきの裾が雪の上に広がっていたので、あわててたくしあげた。

扉が開く。ざくりと雪を踏む足音が聞こえた。男は様子を伺っているらしい。孝史は顎を引き、後頭部を壁に押しつけて、可能な限り平らになろうとした。

ざくっと、もう一度足音がした。

「じゃあ、鞠恵《まりえ》、気をつけるんだぞ」

男は女に呼びかけて、それから小屋の扉を閉めた。あの女は鞠恵という名前であるらしい。

もし、男が裏庭を通って屋敷へ戻ろうとすれば、孝史の姿は丸見えになってしまう。身体中の内臓がきゅうっと縮み上がるような一瞬だった。が、男は素直に前へと進み、蒲生邸の右脇を抜けて、前庭のほうへと歩いていった。雪を踏む足音が遠ざかる。

ころ合いを見計らって、孝史は素早く薪小屋の壁から身体を引き離し、男が歩み去っていった方向へと首をのばしてみた。

男はちょうど屋敷の角を左に折れ、前庭のほうへと姿を消すところだった。後ろ姿がちらりと見えた。黒いコートみたいなもので着膨れた背中が見えた。ズボンも黒っぽい。足元はゴム長靴だった。小柄な印象を受けた。

明け方、ここを走り抜けたときには気づかなかったが、屋敷のこちら側の側面には、勝手口がついていた。今はその周囲にも雪かきがされており、シャベルがひとつ、ドアの脇に立て掛けられている。ふきやちえさんたちはここから出入りするのだろう。

（あれ？　だけどヘンだな。そうすると、どこかに裏門があるわけなんだけど……）

屋敷の背後を囲んでいる植え込みは、どこも均一で、切れ目などない。せっかく勝手口をつくっても、裏門や通用門のたぐいがなければ、使用人も出入りの商人たちも、みんな前庭を通ってこの勝手口へやってくるということになる。この時代に、これだけの家を構えている軍人の家庭にしては、妙に「平等」にできているじゃないか。

そのときまた、小屋のなかで物音がした。孝史はかいまきをたくしあげながら身を縮めた。壁にへばりつく。

「あ〜あ」と、鞠恵という女が声をあげてため息をつくのが聞こえてきた。ぶつぶつと呟くような口調で、

「寒いったらありゃしない」

何か鼻歌のようなものをフンフンと一、二節口ずさむと、またため息。落ち着きのない女だ。ついで、くしゃんとくしゃみをした。孝史もさっきから鼻がむずむずしていたし、鼻水が滴ってきて困っていた。寝間着の袖口でぬぐう。ぬぐったところが湿っぽい。

鞠恵が小屋から出てくる様子は、まだない。もうしばらく、ここで辛抱しなくてはならないようだ。

それに孝史は、どうしても薪小屋のなかに潜んでいるこの女の顔を見てみたかった。姿形を拝んでみたかった。今度のことに巻き込まれて以来、好奇心でうずうずするのは、これが初めてだ。

なにしろ彼女は、この家の当主の妻なのである。でありながら、夫と同じ屋根の下に暮らしつつ、やはり同じ屋根の下にいるらしい義弟と姦通《かんつう》し、駆け落ちしようとしている女なのである。

(姦通だって。オレ、どこからこんな言葉を引っ張りだしてきたんだろう?)

あのふたりは今朝早く、孝史がここへ「飛んで」きたときにも、ひとつの部屋のなかにいたのだ。それははっきり覚えている。窓を開けて、大雪になりそうだなんて呑気な会話をかわしていた。あの部屋はどこだったろう?

二階ではなかった。一階だったことは確かだ。あのふたりは、孝史と平田の気配を聞きつけて、明かりをつけ、何だろうと窓を開けたのだ。孝史たちがじっと静かにしていたので、窓を閉じて明かりを消した。してみると、居間とか客間とか、屋敷の中の「公的」なスペースではなく、私室にいたのだろう。ふたりだけで。

当主の妻が、夫以外の男とふたりで、まだ夜明け前に、明かりを消した部屋のなかにいた。しかも堂々と、悪びれもせず。いったいぜんたい、どういう家なんだ、この家は? 道徳観念とかいうものはどうなってるんだ?

薪小屋のなかで、また鞠恵がくしゃみをした。「ああ嫌だ」と、文句を垂れる。動く物音。孝史は三度、ヤモリのように薪小屋の壁にくっついた。

扉が開いて、女が外へ出てくる。が、そのすぐあとに、ちょっと離れたところで別の扉が開けられる物音が聞こえた。孝史は緊張し、心臓がはねあがった。あれは、勝手口の戸が開いた音じゃないか?

孝史の判断は正しく、薪小屋を出たところで、鞠恵が「あら」と声を出すのが聞こえた。屋外で聞く女の声は、独特のトーンの高い感じがますますはっきりとして、不本意ながら、ちょっと魅力的な声であるように、孝史には聞こえた。

「あんた、誰？」と、鞠恵が誰かに呼びかけた。

　孝史は大急ぎで動いた。長いかいまきの裾をできるだけ高く持ち上げて、薪小屋のうしろに回りこんだ。勝手口から誰か出てきたのだ。そして薪小屋の正面に立つあの女は、その誰かとまともに顔を合わせたのだろう。だから誰何《すいか》したのだ。

　孝史が薪小屋のうしろの吹き溜まりに飛び込むのと同時に、鞠恵に声をかけられた人物が返事をするのが聞こえてきた。

「奥様、これは失礼申しあげました」

　それは平田の声だった。孝史はハアハアいいそうになる息を殺して耳を澄ませた。

「わたくしは平田次郎と申します。本日からお屋敷で働かせていただくことになっております。今朝早くに到着いたしましたが、奥様はまだお休みのご様子でございましたので、ご挨拶はあらためて御夕食のときでよろしいと、貴之さまからお許しをいただいておりました」

　おそらく、バカ丁寧に頭を下げているのだろう。平田の口調は、書いたものを読みあげているみたいに平板でゆっくりとしていて、ちょっとおどおどしているようにも聞こえた。

「あら、そうなの」と、鞠恵は言った。「あんたが黒井のあとがまなのね」

「左様でございます」

　クロイ？　そのあとがまってことは、以前の使用人のことか。

「奥様、お庭に何か御用がございますようでしたら、わたくしがたまわりますが」

　使用人としては、当主の妻に、こんなところで何をしているのかと尋ねるにも、もってまわらなくてはならないらしい。孝史はおかしくなった。

「あたしは……」鞠恵奥様は言いよどんだ。あんまり頭はよくない女だなと、孝史は思った。とっさにウソを思いつくことができないのだ。

「居間の……居間の暖炉が消えそうなのよ。そうよ」鞠恵は、しどろもどろに言った。

「駄目じゃないの、こんな寒い日に火を絶やしちゃ。だからあたし、薪を取りにきたのよ」

　バレバレの嘘だぜと、孝史は思った。ほんの十五分かそこら前、煙突から煙がもうもうと出ているのを見たばかりだ。だいいちこの鞠恵という女は、暖炉に薪をくべることなんかできないんじゃないか。

「あいすみません、奥様」あくまでも真面目に、平田の声が応える。「すぐに薪を足すようにいたします。奥様はどうぞ内にお入りください。お風邪を召されます」

「言われなくたってそうするわよ」

バツが悪いのを隠そうとするとき、わざと怒ったふりをするのは奥様だろうと女中だろうと同じなのだろう。鞠恵はプンプン怒った口調で言い捨てて、さっさと歩き出した。軽い足音が遠ざかってゆく。

と、途中のどこかで彼女は足を止めた。声が半音、高くなった。「ねえ、あんた、平田とかいったわね?」

「はい、然様《さよう》でございます」

「どの部屋に住んでるの?」

「は?」

鞠恵は焦れた。それで孝史は、彼女が何を考えているのかわかった。

(あの旅行カバンだ!)

あれは駆け落ち用の荷物だったのだ。平田のカバンじゃなかった。鞠恵と彼女の「男」が、使われていない使用人部屋に隠しておいたものだったのだ。

「黒井の部屋にいるんでしょう?」

鞠恵は完全に頭にきている。さぞかし、冷汗をかいていることだろう。

「お部屋はもう頂戴いたしましたが、そこが黒井さんの部屋だったかどうかはわたくしにはしかとわかりかねますが」と、何も知らない平田は言う。「ちえにきいてみましょうか」

「そんなのどうでもいいわよ、いえ、聞かなくていいわよ!」

鞠恵は大急ぎでそこをあとにした。走ってゆくことだろう、あの使用人部屋まで。それとも、男の部屋に相談に駆け付けるか。孝史は腹を抱えて笑いたくなった。こらえるのが辛かった。とんだメロドラマじゃねえか。

手で口をおおってニヤニヤ笑いを抑えていると、平田が薪小屋に近づいてくる足音が聞こえた。バケツのようなものを下げているのか、金具の鳴る音がする。

足音が止まった。ややあって、

「外には出るなと言ったはずだぞ」

低い声が飛んできた。孝史はその場で固まった。

ガチャンと音がした。バケツみたいなものを地面に置いたのだろう。足音が薪小屋の脇を回って近づいてくる。諦めて、孝史は身体から力を抜いた。もう、怖くはない。

寒気のために、平田の耳たぶが赤くなっていた。怒りのせいではないだろう。

「どうしてわかったのさ?」と孝史はきいた。「物音はたてなかったつもりだけど」

平田はじろりと孝史のいでたちを観察し、それから雪に覆われた薪小屋の周囲の地面を指差してみせた。

「かいまきを引きずった跡がついている」

「なんだ、そうだったのか」

「ふきさんに、どう言い訳するつもりだ。かいまきを台無しにして」

孝史はわざとおおげさに肩をすくめた。

「彼女に迷惑はかからないよ」

「どうして」

自分でも思いがけないほど挑戦的な言葉が、孝史の口をついて出た。

「オレ、このまま現代に帰るんだから」

いっとき、孝史と平田は目と目をあわせて睨み合った。平田は雪かきのときと同じような格好で、ただ足元には下駄をつっかけている。孝史は夜逃げ中の病人のように浴衣をきてかいまきにくるまっている。第三者が見れば吹き出してしまうだろう光景だが、この睨みあいの真剣勝負に負けたら終わりだと、孝史は思っていた。

腕時計はない。探す暇も、ここまではなかった。でも、雪の上に突っ立っている平田の顔を見たとたん、そして孝史が外へ出ていることで、これほどまでに動揺し、目尻がひきつるほど怒っている平田を見たとたん、はったりでも充分通用すると、孝史の頭は判断した。おっさん、怖がってる。オレが勝手に動き回っておかしなことを始めるのを、本当に恐れてるんだ。

「どうやって帰る」と、平田は言った。「歩いていくか」

孝史はにんまりした。「あんたが帰してくれるさ」

「それはできないと言ったろう? 最低あと二、三日待たないと——」

「できなくてもやってくれよ」孝史はきっぱりと言った。「そうでないと俺、この家の人たちに、どうやって俺たちがここへ来たのか、あんたが何者なのか、あらいざらいしゃべっちまうよ。証拠だってあるんだし」

「証拠?」

平田の頰がぴくぴくと痙攣した。そこから、尖った神経が皮膚を破って飛び出してきそうだ。

「腕時計さ」顎をそらして、孝史は言った。

「今朝薪小屋で、あんた、俺に腕時計を渡したろ？　あれを屋敷の人たちに見せたら、どうかな？　電池式のクオーツ時計をさ。手巻のぼんぼん時計しか見たことのない人たちは、どう思うかな？」

両腕を脇にたらして突っ立ったまま、平田は顔を歪めた。それは孝史が初めて彼に会ったとき、平河町一番ホテルのフロントで、彼が見せたのとそっくり同じ表情だった。打ちひしがれて、諦め切ったような。

「あれなら、ここにある」

ズボンのポケットを探って、言葉どおり、平田はあの腕時計を取り出した。

7

かいまきの襟元をかきあわせていた孝史の手から、力が抜けた。肩すかしを食ってがっくりしたような、それでいて、緊張が解けてほっとしたような気分だ。なあんだ、時計は平田の手元にあったのか——

「俺のパジャマのポケットに入ってたはずだよね？」

平田は親指の腹で腕時計のガラスを撫でながら、うなずいた。「君をあの部屋に運び込んだあと、ふきちゃんの目を盗んで取り出しておいたんだ」

「ずっと持ってたの？」

「むやみな場所に隠すことはできないからな」

平田は寒そうに肩をすぼめていた。ひどく疲れているように見えた。

「帰りたいんだな」と、ぼそっと言った。「そうだな、君は帰った方がいい」

孝史は黙っていた。どうやら、平田の腹は決まっているらしいから、何も言う必要はない。でも、彼の態度が気がかりだった。怒るでもなし嘲るでもなし、ただただ深く意気消沈しているように見える。

「帰してくれるのかい？」

そうっと差し出すようにして問いを投げてみると、平田は簡潔に応じた。

「ああ、そうしよう」

「今、ここから？」

平田はうなずいた。「ただ、ちょっとここに隠れて待っていてくれ。私は薪を取りに来たんだよ」

「居間の暖炉の？」

「いや、大将の部屋の。居間にはまだ充分に薪がある」

孝史は微笑した。「そうだろうと思った。さっきの鞠恵って女はウソをついてたんだよ。あの人、ここの奥さまなんだろ？」

奥さまという言葉に、意味ありげに力を込めて言ってみた。平田はちらっと目をあげて孝史を見てから、勝手口の方を振り向いた。

「後妻さんだ」

「やっぱりね。ねえ、さっきあの鞠恵奥さまが、あんたの使ってる部屋についてグダグダ訊いてきたのは、何故かわかるかい？」

孝史が先ほどの鞠恵たちの会話について説明するのを、平田は少し顔をしかめて聞いていた。

「今頃、あわてて取りに行って隠してるよ」

「勝手にさせておけばいい。どうせ駆け落ちなどできやしないんだから」

「今はしないって、本人たちも言ってたよ」

「――どういうことだ？」

そう訊いてから、平田はちょっと周囲を見回した。

「とにかく、小屋のなかに入ろう」

平田はズボンのポケットのなかに腕時計を戻すと、バケツを持ち上げ、薪小屋のなかに入った。孝史もあたりに目を配り、人目のないことを確かめてから、かいまきの裾をできるかぎり持ち上げて、あとに続いた。

「扉を閉めてくれ」

平田は伸び上がり、上の方から薪をおろし始めた。乾ききった薪がぶつかりあうと、カツンという音がした。無造作に、慣れた感じで大きなバケツに放り込んでゆく。その作業を見ながら、孝史はさっき見聞きしたことを説明した。

「鞠恵奥さんの相手は、どうも大将の弟みたいだった」

背中を向けたまま、平田は言った。「蒲生嘉隆《よしたか》という人だよ」

「歳の離れた兄弟だよね？」

「大将は長男、嘉隆は六男だ。この時代じゃ、珍しいことじゃない。嘉隆はまだ四十そこそこだろう」

「やっぱり軍人？」

「話を聞いていて、そう思ったかい？」

「思わなかったよ。いくら僕がこの時代のことを知らないって言っても、感じでわかる。同じ軍人なら、大将までなった兄さんのこと、あんなふうに言わないだろうから」

「そうか」

薪がバケツに一杯になった。平田は両手をパンパンとはたいた。

「あの人は商人だ」

「軍隊ともつながりのある商売？」

「いいや。確か、石鹸の卸問屋の社長をしてるはずだが、軍の納入業者ではないよ。なんでだ？」

「軍人を軽蔑したような口調の割には、軍のことに詳しい感じだった」

「情報は集めてるんだろう」と、平田は素っ気なく言った。「それに、この時代は、軍の人事問題だって、一般的な話題のひとつだ。君のお父さんだって、政治家の話をするだろう？　それと同じさ。むろん、選ばれた情報しか外部には出されないが」

「相沢事件がどうのとか、貴之が——貴之ってこの家の息子だろ——恥をかいたとか、あれはどういう意味なんだろ」

平田は醒めた目をして孝史を見おろした。

「貴之君を知ってるのか」

屋敷のなかを探ったことを、自分から白状したようなものだ。が、そんなこともうこだわる必要はない。

「まあね」とだけ、短く答えた。「いいじゃない、そんなこと」

「そうだな」と、平田も応じた。「彼がどんなことで恥をかこうが、君の知ったことじゃない。君はもう帰るんだから」

「ああ、そうさ」

平田はバケツを持ち上げ、出ていこうとした。

「だけど平田さんは、どうしてそんなにこの屋敷のことに詳しいんだい？　トリップしてくる以前から、いろいろ下調べしてたの？」

「そんなところだ」歩き出しながら、平田は肩越しに返事をした。「別に、悪い事じゃあるまい？」

「まあね」

孝史はお気楽な口調で応じたが、内心不安になってきていた。いともあっさりと「現代に帰してやる」という平田は、本当に本気なのだろうか。なんだか、居心地の悪いものを感じる。

「あんたが戻ってくるのを、ここで待っていていいのかい？」

「いいとも」

平田は小屋の扉を開けた。

「俺のパジャマは取り返さなくていい？」

「かまわんよ。ふきちゃんも、特に不思議そうな顔はしなかったろう？　あの程度のものなら、どうってことないよ」

「ここから現代に帰ると、場所的にはどこに降りることになるのかな?」

平田は振り向きもしなかった。「検討しておく」

そして出て行ってしまった。雪を踏む足音に続いて、勝手口の扉が開け閉てされる音が聞こえてきた。孝史はひとりになった。

(なんだよ、あの態度)

時計のことで脅されたのが不愉快だったのなら、怒ればいい。それをあんな――怒る気持ちも萎えてしまったみたいな態度をとるなんて、卑怯だ。あれじゃあ、まるっきり孝史ひとりが悪者みたいに見える。そもそも、平田が孝史をこんなことに巻き込んだのであり、責任は全部彼の側にあるのであって――

八つ当たりのような勢いでプリプリ考えてはみたものの、なんだか気抜けしてしまった。ため息が出た。まあいいさ、とにかくこれで家に帰れるんだから――と、自分で自分に言い聞かせた。

平河町一番ホテルは、いったいどうなったろうか。未明の出火から、もう何時間たったのだろうか。

そういえば、今何時だろう?

いい加減、鎮火はしたろう。焼け跡を、銀色の耐火服を身につけた消防隊員たちが歩き回り、現場検証をしている頃かもしれない。野次馬もテレビの中継車も、まだホテルのまわりをうろうろしているだろうか。

そのど真ん中に、いきなり姿を現したら、かなり面倒なことになる。しかも、浴衣にかいまきという格好だ。今までどこにいた? どうやって火災から逃れた? 質問攻めに遭うに決まっている。

孝史は頭を振って、ひるみそうになる心を立て直した。いつ現代へ帰ろうと、不審がられることに変わりはない。むしろ、平田が最初に提案したように、三、四日をここで過ごしてそれから帰還する方が、もっと騒動がひどくなるかもしれない。その頃には、孝史はもう完全に死んだものとして扱われているだろうから。

いや、今だって、親父もおふくろも、俺は死んでいると思っているだろう。希望を持ってはいないだろう――そう思うと、妙に寂しいような気がした。

ひょっとしたら、喧嘩になっているかもしれない。お父さんがあんなホテルを勧めたからいけないんだ、そもそも、無理して東京の大学へ入れることなんかないのに――と、母が父をなじる声が聞こえてくるような気がする。孝史の母は、かなり横暴で独裁的なところのある父に対して、日頃は、端で見ている者の方が腹が立ってくることがあるほどに従順な人だ。しかし、何かの拍子にたががはずれると、恐ろしいほどの剣幕で父に食ってかかることがあるのだ。そのことを、孝史はよく知っている。

孝史の父の太平は、高崎市内で小さな運送会社を営んでいる。もともと北関東の生まれで、家が貧しく、中学を出てすぐに地元の製缶工場で働き始めたのだが、そこでの仕事は長く続かず、二年ほどで辞めてしまった。その後も、職場も職種も転々として暮らした。遊びたい盛りに、月給の半分を実家に仕送りとして送金してしまうような生活だったから、少しでも収入の多そうな仕事を求めて右往左往していたのだ。

それでも、三十歳近くなって、市内の運輸会社に就職し、運転手家業が性にあっていたのか、ようやく落ち着くことになる。そのころ上司の薦めで見合いをし、結婚した。それが母だ。一年経って孝史が生まれ、さらに二年経って妹ができた。そうして、その妹が小学校にあがった年に、太平は勤め先から独立し、軽トラック一台だけを資産に会社を興したのである。それが、「尾崎運輸」の始まりだった。

現在は、自社のトラック三台、社員は三人、契約運転手二人、一応鉄骨鉄筋二階建ての車庫付き社屋を持つ有限会社である。太平は社長だが、運転もするし、荷下ろしもするし、万事に先頭に立って働く。まあ、その位の規模の会社なのだ。それでも、太平ひとり身ひとつで、二十年かからずにそれだけの会社を創り上げたのだから、孝史としては、なかなか偉い親父だと思うことはある。それを口に出して言ったことはないけれど。

しかしこの尾崎運輸にも、大きな倒産の危機が訪れたことがあった。孝史が中学三年生の時だ。太平が採用し、すっかり信用して経理全般を任せていた社員が、会社の虎の子の預金をこっそり持ち逃げし、姿をくらましてしまったのである。あわてて調べてみると、ほかにも、尾崎運輸の社印を持ち出して勝手に借金をしたり、当時まだ抵当に入っていたトラックの売却契約を結んでしまったり、やりたい放題のことをやっていたということが判った。

太平は怒るより先に愕然とした。信用していた社員に裏切られたということももちろんだが、それよりもなおひどかったのは、問題の社員のやった横領や背任の手口がきわめてお粗末——ちょっと経営や財務に明るい人間なら、すぐに気がつくほどの幼稚なやり方だったということだった。調べに来た警察や、急遽頼んで帳簿を見てもらった会計士などからそれを指摘されると——孝史は今でもよく覚えているけれど——太平は真っ青を通り越して真っ白な顔になった。「私ゃ学が無い人間です。あいつには、それを見透かされていたんですな」と、喉にからんだような声で言った。

実際、くだんの社員が重宝がられ、太平の信頼を勝ち取っていたのは、面倒くさい帳簿付けや税金の申告、ローンの締結や支払いのやりくりなど、太平にはちんぷんかんぷんのことを、一手に捌《さば》いてくれていたからだった。しかも、社員として。税理士や公認会計士のような、特別な報酬を必要とせずに。

運転資金まで持ち逃げされ、会社は倒産の崖っぷちに立たされた。しかし太平は、よほどショックだったのだろう、会社なんかもう潰れてもいいんだ、俺はまた雇われ運転手に戻るから――などと言い、どうかすると昼から酒を飲み、大いびきで寝ていたりして、一向に対処に乗り出す気配がない。

そこで、孝史の母の我慢が切れた。

母の怒鳴り声を、孝史は、幼なじみの友人の家で耳にした。その家は尾崎運輸の隣にあった。つまり、母の怒声は、隣家にいても聞こえるほどのものだったのである。

「だいたい、ちゃんとした税理士さんを頼むお金を惜しんで、あんな人に任せっきりにしといたあんたが悪いんでしょう！　あたしは何度も言ったはずですよ。それをあんまりあの人を信用しちゃいけないって。それをあんた、何て言いました？　おまえみたいな薄らボケと違って俺には世間を見る目があるんだ、うるさいことを言うなって、大口叩いたのは誰です？　あんたは日雇い運転手に戻りゃそれでいいかもしれないけど、社員はどうなるんですよ？　男でしょうが、何をいつまでメソメソしてるんです？　こんなことなら、あたしゃ日雇いしてでも自分で働いて子供たちを育てて行く方がなんぼかいい、出ていきます！」

孝史は、自分の耳が信じられなかったものだ。あれがお母さんの声か？　確かに、父は母を、しょっちゅう「薄らボケ」扱いしていた。母はおとなしく、あまり自分の意見も言わず、決断がなかなかつきにくい人で、孝史でさえときどき、（頼りにならない母ちゃんだ）と思うことがあるほどだった。

その人が――怒鳴ってる。

これには太平も驚いたらしい。あまり驚いたので、怒鳴り返すこともしなかった。

以来、昼から酒を飲むこともなくなった。会社の危機について、真剣に考えるようになった。幸い、資金援助を申し出てくれる得意先があったりして、結果的には、尾崎運輸は倒産を免れることとなった。

しかしこの騒動は、いろいろな意味で、会社と尾崎家に禍根を残した。それまで太平の心の底に眠っていた――であろうはずの――「自分は無学である」ということに対する屈折した感情が、一気に表面化した。思えば、この事件を境に、太平が孝史の将来に、ちょっと分不相応かなと思えるような夢をかけるようになったのだ。

以前から、「やっぱり学がないと苦労する」というようなことは口にすることがあったが、持ち逃げ事件以後は、そういう言葉の後に、必ず、こう付け加えるようになった。

「いいか、おまえは人に見下げられるような人間になっちゃいかんぞ。バカにされたら終わりだからな」

孝史も、そういう太平の台詞があまりにも自虐的に聞こえてたまらなくなり、一度、父さんだって、誰にもバカにされちゃいないだろ、学がなくたって、ちゃんと会社だって立派にやってるじゃないか――と、口答えしてみたことがある。が、太平は頑なに顎を引き締めて、こう応じた。

「そうさ、立派にやってるぞ。苦労して、これだけ苦労して、ちゃんとやっている。だけどバカにされてるんだ。学が無いし、頭が悪いからな。だからおまえはそんなふうになっちゃ駄目だ」

幸か不幸か、孝史も決して成績が悪い方ではなかった。かと言って、飛び抜けて良いわけでもなかったのに。だから太平は、努力しろ、努力しろと言ったのだ。そして、勉強の環境を整えるためなら、どんな出費でも惜しまず、なんでもしてくれた。

あまり、嬉しいとは思えなかった。

当時の父親の心の動きを、孝史なりに想像してみたことはある。持ち逃げ事件は、太平にとって、やっぱり大きな傷だった。そのままでは癒しようがなかった。だから太平は、そこに大きな絆創膏《ばんそうこう》を貼ったのだ。俺は精一杯やってきたし、今もやってる、これからもやっていく。それでも、学がないばっかりにこんなひどい目に遭わされる。俺が苦労するのは、ただただ学がないからだ、学のない人間の人生なんて、どんなに頑張ったってこんなものだ――という絆創膏を。

これはちょっと性質が良くない絆創膏だ。その下で、太平の心の傷が膿んでしまうのを、孝史は感じることができた。曲がりなりに、金や後ろ盾がなかろうと、学がなかろうと、腕一本でやってきたぞ――という太平の自信は、持ち逃げ事件で負わされた傷のぱっくりと開いた傷口から、きれいに流れ出てしまったらしい。怒鳴り飛ばして励ましてくれた女房や、力を貸してくれた取引先のような、太平にとってプラスであるものの存在は、太平のなかに巣くった圧倒的な劣等感の前に、あまりにも影が薄かった。むしろ、今まで太平の背骨となってきた生来の勝気さが、ここでは逆目に出た。薄らボケの女房に怒鳴られた、取引先の社長に借りをつくり、憐まれた、それもこれもみんな俺に学がないせいだ、チクショウこんなに頑張っているのに──太平はそんなふうに感じてしまったのだ。親切に事後処理を手伝ってくれた税理士に対してさえも、「あの先生だって、腹のなかじゃ、コロリと騙された俺を笑っているんだろう」と、酔っぱらって愚痴っていたことがある。

その感情が、前にもまして威張り屋で横暴な太平をつくりあげた。ことあるごとに、自分は決して馬鹿にされてばかりはいないぞと見せつけたがる、見えっ張りの太平をつくった。

だが、それだけなら我慢もできる。辛抱しきれなくなったら、怒鳴って喧嘩をして家を飛び出してしまったっていい。しかし、孝史にとって何よりも困るのは、太平をしてそういう思想を持たせ、「人に見下げられない人間になるんだぞ」という言葉を吐かせている信念の根本のところに、「おまえにだけは父さんみたいな苦労をさせたくない。おまえにだけは、こんな思いをさせたくない」という親心があるということだ。それがしんどいのである。

それがある限り、何を話しても無駄だ。孝史は決して父を見下げたことなどなく、父のような人生を歩んだら損だと思うこともなく、無学な父を恥じたこともない。だが、どれだけ言葉を費やしてそう言っても、太平は聞かないだろう。いいや、おまえはまだわかっとらん、父さんのような苦労をするようじゃ駄目だと、そう言うだけだろう。

今までのところは、太平の信念と、孝史の未来に対する希望とが相反したことはない。結果的には浪人してしまったけれど、大学進学は孝史にとっても希望するところだ。だからその点では、何とか太平の期待に応える道を進めると──思う。大学を出たあとどうするか、ということまでは、今はまだ考えることもできないし保証もしないけれど。

それだからこそ、今、父や母はどうしているだろうかと心配だった。孝史が死んだと思いこんでいるはずの両親は。父は絶望していないか。母はまたふたたび、近隣を驚かすような声を張り上げて、孝史を平河町一番ホテルに泊まらせた父をなじってはいないか。それでなくても、母は孝史のあのホテルへの投宿には乗り気でなかったのだ。

そこへ、生きてるよ——と帰ってゆく。みんな喜ぶだろうな。俺がどんな説明をしようと、そんなのどうでもいい、生きて帰って来れてよかったって、手放しで喜んでくれるだろう。そう思うと、微笑が浮かんだ。

あれが新聞だねになるほどの大火だったなら、マスコミはちょっと騒ぐかもしれない。でも、ごまかす方法ならあるだろう。火災の夜、あのホテルにはいなかったと言えばいいんだ。友達と遊び歩いていた、でも、予備校受験に来ている手前、家族にもすぐには打ち明けるのが決まり悪くてグズグズしてしまった——そんな説明でいいじゃないか。移り気な世間は、すぐに孝史のことなど忘れてしまうに決まっている。

そして俺は普通の学生に戻るんだと、孝史は思った。歴史のことなんかに係わらずに、受験課目だけ勉強してりゃいい。二・二六事件をこの目で見ることができるといったって、俺には猫に小判だ。

ほんの三十分ほど前に、ふきに「日本は戦争に負けるよ」と教えてやったときの、彼女の反応はどうだったか。せっかく親切に、これから起こることを報せてあげたのに、てんから信じようとしなかった。それどころか、目に涙を浮かべて孝史を非難した。こんな時代、俺の手には余るよと、孝史は思った。

そうして、薪小屋のなかで寒さに震え、冷え切った手足の指を動かしながら、苦笑した。いやいや、タイムトリップなんてものは、たとえ歴史の研究家にとってさえ、御しきれる経験ではないだろう。

だってそうじゃないか。誰も信じないんだぜ？ どれだけ丁寧に説明しても、証拠になるようなものを——新聞記事とか書籍とか——積み上げても、そんなものはねつ造だとか言って、ばしんと否定されてしまうに違いない。たとえば、現代史家がここへタイムトリップしてきて、文献を抱えて、今この時点で包囲されている警視庁や首相官邸とかに乗り込んでいって、青年将校たちに、君たちの決起は失敗する、君たちの大半は死刑になり、しかもこの事件を契機に軍部独走態勢がつくりあげられ、日本は泥沼の太平洋戦争へ突入して行くんだと、どれだけ真心をこめて真摯に訴えかけたとしても、彼らは聞く耳を持つまい。狂人扱いされるか、下手をすると殺されてしまうかもしれない。

そのとき、ふっと顔をあげて、孝史は目をしばたたいた。

その場合――その現代史家はどうなるんだろう？　過去に戻って殺された瞬間に、現代での彼も永久に姿を消すことになる。だとすると、彼がその後、未来のあるべきときに命を失うまでのあいだに、現代で挙げることになっていた研究成果はどうなるんだろう？　彼の子孫はどうなるのだろう？　彼の子孫がゆくゆく日本を背負って立つ政治家になるとかいうことだったら、彼が殺された瞬間に、未来が変わってしまうということにはならないか？

あれこれと考えているうちに、孝史はとんでもないことを思いつき、ここにトリップしてきて以来初めて、総毛立つような恐怖を感じてあっと声をあげた。

俺、どうなるんだろう？

心臓が胸の奥で暴れ出した。孝史は浴衣の胸元をぐっとつかんだ。

俺は――尾崎孝史は、タイムトリップできるおっさんとなんか知り合わなければ、そしてあそこで彼に助けられなければ、本来、平河町一番ホテルの二階の廊下で焼け死んでいるはずの人間だった。ところが、それがこうして命を拾い、いっとき過去に足を置いて、それから現代に――自分の生きる時代に帰ろうとしている。

これは正しいことなのか？　孝史は、こうして生き延びることによって、歴史の歯車を狂わせてしまうのではないか？

（冗談じゃないぜ……）

胸のドキドキは、いっそう激しくなる。掌に汗が浮いてくる。何度も浴衣をつかみなおし、必死に頭を整理して考えて見ようとした。死ぬべきだった人間に未来はあるか？　死ぬべき人間が死ななかったことによって歴史は狂ってしまうんじゃないのか？　死ぬべき孝史が生き延びたことによって、孝史が思う「現代」は、もう別の世界に変わってしまったのではないか？　だとすると、そこに孝史の居場所はあるのだろうか。

出し抜けに、薪小屋の扉が開いた。孝史は文字通り飛び上がった。顔をのぞかせた平田が、目を剝いて後ずさりをした。

考えに夢中になっていて、平田の近づいてくる足音が聞こえなかったのだ。孝史は身を縮めてまじまじと平田の顔を見つめた。彼が何か言い出す前に、唾を飛ばして問いかけた。

「俺、帰る場所はある？」

唐突な問いに、平田は仰天した様子で目をぱちぱちさせた。それがますます孝史をあわてさせた。

「訊いてんだよ、答えてよ。俺、ホントなら死んでるはずの人間じゃないか。戻っていって、居場所はあるの?」

今まで考えていたことを、ひと息に並べ立てて説明した。周囲の様子をうかがいつつ、そっと薪小屋の扉を閉め、その場に腰をおろした平田は、孝史が息継ぎのために言葉を切ったときを選んで、あっさり言った。

「その心配は無用だ」

孝史は息を切らしていた。「ホントかよ」

「本当さ」と、平田は苦笑した。「君の帰るべき場所はちゃんとあるよ」

「だけど俺、歴史を変えちまったんだよ?」

平田は首を振る。「関係ないさ。大丈夫だよ」

「どうして断言できる?」

食い下がる孝史に、平田は言い放った。

「歴史にとって、君はさほどの重要人物じゃないからだ」

孝史はぽかんと口を開いた。ちょっと言葉が出てこない。そりゃまあ、自分が世の中にとってなくてはならない存在だとは思っていないけれど。

「確かに、俺は歴史をどうこうできるような人物じゃないよ。けど、今言ったことの意味はそうじゃなくて、俺は生き延びたことで事実は変えちゃったわけじゃない? 事実ってのは歴史の一部だから——」

せきこんで説明する孝史を手で制して、平田は笑った。「わかるよ。君の言おうとしていることはよくわかってる。焦らなくていい」

孝史の顔を見つめながら、平田は笑みを広げた。

「今の言葉で気を悪くしたのなら、ごめんよ。それに君は今、とても大事な核心をつくようなことを言った」

「俺が? 何を言った?」

「君は事実を変えた——そして事実は歴史の一部だということだ」

孝史はうなずいた。「そうさ。それぐらい、いくら俺がバカでもわかってるよ」

「君はちっともバカじゃないよ。あんまり自分を卑下するもんじゃない。よくないクセだし、君自身にも、まわりの人たちのためにもならないことだ。誰が君にそんなクセをつけさせたんだろうな?」

孝史の脳裏に、父の太平の顔がちらっとよぎった。どうせ俺なんか学がないから——と愚痴る声まで聞こえてきた。

「まあ、それはともかく」と、平田は続けた。「君の言うとおり、事実は歴史の一部だ。歴史を構成している。天災なんかの自然現象を除けば、事実を起こすのは人間だから、歴史上では事実イコール人間ということになる。人間は歴史の一部だ。だから、取り替えがきく」

孝史は目をむいた。「何だって？」

「我々人間は、歴史の流れにとってはただの部品だということさ。取り替え可能なパーツでしかない。パーツ個々の生き死には、歴史にとっては関係ない。個々のパーツがどうなろうと、意味はない。歴史は自分の目指すところへ流れる。ただそれだけのことさ」

孝史は二の句がつげなかった。ムラムラと腹が立ってきた。

「個々の生き死に意味はないって？ なんてことを言うんだ！ あんた、自分がそんなふうに暗くって歪んでて誰にも愛されないもんだから、ひがんでるんだ！ あんたにとって意味のある大切な人が誰もいないから、そんな無茶苦茶なことが言えるんだ！」

いきり立つ孝史を、平田は静かに見つめた。

「それは違うよ」

「違うもんか！」

「私にだって、意味のある人びとはいるんだ。今この時には、君だって私にとって意味のある人なんだ。だからこそ、ホテルから助け出したんだから」

平田をぶん殴ってやろうと拳を固めていた孝史は、力が抜けた。

「私にも、大切な人たちはいるよ」と、平田は小さく呟き、ほとんど聞こえないくらいの声で付け足した。「だから辛いんじゃないか」

「だったら……なんなんだよ。何が言いたいんだよ」

「落ち着いて考えてくれ。私はさっき、個々の人間にとって互いの生き死にに意味がないなんて言ったわけじゃない。歴史にとっては、個々の人間の生き死にには意味はないと言ったんだ。主語が違うんだよ」

「それだって、あんた歴史を擬人化しすぎてるよ。歴史をつくるのは人間じゃないか」

平田はふたたび笑みを浮かべた。くたびれたような、寂しい顔だった。

「歴史が先か人間が先か。永遠の命題だな。だけど私に言わせれば結論はもう出てるよ。歴史が先さ。歴史は自分の行きたいところを目指す。そしてそのために必要な人間を登場させ、要らなくなった人間を舞台から降ろす。だから、個々の人間や事実を変えてみたところでどうにもならない。歴史はそれを自分で補正して、代役を立てて、小さなぶれや修正などすっぽりと呑み込んでしまうことができる。ずっとそうやって流れてきたんだ」

平田の口調には、高いところから孝史を見おろして「教えてやろう」というような響きはなかった。職場の理不尽や不公平に対し憤る後輩を、しょせん世の中そんなものさ諦めろと慰める先輩社員のような、疲労感の入り交じったなげやりな響きがあるだけだった。

「なぜ、そんなふうに考えるのさ?」

歴史には歴史自らの意思があり、行きたい方向へ行くのだ――なんて、今まで聞いたことのない説だ。

「どうしてそんな自信たっぷりに断言できるんだよ」

平田はわずかに肩をすくめた。そばでよく見ると、彼の肩を包んでいる不恰好な上着は毛玉だらけだった。右の袖口には、別の布地で継ぎをあててある。

「この目で見てきたからだよ」と、平田は言った。

「これまで何度もタイムトリップをして、そういう事実を確かめてきたからさ」

驚いたことに、平田の口元が歪んだ。泣き出す直前の子供のそれのように。

孝史は息を詰め、平田と名乗っている男の不細工な顔を見つめた。ほんの一昨日知り合ったばかりのこの男の顔を、これまでの人生のなかで巡り合った誰の顔よりも、頻繁に、そして熱心に見つめてきた。どれほど真剣なまなざしで見つめても、彼がパッとしない顔をしていることに変わりはなかったし、見つめる回数を重ねたところで、彼の周囲に漂う負のオーラ――目をそらしてしまいたくなる不愉快な雰囲気が少なくなるということはなかった。ただ、こちらが慣れてきたというだけで。

それなのにどうして今、目の前で平田が悲しげな顔をしていることに、これほど心を動かされるのだろう。

「どんなことを見たの?」

「さまざまなものを見たよ。大きな事故や事件、良いことも悪いことも。もちろん私は、それらのことが起こるのを知っていた。そこでこれから起こる出来事は、私にとっては周知の出来事だった。だから、悪いことのなかには、私の手で、いったんは食い止めることのできたものもある。でも、最終的にはなんにもならなかった。歴史的事実を変えても、歴史は変わらなかったということさ」

平田の声がだんだん低くなり、孝史は身を乗り出さないと聞き取れなくなった。

「いったんは食い止めた？　どういう意味？」

平田は宙を仰ぎ、言葉を探すように少し考えた。

「君が知ってそうなことといったら……そうだな。昭和六十年の八月に、日航のジャンボ機が墜落したろう？」

「五百人以上の人たちが死んだ大事故だったよね」

「そうだ。あの飛行機を墜としたのは私だよ」

庭のどこかで、おそらくは植え込みの上からだろう、どさりと雪の落ちる音がした。

孝史は目を細くした。「――どういう意味さ？」

「少し、ややこしい話なんだが」と、平田は続けた。

「あれは平成元年のことだったよ。ジャンボ機の墜落事故を防ごうと思って、昭和六十年にタイムトリップしたのは。私が、過去に起こった大事件を事前に防ぐことを目的に、タイムトリップをした、それが最後の機会だった。逆に言えば、それが上手くいかなかったので、諦めをつけることができたわけなんだが」

いいかい、よく注意して聞いていてくれと、平田は念を押した。

「その時点、平成元年の時点で、私が防ごうと思っていたジャンボ機墜落事故は、八月十二日のあの事故じゃなかった。八月十日に起こった事故だったんだ」

「そんな事故、なかった――」

口をはさんだ孝史に、平田は咎めるように手を振った。「だから注意深く聞いてくれと言ったんだ。いいか、私が平成元年の時点で、過去に起こったと認識していた事故は、八月十日のジャンボ機墜落事故だったんだ。同じ日航のジャンボ機だったが、行き先も違えば機体ナンバーも違っていた。別の飛行機だったわけさ。ついでに言えば、墜落地点も南アルプス山中だったよ。それでも、大惨事だったことに変わりはない」

平田は両手でつるりと顔を撫でた。辛そうに見えた。

「仮にそのジャンボ機を、001便とでもしておこうか。私は001便の墜落を防ぐために昭和六十年にトリップして、いろいろ考えた挙げ句、実に簡単な手段をとった。日航に脅迫電話をかけたんだ。001便に時限爆弾を仕掛けた、一億円支払えば、爆弾の場所を教えてやる――とね。大騒ぎになったさ。もちろん警察も動いたし、001便は徹底的な捜索を受けて、欠航となった。だから墜ちることもなかった。飛ばなかったんだから」

「じゃ、あんたは成功したわけだ」

「いったんはな」と、平田は素早く言った。

「さっき言ったろう。結局は同じことになった」

「その001便として飛ぶことになってたジャンボが、八月十二日に、大阪へ行く途中で墜ちたってこと？」

平田は首を振った。「いや、違う。八月十二日に墜ちたのは、別のジャンボだ。機体ナンバーが違ってた。だから、群馬県山中に墜落したジャンボを墜としたのは私だって言ってるんだよ」

困惑する孝史に、平田は声を励ますようにして言った。「わからないか？　私は001便が墜落することは防いだ。でも、その二日後に、別のジャンボが墜ちた。私のしたことは、歴史を変えることになんかならなかったわけだ。私はただ、墜落するジャンボを001便から他の飛行機に替えただけだったんだ。八月十日以降も昭和六十年に留まっていた私は、リアルタイムでそれを知らされたよ」

平田は両手で頭を抱えた。

「がっくりしたよ。いや、がっくりなんてもんじゃない。あれで自分に見切りがついたんだから。やっぱり駄目だ、歴史を変えることなんかできない、とね。それまで以前にも、私は何度も何度も似たようなことを繰り返してきていた。ひとつの過去の惨事を防ぐ。そうすると、まるで私の努力を嘲笑うみたいに、必ず似たような事件が起こるんだ。むろん、場所も違い、係わる人びとも違う。でも事件の性質はそっくり同じだ。起こる事件そのものを絶対的に防ぐことなんて、できやしないんだよ」

「だけど、それでもあんた、ひとつのジャンボ機に乗ってた人たちを助けたじゃないか」と、孝史はおそるおそる言った。「それはやっぱり歴史を変えたことになるんだよ」

平田はさっと顔をあげると、怒鳴るように言った。

「助けてなんかいないさ。何も変えることはできなかったんだ！」

平田の勢いに、思わず孝史は首をすくめた。

「まだわからないんだな。何度同じことを言えばいいんだね？　君は歴史的事実を変えることと歴史を変えることを混同してるんだ。君が私が変えた変えたと騒ぐのは、墜ちたジャンボ機の機体ナンバーや、そのときの搭乗員や乗客たちの名前や、墜落場所のことだろう？　そうさ、そういうことならば、確かに私は変えたさ。別のジャンボを墜としたんだからな。SFが好きな人なら、私がそうすることによってパラレル・ワールドをつくったんだと表現するだろう。001便が墜ちた世界では、慰霊碑は南アルプス山中にある。そして私が変更した後の世界、君が知ってる世界では、慰霊碑があるのは群馬県山中さ。違いがあるよ。私は歴史的事実を変えたさ」
平田は拳をかためゝ自分の膝をどんと叩いた。

「だが、あるジャンボ機が墜ちて、乗っていた五百数十人の人びとが死んだっていうことに変わりはない。場所がどこであろうと、乗客が誰であろうと、事故があったということに変化はない。私が『歴史は変えられない』っていうのは、そういう意味なんだ」
わかるかいと、平田は嗄《しわが》れた声を出した。

「歴史の流れは決まってたんだ。昭和六十年のあたりで、この日本の国内で、社会の許容量を超えるような人的損害をもたらす航空機事故が起こる、と。その事故が起こることで、些細なことから大きなことまで、この社会には様々な影響が生まれる。実際、八月十二日の事故以来、日航の親方日の丸体質が糾弾されたり、ジャンボ機の安全性に対して疑問が生まれたり、日航の社長が引責辞任したり、いろいろなことがあったのを君も知ってるだろう。国内だけじゃない、あの大事故は、世界の航空業界に衝撃を与えることになった。歴史は決めてたんだ。そういう事故を、昭和六十年ぐらいに、日本で起こそうと」
孝史は膝立ちになって平田に近づいた。彼の腕に手を置いて、強く揺さぶった。

「やめなよ、バカな考えだよ。歴史が自分で物事をあしようこうしようと決めてるわけないじゃないか。歴史は、人間がつくるものなんだから」
平田は目を閉じた。大きくひとつ深呼吸すると、まぶたを開き、腕に置かれた孝史の手をじっと見つめた。そして、まるでこわれものにでも触れるかのように、そろそろと孝史の手をつかむと、自分の腕の上から除けた。

「たしかに、歴史を擬人化するのは間違ってるんだろう。あまりに安直だからね。だから、こう言おうか。歴史は人間が積み上げてゆくものだ。だから、積み上げたものが崩れるときはどうやっても崩れるし、歪むところはどうつくろっても歪む。その流れは必然で、過去を知っている未来の人間がタイムトリップしていってあれこれ忠告したところで、根本的に変えることなど不可能だ、とね」
いろいろやってみたんだ、本当だよと、平田は呟いた。

「さっきのパラレル・ワールドの話で言えば、私は今まで、誰にも気づかれないうちに、クサるほどたくさんのパラレル・ワールドをつくってきたんだろうさ。

何度も何度も過去へ行っては、事故や事件を防ごうとして、単に起こる時期や場所を動かすだけに終わってきたんだから」

今聞かされた話を頭のなかで消化してみようとすると、孝史の手は自然に動いて、こめかみをおさえた。理解し難い話を、頭のほうが拒否しているのかもしれない。

「それじゃ、タイムトリップの能力なんて、持ってても何にもならないじゃないか」

孝史の言葉に、平田はうなずいた。「そうさ。なんの足しにもならないよ。でも、世の中にとってはそれでいいのさ。ただ、この力を持っている人間は不運だったってことだ」

手をあげて顔をぬぐうと、平田は続けた。

「タイムトリップの能力を持つ者は、いわば、まがいものの神なんだ」

「まがいものの神？」

「そうさ。歴史が頓着しない個々の小さなパズルの断片、役者の位置を変えたり、彼らの運命を左右したりすることはできる。私の好みで。私の自己満足のために」

こんな大きな権力があるか？　と、平田は両手を広げた。

「私は死ぬ運命にある人を助けることができる。その人間が気にくわなければ見殺しにすることもできる。あるいは、大きな事故が起こるとわかっている場所に、自分の嫌いな人間をわざと行かせて、殺したり傷つけたりすることもできる。そうして何の罪にも問われず、誰にも気づかれず、恨まれることもない。ああ気持ちがいいさ。爽快だよ」

言葉とは裏腹に、平田の顔は蒼白だった。

「でも、まがいものはしょせんまがいものだ」と、吐き捨てるように言った。「私の個人的な好悪や趣味だけで、そんなことをしてごらん。ツケは必ず、私自身にはねかえってくる。歴史の流れはなんの影響も受けなくても、私自身は、自分のしたことによって生じた結果と、まともに向きあわなきゃならなくなる。それはまがいものの神だからだ。本物の神には、罪悪感も使命感もない。私は小賢しい知恵をはたらかせて八月十日のジャンボの乗客たちを救い、十二日の乗客たちを殺した。それが何だ？　それが誰のためになった？」

ぐったりと、平田は肩を落としている。

「何年か前の、連続幼女誘拐殺人事件というのを覚えてるか?」と、うなだれたまま、孝史にきいた。

「覚えてるよ。小さい女の子ばっかり、四人も殺されたよね」

「あの事件が起こったころ、私はもう、今話したような結論に達していた。たとえば私が過去にトリップして、生まれたばかりのあの容疑者の青年を殺してしまうとする。そうすれば、彼はあんな連続誘拐殺人事件を起こすことはできなくなるだろう。被害者の四人の女の子たちは助かるだろう。だが、それでどうなるかと言ったら、なんのことはない、彼じゃない別のAだかBだかの心を病んだ青年が現れて、あの四人の女の子じゃない別の女の子たちをさらって殺す——そういう事件が結局は発生するんだ。歴史が、あの時点で、ああいうタイプの犯罪がこの国の社会に登場するという方向に流れてゆく以上、それはどうしたってそうなるんだ。つまり私は、容疑者と被害者を別の人間に置き換えただけということになる」

孝史は黙っていた。

「それでも、ニュースを見ていると心が動いたよ。嘆き悲しむ両親の顔や、あの女の子たちの可愛い顔写真を見つめていると、もう一度、もう一度だけ過去にタイムトリップして、この事件を防いでみたらどうかって。でも、そのたびに思い留まったんだ。なるほど、それはできるだろう。けれど、そのあとテレビのニュースで、まったく別の女の子たちの顔写真を、泣きくずれる母親の顔を目にすることに、自分は耐えられるだろうかと思ってね。しかも、あの容疑者の青年の存在を消すことで私がつくりあげるパラレル・ワールドのなかに現れる別の幼女連続誘拐殺人者は、四人殺すだけじゃ飽きたらないかもしれない。六人も、八人も、十人殺すまで捕まらないかもしれない。そんな危険な賭けに、おまえは耐えられるか、とね」

歴史はかわらないんだよと、平田は呪文のように呟いた。

「私が大車輪で過去に戻り、歴史的事実に修正を加えようと行動を起こすとしよう。それでも、大東亜戦争は起こるだろう。原爆も落ちるだろう。高度成長も起こるだろうし、ぜんそくや有機水銀中毒症のような公害病も出てくるだろう。それは広島じゃないかもしれない。四日市や川崎じゃないかもしれない。水俣じゃないかもしれない。でも、どこかで起こる。誰かが巻き込まれる」

寒さが身にしみてきて、孝史はかいまきのなかに縮こまった。

「東條英機《とうじようひでき》という名前を聞いたことがあるかい？」と、平田は訊いた。

「……」

「知らないかな。戦後の我が国で、もっとも忌み嫌われ、国民の怨嗟《えんさ》の声を一身に背負った名前なんだけどな」

「軍人ですか」

「うん。陸軍大臣で首相で参謀総長で――一時期にしろ、最高権力をひとりの手で握った人物だ。極東軍事裁判、いわゆる東京裁判で死刑の判決を受けて、絞首刑に処された。我が国の太平洋戦争における最高責任者さ。国民を戦争へと引っ張っていった張本人さ。最も偉大なる戦犯さ」

「――知らなかった」

「だけどね、東條さんも最初から偉かったわけじゃないんだよ。どちらかと言えば陸軍のなかの冷飯食いだった。その彼が、軍の中枢部へ進出する足がかりをつかむことができたのは、ほかでもない、現在進行中の二・二六事件のおかげだ。二・二六事件の後、皇道派が一掃されて、人事が大きく動いたからね」

平田は陸軍省の方向を仰いだ。

「しかし、だからと言って、もし二・二六事件が成功していたら東條英機は現れなかっただろう、ひいては戦争も起こらなかっただろうなんてことは、私には言えない。あるいは、東條英機が権力をつかむ以前に病死していたら、太平洋戦争の展開は変わっていて、もっと犠牲も少なかったろうなんてことも、軽々しく言うことはできない。東條英機がいなければ、必ず代役の人物が出てくる。歴史が東條英機にあてがった役割を、そして東條英機が果たした役割を果たすために」

孝史を振り返ると、平田は口の端を引っ張るようにして何とか笑みを浮かべた。

「君の言うとおり、歴史的事実は変えることができる。それでパラレルワールドをつくることもできる。でも、流れは変わらない。個々のパラレルワールドの内容が、とんでもなくかけ離れたものになるとは、私には思えない。小説にはよくあるよ。たとえばヒトラーのいないドイツはどうだったかとか、な。だが、私に言わせれば、たとえヒトラーを暗殺して彼のいないパラレル・ワールドをつくったところで、ドイツで起こったことやあの戦争の内容に大差はないよ。ヒトラーがいなければ、必ず彼の代役が登場する。それはそれで、多少、殺されるユダヤ人の数が少なくて済むかもしれない。でも、あの戦争の起こった原因や経過、その結果に大きな変化はないだろう。人間にとっては大変化でも、歴史にとってはほんの些細な細部の修正でしかない」

　平田は苦笑した。

「もっとも、そういう細部の修正を面白がり、個々の人間の運命を左右できることに醍醐味を感じるタイムトリップの能力者もいるんだがね」

　平田の苦笑の「苦」の色が濃くなって、彼は顔を歪めた。それはやや唐突な変化で、たとえば人が何かいやな思い出を思い出したときの様子に似ていた。

　孝史はぼそっと呟いた。「あんたと同じ立場に置かれたら、そういうふうになるヤツの方が多いんじゃないかな……」

「そうだな。昔は私にもそういう時期があったしね」

「やっぱりそう?」

「ああ。だけど、続けているうちに空しくなった。誰を助け、誰を見捨てるか。そんな判断をするなんて、もう嫌だ。誰かを助ければ、別の誰かが身代わりになる。そんなこともも う嫌だ。今はただ、歴史に相対したときの自分の無力さに、ただ呆然としているだけだよ」

　歴史に対して、人は無力だ。その言葉を、孝史は心のなかで繰り返してみた。それはあまりにも悲観的なような気がした。

　ほっと息を吐いて、平田は孝史を見あげた。

「大演説だったな。でも、とにかく私の言いたいことは、君には戻る場所があるよということだ。たしかに、君が帰ってゆく世界は、君があのまま平河町一番ホテルで焼け死んだあとの世界とは違うパラレル・ワールドになってるだろう。でも、君はそのことを意識する必要なんてない。私が『助けた』昭和六十年の001便の乗客たちだってそうなんだから」

　ぽつりと、孝史はきいた。「あんたは、どうして俺を助けてくれたの?」

　平田に出会ってなければ、間違いなく死んでいたはずの孝史なのだ。

「あんた、タイムトリップ能力を持つ人間が歪んで生まれつくのは、他人と係わらないためだって言ってた。今までの話を聞いてて、その意味もよくわかったよ。あんたの能力を知って、あんたを利用して、自分に都合のいいパラレル・ワールドをつくりあげようとする人間に出会っちまったら大変だもんね。逆に、能力者のほうが自分に具合のいいパラレル・ワールドをつくって支配しようとしたときも、まわりの人たちから疎まれるってことがブレーキになる。どんな支配者や独裁者だって、支持者がついてこなきゃやっていかれないもの」

平田は他人事のような様子でうなずいた。

「そうだろうね」

「それに何より、あんたが孤独であればあるほど、他人と係わらずにいればいるほど、誰かに好感を持って、その人の未来にひどいことが待っていると知ったときに、それをどうにかしてあげたいなんて誘惑にかられなくて済む。世捨て人みたいに暮らしていることは、あんたにとっては大変な意味があるんだ」

平田は微笑しただけで、何も言わない。

「ホントに、あんたは歪んでる。光を吸い込む穴ぼこみたいに暗いし」孝史は思い切って言った。「俺、初めてあんたを見たとき、思わず後退《ずさ》りしたもんな。あんたにだって、俺があんたを気味悪がってることがわかったろ？　だからもう一度質問するよ。そんな俺を、どうしてあんた、放っておかなかったのさ。他人と係わることを自分で自分に禁じてるあんたが」

平田は孝史に目を向けると、口元の微笑を広げた。

「君はどうしてだと思ってる？」

「――成り行きじゃないかな」

「成り行きか。でも、成り行きというだけなら、今まで君を助けたと同じようにして助けてあげることのできたはずの大勢の人たちを、私は見殺しにしてきたよ」

「じゃ、どうして俺だけ？」

平田は軽く目を閉じた。つい一昨日のことを考えているはずであるのに、遠い昔を回想するかのような表情を浮かべて。

「君が、申し訳なさそうな顔をしてくれたからかな」

「え？」

「さっき自分で言ったじゃないか。初めて私を見たとき、思わず後退りしたって。フロントでのことだよな。でもあのとき、君はまるで、そうやって態度で嫌悪感をあらわにしたことを、すまながっているような顔をしていた」

「それはだけど……」

誰だってそうなんじゃないかと言いかけた。平田はそれをさえぎって続けた。

「ほかにも、そういう人はいた。数少ないがね。でもそのあと、君は私が非常階段から消えるのを見たとき、必死になって私を探してくれたと言ったよね。エレベーターで出会ったときの君の顔は強ばっていて、君の言葉に嘘のないこと――飛び降り自殺かと思って、好奇心や野次馬精神で私を探していたんじゃないということを裏付けていた。私にはそう感じられた。だから、あの火事が起こったとき、私は君の身が心配になった。数少ない、行きずりの、私の身を案じてくれた人のことが気にかかった。無事逃げただろうかと思った。それで、確かめるために二階へ降りて行ったんだ」

「……そしたら、俺が死にかけてた」

「そう。だから、君を連れてここへトリップしてきたんだ」

「だけど、それはあんたが、やっちゃいけないって自分に禁じてきたことじゃないか。それなのにどうしてかって聞いてるのさ」

平田は少し考えた。それから答えた。「これを、あの時代への置き土産みたいに思ったのかな。最後にひとつ、やっておこうかと。それにああいう火事での犠牲者なら、ひとりふたり数が変わろうと、歴史はあとから埋め合わせて帳じりをあわせようとはしないだろう。私は、火事そのものを防いだわけじゃないからね。とっさに、そう考えた。もっとも、君を探しにいく途中で手荷物を失くしてしまったのは痛かったけど」

「今着てるものは?」

「ふきさんとちえさんが貸してくれた。彼女たちは、我々がこしらえあげた言い訳を疑ってはいないよ。この時代にはまだ、使用人を虐待する経営者というものが、信じ難い存在じゃなかったんだ」

平田は笑みを浮かべて、孝史の右腕をつかんだ。

「さあ、話は済んだ。君の現代に帰る用意はできているか?」

一瞬、孝史はひるんだ。「待ってよ。もうひとつ教えてほしい」

「まだ何かあるかい?」

「ホテルで、あんたが非常階段から姿を消したときのことさ。あのときも、あんた、タイムトリップしてたのかい?」

平田はちょっと虚をつかれたかのように口をつぐんだ。

「そうなんだろ? 俺、さっきそのことに思いついてさ。それで、短時間にタイムトリップを繰り返すことは危険だっていうあんたの言い分は嘘じゃないかって思ったんだ」

平田は、ふふっと笑った。「やれやれ、そうだったのか。それで時計をテコに私を脅かそうなんて思ったのか」

「そういうこと」

蒲生邸のほうから、女の高い笑い声がかすかに聞こえてきた。薪小屋のなかの世界に閉じ籠もっていた孝史の心は、そのときふと今ここの現実に引き戻された。あの声は珠子だろう。また、ふきをからかって遊んでいるのではなければいいのだが。

「——たしかに、あのときもトリップしていた」と、平田は言った。

やっぱりそうか。

「ここに?」

「うん。万事遺漏がなく、無事つつがなくここへ到達できるかどうか、直前に一度様子を見にきたというところかな。私が降り立つことになるはずの場所に、軍用トラックがエンコしてたなんてことになってちゃまずいからさ」

だから、消えてすぐに平河町ホテルに戻ってくることができたのだ。

「下調べは以前からしてたんだろ?」

「そうさ。この時代で暮らしてゆくのに必要なものを手にいれるためにね」

「やっぱりね……。ただ、それも不思議で仕方ないことなんだけど」孝史は正直に言った。

「現代のほうがずっと豊かで暮らしやすいのに、どうして前の時代に住み着くの? なんでわざわざこれから戦争に突入しようという時を選んで住み着きにきたのさ?」

平田はちょっと肩をすくめた。「人によって、好みは違うのさ。それに、それこそ君には関係のないことだろう?」

「さあ、もう行こう」と、平田はもう一度孝史の腕をつかみなおした。「旦那さまの部屋で薪をくべながら検討してみたんだが、ここからトリップするのがいちばんよさそうだ。平河町一番ホテルのゴミ捨て場のブロック塀の向こう側に降りることになるよ。君は気づかなかったかもしれないが、あのゴミ捨て場を囲っているブロック塀の向こう側には、隣のビルの小さい裏庭があるんだ。錆びた自転車や古いクーラーの室外機が転がしてあった。いくらホテルは丸焼けになっても、ブロック塀くらいは残ってるだろうから、ホテルのほうに人がいたら、しゃがんで身を隠してくれ」

孝史も、蒲生邸とホテルの位置関係を考えてみた。平田の言うとおりなら、この蒲生邸は、平河町一番ホテルとほぼ直角に交差する位置に立っていることになる。なおかつ、ホテルは、現在蒲生邸が面している道路のほうにはみ出しているのだろう。

孝史はごくりと唾を飲んだ。「じゃあ、いいよ」

声が震えるのが、自分でもわかった。

「怖くはないよ」と、平田が微笑した。「ただ、最初にここへ来たとき、私が君に言った言葉は嘘じゃない。タイムトリップは身体に負担をかけるというのは本当だし、私ひとりでも、短い時間内には二度が限度だ。ましてや、君を連れてということになると、条件はさらに悪くなる。できるだけ頑張ってみるが、ひょっとすると駄目かもしれない。失敗する可能性もあることは、先に言っておく」

「失敗するとどうなるの?」

「ここへ戻ることにする。大丈夫だよ、時間軸を飛び出したきりどこにも戻れないってことはないから」

平田がぐいと、孝史の腕を握った。孝史はあわてて、つかまれていないほうの手で平田の上着の裾をつかんだ。

平田が宙をにらんだ。その目の色が、すうっと薄くなったように見えた。孝史の視界に霞がかかってきた。

身体の周囲に、何か電荷のようなものが集まってくるのを感じ始めた。指先がピリピリする。ホテルからここへ来るときは、火災の熱と煙にまぎれてわからなかったのだろう。この感じ。あたかも身体の外からある種のエネルギーが入りこんできて、それが孝史の骨の芯にまでもぐりこみ、そこで溜って、溜って、臨界点を待っている——

平田の額に汗が浮かび始めた。かすんだ目で見つめるうちに、一筋、二筋と流れ落ちる。平田が目をつぶった。孝史の腕を握る手に力がこもった。

蒲生邸のほうから、またひと声、女の笑い声が響いてきた。さっきより、もっとずっと遠く聞こえる。ゼラチンの壁を通して聞く音のようだ。珠子だな、と思った瞬間、ふきに別れをつげることができなかったこと、礼のひとつも言えないまま去ってゆくことへの、強い後悔の念がわいてきた。

身体がどんどん熱くなる。足も温まり、軽くなり、霞がどんどん濃くなって——

次の瞬間、がくんという衝撃と同時に、孝史はあの暗闇のなかへと躍り出ていた。

宙に浮いている。飛んでいる。わずかなあいだの意識の中断のあと、孝史はそれを感じた。飛び上がっている。そう感じた次の瞬間には、するりと下降してゆく。と思うとまたあがる。翼に傷を負った鳥がかろうじてはばたき飛び続けているかのように。はっきりとした実体感があるのは、孝史の腕をとらえている平田の手の体温と、彼の上着をつかんでいる自分の掌に感じる、目の荒い繊維の感触。耳元で風がうなっている。時間軸の外にも大気というものがあるのか。それともこれは、孝史の耳の底で響く、身体の抗議の唸り声だろうか。

やがて孝史の身体は下へと落ちてゆき始めた。はっきりとわかる、降下、降下、降下。目を開けることができないので、自分が平田より先に落ちているのか後になっているのかわからない。手を放されたくなくて、より必死になって平田の上着を握り締める。

落ちる、落ちる、落ちてゆく。

いきなり、孝史は尻からどすんと着地した。ひどい痛みに声も出なかった。頭のてっぺんまで鉄棒が突き抜けたかのようだ。

が、衝撃でかっと見開いた目に飛び込んできたのは、平田の言っていたブロック塀の向こう側の裏庭ではなく、埃だらけのクーラーの室外機の横腹でもなく、スポークスが折れた錆びた自転車でもなかった。

孝史は炎のまっただなかにいた。

唖然と口を開け、ホテルはまだ焼けているのかと、頭のなかで叫んだ。半日経っても、まだ鎮火していないのか?

だがしかし、そこで燃えているのは薪の山だった。床も焦げていた。天井から炎が覆いかぶさってきていた。明かりとりの窓の向こう側に、真っ赤に染まった夜空が見えた。

なんてことだ、俺、まだ薪小屋にいる!

傍らに平田がいた。彼は前かがみに、身体を丸めるようにして倒れていた。彼の上着の背中に火がついた。悲鳴をあげながら孝史は飛び付き、彼の背中を叩いて火を消しながら絶叫した。

「違うよ、平田さん、違うここじゃない！　戻ってきちゃった！」

わめきながら平田を抱えあげて、いっしょに小屋の外へと引きずり出した。火がまわっていた薪小屋の扉は、孝史たちが外へ転がり出るのと同時に、炎の尾を引きながらはずれてばたんと庭へ倒れた。

孝史は目をあげ周囲を見回した。

空が赤くなっている。夜空なのに。空気が熱い。黒い影となってそびえたつ蒲生邸の屋根のあたりから、濃い煙がもくもくと立ち上っている。暖炉の煙突じゃない。煙には無数の火の粉が入り交じり、そして――

悲鳴が聞こえた。屋敷のなかから。

見返れば、屋敷の裏手の木立にも火がついている。道路の向かいの建物にも、いや、平らな夜の底のあちこちで、真っ赤な新芽のような炎がたちあがり、どんどん大きくなってゆく。

「危ない」

呻くように言って、平田が孝史の身体をうしろに引っ張った。

「伏せろ！」

平田の言葉と同時に、ひゅうっと空を切る音が聞こえた。孝史は身をよじり、平田に引っ張られた方向に、プールに飛び込むようにして地面にダイビングした。身体が空に浮いているとき、地面に何かがぶつかる衝突音が耳に飛び込んできた。

蒲生邸の裏庭は、孝史をどっしりと受け止めた。顔が地面で擦りむけた。伏せた顔、背中を向けていても、ほんの今まで孝史がいた場所で、ぱあっと新しい炎が燃え上がるのがわかった。

「離れろ、離れろ！」平田が叫ぶ。「焼夷弾《しょうい》だ。油がかかると燃え移る！」

孝史はがむしゃらに地面を這った。爪で土をひっかくようにして這って逃げた。一歩先にいる平田が孝史を引っ張ってくれた。ふたりで植え込みの下まで逃げた。振り返ると、今落ちてきた焼夷弾の炎が、生き物のように蒲生邸の煉瓦の壁を這い上がってゆくのが見えた。窓枠に火がついた。

屋敷のなかから、ひときわ高い悲鳴が聞こえてきた。勝手口のドアが、破裂するような勢いで外に開いた。失神しそうなほどの恐ろしさでまばたきすることも忘れている孝史の目の前に、火だるまになった人の形をしたものが転がり出てきた。

手をあげ、足を踏み、身体にまとわりついた炎から逃れようと、その人は気が狂ったように踊り回り、叫び、地面にごろごろと転がった。出発前に孝史の見た裏庭の雪はなく、乾いた地面に炎を消し止める力もなく、泣き叫ぶその人は、孝史のすぐ近くにまで転がってきて腕をのばした。

その手をとってやることもできず、釘付けになった孝史は、しかし、そのとき見た。髪は焼け、肌に無数の水泡をつくり、焦げて焼けただれた腕を、救いをもとめてこちらに差し伸べている女の顔を。

ふきだった。

8

孝史の頭のなかにも炎が燃えあがった。まぶたの裏が真っ赤に染まり、一瞬目が見えなくなった。理性がショートして、暗黒の目の奥で火花を散らした。

だがそれでも、こちらに向かって突き出されたふきの腕は見える。網膜に焼きついている。その腕の皮膚がぼろぼろと焼け焦げてゆくのが見える。虚空をかきむしるその手の指先に、庭土がこびりついているのが見える。

そのとき、周囲のどこかで大きな轟音が轟いた。バリバリと何かが倒れてゆく。轟音は四方八方から聞こえてくる。この地面そのものが地団駄を踏み、地上にあるものすべてと、夜空をも粉々に壊してしまおうとしているかのようだ。

爆音は孝史を現実に引き戻した。火だるまになったふきが地べたで転げ回っている現実に。すべての分別と理性を投げ捨てて、孝史はふきに飛びつこうとした。が、足が地面を蹴るその寸前に、背後から強い力で襟首をとらえられ、無情なほどの勢いで引き戻された。

「無駄だ、やめろ！」

平田の声だった。孝史は彼に引きずられてたたらを踏み、力尽きたのかぐったりと頭を地に伏せ、それでもまだ燃え続けているふきに向かって、泳ぐように両手を差し伸べた。

孝史は絶叫した。「離せよ、離してくれ！」

「手遅れだと言ってるんだ」

平田も怒鳴り返す。彼は空いているほうの腕で孝史の腰を抱えこみ、しゃにむにふきから遠ざかろうと引っ張る。ふきの真っ黒になった腕がばたりと地面に落ち、身体が動かなくなった。それを見た途端、孝史を支えていたものがぼきりと折れた。平田に引きずられるまま、ずるずると後退した。自分で自分の裾を踏んでしまい、かいまきが肩から大きくずれた。平田に引っ張られて動き出すと、かいまきは脱げてそこに残った。

「前の道路へ出るんだ、こっちだ、早く！」

平田は声を限りに叫びながら、つんのめるようにして、孝史を前庭の方向へと引っ張ってゆく。孝史には右も左も前後もわからなくなり、膝ががくがくすることだけが感じられる。背後で、ばちゃんというような音がした。振り向くと薪小屋が焼け落ちたところだった。倒壊すると同時に、薪小屋はそれまで内部に封じ込めていた炎と熱とをいっぺんに吐き出した。熱風が孝史と平田を襲い、孝史は自分の髪や眉や鼻毛が焦げてゆくのを感じた。

ふきが飛び出してきた勝手口は、そのまま開け放しになっていた。平田に引きずられよろめきながらその前を通りかかったとき、そこからも熱風が吹き出してくることに気づいた。平田の内部が燃えている。煉瓦造りの屋敷が燃えている。蒲生邸の内部が燃えている。孝史の腹の底から、困惑と憤怒の叫びがこみあがってきた。

「いったいどうなってるんだよ!」

平田は足を止め、蒲生邸を見返った。彼が動きを止めると、身体がぐらぐらとぐらついていることがわかった。平田の顔が炎を照り返し、真紅に染まったり蒼白に戻ったりした。目だけはかっと見開かれている。その口元からよだれが垂れていることに、孝史は気づいた。

「く、空襲だ」と、平田は苦しそうに言った。

「米軍機の空襲だ」

「くうしゅ――」

言葉を出そうと口を開けると、喉が焼けた。孝史は激しく咳込み、平田はそんな孝史をまた引っ張る。ふたりはしがみつきあうような格好で、蒲生邸の前庭まで転び出た。

ついさっき、夜の底に萌え出た赤い新芽のように見えた炎の群れは、今やあちらでもこちらでも、大きく幹を太らせ枝を張り伸ばして燃え盛っていた。この地区一帯を取り囲む森や緑地は、夜の底に黒く沈んでいる。そこに蠢《うごめ》く炎の筋や触手。孝史の頭のなかに、昔写真で見たことのある、ハワイ島の火山爆発で流れ出た溶岩の有様が浮かんできた。

いきなり破裂音がして、頭の上に硝子の破片が降ってきた。手で顔をかばいながら見あげると、蒲生邸の一階の角の部屋の窓硝子が砕け散り、その勢いで窓が片方ばたんと開いたのが見えた。そこから炎が吹き出す。と、見つめるあいだに、今度はその隣の窓が、そして二階の中央の窓が、見えない狙撃兵に狙い撃ちされているかのように次々と木端微塵になり、躍り上がるようにして炎が吹き出してきた。炎は平田と孝史につかみかかってくる。ふたりを屋敷のなかに引きずりこもうとするかのように。

熱風は、前から吹いてくると思えば今度は後ろから、右から殴りかかってきたかと思えば左からと、孝史を翻弄した。さっきまで離せとわめいていた平田の腕をしっかりとつかみ、平田が前かがみになって進んでゆくあとを、ただくっついていった。平田は植え込みに倒れかかり、孝史がそれを引き起こし、蒲生邸の前の道路はもう目と鼻の先、だが煙と熱気とで、目を開けてそれを確かめることさえ難しい。ようやく、這うようにして道路まで出たとき、蒲生邸の割れた窓のどれかから、「鞠恵、鞠恵」と男の声が気が触れたように叫ぶのが聞こえ、「まりえぇぇぇ」と長く尾を引いて最後は絶叫に変わった。

　孝史は道路に膝から倒れた。引きずられるように平田も崩れ折れた。孝史は膝立ちのままどうにか身体を支えることができたが、平田は両手を地面について、あえぐように大きく肩を上下させている。

　孝史の目に、この道のずっとずっと先、緩やかな坂をくだっていったところにある、皇居の黒い森の輪郭が見えた。その周囲でも、そしてそのなかでも、赤い炎が孝史を嘲るように長い舌をちらちらさせている。声も出せずにそれを見つめているとき初めて、閉ざされた夜空のなかを、銀色の機体がいくつか、邪悪なほどのすばしこさで横切ってゆくのが見えた。

　夜に火がついてる。ほとんど見とれるような思いで、孝史はそう呟いた。連中、夜にまで火をつけやがった。だけど「連中」とは誰だ？「連中」とはどこだ？米軍機だって？　まだ戦争も始まっていないはずなのに。

「皇居が燃えてるよ……」

　しゃべると、口のなかに灰と煤の味がした。平田が呻くように答えるのが聞こえた。

「現代まで戻れなかったんだ」

　孝史は膝をつき両腕を身体の脇に垂らしたまま、呆然と平田の後頭部を見おろした。彼はまだよつんばいになっていた。その身体が妙に小さく縮んだように見える。

「やっぱり、短期間のあいだに、何度も、トリップをすると、しかも私ひとり、じゃない、失敗しちまうんだ、ジャンプ、しきれなかったんだ」

　途切れ途切れに、俯いたまましゃべる平田の声は、地面を撫でるようにして聞こえてくる。

「しかし、なんでこんなところに落ちたのかわからん……」

「ここはいつ？」

「たぶん、昭和二十年の、五月二十五日」平田は喉を締めあげられながらしゃべっているように聞こえる。

「宮城《きゅうじょう》まで燃えた、大規模な空襲の日だから」

　平田の言うとおり、皇居の森のなかで炎が踊り狂っている。

「そんな話、いっぺんも聞いたことないよ。皇居が空襲で燃えたなんてさ」

ぼんやりと言い返しながら、「ジャンプしきれなかった」という平田の言葉の意味を考えていた。昭和十一年から平成六年まで行こうとしてたのに、はるか手前の昭和二十年で失速墜落しちまったってことか……。

熱風が孝史の顔をなぶり、不用意に口を開けると喉が痛い。

蒲生邸の、すべての窓の硝子が割れていた。煙と炎の吹き出していない窓は、屋敷の内部の闇を四角くのぞかせて、うつろに孝史を見おろしている。

ふきは死んだんだ。

突っ立ったままバカみたいに燃えてるあの屋敷で死んだんだ。煉瓦でできてるくせに燃えやがった。ふきは死んだんだ。

無意識のうちに、腕をあげて顔をぬぐっていた。涙が流れていた。煙と熱気のせいだと思った。だってほかに何があるっていうんだ？　あの屋敷の人たちのことも、ふきのことも、全然知らないのだ。ちょっと係わりあっただけなのだ。

だけど、だけど――

「俺たち、どうするの？」

屋敷に目をやったまま尋ねると、平田はひとしきり苦しそうに咳込んだあと、かろうじて声を出した。

「十一年に、戻ろう」

孝史は平田に目を向けた。彼はよろよろと身を起こし、顔をあげた。

孝史は、もうこれ以上ショックを受けることなどないと思っていたのにもかかわらず、ひゅっと息を飲み込むほどに驚いた。平田の口元には泡がくっつき、くちびるの端がぴくぴくと痙攣している。だが、もっともひどいのは彼の目だった。血走っている。特に左目の白目は、こっぴどく殴られたみたいに、どろりと濁った赤色に染まっている。

「あんた……」

手をのばして、孝史は平田の顔に触れようとした。が、平田はそれを払いのけた。

「もう一度、十一年に戻るジャンプくらいならできそうだ。いや、やらなきゃならん。このままここにいても、どうしようもない」

早口に、絞り出すようにしてしゃべる。肩が上下している。

「そんなことをしたら、あんた、死んじゃうよ」

思わずそう言った。が、平田は首を振る。

「ここにいたって死ぬことになる。空襲では死ななくても、昭和二十年だぞ。どうやって生き延びる？　君には無理だ。私にも準備ができてない」

平田は手を伸ばしてきた。孝史は彼を支えようとしてその手を受け止めた。が、平田は孝史の浴衣の袖をきつくつかむと、

「つかまってろ」と、低く囁いた。

闇のなかを飛びゆく旅は、今度はおそろしく長かった。そしてそれは、孝史にとっても苦しいものだった。過去三回で初めてだ。身体が宙に浮いたままバラバラにされてゆくような気がするときもあれば、周囲の闇に圧迫されて押し潰されそうに感じるときもある。移動はゆっくりで、まるで亀の歩みのようにゆっくりで、動くたびに息がつまり、身体が浮くたびに目がくらみ、下がるたびに腹がよじれた。

落下の瞬間、意識が途切れた。それが慈悲のように感じられた。

――冷たい。

目を開けてみる。最初は右のまぶたを。次に左を。

泥と雪。そして車の轍《わだち》。

頭を持ち上げてみる。孝史は平田と、蒲生邸の前のあの道路、今朝エンジン音を聞いた車の残していったタイヤの跡の残っている上に、折り重なるように倒れていた。

――戻ってきた？

蒲生邸は灰色に凍った空を背景に建っている。窓に明かりがともっている。煙突からは煙がたなびき、周囲ではこそりとも音がしない。

平田はうつ伏せに倒れている。触れても動かない。あわてて脈をさぐってみる。ごくかすかで、途切れ勝ちだ。子供のころ飼っていたヒヨコが死んでしまう直前、こんな感じだったことを思い出した。

今度は孝史が平田を担ぎあげ、引きずって移動する番だった。彼の身体は濡れた毛布のように重く、手ごたえがなかった。蒲生邸の誰かに気づかれたり見とがめられたりする前に、あの半地下の部屋に戻らなくては。

孝史も疲労困憊《こんぱい》で、手も足も思うように動いてくれなかった。平田を支えて歩こうとして、もんどりうって雪のなかに倒れた。立ち上がり彼を抱えると、今度は逆の方向に倒れた。雪に顔を埋めて、このまま何もかも放り出してしまいたいと思ったとき、蒲生邸の方

向でドアが開閉する音がした。

　雪を踏み、泥水を跳ねとばし、足音が近づいてくる。孝史は目を閉じたまま、その時を待った。聞こえてくる声を待った。

「孝史さん……」

　脅えたような声は、ふきのそれだった。孝史はなんとか、頭を起こした。

　彼女はひとりではなかった。すぐうしろに、あの貴之という青年がくっついていた。ぐっとしかめられた眉と眉のあいだも、短く刈り込まれたこめかみも、同じように青々としている。いかつい肩が動いて、ふきを脇に押しやると前に出た。

「いったいどうしたんだ?」

　孝史の心のなかに、無数の答え、無数の言葉が乱舞した。本当にききたいかい? 俺たちが何者か知りたいかい?

　だが、口元から出てきたのは、濾過《ろか》された嘘、半日足らずのあいだに、平田とのあいだでつくりあげ、彼にたたき込まれてきた嘘の真実だった。

「俺が逃げようとして——伯父さんが追い掛けてきて、言い争ってるうちに、伯父さんが倒れた」

　孝史の腕のなかで、平田は動かず、呼吸している気配さえ感じられない。

「死んじまうかもしれない」

　貴之は素早く孝史に近づくと、片膝をついてかがみこみ、平田の身体に手を触れ、そっと揺り動かした。

「おい、しっかりしろ」

　平田はぴくりともしない。貴之は彼の身体をひっくり返した。雪よりも白い顔が現れた。目は閉じていた。

　貴之は平田の胸に耳をあて、彼の頭を起こしてやって、鼻の下に指先を当てた。

「生きてる」と、小声で言った。そして、ぎょっとしたように自分の手を見た。孝史も見た。血がついていた。

「鼻血だ」

　貴之は、両手を胸の前に組み合わせ、目をしばたたきながら見つめているふきを見あげた。

「脳出血かもしれない。部屋に運ぼう」

　ふきは勢いよくうなずいた。貴之に手を貸し、平田の身体を抱える。平田の腕を自分の肩にかけながら、貴之が孝史に顔を向けた。

「君は歩けるか?」

　反射的に、孝史はうなずいた。できるかどうかわからなかったけれど。

「じゃ、ついてくるんだ。ぐずぐずしていられないぞ。親父や鞠恵さんに見つかったらいろいろと面倒だから。ふき、部屋はわかるだろう？」

貴之が首尾よく平田を抱えあげ歩きだすと、ふきが戻ってきて孝史に手をかしてくれた。霜がおりていた孝史の意識が、ふきの温かい手に触れたとたんに、解凍されたかのようにはっきりとした。

「無茶なことをして」と、ふきはささやいた。語尾が震えていた。「どこにも行けるはずがないのに。お堀端には兵隊さんがいっぱいいて……」

ふきの声が喉で詰まった。

「ごめんよ」と、孝史はつぶやいた。「もう逃げたりしないから」

ふきは黙ったまま孝史を抱えて歩き出した。急いでいた。彼女の焦りが伝わってくる。ちらちらと蒲生邸に視線を投げながら、できるかぎりの早足で前庭を通り過ぎた。

ふきの体温が感じられた。息遣いが聞こえた。こんなに温かく、優しい。ほんの少し薬臭いのはふきの上っ張りの匂いか。生きてる。息づいてる。今は生きてる。ふきは生きて、ここにいる。

「ごめんよ」

もう一度呟いて、孝史は声を呑み泣き出した。ふきは驚いたように孝史の顔をのぞきこんだが、母親が子供をあやすようにして孝史の身体をゆすると、小さく言った。

「大丈夫、平田さんはよくなりますよ」

伏せた顔から、ぼろぼろと涙がこぼれる。孝史は首を振り、ふきのやわらかな身体にしがみつくようにして蒲生邸のなかに戻ってゆく。一歩、また一歩と。

泣いてるのは、君のためだ。胸のなかで言っていた。そして、心に決めていた。俺は帰らないよ。たとえ今帰れるとしても、現代には帰らないよ。

平田は言った——自分の好悪だけで人を助けたり見殺しにしたりする、それはしょせんまがい物の神のやることにすぎないと。でも、俺はまがい物でもなんでもいい。そんな理屈にかまっちゃいられないんだ。ふき、俺はここにいる、ひとりで帰ったりはしないよ。

君を、あんな死に方をする運命から救い出すまでは

——

9

平田は眠っている。寝息も聞こえない、昏睡に近い

ような深い眠りだ。

　孝史は、彼の枕元に座っている。今はふたりきりだ。平田に与えられた、あの半地下の部屋にいる。ふきが都合してくれたズボンとシャツとセーターに着替えている。どうやら、貴之のお古であるらしい。

　蒲生邸前の路上から平田と孝史を連れ帰ると、蒲生貴之はてきぱきと指示を飛ばし、ふきと孝史に手伝わせて、平田をこの部屋の布団に寝かしつけた。孝史は、両手があわあわと震えるのを抑えることが難しかったが、懸命に手伝った。

　それでも、部屋に足を踏み入れたとき、畳の上から、ここを脱出するとき足場代わりに使った旅行鞄が消えてなくなっていることには、ちゃんと気がついた。やはり、鞠恵があわてて回収していったのだろう。

　平田の介抱をしているあいだ、貴之は、彼にとっては使用人である平田の行動や、本来ここにいるはずはない孝史の存在について、咎めるようなことはひと言も口にしなかった。これには孝史のほうが落ち着かなくなって、言いよどみながらも説明をしようとすると、貴之はきっぱりとそれをさえぎり、こう言った。

「大方の話はふきから聞いている。とにかく今は、病人の手当てをするほうが先だ」

　そして、医者に電話をかけてみようと、階上にあがっていった。

「医者なんて呼んでもらっていいのかい」

　思わず、本物の使用人気分になって、孝史はふきにきいた。すると彼女はうなずいた。

「貴之さまがそうおっしゃるなら、遠慮することはないですよ。でも、とてもありがたいことですからね。ほかのお屋敷じゃ、特にこんな事情のときには、そこまでしてはいただけませんよ」

「だけど、医者が来れるかな？」

　二・二六事件は、目と鼻の先で現在進行中である。封鎖されているだろうこの地区に、外から医者が入ってくることができるだろうか？

　ふきも眉をくもらせた。「それはわからないけれど……」

「来てくれそうな医者のあてはあるの？」

「旦那さまと奥様のかかりつけの先生が。以前はこの近くにお住まいだった方で……去年、他所《よそ》へ移ってしまわれたんですけれど、ずっと診ていただいています。お住まいは、たしか小日向のほうだったと思うけれど」

　ふきが平田の濡れた衣服を脱がせ、清潔な浴衣を着せかけているあいだに、孝史は彼女の目を盗み、平田のズボンの尻ポケットをさぐってみた。例の時計を取り出しておこうと思ったのだ。が、時計はそこになかった。途中落下してしまったあの時、昭和二十年五月二十五日夜に、落としてきてしまったのだろうと思った。今度こそ、時計は消えたのだ。

平田は、寝かしつけたあとも、しばらくのあいだ、少量ではあるが鼻血を出していた。濡らした手ぬぐいで、孝史は懸命にそれを拭いとった。もう止まるか、今度は止まったかと思いながら手ぬぐいを押しつけるのに、手を離すと、血はまたたらたらと流れ始める。平田の生命力が流れ出てゆくのを見せつけられているような気がした。

「平田さん、よほどひどい倒れかたをしたんですか」

眠る平田の顔を見守りながら、ふきがぽつりときいた。

孝史が逃げようとして、それを追ってきた平田が雪道で倒れた。嘘はつき通さなければならない。孝史はゆっくりと首を振ると、ふきの顔を見つめた。

「よくわからない。具合が悪くなって倒れたのが先なのか、それとも滑って転んで頭を打ったからこんなふうになっちまったのか」

ふきは黙っていた。手をのばして、平田の頰に触れる。「冷たい」と言った。

「ここにいちゃ、悪いような気がしてきたから、逃げ出したんだ」

黙っているのが辛くて、きかれてもいないのに、孝史は言った。ふきは、平田の顔から視線をはずさないまま、小さく答えた。

「そのことは、もういいですよ。だけど平田さんが心配ですね」

「お屋敷の人たちは……」

ふきはすかさず言った。「貴之さましか、あなたのことはご存じありません。道に倒れているあなたたちを見つけたのも貴之さまだったんです。ほかの方でなくてよかった」

「じゃ、俺がここに匿ってもらっていることは、今でも秘密なの？」

「ええ。旦那さまや奥様には、今日から奉公に来た平田が、雪かきをしていて滑って転んで怪我をしたということだけお話しておきます」

ふきはちょっと微笑し、安心させるように孝史にむかってうなずきかけながら、

「大丈夫ですよ。もともと、こちらのお屋敷では、あ

まりたくさんの御用があるわけではないんです。わたしとちゑさんだけで、なんとか手が足りていたくらいで」

孝史は、薪小屋の前で鞠恵が平田を呼び止めたときのことを思い出した。

「でも、以前には、ひら——いや、伯父さんみたいな男の奉公人がいたんだろ？　下男て言えばいいのかな。たしか、黒井さんとか」

その名を聞いたとたん、温かな屋内から吐く息の凍る屋外に出たときのように、ふきの顔がつと強ばった。

「黒井さんをご存じですか？」

孝史はここでも嘘をついた。「伯父さんに聞いた。前の奉公人だって」

「そうでしたか」

ふきが安心したように見えたので、孝史はかえって気になった。

「黒井さんて人は、なぜ辞めたの？」

ふきは堅い顔のまま答えた。「もうお年でしたから」

「その人が使っていたのは、この部屋？　ほかにももうひとつ、空き部屋があるよね」

特に興味にかられてというより、なんとなく口をつぐむのが不安なので口に出した質問だったのに、思いがけず、ふきは厳しい反応を見せた。

「そんなこと、どうして気になるんです？」

「いや……べつに……」

「ほかの部屋って、じゃあ孝史さん、見てまわったりしてたんですか？」

孝史は黙って肩をすくめた。

ちょうどそこへ、廊下で足音がして、貴之が顔を出した。

「葛城《かつらぎ》先生が来てくださるそうだよ」と、孝史にではなく、ふきに向かって言った。

「よかった」と、ふきは顔の前で両手をあわせた。

「でも、おいでになれるのでしょうか」

「あの先生は、自家用車を持っているじゃないか。車が動かなくなったら、あとは歩いてでも行こうと言ってくだすったよ」

ふきはまだ心配顔だ。

「でも、兵隊さんが道をふさいでいるとかいうお話でしたが」

貴之は、ちらと笑った。「こちらでもそれを気にしたんだが、先生、その心配は要らない、急病人を診に駆けつける医者を撃つような兵隊なら、もともとお国のためにもならん。遠慮なくどやしつけてやろうと言っておられた」

貴之は、ここで初めて孝史を見た。

「そういうことだから、心配しないでいいだろう。葛城先生というのは、うちの掛かりつけの医者だ。年配だが、腕はいい」

「ありがとう」孝史は頭をさげ、あわてて付け加えた。「――ございます」

「先生は、手が空き次第、すぐにあちらを出ると言っておられたが、夜になるかもしれないな」

夜か――孝史は平田の表情のない寝顔を見おろした。そんなにのんびりしていられるだろうか?

「その前に、どこかの病院に運ぶわけにはいかないですか?」

貴之は、ちょっと困ったように太い眉を動かした。

「それはどうだろう。うちには車がないし、それにこの天気だ。戸板に乗せて運んでいったりすれば、かえってよくないかもしれない」

だがしかし、平田が本当に脳出血を起こしているのだとしたら、手当ては早いほうがいいではないか。

孝史の苛立ちを感じとったのか、貴之が続けた。

「葛城先生の話では、頭を打っているようなら、妙に動かさずに安静にしていたほうがいいということだったよ」

孝史はそこで、今さらのように、時代の違いに思い当たった。今は昭和十一年――平成六年とは違うのだ。脳疾患や脳挫傷の患者を、分秒を争う早急な手当てによって救うことができるというような、医療の進んだ時代ではないのだ。医者の手当てが数時間早かろうが遅かろうが、死ぬ者は死に、助かる者は助かる。そう考えるしかない時代なのだ。

それならば、たしかに、じたばたせずに安静にさせておいたほうがいいのだろう。

濡れた毛布のように、疲労が孝史を包みこんだ。平河町一番ホテルを逃げ出してからこっち、運命は何ひとつ、孝史の思うようにはなってくれない。

慰めるように、貴之が言った。「葛城先生とは、まめに連絡をとりあうよ。先生がこちらに向かって家を出られたら、時間を見計らって途中まで迎えに行ってみよう」

「迎えなら、俺が行きます」

気負いこんで孝史が言うと、貴之はふきと顔を見合わせ、微笑した。

「好きにするさ。また相談すればいい。ふきの話じゃ、君も怪我をしているそうだし」

「もう大丈夫ですよ」

貴之は、それには何とも応えなかった。部屋を出ていこうとしながら、ふきに言った。

「ふき、葛城先生には、今夜は泊まっていただくことになる。それに、あの騒動がどうなるかによっては、何日か留まっていただかなければならなくなるかもしれない。支度を頼むよ」

はいと、ふきは頭を下げた。貴之が出ていったあともしばらく、彼がいたところを見つめていた。

「ずいぶん、よくしてくれるよね」

有り難いはずなのに、助かったはずなのに、孝史はつい、そう呟いてしまった。あの貴之とは、どうもそりがあわない。

ふきは、今の話に気をとられて、すっかりお留守になってしまっている孝史の手から、濡れ手ぬぐいをとりあげながら、

「貴之さまは、わたしたちのような者にもお優しいのです」

そして、ほっとしたような声をあげた。

「鼻血が止まったみたい」

ふきのいうとおり、出血はおさまったようだった。だが、平田の顔はますます白く、まぶたさえぴくりとも動かず、寝息は深い。まるで死人のように見える。

「孝史さん、今度は逃げ出したりしないで、小父さんの様子を見ていてあげてくださいね」

言われるまでもない。「うん、ちゃんと見ているよ」

「わたしは階上におります。どうしても用があるときには、ほら、居間にあがってくる途中に、小さい部屋がありましたでしょう?」

「アイロン台のあるところだね」

「はい。そこに顔を出してみてください。わたしも気をつけて、ときどき様子を見にきてみますから。くれぐれも、お屋敷のほかのところを歩き回ったりしないでくださいね。貴之さまだけは、あんなふうにお優しくしてくださいますけれど、ほかの方に知れましたら、追い出されてしまうかもしれませんよ」

「わかったよ」

立ちあがり、ふきは部屋を出てゆく。彼女の着ている白いうわっぱりみたいなものが、今までよりも、少し灰色っぽくくすんで見える。部屋が暗くなってきた——午後も、もう大分すぎたのだろう。

こうして、孝史はぽつりと取り残され、平田の顔を見守っている。今はほかにできることもない。

平田は回復するだろうかと、ぼんやり考えた。

回復しなかったなら、万が一、彼が死ぬようなことになったなら、孝史はこの時代で生きていかねばならなくなる。これから戦争に突入していこうという時代に。後世、亡国の危機であったと評されるようになる時代に。

だが今は、そのことを思っても、あまり現実的な恐怖は感じなかった。そんなことを、今考えて不安がっても仕方がない。

それよりも、振り払っても振り払っても頭から離れてゆかないのは、丸焦げになって死んでゆくふきの姿のほうだった。蒲生邸の窓という窓からガラスが吹き飛び、夜の闇の底が真っ赤になるあの空襲の夜の光景だった。

(ふきを助けるために、俺は何が出来るだろう?)

できるだけ早く、とにかく昭和二十年の五月二十五日が来る前に、あの娘をこの屋敷から外に出すことだ。ここにいなければ、ここに落ちた爆弾のために命を落とすこともない。平田が言っていたことを受け入れるならば、ひとつの世界では死ぬべき運命にあったふきを助けたところで、歴史そのものの邪魔にはならないわけだから、孝史は何の遠慮もなく、ふきのことだけを考えてもいいのだ。

平田のかわりに、ここで働くことにしたらどうだろう? 今までの事情を――むろん、嘘の事情なわけだけど――率直にこの屋敷の主人に打ち明けて、伯父の代わりに僕が働きますと言えば、なんとかなるかもしれない。

淡々と、時間はすぎてゆく。孝史は平田の寝顔を見つめ、心があの空襲の場面にさまよってゆきそうになると、強いてそれを追っ払った。

疲労と無力感のあまり、少しうとうとと居眠りをした。予備校の試験を受けている夢を見た。スラスラと解答を書くことができる。来年こそ、志望校に入るのだ――

はっと目を覚ました。平田の様子に変わりはない。なんであんな夢を見るのだろう。今まで、現代のことなんて思い出したこともなかったのに。

(まあ、そんな余裕もなかったもんな)

じっとしているのに飽きて立ちあがり、頭上の裸電球のスイッチをひねった。ふたたびあたりが静かになると、遠くからぼそぼそと人声が聞こえてくることに気がついた。耳を澄ます。

一本調子のひとり語りだ。会話ではない。どうやら、肉声でもなさそうだ。

孝史はそっと平田を見おろし、彼の様子に変わりがないことを確かめると、足音を忍ばせて部屋を出た。廊下に出ると、ぼそぼそ声が少しはっきりしてきた。階段をあがり、アイロン台のある小部屋に通じるドアを少しだけ開けてみると、もっと明瞭に聞こえるようになった。

ラジオだ。ラジオのニュースだ。

雑音が多く、聞き取りにくい金属的な声ではあったが、それはラジオのアナウンサーの声だった。ドアに手をかけたまま、孝史はじっと聞き入った。

「ひとつ、本日午後三時第一師団管下戦時警備を下命せらる。ふたつ、戦時警備の名目は兵力をもって重要物件を警備し併せて一般の治安を維持するにあり――」

ラジオの声は、居間の方向から聞こえてくる。誰が聞いているのだろう?

「みっつ、目下治安は維持せられあるをもって一般市民は安堵して各自の業に従事せらるべし」

おそらく、貴之が「あの騒動」と表現した事件、二・二六事件についての報道なのだろう。が、こうして聞いているだけでは、何が何だかさっぱりわからない。みっつめの、一般市民は安心しろというところが、なんとか理解できた程度だ。

少し、膝が震えた。ああ、本当に起こっていることなんだなと思った。

孝史はドアを閉めると、静かに後退した。無用な騒ぎを起こさないように、ふきの言い付けに従おう。とにかく今は。医者が来るまでは。

踵を返したそのときだった。孝史の頭上、蒲生邸のなかのどこかで、唐突に一発の銃声が轟いたのは。

第三章　事　件

1

正しく言うなら、その音は「轟いた」というほどのものではなかった。孝史が机に縛りつけられて過ごした去年の夏、近所の公園から頻繁に聞こえてきた花火の音と同じくらいの程度のものでしかなかった。

それでも、なぜかしらそれが銃声であるとわかった。一拍遅れて、心臓がどきんとした。今度はいったい、何が起こった？

息を呑んだ次の瞬間に、しかし孝史はひらりと思い出した。平河町一番ホテルの壁に掛けられていた、蒲生憲之の経歴を。

（――昭和十一年二月二十六日、二・二六事件勃発当日に、蒲生大将は、長文の遺書を残して自決しました）

そうか、そうなのだと孝史は目を見開いた。あれがそうだ。今の銃声が、蒲生大将の自決の瞬間なのだ。

「あれはなんだ？」

問いかける声が、居間の方向から聞こえてきた。貴之の声だった。孝史は閉めかけたドアをもう一度開け、アイロン台のある部屋の中ほどまで進んだ。

すぐに、貴之が孝史の左手のほうから現れて、孝史がそこにいることに驚いたような顔をした。が、咎めるより先に、

「今の音を聞いたか？」と尋ねた。

「聞きました。階上《うえ》だと思う」

貴之は孝史をやりすごし、小走りに右手のほうへ進んだ。孝史もあとをついていった。

アイロン台のある小部屋を抜けると、そこにまた小さなドアがあり、開けるとそこは土間のように少し低くなっていた。台所だった。鉄兜みたいな形のガスコンロがふたつ、煉瓦造りの壁際に鎮座している。それと背中あわせに流し台があり、ふきと、いくらか腰の曲がった小柄な老女が、揃いの白い割烹着姿で並んで食器を洗っていた。小さなプロペラみたいな古風な形の蛇口から、水が流れ出ている。ああ、水道が通ってると孝史は思い、当たり前かと考え直した。江戸時代じゃないんだし、ここはこんなお屋敷なのだ。

孝史が飛び込んでゆくと、ふきと老女は驚いたように顔を起こした。ふきは急いで割烹着の裾で手を拭いた。主人の命令を承る女中の動作だった。が、彼女が何か言うより先に、貴之が急き込んで尋ねた。

「今の音を聞いたかい？」

「今の音——でございますか?」

あやふやな口調でふきが繰り返し、老女と顔を見合わせた。

「台所の物音ではないのだね?」

たたみこむ貴之に、ふたりはますます困ったような顔をする。孝史は歯がゆくてしかたなかった。今のはおまえの親父さんが自決した、その銃声だよと大声で教えてやりたかった。歯がゆかった。その分、大声になった。

「さっきも言ったでしょう、音がしたのは階上のほうです。ここじゃないですよ」

すると貴之は、急に、糸が切れた操り人形のように生気を失ってしまった。どこかぼうっとしたような目つきで孝史を見返った。

「ああ、そうか」と、呟いた。「やっぱりそうか」

「やっぱりって……」と、ふきが不安そうに問い返す。だが貴之は、周囲に人がいることを忘れてしまったかのように、ただ突っ立っているだけだ。

「聞き違いじゃないですよ。僕もあの音を聞いたから。階上です。二階です」

一語一語に力をこめて、孝史はゆっくりと言った。

そして貴之の顔を見つめながら、彼には、父親の自決について、何か予感するところがあったのだろうかと考えていた。それが「やっぱり」という言葉になったのか。

「階上を見にいかなくていいんですか? あれは銃声ですよ」

貴之は、物憂げにまばたきをした。そのときになって初めて孝史は、肩を並べると、自分のほうが貴之よりも若干長身であることに気がついた。

「何かあったんでございますか?」

ふきが顔を曇らせる。貴之は、その声を聞いて正気づいた。ちょっと頭を振ると、

「ふきとちゑはここにいなさい。僕がいいというまでは、ここを動かないように」と命令した。

貴之は居間の方向へとって返した。また、孝史もついていった。ふたりが居間に駆けこんだとき、ちょうど部屋の反対側のドアが開いた。あの珠子という娘が、やはり急いだ様子で部屋のなかに飛びこんできた。

「あ、お兄さま、ここにいらしたの」

彼女はぱっと足を止めた。昼間見たときと同じ着物姿で、袖がふわりと揺れた。

「お父さまのお部屋で変な音がしましたわ。何かしら」

「僕も、物音は聞いた。確かに親父の部屋だったかい？」

「ええ、そうよ」

「行ってみよう」

　貴之は走り出す。階段をあがってゆく。それを見送り、初めて、珠子は孝史に目をとめた。小首をかしげて、しげしげと見つめた。

「あなた、誰？」

　こんなときだというのに、孝史はふっと、間近で絵画を見ているような気分になった。静止している珠子は美しい。昼間見かけたときの、しゃべったり笑ったり動いたりしている彼女とは別人のようだ。今、孝史が見つめているのは「珠子像」だった。

「お兄さまのお友達？」

　さらに問われて、孝史はやっと自分の立場を思い出した。衝動的に貴之にくっついてここへ出てきてしまった。前後の事情を忘れていた。

「いや、あの……」

　居間のなかではラジオが呟き続けている。その音声が邪魔になると思ったのか、珠子は一歩孝史に近寄った。

「なあに？　なんて言ったの？」

「あの……階上へ行ってみたほうがいいんじゃないですか」

　頭が働かなくて、孝史はそんなことだけを言ってみた。すると珠子は意外なことをした。つと手を伸ばし、孝史の手を握ったのだ。

「あたくし、ひとりじゃ怖いわ。あなた一緒に来て頂戴」

　そう言うなり、珠子は孝史を引っ張って階段のほうへ進んでゆく。ここへ居残る理由も見つからず、言い訳もなく、孝史はずるずる引きずられていった。

　幅が広く段差の浅い階段は、つややかな栗色で、中央に緋色の絨毯が敷かれていた。珠子は足袋裸足《たびはだし》で、孝史は靴下裸足で、その絨毯を踏んでのぼっていった。階段は緩やかに右側に蛇行し、のぼりきったところは同じ栗色の板張りの廊下で、同じ絨毯が敷き詰められている。廊下に沿ってどっしりとしたドアが並び、ドアとドアのあいだに、金縁の額に納められた絵画が掛けられていた。

　珠子は孝史の手をしっかりと握り締めている。ふっくらと柔らかく、滑らかな手だった。少しの湿り気もなく、さらりとしていた。

「お父さんのお部屋はどっちですか？」

「あちらなの」
珠子は廊下を右に進んだ。孝史は手をとられたまま
くっついていった。並んでいるどのドアからも、人が
出てくることはなかった。誰もいないのだろうか？
さっきの音を聞かなかったのだろうか？
廊下の突き当たりのドアを指差しながら、珠子は足
を止めた。
「あのドアよ」
孝史の手を握ったまま後退りをして、彼女は、空い
ているほうの手で手摺をつかんだ。
「お兄さまはなかにいらっしゃるのかしら。開けてみ
てくださる？」
孝史は珠子の顔を見つめた。彼女はドアを見ている。
ひどく怖がっている。彼女も、さっきの音を銃声だと
認識しているのだろうか。
「ね、声をかけてみて」
珠子は孝史の手を離すと、その手で孝史の背中を押
した。孝史はドアに近寄り、拳を握ってノックをした。
一度、二度。返事はない。仕方がない。たぶん真鍮
だろう、鈍い金色のドアノブを握って、回してみた。
動いた。孝史はドアを押し開けた。
思っていたよりもはるかに広い空間が、孝史の目の
前に開けた。同時に、顔にふうっと暖気があたるのを
感じた。一歩踏み込むと、その理由がわかった。室内
の暖炉に火が入っているのだ。
孝史の目に入ってきた室内の光景は、部屋のつくり
や装飾的なことだけを言うならば、階下の居間のそれ
とよく似ていた。足元に敷き詰められた絨毯。正面は
一面に窓。緞子《どんす》のようなカーテンとレースのカーテン。
窓は閉まっているがカーテンは全部開けてある。天井
は高く、梁は太く、交差する梁のあいだには刺しゅう
をほどこした布が張ってある。
部屋のほぼ中央に、たたみ二畳分ほどはありそうな
大きな机が据えてあった。シンプルな形のスタンドが
ひとつ、その上に乗せられている。ほかには何もない。
机の上に上半身を伏せて、人がひとり、倒れているこ
とだけを除けば。
その姿勢であっても、全体の雰囲気や頭の感じや服
装で、孝史にも、それがこの部屋の主、蒲生憲之であ
るとわかった。
すぐそばに人の気配を感じて、孝史ははっと身じろ
ぎをした。開けたドアの内側に隠れるようにして――
隠れていたわけではないのだろうが――貴之が突っ立
っていたのだ。

彼の視線は、机につっぷして倒れている父親の背中に据えられていた。両手を身体の脇にたらし、顎《あご》を落とし、肩を下げて、まるで、今この場で見えないロープに首をくくられているかのような姿勢だった。

「大将は死んでいるんですね」と、孝史はきいた。

貴之は父を見据えているだけで答えない。

孝史はドアから離れ、思い切って机に近づいていった。足元の絨毯は毛足が短く、廊下に敷いてあるものよりも、ずっと硬い感触がした。

ドアから机の前まで、六歩で着いた。孝史は机をはさんで蒲生憲之の遺体と向き合う位置に立った。この机は暖炉を背にして据えられている。暖気がいっそう強く感じられるようになった。太い薪が勢いよく燃えあがり、火の粉がはぜる。灰色の石を積み上げてつくられたマントルピースの脇に、居間で見かけたとき蒲生憲之が手にしていた杖が立て掛けられていた。

蒲生憲之は、右のこめかみから血を流してした。勇気を出してのぞいてみると、そこに小指の先ほどの大きさの丸い穴が開いていた。

自分で自分の頭を撃ったんだ。本当にこういう死に方があるんだ。とっさに思ったのは、そんなことだった。

出血の量は多くなかった。手のひらほどの大きさの血だまりができているだけだ。傷痕も、右のこめかみにしか残っていない。弾は貫通しなかったのだろう。

手を触れていいものだろうか。うつ伏している蒲生憲之のうなじを見つめながら、孝史は考えた。うなじの部分に、白髪が集中してはえていた。そのせいで、うなじだけがひときわ老いて見えた。

「死んでいる」と、背後で貴之が言った。読経のような、妙な抑揚をつけた口調だった。

孝史は振り向いた。貴之はさっきと同じ姿勢で、同じところを見つめている。

「確かめてみた。脈がない」

では貴之も、一度は死体に近づいてみたのか。それでいて、今はあんなところへ尻込みしていって、棒を呑んだみたいに立ちすくんでいる。

孝史はもう一度、蒲生憲之の死体を見おろした。ちょうど万歳しているかのように、両手が頭の脇に投げ出されている。相当高価な品物なのであろう机の上に、骨ばった老人の手が、珍奇な装飾品のように並んで置かれている。その中央に白髪まじりの頭――

「銃を取り上げたんですか」

首をよじって肩ごしに、孝史は貴之にきいた。蒲生憲之は空手だ。何も持っていない。しかし自決なのだから、銃は近くにあるはずだった。

貴之は返事をしない。孝史がもう一度質問を繰り返すと、やっと視線を動かして、

「え？」ときいた。

「銃です。銃が見当たらない」

貴之はぼやっと孝史を見つめ、それからようやく質問の意味がわかったという感じで、室内を見回し始めた。

「さっきは気づかなかった。そのへんにあるんだろう」

孝史は身をかがめ、床の上をぐるりと眺めて見た。絨毯の上には何も落ちていないようだ。

「身体の下になってるのかもしれない」

頭を撃った瞬間に銃を取り落とし、その上にうつ伏したということはありそうだ。

「動かしたらまずいですか」

「まずいと思う」これには、貴之は素早く答えた。「少なくとも、今は。ここはこのままにしておかないと」

それは孝史もそう思った。「警察を呼びましょう」

「警察？」貴之はおうむ返しに言った。


「お兄さま、お父さま死んだの？」

廊下のほうから、珠子の声が呼びかけてきた。彼女はまだ、そこを動けずにいるらしい。

「ああ、死んだ」と、貴之は簡潔に答えた。配慮も何もない、無機質な返答だった。「珠子は階下に降りていなさい」

「あんた、大丈夫かい？」

貴之のそばに近寄りながら、孝史はきいてみた。なんだか、貴之が正気を失っているのではないかと思えてきたのだ。だって、父親が自殺したばっかりだっていうのに、この兄妹の反応はなんだ？　珠子は、父の姿を確かめようとさえしないのか？

だいいち、ほかの連中はどうしてるんだ。鞠恵は？　彼女は蒲生憲之の妻だろうが。彼女はどこで何をしてるんだ？

「あんたたち、これがどういうことかわかってるのかい？」

貴之をつかまえて、ゆすぶってやりたいと思った。「親父さんが死んだんだよ？　わかるかい？　わかってるのかい？」

「わかっているさ」

貴之は答えた。口元がゆるんでいた。ほほ笑んでい

るのではない。緊張感を失って、口の端が下に下がっているのだ。孝史はぞうっと寒気を覚えた。何を考えてるんだ、こいつは。どうしちゃったんだ。

「あんたが来たとき、ドアは開いてたの？」

孝史の問いに、貴之はまぶたをぱちぱちさせた。ちょっと正気づいたようになって、目が晴れた。

「ドア――この部屋のドアか。いや、閉まっていた。鍵はかかってなかったが。だから、声をかけても返事がないんで、入ってみたんだ」

「じゃあ、あんたがいちばん最初に見つけたわけだね」

「そうなるな……」貴之は窓の方へ視線をやった。「窓も閉まってるな」

そう言いながら窓に近寄り、窓枠に手をかけた。動かない。

「鍵がかかってる」

孝史も窓へ寄ってみた。貴之の言うとおり、掛け金式の鍵がきちんとかかっている。ガラスを通して、屋外の雪がぼんやりと白く浮き上がって見える。

「とにかく、階下へ降りよう」

貴之はぎくしゃくと身体の向きをかえ、部屋を出ていこうとする。

「もうすぐ葛城先生が来る。ちゃんと調べてもらって、死体を動かしてもいいということになったら、きちんと安置しよう。僕にはいろいろすることがある。考えなくてはならないことがある」

独り言のような口調だった。悲しんでいるようにも、驚いているようにも、嘆いているようにも聞こえない。孝史は呆れてしまって、何を言っていいのかわからなかった。

「ほかの人たちには知らせないの？」

ふたりは廊下に出た。貴之が機械的に振り向いて「ドアを閉めてくれ」と言った。それから続けて、「皆には知らせるよ。君は階下へ降りていてくれ。台所にいるといい。そうだ、ふきとちゑに事情を話してくれ」

貴之は、廊下を先へ進んでゆく。彼の身体が、わずかにだが前後に揺れている。倒れそうに見える。足がもつれかかって、絨毯につまづいた。酔っ払いみたいだ。

だがそれでも、孝史がついていこうとすると、追いやるように階段の下をさした。

「降りていてくれ。僕は鞠恵さんに話してくるから」

貴之は廊下を進み、左から二番目のドアをノックした。返事があるまで、三度ノックを続けた。やがて「はい」という声が聞こえ、貴之はドアを開けてその内側に消えた。

二階の様子に心を残しつつ、とりあえず孝史は階下へ降りて居間に入った。珠子がひとりでぽつりと椅子に座り、硝子張りの豪華なテーブルに向かって、頬杖をついていた。着物の袖が肘のところまで垂れ下がり、真っ白な腕が剝き出しになっている。

孝史が近づくと、彼女は振り向いた。目と目があうと、ちらとほほ笑んだ。珠子には、人と顔をあわせたら、反射的にほほ笑むという癖があるのかもしれなかった。笑うと、彼女の左のほっぺたにえくぼができることに、孝史は気づいた。

「お父さんをみてあげなくていいんですか?」

声をかけると、珠子は笑みをひっこめ、ぼうっと目をそらした。

「お兄さまがいいとおっしゃるまでは、わたくしはあの部屋には行かないの」

「心配じゃないんですか」

「でも、もう死んでいるんでしょう?」

珠子の口調は、素っ気ないというよりはむしろ無邪気そのものという感じだった。

「死んでいるなら、今さらあれこれ世話を焼いても仕方ないわ」

これという理由はないが、孝史はこのとき、珠子が「あなた、煙草を持ってる?」ときいてきそうな気がした。「わたくし、煙草を吸いたいわ」と言い出しそうな気がした。むろん、この時代の良家の娘が喫煙などするわけもなく、実際、珠子は黙ってまた頬杖をつくことに専念してしまったのだが、孝史の頭のなかでは、珠子が白いきれいな指先に煙草をはさみ、ちょっとくちびるを尖らすようにして紫煙を吐き出す光景が、鮮やかに浮かびあがっていた。

それは孝史のなかにある、孝史の知っている「現代の若い女の子」の姿なのだと、そのとき思った。それを珠子に重ねあわせたところで、ぴったりくるわけもない。でも、こうしてぽつねんとしている珠子には、いかにも煙草がよく似合いそうだった。

ラジオは消してあったから、居間のなかは静かだった。暖炉では盛大に炎が燃えている。ぱちぱちと薪がはぜる音がする。

窓はすべて閉められ、カーテンが引かれている。居間はもちろん、屋敷のなか全体が荘厳なまでにぴんと静まりかえっていた。この屋敷自体が、ほかの誰よりも厳粛に、主人の急逝という事実を受け止めて、襟を正しているかのようだった。

窓に近づいて、カーテンをめくってみた。ガラスは曇っている。窓の桟に雪が薄く積もっている。暗い夜空から、ちらちらと白いものが舞い落ちてくるのが、ぼんやりと霞んで見える。貴之が「あの騒動」と呼んだクーデターの最中にいる将校たちも兵隊たちも、凄く寒いだろうなと、唐突に思った。

カーテンを元に戻し、振り向くと、珠子がさっきと同じ姿勢で頬杖をついたまま、ほろほろ泣いていた。顔は正面に向け、両の掌で頬を包んだまま、涙を流していた。涙は彼女のしみひとつない頬を、窓硝子の上を滑ってゆく雨滴のように、ころころと転がり落ちてゆく。

なんと言ったらいいかわからずに、孝史は黙って立っていた。珠子も、孝史のほうに視線を向けようともしない。声もかけない。孝史がそこにいることさえ忘れているかのような、言ってみれば身勝手な泣き方だ。

彼女は声をたてなかった。表情さえ歪めていなかった。珠子の涙は、汗と同じように、身体の調節機能のひとつとして、本人の意思にかかわりなく、勝手に流れているかのように見えた。もっとも孝史には、珠子が汗をかいている様など、想像することはできなかったけれど。

孝史は無言のまま珠子の脇を通り抜け、台所へと足を向けた。ふきと、さっきの老女の様子を見てこよう。彼女たちなら、当たり前の心配の仕方をして、心を痛めているに違いない。

台所に通じるドアをノックすると、すぐに内側で「はい」というふきの声がして、ドアが開けられた。そこに孝史がいるのを認めると、ふきはちょっと伸び上がるようにして、孝史の背後をのぞき見た。貴之を探しているのだと思った。

「貴之さんは、まだ階上にいます」

土間に降りてゆきながら、孝史は言った。

「鞠恵さんに知らせると言ってました」

「何があったんでしょう」と、ふきがきいた。身体は孝史の方を向いているが、視線は時々ドアのほうへと飛んだ。

ガスコンロのそばに、あの老女が立っていた。食器洗いは済んでおり、台所には火の気がない。天井は高いし湿気はあるし、ここはひどく寒かった。

さっきは気づかなかったけれど、突き当たりの壁のところに、ドアがひとつある。あれがたぶん、孝史が庭の側から見た勝手口のドアだろう。

「あなたがちえさんですか?」

孝史が問いかけると、老女はまずふきの顔を見て、答えていいものかとうかがいをたてるような目をした。明らかに、ふきの祖母と言ってもいいような年配者で、骨ばった手をしている。腰も少し曲がり気味だ。蒲生邸では、こんな老人を働かせているのだ。珠子のような娘が遊んで暮らしているのに。

「ちゑさんです」と、ふきが代わって答えた。「ちゑさん、こちらが平田さんの甥子さんの孝史さん」

「いろいろご迷惑おかけしました」

孝史が頭を下げると、ちえも頭を下げ返した。そして、

「そんなことより、あんたさん、こんなところにうろうろしていていいんですか」と、いかにも心配そうにきいた。

「貴之さんは、事情を知ってます」と、孝史は答えた。「だから、もう隠さなくてもいいと思います。伯父にかわって僕が働きますから、なんでも言い付けてください」

ふきが目をぱちぱちさせている。ちえは、相談をもちかけるようにふきの顔をのぞき見た。

「でも、旦那さまがなんておっしゃるかねえ」

孝史は口元を引き締めてから、ゆっくりと答えた。

「その心配は、もうないです。旦那さんは亡くなりました」

並んで立っていたふたりの女中は、ほとんど同時に同じような動作をした。胸の前に手をあげ、握り締めたのだ。

「亡くなった?」きいたのはふきだった。

「そうだよ。階上の部屋で。ピストルで頭を撃ち抜いたらしい。さっき、ぱちんというような音がしたんだ。僕と貴之さんがここへ駆け込んできて、何か聞こえなかったかと言ったでしょう? あのときにね」

ふきは少しくちびるを開いたまま、何か言いかけてはやめ、言いかけてはやめ、結局、ゆるゆると首を振るだけで、口をつぐんでしまった。

「ここでは何も聞こえませんでしたけれどねえ」と、ちえが言う。

孝史は台所の高い天井や、ガスコンロの周囲の頑丈な煉瓦の壁に目をやった。

「ここは、旦那さんの部屋からはいちばん離れているし、それに、さっきは水を使っていたでしょう? だから耳に届かなかったんですよ」

そのとき、ふきがその場ですうっとしゃがみこんだ。倒れるのかと思って、孝史はあわてて手を差し伸べたが、ふきは床に片手をつき、身体を支えた。

「旦那さまが亡くなった……」

喉の奥で、かすれたような声でそう言った。顔は蒼白で、まぶたの縁がぴくぴく痙攣していた。その様子に、孝史は、ふきもまた、大将の自決を予見していたのかなと思った。貴之もふきも、恐れていたものが現実になったから、こんなにも動揺している？

ちえがふきに近寄り、ふきの身体を抱えるようにしていっしょにしゃがみこんだ。老女は流しの縁や壁に手をついて、伝い歩きをした。歩みはけっしてスムーズではなかった。足腰が弱っているのだろう。またぞろ孝史の心に、この屋敷に対する——いや、この時代に対する反感が、ちくちくとこみあげてきた。

「とにかく、居間に行きましょう。皆さん、集まるだろうから」

孝史は言って、ドアを開いてふたりを促した。が、ふきもちえも動こうとしない。

「どうしたんですか？」

「わたしどもは、ここに……」と、ちえが言う。

「なんで？　貴之さんに、呼びにくるまでここにいろって言われたからですか？」

ちえは申し訳なさそうに首を縮めてうなずいた。

「わたしどもは女中ですから」

「そんなこと——この際どうでもいいじゃないですか」

だがふたりは動かない。ふきは放心状態で、孝史の声さえ聞こえてないようだ。

「じゃ、僕が貴之さんに許可をとってきます。こんなところにずっといたら、風邪をひいちゃいますよ」

それを聞くと、ちえはちょっと不思議そうな顔をした。それで孝史も気がついた。ふたりとも、風邪なんかひきゃしないのだ。こういうところで働き、暖房らしい暖房もない半地下の部屋で寝起きすることが、そのまま日々の暮らしなのだから。寒さや暑さ、立ち仕事や水仕事が、そのまま彼女たちの人生なのだから。

「とにかく、俺は居間へ行ってます」

言い置いて、孝史は台所を出た。アイロン台の上に乗せられているアイロンの、だんだら模様の太いコードを見つめていると、この屋敷に対する嫌悪感が、紙でできた蛇のように、ちくちくと喉元に這いあがってくるのを感じた。あんな湿った、薄暗い、立ってるだけで病気になりそうな台所。わざと、使用人たちに不快な環境を与えるがために、屋敷のなかでいちばん日当たりの悪い場所を選んでつくったかのようだ――

そう思って、ふと気がついた。この屋敷には台所に勝手口がついている。しかし、通用門が見あたらないのだ。孝史も屋敷のぐるりを詳しく観察したわけではないけれど、今まで見てきた限りでは、芝生の前庭を横切って正面玄関に達するルートのほかに、外部からこの屋敷の敷地内に入る道はなさそうに思えた。

ということは、ふきたち使用人も、前庭を横切って屋敷に近づき、そこから横手に回って勝手口から出入りするというわけなのだろうか。それでは意味がないように思える。家の裏方で働く使用人たちが、表にいる家人や来客たちに姿を見られずに動き回れるようにするための勝手口なのだから。今の状態では、客が来たときなど、ひどくばつの悪い思いをすることがあるのではなかろうか。

あるいは、来客なんてないからそんな心配は要らないのだろうか。だけど今朝は、人が来ていた。短時間だったけど、あれは確かに訪問者だったはずだ。

ヘンだよな――いろいろとおかしな家だ。

廊下を進んでゆくと、人の話し声がぼそぼそと聞こえてきた。孝史は足を止めて耳を澄ませた。家族が居間に集まっているらしい。

何人いるのだろう？　そのなかにはもちろん、孝史が声だけ盗み聞きした、鞠恵奥さまの密かな恋人、蒲生憲之の弟・嘉隆《よしたか》も混じっているに違いない。どんな男だろう？

薪小屋で耳にした会話が、頭のなかによみがえってきた。

（この決起が失敗したら、兄さんはまず生きちゃいまい）

（じゃ、自決するっていうの、あの人が）

（そうだよ）

あのふたりこそ、もっとも正確に、惨《むご》いくらいに的確に、蒲生憲之の最期を予見していたのかもしれない。彼らは今どんな気持ちでどんな表情を浮かべているのだろう。

考えこんでいるうちに、しかめっ面になっていた。寒さで指がかじかんできた。通路には暖房などないからだ。

居間へ行こうと歩きだし、階段の手前まで来て、不意に、ずっと平田をほったらかしにしていることを思い出した。居間の方も気がかりだが、平田のことも気になる。今のうちにちょっとでも様子を見ておこう。

孝史は急いで半地下へ降りた。

引き戸をそっと開けて、首をつっこんでのぞいてみる。平田は、孝史が部屋を出たときと同じ姿勢で布団に横になっていた。火鉢の炭火が真っ赤におこっているが、明かりとりの窓が少し開けてあるので、部屋の空気は外気と同じくらい冷えていた。

明かりとりの窓を開けたのは、ふきだった。孝史が、それじゃ寒いと文句を言ったら、火鉢を指して、閉め切りだと危ないと言ったのだった。一酸化炭素中毒のことを指しているのだと、すぐにはわからなかった。

寝床に近寄って、上から平田の寝顔をのぞきこんでみた。両目が閉じている。膝をついて、片手を彼の額にあててみた。

と、平田が目を開けた。文字通り、孝史は飛びあがるほどに驚いた。

「起きてたんだね?」

平田の両目は真っ赤に充血していた。それも尋常な色合いではなかった。彼の頭蓋骨の内側で、脳がじくじくと血を流している様が目に見えてくるような色だった。

平田はゆっくりとまばたきした。

「しゃべらなくていいよ」と、孝史は言った。「あんたは安静にしてなくちゃならない」

そういえば、葛城とかいう医師がやってくるのだ。

「医者を呼んでもらったからね」と、平田にうなずきかけながら言った。「診てもらえば、きっとよくなるよ」

平田のどこがどう悪いのかもわからないし、この時代の医者がどの程度あてになるかどうかも知らないのに、口をついて出てくるのはそんな言葉だ。孝史は、こんなことを言って、俺は自分で自分を励ましているのかもしれないと思った。

平田の口が動いた。くちびるを開こうとすると、唾液が糸を引いた。頬が痙攣して、醜いしわのような筋ができた。

「しゃべらなくていいんだって」

押し止める孝史の言葉を聞いていないのか、平田はしきりとまばたきをしながら、懸命にくちびるを動かした。そして言った。

「い……いっしゅうかん……あれば」

孝史は平田を見つめていた。また泣けてきそうだと思ったけれど我慢した。

「なおる……から。もとへ……もどれる……から」

孝史は何度もうなずいた。「わかってる。でも、今はそんなこと考えないでいいよ」

平田はまぶたを閉じた。また、死人の顔になった。こめかみから血を流していた蒲生憲之よりも、もっと死人らしく見えた。

孝史は立ち上がり、息を吸いこんで、背中をしゃんと伸ばした。平田は死なない。必ず直る。そして俺は現代に戻れる。でも、その前にやるべきことがある。

部屋を出て、孝史は居間に向かった。

2

孝史が居間に入ってゆくと、さっきと同じ椅子にかけていた珠子が、さっと頭をあげてこちらを見た。

「あら、あなたなの」と言った。

居間のなかには、あとふたりの人物がいた。ふたりとも珠子と離れて暖炉のそばに立っている。ひとりは鞠恵だ。昼間見たのと同じ着物姿だが、大きなストールのようなものを肩から羽織っていた。

もうひとりは、孝史が初めて見る顔だった。鞠恵のそばに、鞠恵に寄り添うように立っている。それだけで、誰だかわかった。この男が大将の弟、蒲生嘉隆であろう。

四十代の男性だ。チャコールグレイの上着に焦げ茶色のズボン、白いシャツの下に手編みのベストのようなものを着ている。こざっぱりとした感じだ。平田は確か、彼は石鹸の問屋の社長だと言っていた。だから清潔なのかな。小作りだが肩幅が広く、いかつい顔の輪郭は、彼の兄のそれとよく似ていた。

「おや、どなただね？」

ちょっと眉を動かして、彼は鞠恵にきいた。その声は、前庭の雪のなかにひそんでいたとき、頭上の屋敷の窓から聞こえてきた声だった。薪小屋のなかで、大将の自決を予測してほくそえんでいた声だった。

「どなたなの？」と、鞠恵は珠子にきいた。詰問口調だった。薪小屋の前で、平田に声をかけたときとそっくり同じだ。

「この人は、お兄さまのお友達よ」と、珠子が説明した。

鞠恵はストールの前を手でかきあわせながら、一、二歩孝史のほうに歩み寄ってきた。用心深い足取りだ。この目に見慣れない者は、すべて自分よりも卑しく汚れた人間だから、うかつに近寄ってはいけないと思い込んでいるかのようだ。

「あなたが貴之の友達ですって？」

鞠恵の目はすばやく動き、孝史の身形《みなり》を点検している。次第にその視線が険しくなる。なるほど、ふきが出してくれたお古を着ている孝史が貴之と同等の友人に見えるわけがない。その点では、彼女の眼力は正しい。

「僕のことは、あとで貴之さんに聞いてください」

きっぱりと、孝史は言った。何も知らずに、いきなりこの女と顔をあわせていたら、もっとへいこらしていたと思う。だが今の孝史は、薪小屋での駆け落ちの相談や、そのために荷物を隠していた部屋に平田がいるかもしれないと知ったときの鞠恵のあわてぶりを知っている。そして、泡を食って鞄を取りに行ったに違いない彼女の、そのときの様子を想像してみることもできる。臆するところはなかった。

「貴之が知ってるっていうの？　あんたは誰なの？」

鞠恵の声が尖る。「どうしてあたくしの知らないあいだに、この家に客が来ているの？」

珠子が面倒くさそうに顔をしかめた。

「そんなことどうでもいいじゃないの、鞠恵さん」

鞠恵は鋭く珠子を見返った。「お母さまとお呼び」

珠子は失笑の顔をしただけで返事をしなかった。また頬杖をつく。今度は、きれいな二の腕の肌まで丸見えになった。

「ねえあなた、紹介するわ。こちらは嘉隆叔父さま。お父さまのいちばん下の弟よ」

珠子は、鞠恵の傍らにいる男をさして、孝史に言った。

「叔父さま、こちらは貴之お兄さまのお友達の——」

名乗っていなかったことを思い出して、孝史は言った。「尾崎孝史といいます」

嘉隆叔父は無言のまま、ごく軽く会釈をした。男には珍しい、つるりとした顔をしている。皮膚がきれいなのだ。やっぱり石鹼のおかげかな——などと、孝史はふと考えた。それはちょっとおかしい考えだったので、笑みが浮かびそうになった。駆け落ちの相談を偶然耳にしてしまったことで、孝史はなんだかこの男の弱みを握ったような気分になっていた。同時に、彼がほくほくと期待していたとおりに大将が死んでしまったこと、彼のもくろみどおりに事が運んでゆくことが腹立たしくもあった。冷笑のひとつぐらい、浮かべてやっても罰はあたるまい。

蒲生嘉隆の方は、そんなことなど知るはずもない。彼の視線はずっと、値踏みするように孝史の全身を見回していた。

「たかしさんていうの」珠子はほほ笑んだ。

「いいお名前ね。お兄さまと似てる。わたくしとお兄さまの名前は、亡くなったお祖父さまがつけてくださったの。あなたの名前は、どなたがつけたの？」

「珠子さん、こんなときに余計なおしゃべりをするんじゃありません」

鞠恵がぴしゃりとさえぎった。が、珠子は知らん顔だ。「どういう字を書くの？　たかしのたかは、お兄さまと同じ？」

「珠子さん！」

すると珠子は、いっそうにこやかに続けた。

「漢字もちゃんと書けない方には面白いお話じゃありませんものね」

視線は鞠恵のほうを向いてはいない。孝史を見ている。が、鞠恵に向かって言った言葉であるのは明らかだ。鞠恵はストールにかけた両手を握り締め、歯を食いしばるようにして珠子をにらみつけた。

が、彼女が何か言いながら珠子に近づこうとすると、嘉隆が後ろから手をのばし、肩を抱くようにして止めた。鞠恵はちらと嘉隆を振り向き、わずかな間をおいて、ふうと鼻から息を吐き出した。そのまま、珠子からいちばん離れたところにある椅子のところまで、怒りのせいか妙にぎくしゃくした足取りで歩いてゆくと、着物の裾をはらうようにして腰かけた。孝史は内心、珠子に喝采を送った。

嘉隆は暖炉のそばから動こうとしなかった。面白そうにくちびるの端をねじ曲げて、珠子の顔を横目で見ている。そのうち、つと孝史に背中を向け、そんな必要もないのに炎をかきたてた。どうやらそうやって笑いをかみ殺しているらしいことに、孝史は気づいた。なるほどそうだろう。彼としては、笑って笑って笑い倒したいところだろう。

珠子のこんな強気も、あとどれくらい持つものか。大将の死によって、この屋敷内の家族の力関係が、嘉隆と鞠恵がもくろんでいるような方向へ変わってゆくのだとしたら、孝史はその様を見たくはない。ふと、珠子が気の毒になってきた。

「何か、お手伝いできることがありますか」

ようやく、孝史はそう言った。誰も反応を示してくれなかった。鞠恵と嘉隆は、自分には答える義務はないというような顔をしている。珠子はそんなふたりと孝史を見比べている。

「ご主人——さまのご様子は見てきましたか」はっきりと鞠恵に向き直って、孝史は問いかけた。

鞠恵は怒ったような目つきのままだったが、とりあえず孝史の顔を見てうなずいた。

「貴之に呼ばれて」

「どこかへ知らせるとか、いろいろしなければならないことがあるでしょう。言ってくれれば――」

孝史が言い終えないうちに、鞠恵は口の端で笑いながら吐き捨てた。「知らせるところなんかないわ。あの人が死んだところで、誰がかまうもんですか。世捨て人なんだから」

「でも……」

今朝は誰かが訪ねて来ていたようでしたよと言いかけて、孝史は黙った。まだそんなことまでは話さないほうがいいし、だいいち、今朝の車での来客が、誰に会いに来たどんな人物だったかわかっていないのだ。

「それより、お酒を飲みたいわ。何かつくってちょうだい」

鞠恵に言われて、思い出した。「よろしければ、ふきさんとちえさんをこちらに呼んでもいいでしょうか」

鞠恵は眉をひそめた。濃くて細い眉だった。「あのふたりはどこにいるの？」

「台所に控えています」

「じゃ、呼んできて」

孝史は急いで居間を出た。ドアを閉めるとほっとした。

ふきとちえは、土間の端に腰をおろして小さくなっていた。孝史が声をかけると、ふきが先に立ち上がった。

「奥さんが酒を用意してくれって言ってる」

「皆様はどちらに？」

「居間にいるよ。奥さんと、嘉隆という叔父さんと珠子さんだ」

「貴之さまは？」

「まだ階上だ」

そういえば、何をしてるのだろう？

「すぐご用意いたします」

ふきとちえはきびきびと動きだした。仲の良い母娘のようだった。あたかも、知人の家で不幸があったので、炊き出しの手伝いにきているのだ、というような感じだ。揃いの真っ白な割烹着を着て。

「僕は階上を見てきます」

言い置いて、孝史はまた居間へ駆け戻った。ここを通り抜けないと二階へはあがれない。誰にも何も話しかけられないうちに、とっとと通り抜けた。なんだかひとりだけでおたおたしているような気がした。

階段をあがって右に折れ、まっすぐに蒲生憲之の部屋に向かった。ドアは閉じていた。孝史は二、三度素早くて強いノックをしただけで、返事を待たずにドアを開けた。

なかに踏み込むと、うつ伏せに机に覆いかぶさっている蒲生憲之のすぐ脇で、貴之がはじかれたように身体を起こした。見ると、彼の足元一面に、書類みたいなものがたくさん散らばっている。

孝史は立ちすくんだ。貴之も、起きあがった姿勢のまま凍りついている。右手に、黒表紙で黒紐で綴じてある書類綴りのようなものを持ったままだった。

「何してるんだい?」

大きい声を出したつもりはなかったのだが、貴之は見るからにびくりとした。(貴之は臆病者よ)という鞠恵の言葉が、孝史の頭の端のほうをよぎって消えた。

「ここはこのままにしておいたほうがいいんじゃなかったのかい?」

女たちは、夫や父親が死んだばかりだというのに、それとは全然関係のないことで口喧嘩をしている。弟は兄の死を笑いをかみ殺して喜んでいる。少しはものわかりがよさそうに見えた息子ときたら、父親のまだ温かい遺体の脇で、引き出しのなかを漁《あさ》っている。

暖炉の炎が揺れる。その光を照り返して、貴之の顔が赤くなったり白くなったりする。

「ちょっと……探し物だ」

「親父さんの遺書とか?」

言ってしまってから、まずかったかと思った。孝史は大将が長文の遺書を残したことを知っている。知っているから口に出してしまったのだが、無学な工員としてはうがちすぎの言葉じゃなかったか。

貴之はびくりとした。「遺書?」と、妙に言葉を励まして鼻先で笑うように言うと、

「そういう言葉の意味がわかっているのか?」と吐き捨てて、書類綴を片づけ始めた。

孝史は室内を見回した。そういえば、その大将の遺書はどこにあるのだろう。さっきは、机の上などにそれらしきものは見あたらなかった。長文だというから、引き出しにでも保管してあるのか——

(そうか)

孝史の視線から逃れるように、散らばった書類を片づけている貴之を見ながら、思い出した。大将の遺書は、「発見当時は遺族の配慮により公開されませんでした」と書いてあったじゃないか。軍部の独走を諫《いさ》め

戦争の先行きに対して厳しい予測をした遺書だというから、当時の（というか現在の）蒲生家遺族の心情としてはそれも無理のないところだろう。

貴之は今まで、ここで父親の残した遺書に目を通していたのかもしれない。きっとそうだ。そして、その内容の厳しいことにあわてて、隠そうとしているところなのだ。

いくぶん、彼の立場に同情を感じた。だが同時に、かすかだけれど、ごまかしようのない不快感も覚えた。

死に行く人が遺書を書く。それはなぜか。残してゆく親しい人々に、自分の思いを伝えるためだろう。だが、蒲生大将が残した遺書は、そういう私的な手紙みたいな性質のものではない。なぜならそこには陸軍批判が盛り込まれているからだ。

批判だけではない。将来に対する分析と、それによって生み出される懸念。近い将来に予測される最悪の事態としての対米開戦にまで言及してあったというじゃないか。そんなものを家族に、家族だけにあてて書くわけがない。大将は軍人なのだ。軍の将来を憂えた遺書は、当然陸軍中枢部に向けて残されたはずだ。大将の遺書は、自決と引き替えに差し出される直訴状に近いものなのである。

それを、家族である貴之が一存で握りつぶす。

でも仕方がないのかな。時代が時代なのだ。強いものには逆らえない。大将の遺書は、戦後の時代でこそ評価を受けたけれど、この時代においてはきわめて危険で悪質な文章なのだ。そして、それを下手に公開して、あとで災厄をこうむるのは、生き残っている遺族なのだ。

だいいち、この時代の人である貴之には、父親の書いている文章の内容が、正確に理解できないかもしれない。それが現状と未来に対する鋭い分析であるとわかるのは、孝史が戦後の「未来」から来た人間であるからで、貴之には無理だ。世迷いごととしか見えないかもしれない。それならば、伏せておこうと思うのも、身勝手ではあるけれど、父親に対する思いやりかもしれない。

孝史はそっと声をかけた。「何か手伝いましょうか」

「おまえの知ったことじゃない」

突然、貴之は居丈高《いたけだか》な口調になった。自分と孝史の身分の上下を思い出したのかもしれない。身を起こし、落ち着き払った手付きで書類綴を机の隅に載せる。

「何をしに来たんだ」

「いつまでも降りてこないから、様子を見にきたんだよ。階下では女の人たちがおろおろしてる。この家の家長は、あんたなんだろう？　仕切ってくれなきゃ」

「どうすることもないさ」と、貴之は素っ気なく言い捨てた。「医者を待つぐらいしか」

「本当に、警察とか軍隊には知らせなくていいのかい？」

貴之は冷笑した。炎の色が顔に映るので、ひどく歪んだ笑いに見えた。

「さっきから、おまえは馬鹿なことばかり言っているな。いくら教育を受けていない職工だといっても、今、この帝都で何が起こっているか知らないわけじゃあるまい？　警視庁は青年将校たちに占領されている。陸相は、今はまだ殺されていないようだが、あの腰抜けのご仁のことだ、さてどうしていることかな。首相も殺された。内大臣も殺された。こんな事態のなかで、親父が自決したところで、そんなささいなことに、いったい誰がかまうものか」

言葉を言いつのるうちに、どんどん語調が激しくなってゆく。怒っているというより、脅えているように、孝史には聞こえた。この脅えが貴之を駆り立て、父親の残した遺書を隠させ、なお何か面倒な事態を招く元となりそうな書類を探して引き出しを漁らせているのだろうか。

「三日もしないうちに、この帝都は陸軍のものになる。軍人の天下になるんだ」

貴之は断言した。逆立ちしても、その「軍人の天下」を歓迎しているようには聞こえなかったけれど。

短いあいだに、孝史の頭のなかに、きれぎれの思考が飛び交った。たしかに、三日ぐらいでこのクーデターは終わるよ。だけど青年将校が勝利するわけじゃない。でも軍人の天下はやってくる。オレはそういうことを知ってる。なぜかと言えば未来から来たから。けど、歴史のことには詳しくないから、実際のところ、オレもあんたと同じくらい、何がどうなるのか知らないんだ。歯がゆいよ——

さまざまな断片的思考は、結局言葉にならなかった。孝史はこう言った。「お医者は、本当に来てくれるのかい？」

話題がかわったからか、貴之の肩がすっと落ちた。力が抜けた。

「来ると言っていた」

「遅いね」

「道路が封鎖されているからな。止められているのかもしれない」

このとき、唐突に、自分でも思ってもみなかったほどの気軽さで、言葉が孝史の口をついて出てきた。

「途中まで迎えに行ってみるよ」

貴之は、わずかに怪訝そうな顔をした。

「おまえがか？　危険かもしれないのに？」

どんなふうに危険なのだろう？

「行ってみなきゃわからない。どっちに行けばいい？」

「葛城先生が来るとしても、宮城のほうからは来られるわけがない。四谷から、赤坂見附のほうを通って来るだろう。そこも通れたらの話だが」

「てことは、玄関を出て、左のほうへ歩いていけばいいんだな？　一本道だよな？」

「赤坂見附の交差点までは、そうだ」

「じゃ、行ってみるよ」

踵を返して部屋を出る寸前に、思いついて、孝史は言い足した。「女の人たちは居間にいる。珠子さんと、鞠恵さんと、嘉隆というあんたの叔父さんだ。ふきさんやちえさんも呼んだ。全員集めたほうがいいと思ったから」

「わかった。早く行け」

追い払うような言い方をされたことにカチンときて、孝史はきっと貴之を見つめた。彼も負けじと睨み返してきた。

ひとつ頭を振って、孝史は背を向けた。ドアを閉めるとき、もう一度目をあげてみると、貴之はまだこちらを睨んでいた。その光景だけを切り取ってみるならば、つっぷした父親の遺体を前にしたその姿は、まるで、怒りに任せてたった今親父を殺してしまったが、何か文句があるかと主張しているかのように見えた。

孝史は階段を降りていった。居間に戻ると、さっきの三人のほかにふきがいて、鞠恵と嘉隆に酒を給仕していた。彼らふたりにとっては祝杯なのだろう。孝史の喉の奥で苦い味がした。

「あら、あなた」と、珠子が場違いに陽気な声をあげた。「お兄さまはまだ？　あなたも何か召し上がる？」

珠子は紅茶のカップを手にしていた。顔はまだ青白く、目が異様にきらきらしている。珠子は珠子なりに衝撃のなかにいて、そこでどうにかこうにかバランスをとっているのだろう。しかし鞠恵と嘉隆は違う。彼らのひそめた眉やうち沈んだような表情の一枚下には、大将の自決を喜び手をうって小躍りしている野蛮人の顔が潜んでいるのだ。

彼らを見ることが、ただそれだけで不愉快でならなかった。外へ出ることにしてよかった——自分自身のために、今、外気を吸うことが必要なのだと孝史は思った。無意識のうちにそれを感じていたから、とっさに自分が医師を迎えに行くと言い出したのかもしれない。

大きな盆をテーブルの上に乗せて、ふきが孝史に声をかけてきた。「貴之さまは降りていらっしゃいますか？」

「それよりふきさん、お医者さんがなかなか来ないので、途中まで様子を見に行ってこようと思うんだ」

ふきは眉を寄せた。「でも、外には……」

「貴之さんの許可はもらってあるんだ。危ないようだったら、すぐに引き返してくるし」

すると珠子が、急に顔を輝かせて立ちあがりかけた。

「素敵だわ、外に出るの？　あたくしもいっしょに連れて行ってくださいな」

鞠恵が、鞭をふるうような口調でぴしゃりと言った。

「馬鹿なことを言うもんじゃありません。外へ出たら危ないわ」

珠子はいっこうにこたえる様子もなく、薄く笑った。

「鞠恵さんに行けと言ってるわけじゃありませんわよ。あたくしが行くの」

「だから、あたしはあなたのことを心配して言ってるのよ」

「それはありがとう存じます、お母さま」

珠子は馬鹿丁寧に頭を下げた。鞠恵は珠子を睨みつけている。

付き合いきれない。孝史は歪んだ三角形をつくって座っている女ふたりと男ひとりのあいだを通り抜け、さっさと台所のほうに向かった。勝手口から外に出よう。

「ふきさん、履く物を貸してください」

肩ごしにふきに声をかけると、彼女はあわててあとについてきた。アイロン台のある部屋を通り抜け、台所のとっつきのところで孝史に追いついた。

「本当に外へ出てゆくのですか？」

「うん。明かりはどうしたらいいかな」

「わたしどもは、提灯を使っています。あの……」

「じゃ、それも借ります」

ふきの言葉をさえぎって、孝史はてきぱきと言った。

台所のコンロの前にちえがいて、小鍋で牛乳をわかし、それを小さな白いポットに移し替えていた。

「葛城先生を迎えに行くんだそうです」

ふきが言うと、ちえはガスの火を消して、

「外套がいりますねえ」と言った。「ちょいと、待っていてくださいまし」

腰をかがめて、よちよちと台所から出てゆく。孝史は、勝手口のすぐ脇に、今朝がた平田が雪かきをするときに履いていた編み上げ靴が揃えてあるのを目にとめて、すぐにそれを履きにかかった。少し小さめだが、履いてはけないことはない。

「これ、誰の？」

ふきが答えるまで、ちょっと間があった。

「黒井さんが使っていたものです。軍の払い下げ品をいただいたとかで」

それから、そういえばこれは黒井さんのだったわと、小さく呟いた。

「ねえ、孝史さん――」

孝史はふきの顔を見ずに、編み上げ靴の紐を結んだ。ここ何年か、こういうタイプのハイカット・ブーツが流行している。苦労はなかった。

靴の革はすっかりよれよれになっているし、底は片減りしていた。新しそうなのは、靴紐だけだ。平田が雪かきに使ったためだろう、靴底が湿っていてひやりと冷たい。それでも下駄を履くよりはずっと具合がいい。

ちえが戻ってきた。ずっしりと重そうな灰色のコートを手にしている。引きずりそうになっているので、孝史は急いでそれをちえの手から受け取った。

「これも黒井さんのだわ」と、ふきがまた呟いた。すると、思いがけないほど素早く、だが口調は優しく、ちえが「お屋敷のですよ」とたしなめた。

孝史はコートに袖を通した。重たくて、防虫剤の匂いのする年老いた灰色熊に抱きしめられたみたいな感じがした。案外清潔だった。こうした衣類や備品は、ちえが手入れをしているのだろう。

ガスコンロの脇に置いてあった大箱のマッチをすって、ふきが提灯に火を入れた。丸い、白地の提灯だ。台所の隅に布巾掛けがあり、ちえがそこから乾いた手ぬぐいを一枚持ってきて、孝史の首にかけてくれた。

「傘よりも、このほうがいいでしょう。かぶってお行きなさい。今は、それほどひどい降りではないみたいですからね」

「ありがとう」

ゴム底の靴を履いて立つと、忘れていた足の裏の切り傷が、ちくりと痛んだ。ホテルでガラスを踏んだときの傷だが、あれもこれも千年も昔の出来事のように、今の孝史には思えた。

「本当に行くんですか」

火をつけた提灯を持ち、孝史に渡そうとしないまま、ふきがきいた。孝史は彼女の手から提灯を取りあげた。触れたとき、ふきの指先が震えているのを感じた。

ちょっとのあいだ、孝史は足元を見つめて黙った。それから、顔をあげて言った。「この家の人たち、みんなヘンですね」

ふたりの女中は、それぞれに孝史の顔を見つめたまま、何も言わない。

「とんでもなくヘンですよ。俺、少し外へ行って頭を冷やしてこようと思います」

ふきは目をしばたたかせた。「おかしいというのは、それはあの……奥様のことですか」

「あの奥さんも、大将の弟も、珠子さんも貴之さんも」

すると、ちえがかすかにほほ笑んだ。「そんなことは、口に出すものじゃありませんよ」

詮索するなと、その目がやわらかく言っていた。孝史は思わず言いそうになった。ちえさんはとっくから気づいてたんでしょう？　嘉隆と鞠恵ができてることを。だいたい鞠恵は本当に大将の妻なんですか？　あんな女が、後妻とは言え陸軍大将の妻におさまる――そんなことがこの時代にあったんですか？

しかし、言えばいろいろと面倒な話になる。黙って、かろうじて微笑をした。

「じゃ、行ってきます」

勝手口を開けようとしたとき、台所のドアがばたんと開いて、珠子が顔をのぞかせた。

「あら、行ってしまうの？　あたくしは置いてきぼりかしら」

孝史は目をあげて、「お嬢さんは家にいてください。危ないというのはホントですよ」

珠子は満面に笑みを浮かべていた。目が踊っている。「ねえ、兵隊はあなたを撃つかしら」と、いきなり言った。楽しい内緒話を打ち明けるような口調だった。

孝史が絶句していると、くつくつ笑いながら、なおも続けた。「もしも撃たれたら、あなた、死なずに帰っていらしてね。あたくし、手当てしてさしあげるわ。だからきっと帰っていらしてね」

孝史は珠子から視線を移して、ふきの顔を見た。彼女は俯いていた。ちえを見た。老女はほほ笑んでいた。さっき、（そんなことは口に出すものじゃない）と言ったときと同じように。

孝史は勝手口から外に出た。ドアを閉めるとき、ふきとちえの肩ごしに、まだ笑っている珠子の顔が見えた。外出する父親に、お土産を買ってきてねとねだる子供のような、明るく邪気のない笑顔だった。だが、彼女の朱色の着物は、台所の薄暗がりのなかで、濁った血の色に見えた。蒲生憲之のこめかみから流れ出していた血の色に。

外だ。

蒲生邸の周囲を取り囲む植え込みから、今、孝史は一歩外界に足を踏み出した。

見あげる空はぴたりと雲にとざされている。雪の日に特有の、わずかに赤みがかったような灰色の雲。ちらちらと舞い落ちてくる雪は、今朝がた見たぼたん雪とは違い、細かな粉雪だった。

北風が孝史の頬をなぶってゆく。重いコートの裾はびくともしなかったが、耳たぶがしびれるように痛くなってきた。

屋敷を背に、左へ進路を取る。一本道だと、貴之は言っていた。

街頭のない夜道、明かりは提灯の火だけである。それでも、雪明かりで足元はそう暗くない。暗さでは、今のこの夜よりも、孝史の心のなかのほうが、ずっと勝っていた。

車の轍の跡は、まだ残っていた。凍りついていて、足元でざくざくと砕ける。それが気持ちよくて、足をあげてはみぞれのような固まった雪を踏みくずしながら進んで行った。

周囲の光景に、ほとんど変化はなかった。黒く沈んでいる緑地に、飛び飛びに立つ建物。みな、一般家屋ではない。アーチ型の玄関を持つ屋敷であったり、古風な三角屋根の塔をいただいた灰色のビルであったり。

歩き始めてすぐに、孝史はぞくりと寒気を感じた。これは気温のせいではないだろう。自分もまだ、完璧な体調からはほど遠いのだと、あらためて思い出した。続け様にいろいろなことが起こり、今では平田の助言や行動をあてにすることもできなくなってしまっている。そのことが孝史の精神を緊張させ、頭をしゃっきりさせているのだろうけれど、身体はなかなか追いつけないのだ。

その証拠に、まだ振り返れば蒲生邸が見えるというところで、もう息が切れてきた。道はゆるい登り坂だが、何事もないときの孝史なら、坂道だと意識することさえなかったかもしれないという程度の勾配だ。

足を止め、大きく息をついた。提灯を持つ右手の甲を左手でさすって暖め、左手は握ったり開いたりする。提灯を動かして周囲を見回す。誰もいない。

それでも、遠く近くに、ぽつりぽつりと明かりが見える。夜目ではよくわからないが、どんな建物なのだろう。高いところの明かり。低いところの明かり。なかには、窓から外をのぞいていて、雪道をひとり歩いてゆく孝史の姿を目にとめ、驚いている人もいるかもしれない。

また歩きだし、ざくりざくりと音をたてながら進んでゆくと、十字路に出た。二本の道が、やや斜めに交差している。

貴之が「一本道だ」と言ったのは、ひたすら左へ、左へと、道なりに行けという意味だったのだろうか。孝史は、とりあえずそうすることにした。依然として人気《ひとけ》はない。

もうしばらく行くと、今度は道が鍵型に右に折れているところに出た。ここも、道なりに進んでゆく。曲がり角に大きな雪の吹き溜まりができていて、提灯の明かりに、非現実的なほど真っ白に輝いた。

孝史がここまで歩いてくる道中、車の轍の跡が、ずっと残されていた。蒲生邸の前で目にしたのと同じく、せいぜい二、三台の車がつけたと思われる跡だ。だが人の足跡らしきものは、ほとんど目にしなかった。事件が起こって以来、徒歩でこの道を通った者がまったくいなかったということではないにしろ、その数は少なく、足跡もすぐに雪に埋もれてしまったということなのだろう。

粉雪は降り続いているが、ちえが首にかけてくれた手ぬぐいはずっとそのままにしてあった。マフラーのようで暖かい。

曲がり角を折れてしばらく行くと、前方に、今歩いている道よりもずっと幅の広い、大きな道路が、右から左へと伸びているのが見えてきた。幹線道路と呼んでいい、立派な道だ。

(左へ行けば赤坂見附なんだから、そうするとあの道は——)

三宅坂と赤坂見附の交差点とのあいだを結ぶ大通りになるはずだった。区画がかわったりして、細い道には多少の変化はあっても、ああいう大通りの位置は、そんなに変化しないはずだ。名前をなんというのかは知らないけれど、平河町一番ホテルの正面玄関を出て、少し北へ歩いて、いちばん最初にぶつかる大きな通りだ。つい一昨日、最初の試験の終わったあと、この道を三宅坂へと歩いていった。そして半蔵門のほうへ回り、麴町を通って四谷駅前まで、長い散歩をしたのだった。

(四谷駅の近くでハンバーガーなんか食ったっけ)

一昨日のことなのに、百年も昔のことのように思える。いや実際に、あのファーストフードの店は、少なくともあと五十年は時が経たないとあの場所には存在しないのだ。

そして、ふと気がついた。俺、今は空っけつだ。一円も持ってない。別にそれがどうということもないけれど、妙に心細くなってしまった。

孝史はふうと息をついた。だいぶ身体が温まってきた。立ち止まって、コートの肩や髪に降り積もった軽い粉雪を払い落とした。この道が幹線道路にぶつかるところまで、あと五メートルくらいだ。そろそろ、少し用心したほうがいいかもしれない――

と、目の先の道路を、車が一台、左から右へと横切った。箱型で長い鼻面と大きなバンパーのある、黒塗りの車だ。タイヤに踏みしだかれて泥色のみぞれになった雪を蹴り散らしながら、ざくざくと音をたてて走ってゆく。さらに、そのすぐうしろにもう一台、同じ型の車が続いていた。二台とも、いっそ歩いたほうが速そうなスピードだ。目をこらしてみると、運転席のほかに、後部座席にも人が乗っているのがわかった。

人影を見たことで、急に緊張が高まった反面、車が通ってるんだから、そんなに心配することもあるまいという気にもなってきた。

道の左側に寄って、孝史は大通りへと進んだ。合流地点に着くと、そばの建物――煉瓦造りだ――の壁に寄って、周囲を見渡して様子を見た。

ここもやはり、官庁街の一角なのだろう。構えの大きい建物が、街路樹や緑地のあいだに点々と立ち並んでいる。孝史の知っている平成のこの道は美しい街路樹で、三宅坂に向かって左に最高裁判所、右に国会図書館があるだけの、静かなところだ。印象としては、それとあまり違わない。けれど、妙に電柱や電線が目立つような気がした。そういえば、ここには街灯もついている。

雪が乱れている道路の中央に、その街灯の光を反射して、銀色に光るものが見えた。よく見ると、線路だとわかった。

(都電……じゃないや、市電か)

孝史は大通りに歩み出た。ここから赤坂見附の交差点まで、視界を遮るものは何もない。

そして、孝史は初めて目にした。遠く、降りしきる粉雪のカーテンを透かして、道をふさぐバリケードがつくられているのを。その向こう側に、黒い影となって立ち並ぶ兵隊たちの姿を。

3

粉雪が睫毛にくっつき、頬を凍らせる。孝史はまばたきをして目をこらした。

兵隊たちが、確かにいる。ひと目では、その数を数え切ることができないほどの人数だ。皆、バリケードの向こう側にいて、半身をこちらに向けていたり、うしろを向いていたりする。

身を隠そうかと思った。ひるんだなんてものではない。膝ががくがくしてきた。足を動かすと、とたんにずるりと滑って身体が泳いだ。

遠目でも、兵隊たちが武装していることがよくわかる。肩に担いでいるのが銃だろう。映画でしか見たことがないけれど、あの先には銃剣とかいうものもついていて、それで敵を刺し殺したりすることもあるのだ。こんな曇天の下ではそんなことなどあるはずもないのに、孝史にはなぜか、今にも彼らの肩の上で銃剣がぎらりと光るような気がしてならなかった。

（君のような、何も知らない人間が歩き回るには危険すぎる四日間）

平田の声が聞こえてきた。蒲生邸のなかにいるときは、心の上っ面を通り過ぎていただけの言葉だ。だが今は、それがどれほどにか切実なものに思える。

二・二六事件で、死者は出たのだろうか？

民間人の死者は？ 兵隊に撃ち殺された市民はいたのだろうか？ 事件の初日、この二十六日の夜半、情勢はどの程度緊迫していたのだろう？ 知らない、わからない。孝史は何も知らされていない。知ろうともせずに生きてきた。

バリケードの高さはさして高くない。兵隊の腰のあたりくらいまでだ。木材を組み合わせた部分もあるが、道を横断して塞いでいるのは、細い針金のようなもの――それをぐるぐると輪に巻いて道路に横たえてある。だから、雪を踏んで歩き回る兵隊たちの足元まで、孝史のいるところからよく見ることができた。

まだ遅くない。そう思った。向こうはこっちに気づいてない。バリケードの内側に、まさか人がのこのこ歩いているなんて思いもしないのだろう。回れ右をして蒲生邸に戻ろう。医者には会えなかったと言えばいい。あるいは正直に、途中で怖くなって帰ってきたと白状したってかまわない。殺されるよりはましだ。

この様《ざま》はなんだと、心の片隅では思う。勇敢な孝史くん、いくら危険だろうと、あんな家のなかでごちゃごちゃした連中に囲まれているよりは、外へ出て頭をすっきりさせたいと思うだけの果敢さを持ち合わせていた尾崎くんじゃなかったのか。

だが足は動かないし、やたらに冷汗が流れる。戦争も、テロも、暴動も知らない俺たちの世代は、ひとたび本当の「武力」にぶつかると、たちまち腰砕けになってしまうんだ。たとえそれが雪のカーテンの向こうを幽霊のように音もたてず行き来する兵隊たちのおぼろな影だけであってさえ。

駄目だ。とてもじゃないけど先へは進めない。兵隊たちの姿から、強いて視線をもぎはなし、孝史はぎくしゃくと身体の向きをかえた。来た道を引き返そう。あの建物の陰に逃げ込もう。

が、そのとき、ちらりと横目で窺《うかが》ってみた視界の隅、白い霧のように降りしきる粉雪の向こう側で、兵隊がひとり、こちらに顔を向けるのが見えた。

びくんと、兵隊の肩が動いた。肩に担った銃が揺れた。驚いている。それはすぐ隣の兵隊にも伝わる。ふたりがこちらを見る。三人が見る、四人、五人。バリケードから離れて立っていた兵隊たちもこちらを見る。

ここが分かれ目だった。孝史は走って逃げ出そうと思った。今ならまだ間に合う。距離があるから。だが凍りついた雪は編み上げ靴の下でつるつる滑り、片手を提灯にとられてバランスがうまくとれない。そうか俺は提灯をさげてると、唐突に気づいた。明かりをさげてる。遠くからだって見えるんだ。

兵隊がひとり、そしてもうひとり、バリケードを乗り越えてこちらに走ってくる。孝史は顎をぶるぶる震わせながら、それでもまだ道を横切ろうとした。

「誰かッ！」

大きな声が、雪のなかから響いてきた。

「動くな！　止まれ！」

十八年間の人生で、「止まれ」と怒鳴られたことなど一度もなかった。「動くな」と命じられたこともない。巡査の不審尋問さえ受けたことのない孝史なのだ。呼びかけられただけで、心臓が縮みあがった。止まろうと思う。でも足が滑る。前のめりになりかけて膝を折り、中腰になってそれでもまだ身体は逃げ道を探している。

「止まれと言ってるんだ！」

ふたりの兵隊が走ってくる。黒い影がどんどん大きくなってくる。目をやると、銃はもう肩の上にはない。両手で持っている。銃口をこちらに向けて。

「止まらんか！」

そのひと言がとどめになって、孝史はすべてを諦めた。駆け寄ってくる兵隊のほうに顔を向けて、ほとんど反射的に提灯をほうり出すと、両手を頭の上にあげた。足元で、ぺたりとへこんだ提灯が炎をあげて燃えあがる。

ふたりの兵隊は、雪道に足をとられることもなく、一直線に孝史のそばまでやってきた。ひとりがひとりよりも後で立ち止まり、両足を踏み締めて銃を構え、孝史を狙った。もうひとりは孝史から一メートルほど離れたところで止まると、やはり用心深く銃を前に突き出して、孝史の顔をぐっと見据えた。

孝史は馬鹿みたいに両手を高くあげ、傍目にもはっきりとわかるほどに全身を震わせていた。高く持ちあげた腕の、コートの袖口に雪がくっついてゆく。髪にも、顔にも。

「ここは通行禁止区域である！」

手前の兵隊が、大声でそう言った。最初に呼びかけてきたときよりも、ずっと近くにいるのに、音量は変わらない。孝史は思わず、ぎゅっと目をつぶった。

「み、み、民間人です」

自分でも情けないほどの上ずった声で、そう言った。

「ぼ、僕は民間人です」

周囲が静かになった。孝史は身体を固くしたまま、そうっと目を開いて見た。ふたりの兵隊は、同じ姿勢のまま孝史の前に立ちふさがっている。ただ、手前のひとりがうしろのひとりをちらりと見て、若干、拍子抜けしたような顔をした。

「身分を証明する物を携帯しているか」と、手前の兵隊がきいた。

孝史はまだ万歳の姿勢のまま、がくがくと首を横に振った。

「持っていないのか？」と、手前の兵隊が言う。依然として大きな声のままだ。なんだってこんな近距離で、怒鳴るようなしゃべりかたをするんだろう。

「今は、持っていません。家に置いてきてしまいました」

つっかえつっかえ孝史は言った。くちびるに雪がついているので、しゃべると冷たい。

「名前は、尾崎孝史といいます。工員です。鉄工所で働いてます」

平田に教えられたプロフィールを一生懸命思い出しながら、孝史は言った。

「工場は——深川にあります。今日は、休みをもらって親戚を訪ねて来ていました」

急いでしゃべろうと思うので、早口になった。しゃべってしゃべってしゃべり続けていれば安全なような気がした。

「それであの、親戚が病気になって、医者に診てもらわないといけないからってそれで僕は——」

急き込んで先を続けようとすると、手前の兵隊がそれをさえぎった。

「ちょっと待て。そんなにぺらぺらまくしたてられちゃ、わからん」

ふたりの兵隊は、またちらっと視線を交わした。かすかな苦笑のようなものが、うしろの兵隊のいかつい顔の上をよぎったように、孝史は思った。

「そのまま動くな」

そう命じて、手前の兵隊が銃を肩に担ぎなおすと、孝史に近づいてきた。厚いミトン型の手袋をはめた両手で、孝史の身体を、上から下までざっと触れてみる。

「うしろを向け」

孝史は言われたとおりにした。身体検査だ。また、上から下まで手が触れてゆく。兵隊が手を離して一歩下がったあとも、孝史はそのままの格好でいた。すると声がかかった。「もうよろしい。手をさげていいぞ」

孝史は振り向き、命じられたわけではないのに気をつけの姿勢をとった。

近くで見ると、手前の兵隊は、まだ二十代も前半ぐらいの若者だった。立ち襟の、目の詰んだ分厚いコートを着込んで、腰のところに幅広のベルトを巻いており、そのベルトにウエストポーチみたいなものがくっつけてある。帽子をかぶっているが、その帽子の上にも、突き出したひさしの上にも、細かな雪がつもっていた。コートは膝丈で、脛にはぐるぐると包帯の厚いのみたいな布が巻き付けてあり、底の厚い頑丈そうな靴を履きこんでいた。

「親戚の家から来たと言ったな」

いくらか、声の音量が下がった。

「はい、そうです」

「所番地は」

孝史はまたパニックを起こしそうになった。わからないと言ったらどうなるだろう。

兵隊はひさしの下からぐいと孝史を睨みつけ、「知らんのか？」ときいた。

「はい……わかりません。平河町のどこかだと思います」

「居住者の氏名は」

「が……蒲生さんです」おろおろしながら、孝史は言った。「蒲生憲之という人です。元の陸軍大将の」

すると、ふたりの兵隊は顔を見合わせた。うしろの兵隊が一歩足を踏みかえた。

「確かに蒲生閣下は平河町に屋敷を持っている」と、手前の兵隊に言った。「平河二丁目の電停の近くだ。退役してからは、そこにこもりきりだという噂だが」

ほう……という様子で、手前の兵隊がちょっと口を開いた。それから、顔を引き締めて孝史に向き直った。

「それで貴様は、蒲生閣下の親戚にあたるというのか？」

孝史は急いで首を振った。「いいえ、違います。僕の伯父が、蒲生大将のお屋敷に勤めているんです」

兵隊の顔に認識の色が広がった。「急病人というのは、蒲生閣下のお身内のことか」

「いいえ、僕の伯父です。伯父が倒れまして、蒲生大将が電話で医者を呼んでくれたんです。でも、なかなか来ないので、僕が迎えに来てみたんです」

「医者の名前は」

「葛城先生といいます。小日向に住んでるそうです」

「かつらぎ……」手前の兵隊が首をひねった。相棒のほうを振り向くと、「そういえば、三十分くらい前だったか、医者が来ていやしなかったか？」ときいた。

うしろの兵隊がうなずく。「道を通せ通さないというので、もめていたな。えらく高飛車な態度だったんで、伊藤が追い返したはずだ」

手前の兵隊が孝史にきいた。「病人は、どういう様子なんだ？　重いのか」

「脳溢血みたいなんです」と、孝史は簡単に言った。

それを聞くと、うしろの兵隊が言った。

「蒲生閣下のお屋敷とあっては、放っておくわけにもいくまい。ちょっと見てこよう」

そう言うなり、銃を担いで回れ右をすると、走ってバリケードのほうへ戻ってゆく。来たときと同じように、身軽にバリケードを乗り越えると、集まっている兵隊たちのあいだを通り抜け——何かひと言ふた言会話をしてから——赤坂見附の交差点を左に折れて走っていった。

孝史は、手前の兵隊とふたりになった。絶え間なく降り続く雪の下で、ぽつねんと向き合う格好だ。兵隊はもう銃を収めていたが、表情には隙がなく、ぴしりと結ばれた口元には、とりつき難いものがあった。

じわじわと、孝史は寒さを感じ始めた。雪が襟元に舞いこんでくる。恐怖の波は少しずつ引いていたが、緊張感にかわりはない。頭を動かさず、目だけをきょろきょろさせて、周囲を見回してみた。電線に、電柱のてっぺんに、白い雪が降り積もっている。道路の両脇に立ち並ぶ建物の窓は閉じられ、どこにも人の姿は見えない。

足元では、提灯が真っ黒な残骸になっている。白い雪の上に、それはひどく汚らしく見えた。粉雪はその上にも降りかかる。三十分もすれば、覆い隠されてしまうかもしれない。なぜかしら、それでほっとするような気がした。

「歳はいくつだ？」

唐突に、兵隊がきいた。ぼうっとしていた孝史は、あわてて目をしばたたいた。質問が聞こえなかったと思ったのか、兵隊は同じ言葉を繰り返した。

「十八です」答える声が、滑稽なくらいにぶるぶるしていた。

兵隊は、顎を軽くうなずかせた。それから怒ったような口調で言い足した。「貴様の言っていることに嘘がないならば、そう怖がることはない」

恥ずかしさに耳が熱くなるような気がした。けれど、きちんとした話し方をするんだなと、孝史は思った。映画で見る兵士というのは、ひとしなみに皆乱暴で、汚い口をきいている。だからそういうものだと思っていた。この人は将校なのだろうか。だけれど、将校ならば、雪道に見張りに立ったりはしないだろう。一兵卒だとするならば、ずいぶんと教育が——というか躾けというか——行き届いているものだ。

「ラ、ラジオでもそう言っていました」何か話しかけたくて、孝史はそう言ってみた。

「落ち着いて行動するように、と」

「夕方の放送か？」

「はい。蒲生大将のお屋敷で聴きました」

兵隊はまたうなずいた。なんということもなく、銃を肩からずりあげて担ぎなおした。その程度の動作でも、銃が動くと孝史は緊張を感じた。足がぴくりと動いてしまった。

「寒いですね」と言ってみた。返事はない。孝史は足元に視線を落とした。

兵隊の革靴に、溶けた雪が染み込んで色が変わっている。爪先には雪が氷になってこびりつき、相当の時間、彼があのバリケードを守って立っていたことを物語っていた。

顔は俯けたまま、すくうように視線を持ち上げて、孝史は兵隊の顔をうかがってみた。丸顔で、眉毛が太い。どちらかというと愛敬のある顔だちだ。降りつぐ粉雪が、眉毛と睫毛、そして鼻の下にこびりついている。今朝早く髭をあたっただけで、その後はそのままなのだろう。顎のあたりに、青黒い影ができ始めていた。帽子の下の頭は丸刈りで、コートの襟が立てられていても、首筋のあたりが寒そうに見えた。

コートの肩のところに、赤い肩章が縫いつけてある。星がふたつ、ついていた。兵士の階級を見分けるための知識など、孝史は持ち合わせていないけれど、単純に推理するなら、これは彼が二等兵であることを示す印なのかもしれないと思った。

黙りこんだまま、孝史と兵隊は雪に降られていた。町は静まりかえっている。と、遠くのバリケードのほうで動きがあって、さっきの兵隊が——たぶん、そうだろう——こちらに引き返してくるのが見えた。走っている。

「葛城という医師が、確かに来ている」

駆け寄ってくると、彼は孝史にではなく、もうひとりの兵隊のほうに向かって言った。

「どうしてもここを通せと頑張っている。中隊長殿に直談判させろ、幸楽へ入らせろと言い張って、道端から動かない」

孝史は身体から力が抜けてゆくのを感じた。まだ会ったことのない葛城医師に、心から感謝した。いてくれて、よかった。

「仕方がない。行ってみるか」と、傍らの兵隊が言って、孝史を見た。

「ついて来い」

兵隊は、前後になって孝史をそのあいだにはさみ、バリケードに向かって歩き出した。

4

驚いたことに、赤坂見附の交差点の向かい側には、夜半だというのに、大勢の普通の人びと——一般市民と見える人たちがいた。お屋敷だか官庁だかの、建物をうしろに背負って歩道に立ち並び、てんでにコートのポケットに手を突っ込んだりして、案外気楽そうな様子で兵隊たちを見物している。ざっと見たかぎりでも二十人ぐらいはいそうな気がした。

皆、男ばかりだ。若者は少ないように見える。中年、壮年という年代の人びとで、申し合わせたように帽子をかぶっている。ソフト帽とかいうものだろう。孝史は、家のアルバムに貼られている祖父の写真のなかに、似たような帽子をかぶって写っているものがあることを思い出した。

赤坂見附の交差点にはバリケードこそなかったものの、着剣した銃を構えた兵隊がパラパラと散開していた。市民たちには視線を向けていない。顔は、交差点からさらに先の西の方を向いていた。

ふたりの兵隊にはさまれて、孝史が交差点にさしかかると、まず野次馬の市民たちの視線が飛んできた。何をやらかして兵隊に捕まったのだ、というような視線だ。孝史は目を伏せた。

三人は一列縦隊になって、交差点を左に折れた。曲がり角には、大きな屋敷だか官庁だかの建物があるらしく、ぐるりと塀があった。前を歩く兵隊の歩幅は広く、足どりは何かで拍子をとっているかのように正確だった。孝史はそれにあわせて歩いた。三人が進むに連れて、野次馬の視線も動いて追いかけてくるのを感じた。

さっき、葛城医師は「幸楽」とかいうところで頑張っているという話だった。そこへ行くのだろう。「幸楽」というのはどこだろう。建物の名前だろうか。

所在なくて、孝史は周囲を盗み見てみた。夜気のなかに、野次馬の一般市民たちの白い息が見える。頭上には、たぶん市電のためのものだろう、電線が大きな網の目を成して張り巡らされている。ところどころに白いコンセントみたいなものがくっついていて、かすかな風に揺れていた。

白い雪が、電線にも、木の電柱のてっぺんにも降り積もっている。とても静かだ。大勢の人がいるのに、しゃべり声も聞こえない。建物は道の両側にびっしりと立て込んでいるが、大半が木造や、正面だけがコンクリート造りになった二階屋で、店舗や商家のようだった。

「赤坂見附」という市電の停車場を右手に通り過ぎた。兵隊は足を緩めず先へ進んで行く。寒さに耳たぶの感覚がなくなってきた。トイレに行きたくなってきた。

五、六分も歩いたろうか。前の兵隊が足を止めた。

「ここで待っておれ」

言われて、孝史は頭をあげた。左手にぐるりと木の塀がめぐらされており、前方のその塀の切れたところに植え込みがあって、真っ白な雪の下から濃い緑の樹木の色がのぞいていた。

見あげると、大きな三角形の瓦屋根が目に入った。三階建ての建物のようだ。屋根の三角形のすぐ下に、目立つ白い看板が掛かっている。「幸楽」と記してある。やはり、孝史になじみ深い左から右への横書きではなく、右から左の配列だ。

孝史の足を止めさせた兵隊は、小走りで「幸楽」の門の内側へと入っていった。建物の感じでは、これはどうやら旅館か料亭のようだ。交差点からだいぶ離れたので、周囲にはもう野次馬も見あたらない。が、さらに前方に目をやった途端、またちょっと息が詰まった。雪のベールの向こうの、かなり近いところに、別の歩哨線が張られていて、兵隊たちが展開している。

頭のなかで、東京の地図を一生懸命再現してみた。確信はないけれど、この道は、溜池を通って虎ノ門の方へ続いているはずだ。それとも、青山方面だったろうか。あっちのほうには、ああして歩哨を置かねばならない何かがあるのだろう。

待たされているあいだにも、雪は降ってくる。孝史は手をあげて、肩と袖の雪を払った。が、後ろについていた兵隊は——今は肩を並べている——身動きもせず、黙って雪まみれになっているだけだった。

ややあって、「幸楽」のなかから、人影がふたつ現れた。ひとりはさっきの兵隊だが、もうひとりは一般市民のなりをした小柄な男性だ。黒いコートの襟を立て、同じ黒いソフト帽をかぶっている。歩き方はせっかちで、門を出るとき大きく横に足を滑らせた。片手に手提げカバンを持ち、それを元気よく振り回している。

(あれが葛城先生かな?)

思った次の瞬間に、勢いよく雪を跳ね散らかしながらこちらに近づいてくるその人物と目があった。相手はいきなり大声を出した。

「おお、あんたがお迎えか、ご苦労ご苦労!」

目をぱちくりさせている孝史のそばに、駆けるようにして寄ってくる。腕が届く距離に近づいたところで、また足を滑らせた。孝史は急いで相手を抱き留めようとしたが、はずみでいっしょに雪の上に転んでしまった。

「いやはや、なんという天気だ!」

孝史を押しのけるようにして起きあがりながら、黒いコートの男は怒ったように言った。

「君、大丈夫かね?」

孝史はなんとか自力で立ち上がった。

「大丈夫です……あの、葛城先生ですか?」

「そうだとも」医師は大きくうなずいた。鼻の下に、小さな顔に不似合いなほど見事な髭をたくわえていて、しゃべるとそれが上下に揺れた。

「もうずいぶん前に着いていたんだよ。それが平河町のバリケードのところで追い返されて、ここへ避難していたっていうわけだ。何度電話をかけても、誰も出やせん。蒲生さんのお屋敷では、電話をはずしてしまったのかね？」

「お屋敷に電話してくだすったんですか？」

「したとも。二度も三度も」

なぜつながらなかったのだろう？　少なくとも、貴之がこの医師を呼んだときには、電話に異常はなかったのだ。

早口の医師の言葉の切れ目を狙って、医師を先導してきた兵隊が口を開いた。「先ほども申し上げましたとおり、中隊長殿の許可がなければ、お通しすることはできません」

医師はぶすりとやり返した。「だからどうしろというのだ？」

「このまま我々とご同道いただくか、許可をとることができるまでこちらでお待ちいただくか、どちらかです」

医師はふふんと鼻先で笑い、孝史に言った。

「さっき私ひとりのときには、蒲生大将の名前を出さなかったんだ。すると門前払いさ。それがどうだね、閣下の家に行くとわかったとたん、許可があれば、とくる」

孝史はどういう反応をしたらいいかわからなかったので、あいまいに口元を動かしただけで黙っていた。どうやら、この先生は軍人嫌いのようだ。

「こんなところでぐずぐずしているわけにはいかん。病人が待ってるんだ。中隊長はどこにいるんだね？　許可をもらいに、いっしょに行くよ」

「三宅坂の露営地におられます」

葛城医師は、目をぐりぐりさせた。「ここからまた三宅坂まで行くのか？」

すると、ずっと孝史といっしょにいた方の兵隊が、割って入った。「平河町の歩哨線のところでお待ちください。時間はかからないと思います」

「やれやれ」医師は大きな声を出した。「仕方がないね。君、行こう」

今度は四人の道中となった。やはり兵隊が前後について、そのあいだに孝史と葛城医師が挟まれるという格好だ。小柄で元気のいい医師は、せっかちな割には足元が不確かで、しょっちゅうずるずると滑っては転びそうになる。そのたびに孝史が手を差し出す。赤坂見附の交差点に戻るころには、医師は孝史の腕にすがるようにして歩いていた。カバンも孝史の手のなかにあった。

また、野次馬の視線の集中砲火を浴びた。道に散開している兵隊たちは、孝史たちについている兵隊が敬礼したときには同じ動作を返したが、あとはまた、つくりもののように雪のなかに立ち尽くす。私語も交わさなければ、手をこすりあわせるような動作さえしない。

「物騒だろう、なあ」と、孝史の腕につかまりながら、葛城医師が言った。「君はいくつだね?」

「十八です」

「じゃ、あと二年もすれば彼らの仲間入りだ。気の毒な話だ」

孝史はヒヤヒヤした。すぐ前後を兵隊に囲まれているというのに、この先生ときたら、平気でこんなことを言う。ましてや今は軍事クーデターの最中で、しかも孝史たちは一般人の通行禁止区域を通過しているのだというのに、怖くないのだろうか。

一同は平河町の歩哨線のところまで戻ってきた。行きと違って少しは慣れてきたし、兵隊たちの行動を見てきて、闇雲に怖がる必要はないとわかってきたので、今度は、バリケードの向こう側の歩哨たちと彼らの銃を目にしても、心臓が飛びあがるようなことはなかった。孝史の手から落ちた提灯の燃え尽きた残骸が、おおかたは雪に埋もれながらも、まだ確認することができた。それが、臆病心の燃え残りのように見えた。

「これを持って行ってくれ」

葛城医師は、コートの内側をもぞもぞと探ると、札入れを取り出した。その中から、名刺を一枚つまみだし、兵隊に差し出す。

「私の名刺だ。中隊長殿に見せてくれ。それで信用されないようだったら、しょうがない、じかに会うしかないだろう」

兵隊は名刺を受け取ると、孝史と医師をバリケードの外側に残し、今度は三宅坂の方向に向かって、まっすぐに走り出した。その後ろ姿を見送って、葛城医師は孝史に言った。

「病人はどんな様子だね?」

「ずっと眠っています。雪の上で倒れて、そのあとしばらく鼻血を出してました」

「頭を打ったのかね?」

「いえ、そうじゃないと思います」

「意識は戻ったか？」

「一度だけ。話をしました。スラスラとは話せなかったけど」

「貴之君の話じゃ、使用人だそうだが」

「そうです。僕の伯父なんです」

「歳はいくつだ」

平田は何歳だろう？　そういえば、聞いたことがなかった。

「四十すぎです。いくつだったか……僕もはっきりとは」

医師はふんふんとうなずくと、髭をしごいた。

「厄介だな。この寒さだし、脳溢血かもしれないねえ」

短期間にタイムトラベルを繰り返したせいで、脳がやられちゃったらしいんです。そう言ったら、この雑ぱくな先生はどんな反応をするだろうか。いや、それ以前に、さっきから何度も名前の出ている蒲生憲之大将は、もう死んでしまっている——蒲生邸に来てもらうのは、大将の検死をしていただくためでもあるんですと打ち明けたら、どんな顔をすることだろう。

大将の名前を出したら、「放ってはおけないだろう」と、兵隊は言った。最初は追い返された先生が、許可があれば通れると言われた。蒲生憲之の名前は、この兵隊たちにとって、どれぐらいの意味と重みを持っているのだろうかと、孝史は考えた。

ようやく、さっきの兵隊が走って戻ってきた。足が速いな、この人たちは。

「お通りいただいて結構だということです」

わずかに息を切らしながら、兵隊は医師に言った。

「我々がお送りいたします」

「そんな必要はないと言いたいところだが、あんたらも、私らが本当に蒲生閣下のお屋敷に入るかどうか、見届けないとまずいんだろうね」

またぞろ皮肉な口つきで、葛城医師は言った。孝史は、うっかりこの先生にくっついていると、面倒なことになるんじゃないかと思った。

案の定、最初からずっと同行してきた兵隊のひとりが、きっと目元を引き締めた。何か言いたそうな顔をした。が、駆け戻ってきた同僚に目顔で制されて、くちびるを閉じた。

歩き出した。市電通りから逸れて、行きには孝史が独りで歩んできたあの脇道を、今度は四人で引き返してゆく。兵隊たちは蒲生邸にあがろうとするかもしれない。蒲生憲之に面会しようとするかもしれない。どうしよう？　大将がもう死んでいることは、絶対に悟られてはいけないのだろうから……。

孝史は黙々と歩いた。兵隊が明かりを手にしているので、行きよりもずっと楽だった。

そのせいか、早く感じた。気がついたら、蒲生邸の屋根が見えるところにまで戻ってきていた。

正面玄関に向かって、葛城医師は駆けるようにして進んで行く。兵隊もそれを止めはしなかった。孝史は大きなカバンでバランスをとりながら、そのあとに続いた。

「ごめんください」

拳でドアを叩きながら、医師が大声で呼びかける。孝史はそこに追いついた。

内側からドアが開いた。のぞいたのは、ふきの顔だった。

「葛城先生！」と、顔を明るくした。「よくご無事でおいで下さいました」

「危ないことなぞ、何もなかったよ」医師は大きな声で言い放った。「病人はどこかね？」

どんどん屋敷のなかに入って行ってしまう。孝史が玄関先に残されているところに、ふたりの兵隊がやってきた。

「元陸軍大将、蒲生憲之閣下のお住まいでありますか」

ぴしりと敬礼しながら、ひとりがそう言った。最初に平河町で孝史に誰何してきたときと同じ、怒鳴るような声だった。

「はい、左様でございます」ふきは丁重に答えて、頭を下げる。

「自分は、歩兵第三連隊坂井小隊、山田秋吉二等兵であります」と、ひとりが言う。並んでいるもうひとり、ずっと孝史といっしょにいたほうの兵隊も、右手の甲で人間離れした見事な直線をつくって敬礼すると、

「同じく、佐々木次郎二等兵であります。中隊長・安藤輝三《てるぞう》大尉殿の命令により、医師葛城悟郎氏をご同道申し上げました！」

ふきはもう一度一礼した。「ご苦労さまでございました」

兵隊たちは、靴の踵をくるりと回して身体の向きをかえた。彼らが蒲生邸の敷地内から出て、雪道を歩み去ってゆくのを、ふきはじっと見つめていた。

彼らの姿が視界から消えると、ふきは目を転じて孝史を見た。「寒かったでしょう」

「提灯を落としちゃった」と言って、孝史は肩の雪を払った。そんな動作にまぎれて顔を伏せないと、目尻に溜まった涙をふきに見られてしまいそうだったからだ。彼女の顔を見たとたん、安堵で目がうるんでしまったのである。

孝史がコートを脱ぐと、ふきはそれを受け取って腕にかけた。「平田さんはずっと眠ったままです」と、ふきは言った。「さっき様子を見にいったときには、ちょっとまぶたを動かしていましたけれど」

ちょっと見ないあいだに、ふきはひどく疲れたような目の色になった。

「葛城先生はああおっしゃいますけれど、本当に、危ない目にはあわなかったんですか？」

「兵隊さんたちに出くわしたときには、ちょっとびっくりしたけど」

「そうでしょう。あのふたりの兵隊さんたちとは、ずっとご一緒だったんですか？」

「大通り——市電の走ってる通りへ出たところで呼び止められたんだ。僕が蒲生大将の使用人だってことがわかると、丁寧に扱ってくれた。やっぱり大将だね」

「そうですか」

それなりに持ち上げてみせたつもりだったのに、思っていたほど、ふきは感動した様子を見せなかった。

「旦那さまのお名前で」と、小さく呟く。

居間のドアが開いて、葛城医師と貴之が連れだって出てきた。何やら大声で貴之に話しかけていた医師は、孝史を見つけると、

「君、カバンだ、カバン」と言った。

たしかに、カバンはまだ孝史のところにあるのである。急いで手渡すと、医師はふきを案内にたてて、急ぎ足でまた居間の方に引き返して行った。なんで居間の方に行くんだろう、平田は半地下の部屋にいるのに——と思って、ああそうかと気づいた。いったんこの屋敷に入ってしまうと、使用人部屋に行くのに、居間を通り抜けねばならないのだ。それを避けるには、一度前庭に出て屋敷の側面をぐるりとまわり、勝手口から入り直さなければならない。

通用門が見あたらないことと並んで、これもこの屋敷の奇妙な点である。間取りが不自然というか、使いにくくて不便なのだ。あの半地下の部屋は、最初から使用人部屋として造られたものだろうから、それならば、家人の居室を通り抜けずに外来者がそこへ往来できる廊下なり通路なりも、一緒に造られていてよさそうなものだった。

「ご苦労だったね。危険はなかったか?」

貴之がこちらを見ていた。孝史は正面玄関のホールを見回した。誰もいない。寄せ木細工のよく磨き込まれた床の上にも、孝史と貴之以外の人影は落ちていない。それを確かめてから、言った。

「蒲生大将が亡くなったことについては、まだ先生にお話してありません」

貴之は無言のままうなずいた。

「電話が通じてないそうですけど」

すぐに、貴之はうなずいた。「そうだろうと思う。僕が線を切ったから」

「なぜですか?」

「それより、どうしてそのことを知ってるんだ?」

「葛城先生は、平河町のバリケードのところでいったん兵隊に足止めされて、赤坂見附に引き返して、そこからこちらに電話をかけたそうなんです。でも、つながらなかったと」

「そういうことか」心なし、貴之はホッとした様子を見せた。「それは申し訳なかった」

「なぜ電話線を切ったんです?」

貴之はちょっと言いよどみ、素早く二、三度まばたきをした。答えるべき回答が、まぶたの裏に書いてあるのを探しているとでもいうように。

「もしも電話がかかってくると、いろいろ厄介だと思ったのでね」

「どうして厄介なんですか?」

貴之は、今度は目をあげて、まともに孝史の瞳を見た。にわかに、居丈高な口調になって言った。「それは、君が知る必要のないことだ。それより、早く平田の部屋へ行って様子を見てき給え」

つっけんどんな言い方だった。孝史は、居間の方に向かって歩き出しながら、頑強にこちらを見据え、視線で孝史を追い払おうとする貴之に逆らうように、あえて挑戦的に、二階へあがる階段を見あげずにはいられなかった。

「ぐずぐずするな」

貴之の声がとんできた。孝史は彼の方を見ないまま居間のドアを開けた。ああいう態度をとられるとしゃくにさわるのは、やっぱり俺って現代人だからだよなと思いながら。

居間には珠子ひとりがいた。またぽつねんと座って暖炉の炎をながめている。鞠恵たちはどうしたのだろう——一瞬、むかつく場面、あのふたりが手を取り合って喜んでいる場面を想像した——と思いながら走るようにして居間を抜ける。

「兵隊はたくさんいて、ねえあなた？」と、珠子は呼びかけてきた。孝史が出がけに声をかけてきたときと同じ、たがはずれたような調子だ。

「ええ、いましたよ」

言い捨てて通り過ぎた。廊下に出て後ろ手にドアを閉めるとほっとしたが、背後で珠子が、

「誰も怪我ひとつしなかったのね、つまらないわ」と言っているのが聞こえた。

外も寒かったけれど、半地下の部屋へ続く廊下はもっと冷え冷えとしていた。冷気を吸い込む煉瓦の壁に囲まれ、壁紙一枚も張ってないのだから無理もないが、平田の部屋に入るまでのあいだに、くしゃみが三つも出た。

葛城医師は平田の布団の脇に座って、古風な手圧ポンプ式の器具を使い、平田の血圧を測っているところだった。ふきが医師の脇にいて、にわか看護婦をつとめている。孝史はそっと布団に近づき、足元に正座した。

しゅーという音がして、ポンプの空気が抜ける。葛城医師は縁なし眼鏡を鼻の上にのっけて、その小さな楕円形のレンズごしに、すくうような目つきで血圧計の目盛りを読んでいる。

「はい、はずしていいよ」

ふきが平田の腕の黒いベルトをはずした。

「血圧は、今は平常だね」葛城医師は、孝史の顔を見て言った。「伯父さんは、日頃から血圧が高いということはあったかね？」

「いえ、そんなことはないです」答えてから、ないと思いますと心のなかで思った。

「そう……」医師は診療カバンのなかを手探りすると、聴診器を取り出した。「脈拍も落ちついているし、血圧も正常と。ちょっと胸を診てみようかね」

ふきが手伝って、平田の布団をめくり、寝間着の襟元をくつろげる。孝史は正視しているのが辛いような気持ちになって、目をそらした。そのとき、以前はひとつしかなかった火鉢がふたつになっていることに気づいた。どちらにも炭火が入っている。ふきかちえが、寒いこの部屋を少しでも暖かくしようと、運び込んでくれたのだろう。

(本当なら、暖炉のある部屋で寝かしてあげられればいいんだけど……)

それはやっぱりできないことなんだろうなと思った。医師は平田の胸に聴診器を当てている。裸の胸は、

衣服の上から想像したよりも、ずっと痩せて骨張っていた。

葛城医師はそれからも、平田の瞼をひっくり返してみたり、首筋や脇の下を触診してみたりと、いろいろなことをした。それが一段落すると、やや首をかしげて孝史の方を見た。

「倒れたとき、鼻血を出していたと言ったね？」

「はい。なかなか止まりませんでした」

ふきも不安そうな顔で首をうなずかせている。医師はふきの顔を見た。「あんたも見たのかね？」

「はい。押さえても押さえても、じわじわ流れ出してきて」

「ほほお。じわじわ、ね」

葛城医師はうなずきながら、右手の中指と人差し指で、見事な髭の上をぽんぽんと叩いた。芝居がかった仕草だが、何か考えているらしい。

「倒れたとき、君の伯父さん――えーと、名前は」

「平田です」

「名前の方は？」

孝史はぐっと詰まった。平田のフルネームは何だっけ？　教えてもらったかな？　伯父甥という打ち合わせはしたけれど、名前の方はむしろ盲点になっていて聞いていなかったような気がする――

ふきが言った。「平田次郎さんです。次男の次です」

「ああ、そう」

葛城医師は診療カバンを引き寄せ、大きな黒い帳簿みたいなものを取り出すと、そこから白い紙を抜き出した。カルテだ。続いて、胸の内ポケットからは、下手なホットドッグぐらいの大きさの万年筆が出てきた。

「ひらた、じろう」

小学校一年生みたいに、声に出して言いながら書き始めた。

「年齢は――わからんのだったか」と、眼鏡越しに孝史を見る。ふきが驚いたように目をぱちぱちさせた。

「孝史さん、ご存じないんですか」

「正確なとこは……」決まり悪かった。「いっしょに暮らしてるわけじゃなかったし」

「まあ、四十代だろうがねえ」と、葛城医師は平田の寝顔を見ながら言った。「しかしこの人は、不整脈があるんだね」

「不整脈？」

「うむ。脈が飛ぶんだよ。伯父さんは、ときどき胸が苦しくなるようなことを言っとらんかったかい？」

「いいえ、とりたててそんなことは」

口のなかでもごもご答えると、ふきが今度は多少非難めいた目つきをして孝史を見た。

「この不整脈が倒れたこととつながりがあるかどうかは、日常どうだったかを聞いてみないと何とも言えないのだよ。健康な人でも、脈の飛ぶ人はいるからね」

「じゃ、特に異常だってことじゃないんですね？」

「まあそうだが……でも、まったく心配ないとは言えないよ。ことによると、心臓に問題があるのかもしれんのだから」

ヒヤリと、孝史は思いだした。前庭に降り立ったとき、すぐに現代に帰りたいという孝史に、平田は言っていた。そんなことをしたら心臓が停まってしまう、と。時間旅行の能力を持つ人間は早死にだ、とも言っていた。

「病歴は無理としても、せめてこの人の正確な生年月日や出身地、それに、できれば以前の職業なんかがわかるといいんだがね」

孝史は身の縮む思いだった。が、ふきが軽く手を打つようにして、

「あ、それならございます」と言った。「使用人はみんな身上書を書きますから。それがどこかにあるはずです」

「どこにあるかね？」

「貴之さまにうかがってみます」

言うが早いか、ふきはもう立ち上がって部屋を出ようとしていた。その小さな背中に、葛城医師が声をあげた。

「それから、ついでに毛布をもう一枚。ここは寒くていかん」

承知いたしましたと言いながら、ふきは階上にあがっていった。

「倒れたとき、伯父さんは何かでひどく興奮してはおらんかったかね？」

「してました」言いにくいことなので、自然と声が小さくなってしまった。「実は……ちょっと僕と争って」

「ははあ、そうか。まさかそのとき、君、伯父さんを殴ったりはせんかったろうね？」

「とんでもない！　してません」

孝史のあわてぶりがおかしいのか、葛城医師は、大きな髭を動かして微笑した。

「なるほどな。転んで頭を打ったわけでもないと言っていたね？」

「はい」

「となると、それほど心配する必要はないかもしれん

よ」

「というと？」

「さっきも言ったように、君の伯父さんは今、血圧も正常だし、不整脈はあるが、とりわけ激しく心臓がどくどくしているというわけでもない。瞳孔――目ん玉のなかにある瞳だな――これもちゃんと光に反応するし、痛覚もあるようだ。痛みを感じるということだな。女中さんの話じゃ、さっき両方のまぶたを動かしたそうだし、寝返りをうつような動作もあったそうだ。君とも、一度は話をしたと言ったな？」

「途切れ途切れでしたけど」

「舌がもつれているような様子はあったかね？」

「いいえ、そんなことは」

「それならば、なお結構」医師は両手で膝をぽんと叩いた。「このとおり、顔色はひどくよくないが、これは内出血をしているからとかいうことではなく、貧血状態なのだとみていいだろう。血が引いてしまっている。わかるかな？」

孝史を、教育のない少年と思っているからだろうけれど、葛城医師の口調は穏やかで、話し方も丁寧だった。

「はい、わかります」

「そうすると、だ。伯父さんは君と喧嘩をした。そのときに、俗にいう頭にかあっと血が昇った。伯父さんは君と言い合っているとき、顔が真っ赤じゃなかったかね？」

「どうかな……目は血走ってました」

あの空襲のど真ん中からここへ引き返そうとしたとき、すでに目は充血していた。もろにカウンターパンチをくらったみたいに、目の底が赤くなっていた。

「そうだろう。それで、伯父さんはくらくらっとなってしまったんじゃないかな。ご婦人にはよくあるよ。つまりは気絶だな」

「気絶……」そんな軽いものじゃないような気がするけど。「でも、鼻血は？」

「うむ、それは多少、気になるねえ。それだけに病歴が知りたいところだ。男の鼻血を軽くみてはいけないというが、鼻血の出やすい人というのはいるからね。鼻の細い血管が破れやすいんだな」

医師は、首から聴診器をはずしてカバンにしまった。

「どちらにしろ、一度意識を取り戻してくれないと話ができないし、私の診立てでは、時間を争って病院へ連れていかなきゃならないというほどの状態ではない。むしろもうしばらく様子をみて、君の伯父さんが目をさましたら、もう一度診てみたいね。大丈夫、もうそろそろ気がつくだろうと思うよ。今はもう、これと言ってよくないところはないからね」

慰めるような、こちらの心を撫でてくれるような口調だった。この時代の医師の腕前を計ることはできないけれど、少なくとも、葛城医師が優しい人柄であることに間違いはないと思った。

カッとなって、一時的に頭に血が集まって、心臓に負担がかかって、血圧があがって、それで倒れた——それもまた、ありそうなことに思えた。タイムトリップのとき、孝史自身、身体の内側から熱くなってくるような、エネルギーがぐんぐん集まってきて、それから一気に爆発するような感覚を覚えたものだ。

タイムトリップという超現実的なことをする能力が、平田の脳のどこにあるのかはわからない。けれども、脳は人間の身体の一部なのだし、脳を働かせるためには血液が流れなくてはならない。タイムトリップ能力を酷使したがために、脳に血が集まりすぎて、言ってみればエンジンが焼き切れたような状態になった——それで平田は倒れた。今はエンジンが冷えてきたので、平田も正常な状態に戻りつつある、というわけだ。そういえば、テレビ番組などに出てくる超能力者とか霊能者も——本物か偽物かはわからないけど——立て続けにいろいろの実験や霊視をすることはできない、疲れるから、と言っているじゃないか。

平田の言う、短期間にあまり何度もタイムトリップを繰り返すのは危険だというのも、焼き切れたエンジンを無理して動かしていると、オシャカになってしまうということなのだろう。

「意識を取り戻したとき、身体がしびれているとか、動かないとか、その種のことがでてきたら、これはちょっと考え直さなくてはならないだろう。しかし、その心配も少ないと、私は思うね」と、葛城医師は言った。

ほっとして、孝史は思わず口元を緩めた。そこへ、ふきが戻ってきた。手に白い紙を一枚、折らないように指先でふわりとつまんで持っている。

「葛城先生、平田さんの方が済んだら、ちょっとお話したいことがあると、貴之さまがおっしゃっているのですが」

「はい、はい、それは結構」

ふきの手から、彼女の持っていた白い紙を受け取りながら、葛城医師は気さくにうなずいた。

「私の方も、こちらをお訪ねするのは久しぶりだからね。大将閣下のご尊顔も拝したいところだし」

しかし、その蒲生憲之は死んでいるのだ。正直にも、ふきは目を伏せた。医師は気づかなかったようで、眼鏡をかけなおすと、手元の白い紙をしげしげと見た。

「こりゃあ、いい字だ。達筆だ」ふきを見やって、

「貴之さんの字かね？」

「いいえ、平田さんが自分で書いたんだと思います」

「ほお……」葛城医師は、昏々と眠る平田の顔を、あらためて珍しいものを見るようにして見おろした。

「大したものだ」と、呟いた。

カルテと身上書とを並べて、医師は太い万年筆を動かし始めた。孝史は期待していたのだが、今度はさっきのように声を出して読み上げながら書き取るということをしてくれなかったので、平田次郎の身上書にどんなことが書かれているのかわからなかった。

ふきは部屋を出入りして、医師に頼まれた毛布を持ってきた。孝史は彼女を手伝って、平田の身体に毛布をかけ足した。目に見えて暖かそうになったというほどではなかった。

そんなことをしているあいだにも、なんとか身上書を盗み見ることができないかと、孝史は横目になったり、ちょっと伸び上がったりしてみた。が、ふきが目ざとく見つけて、にらんで寄こした。

カルテを書き終えると、医師は身上書をふきに返した。彼女は素早くそれを伏せてしまった。

「今、洗面をお持ちいたします」

ふきは部屋を出てゆく。葛城医師はカルテや万年筆を片づけると、火鉢を手元に引き寄せて、そこに両手をかざした。

「ここは冷えるだろう」と、孝史に訊いた。

「洋館なんぞに住むのは、私は反対なんだがね」

「立派なお屋敷ですけど……」

「しかし、我が国の国土にはあわんよ」

医師は憂鬱そうな目をして、薄暗い室内を見回した。

「ごらん、この地下室。湿気もひどいし、底冷えもする。これでは誰でも、遅かれ早かれ病気になる。リウマチスや神経痛の巣だ。特にこちらにはちゑという年寄りがいるのだから、もっとなんとかできないものかねえ」

ちえの不自由な足どりや、曲がった腰を、孝史は思い浮かべた。うん……そうかもしれない。

「ですけど、使用人の部屋だから」

「そういう問題ではなかろうよ」医師はきっぱりと言った。「閣下はともかく、貴之君が何か手を打たない

ものかね。彼は民衆の味方を標榜《ひょうぼう》しとるんだから」

あの貴之が？　だから、ふきも何かというと彼を頼りにするのだろうか。

「貴之さんは――学生ですか？」

ふきは彼が「東京帝国大学をご卒業になっている」と言っていた。しかし今は何をしているのだろう？

職業は？　彼については何も知らない。あまりにあわただしくいろいろなことを見聞きしていたので、そういう基本的なことを考えたり不審に思ったりする間がなかったのだ。

「学生ではないよ」

「帝大を出てるそうですね」

「そうだ、法科で憲法理論を勉強していたはずだよ。卒業したのは――一昨年だったかな」

憲法。この時代では、それは明治憲法のことを指すのだろう、もちろん。

「だから、去年の天皇機関説問題で美濃部《みのべ》博士が貴族院で演説したときなんぞ、貴之くんもずいぶん興奮してるだろうと思ったんだが、そうでもなかったようだな」

医師は半ば独り言のように言った。

「そういえば、美濃部博士は襲撃されなかったようだな。皇道派の青年将校が決起したとあっては、博士も無事には済むまいと思ってたんだが、やあ良かった良かった」

孝史は何を言われているか内容がさっぱりわからなかったので、わかったような顔だけして聞き流した。

「じゃ、今の貴之さんは学者の卵なんですか」

「どうなのかねえ」葛城医師は首をひねった。本当によくわからないという様子だった。

「大学を出たあと、しばらくはお父上の著述の手伝いをすると言っていたし、事実今もそうしているようじゃないかね？　就職したわけじゃないからね」

平河町一番ホテルの壁に掲げてあった大将の経歴には、大将の「著作」や「研究」は、軍務や軍略に関するものだと書いてあった。そういう著作の執筆を、畑違いの法学部卒の貴之が手伝う……？　手伝いになるのかな。そうか、大将は脳卒中で倒れたあと、身体のあちこちがだいぶ不自由だったそうだから、長い文章については、貴之が代筆をするということは考えられる。

さっき見かけた、父親の机の引き出しをひっかきまわす貴之の姿を思い出した。あのときは、その場で大将の遺書を読み、内容の過激なことに驚いてそれを隠し、ほかにも何かまずいものはないかと書類を漁っているのだろう——と思った。でも、それはどうやら間違いだったらしい。

　彼が大将の著作の執筆に手を貸していたのなら、書かれているものの内容や、大将がどういう考え方をもってその著書を書いているかということを、ちゃんと理解していたはずだ。問題の遺書についてだって、事前に内容を知る機会はあっただろう。それどころか、大将がそれを綴る手伝いさえしたことがあったかもしれない——その場合は、その長文が「遺書」になるということまでは知らずに、ということだろうけれど。

　大将の胸の内の深いところを、じかに話に聞くことがあったかどうかはともかく、察することは、貴之なら充分できたはずだ。だからこそ彼は、大将の自決に際して、「ああ、やっぱり」という言葉を漏らしたのではないか。自決を予感するところがあったから。

　しかし、そうなると、今度は別の意味でおかしなところが出てくる。以前から大将の考え方や著作の内容について知っていながら、大将が自決した直後に、なぜあんなにも貴之があわてていたのかということだ。なにもドタバタしなくたっていいじゃないか。わかっていたことだ。

　孝史はきいた。「先生、蒲生大将の書かれたものは、今まで公けになってるんですか？」

「公けというと、出版されたかという意味かね？」

「はい。それとか、雑誌や新聞に発表したとか」

　医師は髭をもぐもぐさせながらちょっと考え、首を振った。「私の記憶している限りでは、そういうことはないね。退役されてまだ二年とちょっとだし、病後すぐには著作にも取りかかれなかった。まだ、そういう形でまとめられるほどの量を書いておられなかったのじゃないかな」

　孝史はゆっくりとうなずいた。そういうことなら、大将の遺書は、大将にとって唯一の著作の側面も併せ持つことになる。力をこめて書かれたものだろう。

　それだから、前々からその内容を知っていた貴之でも、いざ大将が亡くなってみると、遺書の存在を確かめ、それを安全に握りつぶすことができるまでは、あわてずにはいられなかったということだろうか。それがあの周章狼狽《しゅうしょうろうばい》の理由だろうか。なんだか釈然とはしないけれど、それだけ貴之が軍部を恐れることが甚だしいのだと解釈すればいいのか。

　——だけど自分だって軍人の息子なのに、嫌なヤツだな。

葛城医師が、不思議そうに孝史の顔を見守っている。

「君、どうしたのかね？」と訊いた。

「先生、貴之さんは軍部寄りの人ですね」

「あん？」医師は小さな目を丸くした。「軍部寄りとはどういう意味かね？」

孝史は急いで首を振った。ついさっき、これからは軍人の天下が来ると、吐き出すように言っていた貴之じゃないか。そんな彼が軍部のシンパであるはずはない。そうじゃないんだ、こう言うべきだった。

「ごめんなさい、軍隊が怖くて、本当は反対意見を持っていても、表向きは軍のやることに文句をつけないでおこうという人ですねと言いたかったんです」

葛城医師はむすっと口を結んだ。じろじろと孝史の顔を見た。

「ずいぶんと嫌な言い方をするね」

「でも、そうでしょう？」

医師は返事をしなかった。孝史はその沈黙を返事と受け取った。貴之の臆病な根性に、だんだんと嫌悪感が募ってきた。

ふと、ついさっきまで町を歩いていたときの自分のていたらくを思い出した。銃を担いだ兵士を目にしただけで震え上がってしまい、屋敷に帰り着いたときには涙目になっていた尾崎孝史。

——だけど俺は、この時代に慣れてないんだ。日本に軍隊があり軍人が武器を持って町を闊歩《かっぽ》している時代に慣れていないんだ。しょうがないじゃないか。そこが貴之とは違うんだ。

そう思いつつも、少し後ろめたくなってきた。そして考えた。まあ逆に言えば、そうやっていったんは握りつぶされた遺書が、よくまあ戦後まで残っていたものだ。残っていなければ、蒲生大将の命と引き替えの直言も、まったくの闇に葬られてしまうところだった。握りつぶしはしたが捨てたり燃したりはしなかったということでは、貴之に少しばかり甘い点をつけてやってもいいかもしれない。

それにしても、今のこの時点で、大将の遺書はどこにあるのだろう。貴之はどこに隠したのだろう。ちょっと見てみたいものだと孝史は思った。読んだところで、どうせ、難しすぎてわかるはずがないけれど。

「軍が怖いから黙っているという点では、貴之くんだけじゃない、我々だって、大方は同じだ」

葛城医師が、ぼそっと言った。孝史は目をあげた。医師は孝史の目をのぞきこむようにして続けた。

「誰かが先頭切って、軍のやることでも、おかしいことはおかしいと言ってくれないものか……みんながそんなふうに思っとる。誰かやってくれないもんかとな。何年か前のゴー・ストップ事件の時もそうだった……」

「なんですか、それ」

孝史が聞き返すと、葛城医師は拍子抜けしたように顎を下げた。

「知らんのかね？」

有名な事件なのだろうか。ひやっとしたが、きいてしまったものは仕方がない。

「ええ、知りません」

「大阪市内の交差点で、大阪師団の兵隊が赤信号を無視して道を渡ろうとしたんで、巡査が咎めて注意したんだ。それが皇軍の威信を傷つけたというのでもめ事になってな」

「そんなバカな。威信って言ったって、赤信号を無視する方が悪いのに決まってるじゃないですか」

それなのにそれがもめ事に発展する。そうか、それだけ軍人が威張っているということなのだ。

「結局どうなったんですか」

「軍と警察が、うやむやな形で和解をしたよ。本来、『和解』するような性質の出来事じゃないんだがね」

葛城医師は顔をしかめた。

「世の趨勢《すうせい》ということだよ」

その趨勢の行き着く先に、長く悲惨な太平洋戦争が待っているのだ。孝史は急に、無性にここにいるのが嫌になってきた。早く現代に帰りたいと、子供がだだをこねるようにして考えた。だけど今は無理だ——平田が壊れてしまっているから。それに、ふきを助けてあげなくちゃ。それを忘れちゃいけない。

「貴之くんは、なかなか気骨のある青年だったんだよ」と、葛城医師は言った。「お父上への反発もあったからかもしれないが、学生時代、軍部の専横を許していたらこの国は駄目になると、熱っぽく話していた時もあった。それが変わってしまったのは……やっぱりあれ以来かなあ」

「あれって？」

ひとりで考え込んだような顔をしていた葛城医師は、孝史の率直な問いに、ひょいと我に返ったような感じになった。そして、自分が誰と話しているのか思い出したらしい。孝史は一応、大将の家の使用人の立場にいるのだ。

「ま、それは君には関係のないことだ」と、ごまかすように言った。

しかし孝史は引き下がる気はなかった。まだ聞いておきたいことがある。ひと膝にじり寄った。

「先生、さっき赤坂見附の交差点でおっしゃってましたね？　最初は、あの兵隊たちに、蒲生大将のお屋敷に行くのだということを言わなかったって」

「ああ、そうだよ」

「どうしてですか？　最初からそう言ってれば、すぐに通してもらえたでしょうに」

確かに、ここまで送ってくれた兵隊たちの所作や言葉は、蒲生大将の名前を聞いたとたんに丁寧なものになった。だが、ふきにそのことを話すと、彼女は意外そうな反応を示した。（旦那さまのお名前で）と、意味ありげに呟いていた。

ごく単純に問えば、蒲生憲之は偉いのか、偉くないのかということだ。今の陸軍の人々にとって、その名前にどういう意味があるのか。ここへ到着したとき、平田は、蒲生邸の主人は決起した青年将校たちに近い人だから、ここは安全だと言っていたけれど、果たして本当にそうなのだろうか。

直言の遺書を残してゆくくらいの人だ。生前も、陸軍中枢部に対して何か辛いことを言っていたかもしれない。もしかすると、一部からは快く思われていなかったかもしれない。

葛城医師は、小さな顔の上の大きな髭をいじりながら、ちょっと微笑した。「命は大事だからねえ」と、言った。

「どういう意味でしょうか」

部屋の出入口の方をうかがって、医師は声を落とした。「さっきはまあ、うまくいったよ。しかしね、君。蒲生閣下の名前がどちらの反応を引き起こすかというのは、こりゃあ、賭けだったよ」

「賭け？」

「うむ」うなずいて、医師は目をしばたたかせ、孝史の顔を見直した。「そうか、君はここに勤めて、それほど長くはないのだね？」

「ええ。今朝がた来たばかりなんです」

「それじゃあ、知らんでも無理はない。そもそも君は、今このあたりで起こっている騒動の大元の大元を知っているかね？　知らんだろうよね」

まったく知らない。が、それは葛城医師が今考えているように、孝史が昭和十一年の無教育な青年であるためではなく、平成の歴史音痴の青年であるからだ。

「僕には何が何だかわからないです」と、孝史は殊勝に答えた。

「あれはな、陸軍内部の内輪もめだ」と、医師は言った。「皇道派と反皇道派は、相沢事件以来、いよいよ表立ってぶつかりあうようになってしまった。今、ああして決起しているのは隊附将校たちだが——彼らは今の幕僚体制に不満で、それを転覆するためにああしているのだろうがね、果たしてどうかね、彼らの望む、皇道派が天下をとったところで、それで今の我が国がよくなるとは、私は思わんね」

タイツキショウコウ？　孝史は目をぱちぱちさせた。

コウドウハとか、アイザワジケンというのは、どこかで耳にした覚えがある言葉だ。そう……薪小屋で、鞠恵が嘉隆と駆け落ちの相談をしていたときに、そんな言葉が出ていたんじゃなかったっけ。

「アイザワ事件って、何ですか？」

「軍務局長の永田《ながた》鉄山《てつざん》が、相沢三郎《さぶろう》という中佐に斬り殺された事件だよ。今、裁判をやっているだろう。まるで知らんかね？」

「えーと……」

新聞で読みましたと言いかけて、それは新聞に載ったかなと思った。この時代、新聞は何でもかんでも報道することはできなかったんじゃなかったか。だけど、もし検閲などで伏せられている事件なら、葛城先生が知っているわけはないし——

「君は本当に何も知らんのだな」葛城医師は言って、ちょっと遠いものを見るような目をした。「そうか、だからいいのかもしれん」

「は？」

「いや、なんでもない。とにかくそういう事件があったんだ。詳しいことについては陸軍の公式発表もあったし、私は大将から、事件のあとに皇道派がしきりと流した怪文書の類も見せてもらったがね。なんというか、情けないものだった。陸軍という組織の、それも軍務局長という要職にあった人物が、白昼に軍の建物のなかであんな殺され方をしたというのに、その後始末もようやりゃあせん。ああでもないこうでもないと嚙み付き合うばかりだ。あの隊附将校たちを裏で操っているのが誰だか知らんが、騒ぎが収まったときにどっちが天下をとっておろうと、どっちみち、これから先ロクなことにはならんに決まっとる」

葛城医師は、孝史の質問したことを忘れてしまったようで、しきりとぶつぶつ言いながら嘆いている。

「それであの、先生が蒲生大将の名前を出さなかったのは——」

「あん？　ああ、そうか」と、医師は笑った。

「ここのご主人はな、身体を損ねて軍を退くまでは、荒木や真崎《まさき》と並んで、青年将校たちと親しくて、彼ら皇道派の希望の星と見あげられていた大将だったのさ。しかし、ちょっといろいろとゴタゴタがあってね」

「ゴタゴタ？」

葛城医師はにわかに言いよどんだ。「多少、な」

それをこそ聞きたいのに、何を遠慮してるんだろうと、孝史は思った。そして、思い切って言ってみた。

「蒲生大将が、そういうコウドウハとかいう人たちの耳に痛いことを発言したりしたんじゃないですか？」

医師は顎を引いて孝史を見た。「なんだ、知ってるんじゃないかね」

そうか。なるほどと孝史はうなずいた。

「ま、そういうことで――」と、葛城医師は眼鏡をずりあげた。「しかも、そういうゴタつきがあったころは、それでなくても、口ばかり達者の荒木大将などが、青年将校たちのあいだでもだんだん評判が悪くなってきて、一部では『ダラ幹』などと呼ばれるようになってきている時期だったのでね。蒲生大将もいっしょくたに悪く言われるようになったわけだ。実は反対派に与《くみ》している裏切り者だなどという噂まで流れたことがある」

「ははあ……」

「閣下は、さっきも言ったように身体を悪くして軍を退いたわけだから、もう軍の中枢に戻る気遣いはない。そういう意味じゃ、地方人になったも同じだ。しかし、そんな今の今でも、皇道派内部というかああいう青年将校たちのあいだで、閣下に対する評価は割れているはずだよ。それだから、うっかり閣下の名前を出したとき、どっちの反応が返ってくるか、実にわかりにくかったのだ。まだ、閣下をかつて皇道派の星だった人物と仰いでくれている将校に当たればいいが、そうでない将校に当たれば、ああして武器を持って決起しているところだからな、はずみでどんなことになるかわからん」

「だけどあの……先生や僕らが会ったのは兵隊で、将校じゃなかったですよ」

兵隊の雪まみれのコートの肩に、星がふたつ付いた肩章があった。

「そうだよ。しかし、兵隊というのは将校の命令で行動するものだ。勝手に撃ったり、人を捕らえたりはせん。さっきだって、中隊長の許可をもらいに行っておったろう？」

そういえばそうだ。

「だから、あそこでバリケードをつくっている隊の将校がどんな人物か、蒲生憲之をどう考えているかが問題だったんだ、わかったかね？」

顔をのぞきこまれて、孝史は赤面の思いだった。

「はい、わかりました」

「まあ、私も君も大将本人ではないから、そう危ないことにはならんかった可能性も多い。しかし、あそこで足止めされたままになる可能性も高かった。君が蒲生大将の名前を出したと聞いたときには、私は正直、これでどっちに転ぶかと、内心ひやひやしておったよ」

孝史も、医師の話してくれたことを頭のなかで復習してみて、今さらのように冷汗をかいた。

ぶつかりあう、ふたつの派閥。コウドウハとその反対派。それが二・二六事件か。

「コウドウハって、どういう字を書くんですか？」

葛城先生はきょとんとした顔をしたが、指で畳に書いて教えてくれた。皇道派。字面を見るだけで、なんとなく彼らの意図するところがわかるような気もする
——

「あの青年将校たちは、自分たちを『勤王派』と呼んでいるらしいがね」と、医師はつけ加えた。はいと、孝史はうなずいた。

「それであの、今の陸軍の中央には、彼らに敵対する派閥があるわけですか？」

葛城医師はうなずいて、今度は先回りして畳に字を書いてくれた。統制派、と。

「彼らの方は特に自分たちをなになに派と名乗ってはいないようだが、統制経済を主張する一派なので、統制派と呼ばれることもあるのだよ」

「荒木、真崎というのは誰です？」

葛城医師は苦笑した。「荒木大将閣下、真崎大将閣下だ。呼び捨てはいかんよ。それに君、さっきから蒲生大将、蒲生大将と連呼しているがね、君の立場からしたら、やはり大将閣下とお呼びするべきだ。あるいは旦那様とでもね」

そのとき、背後で声がした。「何のお話ですか？」

貴之だった。戸口のところに、背中をまっすぐ伸ばし、しゃっちょこばった姿勢で立っていた。

葛城医師が笑顔になった。「やあ、診察は済んだところだよ」

貴之は怖い顔で孝史をにらむと、葛城医師の方に目を向けた。

「病人はどうなんでしょうか」

「あまり心配することはないだろうと思うよ」

「そうですか、それはよかった」

　乾いた目で、貴之はそう言うと、その場に膝をついてきちんと座った。「病人の方が大丈夫ならば、実は先生、もうひとつお話があるのです」

　いずまいをただした貴之の顔に、いくぶん面食らったのだろう。葛城医師はちらりと説明を求めるように孝史を見た。孝史は顔を伏せた。

「本来なら、先生がおいでになったとき、すぐに打ち明けるべきだったのですが――」

「何事かね？」

「実は先ほど、父が自決しました」

　一瞬の沈黙があった。貴之の口はへの字に曲がり、葛城医師の口はわずかに半開きになっている。そのくちびるの隙間からゆっくりと息を吸い込むと、また静かに吐き出しながら、医師はきいた。

「本当かね、それは」

　声は落ちついていた。低く、うかがいをたてるような口調だった。

「いつのことだ。階上《うえ》の部屋でかね？」

「そうです。七時すぎだったと思います。銃声を聞いて僕が部屋に駆け込んだときには、机にうつ伏せになっていました。こめかみを撃ち抜いて」

　貴之の語尾が、ちょっと震えた。

「そうか……やはりな」葛城医師が呟く。

「しかしよりによってこんなときに……」

　また「やっぱり」だ。葛城医師も、蒲生大将の自決を意外なこととは思っていないのだ。皆が皆、大将の死が近いことを予感していたらしい。孝史は、たった一度ちらりと見かけただけの蒲生憲之大将という人に、ふと悲しいものを感じた。

「ひょっとして、あの青年将校たちの決起とかかわりがあるんじゃなかろうかね」

「たぶん、そうだろうと思います」貴之が低く答える。

「机のなかに、長文の遺書が残されていました。相当に長いものなので、まだ詳しく読んではいませんが、父の筆跡であることに間違いはありません」

　やはり、遺書は貴之が手元に置いているのだ。

「閣下にお目にかからせてもらいたいものだ」と、葛城医師が言った。「亡くなっているというのなら、私にできることなど、もう何もあるまいが……。とにかく、お顔を拝見したい」

「もちろんです」貴之がうなずいた。「ですが先生、ひとつお願いがあります」

「なんだね？」

「今のこの騒動が終わるまで、父の死については公けにしないでいただきたいのです」

　葛城医師は、ちょっと黙った。それから言った。

「まあ、公けにしようにも、今この帝都では中央政府も満足に機能していない状態だ。率直に申し上げれば、お父上の訃報を知らせたところで、陸軍省も在郷軍人会も、今はどうにも対処のしようがないだろう。それどころではないからね。しかし、まったく伏せてしまうというのもどんなものかね。せめて、お父上と交流のあった方々にだけは、お知らせするべきだと思うが」

「知らせたところで、どうなるものでもないでしょう。弔問に駆けつけることができるというわけでもありませんし」

「それはそうだが……」医師の口調が、やや不審そうなものになった。観察するように、貴之の顔を見つめている。

「先生に父の遺体をあらためていただき、埋葬のために必要な書類などを書いていただければと思います」

「もちろん、それはいたしましょう。とにかく閣下に会わせてくださらんか」

　ふたりは立ち上がった。孝史も一緒に行こうとすると、貴之がきつい視線を投げて寄越した。

「君には自分の仕事があるだろう？　それに、もうしばらくは病人のそばについてい給え」

　仕方なく、孝史はひとりで取り残された。ぼうっと平田の寝顔をながめていたが、やはり階上が気になって気になってどうしようもなくて、そっと平田のそばを離れた。

　居間には珠子がいた。テーブルに向かい、何か古いアルバムのようなもの——布張りの表紙を金の輪っかで綴じてある——を広げている。きっと家族の写真だろうと、孝史は思った。珠子の心の内も察せられたし、ちょっとほっとするような気もした。この娘もこの娘なりに、父の死を悼んでいるので。大将の死が判った直後のあの涙も、ごくあたりまえの悲しみの涙と解釈していいのだろう。

「僕も、階上へ行ってはいけないでしょうか」

　孝史は訊いてみた。

「何かお手伝いできることがあるかもしれないし」

「かまわないのじゃない」アルバムのページに目を落としたまま、珠子が言った。「ふきが階上へ行っていてよ。お父さまを寝かせるとか言って」

では、もう遺体を動かしたのか。医師に見せる前に？　さっきは――孝史が医師を迎えに行く前は、先生から許可が出たら亡骸を清めようと言っていたのに。

孝史は急いで居間を出た。階段をあがってゆくと、廊下には誰もいなかった。まっすぐ蒲生憲之の書斎へ足を向けた。ドアは半開きになっており、そこからそっとのぞきこむと、ブリキのバケツを床に置いて、ちえが雑巾を手に、机の上を拭いているところだった。血の痕をぬぐっているのである。

孝史の顔を見つけると、ちえは驚いたような表情を浮かべた。孝史の背後をうかがうように曲がった腰をのばすと、

「こんなところで何を？」と、小さく訊いた。「平田さんのそばについていておあげなさいまし」

「ちえさん、それ――」孝史は机の方を手で示した。

「貴之さんの言いつけですか？」

「左様でございますよ」と、ちえはうなずいた。「旦那さまのお部屋を清めるようにと。できるだけ早くにね」

なるほど、机の上はあらかたきれいになっている。貴之がかき回していた引き出しの中身も元通りに納められたのか、床の上にはチリひとつ落ちていない。

やはり、引っかかった。どうしてそんなに急いで自殺の痕跡を消す必要があるのだろう。ことを公けにするのを待ってくれという申し出と、これもつながっているのだろうか。

平成の考え方に慣れた孝史にとっては、これは現場を荒らすことであり、下手をすれば証拠の隠滅にだってつながりかねないことに思えた。特別にそういう方面の知識がなくたって、自殺者などの変死体が出たときには、当局の許可が出るまで、できるだけ現場には手をつけないでおいた方がいいということぐらい、常識として知っている。たしかに自殺には間違いがないのだろうけれど、それにしたって処置を急ぎすぎてはいないか。それに、貴之のあの不自然な態度。あわてぶり。

そのとき、出し抜けにとんでもない考えが頭のなかに閃いて、思わず孝史は目を見張った。

――蒲生大将は、本当に自決したのだろうか？

誰も現場を見ていないのだ。貴之の言う「遺書」も、実物は貴之以外の誰も確認していない。間違いなく自殺だという証拠はどこにもないのだ。

――ひょっとしたら殺人だったんじゃ？

いや待て、そんなことはない。平河町一番ホテルの

壁にかけられていた大将の経歴、あれにははっきり「自決」と書いてあった。それは歴史的事実だ――事実だけど――だけど――

しかしその事実も、確認して事実として伝えるのは当事者とその関係者だ。その段階で嘘があったとしたらどうだ？　大将は本当は殺されたのに、自殺したということで片づけられてしまったのだとしたら？

だけど誰がそんなまやかしをする？　どんな必要があって？

この屋敷は今、外界から孤立している。

当たり前のことを、今更のように孝史は確認した。だから、ここで殺人が行われたとしたら、犯人はこの屋敷のなかにいる。

家族だ。家族の誰かが大将を手にかけたのではないかという疑いが生まれる。だからこそ、貴之はあわただしく現場を清めさせたのだ。彼は誰かをかばって、大将の死が殺人であることを隠し通そうとしているのではないのか？

そういえば――

「ねえ、孝史さん」中腰になったまま、ちえが呼びかけてきた。「悪いことは申しませんから、お部屋にいてくださいまし」

上の空で、孝史は言った。「大将は今、どちらですか？」

「孝史さん……」

「伯父にかわって、何かお手伝いすることがあるかもしれません。この階ですか？」

ちえは雑巾を手にして、困ったような顔になった。

「隣のご寝室にお運びいたしました」

孝史はすぐにきびすを返し、隣のドアに向かった。と、いきなりドアが開いて、中からふきが出てきた。彼女といっしょに線香の匂いも漂ってきた。

「孝史さん」ふきは、ちえよりもずっと厳しく咎める顔つきになった。「お屋敷のなかをうろうろしない約束でしょう？」

「蒲生大将はここですか？」

尋ねても、ふきは孝史をにらむだけだ。でもその顔が可愛いので、迫力がない。それに孝史は別のことで興奮していた。

「もう線香を焚いてるんだね。やっぱり、貴之さんの言いつけかい？」

「いけませんか？」小さく吐息をつきながら、ふきが言った。「旦那様を安らかに――」

「ちょっと入るよ」

ふきを押しのけて、孝史はドアを開けた。いきなり大きく開けたので、中のふたりが驚いてこちらを振り返った。

葛城医師と貴之である。ふたりは、蒲生憲之の横たわる、大きなベッドをはさんで向き合っていた。貴之は椅子に腰をかけていたが、葛城医師は、蒲生憲之の頭のところに立っていて、手に白いハンカチのようなものを持っていた。蒲生憲之の顔にかけられていた布を取りのけて、遺体と対面していたところであるらしい。

ベッドサイドの猫足のテーブルの上に線香が立ててあった。線香は半ば以上燃えていた。そこから薄い煙が立ち昇っている。蒲生憲之の両手は、ベッドの上がけの上できちんと組み合わせられており、蠟のように真っ白な色になっていた。

「なんだ、君は」と、貴之が色をなして立ち上がった。「失礼じゃないか」

「お嬢さんに許可をもらってきました」

打ち返すように、孝史は言った。

「もう書斎を片づけさせてるんですね？」

貴之は顔をそむけ、椅子に戻った。「君に係わりのないことだ」

「係わりはありませんよ。だけど、これはやっぱりまずいと思う。蒲生大将——大将閣下は、今は違うかもしれないけど、かつては陸軍の重要人物だったんでしょう？　その人の自殺を、いくら場合が場合とはいえ、こんなふうにバタバタと身内だけで片づけていいんですか？　あとで調べられたらどうするつもりです？」

貴之が何か反論しようと、また腰を浮かしかけた。と、葛城医師がそれを制した。

「少し落ち着きなさい。どうしたんだね、貴之くん」

「先生——」

医師は手にしていた白い布をゆっくりと蒲生憲之の顔の上に戻すと、両手をあわせて拝んだ。それから貴之に向き直った。

「確かに、この青年には、さっきから多少無礼なふるまいがあるようだ。しかし、今彼が言っていることに間違いはないよ。閣下が亡くなられたお部屋を、できたらそのままにして私に見せていただきたかった」

「見せられないんですよ、先生」

決めつけるように、孝史は言った。無意識に息を切らしていた。葛城医師はぎょっとしたように孝史を仰ぎ、貴之の顔が強ばった。

「見せられないんですよ」と、孝史は繰り返した。

「現場を見せたら、自決にしては決定的におかしいことがわかってしまうからです。そうでしょう、貴之さん」

貴之は身構えるように肩を張ったまま、医師からも孝史からも目を背けている。

「そうなのかね？　貴之くん。大将閣下の自決には疑わしいことがあるのかね？」

「あるんです。貴之さん、銃はどこですか？」

貴之の肩がびくりと動いた。何か目に見えない重いものを持ち上げようとしているかのように、彼の首筋に腱が浮いてきた。

「銃声が聞こえて、僕らが大将の部屋に駆け込んだとき、その場に銃が見あたらなかった。そのときは、大将の身体の下になってしまっているのかと思いました。でもそうじゃなかった。大将の亡骸を動かしても、そこにも銃はなかった。そうなんでしょう、貴之さん」

だから貴之はあわてて大将の机の引き出しやそこらをかき回していたのだ。孝史も、遺族が遺書を隠した——という歴史的事実にばかり頭が行って、貴之が探しているのは遺書か、それに類する書類だとばかり思いこんでいた。だが、事実は違うのだ。貴之は銃を探していた。銃が無いということの意味するところに恐怖して、ほとんど半狂乱で探していたのだ。無い、無い、どこだ？　何かのはずみでどこかへ入り込んでしまったということはないか？　絶対にあるはずだ。無いはずはないのだ、と。

貴之は両手を握りしめた。首の腱がさらにくっきりとした。彼は目を閉じた。するとがっくりと肩が落ち、彼の身体から力が抜けた。首筋の腱が消え、彼は急に弱々しくなったように見えた。

「そのとおりです」と、かすれた声で答えた。

葛城医師は呆然として貴之を仰いでいる。やがて手をあげ、つるりと顔を撫でると、説明を求めるかのように、白い布に覆われた大将の顔を見おろした。むろん、蒲生大将は何も答えてはくれなかった。

「蒲生大将は殺されたんです」

声を励まして、孝史は言った。その厄介な事実に自分を立ち向かわせるためにも、大きな声で宣言する必要があった。

「これは殺人なんですよ」

5

葛城医師の提案で、蒲生邸内の人びとは居間に集まった。

孝史はもちろんのこと、今度はふきもちえもつまはじきにはされず、居ないのは平田だけである。これも葛城医師の意見に従ったものだ。皆できちんと顔を合わせて話し合うべきだというのが、この元気な先生の主張するところだったからである。

孝史の指摘を受けて以来、貴之は空気が抜けたかのようにしょぼんとしてしまい、指揮権を葛城医師に任せて、今もただぼんやりと腰かけている。うなだれたその横顔には疲労の色が濃いが、少しばかりほっとしたような表情でもある。葛城医師がいてくれることにいちばん感謝しているのは、貴之であるかもしれないと、孝史は思った。

鞠恵と嘉隆は、夕食の支度ができたから呼ばれたのだと思いこんでいたようだった。居間に入るとすぐに、鞠恵は不服そうに口をとがらせ、「何よ、なんにもないじゃないの」と言った。そして、台所に通じるドアの前に、かばいあうように寄り添って立っているふきとちえを、がみがみと怒鳴った。

「あんたたち、いったい何をやってるの？　たるんでるじゃないの。さっきだってお茶を持ってこいって言いつけたのに、いつまで経っても来やしない。誰のおかげでこの屋敷に置いてもらえてると思ってるのよ」

ひと足先に来て、貴之の隣に座っていた珠子が、鞠恵の方を見もしないで言った。

「誰のおかげであるにしろ、あなたのおかげではありませんわよ、鞠恵さん」

ふきたちのそばにいる孝史のところにまで、鞠恵の歯ぎしりが聞こえてきそうだった。

「お母さまとお呼びと、何回言ったらわかるの」

珠子ははすっぱな感じで肩をすくめた。そうして兄にほほえみかけ、貴之がうつむいたまま反応を示さないと、孝史の視線を捕らえて笑いかけてきた。

その笑みは明るいものではなかった。凶兆を感じ取っているらしい。珠子は、鞠恵がそうだと思いこんでいるほどの「バカ娘」ではないのだ。

「まあ、座ろうじゃないか」

蒲生嘉隆がとりなして、鞠恵の肩を軽く叩き、暖炉の脇に据えてある肘掛け椅子に並んで腰をおろした。

孝史はちょっと驚いた。嘉隆が、なんだか上っ張りみたいに見える白い服を着ていたからである。ズボンはさっき見たのと同じ色合いだから、着替えたのではなく、単に上から羽織っているのだろうが、それにしても珍妙な感じだった。

そのとき、葛城医師が嘉隆に言った。「また絵を描いていたのですかな」

ああ、そうか。あれは絵描きの上っ張りなのだ。そういえば、袖のところに絵の具がついている。

嘉隆は笑顔になった。「そうですよ。新しい構想がわきましたのでね」

「新しいって、どうせまた鞠恵さんの肖像画なんでしょう」と、珠子が言った。

「そうだよ。何枚描いても、また別の角度から描きたくなるものでね」と、嘉隆は澄まし顔で応じた。

「では、途中で中断して降りてこられたのですな？」

「ええ、そうですよ」

「では、絵の具が乾いてしまうかもしれませんな。少し面倒な話なのですよ」

嘉隆は眉を上げた。「どういうことです？」

葛城医師は長いため息をついた。見事な髭がふるふると震えた。

「あなたの兄上の亡くなり方に、疑問が出てきたのです」

医師は貴之の顔を見たが、彼は医師にすべて任せきってしまったかのように、目を閉じて肩を落としている。葛城医師は顔を上げると、嘉隆と、鞠恵と、珠子の顔を均等に見比べながら、銃が発見されなかったという事情と、孝史がそれに気づいたことなどについて説明を始めた。

孝史は素早く視線をめぐらせ、一同の顔を観察した。誰がどんな反応を示すか、しっかり確認しておかねばならないと思った。

嘉隆は、医師の説明が進むに連れて、どんどん目を見張っていった。いっぱいまで見開いたところで、何度か瞬きをした。それから、その口の端がわずかにゆるんだ。笑った——かのように、孝史には見えた。そのゆるみは瞬時に消えたが、孝史の目のなかには残った。

鞠恵は表情を変えなかった。彼女の場合、普通の状態でも怒ったような顔をしているから、つまりずっと怒ったような顔で医師の話を聞いていた。膝の上で手の指がちょっと動き、空にある見えない何かをつかもうとするかのような動作をしたけれど、動きと言ったらそれだけだった。

瞑目するようにうなだれた貴之の脇で、珠子はきちんと膝に手を置き、正面から医師の顔を見つめて話を聞いていた。その彼女の顔を、孝史もまた凝視した。珠子の顔立ちが、ほとんど左右対称と言えるほどに整っていることに、初めて気がついた。とても美しいのに、どこか非人間的な感じがするのは、このせいだったのだろうと思った。

珠子は泣かず、笑わず、怒らず、うなずくことさえせずに黙って座っていた。ただ、医師の話が、貴之が銃が見あたらないことに気づき、あわてて部屋中を探したというくだりにさしかかると、そっと手を動かして兄の手の上に乗せ、指を握りしめた。

貴之は何の反応も示さなかった。いっそう強く目を閉じただけだった。

ふきは啞然としているように見えた。彼女たちだけが腰掛けておらず、ドアに寄りかかることもなく、立って話を聞いている。ふきはちえの肘に腕をかけ、慰めを与えまた慰めを求めるかのように、さらに近くに寄り添った。

そしてちえは――泣き始めていた。

老婆が泣いていることが、最初はわからなかった。涙は目尻を濡らしているだけで、頰を伝わず、それにちえは声も立てていなかったから。わかったのは、ちえが割烹着の裾を持ち上げて、それで鼻先を押さえたからである。

意外なことに、ここで珠子が振り返り、肩越しにちえに声をかけた。

「ちゑ、大丈夫?」

ちえは黙って腰を折り、頭を下げた。そのまま割烹着で顔を覆ってしまった。ふきがその背中に腕を回して抱き寄せた。そうして、彼女も泣き出しそうな顔になってしまった。

葛城医師は淡々と語り終えた。

「事情は、こういうことです」

そう締めくくると、口を結んだ。誰も発言する者はなかった。

ややあって、嘉隆が言った。「それで? どうしようっていうんです?」

医師は嘉隆を見た。気のせいか、そうか、最初にあんたがそれを言い出したか――と確認しているかのように、孝史には感じられた。

「どうもこうもありませんな。まず第一に、皆さんにこの件についてお話をして、どなたか銃を持ち去った方はいないか、あるいはその行方を知ってはいないか、伺ってみることが筋でしょう」

嘉隆は、ちょっと声をあげて笑った――というより、笑い声をあげてみせた。

「僕は銃の行方など知らない。鞠恵も知らない。だいたい、兄がどんな銃を持っていたか、持っていたということ自体知らなかった。ねえ君、君だってそうだろう？」

「ええ、そうよ」と、鞠恵が応じた。彼女はまだ怒り顔のままだった。

「二十五こう――」と、貴之が言い出した。まだうつむいたままで、しかし目は開いていた。突然口を開いたので、声がかすかすとかすれた。

咳払いをして、彼は言い直した。「二十五口径のブローニング・オートです。片手に隠れてしまうような小さな銃だ」

「そんなもの、兄さんが持っていたのか」

貴之は顔を上げ、叔父を見た。

「持っていました。偕交社で買ったんですよ。倒れる前の――いつごろだったかな。軍人のあいだで、外国製の拳銃を持つことが流行ったから」

「倒れる前――じゃあ、自決するためにわざわざ買ったのではないんだな」と、嘉隆が呟いた。「兄さんにも、流行ものを買うようなところがあったんだね」

「あたしは見たことないわ」鞠恵があっさり言った。

「どんな銃です？」と、孝史は訊いた。「小さくて……銃身の色は？」

「青色だ。暗い青色」

「オートっていうことは、回転拳銃じゃなくてオートマチックですね？　自動式」

「うん……」

「弾は、一発一発こめるんじゃなくて、カートリッジ――つまり筒みたいなものに入っていて、それをぱちんとはめる？」

「どうだろう」貴之は困惑気味だった。「よくわからない。ちょっと見せてもらったことがあるだけだし、僕は銃には詳しくない」

鞠恵が不意に、肘掛け椅子に座って足を組んだまま身を乗り出した。

「ねえ、あんた、ずいぶん銃のことをよく知ってるじゃないの」

孝史はちょっとあわてた。映画で見たことがある程度の知識なのである。

「そんなことありませんよ」

「あるわよ。あんた職工だとか言ってるけど、ホントのところはどうなのかしら。赤色分子なんじゃないの、この人。活動家なのよ。危ないわ」

危ないと言いつつ、鞠恵はヘラヘラ笑っている。目が意地悪く光っていた。孝史は助けを求めるように葛城医師を見た。すると鞠恵も医師に矛先を向けた。

「ねえ先生、そう思いませんこと？　だいたい、この人にはおかしなところがいっぱいあるじゃありませんか。身元だってはっきりしないし、そもそも、この人がこの屋敷に転がり込んで来たとたんに、主人が死んだんですよ。偶然にしちゃできすぎてません？」

「そういえばそうだ」と、嘉隆も尻馬に乗った。しかし彼は、鞠恵と違って冷やかし半分の笑みを浮かべてはいなかった。真顔だった。

「外部の人間の仕業ということは、充分考えられるんじゃないかね？　そうそう、兄さんが病院からここへ帰ってきて、そうだな——半年ばかり経ったころだったか、見舞いを装って訪ねてきた男に撃たれそうになったことがあったじゃないか。覚えているだろう、貴之」

貴之をさえぎって、鞠恵が言った。「忘れるわけがないわ。怖くて死にそうだったんですもの」

「あれは、皇道派の跳ね返り分子がやったことです。父が言っていました」と、貴之が言った。「あの男は軍人ではなかったし、皇道派の思想をきちんと理解してさえいなかった。父も深く気にしてはいなかった。放っておけばいい、と」

「だけど、撃たれそうになったじゃないの」

孝史にとっては、これは初耳である。葛城医師との話で、大将が病気で倒れた後、皇道派の人びとにとって面白くないことを発言し、一部から睨まれたり反発を受けたりしていたことは知っていたけれど、命を狙われるようなところにまで行っていたのか。

「今度のことだって、そうだったんじゃないの？　あの男のような危険な輩が忍び込んできて、主人を撃ち殺して逃げたのよ」

ずっと黙っていたふきが、このとき突然口を開いた。

「あのときのあの人は、本当に旦那さまを撃とうとしていたわけではないと思います」

壁の絵がしゃべり始めたのを目にしたように、鞠恵は目を剝いた。

「あんたは黙ってなさい」

ふきはひるんだが、黙らなかった。

「あのとき、わたくしがたまたまお食事をお持ちしてお部屋に入ったら、あの男が旦那さまに銃を突きつけていました。わたくしが叫び声をあげると、男はあわてて逃げ出しました。窓から飛び降りて、すぐに車が走り去る音が聞こえました。旦那さまはご無事で、あんな者は追わんでいい、どこにも報せることもない、とおっしゃいました」

「なるほど……。本気なら、ふきさんに見つけられたくらいですたこら逃げ出しはしないだろう。まあ、脅しだったのだろうね」と、葛城医師がうなずく。

「だけど、今日のは脅しじゃなかったわけでしょう？」と、鞠恵は粘る。「格好だけじゃなしに、主人を殺してしまったのよ」

鋭い声で、珠子が言った。「お父さまがどんなお考えを持っていたかも知らないくせに、よくそんなでたらめが言えるわ」

鞠恵は立ち上がった。「なんですって！」

「あなたには何もわかってないと言ったのよ」

珠子に飛びかかりそうになる鞠恵を、嘉隆が強引に座らせた。

「静かにし給えよ、君。子供相手に何を本気になっているんだ」

鞠恵は怒りのあまり青ざめていた。孝史は内心で珠子に喝采を送った。

「貴之」と、嘉隆は呼びかけた。「僕も、兄さんのこのところの思想的立場がどこにあったのか、よくわからない。たとえ脅しにしろ、その手の圧迫を受けたことがあったのなら、それは、皇道派の軍人たちを完全に敵に回してしまっていたということかね？」

貴之はきっぱりと首を振った。「それは違います。父の立場が微妙なものになっていたことは事実ですし、皇道派のなかに、父の言動を敵視する一派が生まれてきていたことも確かですが、父への尊敬を失わずにいてくれた者たちもいました。実は——」

葛城医師を見ると、

「今朝、あの騒動が起こったとき、隊附将校たちが決起したことを、父に報せに来てくれた人がいたんです。地方人ですが、やはり皇道派の思想に共鳴する人物です。ですから、ラジオで聞かされるよりも先に、父は事情を知っていました」

孝史は今朝、前庭の雪の吹き溜まりのなかで聞いた来客の声と、車の轍の跡を思い出した。「ごめんください」という急き込んだ口調。用件だけ済ませると大慌てで立ち去ったあの様子。

「誰がその人を通したの？」と、鞠恵が訊いた。

「わたくしです」と、ふきが答えた。

「初めて来る顔だったかね？」

葛城医師の問いに、ふきは首を振った。

「いいえ。何度もおいでになったことがあります。お若い方で」

「名前を覚えているかね？」

「確か……旦那さまは、田川君とお呼びになっていました」

「知っているか？」と、医師は貴之に訊いた。彼はうなずいた。

「父の使っていた、いわば連絡役のような青年です。頻繁に手紙を運んでいました」

「大将は、誰と連絡をとっておられたのだろう？」

「あまり深く係わると厄介なことになるからと、僕には教えてくれませんでした。ただ……」

「ただ？」

貴之は慎重な口振りになった。「隊附将校たちのなかでも、早急な決起に反対する立場にあった人物ではないかと思います。父がその意見を持っていましたから。親しく手紙をやりとりするなら、意見を同じくする人物でしょう」

「兄さんは、それで早期決起派に睨まれたわけか」と、嘉隆が納得顔をした。「皇道派も割れているんだな」

「しかし、結局は決起しましたね……」貴之が呟いた。

「兄さんは、ずいぶんと考え方が変わっていたんだね」

嘉隆が、他人事を語るような呑気《のんき》な口調で言った。

「倒れる前は、兄さんも早期決起派だったはずだろう？　財閥とつるんで私腹をこやす軍閥こそが元凶だ、一刻も早く軍閥を解体して、中枢部を根こそぎ変革しなくては皇軍の未来はない——そんな演説をぶっていたじゃないか。それが大した変わりようだね。病気の前と後じゃ、まるで別人だ」

貴之はちらっと叔父の顔を見た。その目に怒りのような色が浮かんでいる。しかし、何も言わずに口をつぐんで、すぐに目を伏せてしまった。葛城医師は髭をひねっている。珠子はぼうっと暖炉を見つめている。鞠恵は笑みを含んで嘉隆の横顔を見ている。

「だいたい、あのときだっておかしいなと思ったんだよ……」遠いことを思い出すように目を細くして、嘉隆は続けた。「相沢事件のときさ。どうして兄さんが永田軍務局長に手紙なんか渡す必要があったのか——敵の親玉なんだからな」

周囲の沈黙のなかで、嘉隆はにやにや笑い始めた。

「それに、さっき話に出た田川とかいう連絡役の青年がいたなら、どうしてあのときだけ、貴之を遣いに立てて手紙を持って行かせたりしたんだろうな？　田川に行かせりゃよかったじゃないか。え？」

貴之が縮こまり、うつむいている。額に汗が見える。

孝史は思い出した。嘉隆と鞠恵の会話——

(貴之が大恥をかいて)

(あいつは臆病もの)

そして、葛城医師の話。なかなか気骨のある青年だった貴之が、「あれ以来変わってしまった」、そしてその「あれ」とは何かと尋ねると、もごもごと口を濁した——「相沢事件」の話をしたときも、何となく歯切れ悪かったような——

ぎくしゃくと、貴之が言った。「あのときは、非常に重要な文書だから、おまえが行ってくれと頼まれたのです。本来ならば、父が直接出向いて、永田さんに直にお目にかかってお渡しするべきものなのだと言っていました」

「ふむ、そうか」嘉隆はまだ笑っている。

「おかげで、おまえは気の毒な目に遭ったよな」

「本当よね」と、鞠恵も笑う。侮蔑的な笑い方で、事情のよくわからない孝史でさえ、このときばかりは貴之の肩を持ちたくなった。だから、声を張り上げた。

「なんだか、話がそれてますね。おふたりには、話をそらしたいお気持ちがあるんですか?」

とたんに、鞠恵の顔から笑いが吹っ飛んだ。彼女の怒り顔を見て、孝史は胸がすっとした。

「あんた、なにが言いたいのよ!」

「別に何も」

「もうおやめなさい」葛城医師が、うんざりしたように口をはさんだ。「尾崎君が言うとおり、話がそれておりますな」

「それてなんかいないわ。そりゃ、軍隊のなかのことなんか、あたしたちには関係ないけど、問題は、あの人が誰かに命を狙われてたかもしれないってことなのよ」

吐き捨てて、鞠恵は顔を歪めた。

「事実そうなんでしょ? それだけわかればいいのよ。で、その手の連中に、あの人は殺されたのよ」

やれやれ、蒲生大将のことを、形だけでも「主人」と呼ぶことさえ忘れてしまったらしい。それでも、遺産のことだけはしぶとく考え続けているのだろうと、孝史は思った。

「誰であろうと、外から入り込んで、父を殺して逃げることなどできませんよ」と、貴之が静かに言った。

「どうしてよ?」

「銃声が聞こえた時刻には、隊附将校たちの決起はもうとっくに始まっていました。道路は封鎖されている。外部からこの屋敷に、のこのこ出入りができるわけがない」

「封鎖の内側から来たのかもしれない」と、嘉隆が言った。「さっき君が言ったんだぞ。皇道派のなかにも、兄さんを敵視している連中がいたと。そのうちの誰かがやってきたのかも知れない」

「そんな馬鹿な」孝史は思わず吹き出してしまった。「あんたは、街を歩いてないからそんなことを言えるんだ。ついでに言うなら、軍隊のこともわかっちゃいないね」

さすがに嘉隆が顔色を変えた。「何だと?」

葛城医師が呆れ顔で孝史を見ている。ちょっと赤面だった。孝史だって、「軍隊のことなどわかっちゃいない」のだ。

しかし、ここは強気で頑張るべきだ。

「決起軍の様子を、僕は見てきましたよ。とてもじゃないけど、あのなかから将校や兵隊のひとりやふたりが抜け出して、ちょっと蒲生大将を暗殺してきますなんていう雰囲気じゃなかった。だいいち、大将を殺すなら、彼らは団体で堂々とやって来るでしょうよ。現にそうやって重臣たちを暗殺した後、ああして首都のど真ん中を占拠してるんだ。その彼らが、蒲生大将のときだけ、どうしてコソ泥みたいに忍び込んで来るわけがあるんです?」

「それは……」嘉隆は口ごもった。

鞠恵は負けていなかった。口を尖らせ、唾を飛ばして言い募った。「それなら、近所から来たのよ!」

「近所?」

「そうよ。それだって封鎖の内側じゃないの」

「何の根拠があって——」

言い返そうとした孝史を、珠子の声がさえぎった。

「お父さまは、ご近所と仲が良くなかったの」

「仲違いくらいで殺したりしますか?」

「するかもしれないわ。思想の対立だから」

孝史の目を見て、珠子はゆっくりと言った。

「この家の周りには、軍人や軍の出入りの商人や官庁勤めのお役人が住んでいる屋敷が多いの。そういう人たちと、ほとんどひとり残らず、お父さまは対立していらしたの。ええ、本当にひどい対立で、それで通用門までつぶしてしまったくらいだもの」

孝史はびっくりした。確かにこの屋敷には通用門が無く、そのために不自然で不便なことが多々発生している。その原因がそんなところにあったのか?

「うちの通用門を使って出入りするには、すぐ後ろのお屋敷の敷地内を通っている私道を抜けないとならないの。それなのに、お父さまは後ろのお屋敷の方と喧嘩をしてしまって、二度と通るな、ああ通らないというようなことになって――」

ちらっと、珠子は笑った。

「子供の喧嘩みたいでしょう。でも、お父さまは『国賊だ！』って罵られたのよ」

「喧嘩の原因は何だったんです？」

珠子に変わって、葛城医師が答えた。

「『中国一撃論』だよ」

「は？」

「君にはわかるまいが、平たく言えば、中国など一撃で平らげることができる、敵は北方のソ連だという意見さ。蒲生大将閣下も、病気で倒れる以前はこの論の支持者だったが、倒れて以降、気持ちが変わられたらしい。ところが後ろの屋敷の主は、確か陸軍士官学校の教官だったと思うが、そういう閣下を変節漢だと決めつけられてね」

葛城医師は、困ったように髭をひねった。

「それで通用門をなくすことになったといういきさつは、私も閣下から伺って知っている。閣下は笑っておられたが……一方でひどく気に病んでいる節も見られた」

呆気にとられた気分で、孝史は腕組みをした。

さっき嘉隆も言っていたが、病気の前と後では、確かに蒲生大将の人が変わってしまっている。これはどういうことなのだろう？　病気というものが、それほどまでに激しく作用して、ある人間の思想を変えさせてしまうことがあるのだろうか？　そして今度の殺人も、大将の思想の変化と係わりがあるのだろうか？

そのとき、貴之の低い声が聞こえてきた。

「何がどうでも、とにかく、外部から人が入り込んで父を殺すことができたわけはないんです」

ぐいと現実に引き戻されたような感じで、孝史は彼の顔に目をやった。貴之は、先ほどの屈辱から立ち直り、また冷静な表情を取り戻していた。

「あんたも頑固ね」と、鞠恵が毒づく。「なんでそんなことが断言できるのよ？」

あっさりと、貴之は答えた。「窓に鍵がかかっていたからですよ」

ひゅっと真空になったかのような沈黙が落ちた。

「鍵が……？」珠子が兄を見る。

「ああ、そうだ」貴之はうなずいた。「ドアは開いていたけれど、窓の鍵はきちんとかかっていた。すべて内側からだ。そのことは、僕だけじゃない、この尾崎君も確認している。そうだね、君」

　目を見開き、口も半開きにしたまま、孝史はうなずいた。そうだ、そうだった。言われるまでは忘れていた――

　窓には鍵がかかっていた。間違いない。

「ええ、貴之さんのおっしゃるとおりです」

　孝史が認めると、鞠恵があんぐりと口をあいた。さすがの彼女も、今度ばかりは狼狽しているようだった。

「なによそれ……じゃあ……」

　貴之は、まっすぐに鞠恵の顔を見つめている。

「そうです。父を殺した犯人は、この家のなかにいるということだ」

6

　肘掛け椅子を倒すような勢いで、嘉隆が立ち上がった。

「冗談じゃない！　どうして我々が疑われるんだ？」

「誰もあなただとは言ってない」と、貴之は言った。「我々のなかに犯人がいると言っただけです」

　嘉隆は色をなして、

「それとも兄さんの遺書に、それらしきことが書いてあったとでも言うつもりかね？」

　それも考えられないことではないと孝史は貴之の顔を見た。

　しかし貴之は冷静だった。

「遺書にはそんなことは書かれていないし、父はそういう人間ではない。ただ、状況から見て、犯人はこの家の中にいるとしか思えないと言っただけです」

「それなら、同じことだわ」

　鞠恵にも、それくらいのことはわかるようだ。立ち上がると、貴之に詰め寄るようにしてテーブルに近づいてきた。

「銃声が聞こえたとき、あたしたちは――あたしと嘉隆さんは一緒に部屋にいたのよ。絵を描いていたの。あたしはモデルをしていた。貴之が報せにきて、それで初めて何かあったと判ったのよ」

「じゃ、銃声は聞こえてたわけですね？」と、孝史は問い返した。「それなのに、ヘンだと思わなかったんですか？　何か起こったと感じなかったんですか？」

　あのとき、銃声らしきものを耳にした直後に、何か聞こえなかったかと、貴之がやってきた。そして孝史と顔を合わせた。アイロン台のある、居間に通じる廊下の手前の部屋で。そしてふたりで台所へ行き、ふきとちえと話をして、物音が台所で発したものではないと確認して、居間に行った。すると、玄関ホールの側から珠子が飛び込んできて、「お父さまのお部屋で変な音がした」と言った。で、三人で大将の部屋に駆けつけた——

　孝史は当時の行動を再生して説明してみせた。貴之がひとつひとつ確認するようにうなずいている。

「だけどあのとき、あなたたちふたりはあの場にいなかった」と、孝史は言った。「大将が亡くなっているのを確認したあと、貴之さんがあなたたちに報せに行ったのは事実だけど、それ以前のあなたたちは何をしていたんです？　銃声を耳にしていたのなら、どうしてそのとき部屋から出てこなかったんです？」

　鞠恵はちょっと顎を引き、ひるんだようにまばたきをした。嘉隆を振り返る。

　嘉隆はテーブルに歩み寄ってくると、孝史を見おろした。

「銃声は聞こえたさ。しかし、家の外だと思ったんだ」

「外？」

「ああ、そうだ。あの騒ぎが起こってるんだぞ。銃声の一発や二発、聞こえて当たり前だと思ってたんだよ」

「封鎖線は遠い。こんな近くで銃撃戦が起こるはずがないですよ」

「そんなこと、僕にわかるもんか」と、嘉隆は嚙みつくように言った。「発砲するのは軍人に決まっている。だから外だと思って気にもとめなかったんだ。それだけのことさ」

　鞠恵も勢いを取り戻した。「ええ、そうよ。それより、珠子はどうなの？　あんたはどこにいたのよ？」

　突っ込まれて、珠子は水をかけられたように瞬きをした。「あたくし？」

「そうよ、あんたよ」鞠恵は勝ち誇ったように目をぎらぎらさせている。「変な音が聞こえたっていって居間に飛び込む前は、どこにいたの？　あんたひとりでどこにいたのよ？」

　珠子は皆の注目を浴びた。ほとんど表情もないまま、彼女は皆を見回して、言った。

「玄関にいましたの」

「玄関？　何をしてたんだ」と、貴之が訊いた。

「外を見ていたの」珠子はちょっと気恥ずかしそうに目を伏せた。「何か見えるかと思って……。足元が悪いから、前庭には出ていかなかったけれど、それこそ兵隊の声とか何か聞こえないかとも思いましたし」

それから、妙に牧歌的なことを付け加えた。

「それにあたくし、雪景色は大好き」

「おかしいわよ、そんなの」鞠恵が言った。「外を見るなら二階の窓から見たらいいじゃないの。遠くまで見えるでしょうに」

「あたくしの部屋からは、宮城の方向は見えないんです」

「ほかの部屋から見たらいいでしょ」

「鞠恵さん、少し黙ってください」貴之が止め、珠子に訊いた。「おまえ、どのくらいのあいだ玄関にいたんだい？」

珠子は首をかしげた。「さあ……三十分くらいだったかしら。もっと長かったかもしれません」

「よく寒くなかったもんだ」

葛城医師が呟き、皆に見つめられた。場違いな感想だと気づいたのか、医師は照れた顔をした。「いや、失礼」

そのとき、孝史はどきっとした。あることが頭に閃いたのだ。背中がひやりとした。汗が出てきた。

葛城医師はいいことを言ったのだ。ちっとも場違いではない。

思わずごくりと空唾を飲んでから、孝史は訊いた。

「珠子さん、本当に寒くなかったですか」

珠子はくすっと笑った。「寒かったですわ」

「着物の上に、何か羽織っていましたか」

「いいえ」

「手や足が冷たかったでしょう」

「ええ、凍えてしまったわ」

貴之が苛立たしそうに遮った。「何を言ってるんだ」

「大事なことなんです」孝史は真っ直ぐに珠子を見つめた。「あのとき――貴之さんが大将の部屋にあがっていって、僕たちがふたりでそのあとに続いたとき、珠子さん、僕にこう言いましたよね、覚えてますか？」

――あたくし、ひとりじゃ怖いわ。あなた一緒に来て頂戴。

「ええ、覚えているわ」

「そして僕と手をつないだんです。あなたが僕の手をつかんだんですよ。覚えてますね？」

珠子のふっくらとした頬が、わずかにひきつった。やはり、この娘はバカではない。皆はポカンとしているが、珠子だけは、孝史の言わんとするところが判ったのだ。

「どうかしら、覚えてないわ」と、彼女は言った。

「あなたと手なんかつなぎました?」

「つないだんです」と、孝史は言った。

当人に面と向かって、その場で嘘を暴くことなど、孝史にも初めての経験だ。耳たぶが熱くなるくらいに緊張した。

「あなたの手は温かかった」と、孝史は言った。

貴之の表情が変わった。彼にも判ったのだ。

「僕はよく覚えています。あなたに手をとられてびっくりしたからですよ。あなたの手は温かかった。あれは、玄関の扉を開けて三十分も外を見ていた人の手じゃなかった」

珠子は孝史の顔から視線をそらした。彼女のことだ、貴之に救いを請うかと思ったが、それもせずにテーブルに目を落としてしまった。

「珠子……」と、貴之が呟いた。「本当のところはどうなんだ?」

ぽつりと、珠子は呟いた。「あたくし、お父さまを殺してなどいません」

「判ったもんじゃないわ」と、鞠恵が言ったが、誰も彼女にかまわなかった。皆が珠子を見つめていた。

「どうしてあたくしがお父さまを殺さなければならないの? 長生きしてほしいと思っていたわ。花嫁姿をお見せしたかったわ」

「その縁談だ」と、嘉隆が言い出した。「兄さんが勝手に決めたものだそうじゃないかね。珠子、それが不満だったんじゃないのかい?」

おためごかしの、優しい口調だった。孝史は聞いていてイライラした。殴りつけてやりたくなった。

「兄さんは遺書を残していたのだろう? 自決の準備はできていた。そんな兄さんを殺そうというのは、よほどカッとなった人間しかいない。珠子、縁談が嫌で嫌で、それで腹が立って仕方なかったのじゃないか?」

孝史は割り込んだ。「待って下さい。遺書があることは、大将が亡くなるまでは判らなかったんですよ」

少なくとも、未来から来た孝史と平田以外は知らないことなのだ。

「縁談にも不満はなかった」と、貴之が言った。

「先方がぜひにと望んできたことだし、珠子も満足していたはずだ」

「だけど、相手は円タク会社の息子なのよ?」と、バカにしたように鞠恵が言い募る。「こんなお高いお嬢さんが、車屋の嫁になることを心から承知するわけないじゃないですか！」

「父が決めたことです」貴之は言い返した。

「珠子の将来のためだと言ってね。珠子も喜んでいた。あなたはそれを知らないじゃないか。珠子の縁談のことなど気にかけてもいなかったくせに」

「あら、気になりましたわよ。母親ですもの」

「あなたのどこが母親なものか！」

貴之の怒鳴り声に、窓ガラスまで震えるようだった。さすがの鞠恵もびくっと身を引いた。

一瞬の沈黙の間隙《かんげき》に、珠子のかすかな声が響いた。

「――立ち聞きしていましたの」

「え？」孝史は珠子に耳を寄せた。「何と言ったんです？」

「立ち聞きしていましたの」珠子は繰り返し、下を向いたまま続けた。「嘉隆叔父さまのお部屋の扉の外にいて、おふたりがどんな話をしているか、盗み聞きしていたの。そうしたらお父さまのお部屋からパチンというような音が聞こえて――でも、ひとりでは怖くて様子を見に行かれなかったから、居間にお兄さまがいるのを知っていたので、降りていったんです」

珠子はしばしばとまばたきをして、またうつむいた。

「だから、玄関にいたというのは嘘ですわ。尾崎さんの言うとおりだわ」

「立ち聞き……」鞠恵が目を見開いている。

「なんて嫌らしい娘なの！」

「本当のことを言ってるのかどうか、わからないな」嘉隆が肩をすくめた。「証人がいないんだからね」

珠子は、不意に頭を上げた。眠っていた蛇が鎌首をもたげるように素早く。そして叔父の目を見た。

「あのとき、お部屋で鞠恵さんと、青年将校の決起が失敗したら、お父さまはきっと自決なさるだろうって、お話になっていたわよね？」

嘉隆の顔が強ばった。鞠恵の赤いくちびるがぽかんと開いた。

「だから駆け落ちは待った方がいいって、お話しになっていたわ。実はあたくし、鞠恵さんの駆け落ち用の荷物が半地下の空部屋に隠してあることも存じてましたし」

珠子はにっと笑い、鞠恵の顔をのぞきこむと、言った。「あなたはお馬鹿さんね。あたくし、叔父さまがあなたをモデルに絵を描くという口実でこの屋敷にお泊まりになるたびに、あなたたちのお話を盗み聞きしていたの。駆け落ちの話は、半年ぐらい前からのことでしたわね。あなたが言い出したのでしょ？　盗み聞きしているだけのあたくしにだって、叔父さまが本当は駆け落ちなどしたくなくて、だけど口先だけはあなたに合わせて、いい機会がきたら駆け落ちしようと言っているんだってことが判ったわ。よく判った。だけどあなたはチットモ気づかなかったわ。お馬鹿さんね。鈍いのだわ」

「珠子！」

怒鳴り声と共に、横合いから嘉隆の手が飛んできて、珠子の頬を打った。珠子の身体が椅子からくずおれるほどの強い勢いだった。

「何をするんだ！」

貴之が嘉隆に飛びかかった。葛城医師が割って入った。孝史は珠子を助け起こし、ふきが脇から手を貸してくれた。

「ありがとう」

珠子は起きあがり、笑顔をつくった。左の頬に、嘉隆の手の痕がくっきりと赤く残っている。それでも珠子は毅然としていた。殴られていない側の白い頬も上気して紅を帯び、両目がきらきら輝いている。美しかった。

「こんな話をしていても仕方がない」

青ざめて息を切らしている嘉隆を抱き留めながら、葛城医師が言った。

「もう遅い。休みましょう。いや、皆さんは夕食もまだなのじゃないですか？　とにかく、この場はお開きにしましょう」

否という声はなかった。ちえがまた涙を拭きながら台所へ戻っていく。

孝史は、貴之と葛城医師と三人で、居間で夕食をとった。鞠恵と嘉隆は嘉隆の部屋にこもり、珠子は食事よりも眠りたいと自室に引っ込んでしまった。孝史は平田のそばにいたかったのだけれど、葛城医師にも貴之にも、一緒にいてくれと頼まれたのだ。

「我々だけで、少し事態を整理してみたいのだ」と、医師は言った。

「だけど、僕がいていいんですか？　使用人なんですよ」

「今さら何を言うんだね。それに今は非常事態だ」

平田の様子は、ふきが見に行ってくれた。重湯をつくり、食べさせてみるという。孝史は礼を言って、自分の食事にとりかかった。野菜の煮付けや焼き魚、和え物など皿数が多く、きれいに盛りつけられていた。きっと美味しいはずなのだけれど、あまり味がしなかった。

箸でおかずをつつきまわしているだけの貴之に比べて、葛城医師はよく食べた。むろん、部外者だという立場の気軽さはあるだろうけれど、孝史はそこに、医師特有のしたたかさを感じた。危機的なときほど、エネルギーを補給して頑張らねばならぬ。

それを見習うことにして、孝史もとにかく詰め込んだ。周囲が落ち着くと、思い出したように身体のあちこちが痛くなってきたけれど、我慢できないほどではなかった。今朝方よりは、ずっと楽だ。孝史の気分も張りつめていて、それが良い効果を生んでいるのかもしれなかった。

「困ったことになりましたな」

箸を置き、ちえのいれてくれたお茶をゆっくりとひと口すると、葛城医師は言った。

貴之は、ほとんど手つかずの皿から目をあげた。孝史も医師の顔を見た。

「私は探偵小説は読まないが、しかしこれは小説のようですな」

まったくだと、孝史も考えていた。

「なんというのですか——不在証明ですかな？　殺人があったとき、その場にはいなかったとかいう」

「ええ」と、貴之がうなずく。

「貴之君と尾崎君、ふきとちゑについては、その不在証明とやらがはっきりしているわけですな」と、葛城医師は言った。「珠子さんと鞠恵さん、嘉隆さんに関しては、それが怪しい……。珠子さんが本当のことを言っているのだとしたら、三人とも不在証明があることになるのだが」

「珠子は嘘をついていないと思います」と、貴之が言った。皿を押しやり、暖炉の方を見た。

「あれにとって、立ち聞きの件は、こんなことでもなかったら死んでも打ち明けたくないことだったでしょう。嘘をついているとは思えません」

医師は黙っている。孝史は言った。「それに、三人とも動機がないですよ」

「動機？」

「ええ。珠子さんについては、縁談のこととかがよくわからないから、正確なところは何とも言えません。でも、今まで見てきた限りでは、僕には彼女が大将閣下を殺したとは思えない」

孝史は、大将の死の直後に見せた、珠子の涙のことを考えていた。身勝手な泣き方だと思ったけれど、でもあれは、少なくとも本物の涙だったと思う。そのあと、居間で家族の写真に見入っていたときの彼女の表情を思い出すと、なおさらだ。

「珠子さんが殺したんじゃない……」

「当たり前だ」と、貴之が吐き捨てた。

孝史はちらりと貴之を見た。そうして、喉まであがってきた言葉を呑み込んだ。

——だけどあんたは、頭を撃って死んでいる大将の遺体のそばに拳銃がないことに気づいたとき、すごくあわてていたよね？　なぜあわてたんだい？

とっさに、そんなことをやらかしそうな誰かの顔を、貴之は思い浮かべたのではないか。だからあわてたのだ。そして、拳銃が無いということをすぐに打ち明けなかったのも、彼が頭に思い浮かべた「誰か」をかばうためだったのではないか。

その「誰か」は誰なのか。今の孝史には、珠子以外の顔が思い浮かばない。これまでの経過を見れば、貴之が嘉隆や鞠恵をかばいだてするはずがないことは明らかだ。彼がかばうとしたら、珠子しかいない。

孝史には、珠子に父親を殺さねばならぬ動機があるようには思えない。実際、珠子は殺していないかもしれない。だが、事実はどうあれ、貴之の側には、「珠子が父を殺したのでは？」という疑いを心に抱くに足るだけの理由があるのではないか。

それが何なのかは判らないけれど。

「鞠恵さんと嘉隆さんはどうかね」医師が顔を曇らせたまま言った。「あのふたりが——なんというかその、通じていたことは、私もよく知っている。実は、大将閣下も気づいておられたよ」

孝史は仰天したが、貴之は平気な顔をしていた。

「ええ、知っていました。知っていて放っておいたんです」

「だけど、奥さんでしょう？　後妻だけど奥さんには違いない」

「後妻なもんか」と、貴之は鼻で笑った。

「籍も入っていないし、ただ押しかけてきて居座っているだけの女だ。まあ、妾《めかけ》だよ」

呆れてしまって、孝史はちょっと声が出せなかった。

「あの人は、いつごろからこの屋敷に居るのだったかな？　閣下が退役されてからのことだよなあ」と、医師が呟いた。「閣下が倒れられたのが九年の——春先だったね。三月だったか。その年の暮れには、もう鞠恵さんがここに居たように思うが」

「あの人が押しかけてきたのは、九月ごろだったと思います」貴之が、記憶をたどるようなゆっくりとした口振りで言った。「突然で、驚きました。そう、さっき話に出ていた、父がテロに遭いそうになったという事件、あのちょっと前ぐらいのことだったかな」

見舞客を装って訪ねてきた男が拳銃で大将を脅し、ふきに見つけられると二階から飛び降りて逃げたという一件だ。鞠恵は、「怖くて死にそうだった」と言っていた。

「あのころにはもう、閣下もだいぶ回復されていて、著作にも取りかかっておられたろう？　活発に動き回ることはできなくても、頭はしっかりなすっていた。なぜ、鞠恵さんを居座らせるようなことになってしまったんだろうね？　怒鳴りつけて追い出せば済む事じゃなかったろうか」

貴之は顔をしかめた。「そのへんのところは、僕にもよく判りません。父には、済まないが我慢してくれと言われていました」

「我慢と言ったって——」

「あの人は、父がひいきにしていた料亭の仲居だったそうなんですよ。実際、父とまったく関係がなかったわけではないんです」

葛城医師は苦笑した。「しかし、それはまあ、男の甲斐性じゃないのかね。閣下は奥方を亡くされてから十五年以上も独り身を通してこられたのだし」

蒲生夫人は、そんなに以前に亡くなっているのか。

「父としても、いろいろ複雑なところがあったんでしょう。ただ、押しかけてきて居座るには、裏で手を引いて焚きつける奴がいなければね。鞠恵さんひとりの頭で思いつくことじゃない。操り手がいるんです。それが叔父さんですよ」

孝史は二度目の仰天で、箸を落としてしまった。

「そんなことって……」

「嘉隆叔父さんが何を考えているんだか判らないが、まあそういうことだよ」

「だけどあの人は、鞠恵さんが大将の後妻だと思いこんでいましたよ」

実は、僕も彼らの話を立ち聞きしたんですと、孝史は打ち明けた。薪小屋での会話——大将が自決して亡くなれば、財産はそっくり「妻」の鞠恵のものだと、嘉隆が説明していたということを。

医師と貴之は、憂鬱そうな顔を見合わせた。

「やれやれ、あのふたりは、閣下の自決のことばかりを話題にしておったようだね」

医師が言って、首をひねった。

「しかし、嘉隆さんも本気でそんなふうに思っているのかねえ。妙な話じゃないか」

「何が妙なんですか？」と、孝史は訊いた。

「決まっとるじゃないか。閣下が亡くなったら、財産が鞠恵さんのものになるということだよ。そんなことがあるわけがないのに」

「正式な奥さんじゃないからですか？　だから、嘉隆さんは鞠恵さんが正式に奥さんになってると誤解してるんですよ」

「違う、違う」医師はじれったそうに手を振った。「仮に正式な妻だとしても、閣下の遺産が鞠恵さんのものになるはずがない。妻には権利がないのだ。遺産は長男である貴之君ひとりが相続するのだよ」

孝史はぽかんとし、それからやっと、ポンと頭を叩かれたような感じで理解した。

そうか。そうなのだ。戦前と戦後では、遺産相続についての考え方がまったく異なっているのである。妻が第一順位の相続者であり遺産を得る権利があるというのは、戦後の男女平等思想から初めて生まれてきた発想なのである。孝史が今身を置いている昭和十一年は、家父長制度が厳然として存在し、女性の権利など、一般的には認められないどころか、そういうものがあるということさえ、意識されていない時代なのだ。


「じゃ、嘉隆さんは考え違いをしている——」

「さもなければ、嘘をついているんだろう」と、貴之が言った。「鞠恵さんにそのへんの知識があるわけがない。叔父さんがそうだと言えばそうだと信じ込むだけの人だから。その辺の頭の足らなさを、父は哀れとも可愛いとも思っていたようだ」

「だけど嘉隆さんはそんな嘘をついてどうしようっていうんです？」

「知らないよ」貴之は突き放すように言った。

「訊いてみたらどうだ、本人に」

「まあまあ」医師が割って入った。「ひとつ考えられるとしたら、閣下が特に一筆したためて、自分の死後に鞠恵さんになにがしかの財産が分けられるよう、計らっておくというやり方がある。ただし、その場合は当然、閣下から貴之君にその旨の話があるはずだろうねえ」

「僕は何も聞いていません」と、貴之は言った。「遺産の話など、したこともないですよ」

「じゃあ、どういうことなのだろうね。不思議だな」

医師は額を押さえ、唸るような声を出した。「しかしね、いずれにしろ、嘉隆さんが財産は鞠恵さんのものだと思っていた以上は、それが動機になるのじゃないかね?」

ちょっと間をおいてから、貴之はうなずいた。「そうですね」

「待ってくださいよ。それはちょっと違う」孝史は急いで言った。「あのふたりは確かに蒲生家の財産をあてにしていた。けど、その前提として、大将はきっと自決するだろうとも言っていたんですよ。それを忘れないでください」

「自決するに違いないような状況だから、殺してしまっても誰にも疑われないと思ったんじゃないか」

孝史は笑いそうになった。貴之らしくもない、ずいぶんとまた粗雑な考え方をしたものだ。

「そんな馬鹿な話はないですよ。実際、嘉隆さんは、正確にはこう言ってたんです。『今度の決起が失敗したら、兄さんは生きてはいるまい』とね。あくまで、『決起が失敗したら』の話です」

もし、決起が失敗しても蒲生大将が自決しなかったなら、それこそあてがはずれて、自決に見せかけるチャンスだから殺してしまえ、という考え方に走る可能性もあるだろう。だが、決起は今朝始まったばかりなのだ。どう帰結するかはわからない。

——少なくとも、未来を知らないこの屋敷の人たちは、二・二六事件がどういう終わり方をするか知らないんだ。

「そういう考え方をしていたなら、決起の結果がどうなるか、それがはっきりするまでは、迂闊な行動を控えるはずです。よりによって今日、大将を殺さなければならない理由は、嘉隆さんと鞠恵さんにはないんですよ。彼らは、今のところはまだ、ただ待ってればよかったんだ」

葛城医師がため息を吐いた。

「そうなると、誰もおりませんわなあ」

自嘲するようにちょっと笑い、

「だいたい、煙のように現れて閣下を殺し、また煙のように消え失せる——そんな人物がいるわけはないのだからねえ」

しかし、誰かいたはずなのだ。現に大将は死に、自決には見えるけれどその場には銃はない。

「大将閣下が自決されているのを見つけた誰かが、こっそりと拳銃だけを持ち去った……」

独り言のように医師が呟き、苦笑した。「それこそ、あるはずのないことだ。なんの必要性もないからね」

「やっぱり外から誰か来たんじゃないですか」

「誰が、どこを通って?」

「玄関から入って、階段をのぼって大将を撃ち殺して、また階段を降りて外へ……」

自分でも馬鹿らしい気がしてきて、孝史の声は先細りになった。

「まず、ありっこないですね」

「無いね」にべもなく、葛城医師は言った。

「さっき、君自身が言ってたじゃないかね。外部の人間が、思想的な理由で大将閣下を殺害しようと企むなら、夜盗のような真似だけはせんよ。堂々と名乗りを上げてくるだろう。彼らにとっては、それは『天誅』なのだから」

「思想的なものが動機じゃなかったら?」

葛城医師はくるりと目を動かし、天井を向いた。

「その場合は、我々の手には負えん。しかし、思想的な動機を持たない外部の者が、どうして今日、今の今、帝都がこの騒乱のなかにあって、往来もままならないような日を選んで大将閣下を殺しに来なければならんのだ?」

唐突に、急に張りのある声をあげて、貴之が言った。

「さっきの、誰かが銃だけ持ち去ったということは、あり得るかもしれませんよ」

孝史と葛城医師はコーラスした。「何のために?」

「その銃で、さらに別の誰かを殺すんです」

今度は、医師と孝史が顔を見合わせた。

「いつ?」と、医師が問い返した。「いつ、次の殺人を実行に移すのかね?」

「さあ、それは……」

「これからとりかかることはないよなあ。こんな閉塞的な状況で次の人殺しがあったら、誰が犯人なのか、放っておいてもバレてしまうよ。なにしろ、ここにいる人数は限られているのだからね」

「そして、すぐ次の殺人にかからないのだとしたら、何も今、大将の拳銃を盗む必要はない」と、孝史も言った。「それとも、盗んで保管しておくんですか?次に備えて?」

うるさそうに、貴之は手を振った。「わかったよ、もういい」

しかし、貴之の言葉にそそのかされた感じになって、孝史は頭をひねり続けていた。そうだ、そもそもそこが問題だ。大将を殺した犯人は、どうして拳銃を持ち去ったのか?

おかしいじゃないか。あの場に拳銃があれば、あっさりと「自決」ということで片がついたのだ。今の騒ぎは、拳銃が消えてなくなっていたからこそ起こっているのだ。それぐらいのこと、犯人だって想像がついたろう。それなのに何故、現場から拳銃を持ち去らなければならなかったのだ?

指紋かな——と考えた。この時代に、もう指紋とか、あとあれ——なんだっけ、銃を撃った痕跡が掌に残るとかいう——そうそう、硝煙反応か——そういうものを調べる技術はあったのだろうか? それを調べれば犯人が特定できるという発想は?

だけど、あったとしても、指紋なんて、拭えば消えてしまう。だいいち、しつこいようだけれど今この東京は非常事態のなかにあり、警察も決起軍に占拠されていて動きがとれないのだ。指紋や硝煙反応など、調べたくても、そして調べられるとしても、警察がここへ到着するまではどうしようもない。犯人の側としては、凶器の拳銃をそのまま大将のそばに放置しておきさえすれば、なんの危険な目にも遭わずに済むのだ。

それを、なんでわざわざ持ち去った?

「それにしても……」

考え込むような、葛城医師の声が聞こえた。孝史は我に返った。

「大将閣下が嘉隆さんと仲違いをしていることは知っていたが、これほどだとはなあ」

貴之が皮肉な笑い方をした。「女を使ってこの家のなかを撹乱しようとするほどに、ということですか」

「まあ、そうだねえ」

「さっきも申し上げましたが、父は鞠恵さんを相手にしてはいませんでしたよ」と、貴之は言い切った。「追い出せばまた嘉隆がごちゃごちゃ仕掛けてくるだろうし、それもうるさいから、まあ放っておけと言っていました。時期がくれば、あの女も勝手に出ていくだろうとね」

「それにしても、押しかけてきて居着いちゃうというのも凄いですね」と、孝史は素朴な感想を述べた。

葛城医師が苦笑する。「あの人が来た日のことは、私もよく覚えとるよ。円タクで乗り付けてきて、行李を運び込ませてね。大将閣下のお世話をしたいから、今日からここに泊まらせてもらいます、ときた」

——ええ、閣下には本当にお世話になりまして、わたくし、閣下がご病気でもなさったあかつきには、おそばについて看病いたしますとお約束しておりました。閣下も「鞠恵、そのときはよろしく頼むよ」とおっしゃっていましたわ。

葛城医師は、しなをつくって鞠恵の口真似をした。貴之は笑い、医師も途中で吹き出した。

「そのうちに嘉隆叔父さんがやってきて、鞠恵さんの後押しを始めたんですよ。いやこの人は、兄さんが倒れたりしなければ、とっくに後妻になっているはずの人だったのだよ、云々とね」

そうして鞠恵は居着いてしまった。そして彼女と彼女の操り手の嘉隆は、蒲生憲之の正式な妻になったつもりでいる。が、現実はそうではないと、貴之は言う。この誤解はどこから生じているのか。

「大将と嘉隆さんは、昔から仲が悪かったんですか?」

「大将閣下、だよ」と、葛城医師は孝史を諫めた。「まあ、歳の離れた兄弟だからねえ。気が合わないのだろう」

「だからって……」

「嘉隆さんも兵役は経験しているよ。国民の義務だ。しかしね、大将閣下とは格が違う。蒲生閣下の年代で大将の位を得ているのは、さあ十人くらいじゃないかねえ。つまり、大将は英雄だ。しかし、嘉隆さんはただの地方人だ」

さっきから、たびたびこの「地方人」という言葉が出てくる。

「地方人て何ですか」

「ああ、つまり民間人のことさ。軍人以外の人間のことだよ」

多少、見おろしたような言い方である。軍人の方が偉くて、そのほかは埒外《らちがい》であるというような感じだ。こういう感覚で大将は嘉隆と付き合い、嘉隆は英雄の兄に対して屈折した憎しみの感情を抱く——

「一時は、嘉隆さんの方が羽振りがよかった時期もあったんだよ。日露戦争の後、今では考えられないような軍縮の風が吹いてな。軍人が小さくなって道の端を歩いているような時代もあった。そのときは、嘉隆さんは鼻高々だったよ。ちょうど今の会社が軌道に乗ったころだったんじゃないかな。ところが、それから間もなく、世界情勢が変化して、日本は諸外国の圧力に対抗するために闘わねばならなくなった。また軍人の力が強くなり、閣下と嘉隆さんの立場も、再び逆転してしまった。一時は見返していたことがあっただけに、嘉隆さんはさらに面白くない。それで、閣下が倒れたとたんに、それっとばかりに嫌がらせにかかったのだろう。おまけに、あわよくば財産も、とな」

貴之が微笑した。「先生はよくご存じですね」

「閣下とは長い付き合いをさせていただいている」と、医師は丁重な言い方をした。「実を言うと……今だから言えるが、大将から自決の心得について尋ねられたこともあるんだよ」

一カ月ほど前のことだ、という。

「拳銃を使う場合、どこを撃てば確実に、見苦しくなく死ねるかとお尋ねになった。私はそんな質問には答えたくなかったので黙っていたのだが、すると閣下は――」

――私を死に損ないにしないでいただきたい。先生だからお尋ねするのです。

「軍人として恥ずかしくない死に方をしたいのだとおっしゃった。私は、軽々に自決などという道を選ばないよう、それだけは約束してくださいと申し上げたうえで、お答えした」

「なんと言ったんです」

医師は心苦しそうに目を伏せた。

「頭を撃つのが確実でしょうと」

うなずいて、貴之は、医師の顔から目をそらしてしまった。

「だから、最初に閣下が自決されたと伺ったときには、何の疑問も覚えなんだ。それがまさかこんなことになるとはな……」

実際、遺書はあるのだ。拳銃が失くなってさえいなければ、これは立派な自決以外の何物でもないのだ。

ここではいったい何が起こっているんだろう？

貴之は自室に引き上げ、孝史は遠慮するふきを手伝って夕食の後片づけした。葛城医師は居間に残り、ラジオを聴いたり煙草を吹かしたりしていた。

皿洗いを終えた孝史が居間に戻ると、葛城医師は暖炉のそばにいて、燃える炎を眺めていた。炎はだいぶ小さくなってきている。

「そろそろこれも消さねばな」

「先生のお部屋は、今ちえさんが用意しています」

「そうか。有り難い。寝む前に、もう一度君の伯父さんの様子を見にいこうかね」

ふきもついてきた。三人で半地下の部屋に降りていった。

「ラジオでは何か新しいことを言っていますか？」

「さあ、あまりはっきりしたことはわからん。戒厳令《かいげんれい》が発布されるかもしれないようだが」

戒厳令って何だろう？

半地下の廊下は、ぶるっと震えが来るほどに冷え切っていた。夜になって、さらに温度が下がったようだ。平田の身体に、この冷気が良いわけはない。孝史は久しぶりに、我が身の成り行きに不安を感じた。平田は本当によくなるのだろうか。重い障害は残らないのだろうか？

平田は眠っていたが、孝史たちが部屋に入っていくと、目を覚ました。顔色は相変わらず白く、くちびるは乾ききっている。

葛城医師は平田に話しかけ、彼のとぎれとぎれの返事にあいづちをうち、ふきから夕食時の様子などを聞き出しながら、てきぱきと診察を済ませた。

ふきがこまこまと立ち働き、火鉢に炭を足したり平田の布団をかけなおしたりしているあいだに、医師は孝史を手招きした。部屋の隅に寄ると、明かりの届かないところで、暗い声を出した。

「どうも、嫌な感じだねえ」

「良くないんですか」

「いや、意識ははっきりしてきたようだよ。私の質問もちゃんと理解して、きちんと答える。ろれつが回らないということはない」

「前に僕と話したときには、まだ言葉がとぎれとぎれでした」

「そうか……。じゃあ、その点はよくなってきているのだろう」

「どこが嫌な感じなんですか」

医師はさらに声を低くした。「麻痺があるようなのだよ」

「……」

「左半身の一部だ。手の指が動きにくいし、足も持ち上がらない。目のまわりの表情が鈍っている」

左半分。ということは、やられているのは右脳なのか。まだ、その働きの大半が解明されていないという右脳。第六感とか超能力とか、人間が稀《まれ》に発揮する多様で不可思議な能力を司るのではないかと推定されている右脳。

「卒中ではないはずだ」と、医師は顔をしかめる。「血圧はぴったりと安定している。正常値だ。どうもよくわからん」

当然ですよ、あと六十年ばかり後の時代の医者でも、過剰なタイムトリップの繰り返しが脳に与える負担とその後遺症について、正確な診断を下すことはできないでしょうから――孝史は心のなかで呟いた。なんだかひどく申し訳ない気持ちになった。

「やはり、明日になったら、君の伯父さんを病院に連れていこう」

「そんなことできますか？」

「できるさ。またどこかで電話を借りて、車を都合しよう。病院の方は、私がなんとか手配をするよ。今日のようにちゃんと事情を話せば、兵隊だって邪魔をするまい。幸い、あのあたりを占拠している中隊の中隊長は、話のわかる人物だったようだ」

君もゆっくり休みなさいと、医師は孝史の肩を叩いた。

「いろいろあって疲れているだろうし、気も立っているだろう。寝つかれないようだったら、眠り薬を持ってきたから、少しあげるよ」

「大丈夫です」

ではおやすみと言って、医師は階上へあがっていった。

ふきが孝史の寝床を整えていた。孝史はあわてて手伝った。

「平田さんの様子を見ていてあげてくださいね」

平田は目を覚ましていて、枕の上から孝史に微笑をよこした。その顔の、左の目のあたりが、確かに死んだように動きがない。

「うん、気をつけるよ」

「何かあったら、わたくしは隣におります」

「わかってる――ふきさん」

部屋を出ようとしていたふきは、はっと振り返った。

「はい?」

「怖くない?」

ふきは小首をかしげて孝史の顔を見つめた。孝史は照れくさくなってきた。

「いいんだ。今日はいろいろあったから、さ。ふきさんこそ、何かあったら僕を呼んでください。遠慮しないで」

「はい」ふきはほんの少しだけほほえんだ。

「おやすみなさい」

「おやすみ」

閉じられた引き戸をしばらく見つめてから、孝史は大きくため息をついた。寝床へ行って、薄い布団の上に座り込んだ。

「心配……かけるな」

平田がこちらを見ていた。

「すまない、ね」

「いいんだよ」

なるほど、大将の亡骸を発見したあとすぐにここへ降りてきたときよりは、平田の話し方がしっかりしてきている。まだ目は充血しているが、それも左目の方はだいぶひいたようだ。塩素消毒のきついプールで五分ばかり泳いでいました、というくらいの感じ。顔の痙攣もおさまっている。

一週間あれば元に戻ると、平田は言っていた。それを信じるしかないと、孝史は自分を励ました。

「あの先生がね、明日になったらあんたを病院に連れていくって」

平田はゆっくりとまばたきをした。

「俺もその方がいいと思うよ。病院で調べられたって、あんたが時間旅行者だってことがばれるわけじゃないだろ？　この寒くて薄暗いところから他所《よそ》へ移るだけでも、身体のためにはいいと思うからさ」

「君は……どう、する？」

「ここに残るよ」

とっさに、孝史はそう答えた。深く考えたならば、たとえば俺も病院であんたのそばにいるよとか、もっと無難な答えが出てきそうなものだったけれど、思わず口からこぼれ出た言葉はそれだった。

「俺じゃ、病院であんたのそばについてても役に立たないからね。あんたのいないあいだ、ここであんたの代わりに働いてるよ」

平田のまぶたが、またゆっくりと動いた。左の方の動きが遅い。見るからに遅い。

「蒲生大将は……自決、したかい？」

問われて、孝史は平田の顔を見つめた。

孝史が平河町一番ホテルの壁に掛けられていた大将の経歴を読み、今日のこの日の「自決」の事実を知っていたように、平田もまた、蒲生憲之が昭和十一年二月二十六日、二・二六事件勃発当日に拳銃で自決したという「歴史的事実」を知っているはずだった。だからこそ、今も孝史に訊いたのだ。確認するために。

どうしようかと、孝史は迷った。今の状況を説明しようか。だけど、話すこともまだままならない平田にそんなことを打ち明けて、何の利益があるわけでもないし……。

結局は、簡潔にうなずくことにした。「うん、自決しちまったよ。その後始末でみんな騒いでる。だから俺も、手伝わなきゃ」

うなずいて、平田は目を閉じた。

孝史も着替え、横になった。薄い布団のなかで寒さに手足を縮めながら、真っ暗な天井と、外の雪を照り返す白い明かり取りの窓を見上げた。

疲れ切っているはずなのに、眠気はさしてこなかった。頭のなかでは、子供のころ水彩画を描くとき使った筆洗い用の水入れさながらに、様々な色合いの思考という水が入り交じり、流れて縞をつくり、淀んでいた。ある色ははっきりし、ある色は他の色と混じって灰色になり、ある色は沈んである色は浮かび――

（自決、か）

それは「歴史的事実」だ。しかし、後世に伝えられている「歴史的事実」のなかには、それが事実として確定するまでに巻き起こったもめ事まで、正確に内包されているわけではない。大将の「自決」は伝えられた――しかし、その「自決」は本当に「自決」だったのかという疑惑や、それをめぐるいきさつまでは、後の時代には伝わらない。

実際には、こんなにごたごたしたのだ。だけど、「歴史的事実」が「自決」と伝わっているということは、すったもんだした挙げ句、結局「自決」で落ち着くということとなのだろうか？　それとも――

それとも？

孝史は目を見開いた。

孝史が「歴史的事実」として知っている「蒲生大将の自決」と、今、目の当たりにしている「大将の死」とのあいだには、大きな違いがある。たったひとつだけど、決定的な違いが。

今この場には、孝史が居るということだ。いや、より正確に言うならば、「孝史も居る」ということだ。平田がいる。時間旅行者の平田が。

彼が存在することで、「蒲生大将の自決」という歴史的事実に変化が起こったのではないのか？　思わず、孝史は「あ」と声をあげた。

それはタイムトリップによって発生するパラドックスなどではない。もっと現実的なこと――奇妙な表現だが、時間旅行者にとっては現実的で簡単なこと。

（煙のように現れて、閣下を殺し、煙のように消え失せる）

葛城医師は、そんな人物が存在するわけはないという意味で、そう言ったのだ。だが孝史は知っている。そういう人物が、たったひとりだけこの世に居ると。

しかも、今、ここに。

瞬時に現れて、消える。そして孝史は思いだした。百年も前のことのように感じられるけれど、あれはほんの昨夜のことだ。平河町一番ホテルの非常口の階段から、まさに霧が風にさらわれて消えるように、平田は姿を消した。そのときの光景。その後、五分もしないうちに、また二階のエレベーター前に戻ってきていたこと。

あのときどこへ行っていたのかと尋ねたら、平田は、この時代へ来ていたと答えた。最後の確認をするために。私が着地するはずの場所に、軍のトラックがエンコしていたら困るからね――

孝史は舌打ちした。あれは嘘だ。平田は孝史をごまかしたのだ。だってあのとき平田は、ホテルの非常階段の、二階の部分から姿を消したのである。タイムトリップでは場所の移動は発生しない。だから平田は、到着した先でも、二階の高さのある場所に降り立ったに違いない。どうしてもっと早くこのことに気づかなかったのだろう？

大将の部屋も、この屋敷の二階にあるのだ。

布団をめくって起きあがり、明かり取りの窓から流れ込む雪明かりを透かして平田の顔を見つめた。粘土のような色合いの肌。軽くいびきをかいて、熟眠している。昏睡のような眠りだ。

――あんたが蒲生大将を殺したのか？

白っぽく底光りする闇のなかで、孝史は声にならない問いを発した。

答えはない。今夜、雪の空の下で露営する兵に眠りがないように、孝史にも本当の休息はなかった。

第四章　戒厳令

1

寒い。

目を覚ましたとき、最初に感じたのはそのことだった。足先がすっかり冷え切ってしまっている。

頭ばかり冴えてとても眠れそうにないと思っていたのに、どうやら少しは眠ったらしい。孝史は仰向けになり、平田の方に腕を投げ出すような格好をしていた。布団が薄いせいだろうが、背中が痛い。首も凝っている。

身を起こしながら息を吐くと、その息が白く凍った。見あげると、明かりとりの窓にも、薄氷が張ったような色合いに曇りがかかっている。

どのくらい眠ったのだろう。ちょっと頭がぼんやりする。

ひと晩眠って、すべてが夢でしたということにはならなかった。ここは蒲生憲之邸であり、「今」は昭和十一年二月の——一日過ぎたから二十七日だ。

孝史は寝床からすべり出た。起きると、余計に寒さが身にしみた。手のひらで腕や股をさすりながら、しばらくそこらを歩き回った。平田は何にも気づく様子もなく、静かに眠っている。

火鉢の火は落ちて、冷え切っていた。白い灰が、なおさら寒々として見える。火をもらってこなくちゃ——スイッチひとつで暖房オンというわけにはいかないのだ。

きちんと枕に頭を乗せ、布団の下にぺったりと横たわっている平田を見おろしてみた。気のせいか、元気なときより小さくなったように見える。昨日の孝史がそうであったように、寝間着がわりの浴衣を身につけている。

孝史はそのまま部屋を出た。大いに寒がりながらトイレに行った。半地下の廊下の突き当たりには、おそらく使用人用であろう、壁と同じ灰色の洗面台があった。そこで顔を洗った。歯ブラシが二本、丸い缶のなかに立ててある。ふきと、ちえのだろう。その隣に、蓋付きの缶に入ったクレンザーみたいな匂いのする白い粉があった。歯磨き粉だ。指の腹にその粉をつけて、真似事だけで我慢することにした。湯のない洗面に、奥歯が痛くなった。両手が真っ赤になった。

壁のタオル掛けに、日本手ぬぐいが掛けてある。拝借した。薄くて、凍っているみたいにばりばりした。

正面の壁に、枠のないむき出しの鏡が釘で打ちつけてある。のぞきこむと、青白い自分の顔があった。顎に触れてみる。ざらざらするけれど、髭の薄い尾崎家の血筋が幸いしたようで、とりあえずはこのまま放っておいても大丈夫のように見えた。

鏡は澄んでいた。湯気のかけらもないのだから当たり前だ。平河町一番ホテルだって、お湯だけはちゃんと出たのに。

でも、こっちにいるあいだは、これが普通なのだ。それに、凍るような水のおかげで、頭がはっきりしたようだ。

当たり前の日常のなかで行われる朝の習慣。どんな状況に置かれても、人はそれをするんだな……と思うと、ちょっとおかしい。なんとなく、葬式の朝みたいだな、と思った。孝史の知っている葬式と言ったら、五年前に父方の祖父が亡くなったときのものだけだが、あのときの気分と、今のそれとが、よく似ているように思えたのだ。

そういえば、同じ屋根の下に亡骸があるということも似ている。ここでは蒲生憲之が死んでいるのだ——

考えたとたんに、昨日一日の出来事が、一気に、生々しい現実味をもってよみがえってきた。昨夜眠るとき、誰かが孝史の心の栓を抜いて、中身をそっくり抜き出した。そして孝史が起きると、その抜き出したものをまた、見えないパイプを通して注ぎ込んで寄越した——そんな感じだった。一杯に湯を満たされた浴槽のように、孝史は役割のはっきりした存在になった。

誰が蒲生憲之大将を殺し、現場から拳銃を持ち去ったのか。しかも、音もなく現れて、音もなく消えた。

眠りにつく直前に、そんな芸当ができた人物はただひとり、平田だけだと思いついた。現代からタイムトリップしてきて、大将を撃ち殺し、拳銃を持ってまたタイムトリップして現代へ戻る。彼にとっては造作もないことだ。

今こうして一夜明けて、そのことについてもう一度考えてみる——

だけど、もしも彼だとしたら、動機は何だろう？ 何の目的で、なぜそんなことをやったのだろうか。

幽霊みたいに消えたり現れたりするのは、平田にしかできないことだ。彼が犯人だと推定するならば、その部分の疑問は解決する。しかし、平田は、蒲生大将が二月二十六日に自決することを知っていたのだ。歴史的事実を知識としてつかんでいた。ということは、彼がもし大将を憎んでいたり殺してやろうと企んでいたとしても、ほかでもない二月二十六日の当日には、何もわざわざ自分が危険を冒して手を下す必要はないのだと承知していたということになる。放っておいても大将は自決する。わかっていることなのだ。

自殺するとわかっている人間を、わざわざ殺すバカはいない。

孝史は、鏡のなかの自分の顔を鼻で笑った。やっぱり、思いつきだけじゃ何も解決しないよな——

笑っていて、しかし、途中で笑いやめた。

自殺する人間を殺すバカはいない——いや、本当にいないだろうか。そういうケースはまったく想定できないだろうか。

孝史の生きる「現代」では、確かに想定しにくい。非常にしにくい。なぜなら、「現代」にはもう「自決」という概念が無いからだ。

「自殺」はあっても「自決」はない。

しかし、蒲生大将は「自殺」したのではなく「自決」を果たしたのである。彼は昭和の軍人なのだ。

軍の現状を憂え、国の将来を案じ、しかし自身はもう身体を動かすこともままならず、何もできない。周囲に向けて意見を発すれば、理解してもらえるどころか反感をくらい、無謀なテロまがいの行為まで仕掛けられる。悲《ひ》憤慷慨《ふんこうがい》する蒲生大将は、自らの死を以て陸軍中枢部に直言することを考える。そのために長文の遺書もしたためる。

しかし、そんな彼がいざ死のうとする間際に、彼に対して何らかの遺恨を持つ人間が現れて、あんたには「自決」という名誉ある死に方はさせない、あんたの死は、ただの殺人事件としてしか記憶されないようにしてやる、あんたは殺害されたという歴史的事実をつくってやる——

そう宣言したとしたら？ そして実行したとしたら？

流しの縁に両手を突っ張り、孝史は身体を強ばらせた。

あり得る。「自殺」する人間を殺すバカはいなくても、「自決」する人間を先回りして殺してやろうとする人間は、状況によっては、存在してもけっしておかしくないのだ。そして「蒲生大将の殺害」は、まさにその状況下で起こった出来事なのである。

平田は、平河町一番ホテルの非常階段からのトリップのとき、蒲生大将を殺した。殺して、それが「自決」ではないと判るように、拳銃を持ち去った。そしてもう一度、今度は奉公人として、昭和十一年二月二十六日早朝の蒲生邸にやってくる。蒲生邸内に身を置いて、自分の仕掛けた蒲生大将殺人事件が発生し、それが歴史的事実として記録されてゆく過程をつぶさに目撃するために——

この仮説の上に立つと、「現代人」である平田がなぜ、わざわざ戦前のこの時代へやってきたかという謎も解けてくる。昨日は、わざとこんな時代を選んでやってくるなんてただの酔狂だという程度に考えていたが、実は酔狂どころの話ではないのかもしれない。

身震いが出て、孝史は腕をさすった。自分の考えたことが恐ろしくなってきたのだ。

もしもこれが真相であるならば、平田という人間は、蒲生憲之大将に対して、相当深くて黒い悪意を抱いているということになるだろう。「自決」を阻止して、殺人と判るような形で殺すというのは、いわば大将を二度殺すことだ。肉体を殺すと同時に、遺志をも殺してしまうのだから。

そうなのだろうか。平田なんだろうか。彼がやったんだろうか。彼なのだとしたら、蒲生大将にそんな仕打ちをする理由は何だ？

鏡に向かって自問自答しても、鏡のなかの孝史も物問いたげな顔で見つめ返してくるだけだ。影法師に話しかけるひとりぼっちの子供みたいなものだった。

ひとつ首を振って、孝史は鏡の前を離れた。ぐずぐず考えていたってどうしようもない。あとで、思い切って平田に訊いてみよう。彼がそんな込み入った話のできる状態になっていれば、孝史の疑問にも答えてくれるだろう。答えてもらわなければならない。

それに、焦ることはないのだ。時間はある。平田が治るまで、孝史はここを動けない。いや、というより、目の前で起こっている納得のいかないことが多い出来事の真相を確かめ、ふきを未来の悲惨な死から救う術を見つけるまでは、てこでも動く気はなかった。

廊下を引き返し、ふきとちえの部屋を、それぞれ小さく声をかけてから、開けてみた。半ば予想していたとおり、ふたりともいなかった。もう起き出して、階上で働いているのだろう。そういえば、今何時だろう？

階段をあがり、通路にもなっているアイロン台の部屋に出た。右手の台所の方から話し声が聞こえた。ふきの声だった。

そちらの方に行きかけて、足を止めた。耳を澄ます。居間の方からは、何の物音も気配も伝わってこない。蒲生家の人たちは、まだ寝ているのだろう。

少し、屋敷のなかを歩いてみよう——そう思いつつた。昨日は一日、振り回されて過ごした。屋敷のなかのことなど、知る機会もなかった。まるっきりの手探り状態だ。今日という一日が始まる前に、家のなかの様子をつかんでおけば、気分も少しは落ち着くだろう。

居間にあがっていった。誰もいない。大きなテーブルの上はきれいに片づけられ、ガラスの灰皿だけがひとつ、ぽつねんと載せられている。

窓際の小物入れの上に、箱みたいな形のラジオ。飾り戸棚。正面の暖炉。マントルピースの上に、数枚の額縁入り写真。

孝史はマントルピースに近づいた。写真はすべてモノクロで、全部で三枚。それぞれ、トーンの違うセピア色に変色していた。

一枚は、若いときの蒲生憲之夫妻のようだ。軍服姿の蒲生憲之——そう、これは憲之だ。面差しが貴之と似ているけれど、目のあたりが違う。背丈も貴之の方が高いようだ。

蒲生夫人の方は和服姿で、髪は髷に結ってあった。その顔があまりにも珠子に生き写しなので、孝史はしげしげと見入ってしまった。よく、男の子は母親に似て、女の子は父親に似るという。しかし、蒲生家においては逆のようだった。

蒲生夫人は古風な背もたれのついた椅子に腰掛け、蒲生憲之がその脇に立っている。ふたりの年齢から見ても、これは結婚の記念写真であろう。

あの鞠恵は、ここにこんな写真が飾ってあることについて、どんなふうに感じているのだろうと、孝史は考えた。彼女のこの屋敷内における立場はひどく危なっかしく、なにやら裏がありそうで、判らないことも多い。はっきりしているのは、蒲生嘉隆が彼女の黒幕で、鞠恵は彼に上手く丸め込まれ、利用されている可能性が高いということだけである。

蒲生大将は、彼女と彼女の背後の嘉隆が何か企んでいるらしいことを、充分理解していたはずだ。だが、貴之に対しては、「我慢してくれ」「あの女はそのうち出ていく」とだけ言って、ほかには何の手も打っていない。これもすごく奇妙な話ではないか。

——ひょっとして、嘉隆に何か弱味でも握られていたのかな？

だから、不本意ながらも彼らの言いなりになっているしかなかったのか。だとすると、嘉隆への大将殺しの嫌疑はますます薄くなる。弱味を握られている側が握っている側を殺すことはあり得ても、その逆はありありそうにないことだからだ。

――やっぱり、平田さんが大将を殺したのかな。

思いはまた、そこへ戻ってきてしまった。

夫妻の写真の隣には、それぞれハガキ大の額縁に収められて、盛装した男の子と女の子の写真が飾られていた。貴之と珠子だろう。祝い事の折の写真のようだ。七五三かな……。幼い珠子はまるで日本人形のようだ。

居間の暖炉には、まだ火が入っていなかった。暖房用具というのは、火がなかったり電源が入ってなかったりすると、かえってとても冷たく感じられる。暖炉も同じだった。脇に立てかけてある重い火かき棒を手に取ると、冷たさが背骨の方まで駆け上がってくるようだ。

孝史は居間を出た。正面玄関のホールはひっそりとしている。凍ったような外光が、ドアの両脇にある明かりとりの飾り窓から差し込んで、床を冷たく光らせている。

ぐるっと見回してみる。昨日はあたふたと駆け上がったり駆け下りたりするばかりだった階段の下、電話室があることに気がついた。ちょうど公衆電話ボックスくらいの広さのスペースだ。ただ、高さはちょっと足りない。不用意になかに入ろうとすると、ドアの枠に頭をぶつけてしまうだろう。

電話機は、正面の壁にとりつけられた棚の上に乗せられていた。カード公衆電話ぐらいの大きさで、ボディは黒い。右側にハンドルみたいなものがついており、ラッパ状の――たぶんこれが送話器なのだろう――器具が、てっぺんにちょこんと乗せてある。その器具は、ちゃんと、本体と黒いコードでつながれている。

時代が下がっても、電話機はやっぱり電話機だ。いくら孝史でも、これが洗濯機だとは思わない。が、見ただけでは、この電話が生きているか死んでいるかは見当つかなかった。昨日、貴之が「線を切った」と言っていたけれど、あれは本当なのだろうか。

送話器を持ち上げて、耳に当ててみる。何の音もしない。だが、もともと、ほかに何かしないと、例のあの「ツー」という音が発生しないのかもしれないから、判断はつかない。

狭い電話室のなかで身体を折り曲げ、孝史は、貴之が「切った」という電話線がどこにあるのか探してみた。ひょっとすると自分なら直せるかもしれないというふうにも考えた。

しばらくして、やっとわかった。切られていたのは、電話機本体の裏側にある、大元の線だった。布でコートされた太い線だ。

（これじゃ、駄目だな……）

コードのスペアがあればなんとかなるかもしれないけれど、そんなものが都合できるわけもない。コード自体も、コンセントで本体とつながれているのではなく、カバーで覆われた本体のなかに入っていっていた。手に負えない。

まあしかし、これで本当に電話が切られているということは判った。あやふやなことばかりの状況のなかで、たったひとつでも、誰かの話が事実として確認できると、少しは気分がすっきりするというものだ。

狭い電話室を出て、玄関ホールに戻る。まだ、誰も降りてきていない。ホールの奥の右手に、もうひとつドアが見える。急いでそちらへ向かった。

こちらのドアの奥にも、なんの謎もなかった。立派な化粧室だ。銀の縁取りのついた大きな鏡と、凝った形の銀の蛇口のついた洗面台。その奥がトイレ。

驚いたことに、このトイレは水洗式だった。

これだけの洋館だ。水洗トイレがあることに、びっくりする方が間違っているのかもしれない。が、半地下の使用人部屋との差を思って、やっぱり啞然としてしまった。こういう差をつけるものかね？

そうしてふと、昨日珠子から聞かされた、蒲生大将が通用門をつぶしてしまった一件についての話を思い出した。

孝史だって、「落とし」式のトイレがどういうものであるかということぐらい知っている。くみ取りにきてもらう必要があるのだ。絶対にある。

さて、くみ取りの車もしくは大八車か何だか知らないが、そういう類のものは、通用門がない場合、いったいどこから来るのだ？

正面からである。庭を通り、建物の脇を抜けて、勝手口の方へ回るのだ。これだけの屋敷に、なんとも珍妙な眺めが展開されることだろう。大将は隣家と諍いをして通用門をつぶすときに、そういうことまでは考えなかったのだろうか。「思想の対立」だと、珠子は言っていたけれど、一見高尚に見えるその対立が、日常の次元のこんなところにまで影響を及ぼすのだ。

思わず、ちょっと笑ってしまった。

「何してるの？」

声をかけられて、孝史はどきりと振り向いた。うしろに、珠子が立っていた。

今朝の珠子は洋装をしていた。ほとんど黒に近い濃い灰色の、毛足の長い温かそうな生地でできたスーツを着ている。ロングスカートで、上着丈は短い。全体にゆったりとしたつくりで、彼女にとっては普段着なのだろうけれど、そう安物ではなさそうだ。

孝史は、妹が今年始めのバーゲンで買ってきた洋服を思い出した。流行は循環するというけれど、ホントだ、と思った。このスーツの色合いが、珠子の白い顔をとてもよく引き立てているとも思った。昨日も感じたことだけれど、ぱっと動作を止めたときの、静止した珠子は美しい。

「お、おはよう」と、孝史は言った。

珠子は黙って、じいっと孝史を見つめている。バツが悪いような感じになってしまって、ぱっと頭に浮かんだことを口にした。

「今日は着物じゃないんですね。それ、よく似合いますよ」

「黒っぽいものって、これしか持っていないの」突っ立ったまま、珠子はぽつりと言った。

では、彼女としては喪服のつもりなのだ。俺もうっかりしてるなと、孝史は思った。

「あなた、お兄さまのお友達じゃないんですってね」

小首をかしげて、珠子が言った。切口上というのではなく、ただ率直に驚いているというだけの口調だ。

孝史はうなずいた。

「ええ、そうです。昨日はそのへんのことをお話する機会がなかったから……」

「平田の甥なんですって? うちで匿《かくま》われていたとか」

「そうです。お兄さんから聞いたんですか?」

珠子はぼうっとした様子でうなずいた。まだ眠気がさめていないらしい。

「お兄さまはいろいろなお仲間たちと付き合うから、あなたみたいなお友達がいてもおかしくはないと思ったけれど、違ったのね」

昨日、葛城医師から聞いた言葉が、ふっと孝史の頭をよぎった。

(貴之君は、庶民の味方を標榜しとるのだから)

「僕みたいな労働者階級の者と?」

珠子は返事をしなかった。といっても、まずいことを言ってしまったという顔をしたわけでもない。とろんと眼を動かして、

「どいてちょうだい。あたくし、顔を洗いたいの」と言った。「それから、居間の暖炉に火を入れてね。お父さまのお部屋にも。雪かきも、しなくちゃならないのじゃないの、おまえ」

急に、使用人に相対する態度になった。現金と言え

ば現金だ。孝史は脇に退き、珠子を通した。彼女は洗面台に向かうと、そばの戸棚を開け、薄桃色のきれいな石鹸を取り出した。洗顔用だろう。彼女が冷たい水でそれを泡立てると、孝史のいるところにまで、香料の香りが漂ってきた。

珠子はもうとりあってくれないようだ。孝史は洗面所を出た。ホールに戻ると、ちょうど貴之が階段を降りてくるのに行き会った。

「ここで何をしてるんだ?」

いきなり、そう訊いてきた。ひと晩経って、いくぶんか、疲労の色が消えたように見える。が、目つきは昨日よりもずっと暗くなっていた。いい夢を見てはいなかったろう。

「電話が直せないかどうか、見ていたんです」とっさに、孝史は嘘をついた。「これから、居間と旦那さまの部屋の暖炉に火をいれてきます」

貴之はぶすりとしたまま、孝史をやりすごして洗面所の方に歩いて行く。

「お嬢さんが使っておいでですよ」と言いおいて、孝史は居間のドアの方へと向かった。

旦那さまとか、お嬢さんとか、そんな言葉を口に出すなんて、自分でもおかしい。が、当分は、形だけでも使用人の分限を守ってゆくしかなさそうだ。

居間を通り抜け、台所に入ってゆくと、そこではふきとちえが、もう大わらわで朝食の支度をしていた。ひとつのガスコンロの上では、大きなやかん一杯に湯がわいている。その隣のコンロには鉄鍋がかけられていて、ちえが木の柄杓《ひしゃく》で中身をかきまぜていた。粥のように見えた。食欲をそそる匂いがした。

ふたりの女中は、控えめな声で、孝史に朝の挨拶をした。ふきのたすきがけの腕が白い。鼻の頭にちょっぴり汗を浮かべている。ふきとちえは、昨日と今日とで印象が変わらない。

孝史も言葉を返した。また、(葬式の朝みたいだ)と感じた。人がひとり死んでも、生きている者たちは朝飯を食べる。それを支度する人もいる。

「暖炉に火をいれるように、お嬢さんに言われました。薪をとってくるよ」

孝史が言うと、おひたしみたいなものを小鉢に盛りつけていたふきが、心配そうに首をかしげた。

「できますか?」

「火をつけるくらい、なんとでもなるよ。薪をとってくる」

「最初は、そこにある古新聞を燃やしてください。マッチといっしょに置いてあります」

ふきが、台所の隅の棚を指して言った。

「薪が湿気ていて、つきにくいかもしれません。始めのうちは、細い焚付けを使うんですよ」

「了解」

勝手口にあった編み上げ靴をはき、孝史は庭へ出た。昨日平田が使っていたバケツを下げて、孝史は庭へ出た。今は雪はやんでいたが、空は一面に雲にとざされ、地面は真っ白になっている。昨夜、またかなり降ったのだろう。ところどころに大きな吹き溜まりができて、半地下の窓は、雪に埋もれてしまっていた。あたりは静まり返っていて、人の気配はまったく感じられない。

孝史は塀と垣根に沿って歩き、そこらをよく点検してみた。昔、通用門があったとしたら、今でも見ればそれとわかるのではないかと思ったのだが、雪に覆われ、あちこち凍りついた状態ではわかりにくかった。薪小屋でバケツを一杯にすると、白い息を吐きながら台所に戻った。

「なんでも言いつけてくれて、かまわないからね」

居間の方へ向かいながら、ふきに声をかけた。

「伯父さんがよくなるまで、僕が代わりに働かせてもらうんだ。せめてそれぐらいはしないとね」

こうしておけば、鞠恵じゃないが、それこそ屋敷に腰を据えて行動する名目も立つ。

「孝史さん……」

「あとで雪かきもするよ。ただ、葛城先生のお話だと、伯父さんは病院に入れた方がよさそうなんだよね。だから、先生のお供をして、病院まで行ってくることにはなると思うけど」

「また、外へ出るんですか」

「そう。平気だよ。昨日も無事だった」

ちえが言った。「病院にかかるお金はあるんですか」

おっと、と思った。そのことは考えてもいなかったからだ。ちえには、なかなか現実的なところがある。これだから、年寄りを軽んじてはいけない。

「先生に相談してみます」

「それより、貴之さまにお頼みした方がいいかもしれないけれど」と、ふきが言った。

彼女はなんでも貴之に頼る。それは孝史にはあまり面白くなかった。

「なんとでもしますよ。ご心配なく」

ふきは配膳台の上で、いくつかの盆の上に小鉢や茶碗を乗せたり箸をそろえたりする作業にかかっていた。

「それ、朝飯だよね？」

「はい」

二人分、別に取りのけられて盆に乗せられている。

「そっちの、分けてあるのは誰の分だい？」

「奥さまと嘉隆さまの分ですよ」

「あの人たちは、自分の部屋で食事するの？　別々に？」

「その方がよろしいのではないかと、貴之さまが」

「そうか。じゃあ、それは僕が階上に運んでいくよ」

いい機会だ。鞠恵と嘉隆の様子を見てこよう。今朝の彼らはどんな表情をしているのか。

「ふきさんたちは、鞠恵さんを『奥さま』って呼ぶんだね」

ふきが黙ったまま、ちらっとちえの顔を見た。

「そうでございますよ」と、ちえが答える。

「僕もそう呼ばなきゃいけないのかな。貴之さんの話だと、あの人は奥さまでも何でもないらしいよ。むやみにいばり散らしてるけどね。あの人が『奥さまと呼べ』って命令したとしても、従うことなんかないんだよ」

「そうは参りませんよ」ちえがきっぱりと言った。「余分なごたごたを起こすことはできませんですからね」

「うるさいのは、あの嘉隆って人でしょう？　蒲生大将は何にも言ってなかったの？　どうなってるんだろうね、鞠恵さんの立場は」

「何も存じません。わたしどもには係わりのないことでございます」

ちえがぴしゃりと言った。老女の顔には、（詮索などしないほうがいいのだから）と、諭すような表情が浮かんでいた。

「こちらの皆様は、わたしどもにとりましては良いご主人でございますからね。孝史さんも、平田さんの代わりを務められるおつもりなら、それをよく覚えておいてください」

仕方がない。わかりましたと、孝史は殊勝に返事をした。もう、ふきはこちらを向いてもくれない。バケツをさげて台所を出た。

誰もいない居間に入り、まっすぐ暖炉に向かう。冷え切った灰の上に、真っ黒になった燃え残りの薪が転がっていた。暖炉の前を囲ってある、柵のような覆いを取り除け、しゃがみこみ、新聞紙を丸める。

煙突を通して、わずかだが外気が吹き込んでくる。それを感じて、ふと思った。

（この暖炉――？）

思い出した。平田とのトリップが失敗して、昭和二十年五月の空襲のまっただ中に降りてしまったときのことだ。

あのとき、蒲生邸は炎上していた。煉瓦でできた館なのに、内側から火を噴いたのだ。そしてそれでふきが焼け死んだ。忘れるわけはない。真っ黒焦げになった彼女の手が、孝史に向かってさしのべられていたあの光景を。

身震いが出る。それを抑えて、孝史は考えていた。あのとき、蒲生邸はなぜ焼けたのかと。ほかから延焼したという焼け方ではなかった。屋敷の内側に発火物があって、それが火を噴いたというふうに見えた。

(煙突か?)

ぴかりと閃くものがあった。

そう、この煙突から、空襲の爆弾が飛び込んできたのではないか? 平田は確か、焼夷弾と言っていなかったか。油が仕込んであって、爆発するというより、火災を起こすタイプの爆弾だ。それが、煙突から居間に飛び込んできたのでは?

薪の入ったバケツを脇にどけると、孝史は暖炉のなかに頭を突っ込んだ。首をねじ曲げて上を見てみる。うなじと背中が痛くなる。それでも、這うようにして暖炉に身体を突っ込み、上半身をうんとひねって見あげると、煙突の内側の壁が見えた。よろめきそうになって、片手で身体を支える。さらに努力して首を伸ばすと、頭のてっぺんが何かに触れた。

びっくりして、孝史は一度退いた。煙突のなかに仕切がある?

もう一度。今度は最初から、仰向けに近いような姿勢になって、尻で後ずさりしながら潜っていった。さっきよりは楽に、暖炉のなかに身体を入れることができた。

頭上を見あげる。

なんだ、驚くことはなかった。金網が張ってあるのだ。目をこらすと、うっすらと、すすだらけの網の目が見える。

遥か高いところに、煙突の四角い口が開いている。灰色の空が小さく切り取られ、ぽかんと見えている。孝史はそちらに向かって手をあげてみた。すぐに、指先に金網が触れた。目の細かい、感触からすると頑丈そうなものだ。だが——おやおかしいな、破れてる?

「痛て!」

あわてて手を引っ込めた。右手の人差し指の腹に、赤い血の粒が浮いている。

舌打ちして、もう一度慎重に手を差し伸ばした。ゆっくりと金網をなぞってゆく。やっぱりそうだ。手前の方に大きな穴が開いている。暗くて、目には見えにくいけれど、差し渡し二十センチくらいはありそうな穴だ。下側に——つまり暖炉の側に向かって——破れた金網がトゲトゲと飛び出しているところをみると、上から何か落ちてきて、金網を突き破ってしまったのだろう。

この金網自体は、本来、そういう役目をするために取り付けられたものなのだろう。何かが煙突に——人が？　鳥が？　——落ちてきたとき、ここで受けとめることができるように。

そうか、これか。手探りを続けながら、孝史はひとりでうなずいた。小さいけれど、強い勝利感がこみあげてきた。よし、修理しよう。これさえ直しておけば、とりあえずは、二十年の空襲でふきが死ぬことにはならないのだ。きっとそうだ。早いところ見つけることができて、よかった。

そのとき、金網に触れていた手が、何か小さな重みを感じた。堅い感触があった。金網の上に、何か乗っているようなのだ。

孝史は苦労して姿勢を変え、なんとかしてもっとよく金網を見ることができないものかと試してみた。狭い暖炉のなかでは自由が利かず、おまけに、ちょっと身動きすると、ばらばらと煤が落ちてきて目に飛び込む。

闇雲に手を動かしていると、手首から先が金網の穴に入った。どこかをひっかいたのか、鋭い痛みが走った。手の先が、さっき触れた堅い何かに届いた。孝史はそれをつかんだ。

金属質の手触りがあった。ぎくりと、孝史は動きを止めた。

——まさか？

右手をおろし、顔の前に持ってくる。つかんだものをしっかりと握りしめ、心臓がどきどきするのを感じながら。これはもしかしたら——いや、でも形が——小さいものだっていうから——

孝史は手の中のものを見た。金属でできているらしい、四角くて薄い箱みたいなものだ。煤がこびりついて真っ黒になり、暖炉の熱のために縁が歪んでしまっている。

ふうと、声を出してため息をついた。

拳銃じゃなかった。手探りでつかんだときは、てっきりそうだと思ってしまったけれど、違ってた。これ、何だろう？

平らな部分を手でこすってみると、煤が少しずつはがれてきた。何か彫刻された花模様のようなものが見える。箱の縁には留め金があり、爪を立てて引っ張ると、ぱちりと開いた。

真っ黒な灰が、少しばかり入っている。ますますわけがわからない。何に使うものだろう？

元通りに閉じて、とりあえずズボンのポケットに押し込んだ。大いに苦労して暖炉に火を点けたころ、ふきが盆を捧げて居間に入ってきて、孝史の顔を見るなり吹き出した。

「まあ、煙突屋さんみたい」

孝史はあわてて手で顔をこすった。ふきはますます笑う。両手を見ると、真っ黒だ。

「それじゃかえってよくないですよ、もっと黒くなりました」

「そんなに笑わないでよ」

言い返して、孝史も笑い出した。ふきの笑顔を見るのが嬉しかった。

「顔を洗ってきてくださいまし。旦那さまのお部屋の暖炉は、わたしが火を点けます」

「そうしてもらった方がよさそうだね――あ、そうそう」

孝史は立ち上がり、ズボンのポケットからさっき見つけた薄い小箱を取り出しながら、ふきに近づいた。ふきはテーブルの上に朝食の皿や小鉢を並べていたが、孝史の手のなかのものを見ると手をとめた。

「これ、暖炉のなかにあったんだ。何だかわかる？」

見つけた事情を説明して、孝史は小箱を差し出した。

「気をつけて、端を持ったほうがいいよ。手が汚れる」

ふきはそれをつまむようにして受け取った。表を見たり裏を見たり、ふたを開けようとするので孝史は止めた。

「なかには真っ黒な灰が入ってるだけだよ」

ふきは、小箱の表面に刻まれている花柄をじいっと見つめている。

「これ、何だい？」

「煙草入れですよ。紙巻き煙草を入れる箱です」と、ふきは答えた。「孝史さん、ご存じないんですか」

「煙草入れ？」

おうむ返しに言って、ああそうかと納得した。シガレット・ケースね。孝史の時代では、煙草をわざわざパッケージから取り出し、シガレット・ケースに入れ替えて持ち歩くのは、よほどの洒落者か、変わり者だけである。さもなきゃ、節煙のために一日に吸う本数を決めている人とか、ね。

「ヘンなところにあったもんだろ？　誰の？」

ふきは黙っている。その口のつぐみ方に、孝史は感じるところがあった。

「誰のものだか知ってるだろ、ふきさん」

ふきは煙草入れの表面の花柄を指でなぞった。結局、彼女の手も真っ黒になってしまった。

「誰のなの？」と、孝史は押した。

ふきは小さくほうと息を吐いた。

「べつに、隠さなくてはならないことではないんですけれど」

「うん、それなら言ってよ。いいじゃない」

ふきはちらっと怒ったような横目で孝史を見た。

「孝史さんは、お屋敷のことをあれこれ詮索するから」

「しないよ」

「いいえ、していますす」

「じゃ、これからはしないから、教えてよ」

ふきは孝史の顔を見る。孝史は真顔をする。

「――黒井さんのです」と、ふきは小さな声で言った。

「黒井さん？　平田さ――いや、伯父さんの前にここで働いてた下男の？　そんな人が煙草入れを持ってたのかい？」

「下男じゃありませんよ。女の方です」

孝史はきょとんとした。「ホント？」

そういえば、黒井という人物について、あまり正確なところはつかんでいなかった。鞠恵が平田に向かい、（あんたが黒井のあとがまなの）と訊いたことを根拠に、推測していただけの話だ。

「じゃ、ふきさんと同じ女中さんだったの？　黒井なんていう名前だい？　その人、何か事情があってここを出ていったの？　昨日から、ふきさん、僕がその人のことを訊くと、話し辛そうな顔をするよな？」

たたみかけて、孝史は訊いた。そう、「黒井」の名が出ると、ふきは何とも複雑な――ちょっと嫌なことを思い出すときのような表情を浮かべる。それが不思議だった。今、ひとりでいるときならば、ちえという老練な加勢がなければ、事情を話してくれそうだ。聞き出しておきたい。

諦めたみたいに、ふきはちょっと肩を落として言った。「いいえ、わたしやちゑさんとは違います。旦那さまのお世話をするために、いっとき住み込んでいた人です」

「じゃ、大将が病気をした後？」

「はい。もともとは、旦那さまが入院しておられた病院で、付添婦をしていた人なんです。とてもよくやってくれるからと、旦那さまが、退院するときに雇い入れて一緒に連れて帰ってこられたんです」

この家にはちえとふきという働き者の女中がふたりもいるのに、わざわざ連れてくるとは、よほど気に入っていたのだろう。

「その人、どのくらいこの屋敷にいたの？」

「さあ、一年ぐらいでしたでしょうか」

「その人の煙草入れが、なんでまた暖炉のなかになんかあったんだろうね？」

ふきはちょっと苦笑した。「知りたがりの孝史さん」

「そうなんだ」

「煙草入れがなくなって、黒井さんが探しておられたことは、わたしも覚えています」と、ふきは言った。

「あのころも、ひょっとしたらと思っていたんですが、やっぱりそうだったんだわ」

「何の話さ？」

ふきは、真っ黒になった煙草入れを手の上に乗せた。

「これは、旦那さまが黒井さんにあげたものなんです。金張りで、そうとう値の張るものだと思いますよ。だから、面白くないと思った人がいたんでしょうね。こっそり取り上げて、隠してしまわれていたんでしょう」

「だけど、暖炉のなかに？」

「ええ。なかの金網が破れていたとおっしゃいましたね？」

「うん。穴が空いてたよ」

「火にあぶられてもろくなっているところに、一昨年の暮れだか、煙突掃除の人が上から道具を落としたらしくて、それで穴が空いてしまったんです。そのことは、みんな知っていました。直さないとと言ってたんですが、まあすぐに障りのあることでもないし、放っておくうちに、それきり忘れてしまっていたんですよ」

暖炉の金網の穴など、障りはないとふきは言う。いやあるんだ、君の命に係わるんだからと、孝史は心のなかで呟いていた。

「あの穴は、あとで僕が直しておくよ」と、きっぱり言った。「暖炉のなかならちょっと探される気遣いはないし、火の消えているときなら簡単に隠せるよね。おまけに、そんな場所に隠されたら、煙草入れは煤に汚れて炎であぶられて、台無しになっちまう。意地悪なやり方だね」

「そうですね……」

「隠したのは鞠恵さんだね？」

「さあ、そこまではっきりとは申せません」

「そうかな。ふきさんの顔には、あたしもそう思いますと書いてあるよ」

　ふきは笑った。「存じません」

「そうかな。そんな子供じみた意地悪をやりそうなのは、あの人ぐらいだけどね。ひょっとすると、黒井さんて人がここを出ていったのも、鞠恵さんのせいじゃないの？　彼女が追い出したんじゃないのかい？」

　ふきはまた、困ったような顔をした。どうにも言いにくい事情があるらしい。

「ふきさんは、ちえさんから、お屋敷の内のことをぺらぺらしゃべっちゃいけないって言われてるんだよね」と、孝史は言った。

「いえ……」

　困っているふきには悪いが、孝史はへ理屈をこねることにした。

「だけどさ、昨日のこと……大将があんな亡くなり方をして、事情がよくわからないだろ？　お屋敷のなかのことは、どんな小さなことでも、はっきりさせておいた方がいいんじゃないかと思うんだ」

　ふきは目をあげた。「黒井さんのことは、昨日のこととは係わりないと思いますよ」

「どうしてさ？」

「あの人がこのお屋敷からいなくなったのは、去年の夏ぐらいのことでした。もう半年以上も前ですよ。それに、黒井さんは誰に追い出されたのでもなくて、自分で出ていったんです」

「大将に気に入られてたのに？」

「旦那さまも、黒井さんがやめて出ていかれることはご承知でした」

「じゃ、それなのにふきさん、どうして黒井さんの話になると、いつも口ごもるのさ？」

「それは――」

「黒井さんが、お世話になりました、新しい奉公先を探しますって、荷物まとめて出て行ったのなら、何も言いにくいことはないんじゃないの？　ヘンだよ。何か隠してるみたいだ」

　やや喧嘩腰のようになってしまって、孝史はまずいと思ったけれど、勢いで言ってしまったものは取り返しがつかない。

　ふきのふっくらした頬が、頑なな感じにぴりりとした。

「何も隠し事などございませんよ」

「ごめん、ふきさんを責めてるわけじゃないんだ、だけど――」

「孝史さんは、すこし遠慮がなさすぎますね」ふきは叱るような言い方をした。今の孝史は平田の代理であり、この家の使用人で、自分と同じ立場の人間なのだと、にわかに思い出したかのようだった。「お屋敷のなかのことに、やたら首を突っ込んではいけません。さ、早く手を洗って、嘉隆さまと鞠恵奥さまのお部屋にお朝食を持っていってください」

そして、きっと念を押すように付け加えた。「余計なおしゃべりをしてはいけませんよ」

どうやら、もう取り付くしまがないようだ。

「わかったよ。ごめんなさい」

孝史は引き下がった。だが、ぬかりなく、ふきの手のなかから煙草入れを取り返すことは忘れなかった。

「これは僕から、貴之さんに渡しておくよ」

黒井という人物の存在には、どうも謎めいたところがある。彼女の煙草入れを見せたとき、皆がどんな反応を示すか試してみたいと思った。

「孝史さんてば」

孝史が台所の方に戻るとき、ふきのちょっと怒ったような声が追いかけてきた。彼女と喧嘩はしたくないけれど、怒った顔も可愛いと思った。


鞠恵と嘉隆は目を覚ましていた。嘉隆は着替えも済ませていたが、鞠恵はまだ寝台に横になり、枕に肘をついて頭だけ起こしていた。朝食の盆を持った孝史が入っていっても、ちらりと視線を投げて寄越しただけで、ふてくされたように何も言わない。

大将の寝室と同じくらいの広さの部屋である。豪華な装飾も一緒だ。シングル幅の寝台がふたつ並べてあり、窓際に肘掛け椅子と丸い小テーブルが据えてある。ここはたぶん、客用の寝室なのだろう。

ほんの少し、油のような臭いがする。嘉隆が絵を描くという話を思い出した。油絵の具の臭いだろうか。

この部屋にも箱形のラジオがひとつあり、嘉隆は椅子に座ってラジオの方に身を乗り出していた。チューニングがうまくないのか、雑音が多い放送だが、嘉隆は聞き入っている様子だ。

「情勢に、何か変化があったんでしょうか」

この時代のアナウンサーは上手だけれど、言葉遣いが堅苦しくて、孝史にはちょっと聞き取りにくいのだ。

嘉隆はラジオの方を見つめたままうなずいた。映像は映らなくても、ラジオを聴くときは、ラジオの方を注目する。とりわけ大事なニュースのときには。そういう習慣が、かつてはあったわけだ。

「戒厳令が発布されたそうだ。それに、交通が自由になった。これで収まるかもしれないな」

するど、ごろ寝を決め込んでいた鞠恵がひょいと起きあがった。

「外に出られるの？」

「ああ、電車も動いているからな」

「良かったわ。閉じこもりきりじゃたまらないもの。あなた、会社に行くんでしょう？　あたしも一緒に出るわ」

さっそく着替えようというのか、鞠恵は寝台からすべりおりた。寝間着姿である。孝史は目のやり場に困ったし、困っているのを鞠恵がちらっと見てほくそえんだような顔をしたことに腹を立てた。ホントに本当に嫌な女だ。

「出かけるったって、夜はここへ戻るんだよ」

嘉隆の言葉に、鞠恵はあからさまにウンザリ声を出した。

「なんでよ？　あたし、もう一日だってこんな辛気くさいところにいたくないわ」

「いなきゃしょうがないのさ」嘉隆は、孝史の耳を気にするようなそぶりを見せた。「だいいち、君がどこに行くっていうんだい？　ここのほかに家はないんだよ」

「あたしは——」

「会社に来たければ、付いてきなさい。でも、夕方にはここに戻るんだ。僕は貴之と話があるからね」

孝史は黙って朝食を並べていたが、内心はむかむかしていた。あんたたち、自分がどういう立場にいるか、まるっきりわかってないんだな？　それを口に出しそうになったが、またここで出しゃばってふきに嫌われたくないので、ぐっとこらえた。

急いで彼らの部屋を出た。大将の寝室の方から線香の香りが漂ってくる。あそこには亡骸があるんだと、あらためて確認しながら居間に戻った。

貴之と珠子、それに葛城医師も顔を揃えていた。医師は少し眠そうで、珠子は寒そうだ。テーブルの上には朝食が並べられていたが、まだ手はつけられていない。

「おはよう」と、葛城医師が声をかけてきた。「さっき伯父さんの様子を見てきたところだ。あまり変わりはないようだね」

孝史は怒りの尻尾を引きずっているので、すぐには平田関係の方に頭を切り替えることができなかった。

「あ、ありがとうございます」と、ぞんざいに言った。

「今、貴之くんとも話をしていたところなんだが、入院などに必要な費用は、とりあえず貴之くんの方で立て替えてくれるそうだ。君、良かったね。御礼を言いなさいよ」

「それは、どうも。あの——」

葛城医師が顔をしかめた。「どうもはないだろう、どうもは」

「いえ、あの」じれったくなって、孝史は声を張り上げた。「貴之さん、嘉隆さんと鞠恵さんが、外へ出かけると言ってるんですよ」

「出かけるって——」

「ラジオで交通の封鎖が解除になったと言ってるそうです。だから会社へ行くと」

貴之は音を立てて椅子を引くと、立ち上がった。

「ちょっと話してくる」

孝史も一緒に階上へ戻ろうとした。貴之は素早く肩越しに振り向くと、「君はここにいろ」と言い捨て、とっととドアを開けて出ていってしまった。

孝史は憮然とした。葛城医師が、面白そうに口髭を動かしている。

「外に出ちゃまずいかね?」

「まずくないですか? まだ、誰が犯人か判ってないんですよ」

「ここに閉じこもってりゃ判るというものでもあるまい。それに、私も外に出るよ。病院や車の手配があるからね。電話は使えないのだろう?」

医師の言うことの方が筋が通っている。それは孝史だってよく判っているのだが、今のこの段階で、嘉隆や鞠恵に自由行動をとらせるのは、やはり気が進まない。とても感情的な問題なのだ。

「あの人たち、逃げたり、証拠になりそうなものを処分したりするかもしれませんよ」

医師は笑い出した。「もしも逃げ出したなら、それは私がやりましたと告白するのと同じことだ。証拠になりそうなものを処分することも、この家にいたってできるだろう? そうカリカリすることはない」

落ち着き払っている医師と、淡々と食事をとっている珠子の顔を見比べて、孝史は折れた。どうやら、ひとり相撲みたいだ。

「それより、君も早く飯を済ませなさい。出かけるよ」

「え？　僕も行くんですか？」

「来て欲しいんだがね」

「電話をかけに行くんですよね？　先生にお願いしちゃいけませんか」

今はできる限り、現場を離れたくないのだ。しかし医師はちょっと気を悪くしたような顔をして、言った。

「君の伯父さんのことだ。それに……」

「何ですか」

「私ひとりで行って、転んで動けなくなったりしたらどうするね？　危ないじゃないか」

葛城医師はせっかちで、昨日ここへ来る途中でも、雪道に足を滑らせて何度も派手に転びそうになった。でも、そんなことぐらい、気をつけて歩けば済むことだろうにと思って孝史が黙っていると、医師は不服そうに繰り返した。

「君の伯父さんのことだよ」

わかりました、と言うしかないようだ。この威勢のいい先生にはかなわない。孝史は承知した。そして、ポケットのなかの物のことを思い出した。

「先生、珠子――お嬢さん」

煙草入れを取り出し、ふたりに見せた。

「今朝、暖炉のなかで見つけたんです。煙草入れみたいですが」

「暖炉から出てきたと？」葛城医師は驚いたようだったが、珠子は違った。ちょっと身を乗り出して煙草入れを手に取ろうとした。

「手が汚れますよ」

孝史が注意すると、珠子は言った。「こっちに向けて、もっとよく見せて」

はいはい、わかりました。孝史がそうすると、珠子はじっと観察し、それから素っ気なく言った。「黒井のだわ」

ふきと同じ返答が返ってきた。珠子は平静な顔をしており、あまり興味がなさそうだった。

「大将が黒井さんに贈られたものだそうですね」

「そうよ。あたくしが買いに行ったの」

「珠子さんが？」

「ええ。銀座の白鳳堂に注文を出して、特に作らせたものなのよ。黒井はとても喜んで、だから、失くなったときにはがっかりしていたわ。そう、暖炉のなかなんかにあったの」

孝史が事情を説明すると、珠子はうなずき、暖炉で燃えている薪を見ながらぽつりと言った。「鞠恵さんだわね」

　これも、ふきのと同じ回答である。鞠恵もまた、わかりやすい意地悪をやったものだ。

「黒井さんというのは……」葛城医師が怪訝そうに言った。

「お父さまの付添婦です」と、珠子が答えた。「いっとき、うちに住み込んでおりましたでしょう？　先生はお会いになってませんでしたかしら」

「いや、会ったことがあるな。大柄な女じゃなかったか」

「ええ、そうです。身体が大きくて、力があって。だから付添婦には向いてましたわ。お父さまは、退院してきたばかりのころは、ひとりでは寝起きもできませんでしたから」

「そうだったねえ……」と、医師がうなずく。「あの状態から、ゆっくりではあるが歩くこともできるようになったし、著作にも取りかかれるほどにまで回復なすったのだから、閣下の意志の強さは素晴らしいものだった」

「それもみんな、黒井のおかげでした」

　口調は冷たいが、珠子にしては、これは最大級の賛辞であるようだ。孝史は、へえと思った。

「黒井さんがよくやってくれたってことですか？」

「ええ、そうよ。お父さま、黒井のおかげでずいぶんと気力を取り戻されたし」珠子はちょっと頬をふくらませるような表情をした。

「お父さまがあんまり黒井を大事にして、黒井の言うことばっかり素直にきかれるので、あたくし、焼き餅をやいたくらいだもの」

　葛城医師は微笑した。「閣下は、珠子さんをいちばん愛しておられたんですよ」

「ええ、判っております」珠子も笑みを返した。「そのことは、本当によく判っておりますわ」

　亡き妻に生き写しの一人娘だ。大将だって、珠子が可愛くなかったはずはないだろう。たとえ、ちょっとばかりエキセントリックなところのある娘だとしても。

　それにしても、珠子の口振りから推す「黒井」という人物の印象は、ふきの話から受けるそれと、ずいぶん違っている。ふきは何か、黒井をめぐって嫌な体験をしているのだろうか。

「黒井さんて、どんな人だったんでしょう」と、訊いてみた。「歳はいくつぐらいでした？」

「さあ……お父さまよりちょっと若いというぐらいだったわ。五十五、六かしらね」

「住み込んでいたんですよね？　半地下の、あの部屋のどれかを使っていたんですか」

「ええ、そうよ。お父さまの世話をやいていないときは、たいてい自分の部屋にこもっていたわ」

珠子はちょっと眉をひそめた。

「あたくしは、あの人、あまり好きじゃなかった」

葛城医師がまた苦笑したので、珠子は急いで続けた。

「いいえ先生、焼き餅で言ってるわけじゃありませんのよ。黒井には感謝しています。でも、ちょっと薄気味悪い女だったんですわ。先生、お感じになりませんでした？」

「さあ、私は何回も会っていないし、会ったとしてもごく短時間だからねえ」

「どれほどお父さまに気に入られても、あたくしやお兄さまにも丁寧な口をきいたし、ふきやちゑとも上手くいっていたようで、人は悪くなかったんだけれど……。どこかの誰かさんとは大違いだわ」

最後の部分だけ、口調が鋭くなった。

「でも、薄気味悪かったんですか」

「ええ、そうなの」珠子は華奢な肩をちょっとすくめた。「なんだか、もぐらみたいな女だったのよ。しょっちゅう暗いお部屋にいて。昼間もめったに外に出ませんしね。そういえば――」

珠子はくるりと目を見開き、品をつくるように胸に手をあてて、葛城医師の方に乗り出した。

「ねえ先生、先生は幽霊をごらんになったことがありまして？」

医師は面食らった。「いや、幸か不幸かございませんな」

「あたくしも、はっきりそうだと思うものを見たことはございませんわ。だけれど、黒井って幽霊みたいだと思ったことがございますの」

「どういう意味ですか？」と、孝史は訊いた。

その声、その口調が、自分で意図している以上に緊迫し、真剣味を帯びていたのだろう。珠子と医師が、そろって驚いたように孝史の顔を仰いだ。

「あなた、どうしたの？」

孝史は喉が干上がったようになってしまい、うまく口を開くことができなかった。知らないうちに、身体の脇で両手を拳に握りしめていた。まさかとは思うけれど、そのまさかを押さえ込むことができないのだった。

「あ、いえ」と、かろうじて声を出した。

「それであの、珠子さんはどうして黒井って人が幽霊みたいだと思ったんですか？」

　珠子はまだ、様子を見るように孝史の顔を見つめていたが、孝史がしっかりと見つめ返すと、ちょっとまばたきをして、あっさり答えた。「だから、なんだか薄気味悪くて、暗いところにばかりいるからよ。顔色もよくなくて……。そうそう、この家には一年ばかりいたけれど、そのあいだにも、どんどん青ざめてゆくようでしたわ」

「低血圧だったのでしょう」と、葛城医師が言った。「あるいは、貧血症かもしれませんな。育ちの悪い者にはよくあることだ。栄養失調が慢性化しましてな」

　珠子は医師の診断を無視した。思い出しているのか、わずかに眉をひそめている。

「あたくしね、見かけたことがありましたのよ。黒井がこう……暗いところからふわっと姿を現すのを」

　今度こそ、葛城医師が破顔した。「いやいや、それは珠子さん――」

「いえ、本当なんですわ、先生。階段をあがってお父さまのお部屋に行こうと思ったら、廊下の隅の暗がりのなかに、黒井がぼうっと立っていましたの。ついさっきまでは誰も居なかった場所でしたのよ。本当に、幽霊を見たかと思いましたわ」

「気がつかなかっただけでしょう。よくあることですよ」

「そうでしょうか」珠子は手で頬を押さえ、呟いた。「気味が悪いと思うからそう見えてしまったのかしら」

「そういうものです」

「先生がそうおっしゃるなら、そうなのでしょうね」

珠子はうなずいた。「でもあたくし、黒井が辞めてくれたときには少しほっといたしましたした」

「どんな辞め方をしたんですか？」と、孝史は訊いた。声がうわずらないように、必死で抑えていた。頭のなかは確信でいっぱいになり、妙に勢いづいたようになってしまって、心臓がどきどきした。

「さあ、あたくしは知らないわ」珠子は答えたが、孝史の様子がおかしいことに不審を覚えているようだった。「あるときふっつり居なくなって、お父さまに伺ったら、黒井は辞めたとおっしゃっただけよ――あなた、汗をかいているわ、どうしたの？」

　なんでもない、大丈夫ですと答えたとき、ドアが開いて貴之が戻ってきた。医師が声をかけた。「嘉隆さんたちはどうでしたね」

「やはり、一度出かけるそうです」貴之はすぐに答えた。「夕方には戻ると言っていますから、仕方ないでしょう。葬儀の手配とか、叔父には相談したいことが山ほどあるんですが、会社を放っておくわけにもいかないでしょうし」

「尾崎君は、彼らが逃げ出すのじゃないかと心配したんだよ」からかうように、葛城医師が言った。貴之は冷たい目で孝史を見た。

「逃げるなら、逃げてくれて結構だけれど」

そう言ってから、孝史が浮かれたような顔で汗を浮かべていることに気づいたらしい。「何かあったんですか?」と尋ねた。

「いや、別に」と、医師が答えた。

「この人が、暖炉のなかから黒井の煙草入れを見つけたの」珠子が黒く煤けたものを指さした。「それで、黒井の話をしていたんですの」

貴之は煙草入れを見、もう一度孝史の顔を振り返った。孝史は急いでその場を離れた。

「失礼して、伯父の様子を見てきます」

走り出さないように、懸命に自分を抑えた。だが、居間を出たとたんに小走りになった。ドアを閉めるとき、貴之の物問いたげな視線が追いかけてくるのを感じたが、それも振り払った。

黒井——大将の付添婦。五十代半ばの、暗い感じの女。もぐらみたいに暗がりを好み、幽霊のようにぼうっと現れる。しかし蒲生大将は彼女を気に入り、彼女の言うことを素直にきいていた。珠子が焼き餅をやくほどに、大将にとって、黒井は特別の存在だった——

半地下へ降りる階段を駆け下りながら、孝史は思い出していた。火事になる前、平河町一番ホテルでフロントマンと交わした会話を。あれは、非常階段から消えてまた現れた平田を目撃し、仰天して動揺していたときのことだった。

——もう出なくなったかと思ったんですがね。そうか、また出ましたか。

——何が出たんですか?

——決まってるじゃないですか、幽霊ですよ。

蒲生大将の幽霊ですよ。

違う。幽霊なんかじゃない。今ならそう断言することができる。フロントマンが見たのは生身の蒲生憲之大将だ。生きている蒲生大将が平河町一番ホテルに現れて、歩き回っていたのだ。

そう、過去からやって来て。

平田の部屋の引き戸を開けると、孝史はなかに転がり込んだ。平田は起きていて、横たわったまま枕から首を持ち上げ、孝史を見た。驚いたような目をしている。

　孝史はつかつかと布団に近寄り、仁王立ちになって平田を見おろした。青白い顔と充血した目に大きな変化はなく、きちんとした食事をとれないために、いかにも病人くさい窶《やつ》れた雰囲気が濃くなっている。

　しかし孝史は同情しなかった。それよりも、真相をつかんだという興奮の方が遥かに大きかったから。

「あんたの叔母さん、ここに来てたね?」と、孝史は言った。

　平田は無言で孝史を見あげた。口を開こうとする様子もなく、ただ平静な目で。

「黒井って名前でここに住み込んでた。大将の世話をしてた。そうだろ?」

　暗い雰囲気。もぐらみたいな女。暗がりからぼうっと姿を現す女。

　そんな人間は、孝史の知る限りではこの世にふたりしか存在しない。この平田と、そして彼の叔母と。

「叔母さんがここに来てた。そして叔母さんの計らいで、蒲生大将は未来に——戦後にタイムトリップしてた。そうじゃないのかい?　蒲生大将は未来を見てたんだね?」

　だからこそ、病気の前と後とでは思想が一変してしまったのだ。嘉隆が感嘆したような口調で言っていたではないか。兄さんの考え方は、ずいぶん変わってしまっていたんだな、と。そうだ。変わってしまっていた。そのために、陸軍の要職にある人たちや、かつて自分を仰いでいてくれた皇道派の将校たちの耳に痛いようなことも発言し、そのあげくにテロリストにまで狙われるようなことになった。未来を、これから起こる戦争の行く末を、その戦争の帰結を、それによって日本がどうなるか、軍部がどうなるか、すべてを知ってしまったから、だから大将は、思想も人も変わってしまったのだ。

　平田は孝史を見つめている。やがてそのまぶたが下がり、それと一緒に顎が動いた。横たわり、孝史を見上げるその姿勢の許す範囲で、できるだけ深く、はっきりと、孝史によく判るように、平田はうなずいた。

2

　力が抜けてしまって、孝史はその場に座り込んだ。汗が引いていく。

　平田はまぶたを開き、孝史の顔を見ていた。その目と乾いたくちびるが、かすかに笑っているように孝史には見えた。よく判ったなあと、感心しているかのように。

この男、何を考えているのだろう。事実を言い当てられて、少しはあわてた顔をするものだと思っていた孝史は、まるっきり拍子抜けする思いだった。

「どうして俺にこんなことが判ったか、不思議じゃない？」

平田はうなずいた。

「少しはしゃべれるかい？」

平田は苦労して口を開いた。くちびるがくっつき、喉がごろごろするような音が出た。

「あんまり……」と、ぎくしゃくと発音した。「駄目――だ、な」

孝史は両手で顔を拭い、大きく息を吐いた。「それなら、しばらく聞いててくれるかい？　昨日からの出来事を、俺、説明するから」

大将の部屋で銃声が轟いてから以降、どんなことがあり、誰が何を言い、どう行動し、それを孝史はどう考えたか――順を追って話していった。平田はじっと聞き入っていた。

「昨夜、寝るときに思いついたんだ。大将の部屋に現れて大将を殺して、誰にも姿を見られずに、煙みたいに、幽霊みたいに消えちまう。そんなことができるのはあんただけだって。現にあんたは、俺と一緒にここに来る前に、平河町一番ホテルの二階の非常階段から一度トリップしてきてる。俺が訊いたら、最後の確認のために来たなんて言ってたけど、あれは嘘だろ？　二階からトリップしたんだ、二階の高さに降りるはずじゃないか。この屋敷内のどこかにおりたんだよ、あんたは」

「ああ」と、平田は嗄《しわが》れた声を出した。また、目に愉しそうな表情が浮かんだ。

「あれは、ウ、ソだ」

「やっぱりな」

自決すると判っている大将をわざわざ殺す理由も、あんたにならあるかもしれないと考えた――孝史はそれを説明した。

「ただ、判らなかったのは、あんたがどうして大将を殺して、自決の名誉をはぎとろうとしたかってことだった。つまり、動機の動機っていうのかな。あんたが個人的に大将を恨んでいたり憎んでいたりしなくちゃ、殺そうとするはずがないもんね」

「そうかな」と、平田は言った。

「そうさ。ほかに考えようがあるかい？」孝史は両手を広げて見せた。「たとえば思想的なもの？　それとも、いかにも時間旅行者らしい理由かい？　たとえば、大将がこの先歴史的に重要な局面で間違ったことをして、そのために大勢の人が死ぬ――あんたはそれを防ぐために、先回りして大将を殺すとか？　だけどそれは空しいことだって、あんたはさんざん言ってたよね？　そういう細部の修正を繰り返して人助けしたような気分になっても、自分は悲しいだけなんだって。それともあれも嘘だったわけ？」

平田は笑顔に似た表情を浮かべた。麻痺した顔の左半分は、平田の心の動きについてゆくことができないのだ。

「いや、本当だよ」そうして、乾いたくちびるを懸命に湿しながら、付け加えた。「あれは、私の――本心だ」

「だからさ」孝史は声を大きくした。「だから、個人的な動機しか考えられなくなったんだ。だけどそれって何だろうって」

「水、くれないか」と、平田が言った。孝史は枕元にあった吸い飲みを取り上げた。なかに湯冷ましが入っている。まだほの温かい。ふきの配慮だろう。

平田に水を飲ませ、彼がいくぶんか楽そうな表情になるのを待って、孝史は言った。

「あんたの叔母さん、蒲生大将に未来を見せてた」

「ああ」と、平田は言った。

「大将はそれで、いろいろと考えが変わって、また元気を取り戻して、少しでも日本の将来を変えられないかって活動を始めた。それだから、病気の前には意見の対立していた貴之とも和解して、彼に手伝いを頼んだりもした」

平田は黙っている。

「そんな大将のために、あんたの叔母さんは、短い期間でタイムトリップを繰り返した――たぶんそうだろうと思うよ。すべては大将が入院して叔母さんと巡り会ってから、叔母さんがこの屋敷を出ていくあいだ、一年かそこらのあいだのことなんだからね」

珠子は、黒井の顔色がどんどん悪くなっていったと話していた。

「叔母さんは、そのために身体を損ねた。ボロボロになっちまったんじゃないのかな。そして死んだ。ひょっとしたら、この屋敷で」

珠子は、黒井はふっつりと居なくなったと言っている。ふきは、黒井の辞め方について訊いても口を濁し、言いにくそうな、思い出したくなさそうな顔をする。

そこからの想像だった。

「あんたは、叔母さんがそういう……言ってみれば、大将ひとりのために使い捨てられたような形で死んだことに腹を立てた。あんたたち、時々会ってたんだろ？　だから叔母さんの様子を、あんたは知ってたはずだ」

「ああ」平田はうなずく。「叔母は……亡くなる、少し前に……私、に、会いに、来たよ」

「ほらね？」

　孝史はため息をついた。自分の考えが当たっていることを確かめるのはいい気分だ。でも、この話自体は、けっして楽しい話題ではないのである。

「それであんたは大将を恨んだ。そして、大将が自決すること――いくら未来を見てきたと言っても、自分ひとりの力ではこの国の進路を変えることはできないって諦めて、直言を遺書の形で残してね――それを知って、あんたは仕返しを思いつく。その死に方から、せめて名誉を奪ってやろうってね……そうじゃないの？」

　平田はしばらく天井を見あげていた。その顔に、なんとも表現のしにくい、嬉しそうな喜ばしそうな、それでいて少し困ったような――言ってみれば照れているような表情が浮かんでいる。話がしにくく、顔が動きにくく、平田も辛いだろうが、彼の顔から何かを読みとろうと真剣に身構えている孝史にとっても、かなりしんどい感じがした。

　そして平田に問いただす一方で、孝史はふと、もしもこの自分の想像が全てあたっているとしても、平田のやったことを責められないような気持ちにもなっているのだった。それは哀れみであり、子細に検分してみれば決して美しいだけの感情ではないのだけれど、自分でそのことに気づいていなかった。

　孝史は考えていたのだ。暗く歪んだオーラに囲まれて、世間から隠れるようにして暮らしている二人の時間旅行者のこと。黒井と平田、叔母と甥。互いに互いの唯一の理解者。だからこそ平田は、叔母の死に様《ざま》に怒りと悲しみを感じて――

「当たってるだろ？」

　重ねて訊くと、平田はかぶりを振った。うなずくのではなく、否定の方向に首を動かしたのだ。

「違うっていうのかい？　何が？　どこが違うのさ」

　今度は明らかに、平田は笑った。孝史をあざ笑うというふうではなく、楽しそうだった。

「君は、頭がいい、ね」

「バカにしてるんだろ」

平田は笑ったまま首を振る。違うよ――

「私は、蒲生大将を、殺して、いないよ」

できるだけはっきりと聞こえるように、一語一語、言葉を取り出して並べるようにして平田は言った。

「殺して、いない。大将を、恨んでも、いない」

孝史は当惑した。自信をもって、興奮して確信していたために、そして平田に同情しかけていたために、少し腹も立ってきた。

「ああ、そうですか」と吐き出した。「犯人が、そう簡単にはいそうです恐れ入りましたと認めるわけないもんな」

平田を睨みつけた。だが、彼の顔から楽しげな色は消えない。

「俺の考えが間違ってるっていうんなら、説明してくれよ。あんた、なんでわざわざこの時代に来たんだい？　現代よりずっと不便で、しかもこの先危険がいっぱい待ってるって判りきってる時代じゃないか。何しに来たんだよ？　それに、ホテルの非常階段からトリップしたときは、いったい何時の何処に行ってたんだよ。教えてくれよ、え？」

八つ当たりである。平田が孝史の問いに答え、ぺらぺらしゃべれる状態にないことなど、百も承知だ。言いっぱなしですっとした気分を味わいたいだけのことだった。

平田は少し考えてから、孝史を見上げた。

「君は、街の様子――見た、か？」

「街を？　ああ、少しだけど」

「この時代、見たわけ、だ」

「ちょっとだけだよ」孝史は肩をすくめた。「兵隊と顔を合わせたときは、すごく怖くてビビっちゃったよ、物騒な時代だよ。早く帰りたいよ。だけど帰るまでに――」

平田に、正面切っては言いにくい。

「ふきの――ふきちゃんのことが心配だから、彼女のことはどうにかしたい」

平田の目が、また微笑みを宿した。

「判って、もらえる……かな」と言った。

「何が」

「さっきの、質問に、答えたら。君なら、判るかも、な」

孝史は口をつぐんで平田を見つめた。

「あと、何日か、経ったら、必ず」と、平田は言った。

「話すよ。約束だ」

「今じゃ駄目なの?」

無理なのは判っているが、思わず口が尖ってしまった。平田はうなずくと、

「今より……もう少し後に」と言った。「もう少し、君に、ここにいて、もらってから」

孝史はまだふくれ顔をつくっていたが、そのとき、廊下の方からふきの呼ぶ声が聞こえてきた。はっとした。

「ふきさんだ」

立ち上がり、引き戸の方へ歩きながら「ここに居ます」と返事をすると、戸が開いてふきが顔をのぞかせた。心配そうに孝史を見た。

「平田さんの具合が?」

「いや、大丈夫。ちょっと話をしてただけなんだ。何か用ですか?」

「葛城先生が、お出かけになるからと」

孝史を待っているという。

「わかった。すぐ行きます」

ふきはちらと平田の様子を気にしてから、階上へ戻っていった。孝史は平田のそばに戻った。

「病院の手配に行って来るよ」

そうなのだ。平田は病人だ。真相をつかむのは結構だが、現実的なことも考えねばならない。平田に無理をさせてはならないのだ。この男の存在そのものが、孝史の現代への帰還の鍵なのだから。

「早くよくなってくれよ。頼むよ」

平田はうなずいた。孝史が背中を向けると、声が追いかけてきた。

「銃に——」

孝史は振り向いた。「え?」

「銃に、気を、つけろ」と、平田は言った。「誰かが、持ってる。気を、つけろ」

もう笑みはなかった。彼は真剣だった。

3

孝史を呼びつけたくせに、葛城医師はなかなか出かけようとしなかった。妙にぐずぐずしているうちに、嘉隆と鞠恵の方が、一足先に外へ出てゆく。嘉隆はキャメル色の高価そうなコートを着ており、鞠恵は派手な色合いの毛糸のショールを身体に巻きつけて、彼の腕にぶら下がっていた。

玄関先で、貴之が嘉隆に、念を押すように声をかけた。

「時間を守ってくださいよ」

嘉隆はうるさそうにうなずいた。「判ったよ」

「円タクを呼べないの？」と、鞠恵は文句を言っていた。「長く歩くのは嫌だわ」

ごちゃごちゃ言いながら彼らが出かけてゆき、それから十分ほど経って、やっと孝史たちも出ることになった。昨日と同じいでたちで、昨夜のうちに降り積もった新しい雪を踏みしめながら、葛城医師と肩を並べて蒲生邸を出た。前庭から降りて道路へ出るとき振り向いてみたが、玄関に見送る人はなく、窓もすべてぴしりと閉じられている。

昨日見かけた車輪の跡や足跡などは、もう埋もれて消えてしまっている。今は雪も完全にやんで、吐く息を凍らせながら仰ぎ見ると、ぺったりとした曇天の空があった。仰向いていると鼻の頭が雲の底にくっつきそうなほどに低くたれこめている。切れっぱしでもいいから、青空がのぞいてくれたらな——と孝史は思った。

葛城医師は、赤坂見附の方向へ足を向けてゆく。昨日来た道を逆にたどって行こうというのだ。孝史も後をついていった。医師は、屋敷のを借りてきたのだろう、昨日履いていた革靴の代わりに、黒いゴム長靴を履いていた。それでも足元が危なっかしい。

驚いたことに、屋敷を離れてすぐに、同じ道を反対の三宅坂方向へ歩いてゆく人とすれ違った。厚いコートを着込んで帽子をかぶった男性である。大きな風呂敷包みを抱えて、えっちらおっちらの足取りだ。

葛城医師が声をかけた。「おはようございます。市電通りの方から来られたんですか」

相手は足を止め、ちょっと息を切らしながら応じた。

「ええ、そうですよ」

「市電は走っとりますかな？」

「動いています。混んでますよ。池袋から来たんですが、満員で往生しました」

「兵隊はおりますか」

「決起部隊は移動したようです。戒厳令のせいでしょう。議事堂と、赤坂の方のホテルに集まってるようだという話ですが」

孝史は口をはさんだ。「警視庁はどうですか？」

「決起部隊は引き上げたそうです。今じゃ、桜田門あたりも野次馬が一杯だ。私もさっき、電停の近くの店で聞いたんですが、今朝方、白襷《たすき》をかけた兵隊が列になってざくざく引き上げていって、そりゃあ凄い眺めだったそうです」

「そうですか、ありがとうございます」

医師は軽く手をあげて礼を示すと、また歩き出した。孝史も会釈して、見知らぬ情報源とすれ違った。彼の抱えている風呂敷包みには、どうやら日用品が入っているらしい。蒲生家の人びとと同じような、昨日一日封鎖線の内側に取り残されていたどこかの家に、知人か親戚が住んでいて、そこを見舞いにゆくのかもしれない。


通りすがりの人が、もう会話の声が聞こえない距離まで離れたのを確かめてから、孝史は言った。「聞きましたか、警視庁の占拠が解けたそうですよ」

医師はぶっきらぼうに背中で言った。「だから何だ」

「連絡してみてもいいんじゃないですか、蒲生家の事件を」

「ついでに憲兵隊も呼ぶか、うん?」医師は怒っているみたいな口振りだった。「蒲生大将閣下が何者かに暗殺されましたと報せるかね」

何をぷりぷりしているんだろうと、孝史は思った。怒りたいのはこっちの方だ。子供じゃあるまいし、雪道を歩くのが難儀だから一緒に来いだなんて、わがままを言ったのは葛城医師なのだ。それでいて、出がけにはぐずぐずして、孝史はイライラし通しだった。


実際、出かけたくなかった。切実に屋敷に残りたかった。平田との会話と、彼が最後に言い添えた「気をつけろ」という言葉の切迫した調子が耳の底に残っている。屋敷から目を離さずにいることが、今の自分の役目だと、孝史は考えていたのだ。

「君は学がない」

あるところは凍りつき、あるところは踏むと崩れる雪道と格闘しながら、葛城医師が言った。

「何の話です」

「その割に頭がいい。そのくせ、妙に勘が鈍い。困ったものだ」

「そりゃあすいませんですね」

ムカッときて、孝史は足を止めた。ちょうどそのとき、医師が吹き溜まりに足を突っ込んだ。わらわらと両手を回してバランスをとろうという努力も空しく、尻からずでんと転んでしまった。

「まったくひどい道だ」

頭まで雪まみれになり、髭の先を白くして、医師は文句を言った。「君、突っ立ってないで手をかさんか」

「先生は、歩きにくい場所ばっかり選んでるんです」

孝史は両手を腰に当て、動かずに医師を見おろした。

「歩き方が下手なんですよ」

「論評をありがとう」立ち上がろうともがきながら、医師は孝史を睨みつけた。「手を引っ張ってくれ」

　乱暴に手を引くと、医師は今度は前のめりになりそうになった。それでも孝史にしがみついて何とか立ち上がると、髭にくっついた雪をふんと鼻で吹き飛ばした。

「私がなんで君を連れ出したか、まるで判っとらんのだな？」

「先生が転びやすいからでしょ？」

「そら、これだから教育のない者は困る。推測するということができんのだから」

　推測なら、昨夜も今朝も、束にして売ることができるほどに繰り返してきた。葛城医師など、孝史が考えてきたこと、考えていることの内容を知ったら、それこそ平田よりもひどい脳貧血を起こすだろう。ええそうなんですよ先生、僕はあなたの時代の未来から来て、大学入試に落ちた浪人予備軍の高校生で、ですからホント、学がありません。

　それでも、医師の怒りぶりとその雪だらけの情けない姿との釣り合いがおかしくて、不本意ながら、孝史はちょっと笑ってしまった。

「何を笑っとる」

「先生を笑ってるわけじゃないですよ」

「嘘をつけ」

　コートの雪をはらうと、葛城医師はまるで保険をかけるみたいに孝史の腕をがっちりとつかみ、歩き出した。

「私が君をわざわざ連れ出したのは、ほかの人の耳や目のない場所で、ゆっくり君と話をしたかったからだ」

「僕と？」

「ああ、そうだ君とだ。あいにく、ほかには頼りになりそうな者が見あたらない」

　前方からまた人が来た。今度は女性のふたり連れだった。着物姿で、足元はビニールの覆いみたいなものをかけた下駄履きだった。孝史たちの脇を通り過ぎるとすぐに、右手の門構えの大きな木造の家のなかに入っていった。女性のうちのひとりは新聞を持っていた。

　彼女たちが消えてから、医師は続けた。

「今朝、貴之くんに、君の伯父さんを病院へ連れてゆく手配について相談したら、そのときには先生も一緒に行って、そのまま家へお帰りくださいと言われた」

「家って、先生の自宅へ？」

「そうだ。先生のご家族も心配なさっているでしょうし、父の葬儀の一切は、陸軍のこの騒動が収まってからでないと執り行うことはできないから、これ以上お引き留めする必要もなくなりました、とな」

医師は苛ついたような顔をした。

「私は、とんでもないと答えたよ。閣下の亡くなり方に不審なところがあるというのに、それを放っておいて帰れるはずがない。すると貴之くんは言うんだ」

――昨夜ゆっくり考えてみたんですが、父の死は、やはり自決だったのではないかと思います。

思わず、孝史は踏み出した足を止めた。医師が釣られて転びそうになった。

「どういうことです？　あれは殺人だって言ったのは、貴之さんなんですよ」

医師は口を尖らした。「いや、それは違う。正確には、殺人だと言い出したのは君だよ。貴之くんは、銃が無いことを発見してあわてていただけなのだ」

「同じことじゃないですか。それに、窓には鍵がかかっていたんだから、犯人は家のなかにいるって言い出したのは、間違いなく貴之さんだ」

「まあ、そりゃそうだが……。そこが考えどころだ」

孝史の腕を引っ張るようにして、葛城医師はゆっくりと歩き始めた。

「確かに、大将閣下の亡骸のそばに拳銃が無いことに気が付いたときには、貴之くんも、とっさに殺人ではないかと思ったそうだ。そのあと居間に集まったときにもそう思っていた。具体的には、嘉隆さんを疑っていたと告白したよ」

孝史は、あの時の貴之のあわてぶりから、珠子を疑っているものだと思っていたが、そうではなかったのか。

「実は貴之くんも、閣下の自決について、以前から予感するところがあったらしくてね。だから、拳銃が見あたらないことには大いに困惑したのだそうだ」

銃声が大将の部屋からのものだと判ったとき、貴之は「やっぱり」と呟いた。

「そして、ひょっとすると閣下は殺されたのかもしれない――と考えついたとき、とっさに頭に浮かんだのが嘉隆さんの顔だったというわけだ。あのふたりの間には、長年の確執があるからね。テロリズムではない以上、正直に言えば、疑わしい人物としては嘉隆さん以外に該当者がいないというくらいだ。しかしそれでは、貴之くんから見れば、叔父が父親を殺したことになる。めったに口に出すことのできる疑いではない」

「そりゃそうですね……」

「我々と居間に集まって話をしているときも、貴之くんはずいぶん辛かったらしい。しかし、そこへ珠子さんと君が、嘉隆さんと鞠恵さんの内緒話を立ち聞きしたという、新しい情報が出てきた。それによると、嘉隆さんたちは、閣下が自決するのを期待して待っていた節があるというじゃないか」

医師は不愉快そうに顔を歪めた。

「それで貴之くんは考え直しを始めた。嘉隆さんや鞠恵さんの仕業である可能性は薄くなった――じゃあ、誰が怪しいのだろうかと」

「僕ではないです」と、孝史は言った。わざと軽い調子で言ったのだが、医師は真面目に応じた。

「私でもない」

「ええ、先生は現場にいなかったですからね」

「そうだ。貴之くんもあれこれ考えて、そしてひとつの結論を出したそうだ。つまり、閣下は自決されたと。そしてその現場から、誰かが拳銃を持ち去ったのだ、と」

孝史は歩きながら肩をすくめた。「そのことならば、彼は昨夜も言ってましたよ。ばかばかしい説だと、僕は思います」

「なぜばかばかしいね？」

「だって、拳銃を持ち去って何に使うんです？　誰かを撃つんですか？」

葛城医師は重々しくうなずいた。「そうだ。そのために持ち去ったのだ」

孝史は笑った。「あの屋敷のなかで？　すぐに捕まっちまいますよ。あそこにいる人数は限られてるんだから」

「捕まっても構わないから撃とうと思っているのだとしたらどうだね？」

孝史はまた立ち止まった。今度は医師の顔を見た。

「なんですって？」

「いいかね、よく聞き給えよ。閣下は自決なさった。今度の拳銃の消失は、その衝撃の下で起こった出来事だ。亡骸のそばに、自決に使われた拳銃が転がっている。人を殺すことのできる武器が目の前にある。それに気づいて、心にある決意を秘めた人物が、とっさにそれを自分の目的を達するために使おうと決め、現場から持ち去る――これなら、あり得ることじゃないのかね？」

医師とにらめっこをしながら、孝史はまばたきをした。

「その銃で、誰を殺すっていうんです？」

医師は答えず、目をそらして歩き出した。

「貴之くんの話では、閣下が拳銃を持っていることを知っていたのは、あの屋敷のなかでは彼ひとりだそうだ。その貴之くんでさえ、閣下がどこに拳銃を保管して居られるのかということまでは知らなかった。つまり、誰かは知らないが拳銃を持ち去った人物がいるとしたら、その人物にとっては、閣下の自決の現場に拳銃が転がっているということは、武器を手に入れる非常に稀《まれ》な機会だったのだ。しかもそれは、閣下が自決に使われた拳銃だ。意味のある品だ」

医師が最後の台詞に力を込めたので、孝史には、貴之が「現場から拳銃を持ち去った人物」として誰を想定しているのか判った。

「貴之さんは、珠子さんが銃を持っていったんじゃないかと考えてるんですね?」

ちょっと間をおいてから、医師は答えた。

「そうだ。今朝それを聞かされた。貴之くんも、昨夜はほとんど眠らずにそのことを考えていたらしい」

父親が自決に使った拳銃で、生前の父親と敵対し、ことあるごとに悩ませてきた叔父とその愛人を撃ち殺す——珠子のやりそうなことでもあり、またいちばんやれなさそうなことでもあると、孝史は思った。

「閣下の自決の現場から、拳銃を持ち去る機会のあった人物は四人だけだ」と、医師は続けた。「貴之くんと、珠子さんと、鞠恵さんと嘉隆さんだ。居間に集まるまでに、それぞれに機会があった」

「僕にもありました」

「あったな。では、君か?」

「いいえ。それに僕は、銃の撃ち方なんか知らない」

「私も君ではないと思う」

「ありがたいです。でも、なぜですか? 動機は何で、誰を殺そうとしているかということを脇に除けて考えるなら、僕だって疑われるはずですよ」言いながら、孝史は笑った。「たとえば僕が、以前に大将を襲ったみたいなテロリストで、拳銃を手に入れておいて、ゆくゆく首相を暗殺しようとしてるとかね」

医師はむっつり言った。「岡田首相はもう殺されてる」

「じゃ、次の首相を」

「暗殺者志願の職工の青年が、蒲生大将閣下が自決なすった現場にたまたま居合わせて、たまたま拳銃を見かけて持ち去ったということか?」

「可能性としてなら、ありますよね」

「そうだな、可能性としてならな。可能性としてだけなら、何でも考えることはできる」

医師は雪道を睨んで、声を落とした。

「実は、それも君に、一対一で確認しておきたかったことのひとつだ。君はいったい何者だね?」

孝史は言葉に詰まった。

「何者って? 先生が今おっしゃったとおりの職工ですよ」

「何の職工だ? 何をつくっている? 生まれはどこだ? 平田というあの男は、本当に君の伯父か? どうなのだ。それを私に教えてほしい」

葛城医師は本気だった。孝史にはそれが判った。歩調を変えず、孝史を見ずに足元ばかり見ているけれど、孝史の腕をつかんだ手には力がこもり、痛いくらいだった。振り払ったくらいでは離れそうになかった。

「僕は——」

平田に教えられた嘘の経歴を、頭のなかに思い浮かべた。大正七年に、深川区の扇橋というところで生まれた。平田の妹の子で、職工で、親方に虐《いじ》められて職場を逃げ出してきた——

しかし言葉にならなかった。目を光らせ、体重をかけた葛城医師の質問に、こんな嘘ではとても太刀打ちできないような気がした。嘘を並べることそのものに、言い様のない敗北感を覚えた。

「ぼ、僕は——」

未来から来ました。先生には信じられないだろうけれど、僕は太平洋戦争が終わって五十年後のこの国の国民です。時をさかのぼってここへ来たんです。あの平田という人は、時間旅行の能力を持っているんです
——

言ってしまおう。そう言ってしまおう。信じてもらえようともらえなかろうと、今、この先生の詰問に応え、対等に渡り合うにはそれしかない。

くちびるが、未来の「み」の音を発する形になった。その瞬間、立ち止まり孝史を見上げて、葛城医師が言った。

「君は、輝樹《てるき》さんではないのか?」

4

葛城医師の口が、「か?」という問いかけの音を発した形のまま凍りついている。孝史の口も、未来の「み」を発しようとしたまま固まっている。ふたりのあいだに、白い呼気が一瞬だけ流れて、消えた。

まともに見つめ合ったまま、そうやって数秒間突っ

立っていた。市電通りによみがえった喧噪が、かすかに聞こえてくる。足元の雪の冷たさが、今更のように孝史の全身にしみこんできた。

ゆっくりと、強ばったものをほぐすようにして、孝史は「み」の口を動かし、「て」の形にもっていくと、訊いた。

「テルキって、誰です?」

同時に、葛城医師のくちびるだけでなく、顔全体が動いた。だらりとゆるんで、口の端が下がった。

「違うのか」と、感嘆するような、安堵するような、気の抜けた声を出した。「違うのだな。違ったのか。そうか、違うのか」

笑い出した。

「私の思い過ごしか。今の君の顔といったら——そうかそうか」

「ちょ、ちょっと待ってください。ひとりで納得しないでくださいよ。テルキって誰なんです? 先生は何の話をしてるんですか」

葛城医師は孝史の腕を離すと元気よく歩き出した。急に威勢がよくなった。

「そんな歩き方をすると、また転びます——」

言い終えない内に、そら見たことかという感じで滑って転んだ。それでも、にこにこしながら起きあがってきた。

手を貸しながら、孝史は訊いた。「テルキって誰なんです?」

医師は雪を振り落とすと、歩き出す。「ちゑは知っている。訊いてごらん」

「あのおばあさんは、何を訊いたって教えてくれませんよ。お屋敷のことは詮索するなって」

「じゃあ、そういうことだ」

「勝手すぎるじゃないですか!」

孝史が声を荒げると、医師は笑いながらひらひらと手を振った。

「おや、怒ったか」

「当たり前です。付き合いきれないよ」

引き返して屋敷に戻ろうとすると、葛城医師がぐいと腕を伸ばして孝史の肩をつかんだ。そこまでは良かったが、その「ぐい」という自分の勢いに、医師は足をとられた。その結果、今度の転倒は、孝史を道連れにすることになった。

「——ったく」

顔からまともに吹き溜まりのなかに突っ込んで、息が止まるかと思った。肘を突っ張って起きあがりなが

ら、

「こんなことをしてたら、先生、百年経っても電話のある場所になんかたどり着けませんよ」

「いや、すまん」

葛城医師はまだ愉快そうだ。真っ白な顔で起きあがると、孝史の肩の雪をはらってくれた。そうして言った。

「輝樹さんは、閣下のお子だ」

孝史は目を見開いた。「子供？　息子さんですか？」

「そうだ。年齢的には、貴之さんや珠子さんより年下だ。ちょうど君ぐらいだ。しかし嫡子《ちゃくし》ではない。閣下がお若い頃に、夫人以外の女性に産ませた子供なのだよ。まあ、有り体に言えば、芸者の子だ」

蒲生憲之はその子に輝樹という名前を付けた。しかし、正式に自分の子供として認めることはしなかった。相手の女性が遠慮して身を引いたのだという。

「閣下は、その女性の今後の身の振り方を考えた上で、子供は養子に出そうと決めておられた。しかし、女性は子供を手放すことを嫌ってね。閣下の前から姿を消した。どうも満州に渡ったらしい」

「その輝樹って息子が、僕だと……？」

「そうじゃないかというふうに、考えてしまったんだ。昨夜私もあれこれと呻吟《しんぎん》していたからね」

「何故です？　輝樹さんて人が、息子と認めてもらえなかったことを恨んで、いつか大将の前に姿を現す可能性があったんですか？」

「まったく無いとは言えないだろう？　閣下も、折に触れて輝樹はどうしているだろうかと気にしておられた。特に、病気で倒れられたあとは」

そんなものだろうか。親心というやつか。

「そのことを知ってるのは、先生とちえさんだけですか？」

「夫人はご存じだったよ。貴之さんと珠子さんも、今ではもう、どこかに腹違いの弟がいるらしいという程度のことは知っていると思うね」

「だけど、その当時、よく揉めませんでしたね」

「揉めたさ。当たり前じゃないかね。しかし、外には表さなかった。少なくとも、夫人はこの私にさえ、その件に関して閣下を責めるような言葉を口にはなさらなかった。多少ごたごたしたという経過については、閣下から伺ったのだよ。それもまあ、ごくかいつまんでな」

孝史の生きる「現代」だったら、これは大事だろうと思うが。

「ちょうど、輝樹さんの誕生のすぐ後に、閣下は独逸《ドイツ》大使館の駐在武官として赴任されてな。もちろん夫人も子供たちも同行した。家族水入らずの状態になり、日本のその女性とも距離が離れた。いい機会だったろう」

「はあ……」

「それでも閣下は、当時夫人に心痛を味あわせたことについて後悔しておられた。やはり、倒れてからこっちのことだがね。しきりと夫人の思い出話もされた」

「写真を見ました」と、孝史は言った。「きれいな方ですね。珠子さんそっくりだ」

「だろう？　だから夫人亡きあとは、閣下にとっては珠子さんが二重に愛おしい存在になったのだよ」

医師は、にわかに現実に戻ったような暗い顔になった。

「珠子さんも父上を愛しておられた。あの人の頭のなかでは、父上と兄上がこの世のすべてだろう。それだけに、さっき話したような懸念があるんだ。貴之くんも青ざめるほどに心配しているよ」

確かに珠子には、拳銃を持ち去る機会があった。銃声を耳にしたが、ひとりで様子を見にいくのは怖くて一度居間に降りた——あの言葉が嘘だとしたら？　銃声を聞いてすぐに大将の書斎に駆けつけ、そこで父親の亡骸とそのそばに落ちている拳銃を目にしたのだとしたら？

「珠子さんの様子に、気をつけていてくれ」

葛城医師は孝史を見上げた。

「あの人が拳銃を持っているのだとしたら、危ない真似はさせたくない。さっきもぐずぐずしていたのは、嘉隆さんたちが外出するまで、珠子さんから目を離したくなかったのだよ。貴之くんも注意すると言っていたが、一人の目よりは二人分の目で監視する方が確実だ。君に、それをお願いしたかった」

「判りました。そういうことなら、先生のおっしゃるとおりにしますよ。だけど、ちえさんやふきさんにも話しておいた方がよくないですか？」

医師は首を振った。「女中たちは、もしも珠子さんに頼まれたら、どう振る舞うかわからん。現に今だって……ちゑなんぞは、珠子さんが拳銃を持っていることに気づいているかもしれないぞ」

お屋敷の内々のことに首を突っ込むなと、孝史を諌《いさ》めたあの口調。ちえならば、確かにそういう忠義立ての仕方もするかもしれない。古参の女中であるあのおばあさんも、鞠恵や嘉隆に対していい感情を持っているはずがないのだから。

「気をつけて、珠子さんを見張っています」

請け合って、しかし一方で、それなりに冷静な孝史の頭は、別の方向へも動いていた。貴之だって危ないかもしれない、と。

彼にも拳銃を持ち去る機会はあった。孝史とふたり、大将の書斎で亡骸を発見したときには、拳銃は亡骸の下になっていた。孝史が先に部屋を出た。そのあと、貴之が銃を取って隠した。もちろん、標的は叔父と鞠恵だ。葛城医師に対して珠子への疑いを口にしたのも、注意をそらすためかもしれないじゃないか。現に、もっともらしい理由をつけて、第三者である葛城医師を屋敷から帰そうとしているのも貴之なのである。

――銃に気をつけろ。誰かが持ってる。

平田の言葉が頭によみがえる。

「兄弟だというのに、叔父と甥、姪だというのに、やりきれない話だ」と、葛城医師はうめいた。「なぜ、こんなことを心配せねばならないほどにまでこじれてしまったのかね」

確かに兄弟喧嘩のレベルを超えた諍いである。

「考えようによっては、軍人と実業家の争いなのだな、これは」と、医師は言った。「軍人は実業家を下に見る。閣下は嘉隆さんの話をされるとき、よく『小商《こあきん》人《ど》』と評しておられた。嘉隆さんの方は嘉隆さんの方で、軍人に対して、拳ばかり振り回す夜郎自大《やろうじだい》の馬鹿野郎ぞろいだと毒づいていた。満州をめぐる国際連盟とのゴタゴタも、外交音痴で経済の力学のわからない軍人が独走するからあんなことになるんだと、唾を吐きそうな勢いで言っていたことがあるよ」

しかし孝史の知っている戦後の日本は、その実業家が立国したような国なのである。蒲生大将は、そんな未来の「小商人の国・日本」を目の当たりにして、いったいどういう思いを抱いただろうか。

そしてふと、珠子の縁談話を思い出した。鞠恵が嘲るように言っていたところによると、相手は「円タク会社の社長の息子」であるらしい。小商人である。

「先生、珠子さんは結婚の予定があるんですよね？」

目的の話を終えて、なにやら考え込みながら歩いていた医師は、「あん？」と声をあげた。「縁談かね？」

「ええ。あの話は、いつ決まったことですか？」

「さあ、私も詳しくは知らん。最近のことだと思うがね」

たぶんそうだろうなと孝史はうなずいた。病気の後、未来を見てから後でなければ、蒲生大将が珠子を実業家の妻にしようと思うわけがないからだ。

「葛城先生は、おかしいと思われませんか？　珠子さんの相手は、大将の言う『小商人』ですよ」と訊いてみた。

医師も首をひねっている。「そうだな。しかし、軍人の妻というのは大変なものだ。大将はそれをご存じだからね。ましてこれからは……」

「戦争が近い？」

「おそらく、な」医師はうなずいた。「それに、珠子さんの相手は貴之くんの大学の後輩だそうだよ。そちらの方が、大きな要素になったのじゃないかね？」

「そうですね」と、孝史もうなずいておいた。「そういえば先生、貴之さんも軍人じゃありませんよね」

「その話なら、昨日もしたんじゃないかね」

「ええ。だけど、職業軍人じゃなくても、徴兵はされるでしょう？　あの人は軍隊へ行ってないんですか？」

嘉隆たちが話していた、貴之は臆病だから云々の件が心に引っかかっているのである。

「大学へ行っておったからだよ」

「大学生なら、徴兵義務を免除されるんですか？」

「そんなことはないが――」医師はぎろりと孝史をにらんだ。「なんだね、君も徴兵逃れの方策を知りたい口か？　それなら、私に訊いたって無駄だよ。せいぜい、くじ逃れを祈るんだね」

「そんなつもりじゃありませんよ」

葛城医師はむすりと黙ってしまい、滑りそうになると孝史の腕をつかみ、どすどすと歩いて行った。

5

市電通りはにぎやかな様相を呈していた。

昨日とはうって変わった様子である。道の両側の店舗などは、時間的にも、ようやく店を開け始めたところという感じだが、そこここの窓や扉から人が首を出し、外の様子を眺めている。厚い綿入れを着た中年の男性や、着物に白い割烹着の女性。このあたりの建物に住んでいたり、ここで商売をしていたりする人びとだろう。どの顔にもさほどの緊迫感はなく、むしろ明るい感じだった。

通行人も多かった。コートにソフト帽の男たち。ごとんごとんと市電が走ってくる。レールの際まで雪で埋もれているので、軌道なしで走っているみたいに見える。なるほどぎっちりと満員だ。平河町の電停まで来るとそこで停まり、ちりんちりんと鐘を鳴らした。吐き出された厚着の乗客たちは、三宅坂の方向へ向かったり、赤坂見附の方向を目指したりして歩いてゆく。

孝史は通りの先に目をやった。昨日、誰何《すいか》してきた兵隊たちのいた歩哨線はなくなっていた。有刺鉄線を丸めたバリケードも、たき火のためのドラム缶も消えている。兵隊たちは議事堂へ移動したという、先ほどすれ違った人の言葉を思い出した。

「議事堂ってどっちの方向になるんですか?」

「もっと南だ。蒲生家よりももっと南に下がった方向だ」

答えながら、葛城医師は周囲をきょろきょろ見回している。それから、急に手をあげて道の反対側を指さした。

「あの店が開いているな。戸が半分開いている。ほら、あの赤い看板のパン屋だ」

古びた看板に、かすれたペンキで書かれた「宮本パン」の文字が読める。例によって、孝史にはへんてこに見える右から左への横書きだ。

「パン屋ならハイカラ好みだから、電話があるかもしれん」

言うが早いか、葛城医師は危なっかしい足取りで歩き出した。通りを横切るとき、またぞろ二度も転びそうになって、そのたびに受け止める役割の孝史は、いいかげん腕が痛くなってきた。

医師が半分開いたパン屋の入口までたどり着いたとき、孝史は足元に新聞が落ちているのを見つけた。パン屋の隣、見上げればこれは洋食屋だ。「仏蘭西亭」の看板があり、ぴたりと戸口が閉ざされて、ガラスの向こうには縞模様のカーテンが垂れさがっている。その入口のステップのところ、積もった雪を人が踏みしめたような跡のある場所だ。拾い上げると、新聞は濡れて冷え切っていた。

「失礼、ごめんください」

葛城医師はパン屋に入っていく。孝史も敷居をまたいで一坪ほどの店内に足を踏み入れた。

正面にふたつのガラスケースが並んでいる。なかは空っぽだ。商品名を書いた小さな名札だけが、重ねて裏返しにして隅の方に片づけてある。表は古びた板戸だが、なかの造りはもう少し洒落て小ぎれいで、壁には花柄の壁紙が貼ってある。ガラスケースの後ろに、曰く言い様のないくすんだ緑色のうずくまるガマガエルみたいな機械が据えてあり、ぎょっとしてよく見ると、数字を書いたボタンが並んでいた。金銭登録機というものであるようだ。

店の奥に薄いカーテンがさがっており、その向こう側に明かりが点いていた。葛城医師が二度目に声をかけると、その明かりの方から「はい」と「ほい」の中間ぐらいの返事がかえってきた。まもなく、階段を降りてくるような足音がして、カーテンを分けて小太りの男がひとり顔を出した。灰色のズボンを履き、綿入れのちゃんちゃんこみたいなものを着込んでいる。

「あいすいません、今日はまだパンをやってないんですが」

丸顔で両の眉が下がった、愛想の良さそうな顔である。むっちりとした右の頰の目立つ場所に黒子《ほくろ》がひとつあった。

「申し訳ないのはこちらだ。お客じゃないのだ。電話があったら拝借したいのだが、よろしいだろうかね?」

葛城医師はなんだか角張った口調で言うと、内ポケットの紙入れから名刺を取り出した。

「私は医師の葛城という者だ。実は、この先の蒲生元陸軍大将閣下のお屋敷で病人が出ましてな。急いで電話をかけねばならんのだが、閣下のお屋敷の電話が通じないのだ」

パン屋は両手で名刺を受け取り、しげしげと眺めた。それから孝史の顔を見た。

孝史は急いで言った。「僕はお屋敷の使用人です」

「ははあ」パン屋はうなずくと、「それでしたら、どうぞ。電話はあります。階上なんですが」

丸い身体をひるがえしてカーテンの向こうに首を突っ込み、「おい勝子、勝子」と呼んだ。「女房に案内させますんで」

勝子と呼ばれた女房は、亭主よりも騒がしくどたどたと降りてきた。やはり小太りの女で、話を聞くとすぐに、どたどたと医師の案内にとりかかった。

「階段が急ですもんで、すみません」

「電話、混んでるもんで、なかなかつながらないかもしれないですよ」と、パン屋が階段を仰いで言った。

「そうかね? 昨日はそうでもなかったが」

「そりゃ運がよろしかった。申し込んでも、えらい待たされましたよ」

「何カ所かかけるが、構わないかね? むろん、料金はきちんとお支払いする」

「ええ、どうぞどうぞ。電話線なんぞ、使ったたって減るもんじゃないですから」

葛城医師は階段をあがって行ってしまい、孝史はパン屋の亭主と店先に取り残された。お供は手持ちぶさたなものである。

「寒いでしょう、こっちへ入ってストーブにあたんなさいよ」

　亭主が言って、孝史を手招きした。そして、孝史が持っている新聞に目をとめた。

「あれ、新聞だね」

「あ、そこで拾ったんです」

「見せてもらえるかい？」亭主の目が熱心に輝いた。

「そりゃきっと、號外だろう。うちには今朝の朝刊しかないんだよ」

　孝史はガラスケースの脇をまわっていって、カーテンの向こう側に入った。やはり一坪ほどの広さの厨房があった。大きなガス台と竈《かまど》と流し台。磨き込まれた調理台の上には、使い込まれて白くなった棒が立てかけてある。道具はきれいに洗い清められ、埃がかからないように片づけてあった。

　入って右手に、葛城医師があがっていった階段があった。調理台の脇に、丸い火口をガラス筒で包んだ石油ストーブが一台据えてあり、赤く燃えていた。近寄ると、熱気でほうと頬がゆるむような気がした。

「あたりなさいよ」亭主は言って、孝史にスツールを出してきて勧めた。

「すみません」

　礼を言ってスツールに座ると、孝史は新聞を広げてみた。

「ああホントだ、号外ですね」

　漢字ばかりの連なりに、面食らった。旧字の「號外」がいかめしく見える。

「どれどれ」

　亭主もストーブの脇に来てのぞきこんだ。二月二十六日付東京日日新聞の号外である。

「國體擁護を目的に　青年將校等重臣を襲撃」とある。

「岡田首相、斎藤内府、渡邉《わたなべ》教育總鑑《そうかん》を射殺、か」声を出して読み上げながら、亭主が指で黒子をかいた。

「えらいことになったもんだよ、ホントに」

「だけど、昨日と今日とじゃこのあたりの様子が全然違いますね。今の雰囲気だと、騒動もこのまま収まりそうな感じだ」

　歴史的事実としての二・二六事件の発生から収拾まで、どの程度の日数がかかり、どんな経過をたどったのか、ほとんどのところを孝史は知らない。一日や二日で収まったものだとは思えないけれど、人出は多いわ市電はちんちん走るわのこの様子を眺めていると、そう大したことじゃないんじゃないかという気さえしてきた。

「あんた、昨日はどこにいたんだい？」

「蒲生大将のお屋敷に」

「大将さまのお住まいは、ここより通り二本分南側だろう？　あのへんは静かだから、何が起こってるかわからなかったんじゃねえかい」

「そうですね。でも、外歩きはしないように言われていました」

「道が通れるようになったのだって、今朝の六時か六時半ごろだったかね。その前は、あんた」

　亭主は目をくりくりさせて、

「警視庁とか三宅坂の方とかにいた部隊がみんな引き上げるんでさ、そりゃあ凄いながめだったよ。兵隊が大勢、ざくざく雪を踏んでね。『尊皇義軍』ていう旗立てて、みんな銃剣を担いでさ、実砲を持ってんだろ、怖かったよ」

「今は議事堂の方にいるそうですね」

「集まってるみたいだよ。お偉方と渡り合ってるんじゃないのかい。なにしろ、えらいもんだよね」

　今度の「えらい」は「大変なことだ」のえらいではなく、「偉い」であるようだった。亭主は青年将校たちの味方みたいだと、孝史は思った。

「今朝の朝刊、見せてもらえますか？」

「いいよ。そうか、大将さまのお屋敷のあたりじゃ、新聞屋も配達に行かれなかったんだね。うちのも、だいぶ遅れてきたからね。そういえば朝日新聞社は襲撃されて、活字箱をひっくり返されたとかいう話だよ」

　亭主は調理場の隅の棚の上から新聞をとってきた。同じ棚に、古ぼけた箱形ラジオがひとつ置いてあることにも、孝史は気づいた。

　朝刊の一面の見出しは横書きで、やはり「青年將校等重臣を襲撃」とある。下段の記事に、孝史は目を惹かれた。

「今暁二時卅分遂に　帝都に戒厳令を布く
司令官は香椎《かしい》浩平《こうへい》中将」

　今朝、嘉隆がラジオを聴きながら、この見出しと同じようなことを言っていた。

　——戒厳令か。

　孝史には映画のなかでしか馴染みのない言葉だ。戒厳令が布かれるということは、その都市が一時的に軍政地帯になる——軍人が治安を維持する都市になるということじゃなかったか。しかし、それにしては今の街の雰囲気はずいぶんと明るく、楽観的とさえ言える感じだ。

「戒厳令っていうけど、そんなに怖いものじゃないんですね。人出は多くてにぎやかだし。市電は満杯だったですよ」

亭主は笑いながら、また黒子をかいた。

「ありゃあみんな野次馬だよ」

一般市民が野次馬になれる戒厳令か。

「ラジオ聴いてましたか？」

「うん。でも、今朝から大したことは言ってないね。おおかたは新聞といっしょだ。同じことを繰り返してるだけだね」

「昨日はどうでした？」

「昨日なんか、昼間は普通の放送をしてたよ。あたしは浪曲聴いてたんだから。だからあの兵隊さんたちが頑張ってるのを見ても――」と、おおまかに三宅坂の方向を指して、「最初は、おおがかりな演習かと思ったよね」

「だけど大臣とかが殺されてたでしょう？」

「そのことは、すぐにはわからなかったからさ」

そうかと、孝史は思った。重臣襲撃は昨日の未明のうちの事件だ。それなのにラジオでは、昼まで浪曲を流していた――

この時代にはまだ、報道の自由がなかったんだよなあと、やっと気が付いた。政府――いやこの場合はおそらく軍部が、一般に公表する情報を選ぶことができたのである。

「ラジオの方でも様子が変わったのは、昨日の夕方の放送からだよね」と、亭主が言った。

「七時ごろの？ ああ、あれは僕も聴きました。難しくてなんだかわからなかったけど」

亭主は孝史の手の中の朝刊の方へ丸い顎をしゃくった。

「そこにも、昨日の夕方の発表と同じ記事が載ってるよ」

そしてやかんに水を満たし、ストーブの上に乗せた。調理台の下の物入れから急須や丸い湯飲みを取り出し始める。孝史は再び朝刊に目を落とした。記事を読みながら、わからないなりに整理して理解してみようと努めた。

パン屋の亭主の言うとおり、一面の下段に、「本日午後三時第一師管戦時警備を下令せらる　戦時警備の目的は兵力をもって――」という部分があった。昨夜ラジオで耳にした一節だ。これはつまり、昨日の午後三時に戦時警備令というものが布かれて、第一師管というところが帝都の警備を命ぜられたという意味であるのだろう——たぶん。

このときの警備司令部の司令官が香椎浩平中将だ。そして昨夜午前二時半に、さらに進んで「戒厳令」が布かれた。これによって、香椎中将が、今度は戒厳司令官になった。

軍服姿の香椎中将の、眼鏡をかけた生真面目そうな顔写真が記事の上に載せられている。軍人の顔がみんな同じように見えてしまうのは、制服のせいだろうか。それはともかく、この人が、重臣たちを暗殺し、今現在東京の都心部を占拠している決起部隊の青年将校たちを鎮圧する側の長なのだ。孝史はふんふんとうなずいた。

ところが、パン屋の亭主が妙なことを言い出した。

「あの兵隊さんたちも、その司令部だかの下に入ったんだってさ。だから交通封鎖も解けたんだろうね」

孝史はびっくりした。

「あの兵隊さんたちって？　騒動を起こしてる側の部隊ですか？」

「そう」

「その彼らも戒厳司令部の下に入る？」

「そうなんじゃないのかねえ」亭主は孝史の驚き顔に向かってうなずいた。「昨夜さ、兵隊さんたちが二、三人来て、うちのパンをあるだけ買って行ったんだ。そのとき言ってたよ。我々も警備部隊に入ったって。てことは、今朝になってできた戒厳司令部の下にもそのまま入るんだろ？」

「形としてはそうかもしれないけど……」

「昨夜の兵隊さんたちは、警備部隊に入れば食料とかも連隊から支給されるんだけど、まだ遅れてるんだって言ってね。この近所じゃ、炊き出しを頼まれたり、兵隊さんたちを泊めた家だってあるよ。なんせ寒かったからさ」

孝史は唖然とした。そんなヘンな話があるか？　だって、香椎中将率いる戒厳司令部と、決起した青年将校たちが率いる部隊とは、相対立する存在であるはずで、目的は一八〇度逆なのだ。その彼らが一緒になってしまう？

「それだと、彼らはそろって何を『警備』するんだろ」

亭主もあやふやな感じで言った。「赤色分子だろ。アカだわなあ」

「アカがどこにいます？」

「どっかその辺にいるんだろうよ」

「その辺に」

「うん。まあどっちにしろ、陸軍のお偉いさんたちが、決起した将校さんたちの言い分をもっともだって認めたってことなんじゃないのかい？　これで少しはいいことがあるかもしれないよ」

湯がわいてきた。亭主は茶をいれる。

「やっぱり電話がつながらんのかな」と、ちらりと階上を気にした。盆に湯飲みを乗せて、立ち上がる。階段をあがりかけながら、孝史に言った。

「ラジオをつけてみていいよ。ダイアルはあってるから」

「ありがとう」

孝史は棚のラジオに近づいた。ラジオと言っても、高崎の自室にあるミニコンポのスピーカーよりも大きい。つまみが三つついていて、左端のものがスイッチだった。

つけてみると、すぐにアナウンサーの声が聞こえてきた。ああNHKだと、ピンとくる調子だった。平静で明瞭で事務的。こればかりは時代が違っても変わらないものであるらしい。

昨夜東京市に戒厳令が発布されたこと。戒厳区域は東京市内の臨戦区域、永田町台一帯・赤坂・虎ノ門・桜田門周辺であることなどを淡々と告げている。戒厳司令部が九段軍人会館に置かれているというくだりを聴いて、孝史は考えた。九段軍人会館——九段会館のことだろうか。去年、従姉が結婚式を挙げた場所じゃないか。披露宴に呼ばれた父の太平が、帰ってきてから、九段会館にはまだ機銃の銃座が残っているとかなんとか言っていなかったか。

——親父。

唐突に、家のこと家族のことが頭に浮かんできた。みんなどうしているだろう。平河町一番ホテルの火災から、今日で二日目だ。母は上京してきているかもしれない。焼け跡の捜索を見守りながら、孝史の安否が判明しない不安に耐えていることだろう。泣き虫の妹は、めそめそして父に怒鳴られていやしまいか。

ラジオのせいだった。音質も言葉遣いも放送している内容も違うけれど、NHKのラジオ放送の持っている雰囲気は、今も昔もほとんど変わりがない。そのせいで、家《うち》を思い出してしまったのだ。

トラックを洗ったりエンジン整備をしたりするとき、父の太平はいつもラジオをつける。必ずNHKだ。孝史もときどき手伝いをさせられて、もっとにぎやかな民放の番組を聴こうとダイアルを勝手に変えると、決まってひどく叱られた。だから孝史には、NHKのラジオ放送の音は、そのまま家庭の音なのだ。

アナウンサーは、戒厳令のニュースに続けて、一般交通解除について知らせ始めた。市電や乗り合いバスが動いていること、しかし積雪のために運行が乱れていること——そこへ、パン屋の亭主が階上から降りてきた。

「やっぱり電話が混んでるねえ」と、孝史に言った。「軍にトラックを借りに行くつもりだったんだって?」

「ええ。蒲生大将のお名前を出せばなんとかなるかもしれないからって。でも、交通が動いてるなら、その必要もなくなったでしょう」

「だけど雪道だからね」

「そうですね。あの、僕ちょっと、外の様子を見に行ってきていいですか」

「ああ、どうぞ。まだまだかかりそうだから」

孝史は半開きの戸をくぐって外に出た。人通りはさらに増えたようで、おかげで歩道はだいぶ歩きやすくなってきた。ちょっと考えてから、三宅坂の方へ向かって歩き出した。

孝史の知っている、三宅坂の三叉路と赤坂見附をつなぐ道と、今歩いているこの道とは、単に時代の隔てがあるだけで、同じ道なのだ。街路樹が美しく、車はたくさん通るけれど徒歩で歩く人は少なく、東京はただの大都会ではなく「首都」なのだという無言の威圧感を感じさせる、あの道路。その同じ道が、五十年ほど前にはこんなふうだった。沿道には見事な煉瓦づくりのビルが多いけれど、やたらと電柱が目につく。それもコンクリートじゃなくて材木でできた電柱だ。トランスが乗っていないので、妙に風通しがよく見え、なんだか物干しみたいな感じだ。

頭上には電線だかコードみたいなものが碁盤の目のように張り巡らされていて、ちょっとうっとおしい。ビルの隙間にこまこました店もある。金物でできた煙草屋の看板。床屋の白と青と赤のぐるぐるうずまきの看板を見つけて、なんだかひどく懐かしい。へえ、これは昔から変わってないんだ。その脇の、「整然たるスタイルを描く調髪の妙技」という立て看板には笑いが出た。

ビルとビルのあいだの細い脇道をのぞいてみると、窓にフラメンコダンサーみたいな踊り子のポスターの貼ってあるレストランや、「女店員募集」の貼り紙のある事務所を見つけた。「代書田中」という大看板が雪をかぶり、その下で老人がせっせと雪かきをしている。これは何をする店だろう？

歩いてゆくうちに、自分の暮らす「現代」と、何から何までが違っているというわけではないのだと、孝史は考えるようになってきた。衣服が違い、履き物が違い、ビルの高さが違い、文章の横書きの方向が違い、漢字が難しくても、人間が根こそぎ変わっているというわけではないのだ。

違っているのは、スイッチひとつでできないことがまだまだたくさんあって、それをすべて人間の手でやっているということ。それだけだと言ってもいいんじゃないか。蒲生邸内でのちえやふきの働きぶりを思い出してみたってそうじゃないか。掃除機がなく、洗濯機がなく、買い物に行くにも自家用車が無いから、女中が必要なのだ。

仕事の多い時代だったろうなと、孝史は考えた。もちろん、選り好みはできないから大変だろうけれど、それでも、働くことの意味が、孝史のいる「現代」よりも、もっとずっとずっと素朴ではっきりしていただろう。煙草一箱でも、人の手を介さねば買うことのできない時代には、煙草一個を売って釣り銭を受け取ることにも、それにふさわしいだけの重みがあったのだ。

少し羨ましいような気がした。俺なんかどうなるんだろうな。現代へ帰って、一浪して、また受験して、大学にうかって、四年間適当に遊んで、そしたら就職だ。何をする？　どんな仕事を選ぶ？　スイッチポンで事足りる時代に、「人間」でなければ出来ないことは、ごく限られている。「人間」である孝史を求めてくれる仕事を、ひいては人生そのものを、見つけることは難しい。

もしもこの先に、戦争が、思想統制が、空襲が、食糧不足が、占領が待っているという歴史を知らなかったならば、この時代で暮らすことに、もっと強い魅力を感じるかもしれないと、孝史は思った。悪くない。先のことさえ考えなかったなら、悪くない。人の力が重んじられた時代だから、人同士のつながりも温かい。あのパン屋だって、ずいぶん親切だったじゃないか。居心地は、けっして悪くない時代じゃないか。

そしてふと、平田がなぜこの時代にやってきたかという、あの疑問を思い出した。回復したらきっと答えてくれると言っていた。君になら判るかな、とも言っていた。この時代を見たのか、と尋ねた後で。

ひょっとしたら平田も、ただ単に、この時代の暮らしやすさを求めて訪れてきた——？

平田はともかく、彼の叔母はどうだろう。蒲生邸に来る前は、病院で付添婦をして働いていた、という。歳は五十五、六だろうと珠子は言っていたし、平田の叔母なのだから、まあそのへんが妥当だろう。だとすると、ちょうど今頃、昭和十年代の前半の生まれというこ とになる。その彼女が、わざわざ平成の世を捨てて、生まれた頃の時代に戻ってきて暮らしていた理由は？　住みやすかったから、仕事を見つけやすかったから。そうではなかったろうか。

珠子は平田の叔母、黒井が虚空から姿を現す現場を見てしまい、気味悪がっていた。だが、平河町一番ホテルのロビーで、孝史が初めて平田に会ったときに感じた、あの光を吸い込むような薄暗さについては、何も言及していなかった。あれは時間旅行の能力を持つ者特有のオーラなのだから、黒井だってきっと、平田と同じだったはずなのに。

珠子は気づかなかったのだと、孝史は悟った。珠子だけでなく、蒲生家の人びとも、黒井の持つなんとも薄気味悪い雰囲気の原因のひとつが、彼女の身体の周りに漂う薄暗さのせいだと、具体的に意識してはいなかったことだろう。なぜなら、この時代は、平成の世よりもずっと、光源の少ない時代だからである。

衛星ランドサットから地球を見おろすと、日本国の東京の部分が夜通し明るく光り輝いているという。しかしそれは「現代」の話で、この時代はまだまだそれほど人工の光が満ちあふれてはいなかった。現に、蒲生邸の内部だってそうじゃないか。夕暮れから夜明けまでは、ランプや電灯の光で照らし出すことのできる空間の方が少ないくらいだ。だから黒井としては、昼の太陽の光だけを気をつけて避けていればよかったのだし、実際そうしていたからこそ、珠子が「黒井は昼でもめったに外に出ないし」と話していたのだろう。

ぼんやりと考えながら歩いていると、頭の上から雪の塊が降ってきて、頬に当たった。電柱か電線から落ちてきたのだろう。目をぱちぱちさせていると、すぐ前を歩いていた若い女性が、ちょっと口元に手をあてて笑った。

三宅坂にたどりつくと、お堀に面した三叉路の歩道には、大勢の人々がたむろしていた。新聞売りのスタンドが出ていて、そこにも人がたかっている。道を左に折れて半蔵門の方へ歩いていく人びともいれば、右に曲がって桜田門の警視庁を目指して行く人びともいる。お堀端に立ち止まり、熱っぽく話し合っている人びともいる。政府の要人を暗殺されたばかりの一国の首都の市民は、こういう感じなのだろうか。政治家が逮捕されることは知っていても、暗殺されることを知らない孝史には、この雰囲気があまりに悲壮感を欠いているようにも見え、一方で、結構この程度のもんなのかもしれないなあと納得もしているのだった。

道路に積もった雪の上には、まだ兵隊の足跡やトラックのタイヤの跡が残されていた。パン屋の亭主が言ったとおりだ。早朝、彼らが移動して行く光景を見てみたかったと、ちらりと思った。壮観だったろう。

警視庁側の歩道に立ち、両手をコートのポケットに突っ込んで、孝史はしばし辺りを見回した。雪をかぶった皇居の森はしんとして美しい。人びとの吐く息は白く煙り、水墨画のような光景だ。

すぐ傍らに、葛城医師くらいの年齢の男性がふたりいて、熱心に話し合っていた。片方がしきりとしゃべり、片方がうなずいて相づちを打つという構図だ。しゃべっている方が灰色のソフト帽をかぶっており、相方は茶色の帽子に茶色のコートの襟を立て、顎のところまで襟巻きを巻いていた。

灰色ソフト帽の口から、しきりと「おおみこころ」という言葉が漏れていた。孝史はしばらく彼らの会話を聞きかじっていたが、頃合いをはかってそっと割り込んだ。

「あの……」

ふたりの男性は、気をそろえたようにぱっと孝史を振り向いた。気合いの入った顔つきをしている。

「何かね？」と、灰色ソフト帽が言った。

「おじゃましてすみません。今、どういうことになってるんでしょうか」

相手になってくれるつもりなのか、灰色ソフト帽は足を踏みかえ、孝史の方に半身を向けた。彼も孝史のと似たような編み上げ靴を履いていた。

「今の情勢です。昨日、ここで頑張っていた兵隊さんたちは、議事堂の庭に集まってると聞きましたが」

「ああ、そうだ」灰色ソフト帽は力強くうなずいた。「昨夜からのこの雪だからな。兵の疲労を考えて休息をとり、態勢を立て直しながら、上層部との話し合いを続けているのだろう」

「それで上手くいってるんでしょうか」

孝史のあいまいな訊き方を気にするふうもなく、灰色ソフト帽は元気な笑顔を見せた。

「もちろんだ。青年将校たちの決起が、よどんでいた陸軍上層部を揺り動かしたのだよ。じきに暫定内閣ができて、彼らの望む政権が誕生する」

茶色のコートが口をはさんだ。「首相はやはり、真崎大将だろう」

　灰色ソフト帽は楽しそうだ。「たぶんそうだろうな。台湾から柳川さんに来てもらうという案もあるらしいが」

「時間がかかるからね」

　灰色ソフト帽は目を輝かせている。「秩父宮も上京されるというしな。私利私欲ばかりを求める重臣どもはいなくなったし、これで腐った陸軍上層部を一掃することができれば、我が国は変わる」

　市民のなかに、青年将校たちを応援する空気があることは、さっきパン屋の亭主と話したときにも感じたけれど、孝史には、このふたりの興奮した話しぶりが、少し軽率なように感じられた。それは孝史が、平河町一番ホテルで深夜テレビを見て、二・二六事件の結末を——まあ結末だけなんだけど——知っているからかもしれないけれど。

「陸軍の偉い人たちは、そんなに簡単に折れて、彼らの要求を呑んでくれるものでしょうか」

　すると灰色ソフト帽は勢い込んだ。

「もちろんだとも。聞かずばなるまいよ。青年将校たちの行動と真意こそ、大御心にかなっているのだからね。きっと大詔渙発の運びとなる」


　判ったような顔でうなずくあいだに、孝史は考えていた。「オオミココロ」というのは、たぶん、今のこの国でいちばん偉い人である——いや、「神」である天皇の考えということだろう。「タイショウカンパツ」というのは、天皇の発する命令ということか。つまりは、青年将校たちのこの行動を、天皇が認めて受け入れ、彼らの望む政治体制をつくり上げるように命令を発するに違いないと、この灰色ソフト帽の男性は言っているのだ。

　しかし、歴史的事実はどうだったろう？　ホテルで見たあの深夜テレビのナレーションの内容を、孝史は意識して思い出してみた。眠りにつく直前で、詳しくは覚えていないけれど、昭和天皇は青年将校たちの行動を認めるどころか、むしろ「断固討伐すべし」という考え方だったと聞いたような気がする。そして実際に、決起部隊の青年将校たちは、二十九日になって身柄を拘束され、軍法会議にかけられるのだ。

　孝史が頭をめぐらせているあいだに、灰色ソフト帽たちはまたふたりの会話に熱中し始めた。孝史は彼らのそばを離れ、通りをお堀の方へと渡っていった。そこで、灰色ソフト帽たちとは対照的な、不安そうな表情を浮かべた男女二人連れを見つけた。

「騒動になりましたね」と、話しかけてみた。男女は顔を見合わせ、男の方は皇居を見上げた。女は寒そうに首をすくめながら、

「芝浦に、陸戦隊が上陸したそうよ」と言った。「殺された大臣に海軍出身者が多いから」

「海軍の連中は、みんなカンカンなんだろう」と、男が言った。「連合艦隊もこっちに向かっているだろうよ。下手をすると内戦になるぞ」

ずいぶんと反応が違う。この二人はソフト帽の男たちほど話好きではなく、すぐに道を渡っていってしまった。孝史はぼんやりとお堀の凍ったような色の水を眺めた。

ソフト帽たちの言うことは違っており、内戦になるという男の見通しも違う。孝史はそれを知っており、でも、どちらに向かって「違いますよ」と言っても信じてはもらえないだろう。彼らだけじゃない。議事堂に集まっているという青年将校たちのところへ行って、昭和天皇の意見はあなたたちとは違う、あなたたちの未来に待っているのは軍法会議だけですから、早く兵隊を返して投降しなさいよと教えてあげたとしても、やっぱり信じてはもらえないだろう。

歴史の流れは変えられない——できるのは細部の修正だけ。

そう、孝史にできるのは、のこのこ議事堂に出かけていって、殺気立っている決起部隊の人びとの前で演説し、挙げ句に撃ち殺されて、昭和史の二・二六事件の項目のところに、「なお、事件の最中に、民間人でたったひとりだけ死者が発生した」と、書き加えてもらうということぐらいだ。時間旅行というのは、実に愉快じゃないか。

市電がやってきた。陽気に忙しげに鐘が鳴る。三叉路まで来ると三宅坂の電停で停まり、客が乗り降りするあいだに車掌が窓から身を乗り出して、電車の頭上のパンタグラフみたいなものを動かし、桜田門方向に延びている電線の上に掛け替えた。のどかな軌道修正だった。

それを見ながら、孝史は、深夜テレビのナレーションの最後の一節を思い出した。二・二六事件をきっかけに、強大な武力を持つ軍部の国政に対する発言力が強くなり、やがて日本は軍部独走による戦争の時代へと突入してゆくことになる、と。

そう、自分は今、時代の転換点に立っているのだと孝史は思った。市電がパンタグラフを掛け替えるように、昭和の歴史もその進む方向を決め、今、転轍《てんてつ》機を

動かしたところなのだ。どれほど雰囲気が明るかろうと、青年将校を応援する空気があろうと、このクーデターに希望を託す市民がいようと、歴史は何も見ないし何も聞こうとはしない。

寒さが身にしみてきた。

6

パン屋に戻ると、葛城医師が降りてきていた。やっと用が済んだというので、ふたりで店を出た。亭主は愛想良く笑って送り出してくれた。

「病院の方はどうなりましたか」

「駒込病院に知り合いがいるのであてにしてたんだが、どうもうまく病室の都合がつかなくてね。だが大丈夫だよ、いいところが見つかった。芝浦だが」

「芝浦?」

ついさっきお堀端で、陸戦隊が上陸したとか聞いた場所ではないか。そのことを話すと、葛城医師はああと言ってうなずいた。

「そりゃあ、海軍省の警備に兵隊を寄越したんだろう。今、横須賀鎮守府の長官は誰だったたっけな。米内さんだったかな」

「連合艦隊がこっちに向かってるらしいってことも聞きましたけど……」

「艦隊が来たって、そうそう軽率に大砲をぶっ放したりはしないよ。第一、もしそういうことになったとしても、弾が飛んできて危ないのはむしろこの近辺だろう」

医師は剛胆なんだか呑気なんだか判らないことを言っている。

「芝浦まではどうやって行きますか」

「円タクを頼んだよ。一時間かそこらでお屋敷の方へ来てくれるだろう。あんなに混んだ市電に、身体のうまく動かない病人を乗せていくのは無理だからね」

「この道を、車が走れるかなあ」

「運転手がなんとかするだろうさ」言いながら、医師はまた盛大に滑った。「私は一緒について行かねばならん。君は屋敷に残るのだよ。さっきの話を忘れないでくれ」

「判ってます」

「まあ、これから葬儀屋が来たりするし、すぐにはどうこういう事はないと思うがね」

びっくりした。「葬儀屋が来るんですか?」

「さっきの電話で呼んだから、来るだろうさ。当たり前じゃないか」

「だけど……」

　こんな状況下で、外から人を入れていいのかどうか、孝史には自信がない。

「閣下のご遺体をあのまま放っておくわけにはいくまい。貴之くんは、拳銃の行方がはっきりするまでは弔問客は呼ばないと言っているが、それだって、形ぐらいは仮通夜の格好をつくっておかねばな」葛城医師は、ちょっと憮然としたような顔になった。「永田町台や赤坂近辺の葬儀屋は大忙しだそうだ」

　なんでですかと訊きそうになって、孝史も思い当たった。決まってるじゃないか、重臣たちが暗殺された後だからだ。

　憂鬱そうな医師の顔を見ているうちに、尋ねてみたくなった。「先生?」

　医師は雪道と格闘している。「何だね」

「先生は、蒲生大将と長年親しくしてこられたんですよね? それなら、病気の以前の大将がそうだったように、先生も青年将校たち皇道派の味方ですか?」

　医師は転ばないように足元ばかり見ていて、すぐには答えなかった。やっこらさと吹き溜まりをよけて、いくらか平らな場所に出てから、言った。「なかなか答えにくい質問だな」

　孝史は笑った。「僕はスパイとかじゃないですし、活動家でもないから大丈夫ですよ」

「なに、後が怖いから言いにくいということじゃない」真面目な口調で、医師は続けた。

「ただ、皇道派だろうと反皇道派だろうと、軍人であることに変わりはありゃせん。そこが何とも難しいと思うのだよ。どっちの味方をしたって、結果にそう違いはないような気がしてな。今度の騒動だって、要するに主導権争いの内輪もめだからな。前にそう言ったろう?」

「ええ、そうですね」

「軍人は国を守って戦うのが務めだ。そして今は、我が国は諸外国の圧力に負けないために戦う必要がある。だから軍人たちが戦いたがるのも当然だし、大いに戦ってほしいものだよ。このまま放っておいたら、石油も鉄鉱石も手に入らず、経済はますます先細りだからね」

「はあ……」

「欧州や亜米利加《アメリカ》は、自分たちがさんざん帝国主義的侵略をやってきたくせに、賢《さか》しらな正義面をして亜細亜の問題に口を突っ込んできよる。満蒙問題だってそうだ。あのリットン報告書とかいう代物は、我々の側の言い分をほとんど聞いていないだろう？　視察するまでもない、最初から結論は決まっておったんだ。今の我が国と独逸は、世界の貧乏くじを一手に引き受けているという気がするよ」

なんのことだかよく判らなかったけれど、孝史はふんふんと聞いていた。

「だから戦争もやむを得ん。戦わずに亡国の危機を黙って見過ごすわけにはいかんから」

そう言って、しかし葛城医師は顔をしかめた。

「だがな、戦争は、戦争そのものが目的じゃあないはずだ。一種の外交手段だろう？　ちゃんとした目的と先の見通しがあってこそ、戦うことの意味もある。だが昨今の軍人は、そのへんのところがどうも判っとらんようだ。だから嘉隆さんの言う、やたらと拳ばっかり振り回したって駄目なんだという意見には、大いに理があると私は思うよ」医師は苦笑した。「あの人の人柄はともかくとしてな」

「ホントですね」

「君の言うとおり、私は大将閣下と懇意にしていただいていたから、迂闊なことは言えなんだ。主治医としての分限を守って、口は謹んできたよ」

「大将が病気で倒れた後、考え方が変わるまでは？」

「うむ……閣下のお考えがどう変わっておられたのか、具体的なところは、私は知らんがね」ちょっと考えてから、「遺書を見れば、いろいろ判るところもあるんじゃないのかな」

でもその遺書は、戦後までは公開されないんですよ

――

「いずれにしろ、今は内輪もめをしている時ではない」と、葛城医師は言った。「江戸幕府瓦解のときには、勝海舟が江戸城を無血開城したおかげで、余計な内戦が起こらずに国をまとめることができて、我が国は植民地化を免れたのだ。あれを見習うべきなのだがな。それと、文官がもうちょっとしっかりせねば」

「文官ていうのは、政治家とか役人とかですか」

「うむ。鼻息の荒い軍人の尻馬に乗るような輩ばかりじゃ、頼りにならん。もうちょっと下腹に力を入れて事にかかってくれんとね。もっとも、それをやると高橋大蔵大臣みたいなことになるか」

葛城医師は、今までになく深刻な顔つきになった。

「この決起の後は、ますます軍人の顔色を窺う文官が増えるのだろうね。皆、命は惜しいのだから」

黙って歩きながら、孝史は、再びあのナレーション

を頭のなかで繰り返していた。強大な武力を持つ軍部の国政への発言力が強まり——そう、先生の言うとおりなのだ。

思わず、呟いていた。「先生みたいな考え方の人が大勢いればいいのに」

「あん？」医師は笑った。「面白いことを言うな、君は。まったく頭がいいんだか悪いんだか、さっぱりわからん。本当はどっちなんだね？」


屋敷に戻ると、葛城医師はすぐに貴之となにやら話し込み始めた。珠子は少し気分がよくないとか言って、自室で横になっているらしい。

珠子の様子に注意をしろと言ったって、まさか彼女の部屋の前で張り番をしていろという意味ではあるまい。鞠恵たちも帰ってきていないし、その意味でもまだ警戒することはなさそうだ。それより、先にやらねばならないことがある。雪かきだ。孝史はスコップを持ち出してとりかかった。車が楽に玄関のところまで入ってこられるようにしておかなくてはならない。

孝史の生まれ育った北関東は、冬の空っ風こそ凍るほどに冷たいけれど、ドカ雪が降るという地域ではない。雪かきの要領をつかむまでは大変だった。ただ、頭を空っぽにして身体だけ動かすというのは久しぶりで、気持ちがよかった。とりわけ過去一日半、脳味噌ばかりをあっちへ空転こっちへ逆転させてきたところだから、なおさらだ。身体のあちこち、火傷やら打撲やらの傷はまだ痛むけれど、じっと座って考え込んでいるよりはましだと、孝史はせっせと働いた。

とりかかってから三十分ほど過ぎたころ、葬儀屋がやってきた。リヤカーに道具を積み込んだ二人連れだ。慇懃な態度と喪章がなかったら、とてもじゃないが葬儀屋とは判らなかったろう。葬儀屋は、近い距離ならば、自動車よりはリヤカーの方がまだ雪道を通りやすいから、馬力屋から借りてきたのだと言った。

ひととおり雪かきを済ませると、さすがに汗をかいた。屋敷のなかに戻ると、ちえとふきが階上と階下を行ったりきたりして、忙しい様子だ。

「ご苦労さま」と、ふきがねぎらってくれた。両手に小さな行李《こうり》みたいなものを抱えている。

「寒かったでしょう」

「それどころか暑いくらいだよ。先生と貴之さんは？」

「おふたりともお二階です」

「手伝うこと、ある？」

「今のところはありません。少し休んでいいですよ。そういえば孝史さん、お腹は治ったんですか」

昨日、冷えて下してしまって、征露丸をもらったのだった。

「もう平気みたいだ」

「それならよかった。孝史さんが出かけたあと、ちゑさんと、腹巻きを貸してあげればよかったって言ってたんです」

ふきはにっこりしたが、すぐに顔を曇らせると、

「さっき、平田さんがまた少し鼻血を出しました」と言った。

「ほんと？　だいぶひどかった？」

「いいえ、ほんの少しでしたけどね。今はまた眠っているみたいですよ。様子を見に行ってきたら」

「うん……」

平田の脳のなかは、今どんな状態になっているのだろう。熟れすぎた西瓜から汁が滴るみたいに、じくじくとした出血が続いているのだろうか。

「ねえ、ふきさん」階上へ行こうとしたふきを呼び止めた。「さっき出かける前に、珠子さんから黒井さんの話を聞いたよ」

ふきは目をしばたたかせた。またその話ですかというような色が、きれいな瞳のなかをちょっとよぎった。

「薄気味の悪い人だったんだってね。珠子さんが言ってたよ。だから、ふきさんも黒井さんの話をするのが嫌だったんだね。すごく顔色が悪くて、幽霊みたいだったんだろ？」

蒲生大将のためにタイムトリップを繰り返していた黒井は、平田のようにはならなかったのだろうかと、孝史は考えていたのだ。鼻血を出したり昏倒したり、身体に麻痺がきたり。

「いい人だったんですよ」と、ふきは言った。「わたしは、黒井さんが嫌いだとかいうわけじゃありませんでした。煙草入れは、やっぱり黒井さんのものでしたでしょう？」

「うん。珠子さんもそう言ってたよ」

「珠子さんじゃなくて、お嬢さまですよ」

「はいはい」

ふきは階段をあがって行ってしまい、孝史は半地下の部屋に降りた。ふきの言ったとおり、平田は眠っていた。鼻の下に、うっすらと血の出た痕が残っている。それをながめていると、孝史の心のなかにも、不安という鼻血がじわじわにじみ出てくるような感じがした。

そうやって、しばらくのあいだ彼の枕元に座ってい

たが、益体《やくたい》もないことを考え疲れて、うとうとしそうになり、これじゃ駄目だと立ち上がった。何かやることを探そう。動いているのが一番だ。

汗がひいて、喉が乾いてきた。階上に戻るついでに台所に寄り、水を飲むことにした。台所はきちんと整頓されており、朝食に使われた食器の類も片づけられてしまっていて、持ち出して使うのは気が引けた。きょろきょろ見回すと、流し台の脇に小さな——生ビールの小樽くらいの大きさの——瓶《かめ》があり、その脇に柄杓が伏せてあったので、それを使って水道の水を飲んだ。

なんでこんな柄杓があるんだろう？　この中身をすくうのかなと、蓋をずらしてのぞいてみると、瓶のなかには半分くらい水が入っていた。どう見ても水である。水道があるのに、なんでわざわざ溜めておくのだろうか。用途が違うのかな。

居間にあがって行くと、葛城医師がテーブルに向かって座っており、その脇にちえがかしこまって立っていた。孝史の顔を見ると、ちえの顔がかすかに——あるかなきくらいに——怒ったような色を浮かべた。

医師は孝史に言った。「ちゑさんが、病院までついて行ってくれるよ」

「え？　伯父さんのためにですか？」

「そうだ。君じゃ、病人の世話はできんからな。やはり女手がないと。貴之くんが許してくださったんだ。よく御礼を言うようにね」

「ありがとうございます」

孝史がちえに頭を下げると、医師は笑った。

「礼を言うなら貴之さんに言いなさい」

ちえは孝史の礼を無視した感じで、いやにてきぱきと言った。「着替えや手ぬぐいは、こちらにあるものを貸してさしあげますよ。平田さんは、ご不浄にはひとりで行かれるんですか」

「ご不浄？」

「ひとりで用は足せるんですか」

「ああ、それなら大丈夫だと思います」

「じゃあ、晒《さらし》は要りませんね。もうすぐお迎えの車が来るんでしょう？　先生、わたくしは支度をして参ります」

「ああ、頼んだよ」

老女はぎこちなく居間を出ていった。小さく曲がった身体一杯で怒っているようで、早足になっていた。

「先生」と、孝史は言った。「体よく、ちえさんを珠子さんから引き離したんですね。そうでしょう？」

「まあなあ」医師は髭をこすった。「ちゑは感心な女中だが、忠義立ても場合によるからな。先回りして手をうっておいた方がいい」

「僕は、先生が少し思い過ごしをしていると思うけど」

「そうかね?」

「ええ。仮に珠子さんが拳銃を隠してて、それで危ないことをやろうと企てているのをちゑさんが知ったなら、かばいだてしたり手伝ったりするよりは、必死に止めるでしょうよ。あの人が、大事なお嬢さんに人殺しをさせるわけないもの」

「珠子にやりたいようにさせておいて、自分が罪を引き受けるかもしれん」と、医師は平坦な口調で言った。「ちゑはそういう女中だ。なにしろ、亡くなった夫人が蒲生家に嫁いでくるときに一緒に来て、以来ずっとここで働いているのだからな。貴之と珠子は、ちゑにとって、自分の命よりも大切な存在だろうよ」

「ふきさんは?」

医師は眉毛をあげた。「あの娘はどうかわからん。ここに来て——さあ四、五年くらいじゃないのかな。ちゑとは一緒にできんね」

だけど、ふきは貴之に好意を持っているように見える——もしも、何か危ないことをやろうとしているのが貴之であるならば、ふきも彼を手伝ったり、彼をかばったりするかもしれない。

「どのみち貴之くんは、主要関係者以外全員をこの屋敷から追い出したい意向のようだよ」

「どういうことです?」

「正式な葬儀の手配がついたら必ずお知らせするから、先生はお帰りくださいと、念を押されてしまった。いや、私は病院へ行って、一度家に帰って家族の様子を見たら、必ずここへ戻ってくるつもりだがね」

「僕も追い出されるのかな」

「そうだな。病人のためにちゑの手を借りたい、代わりに君がここで働くように言っておくと申し出たら、気にすることはないから尾崎も病院に連れて行ってくれと言われた。平田の具合が心配だろうからとね。表向きは、貴之くんの言ってることの方が筋が通っているから、反対しにくい」

「僕は絶対にここを動きませんから」

「ああ、頼む」葛城医師は真剣な顔をしていた。「貴之くんの様子がどうも気にかかる。なにか思い詰めているような、企てがあるような……」

医師は誤解しているかもしれないけれど、孝史が屋敷で頑張るのは珠子や貴之のためではないのだ。誰かが銃を持ってる、気をつけろ。平田はそう言った。だったら、ふきの身に危険がないように守ってやりたい。それに、何が起こるにしろ、起こることを見届けたい気持ちも充分にあった。

「車が遅いな」と、葛城医師は言った。懐中時計を取り出すと、時刻を確かめて眉をひそめた。「もう十一時近いじゃないか。何をやってるのだろうね」

葬儀屋は昼前に帰っていった。貴之は、クーデターが収まるまではこのことについて他言しないようにと念を押し、なにがしかのものを包んで彼らに渡した。葬儀屋はよく承知しているのか、ぺこぺこ頭を下げていた。

そっとのぞいてみると、蒲生大将の寝室は、すっかり仮通夜の場に整えられていた。薄い水色と白の幕が張り巡らされ、部屋の感じが一変してしまった。組み合わせた両手の上に魔除けの刃物を乗せて横たわっている大将の顔は、平和そうで静かで安らかだった。屋敷のなかの誰よりも静謐《せいひつ》な表情をしていた。この人が未来の日本を目の当たりにしたとき、どれほど衝撃を受け、何を思い、どんな焦燥を覚えたか、孝史は想像してみようと思った。あちこちに手紙を書いたり、人と会って話をしたりしても、現状を変えることはできず、将来に待っている戦争がどれほど悲惨なものになるか判っているのに、それを伝えることのできないもどかしさに包まれたとき、この人が自分と同じように、時間旅行なんて役にも立たないものだと思ったかどうか、想像してみた。

「だけど日本は、そう悪い国に生まれ変わったわけでもなかったでしょ?」

大将の枕元で、こっそりと孝史は呟いた。

「それはちょっとは安心できることでしたよね?」

むろん返事があるわけもなく、部屋のなかは静まり返っていた。孝史は初めて、蒲生大将にかすかな親近感を覚え、それに満足して部屋を出た。

昼食が済んだころになって、珠子が起き出してきた。昨夜よく眠れなかったから、うとうとしてしまったのだと言った。ちえが心配そうに彼女の世話を焼いたが、珠子は何も食べず、寒そうに肩をすぼめて黙りこくっている。葬儀屋が来て仮通夜の支度をしていったと聞くと、ひとりで大将の寝室にあがっていった。

一時ごろになって、ようやく迎えの車がやってきた。ずんぐりした形のライトの大きい黒塗りの車だ。イライラを募らせていた葛城医師は頭ごなしに運転手を叱りつけた。相手は平謝りで、雪にタイヤをとられて何度も立ち往生してしまったのだと言った。

「それに今日は、お客が多いもので……」

「こちらは病人を運ぼうとしているのだ。優先してくれねば困るじゃないかね」

運転手は車のトランクに、材木をしこたま積み込んでいた。何に使うのかと尋ねると、滑りやすい場所ではこれを道に並べて乗り切るのだと答えた。

納得すると同時に、先が思いやられた。

「日が暮れるまでに芝浦に着けますか？」

運転手は曇天を見上げた。「何とかなるでしょうよ。どっちみち、朝からずっと薄暗いんだしねえ」

葛城医師と孝史がふたりがかりで、平田を半地下の部屋から運び出した。彼の左足はほとんど持ち上がらず、身体を支えることもできない。医師が励ますような声をかけて玄関まで連れていくあいだ、孝史は心配で仕方がなかった。かえって動かさない方がいいんじゃないのか。

それでもやっと平田を車に乗せ、葛城医師が鞄を取ってきて隣に乗り込んだ。ちえが大きな風呂敷包みを抱えてあとに続く。

「では、行ってくれ給え」

葛城医師が運転手に声をかけ、車は孝史が苦心して雪かきをした前庭を、ゆっくりと動き出した。車の窓をのぞきこむ孝史の目と、葛城医師の目があった。医師はわずかにうなずいた。隣の平田も孝史を見たが、赤みの引かないその目のなかには、ひどく疲れたような色があるだけで、孝史は悲しくなった。

――気をつけろ、誰かが銃を持っている。

車のぶかっこうな尻が上下に揺れながら雪道を走っていく。見送りながら、孝史のすぐ後ろにいた珠子がぽつりと呟いた。

「平田は死ぬの？」

孝史は振り向いた。「死にやしません」

「そうかしら」雪よりも白い顔をして、彼女は無表情だった。「この屋敷はよくないのよ。ここにいると、みんな死ぬんだわ」

隣には貴之がいた。彼が何か言う前に、珠子はくるりと背中を向けて家のなかに戻っていった。

「あたくし、お父さまのおそばにいます」

長い午後を、孝史はふきの仕事を手伝って過ごした。掃除や洗濯、家のなかのこまごましたことを、彼女は大車輪で片づけていく。孝史は言われたことをはいはいとこなしていくだけだったが、目が回りそうだった。

寝台の敷布を取り替え、毛布を足すというので、嘉隆と鞠恵の部屋に、もう一度入る機会を得た。衣服が脱ぎ散らかしてあり、煙草の吸い殻が床の絨毯の上に落ちている。鞠恵らしいやと思って、苦笑が出た。

せっかくのチャンスなので、部屋のなかをひと通り調べてみた。嘉隆や鞠恵が拳銃を持ち去って隠しているということも、ひとつの説としては考えられないわけではない。もっとも、たとえそうだとしても、孝史が探して見つかるような場所に置いてあるわけもないのだが。

ただし、ひとつ発見があった。作りつけの大きな洋服ダンスのなかに、昨日平田の部屋で見かけた大きな旅行鞄が隠してあったのだ。鞠恵が大慌てでこれをここに運び込んでいる様子を想像すると、かなり愉快だった。孝史は笑いながら寝台の敷布を替え、枕をぽんぽん叩いた。

今朝、朝食を運んできたときには気づかなかったが、部屋の隅の化粧台の脇に、埃よけの白い布をかけて、数枚のカンバスとたたんだイーゼルがたてかけてあった。絵の具箱もある。屋敷を頻々《ひんぴん》と訪れるための口実だとは言え、嘉隆は実際に絵を描かないわけではないらしい。描きっぷりも、素人の域を超えているように孝史の目には見えて、不本意ながら感心してしまった。蒲生家には、絵心の血筋が流れているらしい。

すべて鞠恵の肖像画だった。着物姿あり、洋装あり、髪を結っているものあり、垂らし髪でローブのようなものを羽織っただけの姿あり。実物の鞠恵より、遥かに優しそうで殊勝な感じに描かれているのがおかしいが、デッサンは正確だし遠近感にも狂いはなく、緻密に絵の具を重ねて塗りこんでゆくタッチにも個性がある。一枚だけ、木炭を使って下描きしかされていないカンバスがあり、モデルの鞠恵の服装から推して、それが昨日描かれていたものであるようだった。

貴之と珠子の部屋はふきの分担だったが、彼女の目を盗んでそっと忍び込んでみた。貴之の部屋には本ばかりたくさんあり、珠子の部屋には洋服や着物ばかりがごまんとあるという印象だ。じっくりと拳銃を探し回るような時間的余裕はなく、枕を叩いてみたり、寝台の下をのぞいてみたり、簞笥を開けてみたりという程度で、探したぞという自己満足にさえならなかった。

だいたい、誰が銃を持っているにしても、自室に隠しているとは限らない。いまいましいことに、屋敷は広いのだ。掃除をしながら、目に付いた場所はすべてのぞいたり手をつっこんでみたりしたが、拳銃のけの字も出てこなかった。

仕事が一段落したところで、ふきと台所で落ち合った。彼女は買い物に出るという。

「今は交通が自由ですけれど、またいつどうなるかわからないと、貴之さまがおっしゃっています。買いだめのきく物は、今のうちに少し買っておかないと」

「一緒について行ってあげたいんだけど……」

孝史は困った。確かに、今日の街の様子なら、出歩いてもさほど怖いことはないだろう。それでも、ふきをひとりで出すのは心配だ。しかし、ぼつぼつ鞠恵たちが帰ってくるのではないか。嘉隆は「夕方には戻る」と言っていたのだから。

「大丈夫ですよ」ふきはほほえんだ。「そんなに重いものを買うわけじゃないですしね。お留守番をしていて、ご用で呼ばれたらすぐにうかがってください」

「うん、わかったよ」うなずいて、孝史は言った。

「ふきさん、怖くないかい?」

「怖くないですよ。孝史さんは、わたしのことをよほど臆病だと思ってるんですね」

「そういうわけじゃないけどさ。今日、掃除をしていて、拳銃を探してみなかった?」

「……」

「僕は探してみたよ。だけど見つからなかった。まあ、すぐ判る場所に隠されてるわけがないよね」

ふきはそれには答えなかった。

「孝史さん、本当に平田さんについて病院へ行かなくてよかったんですか」

「うん。伯父さんの代わりに働くんだ」

ふきは物問いたげに、小首をかしげて孝史を見た。何を問おうとしていたのか、結局孝史にはわからなかった。ふきはこう言った。「旦那さまの書斎の暖炉に薪を足してください。貴之さまが、ずっとあちらにいらっしゃいますから」

貴之は蒲生大将の机に向かって、大将の椅子に腰掛けていた。机の上いっぱいに、書籍だの書類の綴りだのが広げられている。太い万年筆を手に、彼も何か書いているようだった。

孝史が部屋に入っていくと、ひどく警戒するような視線を向けてきた。

「薪は足りていますか」と、孝史は声をかけた。

「あ？　ああ、暖炉か」

だいぶ火が小さくなっている。薪を足して火を燃え上がらせながら、孝史はちらちらと背後の貴之の様子をうかがった。顔を伏せて万年筆を動かしている。

「貴之さん」

声をかけると、ぴたりと動きが止まった。孝史が何か言い出すだろうと、待っていたかのようだった。

「葛城先生から聞きました。珠子さんを疑っているそうですね」

貴之は肩を突っ張らせたまま、しばらく黙っていた。やがてふうと息を吐いた。

「先生もおしゃべりだな」

机の前に回っていって、孝史は正面から彼の顔を見た。根をつめて書き物をしたり読書をしたりするとき特有の、目の焦点が近いような感じになっているが、全体として貴之は冷静だった。

「なんでおまえなんかにそんなことまで話してしまわれるんだろう」

「心配されているんです。あなたが先生を追い返したりするからですよ」

「おまえだって病院へ行けばよかったんだ」

「僕が行ったって病人の世話はできません」

万年筆を置くと、貴之は書類綴りを閉じた。孝史の目に触れないように計らったというふうに見えた。

「おまえ、追われてるんじゃなかったのか。せっかく今は交通も自由なんだし、遠くへ逃げた方がよかったんじゃないのか」

「僕がここにいることは、伯父しか知りません。誰も追ってはこないですよ。それに、ふきさんひとりに家事をやらせちゃ可哀相だ」

貴之は鼻先で笑った。

「大将は自決された――」と、孝史は言った。貴之が目をあげた。「あなたはそういう結論を出したんですね」

うなずいた。「そうだ。もともと、遺書があるんだから自決でないはずがないんだ。拳銃が無いことで、余計なあわて方をしてしまったんだよ」

「大将の遺書は、どこにあるんですか？」

現物は、まだ見たことがないのだ。

「僕が保管している。何もおまえが心配することじゃない」

「そりゃ良かった」孝史は肩をすくめた。「ちょっと思い出したことがあるんです。貴之さんには話しておこうかと思って」

暖炉に火をくべていて、頭によみがえってきたことだった。

「昨日、僕がまだお屋敷のなかに隠れているうちに、居間で大将をお見かけしました」

貴之は驚いたようだった。

「父を？　階下の居間でか？」

「ええ。珍しいことだそうですね」

「ああ……足が不自由になってからは、ほとんど階下へ降りることなどなかった」

「居間の暖炉で、何か燃していました」

「父が？　自分で？」

「ええ、そうです。ご自分で。変な話ですよね。暖炉ならここにもある。反古紙か何かを燃やすなら、ここでやればいいじゃないですか。それをわざわざ居間まで降りてきた」

貴之は、そこに解答があるか探すような目で、椅子の上で身をよじり、暖炉を振り返った。

「たぶん、そのとき、誰かがここに一緒にいたんですね」と、孝史は言った。「その人に、なんだか判らないけど、たぶん何か書いた物を見られたくなかったんでしょう。それが反古であり、燃やして処分する必要があるということを知られるのも嫌だったんでしょう。だからわざわざ部屋を出て、階下で燃やしたんです」

貴之は黙っている。

「誰がいたのかな。大将がそこまで警戒される誰かって、誰でしょうね」

孝史は嘉隆の顔を思い浮かべていた。彼が大将の弱味を握っており、それを盾にして大将に無理難題を持ちかけていたのではないかと思うけれどどうですかと、言おうとした。

貴之は笑みを浮かべた。意外に可愛い笑みだった。彼が笑うのを、孝史は初めて見たのだった。驚いて顔を見てしまった。

「おまえ、正式にうちで雇ってやろうか」

「僕を気に入ってくれたんですか」

「正式に雇えば、くびにして叩き出すことができるからな」

孝史を追い払うような仕草をした。

「あっちへ行け。小賢しい話を聞くのはもうたくさんだ。邪魔をするな」

静かに、孝史は退散した。貴之は笑みを消し、虚空に向かって顔をしかめていた。


小一時間ほどして、ふきが寒気に耳たぶを真っ赤にして帰ってきた。彼女と一緒に買い物の荷物を片づけていると、居間の方から鞠恵がふきを呼ぶ声が聞こえてきた。

「お帰りになったんですね」

ふきは急いで居間にあがっていった。孝史も後に続いた。

嘉隆と鞠恵が、暖炉の前に手をかざしていた。珠子は先ほどから居間にいて、手の込んだ西洋刺繡のようなものに熱中しており、今も針を手にして、帰ってきたふたりには目もくれず、完全に無視している。

鞠恵は上機嫌だった。買い物をしたから三越から品物を届けに人が来るとか、夕食は済ませてきたから要らないとか、矢継ぎ早にふきに言いつけた。

「部屋の方へお茶を持ってきて。それから、毛布は足してくれたの？　部屋は暖まってるの？」

戒厳令の最中にショッピングとは恐れ入る。孝史が呆れていると、貴之が走って居間に入ってきた。

「遅かったじゃないですか」と、責めるように嘉隆に言った。

嘉隆はからかうように貴之を見た。「夕方になると言ったろ？　それに、約束の時間までは三十分もあるじゃないか」

孝史は居間の大きな振り子時計を見た。五時半になるところだった。そういえば、嘉隆たちが出かけるとき、貴之が「時間を守ってくださいよ」と声をかけていたっけ。「約束」って、何の約束だろう？

「お茶なら階上で飲めばいい」と、貴之は言った。「いろいろお話したいことがあるんです。葬儀屋にも来てもらったし。早くあがってきてください」

「判ったよ。せっかちな奴だな」嘉隆は苦笑した。「葬式なんかどうだっていいじゃないか。青年将校たちのあのクーデターのおかげで、株価が下がってこっちは大変なんだ。ま、経済音痴の軍人の家族にはわからんことだろうけどね」

貴之は言い返さなかった。「とにかく、書斎へ来てください」とだけ言い捨てて、居間を出ていった。

孝史にも、彼が妙に急いでいるような様子が気になった。嘉隆たちとの話し合いの内容も気になるが、何をあんなに急く必要があるのだろう。

嘉隆と鞠恵が居間を出ていくと、彼らの濡れたコートを抱えてあとに続こうとするふきを、黙々と刺繡をしていた珠子が呼び止めた。

「あたくしもお茶が飲みたいわ」

ぼうっとしたような、抑揚を欠いた口調だった。目はあさってのの方向を見ている。

「すぐにご用意いたします」と、ふきが応じた。

「僕がやるよ」

孝史が言って、台所へ行こうとすると、珠子がいきなり立ち上がった。「あなたじゃ判らないでしょう?」

「いえ、お茶の用意ぐらいできますよ」

「あたくしがやるわ。それよりあなたは——そうね、もっとたくさん薪をとってきて。夜になって薪小屋まで出ていくのは、あなただって大変でしょう?」

引っかかった。お嬢さまの珠子が、なんでこの場だけ手ずからお茶をいれようというのか。しかも、目の焦点があっていないような、譫言《うわごと》みたいなこのしゃべりかた。

ひょっとしたら、階上にお茶を運んでいくと言い出して、そのとき拳銃を隠し持っていくつもりじゃないのか。

「わたくしがいたしますので」と、ふきが急いで言った。珠子はどんどん台所へ降りていく。危険を感じて、孝史もくっついていった。

しかし台所へ行っても、珠子は何をどうしたらいいのかわからないようだった。

「お湯をわかさなくては」と言って、ガス台のあたりをうろうろしている。夢遊病患者みたいだと、孝史は思った。

そこへふきが小走りに戻ってきた。やはり、珠子の様子がおかしいことを気にしているのか、すぐにそっと彼女の腕に触れると、柔らかく言った。「ここは寒うございますから、居間においでくださいまし。すぐにお茶をお持ちしますから」

珠子は微笑した。「悪いわね、ふき」

「とんでもございません」

「今日はおまえたちもくたびれたでしょう」珠子は、孝史とふきの顔を見比べながら言った。「これからお夕食の支度でしょう? その前に、一緒にお茶を飲みましょう。お菓子も出してね」

「はい、ありがとうございます」

ふきは目顔で孝史に合図をしてきた。孝史はうなずき、珠子のあとに従って居間に戻った。心臓がどきどきした。はっきりと本人に向かって、しっかりなさい、もしあなたが拳銃を隠し持っているのだとしたら、危ないことはやめて、僕に渡してくださいと言ってみようか。

しかし居間に戻った珠子は、元の椅子に腰を据え、刺繍道具をいじり始めた。彼女の足元に、色とりどりの糸の束を入れた籠が置いてあり、そこからきれいな真紅の糸をひと束取り出すと、ほどき始めた。

孝史は居間から玄関ホールへ出た。階上の様子も気になる。貴之が拳銃を持っているとしたら、嘉隆たちとさして話し合う機会は、絶好の狙撃の機会でもあるのだ。彼はそれを狙っているのじゃないのか。貴之か珠子か、いったいどっちなんだ。現場を押さえないことにはどうしようもないというのが、何ともじれったい。

孝史は足音を忍ばせて階段をのぼり、書斎の前まで行った。ドアは閉まっていた。厚いドアなので、なかの話し声は漏れてこない。珠子が居間から出てきた場合にも備えて、やはりここで頑張っていよう。

しばらくすると、盆を持ったふきが玄関ホールへ出てきた。階段の途中まで走って迎えに行って、孝史は盆を受け取った。

「僕が持っていく。ふきさんは珠子さんのそばを離れないで」

ふきは不安そうだった。「孝史さん、何を考えてるんですか」

「別に何も考えてやしないよ。だけど、珠子さんをひとりにしておかない方がよさそうじゃないか」

書斎に入っていくと、貴之は大将の机につき、鞠恵と嘉隆はその向かい側に肘掛け椅子を据えて座っていた。鞠恵はあくびをしていた。

「おや、男女中か」と、嘉隆が孝史に言った。「色気がないな」

額にしわを寄せて黙りこくっている貴之と比べて、彼の方は余裕しゃくしゃくというか、ほとんど陽気と言っていいくらいだった。

「ちゑはどうしたの？」と、鞠恵が訊いた。孝史が給仕をしながら事情を説明すると、紅色のくちびるを丸く開けた。

「まあ、使用人ふぜいのくせに、だいいちここへ来てからろくに働いてもいないのに、平田って男はずいぶんよくしてもらってることね。貴之、あなたは使用人に甘すぎるのよ」

貴之が鞠恵に呼び捨てにされるのを、孝史は初めて聞いた。思わず彼の顔を見たが、貴之はむっつりと紅茶のカップを口に運び、「病人を放ってはおかれません」と言っただけだった。

「あらそうかしら。働かざる者食うべからずよ」

鞠恵は言って、がつがつと菓子を食べ始めた。あんたこそと、孝史は思った。

必要以上にゆっくりと動作をしていたつもりだが、それでもお茶の給仕に必要な時間などたかが知れている。孝史が机のそばでぐずぐずしていると、貴之が叱咤した。

「何してる？　もういいから出て行け」

厳しい目で言い捨てつつ、孝史には、彼がまた時計を気にしているように思えた。大将の机の脇の側机の上に、小さな置時計がある。彼はそれをちらちらと見ている。

六時五分前だ。貴之は何を気にしているのだろう。時間にどんな意味があるというのだ。「込み入った話があるんだとさ」嘉隆が、紅茶をすすりながら孝史を見上げた。「使用人ふぜいには聞かせたくない話なんだ」

鞠恵に笑いかけると、

「な、そうだろう？」

「そうね」鞠恵はふんと笑った。「なにも急ぐこともない話だけど、早い方がいいらしいから」

「お屋敷の、今後のことですか？」と、孝史は訊いた。

ええそうよと、鞠恵が気分良さそうに答えるのと、貴之が「うるさい！」と怒鳴るのとが、ほとんど同時だった。

鞠恵がびくんと飛び上がり、驚かされたことに露骨に腹を立てた。「なんなの貴之、怒鳴ることないじゃないの！」

「おまえもわめくんじゃないよ」と、嘉隆が割り込んだ。「落ち着いて話をしよう。君、尾崎だったか。とにかくおまえには係わりのないことだ。つかみ合いの喧嘩などする気遣いはないから、出ていなさい。用があればこちらから呼ぶよ。これは命令だ」

きっぱり言い渡されて、孝史は仕方なしに部屋を出た。後ずさりしながら、貴之の顔を見据えた。彼はそっぽを向いていた。

廊下に出ると、動悸がひどいことに気がついた。間抜けな役回りだと感じつつも、これ以上何ができるだろうかとも思う。捨て鉢な気分にもなってきた。だいたい、もしも貴之が嘉隆と鞠恵を撃とうと、珠子が拳銃を持ち出してこようと、それがなんだっていうんだ？　オレには関係ないじゃないか。俺は葛城先生とは違うんだ。孝史にとって大切なのはふきの身の安全だけなのだ。

いや、だけど——やっぱり気になる。誰が拳銃を持っているのだ。誰が何をしようとしているのだ。気をつけろと、平田は言っていたじゃないか。

これから何が起こるのだ。

廊下で、孝史はじっと待った。ドアにへばりつき、少しでも会話が漏れてこないかと、全身を耳にして待った。居間の様子も気にはなったけれど、珠子があがってくればすぐに判る。それに、ふきが彼女の相手をしていてくれる。

そうやって、どの程度待ったろうか。三分？　五分？　いやもっとか？　ドアの向こうは沈黙しており、むろん銃声も聞こえてはこない。心配したような事態ではないのかもしれない。いくらか疲れて、孝史はほっと息を吐いた。そのとき、珠子が階段をあがって来ることに気がついた。

急ぎもせず、するするとのぼってくる。片手を手すりの上に滑らし、片手をスカートのひだにあてて、優雅な歩き方だ。孝史はドアの前に立ちはだかった。珠子は微笑しながら近づいてくる。

「おまえも気になるのね？」と、優しく言った。「あたくしも心配だわ。お兄さまは、叔父さまたちと、今さら何を話し合おうというんでしょうね？」

「珠子さん……」

珠子はくちびるに指をあてた。「静かにして。ねえ、入ってみましょう。ドアを開けてちょうだい。びっくりさせるのよ」

「やめた方がいいです」孝史はやんわりと彼女を押し戻した。「ご用がないかどうか、僕が声をかけてうかがってみますから」

「そうしてくれる？」

孝史は珠子にうなずきかけ、彼女がドアから離れるのを確認して、一瞬、ほんの一瞬だけ彼女に背を向けた。ドアのノブに注意を向けた。

そのとき、背後に異様な気配を感じた。全身で危険を感じた。振り向こうとした。遅かった。何かががつんと頭にぶつかった。目から火花が飛び散って、頭の横が割れるように痛んだ。

撃たれた？　撃たれたのか？

よろけて、孝史は尻餅をついた。床に腕をついてなんとか顔を上げると、珠子が目の前に立っている。その手に、さっきまでスカートのひだのあいだに隠されていた手に、暖炉の火かき棒が握られていた。

「ごめんなさいね」孝史を見おろして、彼女は言った。「邪魔をしてほしくなかったの。おまえは紅茶を飲まなかったから、こうするより仕方なくて」

珠子は火かき棒を壁に立てかけると、するりと足を動かし、孝史の身体の脇を抜けて、書斎のドアを開けた。その様子が見えた。見えるけれど、ピントがあったりはずれたりした。頭がわんわんした。力が入らなくて、どうしても立ち上がることができない。

ドアが開く。珠子が書斎に踏み込んでいく。孝史は這いずって彼女の後を追った。書斎のドアの隙間に身体を押し込むと、なかの様子が見えた。

珠子がこちらに背中を向けて立っている。その手が動いて、上着の内側から拳銃を取り出した。暗い青色の、手のひらに隠れそうな小さな拳銃だった。

やっぱり、彼女が持っていたんだ——

珠子が拳銃を取り出しても、書斎の三人は驚きもせず、声もあげなかった。三人とも倒れていた。貴之は机に伏し、嘉隆は肘掛け椅子のなかに埋もれ、鞠恵は上半身を椅子の肘から乗り出して、力無くぶら下がった腕が床に触れている。

——死んでる？　いや、眠ってるんだ。

あの紅茶か？　あれに薬でも入っていたんだろうか。珠子の仕業か？　だけどどうやって？

視界がぐるぐる回り始め、頭を持ち上げていられなくなってきた。珠子が拳銃を持った手を動かし、嘉隆の方へ銃口を向ける。やめろ、と叫んだつもりだったけれど、声が出ない。左目に水みたいなものが入ってきて、見えなくなってしまった。頭から血が流れ出しているのだ。痛みがひどくて、顔が歪んだ。

「さようなら」と、珠子が呟いた。銃口は嘉隆の頭を狙っていた。

そのとき、それに呼応するかのように、小さな鐘の音が聞こえてきた。薄れかけていく意識を必死で持ちこたえて、孝史は周囲を見た。なんだこの音は。時計？　そうかあの置き時計が鳴っているのだ。七時だった。

鐘が鳴り終えたとき、声が聞こえた。

「お嬢さま？」

声は暖炉の方から聞こえてきた。さっきまでは誰もいなかったその場所、暖炉の前に、今、人が立っていた。紺色の古びた着物を着て髪を髷《まげ》に結った、大柄な女だった。

驚いていた。大作りな顔に、小さな目がちまちまとついている。その目をいっぱいに見開いて、女は立ちすくんでいた。

いかつい顔と身体つきなのに、一見して、女は病人のように見えた。顔色は青黒く、息づかいはひどく苦しげで、痛みをこらえているかのように、背中を丸めて前かがみになっている。

「黒井？」と、珠子が言った。「あなた黒井なの？」

黒井――平田の叔母だ！

拳銃を持った珠子の手が、がくんと下がった。驚きで声をうわずらせながら、珠子は後ずさりした。

「おまえがどうしてここに？　どこから入ってきたの？　おまえ本当に黒井なの？」

珠子に負けず劣らず、黒井と呼ばれた大柄な女も驚いているようだった。

「これはいったいどうしたんです？」

倒れている三人を見回して、黒井はくちびるをわななかせた。貴之の肩に手をかけてのぞきこむ。「坊っちゃま――坊っちゃま！」

首を振りながら、珠子は食いつくように黒井を見つめている。

「何をなすったんです、お嬢さま！」黒井は言って、よたよたと珠子に近づこうとした。顔が青ざめ、息を切らしていた。「どうしてこんなことを？」

「眠ってるだけよ――眠ってる――」

黒井は貴之の呼吸を確かめるように顔を近づけた。そしてほっとしたように目元を緩めた。

「本当だわ、眠っておられます」

「知らないわ、あたくし知らないわ――」譫言のように珠子は呟く。「あっちへ行ってちょうだい、近寄らないで！　いったいどうしたっていうの？　どうして黒井がここにいるの？」

黒井の顔に、ほとんど苦痛に近いような悲しみの表情が浮かんだ。大きな手をさしのべて珠子に触れようとしたが、珠子がすくみあがるのを見て、その手をおろした。

もう一度、黒井は室内を見回した。悲しげな視線が孝史の顔をとらえ、いぶかしげに見回した。何か問うように珠子を見たが、思い直したのか首を振り、重そうな身体を引きずるようにして、鞠恵と嘉隆の方へ近づいていった。

そして、ふたりの腕をつかんだ。左手で鞠恵の右腕を。右手で嘉隆の左腕を。

その刹那、黒井が何をしようとしているのか、孝史は悟った。

珠子に目を向けて、黒井は言った。「坊ちゃまが、事情は全部ご存じです。坊ちゃまが目が覚められたら、お嬢さまにご説明くださるでしょう。本当なら、お嬢さまには何もお聞かせしたくなかった。それは本当にそう思っておりましたのに、黒井は残念でございます」

珠子がよろめいて壁に寄りかかった。彼女の足が、かろうじて意識を保っている孝史の右手を踏みつけた。孝史の視界は、両目とも血で曇ってしまい、黒井の話す言葉も遠く濁って聞こえた。

「この二人のことは、ご心配要りません」と、黒井は続けた。「坊ちゃまにお伝えくださいまし。黒井は約束を果たしましたと。よろしいですね、必ずお伝えくださいましよ」

黒井の目が潤み始めた。くちびるが震えたかと思うと、声がかすれた。

「こんな……こんなことになってしまっていて……どんな手違いがあったんでございます？」

手違い――約束――貴之は知っている――

「わたくしも、これほどの大仕事は初めてなんでございます」と、黒井は言った。「できたらもう一度ここへ戻ってきたいと思いますが、戻れるかどうかわかりません」

孝史は床に頭をつけた。黒井の声が高いところから降ってくる――

「どうぞ坊っちゃまにお伝えくださいましよ。黒井は約束どおりにやってきたと。すべては片がつきましたと」

黒井はぐいと、鞠恵と嘉隆の腕をつかんだ。はあはあと息を切らしながら、勇敢な子供のように目を輝かせ、顔をあげ、つやの失せた頬を懸命にゆるめて、珠子にほほえみかけた。

「お嬢さま、どうぞお幸せに」

そして消えた。瞬く間に、煙のように。鞠恵と嘉隆も、一緒に姿を消した。

珠子の手から拳銃が落ちた。絨毯の上に転がったそれを、孝史は必死に手を伸ばしてつかんだ。ひと呼吸おいて、珠子の身体が崩れ、孝史の上に落ちかかってきた。

どすんという衝撃と共に、珠子がつけている香水が、一瞬香った。孝史は気を失った。

第五章　兵に告ぐ

1

ちらちらと雪が降る。

それは孝史の瞳の裏で降る。ひとしきり吹雪のように降りしきり、白い煙幕をつくったかと思うと、その白い壁が霞のように頼りなく薄れて、周りが見えるようになってくる。だが、それからまた少し経つと、雪の描く白い斜線が視界いっぱいを埋め尽くし、孝史は白い闇のなかで孤立する。

誰の声も聞こえず、誰の姿も見えない。ひどく寒く、手足が冷たい。それでいて、顔に降りかかる雪の冷たさを感じることはできない。手をあげて手のひらに雪を受けることも、足を動かして足跡を刻むこともできない。

雪は降る。降り続く。吹雪が来ては去る。果てしないその繰り返しに、孝史は呆然と身をゆだねる。

しかし、時間が停まったようなそのなかでも、やがて吹雪の間断の間隔が次第に長くなり始める。長い静寂が訪れる。そしてあるとき、ふと視界が晴れた。まぶしさを感じた。

そのとき、声が聞こえた。「孝史さん?」

ふきの声だった。孝史は返事をしようとした。くちびるが動かない。ふきの声の聞こえてくる方へ頭を動かそうとしてみたが、それもできない。

「目が動いてる」と、別の声が言った。貴之の声だった。「命は助かるのだな」

逃れ出ようとする気力もないままに、孝史はまた白い闇に屈服する。見回しても白一色の、茫漠とした孤独のなかに引き戻される。

それからどのくらい経ったのか判らないが、再びふきの声が呼びかけてきた。

「孝史さん、聞こえますか」

——聞こえてるよ。

何とか答えようとする。そのとき、ひやりと冷たいふきの手が額に触れるのを感じる。同時に、頭に何か巻き付けられているらしいことも感じる。なぜだろう? 何が巻かれてるんだろう?

白い闇は薄れ、孝史は薄暮のような光景のなかにいる。あと一歩、もう一歩、あとひと風が吹いて背中を押してくれたならば、ここから抜け出してふきの顔を見ることができる場所に行けそうなのに——

孝史はまた眠り込む。ああ、俺は眠ってしまうんだと思いつつ、足先からぬかるみに引き込まれるようにして眠ってしまう。眠ってしまう――眠る――でも、眠れば目覚めることができるはずだ――次の機会には――今度こそは――

目覚めたとき、孝史が身をおいていたのは半地下の部屋ではなかった。

布張りの天井と、碁盤の目のように張られた漆色の梁に見覚えがあった。二階のどこかの部屋だ。

枕の上で頭を動かすと、すぐ隣にもうひとつ寝台が並んでいるのが見えた。ああ、ここは嘉隆と鞠恵が使っていた寝室だ。肘掛け椅子も、机の上のラジオも見える。

足元が温かい。布団と毛布の下でそっと足を動かすと、その温かいものは厚い布にくるまれていて、丸い形をしていた。なんだか判らないけれど気持ちがいい。

起きあがろうとしてみた。とたんに、頭の後ろの方が鈍く痛んだ。目のすぐ上まで包帯でぐるぐる巻きにされている。

珠子に殴られたんだと、思い出した。同時に、記憶が雪崩をうって押し寄せてきた。

――黒井。

七時のチャイムと共に現れた黒井。椅子に沈み込んでいる嘉隆と、前のめりになって腕を垂らしている鞠恵を捕まえ、一瞬のうちに消えた黒井。大柄で、いかつくて、女としてはおよそ魅力がなくて、だけれど、孝史の知っている、平田以外のもうひとりの時間旅行者。途方もない能力の持ち主。

――どうぞ坊っちゃまにお伝えくださいましよ。黒井は約束どおりにやってきたと。すべては片がつきましたと。

そうか、そういうことだったのか。彼女が現れることになっていたのか。だから貴之は時間を気にしていたのだ。「約束」の時間に、黒井がふたりを連れ去ることができるよう、大将の書斎に、嘉隆と鞠恵を座らせておく必要があったのだ。

ドアが開く音がした。孝史はそちらに目を向けた。ふきの白い顔が見えた。孝史はまばたきした。

「孝史さん!」ふきは急いで寝台に近寄ってきた。「目が覚めたんですね! ああよかった」

孝史はやっと、口を開くことができた。

「ふきさん……」

ふきはずいぶんと窶《やつ》れた感じになっていた。珠子に盛られた薬の影響だろうか。ふきは具合悪くないのだろうか。

「ふきさん……大丈夫？」

ささやくような声しか出ない。でも、やっとそれを言葉に出すと、ふきは泣き笑いをした。

「大丈夫ですよ。あたしの心配なんかしないでください」

ふきが「わたくし」でも「わたし」でもなく、「あたし」と言った。それが嬉しくて、彼女の顔がまた見られたことが嬉しくて、孝史は笑みを浮かべようとした。

「気分はどうですか。寒くないですか。頭は痛くないですか」

頭の傷は痛いし寒いし気分もよくないけど、でも大丈夫だよ……

「ふきさん、今何時？」

「七時になるところです。朝のね」

「朝？」

「ええ、今日は二十八日ですからね。孝史さん、ずっと眠ってたから」

そうか……

「葛城先生は戻って来た？」と、孝史は訊いた。「伯父さんを病院に置いたら、戻ってくるっておっしゃってたんだ」

まあというように、ふきは目をぱちぱちさせた。

「そうだったんですか。家にお帰りになると伺ってましたのに」

「心配してたんだよ。だから絶対にここへ戻ってくるって」

喉が干上がっていて、声がかすれた。

「まだそんなにしゃべったらいけませんよ。湯ざましを持ってきますから、少し飲んでみましょうか」

ふきは寝台のそばを離れかけた。追いかけて、孝史は一生懸命言った。「葛城先生は、あんなことが起こるんじゃないかって心配してたんだ。だから僕に、よく気をつけていてくれって頼んで行かれたんだ。なのに、僕は役に立たなかったね。ごめんよ」

ふきはドアに手をかけたまま、泣きそうな目で孝史を見た。

「孝史さんのせいじゃありませんよ」と、小さく言った。

「珠子さんはどうしてる？　嘉隆さんと鞠恵さんはどうなった？」

いや、正確にはこう訊きたいのだ。嘉隆と鞠恵はどうなったと、貴之は君に説明している？　珠子のあの出来事に遭遇し、どうなってしまっている？

ためらうように床の絨毯を見つめてから、ふきは言った。「そのことは、あとで貴之さんから孝史さんにお話があると思います。だから、今は静かに寝ていなさいね。ね?」

貴之は、なかなか孝史の枕元にやってこなかった。孝史はずっと、寝台に横になって過ごした。

ふきがカーテンを開けてくれたので、窓から外の光が差し込むようになったけれど、雪こそやんだものの今日も曇天、雪の白さをそのまま映しただけの光からは、時間の経過を計ることも難しい。

ふきはまめに孝史の部屋を訪れ、傷口を消毒して包帯を替えてくれたり、しきりと寝汗をかく孝史を着替えさせてくれたり、足元の湯たんぽ――この温かいものは湯たんぽというのだそうだ――を取り替えてくれたりした。意識を取り戻したばかりの時は、軽い吐き気があって、孝史はほとんど何も食べることができなかった。ふきは熱い砂糖湯を持ってきて、孝史がきちんとそれを飲めるかどうか、そばについて様子を見ていた。午後もかなり経つと、吐き気がおさまってきたので、喜んだふきは、ごく柔らかく煮たお粥を運んできて食べさせてくれた。

「本当なら、病院に連れて行きたいところなんですけれど」と、辛そうに言った。「昨夜遅くから、また外の方が騒々しくなりましてね。出歩くことができないわけじゃないんですが、貴之さまが、万が一のことがあったらいけないから、出ない方がいいだろうっておっしゃいまして」

孝史はふきの顔を見ながら、貴之が彼を医者に連れて行きたがらない理由はほかにあるのじゃないかと思っていた。

貴之は、彼が不本意にも眠らされている間、孝史が何を見、どこまで知ることになったか、不安と疑惑を抱いているはずだった。場合によっては、孝史が死んでくれた方が、彼にとっては都合がいいのである。

――命は助かるのだな。

孝史の寝顔を見ながらそう呟いたときの彼の心中には、かなり深い落胆が隠されていたかもしれないのだ。

「赤坂ではあちこちで、将校さんが街頭演説をしています。人がたくさん集まっていて、決起部隊を応援しているみたいですけど……。街の様子が、昨日とは全然違ってしまいました」

ふきが部屋を出ていったあと、しばらくうつらうつらしていた。飛行機の爆音のようなものを聞いたような気がして、ふと目を覚ました。

外の方から、歌声のようなものが聞こえてくる。動けるかどうか自信がなかったけれど、様子をうかがってみたくて、孝史はゆっくりと身体を起こした。

急激な動作をしなければ、頭の傷は痛まない。だが足元がふらふらした。家具の脚や壁を伝い歩きながら窓までたどりついた。持ち上げて開け閉《た》てする方式の木枠の窓は、今の孝史の手にはあまる重さだったが、何度か試みているうちに、十センチほど開けることができた。

視界は狭く、雪に埋もれた前庭の、しんとした景色しか見ることはできない。だが、歌声ははっきりした。北風に乗って運ばれてくるのだ。軍歌だった。万歳、万歳と大勢で叫ぶ声も混じる。一種悲壮な色合いのある、怒号のような響きだった。

飛行機の爆音も、また聞こえてきた。右から左へ、孝史とこの屋敷の頭上を横切って行く。室内の時計を探して時間を見ると、午後二時だった。

「歩き回ったりしていいのか」

振り向くと、ドアのところに貴之が立っていた。

「軍歌が聞こえる」と、孝史は言った。「飛行機が飛んでますね」

「決起部隊が移動していくんだろう。彼らも決戦の覚悟を固めたんだ」

貴之は言って、孝史に近寄り、並んで窓際に立った。

「戒厳司令部がいよいよ鎮圧に取りかかる。今夜あたりから始まるよ」

孝史は黙ったまま、切れ切れに聞こえてくる軍歌を聞いていた。貴之はこの決起の行方について、どの程度知っているのだろうかと考えながら。

貴之は黒井の計画に手を貸していた。おそらく、大将の生前から、黒井の能力や、それを使った時間旅行のことなどを、打ち明けられて知っていたはずだ。そうでなければ、簡単に言いなりになるような貴之ではない。蒲生大将の側からしても、病後の活動を支えて協力してくれる貴之の存在は欠くことのできないものだったはずで、事情を話さないわけにはいかなかっただろうし。

しかし今、貴之は何を、どこまで、どういうふうに説明するつもりだろう。孝史が何を、どこまで、どういうふうに目撃したと思っているのだろう。起こったことと、その裏に隠されたことのすべてを打ち明けてくれるだろうか。それとも、別の言い訳を用意しているのだろうか。

孝史としては、迂闊《うかつ》なことを口に出さないようにして、待っているしかない。

「この決起は失敗だよ」胸の前で腕を組んで、貴之が静かに言った。「青年将校たちは、大事な局面でいつも釦《ボタン》をかけちがえた。放送局や新聞社を押さえなかったことも痛いな」

寒くなってきて、孝史はまた壁をつたって寝台の方へ戻った。貴之は孝史のおぼつかない動作をじっと見つめていたが、孝史が寝台に登ってそこに腰をおろすと、音を立てて窓を閉めた。

沈黙が訪れた。かすかに遠く聞こえる軍歌を伴奏に、孝史と貴之が、それぞれこれから言うべき台詞を模索するための沈黙が。ふたりとも、自分がひとつ間違えた台詞を口にしたら、局面がまったく変わってしまうことをよく承知していて、それを恐れていた。

孝史には、選ぶべき台詞は少ないように思えた。貴之の方が選択権を握っているように思えた。舞台の幕開きの台詞を言う花形役者は貴之で、孝史はそれを受けて芝居するだけの三文役者であるように思えた。

そしてこの芝居には、最悪の場合、三文役者の命がかかっているのだった。そう、貴之が、ふたりの人間が不可解な消え方をしたその現場を目撃「したかもしれない」孝史を、黙らせてしまった方が早いと考える可能性は、かなり高いのだった。

ゆっくりと、ひとつひとつの所作を自分で確認するようにゆっくりと、足を運び、椅子を動かし、前屈みになり、貴之は肘掛け椅子に座った。そして孝史を見ないで、言った。

「珠子は落ち着いている」

呟くような口調だった。孝史に向かってではなく、肘掛け椅子の肘に話しかけているみたいに見えた。

「あれからずっと、落ち着いた状態だ。もちろん、拳銃は取り上げた」

それは良かったと言おうとしたのだが、口が開かなかった。喉がカラカラだった。

貴之が顔をあげた。孝史と目をあわせようとしている。その視線の圧力を感じたけれど、孝史は俯いていた。

「あれを止めてくれて、ありがとう」と、貴之は言った。

孝史はようやく顔をあげた。

「君が止めてくれなかったら、珠子は叔父さんと鞠恵さんを撃ち殺していただろう。あれが人殺しにならずに済んだのは、君のおかげだ」

孝史はかぶりを振った。傷が痛まないようにそっと、顎の先だけを動かすようにして。

「僕の手柄じゃありません。葛城先生に頼まれてたんです」

孝史が事情を話すと、貴之はうなずいた。

「先生は戻っておられない。一度家に帰るとおっしゃっていたから、たぶん、心配したご家族に止められているのだろうな。なにしろここは、占拠区域のど真ん中だから」

電話も切れたままだから、きっとやきもきしているだろう。立派な髭の顔が、孝史には懐かしく思えた。

「珠子は父の自決の現場から拳銃を持ち去って、ずっと機会をうかがっていたそうだ。なんとしても叔父と鞠恵を許しておけなかったんだろう」

貴之が初めて、あのふたりを呼び捨てにした。

「珠子も、父に自決の考えがあることを察していた。実際、父から、はっきりとではないが打ち明けられていたと話している。自分が死んでも気落ちをしてはいけない、それは意味のある死だし、おまえはしっかりと生きて行かねばならないとね。ところが珠子の方は、もしも父が自決して死んでしまえば、もう何をしても父に心配や迷惑をかける気遣いはない。だから、父が死んだらきっと事を起こそうと、決心していたそうだ」

貴之は深いため息をついた。

「女ひとりで、ふたりの人間を手にかけるのは難しい。最初から、なんとかして父の拳銃を手に入れて使おうと思っていたと話したよ。拳銃さえあれば大丈夫だと、ね。しかし実際には、拳銃を隠したことで騒ぎになって、僕たちがあれこれ警戒するような状況を招いてしまった。そこで、眠り薬を使ったというわけだ。あれは、葛城先生の鞄からこっそり盗んだものだそうだ」

二十六日の夜、寝付かれないようなら眠り薬をあげようかと葛城医師が言っていたことを、孝史は思いだした。

「紅茶に入れたんですか。どうやったんだろう？」

あの紅茶は珠子がいれたのではなく、ふきが用意したのだ。

「簡単さ。水に混ぜたのだ」

「水道の？」

「いや、違うよ」貴之は言って、ちょっと笑った。「そうか、君は我が家の習慣を知らないんだな」

蒲生家では、緑茶や紅茶をいれるときには、水道の水をじかには使わないのだという。

「そのままでは金気臭いからね。数時間、水瓶のなかに汲み置きをしておいたものを使うのだ」

台所で見た水瓶と柄杓——あれにはそういう使用目的があったのか。

「珠子はその水瓶のなかに眠り薬を入れたのだ。素人だから、どのくらいが適量かわからん。盗んだだけ放り込んでかきまわしておいたから、我々みんなひどい目にあった。僕はまだ少し頭がぼうっとしている」

死んだように眠りこけていた貴之と嘉隆と鞠恵の姿を、孝史は思いだした。

「だけど僕は、その紅茶を飲まなかった」と、孝史は言った。「それで珠子さんに殴られたんです」

「そうらしいな。珠子にそんな思い切ったことができるとは思っていなかった。僕は妹を見くびっていたらしい」

貴之は軽く肩をすくめた。それから、今までていちばん鋭いまなざしで孝史を見た。

「それでも君は、すぐには気を失わなかったんだね？　珠子を追って書斎に入り、あれの手から拳銃を取り上げたんだから」

最初の山場だった。答え方次第では崖っぷちに立たされる。孝史は慎重に言葉を選んだ。

「珠子さんが火かき棒を廊下に置いて、書斎に入っていくのが見えました。拳銃を持っていた。それで、這って後を追いかけたんです。僕はもうふらふらだったけれど、珠子さんもけっして落ち着いてはいなかった。ぶるぶる震えてました。身体ごと飛びかかって——拳銃を取り上げて——それから後のことは、僕にはわかりません。床に倒れて、本当に目の前が真っ暗になっちまったから」

ひと息にそれだけ言って、孝史は目を伏せた。心臓が、怯えた小動物のように胸の内側で震えるのを感じた。

「僕が目を覚ましたときには、珠子も気絶していた。君に折り重なるようにして」

「そうでしたか……」

「君は頭から血を流して、珠子は貧血状態で顔が真っ白だった。僕にも、何がなんだかさっぱり判らなくて、呆然自失だったよ。ただ、拳銃がそこにあるということだけは判ったがね」

孝史は目を伏せ続けていた。いよいよ訊かなければならないのか？　孝史の方から？　問いただすのか？

そのとき嘉隆と鞠恵はどうしていたか、と。

貴之が孝史を見ている。その視線を前頭部のあたりに感じる。そこだけ熱いくらいに感じる。

死ぬほど長く感じた沈黙のあとで、貴之が言った。

「珠子を助け起こすと、あれは目を覚まして泣き出した。叔父さんと鞠恵さんを殺そうと思ったんだとぶちまけた。それで僕にもやっと事情が判ったんだよ」

いや、それだけではなかったはずだ。目を覚ました珠子が泣き出したこと、嘉隆たちを殺そうとしたと打ち明けたことまでは事実だろうけれど、本当は、まだその先の話があったはずだ。お兄さま、あたくし黒井を見たのよ、黒井があのふたりを連れて消えたわ、約束は果たしたと、お兄さまに伝えてくれと言っていたわ、いったいどういうことなのと、珠子は半狂乱で兄に問いただしたはずだ。

しかし、貴之は淡々と続ける。

「階下に降りて、薬で眠り込んでいるふきを起こして、三人がかりで君をこの部屋に運んだ」

そうしようという意図はなかったのに、思わず孝史は目を上げていた。そして貴之の顔を見ていた。

今度は、貴之の方が孝史から視線をそらしていた。暗記したものをそらんじるように、一本調子な口調でしゃべる。

「そのころには——叔父さんも鞠恵さんも目を覚ましていたので、僕が事情を説明した」

孝史の心臓は喉元までふくらんで、頭のなか一杯に動悸の音が響いていた。

「ふたりは震え上がったよ……」と、貴之は呟いた。「珠子が本気だということが、わかったんだろうな」

自分のものとは思えないような声を出して、孝史は訊いた。「それで、ふたりはどうしたんですか?」

貴之が孝史の方へ顔を向けた。一昨日、蒲生大将が頭を撃って死んでいるのを発見したときと同じような、口の端を下げ、目をうつろにした、緊張感の無い表情を浮かべている。嘘をつくとき、人はこんな顔をするのだろうか。あるいは、自分が思ってもみなかった方向に流されて行くとき、人はこんな顔をせざるを得なくなるのだろうか。

父親の自決の決意と、その予定と、その後の段取りについて聞かされ、自分の果たすべき役割を頭にたたき込まれていた貴之にとって、あのときあの場に拳銃がなかったという事実は、どれほど衝撃的だったことだろう。なぜだ? なぜ無い? 何か予定外のことが起こってしまったのか? これは自決ではないのか? 父は自決を果たす前に殺されてしまったのか? あとの段取りにも変化を起こさなくてはならないのか?

あのときの彼のあわてぶりは、無理もない当然のことだったのだ。

しかし、彼は自分を取り戻した。拳銃はおそらく珠子が持ち去ったのだと推測して、彼女の言動に気をつけながら、予定の行動を起こそうとした。黒井が嘉隆と鞠恵を連れ去るためにやってくる、二十七日の午後七時までに、ふたりを大将の書斎に呼び、そこに釘付けにしておくということに。黒井は一瞬のうちに来て、一瞬のうちに去る。そのあいだだけ、彼らの姿を事情を知らない珠子たちの目から遠ざけておくことは難しくないはずだ、と考えて――

しかし、現実は違ってしまった。眠り薬が大誤算の元になった。

もう一度、孝史は訊いた。「嘉隆さんと鞠恵さんは今どうしているんですか?」

孝史に訊く勇気があったように、貴之に答える勇気があるだろうか?

軽く目をしばたたかせると、貴之は言った。

「ふたりは逃げ出したよ。この屋敷から。我々の前からね」

「逃げた――?」

「ああ。鞠恵さんは、以前からまとめておいた荷物を持って出ていった。あの人は、前々から叔父さんと駆け落ちすることを夢見ていたからね。まあ、よかったんじゃないのか」

かすかな笑みが、貴之の口元に浮かんだ。孝史は腕に鳥肌が浮き、体温が下がるような感じがした。

「あの人たちの存在は、傍目から見ていたら、どうにも理解に苦しむものだったろう?」と、貴之が訊いた。孝史の目を見て、落ち着いた口振りだった。「その資格もないのにこの屋敷に乗り込んできて威張り散らす卑しい仲居あがりの女と、その女を焚きつける当主の弟の図だ。いくら父と叔父が仲が悪かったとは言え、そこまでやるのも、やらせるのも、またやれるのも普通じゃないな」

「それは確かに、不思議でしょうがありませんでした」と、孝史は言った。「鞠恵さんは、嘉隆さんに適当に言いくるめられているという感じがしたけど」

「そのとおりだよ」貴之は言い、両手で肘掛けをぽんと叩くと立ち上がった。また窓際に近寄って行く。いつの間にか、軍歌も万歳を叫ぶ声も聞こえなくなっていた。

「そもそもの発端は、父が叔父に手紙を書いたことにあるんだ」

窓の外に目をやりながら、貴之が言った。

「ごく短い手紙だ。病気から半年ほど経ったころに書いたものだが、手がよく動かなくなっていたからね。直筆では、せいぜい便せん一枚分書くのがやっとだったろう」

「その手紙に、何か問題があったんですね」

ひょっとしたら、蒲生大将は嘉隆に何か弱味を握られていて、それがあるためにいいように振る舞われているのではないか——孝史のその推測は、どうやら当たっていたらしい。

「父は叔父に謝罪した」と、貴之は続けた。「今まで、実業家である叔父を軽んじて、ことあるごとに軽蔑してきたそのふるまいを詫びて、許しを得ようとしたんだ。自分は間違っていた、とね。そしてそのなかに——ある文章を書いた」

貴之は目をつぶると、暗誦した。

「軍人と実業家は、ただ腹を探り合い、利用しあうだけでなく、共に手を携えてこの国をつくりあげていかねばならぬ。軍人ではなく、おまえのような実業家が、興国のもっとも大きな原動力として働かねばならぬ時代が、必ず来るはずである——」

未来を見た、戦後の日本を見た蒲生大将だからこそ綴ることのできた文章だ。それはある意味で、元陸軍大将の敗北宣言であるかもしれないと、孝史は思った。

貴之は続ける。「——その時代には、陛下も現人神《あらひと》の座を降り、より国民に近い場所に居られ、統帥権の独立を以てする軍人の天下は遠く去り、本当の意味での万民の平等が実現されるであろう」

貴之は口を閉じたが、孝史はぽかんとし、ぽかんとしていることを悟られないように目を見張って貴之を見つめながら、必死で考えていた。今の文章のどこがまずいんだ？　何が蒲生大将の弱味になるんだ？

「よりによって、父もとんでもないことを書いたものだ」と、貴之が言った。「下手をすれば、美濃部博士の二の舞だ」

美濃部博士？　聞いたことがあるような名前だけど……誰に聞いたんだっけ。葛城先生だったかな。確か、貴族院で演説とか……天皇機関説問題とか言ってたような——

それで、はっと気がついた。「陛下も現人神の座を降り」だ。そこがまずいのだ。

思わず声を大きくして、孝史は言った。

「不敬罪ですね？」

貴之はゆっくりとうなずくと、手のひらで窓を拭った。ガラスがそこだけ透明になった。そこから外をのぞくようにして、目を細め、言葉を続けた。

「父は和解を願うつもりで書いた手紙だが、叔父さんは鬼の首でもとったような気分になった。確かに、退役したとはいえ皇軍の大将である父にとって、不敬罪に問われるというのは、ほとんど死刑に近い不名誉だ。叔父さんはさぞ喜んだろうよ。そして、手紙を盾に父を脅し始めた。蒲生家には――この屋敷を始め、多少の財産がある。父が築いたものというよりは、大半が母の遺したものだがね。母の実家は銀行家で、資産家だったから。叔父さんは、それを寄越せと要求したんだよ。もっとも、叔父さんとしては、実際に金をとるよりも、父を脅かし、父の愛している僕や珠子から未来の糧を取り上げるのが痛快だったんだろうがね」

孝史は、大将の死の直後、皆で居間に集まったとき、嘉隆が「兄さんの考え方はずいぶん変わっていたんだなぁ」と、妙にのんびりした口調で言っていたことを思い出した。今思えば、言わずもがなのわざとらしい台詞だ。あのとき、貴之が怒ったような目をしたのも当然のことだった。

「それで鞠恵さんを送りこんだんですか」

「そうさ。父と叔父の不仲は有名だ。生前にしろ死後にしろ、父が叔父に何かを贈ったり残したりしたら、妙だと思う人たちがたくさんいる。しかし、父が愛妾に金を残すならば、誰も文句の言いようがないだろう？　そういう意味で、鞠恵さんはただの操り人形さ」

「鞠恵さんは、嘉隆さんが何を盾に大将を脅しているのか、詳しいことを知ってたんでしょうか」

貴之は首を振った。「脅しの事実は知っていても、手紙の内容までは知らなかったろう。不敬罪に関わることだと知ったら、あの女は案外気の小さいところがあるからね、逃げ出してしまったかもしれない」

そう、気が小さかったのかもしれない。だから、珠子の態度にいちいち腹を立て、ふきやちえにもなにかというと威張ってみせないと安心できない――

「叔父さんはあの女に、すぐにも蒲生憲之の正妻にしてやる、そうなれば、しかるべき形で蒲生家の財産を得る権利が生まれるんだなんて、いい加減なことを吹き込んでいたんだ。ところがあの女は頭が足りないから――」貴之はくつくつと笑い出した。「表向き僕たちが頭を下げて見せて、父があの女を追い出さないということがわかると、それだけでもう正妻になったと思いこんでしまった。法律のことも何も知らないからね。叔父さんの言うことを頭から信じ込んで、正妻になった以上、つまり財産に対する権利を確保した以上、こんな退屈な屋敷にはいたくない、早く出ていきたいと言い出して、叔父さんを手こずらせ始めた。ところが叔父さんとしては、あの女には、少なくとも父が生きている間は、この屋敷にいてもらわないとまずい。病後のあんな状態の父が料亭に出かけるわけがないのだから、あの女が父の愛妾であったと言い張るためには、父のそばにいてもらわない限りどうしようもない。かと言って、今さら正直に、実はおまえは俺の道具だから屋敷に居てくれないと困るんだと打ち明けるわけにもいかない。あの手この手でなだめていたよ」

「駆け落ちも、鞠恵さんが言い出して――」

「そうだ。言っておくが、あの女の言う駆け落ちは、この家からの駆け落ちじゃないんだよ。叔父さんにだって妻子がある。そちらからの駆け落ちなんだ。叔父さんも往生したことだろう。言いくるめるのが大変だったんじゃないか」

そこまで言うと、貴之は笑いを引っ込めた。

「だが、今度は本当に駆け落ちしたってわけさ」

孝史は顔を起こした。緊張が戻ってきた。

「昨日の夕方の話し合いは、その手紙をめぐってのものだったんだ」と、貴之は続けた。「以前から、僕は叔父さんに、手紙の現物を見せてくれと言った。一度も見せてもらっていないからね。父と、父から嘉隆に脅されていると打ち明けられて以降は、叔父さんから話を聞かされていただけだ。何としても実物を見せてくれないことには、脅しに屈するわけにはいかない、目の前に持ってきてくれと要求した」

しかし、嘉隆は嫌がったという。あのとき彼は、手紙を持ってこなかったのだった。

「屋敷のどこに拳銃があるかどうか判らないような状況で、危なくて持ってこられるかと、こうだよ。手紙は安全な場所に隠してあると言っていた」

孝史は声を張り上げた。反動で頭がずきんと痛んだが、そんなことにかまっていられなかった。「それじゃ、あのふたりがいなくなったって、状況は大して変わってないわけじゃないですか」

企ては失敗に終わったのだ。嘉隆と鞠恵と問題の手紙をひとまとめにして黒井に連れ去ってもらう。そして世間には、ふたりは駆け落ちして姿を消したと説明する。大将の遺言で、鞠恵にはかなりの資産が残された、それを得たふたりは、手に手をとって、ほかのしがらみから逃げ出したのだ、鞠恵は以前から、蒲生嘉隆に家族を捨てて自分と逃げてくれるように強要していた——と。

たったそれだけのことだったのに、上手く運ばなかったのだ。嘉隆と鞠恵は消えたけれど、問題の元凶である手紙はこの時代に残っている。どこかに、密かに。

貴之は、遠くからのぞきこむようにして孝史の目を見つめた。そして、ゆっくりと言った。「あのふたりがいなくなった——おまえ、今そう言ったな?」

孝史はどきりとした。「そうでしょう? 駆け落ちしたんでしょう? あなたがそう教えてくれたんですよ」

空とぼけようとする顔と、探ろうとする顔が、室内の冷えた空気のなかに、風船のように白く浮かんでいる。そんな光景を、高いところから傍観するかのように、孝史は漠然と心に思い描いた。貴之の目はまっすぐに孝史を見ていたが、孝史を通り越して、この屋敷の壁の奥の、もっと深くて暗いところをのぞいているようにも見えた。

ぽつりと、彼は呟いた。「おまえ、書斎で何を見た?」

医師から死病に冒されていることを告知される者が、医師が口を開くその前からすべてを悟っているように、悟っていながらも質問を口に出さずにはいられないように、貴之はその問いを、自分に投げかけているようだった。彼の問いかけは、実は、こいつがすべてを見たと答えたとき、自分はそれに対処できるだろうかという自問なのだった。

それを感じて、孝史には答えることができなかった。

「何を見たんだろう」呟きを繰り返し、貴之は窓の方へ顔を向けた。ガラス越しに曇天の空をうかがって、まぶしくもないのに目を細くした。

本当のことを打ち明けるべきなのだろうか。それとも、気を失っていて何も見ませんでしたと突っ張るべきなのか。とぼけた顔をつくるべきなのか。相反する考えが頭のなかを乱舞して、内側から孝史をゆさぶり、頭の傷の痛みが急に強く意識されるようになってきた。

そのとき、再び孝史に視線を戻して、貴之が訊いた。

「おまえ、輝樹なんだろう?」

その問いかけは、孝史の内側に乱舞していた様々な考えを、一撃で沈める力を持っていた。閉じこめられた部屋から脱出しようとして、開かない窓やドアと格闘していたら、不意に足元の床板が持ち上がり、通路が開けたかのように。

「輝樹なんだな」もう一度、貴之は繰り返した。「父が付けた名前だ。僕に弟が生まれたらその名前にしようと、昔から考えていた名前だったと言っていた」

かすかに、彼は微笑した。

「おまえがここへ転がり込んできたときから、何か妙なものを感じていたんだ。だからすぐに思い当たった。こいつはきっと輝樹だとね。父は心配していたんだよ。おまえは父を恨んでいるだろうから、いつかきっと会いに来る――それも、意外な形で、あまり嬉しくない形で。すぐには素性を名乗らないかもしれない。そのことは覚悟しておいてくれと」

肩をすくめると、貴之は孝史の方に身を乗り出した。

「もう隠さずに、正直に言ってくれ。おまえは輝樹だな?」

口をつぐんだまま、孝史は考えていた。なにかしらすっとするような気がした。

誤解されていたんだ――と思った。貴之はずっと、当初から誤解していたんだ。要所要所で彼が孝史に対してとってきた行動が、必ずしも好意的とばかりは言えないまでも、孝史にとって不利に働くものでなかったことの理由が、やっと飲み込めた。

そっと口を開いて、孝史は言った。「そのことを、葛城先生とは話しあってないんですね?」

貴之はちょっと目を見張った。「先生と? なぜ先生と話し合わなきゃならないんだ?」

「同じことを、先生からも尋ねられたからです。昨日、電話をかけに街へ出たときに」

「先生が――」

「ええ。僕に尋ねました。君は輝樹さんじゃないのか、と」

「そうなのだろう?」貴之は口元を引き締めた。

葛城医師からこの問いを投げかけられたときとまったく同じように、孝史は、もうここで嘘をつくことはできないと思った。この問いかけには、真実を以て応じるしか道がない。いや、あったとしても、孝史はもう嫌だ。嘘やごまかしはしたくない――

平田の顔が、頭の奥をよぎった。ずきずきする傷の痛みよりも強く、平田の存在が、頭のなかいっぱいに広がって実感されるようだった。

あの男は孝史の命の恩人だ。ほとんど忘れかけているけれど、事実はそうなのだ。その平田は――本当はどういう名前なのか、それさえ孝史は知らないのだけれど――何らかの目的を持ってこの時代の蒲生邸に「飛んで」きた。その目的を、孝史はまだ聞かされていない。きっと話すと約束してはもらったけれど、その約束はまだ果たされていない。

　平田の目的も知らないままに、彼の正体を暴くようなことを貴之に告げていいものだろうか。それは不公平ではないのか。平田はきっと、黒井の――彼の叔母のしたことや、彼女の死に様と係わりのある事柄のために、この時代を訪れているのだ。そこに偶然はあり得ない。それなのに、ひょっとしたら平田とは敵対するかもしれない側の貴之に、何もかも打ち明けていいのだろうか。平田に対して、それではあまりに恩知らずなことにならないか――

「輝樹じゃないのか？」重ねて、貴之が問うた。「そうじゃないのか？」

　その口調の底には、「頼むから輝樹だと答えてくれ」という願望が流れていた。孝史はそれを感じ取った。全身で感じることができた。貴之の内心の苦悩や脅えが、手で物の形をなぞるように、感触として伝わってきた。

　それが、心を決めさせた。

「僕が輝樹さんじゃなかったら、あなたはどうなさるんですか」

　貴之は何も言わず、つと目を伏せた。

「僕をどうしますか。どうにかして口をふさがなくちゃならないでしょう？」

「おまえ――」

「昨日、書斎で、僕は信じられないようなものを見ました」

　できるだけきっぱりとした口調を保って、孝史は言った。もう後戻りはできなかった。

「黒井という女の人が書斎に現れて、嘉隆さんと鞠恵さんを連れてどこかへ消えたんです。行き先はわからない。一瞬のうちに現れて、また一瞬のうちに消えました。まるで幽霊みたいに」

　貴之の手が、ゆっくりと拳を握ってゆく。そこにつかまるものがあり、そこにしがみついているかのように。

「黒井さんは珠子さんに、あなたに伝えてくれと言い残していきました。黒井は約束通りやってきた、すべては片がついた、と。珠子さんから聞いているでしょう？　僕はその現場を見て、聞いていました」

　かぶりを振って、孝史は言った。「僕は輝樹さんじゃない。あなたの腹違いの弟じゃない。違うんです」

「輝樹じゃない……」

「ええ、違います。だけど、昨日書斎で起こった出来事を見ていました。こういう僕を、あなたはどうしますか？　このとおり、僕は怪我人で無力で、あなたに抵抗する力さえない。なんとでも好きなように、あなたはすることができる。どうしますか？」

孝史は貴之の拳を見ていた。見つめながら、途中でひるんでしまわないように、ひと息で言った。

「あなたには、僕を殺すことだってできるんだ。書斎で見たことを外でしゃべったりしないようにね。もちろん、しゃべったって誰も信じやしないでしょう。あまりに現実離れしたことだから。だけど、嘉隆さんと鞠恵さんの行方について、ふたりは本当に駆け落ちしたのかと、疑問を抱く人たちが出てくるかもしれない。それは、あなたにとっては歓迎したくないことだ。もっとも避けたいことだ。特に、手紙を取り返すことができなかった今の状況では。どうします？　僕は危険な存在ですよ」

貴之は固まったように動かない。孝史も彼を見据えて動かなかった。どのくらいのあいだそうしていたのか判らない。一分なのか五分なのか、それとも三十分なのか。確かなのは、この間に流れた時間の重さが、孝史と貴之の体重をあわせたよりも、遥かに重いということだけだった。

やがて、貴之の拳がふっとほどけた。

彼の肩から力が抜けた。罰を解かれて、もう家に帰ってもいいと言い渡された子供のように、彼の顔がゆるみ、弱々しくなった。

「おまえを殺せるくらいなら」

半分泣いたような声で、それなのに顔は笑いながら、貴之は言った。

「人殺しをする、そんな勇気が僕にあったなら、最初からこんな羽目にはならなかった」

孝史は、身体の強ばりが解けるのを感じた。孝史もまた、自分が弱く、小さく、だけれども解き放たれた存在になったように感じた。

「僕は輝樹さんじゃない」

繰り返し、はっきりと、きっぱりとそう言った。

「僕は、この時代の人間でもない。あなたたちの未来から来たんです」

そして打ち明け始めた。すべての事情を。孝史が見聞きし、考えてきたことのすべてを。

2

孝史が話し終えるまで、貴之は言葉をはさまなかった。彼の顔には様々な表情が浮かんだけれど、ただひとつ、「信じられない」という表情だけは、その端正な顔の上を横切りさえしなかった。孝史はふと、彼が父親から時間旅行について初めて打ち明けられたときどんな顔をしたのか、見てみたかったなと思った。

貴之は感嘆したような、呆れているような、笑いをこらえているような、妙におどけた顔をして、ボソッボソッとこうつぶやいた。

「あの平田という男は、黒井の甥だったのか……。考えてもみなかったよ」

「昨日、書斎の出来事を目の当たりにして、謎のように思えていた事の大部分は解決がつきました」と、孝史は言った。「今の僕に判らないことは、もう本当にひとつだけしか残っていませんよ。平田さんがどうしてここへ、この時代の蒲生邸にやってきたのかということです。きっと説明してくれると言っていた。たぶんそうしてくれるでしょう。でも、あなたにこうしてぶちまけてしまったことで、ひょっとしたら、僕は平田さんを裏切ったのかもしれない」

貴之はしばらくのあいだ、目を閉じて考え込んでいた。聞かされた話が心のなかで落ち着き場所を見つけるのを待っているかのように。

やがて顔をあげると、少し首をかしげた。

「僕には、黒井が父を恨んで死んだようには思えない」

口振りは慎重だったが、彼には確信があるようだった。

「最後まで父のために尽くしてくれた。あれの忠誠に嘘はなかったと思う。だから、平田が亡くなる前の黒井と話をしたことがあって、事情を聞いていたならば、父を黒井の仇のように思うはずはないと思う」

ふっと笑って、

「まあ、それはこちらの勝手な思いこみかもしれないが」

書斎に現れた黒井の伝言から推しても、彼女は最後まで、蒲生大将とふたりの子供たちの味方だったのだろう。それは間違いないと、孝史も思う。

しかし、だからこそ、なおさら平田の目的が判らなくなるのだ。彼は何をしにきたのだろう。

「あなたは、僕の話を信じるんですね？」

なんだか心許ないような気がして、孝史はそう尋ねずにいられなくなった。すると貴之は吹き出した。

「ひとりの時間旅行者を信じたんだ。ふたり目を信じない理由はないだろう？」

孝史もちょっと笑った。

「黒井は最初、病室の父を、過去の母の姿を見せに連れていってくれたのだそうだ」と、貴之は言った。遠くを見るような表情を浮かべていた。「父は厳格な人だったし、ずいぶんと身勝手な振る舞いもした。病気で身体も心も弱ったときにだけ、母のことを思い出して懐かしんだり、してやれなかったことやしてしまった仕打ちを悔やむなんて、それも勝手といえば勝手だよ」

しかし、付添婦の黒井は、蒲生大将のその様子に心を動かされたのだった。だから、それほどに思い詰めて悲しんでおられるのなら、生前の奥様に会わせてさしあげることができますよ——と、切り出した。

「遠くから見るだけだったそうだ。黒井は、若いころの母に話しかけたり身体に手を触れたりすることは許してくれなかったそうでね。べつに危険というわけじゃないが、混乱させるからといって」

「時間旅行は、身体に負担をかけるんです」

「うむ。そうらしいね」

「病室でそんなことをして、蒲生大将は大丈夫だったんでしょうか」

「病院では、たった一度試みただけだったそうだよ。母の姿を見にね。実際に体験するまで、父も黒井の話を世迷いごとだと思っていたらしい」

しかし、体験したことで、世界が変わった。

「退院するとき、父は黒井を説きつけて一緒に連れてきた。なんとかして、数回の時間旅行に耐えられるくらいにまで健康を取り戻すから、ぜひとも未来の皇国を見せてくれ、この国の将来を見せてくれと頼んだのだ。行きがかり上、黒井も断りきれなかったんだろう」

「何回ぐらい、大将は時間旅行を経験されたんです？」

「僕が聞いた限りでは、三回だ」

それが平河町一番ホテルに出現した蒲生大将の幽霊だったのだ。

「三回では、父の必要とする回数には足りなかった。でも、父の健康状態からすると、それでも多すぎるくらいだと黒井は言っていたね。あとは、父に要求されると、黒井がひとりで時間を超えて、必要な書籍や新聞、写真集などを持ってこちらに戻ってきていた」

他人の身の上のことながら、孝史は背中が冷たくなってきた。大将には三度のトリップしか許さないかわりに、黒井自身は、ほとんど自殺行為のようなトリップを繰り返していたということになる。

「黒井はずいぶん消耗していたよ」と、貴之は呟くように言った。「さすがに心配になって、大丈夫なのかと訊いてみたことがある。すると笑って、どちらにしろもう長いことはないから、これが最後のひと働きだと言っていた」

——せっかくこんな珍しい力を持って生まれてきたんですから、この人と見込んだ方のためには、うんとお役に立ちたいんですよ。

「昨日、君が書斎で会った黒井は、うちから姿を消した日の黒井だろうな。一年ほど前の黒井だ」

——こんな大仕事は、初めてでございます。

ぼろぼろになった身体で、ふたりを連れてのタイムトリップだ。黒井も無事であったはずはない。嘉隆と鞠恵を連れていった場所で、一緒に命を落としたことだろう。

「どこに行ったんでしょう。何か聞いていましたか」

「いや」貴之は首を振った。「はっきりとは教えてもらっていない。殺すわけじゃございません、運がよければふたりとも助かるでしょう、でも、助かったとしても、もうあの手紙を元にして旦那さまを脅すようなことはできない場所に連れていきますから、と言っていただけだ」

「黒井さんは、平田さんみたいに、倒れたり鼻血を出したりするようなことはなかったんですか」

「なかったようだな。それより、黒井は心臓の方をやられていたようだ。ときどき、端で見ていて恐ろしくなるほど苦しんで、床を叩いたり畳をかきむしったりし始めることがあって——」

それでも、絶対に医者を呼ばせなかったという。

——お医者にかかれば治療が必要だと言われて、悪くすればこのお屋敷からも引き離されてしまうでしょう、でも、そんな時間の余裕はもうこの黒井にはございません。一日でも長く、一時間でも余分に閣下のおそばにいて、お役に立ちたいんでございます。

「でも、黒井がそうやって発作を起こすたびに、ふきが気味悪がってね。世話を焼くのはふきの仕事だったから」

「ああ、それで……」

黒井の名前が出ると、ふきが複雑な表情を浮かべる理由が、やっとわかった。

「なぜお医者さまに診せないんですか、あの人はいったいどこの誰なんですかと、ずいぶん尋ねられた。本当のことを言うわけにはいかないし、困ったよ」

「あなたは、いつごろ事情を知ったんですか？　大将から打ち明けられたんでしょう？」

貴之はうなずいた。「父が退院してきて、三カ月ほど経ったころだったと思う。書斎に呼ばれてね。そのころはまだ、父はやっと歩けるようになったばかりだった。黒井がそばにいた。そして父が僕に、未来を見に行ってきた、と言ったんだ」

声が、わずかにうわずった。

「皇国は滅びる。そう言った。それを止めるためにしなくてはならないことがある。だから、おまえに手伝ってもらいたいと。手紙や論文を書いたり、それを人に渡したり、人と会って意見を述べたり――そういうすべてのことを、一緒にやって欲しいというんだ」

「すぐに信じられましたか？」

貴之は笑った。「いや、信じられるわけがない。体験してみるまでは信じていなかった」

孝史は目を見張った。「じゃ、あなたも時間旅行を？」

「一度だけだ」貴之は言った。「母に会いに行った。母を見に。臨終の日の母に。すべてのことを、僕がいちばんよく記憶している日だ」

その日のことは、貴之の脳裏にではなく、彼の目の裏に直接焼きついているようだった。いつでも望むときに、まぶたの裏をのぞきこみさえすれば、彼はその日の光景を目にすることができるかのようであり、今も、孝史と向き合いながら、彼の目は過去を見ていた。

そして呟いた。

「ありのままの僕を受け入れて愛してくれた、たったひとりの母が亡くなった日だ」

「貴之さん――」と、孝史は呼びかけた。

「うん？」

「今は珠子さんも、大将と時間旅行のことを知ってるんですよね？」

貴之はうなずいた。「ああ、僕が話した。あれは現場を見てしまったから」

苦笑というより、自分をあざ笑うように、ちょっと口の端をつり上げて笑った。

「珠子があれほど行動力があって意志の固いしっかり者だと判っていたなら、最初から全部打ち明けていたんだがな。父の時間旅行のことも、黒井の正体も、手紙が原因で脅されていたことも、父が自決した後、叔父さんと鞠恵さんを黒井が連れ去るという計画についても。そうすれば、こんな手違いは起こらなかった」

「それはそうだけど……」

「黒井が叔父さんたちを連れ去るのは、どうしても昨日、二十七日のうちでなくてはならなかったんだ」

なぜかと問いかける前に、孝史にもその理由がわかった。

「そうか、昨日一日は一般の交通が自由だったからですね。今日はまた封鎖がされているけど」

「ああ。明日の午後までは同じ状態だろう。だから、ふたりを連れ去るには昨日が最適だったんだ。二十七日に姿を消して、二十八、二十九日と帝都が騒乱状態にあれば、叔父の家族や会社の人間たちが、ふたりの消息をつかもうとしたり、行方を追いかけたりすることを遅らせることができるだろう？　その結果、駆け落ちということでうやむやになる」

「この計画は、誰が立てたんです？」

なめらかだった貴之の口調が、ここで淀んだ。「誰ということは──」

「蒲生大将ですか。黒井さんですか」

「僕も含めて三人だ。そう言った方が適切だと思う」

「それなのにあなたは、黒井さんがふたりをどこに連れていったのかという大事なことを知らないんですか？　言ってみりゃ共犯者なのに」

貴之は口を結んだ。

「黒井さんが計画を立てたんですね」と、孝史は言った。「大将と相談してね。あなたは、決定したことの筋書きを教えられて、役割を振られただけだ。そうじゃないんですか」

黙って孝史を見つめてから、貴之はため息を吐いた。

「そんなことを僕に認めさせて、なにが嬉しい？」

「嬉しがってるわけじゃないです。ただ確認したかっただけだ。あなたは、大将が二十六日に自決することさえ知らされてなかったんじゃないですか？」

降参したように、貴之はうなずいた。「近いうちに行動を起こす──ということだけは聞かされていた。もう現実に望みがなくなったから、とね。ただ、いつ実行するか具体的なことは教えてくれなかった。教えれば、僕が止めると思ったんじゃないか？　二十七日の計画について話してくれたときも、父の自決についてはおくびにも出さなかった。父と黒井のあいだでは、話がまとまっていたんだろうに。よほど、僕の臆病癖を警戒していたんだな」

そうして、ぽつりと付け加えた。「実際、珠子の方が、僕よりよっぽど勇敢だったんだ。それに頭もよかった。父が脅されていることを、珠子には知られないように気をつけてきたつもりだったが、あれはあれなりに考えて、父と鞠恵さんと叔父さんのおかしな関係には何か裏があると、諸悪の根源は叔父さんだと、ちゃんと察していたんだよ。だから殺そうとしたんだ」

「そう、珠子さんです」と、孝史は言った。「僕のことを話して、説明してあげてください。あの人は、僕が現場にいたことを知っている。きっと、僕が何を見たか気にしているでしょう」

「ああ、話そう。君さえいいのなら」

「ふきさんにも、話してくれませんか」

「ふきに？」貴之は驚いたようだった。「そんな必要はないと思うが」

「ふきさんには、あくまでも嘉隆さんと鞠恵さんは駆け落ちしたと嘘をつくんですか」

「その方がいいと思う。ふきは疑問を抱きはしないだろうし、何か疑ったとしても、心の底に押し込めてくれるだろう」

あなたに好意を持ってるから？ 女中の立場をわきまえているから？ 孝史は心のなかで問いかけた。あなたはふきを思うとおりにすることができるから？

「だけど、これから先、どんなことが起こるかわからないですよ」気持ちを抑えて、孝史はそう言った。

「大将の手紙を取り返すことはできなかった。今どこに保管されているのかも判らないんでしょう？ いつどこからひょっこり出てくるかわかったもんじゃない」

「それは……そうだが」

「ですから、嘉隆さんと鞠恵さんの駆け落ちについて口裏を合わせてもらうにしても、ふきさんにはありのままの本当のことを話しておいた方がいいと、僕は思います。彼女があなた――あなたたちに対してそれほど忠実ならば、何を聞いたって驚いたりせずに信じてくれるでしょうし」

貴之は不安そうだった。「君はそれでいいのか？ ふきにも正体を知られることになるわけだぞ」

「ひとりに打ち明けてしまった以上、二人目三人目は困るという理由もないでしょう」

孝史が切り返すと、「そうだな」と、貴之は苦笑した。

「いっそのこと街に出ていって、青年将校たちの演説を聞きに集まっている連中に向かってしゃべってやったらどうだ。このクーデターは、どっちに転んだって結果は同じだと」

皇国は滅びるんだ――と、小さく付け加えた。

孝史は黙って、ふきの顔を思い浮かべていた。貴之から話を聞いたなら、たぶん彼女も時間旅行の一件を信じてくれるだろう。悲しいかな、孝史がじかに打ち明ける場合よりも、ずっと深く、素直に信じてくれるだろう。

しかし、孝史の考えはその先まで進んでいた。平田に頼んで、彼が承知してくれたなら——いや、きっときっと承知してもらうのだ——ふきに、一緒に平成の世の中に行かないかと誘ってみるつもりだった。

そこなら安全だ。この先に待っているはずの飢えも戦争もない。「大将の手紙」という爆弾を抱えたままの蒲生邸に彼女を残しておきたくはないし、彼女がタイムトリップを信じて受け入れてくれるならば、なにも遠慮をする必要はなくなる。説き伏せて、きっと一緒に連れていってみせる。

「君は死人のような顔をしている」と、貴之が言った。「少し根を詰めて話し過ぎた。横になるといい」

「いえ、大丈夫です」

大きな暴露のあと、眠ってしまうのは不安だった。目を閉じているあいだに、何か事態が動いてしまうのではないか。貴之の指摘どおり、疲労でふらふらしたけれど、現実との接点を切るのが怖かった。

孝史の心の動きを見透かしたように、立ち上がりながら貴之は言った。「今日はもう何も起こらないよ。屋敷のなかでも、外でもな。あのクーデター——後世では二・二六事件と呼ぶことになるそうだけど——あれが収拾に向かうのは、今日の深夜から明日の午前中にかけてのことだ。君が心配しなくちゃならないことは、もう何もなくなった」

「貴之さん」

「なんだ」

「急に僕のことを、『君』と呼ぶようになりましたね。ずっと『おまえ』呼ばわりだったのに」

貴之はちょっと笑った。「そうかな」

「そうですよ。僕は未来人だから、『おまえ』と呼びつけられるたびにカチンときていた」

「そのことなら、気づいていた」と、貴之は言った。「まさにそれがきっかけになって、僕はおまえが輝樹なんじゃないかと考え始めたんだから」

いや「おまえ」じゃなくて「君」だな——そう言い直しながら部屋を横切り、ドアのノブに手をかけて、肩越しに振り返り、言った。「君のいる時代には、徴兵制はないんだよな?」

「は?」

「いや、いいんだ。休んでくれ」

ドアは閉まった。孝史はまた独りになった。

横になって身体を休めていると、そのうちまた眠ってしまった。今度は夢を見なかった。この屋敷にやってきて初めて、本当に深い休息をとったのだ。

再び目を覚ましたときには、もう室内は暗くなっていた。どこかに電灯のスイッチがあるはずなのだが、孝史には場所が判らない。暗闇への不安さよりも、それの与えてくれる隠れ家のような心地よさが勝ち、孝史は横たわったまま暗い窓を見あげていた。

ドアが開いたことにも、だからすぐには気づかなかった。足音が近づいてきて、初めて誰か来たと判った。まばたきしながら頭を動かすと、寝台のすぐ脇に珠子が立っていた。「起きているのね」と、小さく呼びかけてきた。枕元の机に歩み寄り、明かりを点けた。大きな傘のついた、台座が玉でできたスタンドだった。室内の面積の半分くらいが黄色くぼうと明るくなり、珠子の顔を照らし出した。

彼女は灰色の毛糸のスーツに着替えていた。ほっそりとした身体の線が、明かりのなかに浮き上がって見えた。

珠子は寝台の孝史の足元に腰をおろした。彼女が座った部分がぐいとへこんで、寝台がわずかにきしんだ。

「ごめんなさいね」と、珠子は言った。俯いて、床を見ていた。「殴ったりして……。痛かったでしょう」

貴之は、「珠子は落ち着いている」と言っていたけれど、孝史はやっぱり緊張した。一度でも火かき棒で殴られてみれば、誰でもそうなるだろう。

「お兄さまとふきがあなたの傷を調べて、かすった程度だから、それほどひどい怪我はさせていないと言ったわ」

頭痛はまだ続いており、孝史としては素直に「ええそうですよ」とは言い難い気持ちだった。事実、殴り倒されて気絶したのだ。しかし、冷静に考えるならば、火かき棒がまともに頭を直撃していたら、まず間違いなくあの世行きだったわけで、珠子の言っていることも、はずれてはいないのだ。

「大丈夫ですよ、僕は生きてます」

「そうみたいね」

他人事のような口振りで、それで良かったと思っているのか、し損じて残念だと思っているのか、どうも判別がつかなかった。

「珠子さん」

「なあに」

「お兄さんから話を聞きましたか」

少しのあいだ黙ってスカートの編み目を撫でてから、珠子は顔をあげて孝史を見た。

「あなた、未来から来たんですってね」

「そうです。僕と平田さん——黒井さんのことも聞きましたね？」

「聞いたわ」珠子は呟き、それが何かの呪文であるかのように繰り返した。「ええ、聞いたわ、聞きました」

「嘉隆さんと鞠恵さんは消えて、もう戻っては来ませんよ。あなたは人殺しをしなくてよかった。あなたが手を汚したりしたら、黒井さんはきっと悲しんだでしょう」

あのときも、書斎の光景を目にした黒井は、驚いて取り乱しそうになっていた。なぜこんな手違いが起こったんでございますか？　叫ぶようなその言葉が、孝史の耳の底にまだ残っている。

「黒井が来る前に、あたくしがあのふたりを撃ち殺していたら、黒井はどうしたかしら」

「そんなこと、考えるもんじゃないですよ」

部屋の隅の暗がりに目をやり、独り言のように、珠子は呟いた。「ふたりの血だらけの死体を、どこかへ持って消えてくれたのじゃないかしら。そうさせてもらえばよかった。あたくし、あのふたりを懲らしめてやりたかったんだもの。本当にそうしたかったんだもの」

珠子の目が光ったようだった。

「撃ってやりたかった。撃ちたかったわ」

まだ身動きのままならない孝史は、珠子の歪んでしまった心情への同情よりも、恐怖感の方に圧倒されてしまって、何も言うことができなかった。

つと孝史に目を向けて、珠子は訊いた。

「お兄さまは、葛城先生にはどう言い訳をなさるおつもりなのかしら。駆け落ちの話なんかじゃ、ほかの人たちは騙せても、葛城先生は騙せないかもしれないじゃないの」

それは珠子の言うとおりだった。葛城医師は、拳銃が紛失した一件も、嘉隆が蒲生家の正妻の座が云々のでまかせで鞠恵を操っていたことも、すべて知っているのだから。

「僕もそれが心配です。貴之さんはなんて言ってますか」

「自分に任せておけば大丈夫だからって、それだけよ」

珠子は自分の膝の上に両肘をのせ、子供のように頬杖をついた。

「あたくし、拳銃を盗んでおいて、ふたりを撃ってやろうとしたってこと、葛城先生にお話するって言ったの。そしたらお兄さま、それは話してもいいって。あのふたりがあたくしに脅かされて、怖くなって、だから急いで逃げ出したんだってことにつながるから。そして、あとは何を訊かれても、ふたりは駆け落ちして逃げました、どこへ行ったか存じませんと、それで通せって」

結局、それしか手がないのかなと、孝史も思う。葛城医師は容易には信じないだろうし、疑いを持つことだろう。しかし、どこを探したって――少なくともこの時代の日本には――蒲生嘉隆と鞠恵の死体は転がっても隠されても放置されてもいないのだから、葛城医師としてもどうしようもないだろう。

「お兄さんの言うとおりになさってください」と、孝史は言った。「それがいちばんです」

珠子は首を下げて、再びスカートの編み目を撫で始めた。気詰まりな沈黙が流れた。

また、ぽつりと珠子が言った。「これ、あたくしが編んだの」

「え？　ああ、スーツですか。へえ、上手なんですね」

「あなた編み物をする人を知っていて」

「ええ。うちの妹なんか、ときどきやってるな」

珠子は急に勢いづいて、孝史を振り向いた。

「あらあなた、妹さんがいるの？」

「ええ、います」

「いくつ？」

「今、十六歳です」

「十六歳……可愛い？」

「珠子さんほど美人じゃありません」

珠子は笑った。久しぶりの笑顔だった。

「そうじゃないのよ、あなた、妹さんを可愛がっていて？」

ちょっと面食らった。どうなのだろう。オレ、妹を可愛がってるのかな？

「判らないな……喧嘩ばっかりしてるから」

「喧嘩ができるなら、可愛がっているのね」

「そんなことありませんよ。だいたいうちの妹は乱暴で、怒ると僕に向かって物を投げつけたりするんですから」

「まあ、楽しそうね」珠子は口元に手をあて、ころころと笑い転げた。

「楽しくなんかないですよ。貴之さんと珠子さんの方が、ずっと仲がいいじゃないですか」

　珠子の笑いが、すっと消えた。

「仲良くないわ」

「貴之さんは珠子さんを大事にしてますよ」

「あたくしのことを大事にしてくださったのは、お父さまだけよ」

　黄色い明かりのなかに浮かび上がる珠子の思い詰めたような横顔には、一種人間離れした美しさがあった。

「本当に、お父さまだけだったわ。お母さまはあたくしが小さい時に亡くなってしまったし、お父さまひとりだけが、あたくしのすべてだったの」

「だから、お父さんを苦しめたあのふたりを殺してやりたかったんですか」

　少女のように、珠子はこっくりとうなずいた。妙に可憐で、弱々しく見えた。

「お父さまが生きているあいだは、心配をかけるようなことはできなくて……。あたくしが警官や憲兵に捕まえられるところを見たりしたら、お父さまはそれだけで苦しみのあまり死んでおしまいになったでしょうからね。でも、お父さまが自決されてしまった後は、もうそんな気遣いも要らなくなって……」

「貴之さんはどうなんですか。貴之さんだって、苦しんだり心配したりしますよ」

「お兄さまは平気よ」と、珠子はあっさりと言い捨てた。

「そんなことはない」

「あなたには判らないのよ。お兄さまは、いつだってふきやちゑの味方ばっかりなすって、あたくしには、口を開けば、おまえのように甘やかされて贅沢に育ったものはどうのこうのって、お小言ばかりだったわ」

　拗《す》ねたように、小さく言った。

「お兄さまは、ふきがお気に入りなの」

　これは孝史にとっても、聞いていて気分のいい言葉ではなかった。貴之とふきのあいだになんらかの共感が流れていることは承知していても、やはり面白くなかった。

　話をそらしたくて、孝史は訊いた。「珠子さんは、僕に何も訊かないんですね」

「何もって、何をかしら」

「未来のことです。この国の将来とか、これからどんなことが起こるのかとか」

　それにもうひとつ、大事なことがある。

「珠子さんは、未来をのぞいてみたいとは思わないんですか？」

ちょっと孝史の顔を見つめてから、珠子は平べったい声を出した。「そんなこと、どうでもいいわ。だってあたくしには、未来なんかありませんもの」

「そんな……」

「お父さまが亡くなってしまって、あたくしに何が残ってるっていうのかしら」

「だけど珠子さん……そうだ、これからお嫁に行くんでしょう？　新しい家族をつくるんですよ。今度はあなたがお母さんになる番だ」

「あたくしが？　あの人と？」珠子は笑い出した。「まあ、おかしい」

「あの人って、珠子さんの婚約者でしょ？　円タク会社の社長の息子だ。あのね、将来はきっと大きな会社になりますよ。それは僕が請け合います。自動車産業や自動車関連の産業っていうのはですね――」

両手をひらひらと振って、珠子は孝史を止めた。

「よしてちょうだい。聞いても仕方がないわ。あたくし、あの人にはたった一度、お見合いの席で会っただけですもの。お父さまがお決めになった話だから、お受けしただけよ。どんな人なのか知らないし、あたくし本当に、未来には何の興味もないのよ。未来を大切に思っていたとしたら、人殺しなんかしようと思うわけもないでしょう？」

孝史は黙った。珠子に言い負かされた感じだった。

「でも、そんなにあなたが教えたがり屋さんならば、ひとつ訊いてもいいかしら」

「何ですか」

珠子は真顔になった。彼女がもっとも美しく見える表情になった。

「これから戦争は起こるかしら？」

孝史はうなずいた。「起こります」

「大きな戦争ね？」

「ええ。国中を巻き込む大戦争ですよ」

世界を敵にまわす、望みなき泥沼の戦争だ。

「そう、判ったわ」珠子はぴょこんと寝台から飛び降りた。「それだけ聞けば充分なの。あたくしにもこれから先、まだまだ死ぬ機会があるってことですものね」

よくお休みなさいねと言い残して、珠子は部屋を出ていった。足取りは軽かった。孝史は呆然と取り残された。

去年のことだったか、妹が手ひどい失恋をして、子供は子供なりに、心のどこか大切な場所が壊れてしまったらしく、泣いたり荒れたりして家族を手こずらせたことがあった。ふと、それを思い出した。あまりにいつまでもめそめそしているので、元気を出せと励ましたら、大人びた口調でこう言った。

——今までね、あたし、大地震とか日本沈没とか、すっごく怖くて怖くてしょうがなかったの。もしそんなことが起こったらどうしよう、どうしたら助かるんだろうって、考えるだけで涙が出てくるくらいだった。だけど今は、明日世界が滅びますって言われても、あそうなの、良かったわって感じなの。ちっとも怖くない。

——生きるのぞみがなくなるって、こういうことなのね。

あのときは、妹のその言いぐさを、笑い飛ばした孝史だった。しかし今は、珠子を笑う気分にはなれなかった。


その晩、ふきが夕食を運んできてくれたときが、いちばん怖かった。生まれてこの方、これほど怖い思いをしたことはなかった。

ふきは貴之から話を聞いたに違いない。どんなふうに思っているだろう？　未来から来た孝史を、彼女はどんな目で見つめるだろう？


ふきは孝史を見なかった。てきぱきと働き、具合はどうですかと声をかけ、湯たんぽをとりかえ、布団の具合を直し、しかしそのあいだ一度も、まともに孝史の顔を見ようとしなかった。

「ふきさん」辛抱が切れて、孝史は呼びかけた。「ふきさん、僕が怖い？」

ふきはびくりと動きを止めた。孝史のために、小さな鍋から何か汁物をよそってくれているところだったのだが、その手から杓子が落ちた。

「僕が未来から来たってことは、貴之さんに聞いただろ？　怖いかい？　だからそんなふうに、目をそらしてばっかりいるの？」

寝床に手をついて、孝史は身体を起こした。ふらついて、頭が痛み、布団から抜け出すと肩や背中が寒くてしょうがなかったけれど、ふきがこちらを向いてくれるまで、けっして彼女から目をそらすまいと思った。

落ちた杓子を拾い上げると、ふきはゆっくりと孝史を振り向いた。

「ごめんなさい……」

「謝ることなんかないよ」

白い割烹着の裾のあたりを握りしめて、ふきは俯いた。

「まだ、何をどう考えていいかわからないんです。あんまり不思議なことが多すぎて」

「うん……」

「ですけど……孝史さん？」

「なんだい？」

「だから孝史さんはあたしに、日本は戦争に負けるよって、おっしゃったんですね」

そういえばそんなことがあったっけ。子供っぽい負けん気を出して、ふきにそう言ったことがあったっけ。

「戦争が起こって、そして負けるんですね」と、ふきは繰り返した。「負けてしまうんですね」

ふきが何を考えているかわからないけれど、孝史のことではなさそうだった。貴之のことか、それとも弟――そう、造船会社で働いていていて、来年は徴兵検査を受ける弟のことか。

そのあとは会話もなく、ふたりとも黙り込んだままになった。孝史自身、今日はもう誰とも話したくない気分になっていた。夜が過ぎてくれるのを待つために、眠りのなかに逃げ込んでしまうのがいちばんいいように思えた。しかし、枕に頭をつけて目を閉じると、ふきが誰かの未来について考えているあのまなざしがよみがえってきて、なかなか消えてくれなかった。

3

「起きているか？」

貴之の声に、孝史は目を開いた。半分寝ぼけ眼で起きあがる。貴之は部屋を横切り、机の上のラジオにかがみこむと、スイッチを入れた。

「今何時ですか？」

「戒厳司令部からの発表が放送されているんだ」

カーテンを開けてみたが、まだ薄暗い。夜が明けきっていないのだ。

「六時過ぎだよ」

ラジオから音声が流れ出てきた。てきぱきとした、うっかりするとぽきんと折れてしまいそうな硬質の声だった。

「――本二十九日麴町区南部付近において多少危険が起きるかも知れぬが、その他の地域内は危険の恐れなしと判断される。市民は戒厳令下の軍隊に信頼し、沈着冷静、よく司令の指導に服し、特に次の注意を厳守せよ」

貴之が言った。「とうとう反乱軍の武力鎮圧に取りかかったというわけだ」

孝史は耳をそばだててラジオを聴いた。外出を見合わせろとか、火の用心をしろとか、流言飛語に惑わされるなとか、内容的には孝史にもよく理解のできるものだった。

「連合艦隊はどうなったんだろう。本当に決起部隊を狙っているのかな」

孝史が呟くと、貴之がちょっと意外そうに目をしばたたかせた。

「君はこの事件の経過を知らないのか？」

ひどくばつが悪くて、決まりが悪い一瞬だった。顔が赤くなるようで、またそういう状況にむかっ腹が立つようで、孝史は貴之の顔をにらみつけた。

「あなたは知ってるんですか？」

「父について勉強をしたからね」

「じゃあ、外へ行って止めてきたらどうです？　こんなことをしても、どっちのためにも何にもならないぞってね」

貴之は、孝史の八つ当たりをまともに受け止めはしなかった。孝史を馬鹿にする様子もなかった。

「そうか、君はほとんど何も知らないんだな」

「そうですよ。悪かったですね」

「悪くはないさ。でも、君の居る時代では、君ぐらいの年代の若者は、みんな何も知らないのかな」

そうですよと答えれば、孝史ひとりが恥をかかずに済むけれど、そのかわり、孝史の住む「現代」の若者全体が大恥をかくことになるわけで、すぐにはなんとも答えかねた。

「よく知ってるヤツだっていると思いますよ。若者にだってね。歴史――特に現代史は、好きなヤツはすごく詳しい知識を持ってるけど、でもそれって一般的なことじゃないから」

「ふうん」と、貴之は子供のように素直に感心した。

「それだけ平和なのだろうね」

「僕はトイレに行ってきます」

部屋を出るために床を歩くと、昨日よりはいくぶん身体が軽くなり、頭痛もやわらいでいることが判った。後ろから追いかけてくるラジオのいかめしい声を閉め出すように、部屋のドアを背中で閉めた。

二階の手洗いに向かいながら、今の会話で味わった恥の感情からなかなか抜け出すことができないのに気づいて、自分でも驚いた。平田に「君は本当に何も知らないんだな」と呆れられたときには、それほど恥ずかしいとは思わなかったのに。

若者にも、歴史に詳しい人だっていると、貴之に言った。事実、日本史や現代史が好きで、本ばっかり読んだり、史跡ばかりを旅行して歩いている同級生がひとりいる。彼はうどん屋のひとり息子で、大学には進学せずに家業を継ぐことになった。高校が試験休みに入っている今、家で手伝いに励んでいることだろう。

そんな彼を、孝史を含めた彼の友人は、陰で密かに「歴史オタク」と呼んできた。じじくさいと嗤ってきた。あんな知識が何の役に立つもんかと、あれはうどん屋だから、受験のことなんか考えないでいいから、あんなつまんないことに夢中になっていても平気なんだ、お気楽なヤツだ——と。

それなのに貴之には、彼の顔を思い浮かべて、詳しいヤツだっていると言い返した。

オレに代わって、あいつが今ここにいたらどうだろうと考えた。貴之と話がはずむだろうか。あるいは外に飛び出して、決起軍と鎮圧軍のあいだに割り込もうとするだろうか。

用を足して部屋に戻ると、ふきが洗面器に湯を入れたものを持って来ていて、孝史がひとりで手洗いに行ったことに驚いていた。そばに貴之がいるせいか、昨日の夕方話をしたときのようには孝史の視線を避けずに、顔を洗うのを手伝ってくれた。そのあと頭の傷の様子を貴之とふたりで検分して、ひどくしみる薬をつけ、包帯を新しいのに替えてくれた。

「君はよっぽど頭が固いんだ」と、貴之が冷やかすように言った。「丈夫な頭蓋骨に感謝するといい」

そのあと、貴之とふたりで朝食を食べた。ふきが盆を運ぶのを、貴之が手伝った。ふきはしきりと恐縮していた。

食事が終わったころ、また新しいラジオ放送が始まった。

「万一流弾あるやも知れず、戦闘区域付近の市民は次の様御注意ください。

一　銃声のする方向に対して掩護物を利用し難を避ける事

二　なるべく低いところを利用する事

三　屋内では銃声のする反対側にいる事

四　立退き区域は、市電三宅坂から赤坂見附、溜池、虎ノ門、桜田門、警視庁前、三宅坂の結び線の内側は戦闘区域になるから立退きの事——」

びっくりした。「ここも立退き区域内だ」

「ビラも撒かれているよ。さっきふきがもらってきた」

「大丈夫なんですか？」

貴之は笑った。「大丈夫なんですよ、未来人さん」

孝史が気を悪くした顔を見せると、さらに楽しそうに笑い続けた。

「愉快だな、君は。そうむきになるなよ。別に馬鹿にしているわけじゃない」

「それならいいですけどね」

「弾は一発も飛んでこないよ。安心し給え」

貴之は昨日よりもずっとくつろいだ顔をして、しきりと孝史と話をしたがった。孝史の生活環境を訊き、親兄弟のことを訊き、受験のことを訊いた。孝史はラジオの音が気になってあまり集中できなかったけれど、話してゆくうちに少し面白くなってきて、寝台の頭部に背中をもたせかけ、湯たんぽのぬくもりを感じながら質問に答えた。

短期集中的に、しかもかなり分野を限定して詰め込まれた貴之の「戦後」に対する知識には、不充分な点が山ほどあり、またその不充分さのバランスがとれていない。知識に大きな抜け穴がぼこぼこあったかと思うと、異様に詳細で鋭かったりする。そのことに、話し始めるとすぐに気づいた。

「ひとつ心配なことがあるんだけど」

「何だね？」

「黒井さんが戦後から持ってきたっていう書籍とか新聞の類は、今どこにあるんですか？　処分はしたんですか？」

人目に触れてはまずいものだ。

「黒井が持って帰ったよ」と、貴之は答えた。「あれがこの屋敷を去る直前に、全部処分したから心配ないと報告に来た」

なるほど、と納得はしたが、今更のように黒井のタイムトリップの頻度の過激さが想像されて、孝史は頭が痛くなってきた。疲労しきった彼女の心臓が、どきんどきんと鼓動を打つ度に、あの大柄な身体の奥で生々しい血を流しながら、少しずつ、少しずつ、今日はあの毛細血管が、今日はこの弁の細胞の一部が壊死してゆく——その様子が目に見えるような気がした。

黒井はなぜ、そこまで身を削って、蒲生大将の希望をかなえてやろうとしたのだろうか。

——こんな珍しい力を持って生まれたんだから、とことん役に立てたい。

そう言っていたという。その気持ちだけで、果たして頑張りきれるものだろうか。亡き夫人を想う傷心の大将の様子に心を打たれたというだけで？

黒井を駆り立てた情熱は何だろう。同じ時間旅行の能力を持っていながら、しかも叔母と甥の間柄でありながら、平田とは一八〇度違う生き方を、彼女は選んだようだ。時間軸を自由に離れたり戻ったりすることのできる能力を、最大限に発揮して。

しかし、彼女のやったことは、あくまでも細部の修正だけ——たったひとりかふたりの人間に歴史の未来をのぞかせ、警告を発せさせたということだけだ。蒲生大将が未来を知り、持論を変え、陸軍内に別の方針を持たせようと努力を重ねても、二・二六事件は起こった。大将はそれに絶望して自決した。重臣たちは殺された。今日のうちには決起部隊は反乱軍として鎮圧され、やがて近いうちに青年将校たちは殺される。

そして、行く手には太平洋戦争が待っている。何も変わりはしなかった。

黒井のやったことは、結局何も生み出さなかった。そうじゃないか？　これこそ、平田の言っていた「まがい物の神」だ。

だがそれでも、平田と黒井のあいだには、たったひとつだが決定的に違っているところがある。孝史にさえも見える相違点がある。

黒井は満足していたということだ。自分の能力と、それを活かして蒲生大将のために働いたという事に。

きっとそうだ。そうでなければ、今にも止まりそうな心臓をさらに酷使して、嘉隆と鞠恵を連れ去るという約束を果たしはしないだろう。

書斎で珠子に語りかけたときの黒井の顔。

——きっとお伝えくださいましよ。黒井は約束どおりやって参りましたと。

そうなのだと、孝史は気づいた。あの時の黒井の顔を輝かせていたもの、そして黒井にはあって平田には無いもの——それは、時間旅行の能力を持っているということに対する、限りない「誇り」だ。

朝食が終わって一時間ほどすると、珠子が部屋にやってきて、窓からアドバルーンが見えると言った。

「垂れ幕が下がっているの」

のぞいてみると、ちょうど赤坂見附の方向に、アドバルーンがふたつあがっていた。ひとつは遠くて垂れ幕の文章が読めないが、ひとつは途中まで読むことができた。

「勅命下ル軍旗ニ」と、声を出して読んでみた。「下は何て書いてあるのかな？」

「軍旗に手向かいをするなというようなことが書かれているんだろう」と、貴之が言った。「天皇陛下は、最初から最後まで青年将校たちを断固鎮圧すべしとおっしゃっていたそうだね」

このころから、しきりと頭上を飛行機の爆音が行き交うようになった。貴之ほど落ち着き払っていることができずに、孝史は何度か窓際に寄って外を眺めた。さっきまではビラを撒いていたというけれど、今は人っこ一人いない白い道ばかりが延びている。

そのうちに、またラジオ放送が始まった。今度はひどく熱のこもった男のアナウンサーの声が流れてきた。

「兵に告ぐ。

勅命が発せられたのである。既に天皇陛下の御命令が発せられたのである」

貴之が感嘆したような声をあげた。「ああ、これか」

「これが何ですか」

「よく聴いておくといい。後世まで伝えられる放送だから。『兵に告ぐ』だよ」

それからわずかに顔を歪めて、小さく付け加えた。

「下士官や兵士と将校を引き離すための放送さ」

ラジオの声は涙声に近い。振り絞るようにして、今からでも遅くないから武器を捨てて原隊へ戻ってこい、戻れば罪には問われないと説いている。

放送が終わると、またひとしきり飛行機の爆音が舞った。ちょっと道へ出てみようと言って、貴之が階下へ降りて行った。孝史はついて行こうとして、玄関ホールのところでふきに叱られた。彼女は緊張していた。孝史が彼女の手を握ると、その手はとても冷たかった。

戻ってきた貴之は、手に数枚のビラを持っていた。反乱軍の兵士たちに向けて飛行機が撒いていったものが、この辺にも落ちているのだ。

下士官兵ニ告グ
一、今カラデモ遅クナイカラ原隊へ帰レ
二、抵抗スル者ハ全部逆賊デアルカラ射殺スル
三、お前達ノ父母兄弟ハ国賊トナルノデ皆泣イテオルゾ

最後の行に、「戒厳司令部」と記されている。漢字には全部ふりがながふってあり、手書きの金釘文字だった。

玄関のドアを開けると、遠くかすかに、スピーカーを通してがなっているような声が聞こえてくる。鎮圧側が反乱軍の兵士たちに呼びかけているのだと貴之が説明した。

「もう終わりだな」と、冷たい顔で言った。「午後に

なったら、市電通りまで出ていってみるか」

「そんなことをして危なくはありませんか」

ふきの問いに、貴之は微笑した。

「何も危なくはないよ」

「でも、万が一ということがございます。おやめくださいまし」

「ふきは心配性なのだな」

ふたりのやりとりを聞いているのも間抜けなので、孝史は階上にあがっていった。手すりをつかんで慎重に階段をのぼっていくうちに、ふと蒲生大将の亡骸を拝みたい気持ちになって、大将の寝室に足を向けた。

気軽にドアを開けると、そこには珠子がいた。寝台の脇に腰をおろして、手を延ばし、胸の上で組み合わされた大将の手を握っていた。頬が濡れていた。

ごめんなさいと声をかけても、珠子は孝史を振り向きもしなかった。ただ父親と手をつないで涙を流していた。孝史はそっと廊下へ出た。

4

長い午後を、孝史は貴之と話をして過ごした。ラジオから入る散発的な情報と、訪れては去る爆音と、時折窓を開けると聞こえるスピーカーの声が伴奏だった。

昼過ぎから、ラジオは兵隊たちが帰順し始めたことを報せるようになった。気のせいか、硬い口調がやわらいできたようにさえ思えた。しかし貴之は、ラジオを聴く度に、どこか見えない場所をつねられているような顔をした。

「これで終わりだな」と、何度となく呟いた。

「大将の遺書には、青年将校たちが決起しても、結果はこういう形に終わるということが書いてあるんですか？」

蒲生大将の遺書は、孝史の知っている「史実」では、発見当時は遺族の意向によって公開されなかったことになっている。しかし、本当にそうなのか。貴之はどうするつもりなのだろう。

「それに近いことは書いてあるよ。なにしろ、父は結果を知っていたのだからね。見通したのではなく、知っていたのだ」

貴之の口調が、かすかだが軽蔑するような響きを帯びたことに、孝史は気づいた。

「このクーデターのことだけじゃない。ありとあらゆることについて書いてあるよ。遺書というよりは一冊の著作になりそうなほどの量がある」

「今はあなたが持ってるんでしょ？」

どこにあるんですかと訊かないうちに、貴之は言った。「見せようか」

貴之は孝史を大将の書斎に連れていった。あの一件以来、足を踏み入れるのは初めてだ。見ないようにしようと思っても、どうしても床の絨毯に目が行ってしまう。そしてそこに自分の頭の傷から流れ出た血の染みが残されていないことに驚いた。ふきは働き者だ。

遺書は書棚の奥に、堂々と並べられていた。なるほど、ほとんど著作だ。黒い表紙をつけ紐で綴じたものが、全部で八冊あるという。

そのうちの一冊を抜き出して、貴之が差し出した。

「読めないだろうけれど、見てみるといい」

表紙をめくると、薄い和紙にびっしりと漢字仮名交じり文が並んでいて、孝史の目にはまるで暗号のように見えた。おまけに字がひどく乱れている。よろけていて、ところどころ書き直しや書き足しもある。からんだ糸をほどく時のように、とっかかりを見つけて読んでみようと思うのだけれど、何がなんだかわからない。

それでも、あちこちページを繰っているうちに、やがて、「参謀本部」という言葉が目に入り、そこがキーになって上滑りしていた視線が落ち着き、前後の文章が読めた。

――此ノ作戦進行ノ失敗ニ於ケル参謀本部ノ責任ハ誠ニ深長ト思ワレル。兵力ノ逐次投入ハ徒ナ被害ノ拡大ヲ招キ無駄ナ兵力ノ喪失ニ繋ル事ヲ事前ニ予想シ得ズ、又作戦当初ノ目的ヲ見失イ乍モ尚撤退命令ヲ発スル事ニ躊躇シタルハ、不明ノ誹リヲ免レ得ヌ失態ナリ。

「なんです、これは。何について書いたものですか？」

貴之はちらっと黒い表紙を見た。そこには何も記されていない。孝史の手から綴りを取り上げてめくり、それからうなずいた。

「ああ、これは覚え書きだ」

「覚え書き？」

「太平洋戦争中の作戦行動について、父が感想を書いた文章だよ」

「太平洋戦争中の作戦って、これから実際に起こる戦闘の？」

「そうだ」

「いくらなんでも、それが遺書のなかにあったらまずいんじゃないですか？」

「そりゃそうさ。だからこれは遺書として発表される文章じゃない。だが、父としては書かずにいられなかったんだろうな。戦争が終わって、占領下の社会で父の文章が発表できるようになるまでに、これらを整理しておくのも僕の仕事だ」

孝史はびっくりしてしまった。「よくわからないな、どういうことです? 大将は、今の軍部に対して直言する内容の遺書を残したんでしょう?」

貴之も当惑しているようだったが、やがてああと目を見開くと、ちょっと笑った。

「そうか、君はその辺の事情を知らないんだな。実はね、父は遺書をふた通り用意しているんだ」

ひとつは貴之が預かっているという。

「そちらもかなり長いものだが、まあ普通の遺書だ。確かに、今の陸軍中枢部に苦言を呈する部分もある。父が病気のあと『変節』して、彼らを批判したことは事実だから、何も言わずに自決したらかえって不自然だからね」

「じゃ、そっちは公表するんですか?」

「公表というか、しかるべき人に渡すことになるだろう。しかし、受け取った人はそれをまあ……握りつぶすだろうね。なかったものとして」

「それで、もうひとつの遺書がこの書棚の?」

「そうだ」うなずいて、貴之は黒い表紙の列を仰いだ。「これはもともと、戦後までは眠らせておくことを目的に書かれたものなんだ。戦争が終わるまでは伏せておけと、僕は父に命令された」

「なんでそんな――」言葉を探して、孝史は言った。「もったいないことをするんです?」

「もったいない、か」貴之は笑い出した。「そうだな、もったいないな。だけどこの時代の人間には、これの価値は判るまいよ。父もいろいろ努力したが、結局は誰の考えも変えさせることはできなかったんだから」

歴史の流れは変えられないという絶望が、ここでもまた立ちふさがるのか。

「そうだ、歴史の必然は変えることができない。止めることもできない」と、貴之は言った。「それを骨身に応えて知った父は、自分と――自分の名誉と、僕や珠子のことを考えたんだそうだ」

釈然としない孝史に、彼は笑みを消さずに、静かに言った。「太平洋戦争中、国の要職についていた人々や、軍の中枢にいた人々は、戦後その責任を問われて、かなり厳しい人生を歩むことになる。人によって打撃の大きさは違うがね」

「だから――?」

「だから、父はこれを書き残したのさ」

貴之はちょっと声を張り上げた。宣言するように。

「どうしようもない戦争の道を歩もうとしていた当時の日本陸軍のなかにも、これだけ先を見通し、軍部の独走を心配して、警告を発していた人物がいた――そういう名誉を、父は得ようとしたんだ。死後の栄誉だ。しかし、非常に大きい名誉だ」

はっとして、孝史は思いだした。平河町一番ホテルで見た大将の経歴にも書いてあったではないか。戦後発見された蒲生大将の遺書は恐ろしく先見の明に富んだ内容で、歴史家の高い評価を受けている、と。

「その名誉は、戦後社会で僕と珠子を守ってもくれる」と、貴之は言った。「あのふたりはあの蒲生大将の子供たちだ、とね……。君は東條英機という人物を知っているかい?」

平田が言っていた名前だ。

「ええ、戦争中の首相でしょう? 戦後、戦争責任を問われて――」

「極東軍事裁判で死刑を宣告される」

「ええ、平田さんに教えてもらいました」

「東條英機は、これからこの皇国が傾斜していく時代の大半を、英雄とあがめられて過ごす人物だ。誰もたてつくことのできない独裁者となる人物だよ。しかし、戦後には彼の権威も名誉も地に堕ちる。最悪の戦争犯罪人と定義されて、彼の家族も辛酸をなめることになる」

僕の父、蒲生憲之は、その逆を欲したのさ――と、貴之は言った。

「今は絶望して自決するが、時代が変わったときには、蒲生憲之こそ正しかったと立証され、賞賛されるようになる。時代を動かす道を絶たれた父には、それが唯一最大の望みになったんだ。素晴らしいだろう?」

そう言いながらも、貴之の目は暗く光っていた。

「素晴らしいことだ。愉快じゃないか」

「貴之さん……」

「東條英機が首相となり、戦争指導者となるという歴史を知ったとき、父がどんな顔をしたと思う? 父は今の東條と面識があるんだよ。あの東條がな……あの東條が首相とはな……感嘆したみたいにそう繰り返してから、ひとしきりくつくつ笑っていたよ。そうだ、笑っていた」

孝史の手からひったくるようにして綴りを取ると、貴之はそれを書棚に戻した。

「父は、大切にこの綴りを保管しろと言っていた。黒井の話じゃ、二十年の五月にこの辺りも空襲で焼けるんだそうだ。それまでに、半地下の部屋に保管場所をつくって移しておかないとな」

言うだけ言って、孝史の腕をとった。

「出よう。もうこの話はしたくない」


戒厳司令部が正式にクーデターの鎮圧を発表したのは、午後三時のことだった。住民の避難命令も解除され、交通制限も四時十分以降解除されるという。

貴之は、ふきの気持ちをおもんぱかったのか、ラジオでその発表を聴くまでは屋敷から外に出なかった。三時半頃になってようやく、市電通りへ行ってみると言い出した。孝史は一緒について行くと言った。

「頭の傷に響かないか?」

「たんこぶを押さえて歩きますよ」

ふきに見とがめられないように、ふたりでそそくさと屋敷を出た。出がけに、珠子が居間に降りてきているのを見かけた。彼女はまた刺繍をしていた。世の中にもこの屋敷のなかにも、何も起こっていないかのような落ち着いた姿だった。

雪道をいくらも歩かないうちに、そこらじゅうに人が溢れていることに気がついた。まだ交通封鎖は解かれていないが、人びとは動き始めていた。バリケードを乗り越え、封鎖をすり抜けて、鎮圧されたばかりのクーデターの生々しい死骸をひと目その目で見るために、続々と集まってきたのだった。

市電通りへ出たとき、いきなり目の前を戦車が横切っていった。孝史は棒立ちになった。垂れ幕を垂らした鋼色の巨体が、左から右へと通過してゆく。重いキャタピラが雪を蹴散らし、行く道をはばむものは何もないというように、威風堂々と行進してゆく。

「鎮圧部隊が引き上げて行くんだ」と、貴之が言った。

沿道に集まった人々は、白い息を吐きながら、顔を赤くして、しゃべったり肩をつつきあったり指をさしたりしていた。戒厳令の最中でも、緊迫感や悲壮感があまりなかったのと同じように、ここにもまた悲劇の色はなく、はっきりと存在しているのは興奮だけだった。

貴之は無言のまま、寒風のなかで顔を凍らせて戦車を見上げている。人々の喧噪よりも、戦車のキャタピラの巻き起こす音の方がはるかに力強く、この場の空気を圧倒していた。

沿道を埋める顔、顔、顔。その中央を、油の匂いをさせ轟音を発しながら、粛々と戦車は進んでいく。兵隊が行進していく。手を振る人がいる。万歳を叫ぶ人がいる。声もないままに孝史はその光景を見つめていた。

通り過ぎた戦車のキャタピラが雪の塊に乗り上げて、崩れた雪塊の一片が孝史の靴のすぐそばにまで転がってきた。黒ずんだ、汚れた雪だった。

それを見つめているうちに、孝史は胸の内側にふくらんでくるものがあるのを感じた。それは言葉を見つけられず、孝史のなかでじたばたしていた。

「終わったんだな」

脇で貴之が呟いた。彼は何度、この「終わった」という言葉を言えば気が済むのだろうか――

そしてそのとき、孝史のなかで地団駄を踏んでいた想いが、頭のなかではっきりとした形を成した。彼は顔をあげた。沿道の人びとを見た。通り過ぎる戦車を見た。街を見た。空を見た。人びとの声を聞き、風の音を聞き、兵士達の軍靴が雪を踏む音を聞き、戦車のキャタピラの音を聞いた。

あなたたちは死んでしまうのに。

唐突に、浮かんできたのはその言葉だった。あなたたちは死んでしまう。ほとんどの人が死んでしまう。生き残る人も、それはどれほどの辛い道であることか。

これから何が起こるのか、あなたたちは何も知らない。

この国は一度滅びるのだ。あなたたちが今ここで意識している「国」は滅びるのだ。そして滅びるときに、あなたたちをみんな道連れにして行くのだ。そこで笑っているあなたも、そこでコートの襟を立てているあなたも、そこで歩道の人に笑いかけたあの兵隊も、戦車の上のあの兵隊も、みんなみんな道連れにされてしまうのだ。

何も終わってなんかいない。これから始まるのだ。これは終わりの始まりなのだ。それなのにどうして、あなたたちは笑う？　どうして誰も怒らない？　誰も恐れない？　どうして誰も立ち上がろうとしないのだ。これは間違っていると。我々は死にたくないと。

なぜ止めないんだ。

叫びだしそうになって、孝史は両手で口を押さえた。息だけが凍った白いもやとなって空に流れた。

なぜ止めないんだ。今度の問いは、孝史自身に対する詰問だった。俺はどうして今ここで拳を振り、群衆に向かって叫ばないんだ。このままじゃいけないと。僕は未来を知っていると。引き返せ。今ならまだ間に合うかもしれない。みんなで引き返そうと。

だしぬけに、自分でも意識していないうちに、目から涙が落ちた。たった一粒だけだったけれど、それは孝史の頰を流れた。

——言っても無駄なんだ。

誰も信じてはくれない。歴史はそれを知っている。ひょっとしてひとり、あるいはふたり、あるいは十人、耳を傾けてくれる人がいて、そのひとたちに戦争をなんとか生き延びる方法を教えてあげることができるとしても、結果を知った上で上手い身の処し方を一緒に考えてあげることができるとしても、それは、それはやっぱり細部の修正に過ぎない。そのほかの大半の人びとを、俺は見殺しにすることになる。

「叫ぼうか」と、貴之がぽつりと言った。

孝史は彼を振り向いた。貴之は正面を向いて、沿道の人びとの方に漠然と目をやっていた。そのまま、居並ぶ人の耳に入らないように、ごく小さくくちびるを動かして、続けた。

「これから戦争が来るぞ、と。これから軍部の本当の独裁が始まるぞ、テロや再度のクーデターを恐れた政治家は縮こまり、議会は形ばかりの腰抜けに成り下がり、最悪の形の戦争がやってくるぞと叫ぼうか」

無言のまま、孝史は肘をあげて目尻をぬぐった。

「僕は怖い」と、貴之は呟いた。「怖くて叫ぶことはできない」

「怖い……?」

「ああ、怖い。身体が震えるほど怖いよ。今そんなことを言い出したらどんな目に遭わされるか、想像するだけで死ぬほどに怖いよ」

僕は臆病者なのだ——貴之の言葉が白く凍った。

「父は陸軍大将なのに、僕は職業軍人にならなかった。今は徴兵もされていない。不思議じゃないかい?」

貴之の口調には、自分を揶揄《やゆ》する響きが混じり始めた。

「軍務につきたくても駄目なんだ。僕は色盲だから」

孝史は目を見開いた。寒気がしみた。

「赤緑色盲だ。母の方にその因子があったらしくてね。これでは軍人にはなれない。子供のころにそれが判って、父をひどく落胆させた。蒲生家における母の立場も辛いものになった。みんな僕のせいだ」

顎をあげて空を仰ぐと、貴之の目が潤んでいるのがわかった。冷たい風のせいかもしれないし、そうではないかもしれない。

「僕はずっと父の期待を裏切ってきた。父にとって僕は、望ましくない長男だった。だから輝樹が生まれたとき、父は彼を蒲生家に引き取ろうとした。それに命がけで反対したのが母だった。輝樹が養子になれば、僕は蒲生家のなかで居場所を失う。それを思って、父がどうしても輝樹を家に入れるなら、僕と一緒に死ぬとまで言い張って抵抗した。それでも父は諦めなかったが、母の勘気を恐れた輝樹の母親が、自分から身を引くと言い出して、やっと事が収まったんだ」

貴之が、「ありのままの僕を受け入れて愛してくれたたったひとりの母」と言ったことを、孝史は思いだしていた。

「それでも父は、長いあいだ輝樹に思いを残していた。母子で放り出すような結果になって、きっと恨んでいることだろうとね。僕は父がなぜ輝樹にこだわるのか、その理由を知っていたから、父を憎んで育った。父が右と言えば左、左と言えば右と言った」

「でもお父さんは、未来を見てからは、あなたに手伝ってくれと求めてきたじゃないですか」

「そうだよ。そのとき僕は、本当に気分が良かった。父が僕の助けを求めてくれた——。しかも未来を見てきて、今までの自分の考え方は間違っていた。もっともっと経済や民主主義教育を大切に考えるべきだった、お前の方が正しかったと言ってくれたんだ。天にも昇るほどの気持ちだったよ」

貴之の肩が落ちた。

「それなのに、僕はそこでも失敗した。父の期待を裏切った。父に認めてもらうまたとない機会だったのに、し損じてしまった——」

戦車の列が、ようやくとぎれた。車道にまで人々が溢れ始めた。

「相沢事件というのを知っているかい?」

何度か聞いた覚えがある。確か——陸軍の要人が暗殺された事件ではなかったか。

「去年の八月のことだ。陸軍軍務局長の永田鉄山という人物が、執務室で相沢中佐に斬り殺された。相沢中佐は命令によって台湾に赴任する直前だったんだが、反皇道派の中心人物永田鉄山をこれ以上生かしておくのは皇国のためにならないと、天誅を加えたというわけだ」

父は、それを防ごうと試みた——と、貴之は打ち明けた。

「戦争の行方を知った父は、どうにかして少しでも流れを変えられないものかと、必死で考えていた。そしていちばん効果がありそうな手段として、永田鉄山暗殺を阻もうとしたんだよ。君のいる時代の歴史家も、永田鉄山が生きてさえいれば、大東亜戦争の流れは変わっていただろうと評しているはずだよ」

「それほど重要な人物だったんですか」

「そうだ。父は永田軍務局長に手紙を書いた。何通も書いた。御身を大切に、警備を強化しろと。事件が起こったのは八月十二日なんだが、その日には執務室にいてはいけないとまで書いた。ところが皮肉なことに——」

貴之はひきつるような笑い方をした。

「父が皇道派の人間だったために、永田さんの側では、これをテロのほのめかしと受け取った。脅迫だとね。そして鼻先で笑い飛ばしてしまった。そんな脅しに屈する我々ではないと」

「そんなことって——」

「実際そうだったんだ。焦る父は、暗殺事件の起こる当日の現場に乗り込むことを考えた。その場に居合わせるんだよ。それで局面が変わるかもしれない。先方が父の手紙をテロの予告と受け取っているならば、そういう父が直に乗り込んでいったら、少しは警戒するだろう。その警戒が暗殺を防いでくれるかもしれない」

案としては悪くない。孝史はうなずいた。

「だが僕は、父を行かせたくなかった」と、貴之は続けた。「身体のきかない老人では、いざという時に動きがとれない。それで、志願したんだ」

「志願？　あなたが？」

貴之はうなずいて、ため息をついた。「そうだ僕が、臆病者の僕が、期待はずれの息子の僕が、一度でいいから父の期待に応えようと思って、臆病者でないことを父に証明して見せようと思って。渋る父を説得してね。父の手紙を届けるという名目で、僕は出かけていった」

貴之は口をつぐんだ。孝史は待った。孝史の側からは、「だけど上手く行かなかったんですね」とは言い出せなくて。

「僕は怖かった」と、貴之は続けた。「家を出てから陸軍省に着くまで、ずっと怖かった。短い距離を歩きながら、ぶるぶる震えていた。行きたくなかった。これからテロの行われると判っている現場に行きたくなかった。志願なんてするんじゃなかったと後悔していた。だからだんだん足が遅くなった。間に合わなければいいんだ、ちょっと遅れればいいんだ、五分遅れればいいんだ——そう思いながら、なんでもない場所で立ち止まっては汗をふいていた。日差しがやけに暑かった」

った。

それでも結局、陸軍省には着いたのだと、貴之は言った。

「もう、事は終わっていたよ。斬殺をし遂げた相沢中佐が憲兵の車に乗せられて三番町の方に走って行くのを見かけた。その車とすれ違ったんだ」

車窓のなかに、貴之は相沢中佐の横顔を見た。無帽で、殺気だった顔をしていた。

貴之は、建物の中には通してもらえなかった。大混乱の現場で、ひとりの将校の足跡が赤い血の色をしているのを見た。床か廊下が血みどろになっているのだろうと思って、貴之はその場から逃げ出した——

「そう、嘉隆さんと鞠恵さんがそのことを話しているのを聞きました」と、孝史は言った。「薪小屋でね。あなたが臆病者だって。居間でもその話が出てた。そういう事情だったんですか。だけど彼らにはそんなことを言う権利は——」

「あるさ」

「事情も知らないのに？」

「知らなくたっていいさ。永田軍務局長宛の手紙を届けに行った蒲生憲之元陸軍大将の長男は、暗殺の直後にたまたま陸軍省にいて、恐ろしさに真っ青になっていましたという噂は、たちまち広まったんだからね。叔父さんも鞠恵さんも、腹を抱えて笑う権利があったのさ」

「だけど……」

「父は僕を責めなかった」と、貴之は言った。「ただ落胆しただけだ。深く深く落胆した。その時点で、未来の名誉のことを考え始めたのだと思う。現状を変えることを諦めたんだ」

僕は怖い。もう一度、貴之は繰り返した。

「どうしようもない臆病者だ。歴史の一端を変えて、ひょっとしたら救えたかもしれない命を見殺しにした。ただただ我が身が可愛いために。そんな僕が、今ここで何を叫べる？　そんな資格はないよ」

「それは僕だって同じだ」

「いや違う。君はこの時代の人間じゃないから」

ぴしりとした言葉だった。

「だが僕はこの時代の人間だ。この時代をつくっている臆病者のひとりだ。そして、臆病者としてこの時代を生き抜く義務がある。これから先何が起ころうと、僕は必ず生き抜いてみせる」

貴之は顔を上げた。空を仰いでいた。もうそちらの方向に昇っているであろう蒲生憲之の姿を、彼はそこに見ているのだった。

「父が残したあの文書は、汚い抜け駆けの集成だ」

「抜け駆け?」

「そうじゃないか。父は未来を見たんだ。結果を知っていたんだ。知った上で、何も知らずに生きた人たちが、これから成すことを批判したんだ。父ひとりだけが、言い訳を用意したんだ。抜け駆け以外の何物でもないじゃないか」

「だけどあなたは、戦後になったら、その抜け駆けの集成を世に出すつもりなんでしょう? お父さんにそう約束したんでしょう?」

貴之は孝史を見た。その目がやわらいでいた。

「戦争の時代を生き抜いた後も、まだ僕が臆病者だったら、きっとそうするだろう」

「え……?」

「父の抜け駆けを盾にして、旧軍人と軍人社会への風当たりの強い時代を生き抜こうと思うほどの臆病者のままだったら、父の文書を世に出すよ。だが、もしも少しでも僕が変わっていたら、あの文書を闇に葬るだろう。父の死後の名誉も消えてなくなる」

「――それでいいんですか?」

「今は判らない」と、貴之は言った。「今は判らない。生き抜いてみるまでは」

貴之の強い声は、市電通りを離れても、屋敷に戻っても、孝史の心を揺さぶっていた。臆病者のひとりとして生き抜くという彼の決意に対抗できるようなものを、俺は何か持っているだろうか。

雪道をごうごうと通過する戦車と、軍靴の響きと油の匂い。そして大勢の人びと。それらの光景を思いながら、孝史はひとつ大きな真実を見つけた。

今の俺は、まがい物の神に過ぎない――

二・二六事件は終わった。

5

平田は三月四日に蒲生邸に戻ってきた。

すっかり元気になっているように見えた。付き添いのちえは、クーデターが終わるとすぐに一度病院から戻ってきており、そのときも、平田が快方に向かいつつあると知らされていたが、予想していた以上の回復ぶりだった。

「卒中や脳血栓とは違うんだからね。まあ、脳の過労状態だったんだから、休めば治るさ」と、気楽そうな口振りで孝史に言った。

彼がいない数日間を、孝史は怪我を癒しつつ、できる範囲内でふきを手伝って過ごした。そのうちに頭の包帯もとれ、絆創膏で用が足りるようになった。大将の自決が公けにされ、弔問客が訪れ、故人の意向だからということで、密葬がしめやかに執り行われた。

大問題である葛城医師の存在は、予想していた以上に手強い壁となって蒲生家の人びとの前に立ちふさがった。医師は二十九日の交通解除の後すぐに訪ねてきた。貴之と珠子が彼と共に居間にこもっているところを、ふきに見つからないように気をつけて、孝史は一度のぞきに言った。

貴之は岩のように硬い顔をしていた。珠子は心が身体より三十センチほど高い場所に浮いているみたいで、医師の詰問にも眉毛ひとつ動かさなかった。「ごめんなさい」と言っているのが聞こえたが、それもなんだか気抜けした声だった。

三時間以上も居間にこもった後、ようやく出てきた医師は蒼白だった。孝史は玄関で彼の靴を揃えていた。医師は孝史を見つけると、孤立無援のなかで援軍を得たように駆け寄ってきて、両手で肩をつかんだ。

「君、無事なのか」

「ええ、はい」

「話は聞いた。まさか君まであんなでたらめを言うわけじゃなかろうな？　嘉隆さんと鞠恵さんはどこにいるんだ、え？」

「揺さぶらないでください、先生。まだ傷が痛いんです」

そう言って、そっと医師の手を押しやった。

「僕は何も知りません。殴られて気絶しているあいだに、嘉隆さんと鞠恵さんは姿を消していました。どこへ行ったか知らないんです」

「君が――君まで」

「本当なんです、先生」

目と目を見合わせて、孝史は、申し訳なさを顔に出さないようにするのが精一杯だった。

「失望した」と言い捨てて、医師は屋敷を離れた。以来今日まで、屋敷を訪れていない。今度どういう波紋が広がるか、静観しているしかなさそうだった。

平田が退院してくると判ったとき、孝史は貴之に、何時間か彼とふたりだけで、しかも最初に話をさせてくれないかと頼んだ。貴之は承知してくれた。孝史は平田と半地下の部屋に降りた。

一連の事を打ち明ける前に、孝史は平田に謝った。彼の能力について暴露してしまったことを。平田は、孝史が恐れていたほどには驚かず、また怒りもしなかった。

「そういうこともあるんじゃないかと思った」と言った。落ち着いていた。

貴之との話、黒井に会ったこと、書斎で起こった出来事、二十九日に市電通りで感じたこと――話しながら、孝史は何度か言葉に詰まった。感情が激したわけではなく、泣きそうになったわけでもない。ただ言葉になりきらない部分がちゃんと伝わるかどうか心許なくて、歯がゆくてたまらなかった。

時おりうなずきながら、平田はじっと聞いていた。向き合って火鉢を挟んで座り、平田は時どき火箸で灰をつついた。崩れる灰のなかに何かを見つけようとするかのように、じっと見つめながら。そうして話を聞き終えると、火箸で赤く起こった炭を持ち上げ、煙草に火を点けた。

「旨いなあ」と、長い長い煙を吐き出した。

「煙草なんか吸っていいの？　心臓は？」

「叔母は能力が強いから、心臓の方が先に参ってしまった」

そう言って、煙草を挟んだ指でこめかみを叩いた。

「私は心臓は丈夫だが、能力が低いから、トリップが度を超すとまず頭がやられる。そういうことさ」

いかにも嬉しそうに煙草を吹かす平田を見ていたら、孝史も吸いたくなった。

「俺にも一本くれる？」

赤と白の柄のついた、「あさひ」という銘柄だった。ずいぶんと辛くて、孝史は咳き込んだ。

「ライトな煙草のある現代へ帰ろうか」

「まだ帰らないよ。約束を果たしてもらってない」

「約束――」

「あんたが何をしにこの時代のこの屋敷に来たのかってことさ。話してくれるはずだよ」

孝史は、煙草を持つ自分の指が震えていることに気がついた。

「ああ、それか」

平田は灰のなかに煙草を突っこんで消した。そしてふっと口元を緩めた。

「君はもう、自力で答えを見つけているようだが」

「俺が？」

「そうだよ。気づかないかい？」

平田の柔和な顔を、孝史は見つめた。気のせいか――いや、薄暗い半地下の部屋のせいだ、きっと――彼の周囲の負のオーラが、以前ほどには不愉快に感じられなくなっていた。

君が想像したとおり、叔母にとっては戦前の日本の方が住み易くて、中年期からずっと、ほとんどこちらに根をおろしている状態だった。戦争の時期さえうまく避ければ、仕事も見つけやすくて快適だったんだ。そして、「前にも話したと思うが、亡くなるちょっと前に、まだ現代にいた私に会いに来た」と、平田は話し始めた。

「一年ぐらい前のことだ。君の話から推測すると、たぶんあれは、書斎での企てを実行する直前だったろうね。ここから現代へのトリップは大仕事だが、それだけが原因とは思えないほどに消耗しきっていた。最後のお別れだから、どうしても直に顔を見て話をしたかったんだと言った。いつもはそんなことをしないのに、そのときだけは半日ほど私の住まいで休んでいったから、本当に疲れ切っていたんだろう」

そのときに、叔母の——黒井のしていることについて打ち明けられたと言った。

「蒲生大将に未来を見せてあげて、それによって大将がいろいろと行動を起こして、後世のために陸軍批判の文書を書いているという、もろもろのことをね。そのために少しまずいことが起こって、自分はその後始末をする。それでたぶん、死ぬことになるだろうけれど、ちょうど寿命だからと笑っていたよ。とても満足そうだった」

満足——そう、それこそが、孝史が書斎で黒井の顔から読みとった表情だった。

「どんなまずいことが起こって、どう始末するのかと尋ねても、口を濁して教えてくれなかった。叔母は私が、叔母のようにひょいひょいと他人に未来を見せたり未来のことを教えたりすることに批判的なのを知っていたから、言いにくかったんだろう。実際、そのことでは我々はしょっちゅう議論ばかりしていた。仕方ないので、私も深くは追及しなかった。だからこの屋敷へ来ようと決めたときも、二十七日に何が起こるのか、まったく知らなかったよ」

「じゃ、あんたは本当に、今度の出来事とは無関係だったんだ……」

平田は軽く笑った。「まあ、直接的な関係はないよ。だから言ったろう？　蒲生大将を怨んでもいないし、殺してもいないと」

あのときはまだ、その言葉を素直に信じられる状況じゃなかった——

「君の言うとおり、叔母と私のあいだには、決定的に違うところがある」と、平田は言った。「叔母は自分の能力に誇りを持っていた。それを自分の気に入った人、好きな人、大切に思う人、同情を感じた人たちのためだけに使うことについて、いささかの疑問も抱いてはいなかった。時間旅行の能力を、素晴らしいものと思っていた。人に避けられやすいこの暗いオーラは辛い枷《かせ》だけれど、それを補って余りあるものを、自分は持っていると信じていたんだ」

——黒井は約束どおりに参りました。坊っちゃまにお伝えくださいまし。

——お嬢さま、お幸せに。

「叔母も私と同じ、まがい物の神だ。だが、叔母はそうであることを肯定していた。喜んで受け入れていた。君の言うとおり、誇りに感じていた」

灰のなかに言葉をこぼすように、平田は言った。

「それはそれで、幸せだったろうと思う」

だが、平田は違う。

孝史の頭の中に、再び、薄暗がりでひっそりと肩を寄せる二人の時間旅行者のイメージが浮かんできた。しかし今度のイメージの中では、黒井と平田は、叔母と甥は、ただ互いに慰めあっているのではなかった。同じ立場にいながら違う道を選び、全く別の方向を向いていた——

「だが、私は叔母とは違う。疑問を持った。自分は何をやっているんだろうと思った。ここで失われる命を助けたと思ったら、向こうで別の命が消える。ここで起こることを防いだら、向こうで似たようなことが起こる。試行錯誤の繰り返しに疲れ果てて、自分がまがい物の神に過ぎないことを知ったとき、つくづく、それが嫌になった」

「市電通りで戦車を見たときの俺のように?」

「そう。市電通りで戦車を見たときの君のように」平田は微笑した。「だからこそ、君は自力で答えをつかんだと言ったんだよ」

俺も、まがい物の神だ。その認識は、孝史にはあまりに重かった。それが答えだと言うのか?

「叔母から蒲生大将がしていることの話を聞いたとき、まるで天恵のように、私には思えた。チャンスが来たと思った」

「どうしてさ?」

「大将は未来を知った上で、同時代の人たちを批判する文書を残そうとしている。貴之くんが言ったとおり、それは抜け駆けだ。その時代その時代を手探りで生きている人たちを、高所から見おろす行為だ。やっていいことじゃない。だが叔母はそれを自分に許していた。まがい物の神である自分を喜んでいたから、許すことができた」

私は嫌だ——と、平田は首を振った。

「もう嫌だ。たくさんだ。自分ほど浮かばれない、意味不明の存在はこの世にほかにないだろうと思ったよ。東奔西走しても、結局はいつも、帳尻は歴史の側の数字に合わせてはじき出されるんだ。私は何をやってるんだろう？　何度も何度もそう思った。

だけどその一方で、叔母の考えも、叔母の手で未来を見た蒲生大将の気持ちも判るんだ。どうしようもなく判るんだ。まがい物の神である以上、神のふりをしたくなる。どうしようもなくそうしたくなる。私だって、数え切れないほどやってきた。それはもう業《ごう》みたいなものなんだ」

蒲生大将が山ほどの文書を残し、死後の名誉を願ったことも、一度未来を見てしまった以上、やむにやまれぬことだったのか。

「今の私には、大将を責める資格も、許す資格もない。ただ同罪だというだけだ。だが、そこで気づいたんだよ。いや、その立場から抜け出す手段はあると」

この時代で生きるんだと、平田は言った。目を上げ、まっすぐに孝史の目を見て。

「これからやってくる戦争の時代を、この時代に根をおろして、この時代の人間として体験するんだ。どれほど辛かろうと厳しかろうと、ひとつのごまかしも、予想も、先回りもなしに、すべてを自分で体験するんだ。そうして闇雲に生き抜いたとき、あるいはそこで死ぬとき、抜け駆けのない同時代の人間として、今この時代を生きる大勢の人たちと同じ立場にたって、叔母や蒲生大将について、私はどんな考え方をするだろう？　どんな考えを持つだろう？　彼らに高所から見おろされる気分がどんなものか、そこで初めて実感として味わうことができる。怒るかもしれない。怒り狂うかもしれない。でもそれは、まがい物の神じゃない、人間としての怒りだ。先回りして知っていたくせに、なんで俺たちを批判できるんだと、歴史の部品であるひとりの人間が、ひとりの人間として抱く怒りだ」

魅せられたように、孝史は平田の顔を見ていた。彼の言うことが理解できるだけでなく、彼の言葉は孝史の身体にしみこみ、そこに宿り、そこで何かを成しつつあるように感じた。

「だがもしかしたら、叔母を、蒲生大将を、許すことができるかもしれない」と、平田は続けた。「彼らのしたことを、せずにはおられなかったことを、同時代の人間として許せるかもしれない。そしてそのときは──」

語尾をわずかに震わせて、彼は言った。

「そのときには、私も許されるかもしれない──そう思った」

私と、時間旅行者の私がしてきたことのすべてが許されるかもしれない。すべての悪あがき、すべての間違いが許されるかもしれない。そして私は人間になれる。まがい物の神ではなく、ごく当たり前の人間に。歴史の意図も知らず、流れのなかで、先も見えないままただ懸命に生きる人間に。明日消えるかもしれない自分の命を愛せる人間に。明日会えなくなるかもしれない隣人と肩をたたいて笑い合う人間に。それがどんなに尊いことであるか知りもしないまま、普通の勇気を持って歴史のなかを泳いでいく人間に。

どこにでもいる、当たり前の人間に。

「そのために、この時代に来たんだよ」

平田は孝史に語りかけた。一点の曇りもない真実を、孝史はそこに見たと思った。

「蒲生大将が死ぬその日を出発点に、ただ人間になるためだけに、私はここにやってきたんだ」

平田との話を終えると、孝史はふきを探して階上にあがっていった。

彼女は台所にいた。大きな白菜をまな板に乗せて刻んでいた。襷掛けの腕が白菜と同じくらい白く、同じくらいみずみずしい。

幸い、ふきひとりだった。すぐに孝史に気づいて、目をあげた。

「ふきさん……」

ふきはさっと周囲を見た。包丁を置き、割烹着の裾で手を拭きながら、調理台の前を離れて孝史に近づいてきた。

「もう帰るんですか」と、小さく聞いた。「平田さんが戻ったから、孝史さんもすぐに帰るだろうって、貴之さまがおっしゃっていました」

「帰るのは今夜だよ。その方が人目にたちにくいからね」

ああというように、ふきは小刻みにうなずいた。

「そうでしたか。そうですよね」

平田との話が心のなかに根付いている今、言い出しにくいことだった。平田が人間になろうとしているのに、孝史はまがい物の神になりたがっている。

ふきを連れていきたい――

孝史の希望を聞いても、平田は驚かなかった。そういうふうになってしまうんだよと、優しく言っただけだった。

――あの娘に聞いてごらん。あの娘が承知したなら、すぐには無理だけど、必ず君の時代へ送っていこう。

「ちょっと話があるんだけど、いい？」

土間の降り口に腰をおろした。ふきも並んで、ちょっと離れた場所に座った。

「僕と一緒に行かない？」

口に出した瞬間から、それが不可能な、途方もなく無理な提案であるということが、あからさまな現実となって孝史の頬を打った。行ってどうする？　どんな名前と身分を名乗る？　どうやって、どこで暮らす？

しかし、馬鹿げた提案だと判れば判るほど、孝史の口は勝手に動いて、ふきを誘い説得する言葉を並べ立てた。空襲があるよ、食料がなくなるよ、思想統制が厳しくて、誰も信じられないような恐ろしい時代が来るよ――

言いたいことも言えることも終えると、あとは頭が空回りするだけになった。空転する心のうつろな音が、動悸よりも大きく聞こえるような気がした。

「心配していただいて、嬉しいです」と、ふきは言った。「あたしのような者のために、そんなふうに考えてくださすってありがとう」

「そんなんじゃないんだ。僕はふきさんと一緒に行きたいだけなんだ」

好きだから。それを言うのに、ここで過ごした日にちはあまりに短い。だけれど、時間なんてなんの意味がある？

「嬉しいけれど、できません」と、ふきは言った。「このお屋敷には恩がございます。今のような折に、離れるわけには参りません。ここに居られることが、あたしには本当に有り難いことなんです。ここで働かせていただけなかったら、あたし、身売りするようなことになっていたでしょう。あたしの家は、孝史さんなんかご存じないような小さな村で、親は小作人です」

「だけどさ、それは奉公で――」

ふきは首を振った。「ええ、そうなんでしょう。でも、あたしはそうは思いません」

孝史の膝から力が抜けて、震え始めた。

「あの若い将校さんたちは、娘が身売りしなくちゃならないようなところにまで追い込まれている貧乏な農村を助けるために立ち上がったんだって、貴之さまがおっしゃっていました」

荒れてささくれだった指を撫でながら、ふきは言った。

「泣く泣く娘を身売りに出す貧乏な小作人の家を、たくさん知ってます。今度の決起がうまくいっていたら、娘が売られるような世の中じゃなくなっていたのかもしれないけど、なかなかうまくいかないんですね」

「そうだよ、だから一緒に来てほしいんだ」

ゆっくりと、しかし決然と目をあげて、ふきは言った。「弟をおいてはいかれません」

吸い寄せられるようにふきの瞳に見入りながら、孝史はその言葉ですべてのけりがついたことを知った。

「弟はこれから兵隊にとられる身です。残してはいかれません。あたしだけ逃げ出すわけには参りません」

姉さん、映画を見ませうね――

「孝史さんはお帰りになるんです。だけどあたしは逃げ出すことになってしまいます。できません。それはしちゃいけないことです」

そう言ってから、ふきは急に吹き出した。驚くような陽気な笑い方だった。

「この時代の人がみんなそろって逃げ出すなら、それもいいですけど、だけどそうしたら、この時代はいったいどこへ行くんでしょうね?」

空欄の年表。それが風に吹かれて虚空を飛んでいくさまを想像して、孝史もつい笑い出した。そうやってふたりで、少しのあいだ笑っていた。

笑いながら、孝史は声をつまらせた。

「だけどふきさん、怖くないの? 死ぬかもしれないんだよ。助かる可能性の方がずっと小さいんだよ」

きっぱりと、ふきは言った。「みんなが死ぬわけじゃありません。生きのびる人だっているはずでしょう。そんなに簡単に、あきらめたらいけません」

「だけど……」

「手紙を書きます」

明るい目を孝史に向けて、ふきは言った。「孝史さんに手紙を書きます。どこに宛てて出したらいいか教えてください」

そして急にはにかんだ。

「あたし、今はまだ漢字がよく書けません。学校を途中でよしてしまいましたから……。だけど覚えます。覚えてきちんとした手紙を書いて出します」

「それより、会いたいな。どこかで会おうよ」

ふきは目を丸くした。「まあ、孝史さんの時代には、あたしはしわくちゃのおばあちゃんですよ。嫌だわ、恥ずかしいですよ」

「小さくて可愛いおばあちゃんだよ。だからいいよ、会おうよ」

そう、おばあちゃんだよ……俺と会うとき、ふきはおばあちゃんになってるんだよ。今はこんなに近くにいるけど、本当はずっとずっと遠いんだよ。

帰りたくない――その思いが揺り返し、こみ上げてきた。

「俺、ここに残ろうかな。それだっていいんだ」

勢い込んで、そう言った。するとふきは、水をかけられたみたいに笑いを消して、まじまじと孝史を見た。

「こっちで働くよ。戦争だって乗り切ってみせる。大丈夫だよ、そんなに居心地悪い時代じゃないような気もしてきたところなん――」

頬に何かがぶつかった。軽い感触だったので、叩かれたのだということに、すぐには気づかなかった。

ふきは孝史の頬を打った手を、口元にあてた。目がまたたいて、まつげが頬に影を落とした。

「そんなことを言ったらいけません」と、指の隙間からささやいた。「そんなことを言うのはずるいですよ」

ずるいという言葉は、孝史の耳に刺さった。ふきはそういう意味で言ったのではないかもしれないけれど、平田との話が心の表面に浮上してきた。まがい物の神のどうしようもない業だ、と。

「それに、今はそんなことを言えるけれど、後になったら後悔するかもしれませんよ。本当に大変な時代が来たら、ああ俺はどうしてこんな場所にいるんだろう、とっとと帰れば良かったって。そうして、あたしのせいだって、あたしを嫌いになるかもしれません。憎むかもしれません」

あたし、それは辛いですよと、ふきは呟いた。

「ね、じゃあどこかでお会いしましょう。どこがいいですか。孝史さんはどこに住んでるんですか」

顔をのぞきこまれて、孝史はくちびるがわななきそうになるのを必死でこらえた。

「僕はふきさんを憎んだりはしないよ」

ふきはほほえんだ。手を孝史の腕の上に乗せて、そっと揺すった。

「今カラデモ遅クナイカラ、原隊ニ帰レ」

「え？」

ふきは笑った。「ビラに書いてあったんでしょう？教えてもらいました。孝史さんはね、あたしとは違う軍隊の兵隊さんなんですよ。それも新兵さんです。帰らなくちゃね」

なんでこの娘はこんなことを言うんだろう。こんな娘、俺の時代にはきっといやしない。ひとりだっているもんか。

もう二度と巡り会えるものか。

やっと声をしぼり出して、言った。「二十年五月二十五日の空襲に気をつけるんだよ。貴之さんも黒井さんから聞いて知ってるみたいだったけど、この辺が丸焼けになるからね」

よく気をつけますと、ふきは約束した。煙突の穴も修理する、と。

「教えてくださいな。孝史さんはどこに住んでいるんですか」

「――北関東だよ。高崎って、判る?」

「遠いんですか」

「そう遠くはないけど。でも俺、ひょっとしたら東京にいるかもしれないし」

「それじゃあ東京で会いましょうよ。どこがいいですか?」

「ふきさんはどこを知ってるの?」

「……雷門」そう言って、ふきは楽しそうに両手を広げた。「大きな提灯がありますね? 上京してきてすぐに、口入屋《くちいれや》さんで一緒になった女の子と遊びに行ったんです。ほんの短い時間でしたけど、にぎやかで楽しかった」

「うん、そこにしよ。浅草だ。間違えようがないしね。いつがいい?」

「暖かくなったら」

「じゃ、四月。四月の?」

「二十日」ふきは即座に言った。

「どうして?」

「あたしの生まれた日です、二十日のお昼ちょうどに、あたしは生まれたんだそうです」

向田ふきは誕生日に、小さい可愛いおばあさんになって、尾崎孝史に会いに来る――

貴之は、あとのことは気にするなと言った。こちらはこちらで乗り切ると。

「それより、君の方が心配だ。こっちに長居しすぎたよ。戻ったら、火事を生き延びた後どこでどうしていたと言い訳するつもりだ?」

「記憶喪失だと言います」

現代へ帰ってもあまり目立たないような服装をふきが選んでくれた。トリップをする場所は、以前にも平田と打ち合わせをした薪小屋のそばで、孝史は平河町一番ホテル隣のビルの敷地内に降りることになるはずだった。

珠子は孝史を送りにこなかった。そんな義務はないのだから当たり前かもしれないが、やはり少し寂しいような気がした。孝史が挨拶に行ったとき、刺繍の手を休めずに、「ごきげんよう」とひと言声をかけてくれた、それが別れの言葉になった。

過去三度のトリップのうち、今回がいちばん緊張した。ほんの少しだが「慣れた」せいでかえって怖いのかもしれず、これはもう片道切符で、この先二度はないと自覚しているせいかもしれなかった。

薪小屋の脇の、平田が設定した地点に立ち、凍り付いた雪を踏みしめると、身震いが出た。頭上は満天の星空だった。星ぼしが孝史の頭上に押し寄せていた。空が近く見えた。そして痛いほどに寒かった。

「元気でな」と、貴之が声をかけた。「いろいろありがとう」

うまく言葉が返せなくて、孝史はただバカみたいにうなずいた。貴之の脇に立っているふきが、孝史にほほえみかけた。

「四月二十日にね」

孝史の言葉に、ふきはうなずいた。

「さて、行こうか」

平田が言って、孝史の腕をつかんだ。

「用意はいいか？」

はいと答える寸前、ふきが右手をあげて、敬礼をしてみせるのが見えた。手の甲がぴんと伸びた、きれいな敬礼だった。

新兵さん、さよなら。

敬礼を返そうとしたとき、孝史は闇に呑み込まれた。


足元に地面を感じて、孝史は目を開いた。そのとき初めて、トリップのあいだ目をつぶっていたことに気が付いた。

明るかった。深夜のはずなのに明るかった。孝史の知っている時代の東京の、これが夜だった。街灯があった。ビルの窓明かりがあった。平河町のこのあたりは、繁華街に比べたら半分以下の明るさしかないのに、それでもぎょっとした。

五十センチほど先に、クーラーの室外機が見えた。平田の言っていた場所に、きちんと降り立ったようだ。周囲はビルの壁に囲まれ、人の気配はない。

「上手くいったな」

平田が言って、つかんでいた孝史の腕を離した。

平河町一番ホテルは、黒く焼けこげた壁をさらして突っ立っていた。窓がほとんど割れている。手すりからビニールシートのようなものがだらりとぶら下がっている。よく見ると、ホテルの周囲にはまだ黄色いロープが張り巡らされていた。

「さすがにもう消火剤の臭いはしないな」鼻をひくひくさせながら、平田は言った。「そうそう、それからこれ」

懐から財布を抜き出すと、孝史の手に押しつけた。

「ホテルから持ち出すことのできた、私の唯一の所持品だ。着いたら渡そうと思ってた。使ってくれ」

「だって――」

「家に帰る金が要るだろう？　空っけつじゃ電話一本かけられないぞ。それに私にはもう必要ないものだから」

「平田さん、本当に後悔しないの？」

平田はちょっと考えた。いや考えるふりをした。

「SFX映画が好きなんだ」と、照れくさそうに白状した。「それだけは心残りだよ。実はここを離れる間際に、『ジュラシック・パーク』を二回も見た」

孝史は笑った。「映画館で会ったよね」

「向こうへ行ったら、『ゴジラ』が登場するまで待つかな。楽しみだ」

平田は孝史から一歩離れた。孝史が近づこうとすると、二歩後ずさった。

「もう行くんだね？」

「行くんじゃない」平田は笑顔になった。「帰るんだ」

そして消えた。じゃあ、さよならという言葉の余韻が、空に残っていた。握手をしようとさしのべた孝史の手は、何もない夜の暗がりをつかんだだけだった。

独りになった。ホテルの焼けこげた墓標と向き合って独りになった。会話の声が聞こえなくなると、周囲の街の音が静かに立ち上がってきて孝史を包んだ。

遠く、車が行き交う。隣のその隣のビルの三階に明かりがついている窓があって、そこにちらりと人影が映った。

孝史は歩き出した。ビルの隙間を縫い、慎重に通りへ出た。半蔵門の駅へ向かおう。あそこがいちばん近いのだから。

なかなか人と行き会わなかった。深夜の平河町では仕方がない。暗い歩道を歩きながら、街灯を見上げた。星の数が、さっき見た十一年の空のそれより、ずっと少ないことに驚いた。

駅へ向かう道の三つ目の角に、煌々と輝く自動販売機を見つけた。そう、以前にもここで缶コーヒーを買ったことがあった。

平田のくれた財布を握りしめていた。そこから小銭を抜き出して、スロットに落とした。ボタンを押すとごとんと音がして、缶が受け口のなかに落ちた。釣り銭が戻ってくる。十円、二十円、三十円――

九十円まで数えたら、また静寂が戻ってきた。

立ちすくんで、孝史はあたりを見回した。立ち並ぶビルはみな孝史に背中を向けているように見えた。たった今相手をしてくれた自動販売機も、用が済んだらぽけで、顔をそむけたように感じられた。孝史はとてもちっぽけで、不在にしていたことに誰も気づかず、戻ってきたことも誰の関心も惹かない。だが、それこそがこの都会だった。孝史は胸一杯に、東京の夜の空気を吸い込んだ。

今カラデモ遅クナイカラ、原隊ニ帰レ。

還ってきたのだった。

終章　孝史

時は過ぎ去るとき、その痕跡を残す。

——タルコフスキー
『サクリファイス』

1

安否不明の高校生帰宅

二十六日に発生し死者二名負傷者八名を出した千代田区平河町四―六平河町一番ホテルの火災で、宿泊者名簿に氏名の記載がありながら、火災後の安否が確認されていなかった群馬県高崎市の高校三年生が四日深夜、自宅に帰宅していたことがわかった。父親の話によると、この高校生は軽い火傷や打撲傷を負っており、火災発生直後から帰宅する直前までの記憶を失っているという。なお、この火災ではなお一名の安否不明者が出ている。

平河町一番ホテルの火災の原因は、その後の調査で、老朽化した配電盤が発火し、ケーブルをつたわってホテル全体に火が回ったものであると判明しているが、スプリンクラーや誘導灯等の防災設備に不備があり、また宿泊客からの火災発生時に従業員による避難誘導が行われなかったという証言もあり、業務上過失傷害・致死の疑いがあるとして、ホテル関係者が千代田警察署の取り調べを受けている。

――というわけで、私がおばあちゃんに手紙を書くことになりました。お父さんたら、ちゃんと漢字を間違えないように書くんだぞなんて、余計なことを言うのよ。

お兄ちゃんが無事に帰ってきたことは本当に嬉しいんですが、なんだか事情がよくわからなくて、ちょっと気味が悪いようなところもあります。こんなこと、うちで口に出すとお母さんに叱られるので、内緒にしておいてね。

お兄ちゃんは、火事のあとのことをまるで覚えてないと言っています。火に追われて逃げ出して、非常階段から落ちて気を失って、はっと気がついたら火事から一週間近く経っていて、しかも上野駅前にいたんですって。それも夜中によ。お金は二万円ぐらい持っていたんだけど、誰のだかよくわからないお財布（おジンくさい財布なのよ）に入ってて、洋服も自分のじゃないのを着ていたの。それがモンダイで、実は今日、高崎市警察署の人が上野の刑事さんと一緒に訪ねてきて、洋服やお金のことをあれこれ訊いていました。盗難届が出ていないかどうか調べるんじゃないかしら。私はお兄ちゃんが泥棒みたいな真似はするわけがないと信じてるけどね。ただ、お兄ちゃんの頭に、何かで殴られたみたいな傷があって、それもけっこう大きな傷でね、本人は非常階段から落ちたときに怪我したんだろうなんて言ってるけど、これも気味が悪いです。でも、病院でレントゲンを撮って調べてもらったら、頭に異常はないそうですから安心してね。

だけど、それにしたってさっぱりわけがわかりません。お兄ちゃん、なんだか急に無口になって、ぼうっと考えごとばっかりしています。あとね、やたらと図書館へ行くようになりました。あのお兄ちゃんがよ。信じられる？　なんだか、お兄ちゃんとそっくりのロボットが帰ってきたんじゃないかと思う時があります。私に喧嘩とかふっかけなくなったし……。こんなこと言うと、またお母さんに叱られるからこれも内緒にしてね。

それと、大事なことですが、お兄ちゃんは予備校にうかりました。卒業したら東京で独り暮らしをすることになります。帰って来たその日に通知が届いたのよ。お母さんが準備を始めています。それで、何度か東京へ出るので、おばあちゃんも都合がついたら一緒に行きませんかと言っています。もう一度、東京の大きな病院でちゃんと検査を受けて、おばあちゃんにぴったり合った補聴器をつくりましょうってよ。今のじゃ、ほとんど役に立たないんでしょ？飯田橋に、耳鼻科のいい先生がいる病院があるんですって。ぜひ行きましょうよ。それでそのときは私も一緒について行っていい？　渋谷に行きたいんだ。

この手紙を出すのと一緒に、お母さんが多美恵おばさんにお味噌を送るそうです。去年も送ったやつね。赤だしです。おばあちゃん好きでしょう。

それじゃ、またちょっとしたら続きを書きます。お兄ちゃんも、上京する前には一度おばあちゃんに会いに行くと行ってました。ヘンに大人しくなったお兄ちゃんだけど、おばあちゃんにはお小遣いをねだるかもね。そしたら、あたしにもくださいね。

じゃあ、またね。さようなら。

尾崎恵美子

おばあちゃんへ

追伸　お母さんが、お兄ちゃんが着ていた服を調べて、シャツがメリヤス製だって驚いていました。おばあちゃんならよく知ってるはずだって言ってたけど、古いものなんでしょ。お兄ちゃんたら、そんなものどこで手に入れたのかしら？

2

突然の帰還が生んだ騒動と混乱のなかを、孝史は淡々と過ごした。

父の喜びも母の涙も、妹の開けっぴろげな笑い顔には、もちろん感動した。玄関先で母が抱きついてきたときには、もう少しで一緒に涙を流しそうになるところだった。

しかし、孝史の魂の半分は、まだあの昭和十一年に残されていた。半欠けの心では、命拾いをしたという実感も、また家族の元に戻ってきたという喜びも、半分だけしか味わうことができなかった。妹がひそかに、お兄ちゃんアンドロイドみたいと言って母に叱られていたが、その表現は鋭いと孝史は思った。

警察に事情を訊かれたり、平河町一番ホテルの社長が謝罪のために高崎の家を訪れたり、新聞社や週刊誌の記者が取材に来たり、あわただしいことも続いた。孝史は、よく覚えていないという台詞だけを切り札にしてそれらの攻勢を切り抜けた。ともすれば黙りがちになったけれど、それも追いつめられて言葉に窮したからではなかった。説明しきれないもの、言っても信じてもらえるはずのないものが大きすぎて、自然と無口になってしまうのだった。

自宅の自室で眠っても、夢はみなかった。やはり身体はそうとう疲れているらしく、休息を要求していて、しきりと眠気がさした。眠って起きると、そこはいつも自室のベッドの上だった。なにか奇跡に近い事があって、寝床から起きあがったら蒲生邸に戻っていたというようなことが起こらないかと、目覚める度に思った。半欠けの心が本当にときめくのは、そういう幻想を抱くときだけだった。昭和十一年に残った片割れの半欠けが、孝史を呼んでいるのだった。

帰宅してから日時が経過するに連れて、喜び一辺倒だった父や母の視線のなかに、物問いたげな色が混じってきた。そんなときに孝史と視線が合うと、母はあわててまばたきをし、笑みを浮かべる。父は消すに消せない疑問を持て余し、目に入ったゴミを取り去ろうとするかのように、ごつい指で目尻をこする。時がそれらを洗い流してうやむやにしてくれるまで、孝史は何も気づかないふりを決め込んでゆくしかなさそうだった。

一度だけ、父の太平とちゃんと話し合う機会があった。あったというより、そういうふうになってしまったのだ。夜中、考え事をしていて眠れずに台所へ降りてゆくと、そこで太平がビールを飲んでいたのだった。

「なんだ、どうした」

「親父こそ」

太平は一緒にどうだと誘った。もうだいぶ飲んでいて、目がとろんと眠そうだった。面倒くさい話はしたくないが、これなら大丈夫だろうと思って脇に座った。

太平は黙ってビールを注いでくれた。ふたりでちびちびと飲んだ。孝史のグラスが空になったころ、太平が突然、酔っぱらった声で言った。

「おまえ、なんか妙に変わったな」

孝史にではなく、空になったビールの缶に話しかけていた。

「変わってないよ」

「いや、変わった」

「どこが？」

太平は、酔っぱらい以外には不可能な、微速度撮影的にゆっくりとしたまばたきをした。

「妙に……大人になりやがった」

孝史はちょっと笑った。そうかもね、なにしろ二・二六事件を見てきちゃったからさ。

「命拾いをしたせいだよ」

「そんなもんかね。わからん」

太平があとを続ける前に、孝史は言った。期せずして太平とコーラスになった。

「俺は頭が良くないから」

面白くなさそうにまたまばたきをすると、太平は手をあげて髪の薄い頭をごしごしこすった。

「なんだ、今のは」

「父さんの真似をしてみただけだよ」

グラスを置いて、孝史もビールの空き缶に向かって言った。「俺ね、ちゃんと生きようと思ってる」

「……」

「そういうことを、あのホテルで教えてもらった」

「火事になったからかよ？」

微笑しただけで、孝史は答えなかった。代わりに、こう言った。

「父さんは立派だよ」

太平はまた、微速度撮影的に目を剝いた。

「なんだ、出し抜けに」

「一度言おうと思ってたんだ。俺は父さんのこと、けっこう尊敬してるって」

——だからさ、もうよしなよ。過去にこだわるのはさ。

「学がなくたって頭がよくなくたって、父さんは立派だよ。今の父さんでいてほしいよ」

「何言ってんだ、おめえ」

「俺ね、過去を見てきたの。それで判ったんだ。過去は直したってしょうがないものだし、未来のことを考えて心配したって無駄なんだってことがね。なるようにしかならないんだから。だけど、だからこそ俺、ちゃんと生きようと思ってさ。言い訳なんかしなくていいようにさ。そのときそのとき、精一杯やろうってさ。だから父さんは学なんかなくっても、そのときそのときで精一杯やってきたんだからもういいんだよ」

それだけだよ、おやすみ――そう言って階上にあがって行く孝史を、太平のとろんとした視線が追いかけていた。明日になったら、今の会話は、夢のなかのこととして忘れてしまっているだろう。

足繁く図書館に通うのは、ひとつには家族の目を避けるためでもあったけれど、本当の理由は、資料を読むためだった。知りたいこと、調べたいことが山ほどあった。孝史が情けないほど何も知らずに飛び降りた昭和十一年を――いや、昭和史の大きな流れを。

二・二六事件に関する書籍も、山のように積み上げて読んだ。閲覧室の片隅でそれらの本のページを開くと、そこに自分が見たものがよみがえってきた。雪道を進軍する決起部隊の写真。バリケードの後ろを固める歩哨たち。白黒写真の群のなかに、葛城医師を迎えに行ったとき孝史を誰何《すいか》した兵隊の顔を探してみたが、見つけることはできなかった。

二十六日早暁の決起から、二十九日早朝に始まる鎮圧までの経過を、自分が蒲生邸で経験した出来事に重ね合わせながら、ひとつひとつ確認していった。決起部隊が一時的にしろ警備部隊ひいては戒厳部隊に繰り込まれたことの奇妙さや、二十七日戒厳令発布後に街が意外なほど明るい雰囲気のなかにあったことの理由も、だんだん呑み込めてきた。青年将校たちを翻弄した陸軍大臣告知のからくりや、奉勅命令下達の不明瞭な部分など、このクーデターには現在に至っても解けない謎が多く、根強い謀略説が流れているということも知った。

孝史と葛城医師を通し、兵を付けて蒲生邸まで送り届けてくれた三宅坂の安藤輝三大尉は、皇道派青年将校たちのなかでは決起に対して最も慎重な意見を持っていた人物なのだが、ひと度決起したあとは最後まで頑張り通し、最後の最後まで、部下の下士官や兵隊たちもひとりも離反しなかったということも知った。暗殺されたとばかり思っていた岡田首相が実は生きていて、弔問客にまぎれて脱出したということも知った。昭和天皇がこの暗殺とクーデターに激怒し、自ら兵を率いて討伐に向かうとまで発言したということも知った。すべて、今まではかけらも知らないことばかりだった。

写真や活字を目で追う合間に、ふとあのパン屋の亭主のことを考えた。お堀端で不安そうな顔をしていた男女ふたり連れのことを考えた。ソフト帽と茶色のコートの男たちの威勢のいい会話を思い出した。凍るように白く煙っていた皇居の眺めを思い出した。雪道に刻まれていた兵隊たちの足跡が目に浮かんだ。切れ切れに聞こえてきた軍歌が、万歳三唱が耳の底によみがえった。

二・二六事件がその後どんな影響を与えたかということについても、いくつか知識を得た。事件後間もなく、それまで封じ込められていた陸軍大臣現役武官制という制度が復活し、軍が顎を縦に振らなければ陸軍大臣が立てられず内閣を組織できないようになって、議会が振り回されるようになっていったということも知った。孝史の目から見ても文官たちの狼狽ぶりは悲しく情けなく、葛城医師がため息混じりに嘆いていた言葉が思い出されるのだった。

戦争への道についても、理解の難しい部分はあったけれど、できる限り丁寧に知識を集めていった。終戦——敗戦に傾斜してゆく過程も同じようにきちんと把握しようと思ったけれど、それはなかなか難しくて辛いことだった。戦後の食糧難についても同じだった。ふきの顔を思い出してしまうからだった。

ただひとつ、二十年五月二十五日の空襲についてだけは、自分を叱咤して知識を得た。孝史が体験したあの紅蓮の炎の一瞬だ。貴之は黒井から警告されて、この空襲について知っていた。ふきとちえを、きっと上手く逃がしてくれたに違いないと、自分に言い聞かせた。

ふきは必ず、戦争と戦後を生き抜いてくれたに違いない。平成の現代まで、元気で生きているに違いない。そして今年四月二十日正午に、浅草の雷門で孝史と会うのだ。

しかし、彼女と孝史とを隔てている昭和史の全記録は、片手では持ち上げにくいほどに重いのだった。

卒業式が終わるとすぐに、予備校の手続きと、住まい探しのために上京した。母と妹と、母方の祖母が一緒だった。

予想していた通り、住まいは神保町の、かつて従兄が住んでいた部屋に決まった。浪人生には贅沢な家賃だが、孝史は素直に承知した。父と母に心配をかけたことは判っているので、余計なことで逆らうつもりはなくなっていた。

ホテル火災に対する補償の問題などは、弁護士に任せてある。被害者の会も結成されていて、負傷者や死者の遺族が集まっているようだが、孝史はもらった文書に目を通し、必要な事柄にサインをしたり質問に応じたり同意書を提出したりしただけで、直に係わりは持たないようにしていた。両親もそれを勧めていた。もちろん孝史の被った身体と心の傷をおもんぱかってのことだが、ふたりの言わず語らずの本音のなかには、不可思議な助かり方をした自分たちの息子が、ほかの被害者たちと接触することへの脅えのようなものが混じっていた。

だから母は、孝史がホテルの焼け跡を見に行きたいというと、かなり険しい顔をして止めた。行けば何か思い出すかもしれないからと言うと、黙って口を結び、孝史の目をのぞきこんだ。

「本当にいいのかい?」と訊いた。

「いいよ、行ってみたいんだ。ひとりで行くから、心配しないで」

母が祖母を連れて補聴器を作りに出かけたあとで、孝史はひとり、平河町に向かった。赤坂見附の駅から歩いて行った。頭の傷もほとんど治りかけていたし、帰還後もしばらくはしつこく残っていた身体の節々の痛みも消えていたから、歩くことは苦にならなかった。

ぽかぽか陽気だった。都心のそこここで桜が満開だった。早足で歩くと軽く汗ばむほどだった。

今、車が渋滞しているこの道に市電が走っていた。ここを轟々と通過して行く戦車を見た。この道は雪に埋もれていた。この歩道沿いに親切な亭主のいるパン屋があった、仏蘭西亭という西洋料理屋の前で、濡れて冷たくなった号外を拾った——

平河町一番ホテルは、ただのホテルの墓標から、焼け焦げたホテルの墓標になっていた。立ち入り禁止のロープはまだ張り巡らされており、あまつさえそこに「危険」という黄色い看板までぶら下がっている。

エントランスの非常ドアは、割れたガラスが撤去されて枠組みだけになっていた。道の反対側からでも、ロビーのなかを見通すことができた。絨毯は煤けて黒くなり、ソファがひっくり返っている。しかし驚いたことに、フロントのカウンターは無傷で残っていた。

孝史は周囲を見回した。見とがめられないように、ホテルのなかに入ってみようと思ったのだ。幸い、昼間でもそう人通りの多い道ではない。タイミングをはかってロープをまたぐと、躊躇せずにエントランスへ踏み込んだ。

嫌な臭いがむわっと立ちこめていた。思わず手で鼻を覆った。エレベーターホールの方へ行こうと足を踏み出すと、足元の絨毯がじくじくした。

ロビーの壁紙はあまり焼けていなかった。炎は上へ上へと昇ったらしい。カウンターのうしろのドアも焼けてはおらず、開けっ放しにされている。奥の部屋に外から陽光が射し込んでいた。

一階のエレベーターホールも、直接的な火災の被害を免れていた。天井の一部が焦げているが、これは二階の床を伝わった熱のせいだろう。孝史は急いで蒲生邸の写真が掛けてあった場所に近寄った。

そこには何もなかった。額はすべてはずされていた。壁が焦げていないから、焼けてしまったということはあるまい。火災のあと、持ち去られたのだろうか。

気落ちして、踵を返した。もう一度蒲生邸の写真を見たかった。できたら、あの写真を自分のものにしたかったのだが、どうやら諦めるしかなさそうだった。

来た道を通ってカウンターの前を横切ろうとしたとき、奥の部屋で人の動き回る気配がした。

孝史は一瞬、蒲生大将の姿を思い浮かべた。まだそこにいるのかもしれない。過去からやってきて、ホテルの焼け跡を歩き回っているのかもしれない。なんとも知れない未来を訪れるために、きちんと軍服に身を包み、杖をついて不自由な身体を支えながら。

立ちすくんでドアの向こうを見つめていると、ひょいと人の頭がのぞいた。

あのフロントマンだった。

「いやあ、参りましたよ」

ふたりはホテルのロビーを出て、道の反対側にあるビルの低い塀に腰を降ろしていた。フロントマンは上着の胸ポケットから煙草を取り出し、火を点けた。彼の指の爪が真っ黒になっていた。こっそりと何度か焼け跡を訪れては、焼け残った私物を探しているのだという。彼が回収しているのが私物ばかりではないだろうことは容易に察しがついたけれど、孝史は咎めなかった。

「出火したとき、あたしは非番でね、うちにいたから助かったんだ」

「ふたり焼け死んだそうですけど」

「そう。まずいことに、ふたりともお客でさ。ひとりでもいいから従業員が死んでりゃ、だいぶ風当たりも違ったろうに」

フロントマンは小ずるそうに笑いながら、孝史の肩をぽんと叩いた。

「まあ、あんたは無事で良かったよね」

ホテルにいるときは、客に対して無関心というだけの男だったが、ホテルの外に出ると、不愉快な男だった。さっさと話を切り上げたいと思った。

「僕のほかにもう一人、安否のわからない人がいますよね?」

「ああ、いるよ」

「なんて人ですか?」

平田がこの時代で名乗っていた名前だ。

フロントマンは首をひねった。「さあて……なんて人だったかな」

思い出せないようだった。残念なようなそれで良かったような——

いや、良かったのだ。「平田」は「平田」だ。彼は彼ひとりだ。

「ところであんた、何しに来たの?」

「なんとなく。命拾いした場所をもう一度見てみたくなっただけですよ」

「ふうん、そんなもんかね」

「あの……エレベーターホールに写真がありましたよね?」

「写真?」

「ええ。この場所に昔建っていた蒲生邸っていうお屋敷を写した写真です」

「ああ、あったね」

「さっき見たらなくなってました。焼けてしまったんでしょうか」

「どうかなあ」フロントマンは首をかしげた。「わかんないな。どっちにしろ、備品はみんなずぶ濡れだし、現場検証が済んだあとで片づけた物も多いから」

フロントマンはくわえ煙草で、煙たそうに孝史の顔を見た。

「あの写真がどうしたんだい?」

「いえ別に、大した意味はないんです。ただ、きれいな写真だったから。ホテルにいる時から気に入っていたんですよ」

「へえ、変わってるねえ」

　フロントマンは煙草を足元に落として踏み消すと、なにがしかの親切心を出したのか、言った。「あの写真は、このホテルの元の持ち主が寄贈したものなんだ。そこを訪ねれば、まだあるかも知れないよ。焼き増しがさ。もともとこの辺に地所を持ってた人らしいけど、写真が趣味でさ、あの屋敷の写真も、屋敷を買い取った時に写したんだから」

　そういえば、蒲生大将の経歴と一緒に、それらの経緯についても説明する文章が書かれていた。

「なんていう人でしたっけ」

「写真を撮ったのは、小野松吉ってじいさんだよ。本人はもうとっくに死んでるよ」

　がっくりした。

「だけど、倅だか孫だかが写真館をやってるはずだよ。たしか、新橋のどこかじゃなかったかな。うちにも来たことがあるからね。あの写真を寄贈してくれたときに」

　職業別電話帳と番号案内を駆使して、二時間かかった。小野写真館は新橋と銀座のちょうど真ん中あたり、古いコンクリート造りのビルの二階で営業していた。

　現在の店主は、小野松吉の孫息子だった。四十代の始めくらいの年齢で、恰幅がよく、そのせいか汗っかきだった。小春日和にシャツの袖をまくりあげて暑がっていた。

「祖父は地主で不動産屋で、写真は趣味だったけれど、父がそちらを本業に選んで、また私がそれを受けついだんですよ」と話してくれた。

「地所は失くしてしまったけども、写真好きの血だけは受け継がれてきたってわけでね」

　孝史は素直に来訪の意図を告げた。小野は喜んで、スタジオの奥に案内してくれた。そこは四畳半ほどの小部屋で、壁という壁に写真を納めた額がかけられていた。

「これ全部、じいさんと親父が写したものなんだよ」

　一枚一枚指さして、説明してくれた。孝史はほとんど上の空だった。たくさんの額のなかから、蒲生邸の写真を探していた。

「どこにあったっけな……」と、小野も周囲をぐるぐる見ている。「なにしろたくさんあるんでねえ」

　見つけたのは、孝史の方が先だった。思わず伸び上がって指さした。

「あった！　あれです！」

右手の壁のいちばん上の段に掛けられている。窓から入る光がガラスに反射して、ひどく見にくい。

「もっとよく見えませんか」

「ちょっと待っててくれよ、脚立をとってくるから」

小野が脚立をとってきて写真の入った額を降ろしてくれるまで、孝史はじっとしていられずに足踏みばかりしていた。ようやく額を手にしたときには、指が震えていた。

間違いない。この写真だった。屋敷の全景だ。中央に小さな三角屋根をいただき、煙突をはやした古風な洋館。孝史の蒲生邸がそこにあった。

が、奇妙なことに気づいた。

二階の左端の窓だ。ほかの窓はすべてレースのカーテンでふさがれているのに、その窓だけ、カーテンが少し開いている。そしてそこに誰かの顔がのぞいている。小さいので、目をこらしてみないとよくわからない——

「古い写真だろ、たしか昭和二十三年に撮ったものだよ」と、小野が言う。「この屋敷を買い取ったときにね。買ったらすぐに壊してしまうことになっててね。写真で見ると判らないが、この屋敷、空襲に遭ってなかが焼けててさ。煉瓦の壁も焦げて色が変わったりしてるんだ。この家の人たちはなんとか騙し騙し住み着いてたけど、ずいぶん不便だったんじゃないかね。使えなくなった部屋もあったりして。それで壊すことになったんだけど、これだけの洋館だからせめて写真だけでも残しておこうって、じいさんが記念撮影をしたんだよ」

そうか、そうだったのか。

孝史はにっこりと笑った。写真の額を支える指はまだ震えており、笑うと身体も震えて、額にもそれが伝わり、写真のなかの蒲生邸も震え、二階の左端の窓際にのぞいている人物の顔も揺れて細かくぶれた。

もう、それが誰だか判っていた。顔をくっつけるようにしてよく見ると、すぐに判った。

平田だった。

あのとき、ホテルの二階の非常階段からトリップしたとき、いったいどこへ行っていたのか。一度問いただしたとき、平田は「あれはちょっとしたいたずらで」と答えた。蒲生邸内の事件とは無関係だと。その意味が、やっとわかった。

蒲生邸を訪れて、そこで新しい人生をスタートする直前に、彼は、取り壊される時の蒲生邸を訪ねていたのだ。記録に残る、最後の蒲生邸へトリップしていたのだ。そこに自分の写真を残すために。そういういたずらをするために。

「何がおかしいんだい？」

小野が怪訝そうに尋ねて、孝史の顔をのぞいた。孝史の手元の写真に目を落とした。そして驚いたように言った。

「あれ？　この写真に、人の姿なんか写っていたかなあ」

孝史はにこにこと微笑み続けた。


あの写真そのものは渡せないが、複写ならつくってあげられると、小野は言った。

「だけど君も変わってるね。言っちゃなんだが、あの屋敷のあった場所に建ったホテルで――今はうちとは何の係わりもないホテルだけどさ――命を落としかけたのに」

「僕は幸運だったんですよ」

小野に出口まで送ってもらうとき、客用の待合室のような一角の壁に掛けられている、大きな油絵に目がとまった。来たときは、やっと蒲生邸の写真にたどりついたという興奮で、ほかのものは何も目に入らなかったのだが、今こうして見ると、気づかなかった自分を張り飛ばしてやりたくなるような絵が、そこにはあった。

着物姿の女性の肖像画だった。バストサイズだが、椅子に腰掛けているようだ。背後に小さなテーブルがあり、そこに薔薇の花をいけた花瓶が据えられていた。モデルの女性は若くはないが、紅い薔薇の花に負けないほどに美しくあでやかな笑みを浮かべている。

蒲生珠子だった。

あんぐりと口を開いて、孝史はその絵を見上げた。

「こ、これ――」

「おや君、ぱっと見ただけでこの絵が判るのかい？」感心したように、小野が声をあげた。「なかなか大したもんだね」

「これ、誰の絵ですか」

小野は突き出た腹をさらにふくらまし、得意そうにそっくり返った。

「平松輝樹の絵だよ」

平松――テルキ？

「輝樹って、ひょっとして輝くに樹木の樹という字を描くんですか？」

「うん、そうだよ」

仰天して、孝史は口を開きっぱなしにしたまま小野を振り返った。彼はますます嬉しそうに鼻の下をこすった。

「いやあ、ちょっとしたもんだろう？　平松画伯、昭和三十五年作の逸品さ。まだ当時は平松さんも今ほどは有名じゃなかったから、値もつかなかった。だけど今じゃね、逆の意味で値が付かないよ」

やっと口を閉じ、乾いた喉を湿して、孝史は言った。

「平松輝樹って、そんなに有名な画家なんですか？」

小野はがくっとよろけるような仕草をした。

「なんだよ、判って言ってたんじゃないのかい？　画風で平松さんだって見抜いたんじゃないの？」

いや、この画風――独特の筆先の使い方、絵の具を塗り重ねてゆくタッチ――これには見覚えがないわけではない。蒲生邸で見た、蒲生嘉隆の絵だ。あのときは鞠恵の肖像画だった。これは珠子の絵だ。だが、画風はよく似ている。そっくりと言っていいくらいに。

蒲生家には、武人の血と共に、絵心の血も色濃く流れていたのだろう。嘉隆にはその片鱗があり、憲之にはなかったが、子供の輝樹の代になって開花したのだ。

孝史も、よくよく大変な人物と取り違えられたものである。

「平松さん、今年は叙勲間違いなしだろうな」と、小野は悦にいっている。「いやあ、大したもんだよ」

「小野さん、どうしてこの絵を？　この肖像画の女性をご存じですか？」

小野は勢いよくうなずいた。「知らないわけがないだろう？　この人は、蒲生邸に住んでいたお嬢さんでね、珠子さんていうんだ」

「どうして平松輝樹さんがこの人の絵を描くことになったんでしょう？」

「さあ……そこまでは知らないよ。この絵も、うちのじいさんが珠子さんを通していただいたものだそうでね。時が経てばきっと値が出るからってさ。珠子さんは、うちのじいさんが蒲生邸の写真を記念に残しておいたことを、とても感謝しておられたんだっていう話だよ」

この絵がここに贈られたのが昭和三十五年。ではそのころまでには、珠子と貴之は、本物の輝樹と巡り会っていたのだ。彼らはどういう会い方をしたのだろう。どういう経緯で和解した――お互いを受け入れあったのだろうか。

「珠子さんは、平松さんの名前が売れてくるまで、影ながらずいぶん援助をされたようだったよ」

そうだろう、そうだろう。孝史は嬉しくなってきた。

「この珠子さんという方は、今はどうしておられるんですか？」

「この人もまあ無名の人じゃないんだよ」と、小野は言った。「大東和タクシーって会社を知ってるかい？ タクシー業界じゃ最大手の会社だよ。そこの会長夫人でね」

孝史はまた笑みを浮かべ始めた。

「このとおりの美人だろう？ そのうえ頭も切れたそうでね。そうそう、娘さんがミス・ユニバースの日本代表に選ばれたこともあったんだよ」

うなずきながら、孝史は笑った。笑って絵のなかの珠子の顔を仰いだ。

「残念なことに、つい昨年亡くなってね。七十七歳だった。だけどいい人生だったんじゃないのかな。たまげるほど立派なお葬式だったよ。子供さんとお孫さんが合わせて二十人もいてさ」

今度こそ、孝史は声をたてて笑い始めた。

あの珠子が、戦争が起これば死ぬチャンスに恵まれると暗い目をして言っていた珠子が、蒲生大将の手を握って頬を濡らして座り込んでいた珠子が、戦中を、戦後を立派に生き抜き、ついにはタクシー会社の会長夫人として大往生したという。二十人の子や孫に看取られて。腰を抜かしそうなほどに盛大な葬式をあげてもらったという。

幸せな人生だったのだ。それはこの絵を見ればわかる。この絵のなかの珠子の微笑みを見れば判る。そして、中年になっても、やっぱり珠子は美しかった。とりわけ、はっと動きを止めて静止したときの珠子は。

腹違いの弟の輝樹はそこに、画家として永遠の美を見つけたのだろう。それをカンバスの上に描き止めたのだ。

時が経つというのは、まんざら捨てたもんじゃない
「変な人だねえ、君は」

いぶかしそうな顔で、小野が見送る。新橋の駅まで、春風に吹かれてころころと笑いながら、孝史は歩いた。

3

平成四年四月二十日、正午。

当日が来るまで、孝史はなるべくこの日のことを考えないようにしていた。難しいことだったが、心を圧力鍋にして、強いて蓋をしてハンドルを回し、内部の

圧力が高くなりすぎて破裂するまでは、じっと我慢をしようと決めていた。

すでに東京での独り暮らしを始めていた。朝起こしてくれる人がいなくなって、遅刻しないようにするのが大変なのに、この日ばかりはめっぽう早い時刻に目が覚めてしまい、なかなか顔を出さない朝日に焦れて、ずっと窓際で空を眺めていた。

浅草の雷門は、平日でも人出の多い場所である。仲見世を歩く人たちの喧噪を背中に、孝史は門柱の前に立ち、落ち着け、落ち着けと自分に言い聞かせながらも、目がきょろきょろしてしまい、爪先が動いてしまい、髪をかきむしったり顔を拭ったり、シャツの襟が曲がっていないかどうか確かめたり、その合間に腕時計を見て秒針が動いているのを確かめたり、ありとあらゆることをしてしまい、「待つ」という行為を、これ以上ないほど下手くそにこなしていた。

図書館でいろいろ調べているうちに、雷門は、戦時中や終戦後、空襲や疎開でちりぢりになり、連絡がとれなくなった人びとが、生きていたらきっとここに集まろうと約束しあう目印の場所としてよく使われていたということを知った。偶然だけど、ぴったりの場所を選んだんだなと思った。

十二時一分のときも二分のときも、三分のときも、腕時計を見ていた。四分のときは仲見世の方を向き、小さくて可愛いおばあさんがこの人混みを苦労して抜けてくるのではないかと首を伸ばしていた。十二時五分のときには、腕時計に耳をあてて音を確かめていた。

そしてそこへ、声をかけられた。

「あの――」

目を上げると、孝史と同じくらいの背丈の若い女性が、孝史の方にわずかに身体を傾け、顔をのぞきこむようにして立っていた。若いと言っても、孝史よりは年上だ。二十代の半ばか、後半というところだろう。春物の淡い黄色のスーツを着て、襟元からふわりとした白いブラウスをのぞかせていた。

「すみません、尾崎孝史さんですか?」と、彼女は声をかけてきた。

ふきではない。小さくて可愛いおばあさんではなかった――

ずきんと、孝史の心臓が痛んだ。何かが飛んできて孝史の胸を貫き、身体に穴を空けて背中から出ていったようだった。その穴から冷たい風が吹き込んできた。

「はい」と答える自分の声が、嗄《か》れているのが判った。

「そうです、僕が尾崎です」

ほっと安堵したような表情が、相手の顔の上に浮かんだ。そのとき、ゆるんだその目元に、孝史ははっきりとあの面影を見た。

この人の笑ったときの目は、ふきの目だ。

「わたし、堀井蓉子と申します」と、会釈をした。「実は祖母から頼まれまして……。今日ここに十二時に来て、尾崎孝史さんという方にお会いして、手紙を渡してくれって」

「お祖母さんですか……」

では、この堀井蓉子はふきの孫娘なのだ。

「そうですか」うなずいて、なんとかしゃんと立って相手の顔を見ようとしながら、孝史は言った。「わざわざすみません。僕が尾崎孝史です。お祖母さんとお約束をしていました」

「そうなんですか、本当だったんですね」

蓉子はしげしげと孝史の顔を見た。驚くのも無理はなかった。

「あの、失礼ですけど、祖母とはどこでお知り合いになったんでしょうか」

蓉子としては当然の質問だろうが、孝史は困り果ててしまった。それでなくても、ふきがやってこなかったという衝撃に頭がふらつき、心がおののいていて、まともにものが考えられなかった。

「それが、その――」

言いよどんでいると、蓉子がくすっと笑った。彼女の目元に、またふきが現れた。

「いえ、母とわたしでね、いろいろ憶測してたんですよ。尾崎孝史さんていったいどういう男性なんだろうって。ひょっとしたらおばあちゃんの初恋の人で、いつかきっとここで会おうなんて約束をしてたのかもしれないねって。そしたら、あなたあんまりお若いんだもの。学生さんでしょう?」

逃げ道が開けたような気がして、孝史は汗をかきかき笑顔を浮かべた。

「そうなんです。実は僕もうちのおじいちゃんの代理なんですよ。尾崎孝史っていうのは、祖父の名前です」

蓉子の顔に、納得と安堵と喜びの色が広がった。

「あらまあ、そうだったんですか。やっぱりね」

蓉子は肩からさげていたショルダーバッグの中身を探ると、封書を一通取り出した。

「これがその手紙です」と、孝史に差し出した。

手のひらにびっしょり汗をかいていた。孝史はあわててズボンに手をこすりつけ、それから両手で封書を受け取った。

封筒は、少し古びた感じがした。少なくとも新品ではなさそうだった。また胸の空洞を冷たい風が吹き抜け、心臓が痛んだ。

「祖母は四年前に亡くなりました」と、蓉子は言った。「胃癌だったんです。入院してすぐに手術したんですけど、転移があって……」

まぶたの奥が熱くなってくる。一度ぎゅっと目を閉じて、それからしっかりと見開き、蓉子の顔を見た。

「最期は、苦しまれたんですか」

蓉子は首を振った。きれいなロングヘアが一緒に揺れた。

「いいえ。その点では幸せでした。痛み止めが効いたみたいで、眠るような亡くなり方でした。心臓が弱っていたので、そちらの方が死因だったんですね。病院ではなくて、家に戻っていましたから、うちの父とか母とか、皆で看取りました」

「それならよかった」

隠しきれずに、孝史の声が詰まった。蓉子はわずかに困惑したように眉を寄せて、孝史を見つめていた。

「うちの……祖父には、内緒で頼まれてきました」と、孝史は言った。

「そうなんですか」

「ええ、ですから……」

「いいんですよ、察しはつきます」蓉子はほほえんで、軽く手を振った。「いろいろ聞き出したりはしません。それに、わたしも昼休みに抜け出してきてるので、すぐ会社へ帰らないとまずいの」

もう一度、あわてた様子でバッグのなかを探ると、名刺を取り出した。

「これ、わたしの会社の連絡先です。何かあったら電話してください」

「あ、ありがとう」

大手の自動車会社の名刺だった。広報課だ。どおりで美人でてきぱきしているはずだった。

「あなたに頼んだってことは、お祖父さまもお加減が悪いのかしら」

「ええ、かなり」

「そうなの。お大事になさってね」

年上のお姉さんの口調だった。

「じゃ、わたしはこれで失礼します。そのうち、それができるようになったら、おじいちゃんとおばあちゃんの内緒のロマンスの話をしましょう」

「はい。ご連絡します」

くるりと背中を向けると、堀井蓉子は、ふきの孫娘は、背中を伸ばして颯爽と人混みのなかに消えていった。

孝史は掌のなかに手紙を包んだ。

表書きには、筆文字で「尾崎孝史様」と書かれている。ふきはきれいで優しい字を書いた。人柄そのものの字体だった。

裏を返すと、そこにはただ名前だけが書かれていた。「ふき」と。その文字が少し、揺れてにじんだ。孝史は小さく呟いた。

ふき、誕生日おめでとう。

4

孝史さん

今この手紙を書いております。昭和六十三年の、今日は九月の四日です。わたくしは七十二歳になりました。

埼玉県の所沢市というところに住んでおります。長男夫婦の家でございます。二年ほど前までは東京で独りで暮らしていたのですが、長男が家を建てましたのを機会に、呼び寄せてくれました。長男はこの土地の建設会社で働いておりまして、娘がふたり居ります。この手紙を孝史さんにお届けすることになるのは、たぶん、そのうちの上の方の娘でしょう。蓉子と申します。

年月を過ごしながら、孝史さんとお会いする約束を楽しみにして居りました。必ず、自分の足で浅草まで参れると思って居りました。ところが先週のことですが、先から少しお腹の具合が悪いので病院で検査をしていただきましたところ、胃の上の方に影があるということが判りました。入院して、手術をしていただかなければならないそうでございます。

たぶん胃潰瘍だと、長男も嫁も申しております。わたくしには難しい病気のことはよくわかりませんが、七十歳を越えましてからの病気と手術でございますから、何が起こりましても文句は申せません。そこで手紙を書き始めた次第でございます。

わたくしはあまり字が上手でございません。お恥ずかしいですけれども、できるだけ一生懸命に書くつもりでございます。

わたくしの側から見れば、昭和十一年から数えて五十数年の年月が経っていることになるわけでございますが、孝史さんにとっては、蒲生家のお屋敷での出来事から、まだ二カ月にも足りない月日しか過ぎていないのですね。そのところのはかりかたが、わたくしにはとても難しく感じられます。どこから書きましたらいちばんよろしゅうございましょうね。

実はあのころ、わたくしは、蒲生大将さまが未来の日本をご覧になっていたんだとか、黒井さんがそういう不思議な力を持っていて旦那さまをお連れしたんだとか、孝史さんも未来の国から来たんだとか教えられても、なんともよく判りませんでした。本当にそんなことがあるものかと、正直に申しますと半信半疑でございました。

あの出来事から一年ほどのあいだに、折々に貴之さまからお話をうかがったり、平田さんとお話をしたりいたしました。おふたりとも、わたくしにも判るように、何度でもお話をしてくださいました。ですから今ははっきりと、ふきは未来の孝史さんに向かってお手紙を書いているのだと承知して居ります。

この手紙を読んでくださっている孝史さんは、お元気なのでしょうか。

文面から目をあげて、孝史は問いかけに答えた。うん、元気だよ。怪我もすっかりよくなった――

まず、孝史さんがいちばんお気になさっているだろうと思いますことを書きましょうか。鞠恵さまと、嘉隆さまの行方のことでございます。

孝史さんもご心配になっていたと思いますが、おふたりが駆け落ちして行方知れずになったという作り話を信じてもらうことは、かなり難しゅうございました。葛城先生がお疑いになっていたということが、やはり大きな障害になったのだと存じます。表だって人が調べに来るということはございませんでしたけれども、おふたりは本当はもうこの世にはいないのではないかという噂は、わたくしの耳にも入るくらいの近いところで囁きかわされて居りました。

家長となられました貴之さまは、そういう屋敷にわたくしが居ることをご心配くださいまして、その結果わたくしは、昭和十三年の春に、蒲生家のお屋敷から嫁ぐことになりました。そのころはもう大東和タクシー株式会社の若社長夫人におなりでした珠子さまのお口ききでまとまった縁談でございました。夫は大東和タクシーの運転手でございました。たいへんに無口で素っ気なく、真面目なことだけが取り柄の人でございました。

翌年の十四年にわたくしは長男を生みましたが、それと前後して夫が召集されました。夫の故郷は遠い北海道でございまして、わたくしは乳飲み子とふたりきりになってしまいました。そこでまた珠子さまと貴之さまのおはからいで、わたくしは蒲生家に戻ることになりました。赤子を連れて、住み込みの女中奉公をさせていただいたのでございます。

わたくしのことばかりを書いてまいりましたが、これには理由がございます。そういう次第で、わたくしは戦争中を蒲生さまのお屋敷で過ごさせていただきました。ですから、孝史さんのおっしゃっていた、昭和二十年五月二十五日の空襲の際にも、お屋敷に居たのでございます。

激しい空襲でございました。煙突の金網の穴、孝史さんが教えてくださすったあの穴はふさいでありましたが、窓ガラスを割って飛び込んだ焼夷弾がございまして、結局お屋敷のなかは丸焼けになってしまいました。でも幸いなことに、貴之さまもちゑさんもわたくしも、ほとんど怪我はいたしませんでした。

それなのに、空襲が収まった後、お屋敷の前庭に亡骸が二つも倒れて居りますのを見つけまして、大変に驚きました。どちらの亡骸も身体の大半が焦げて、逃げようともがいている手や足の形がたいそう惨く、わたくしは真っ直ぐに見つめることができませんでした。

亡骸は、ひとつが男、ひとつが女でございました。かろうじて焼け残っていた革靴のネイムと、着物の縫い取りからどこのどなたかということが判りました。

嘉隆さまと、鞠恵さまでございました。間違いなく、この空襲で亡くなったばかりの亡骸でございました。

驚きで、孝史は思わず「え?」と声を出した。二十年五月の空襲で、なぜ嘉隆と鞠恵が焼け死ぬんだ?

そして、なんだかまた火かき棒で頭を殴られたみたいな気分になった。思い出したのだ。平田が孝史を連れて「飛び」切れず、二十年五月二十五日の空襲の最中に「落下」してしまったときのことを。

あのとき、火だるまになって焼け死ぬふきを目撃した。しかしその前に、耳にしていたのだ。紅蓮の炎に包まれた屋敷の中から、狂ったように鞠恵の名を呼ぶ男の声を。長く尾を引いて消えた絶叫を。

あれが嘉隆の声だったのだ。呼ばれた鞠恵もそこにいて、燃え上がる炎から逃れようと苦闘していたのだ。あるいはもう、炎と煙に倒されて絶命していたのかもしれない。

黒井は、ふたりをどうするつもりなのかと尋ねた貴之に、殺しはしないと答えたという。運が良ければ命の助かる場所だ、けれども、そこではもう旦那さまを脅すことはできない場所だ、と。

昭和二十年五月二十五日の空襲のど真ん中に、黒井は嘉隆と鞠恵を連れていったのだ。

それでもうひとつ、謎が解ける、現代へ帰りそこねた平田と孝史が、なぜ二十年五月の空襲のどまん中に「落下」してしまったのかという謎だ。平田もあのとき驚いていた。

「道」がついていたのだ。黒井が嘉隆たちを連れていったから、その「道」を通って、孝史たちもあの場に「落ちた」のだった。

――孝史さんはもうお察しかもしれませんが、これは黒井さんのしたことでした。貴之さまが急いでお屋敷の内外をお調べになりましたら、階段のあがり口のところで、真っ黒になって死んで居りました。黒井のその亡骸は、貴之さまが小さく砕いて、お屋敷の半地下のお部屋の床下に葬ってやりました。

空襲で亡くなったばかりのおふたりの亡骸が出てきたことで、よもや貴之さまが、十一年二月のあの折におふたりを亡き者にしていたのではないかという疑いは、いちどきに解けることになりました。世の中も、もうそれどころではないという情勢でございましたし、それにひとつ申し添えますと、この時にはもう、葛城先生はご他界になって居られました。その前の空襲で小日向の方が焼かれましたときに、亡くなられたのでございます。

嘉隆さまが握って隠して居られました旦那さまのお手紙は、とうとう出て参りませんでした。いずれにしろこれも、何度か東京を見舞いました空襲の折に、人知れず燃えてなくなってしまったのではないかと貴之さまはおっしゃって居られました。

長い手紙にふきの文字は乱れず、流れるように美しかった。丁寧な読みやすいその文面を、孝史も追いかけてたどっていった。珠子が大将の喪が明けるとすぐに嫁いだこと、夫との仲がむつまじく、彼が出征したときは打ちひしがれて死んでしまいそうに見えたこと、蒲生邸の人びとは終戦まで疎開をせずに暮らしたが、とりわけ十九年に入ってからは日用品や食料の入手にも事欠き、その困窮の最中にちえが病気で亡くなったこと。恐らくは肺炎であったらしく思われること。

終戦後しばらくの食糧難の時代には、珠子もふきと一緒になって、買い出しの列車に乗ったこと。珠子が蒲生夫人の遺品の着物を売って米に変える際、いつかきっと必ず買い戻してみせるとふきに誓ったということ。戦争中、出征しないことで肩身の狭い思いをした貴之だったが、戦後は一度大学へ戻り、教員の資格を得て小学校の教師になり、新しい時代の民主教育に力を尽くして、五十一歳で独身のまま世を去ったということ。

そうか、貴之は戦争を生き抜いたのか。孝史はその事実を噛みしめて、貴之のために微笑した。やったじゃないか、あんた。

――たぶん、孝史さんがいちばんお知りになりたいもうひとつのことは、平田さんのその後のことだとお察しいたして居ります。

平田さんは、亜米利加との戦争が始まり、戦局が苦しくなってからもずっと、わたくしたちとご一緒にお屋敷で働いて居りました。わたくしどもも平田さんが居てくださることで何度となく助けられ、本当に頼りにして居りました。

ところが、昭和十九年の三月のはじめに突然、平田さんは召集されました。

あの方のお歳からすると、本来ならもう赤紙が来ることはないはずでございましたのに、戦地に送られることになってしまったのでございます。これにも理由がございました。

孝史さんはご存じないと思いますが、このころ「竹槍事件」という事件が起こりました。新名さんという毎日新聞の記者の方が、戦局の解説記事を書いたなかに、大変失礼な文章があったということに東條首相が腹を立てられて、新名さんを召集して危険な南方の戦線に送ろうとしたのです。本当に、記事を書いてから一週間ぐらいで新名さんは召集されてしまいました。当時三十七歳で、しかも近眼ということで徴兵免除になっていた方でございましたのに、その方を召集したのでございます。

これは懲罰召集というもので、本当ならあってはならないことなのでございますが、当時の東條首相にはそれだけのお力があり、またそういう点で大変に意地悪な気性のお方でもあったようで、自分に対して暴言を吐いた記者を許してはおけぬと、こういう手段をとられたのだと言われて居ります。

このとき、たった一人新名さんだけを召集するのでは、あまりにあからさまでございます。それで、事を目立たなくするつじつま合わせのために、同じ時期に、新名さんの故郷である四国の丸亀で、新名さんと一緒に徴兵免除になっていた人たちが、あわてて二百五十人も召集されました。そのなかに、平田さんも入って居りました。いえ、もっと申しますならば、平田さんがわたくしどもの時代に居るとき名乗っていた名前とその人の身分が、その二百五十人のなかにあったのでした。

この二百五十人は、恐ろしい南方の戦場に送られまして、皆さん亡くなってしまいました。平田さんも亡くなりました。戦死の公報は、あの方が借りていた「平田次郎」という名前の方のご遺族のところにではなく、蒲生家のお屋敷に届けられました。なんでも、もともとの「平田次郎」という人は、ずいぶん若いうちに故郷を出奔して、東京へ出てきてならず者のような暮らしをしていた男だったそうで、召集されて丸亀の連隊に出頭したときも、故郷の誰も平田さんの顔を見分けることができず、またご家族も会いに来なかったと、それでほっとしたという手紙をいただきました。

本物の「平田次郎」は、平田さんがわたくしどものところに来る少し前に、裏町でのたれ死に同様に死んだのだそうです。梅毒だったらしいと、平田さんは言っていました。その人が死ぬ少し前に、平田さんはその人の身分をお金で買い取って、そのかわり、死んだことは届け出ずに亡骸もこっそり埋めるという取引をなさったのだそうです。何事にも気が利いて慎重な平田さんらしいやり方でございますね。でも、もしも召集されたとき、丸亀で、平田さんが本当の「平田次郎」ではないと見抜いてくれる人がひとりでもいたなら、南方行きは免れたでしょうから、あまりに用意がよかったことが、わたくしには皮肉なことに思えてなりません。

平田さんについては、孝史さんがご存じでない限り、本当のお名前も歳も、わたくしどもはとうとう教えていただけませんでした。硫黄島で戦死をなさったということだけが、今は判っております。

お骨は還って参りませんでした。

手紙を膝に乗せ、孝史は両手で顔を覆った。

掌がつくった闇の中に身を置いて、平田の顔を思い出してみた。人間になるためにこの時代に来たと言った、この時代をひとりの人間として生き抜くんだと言った、あのときの平田の顔を。

――私はまがい物の神なんだ。できるのは細部の修正だけ。もうそれはたくさんだよ。

それでも、その細部の修正を試みてさえいれば、彼は徴兵されず、死なずに済んだかもしれない。戦争そのものは回避できなくても、ひとりの新聞記者に腹を立て、その記者を戦地に送りたいがために二百五十名もの人間を不当に巻き添えにするようなことをやらかす東條英機という人間を首相にしないようにすることは、そういう細部の修正は、時間旅行者である平田には可能なことだったはずだ。

だが、平田はそれをしなかった。淡々と召集され、丸亀で「平田次郎」でないことを見抜かれなかったので「ほっとした」と、手紙に書いて寄越した――

図書館通いを続けたあとの、今の孝史だから、硫黄島の名前は知っている。太平洋戦争末期の南方の最激戦地のひとつだ。沖縄と並んで、悲惨きわまりない闘いが繰り広げられた場所だ。

平田はそこで死んだ。終戦を迎えられなかった。真夏の炎天下に玉音放送を耳にすることはなかったのだ。

――だけど、あの人は人間として死んだ。

懲罰召集の側杖を食うことで、時間旅行者としてではなく、人間として死んだ。人間になって死んだ。


図書館の写真集で、東條英機の写真を見たことがある。東京裁判の判決の際に撮影された有名なものだ。坊主頭に眼鏡をかけた、ちっとも迫力のない地味な中年の男性だった。耳にヘッドフォンをあて、自分に死刑を宣告する裁判長の声を聞いているのだが、その表情は、冷静を通り越して無関心とも言えるほど、平らに澄み切っていた。

平田がそういう死に方をしたと知った後でも、孝史は東條英機という軍人を憎いとは思わなかった。彼が犯した判断ミスや、懲罰召集のような意地悪な行為や、憲兵を組織的に使った思想弾圧の悪辣だったことや、もろもろの歴史的な事実について、以前よりはずっとよく知っている。戦争体験者や遺族のなかに、今でも東條憎しの感情が色濃く残されていることも、知識としては知っている。それをふまえたうえで、別のことを考えていた。

東條英機は抜け駆けをしなかったということだ。少なくとも彼は、未来を見通していたわけではなかった。その場の時代を生《なま》で生きていた。その結果間違いもたくさんやったけれど、ほかでもない歴史に対しては、その間違いを言い訳しなかった。淡々と、音楽を聴くようにしてヘッドフォンを耳にあて、死刑の宣告を聞いた。

その一点を軸にして、東條英機は蒲生憲之の反対側にいる。そしてその東條英機が未来の首相だと知ったとき、あの東條がと呟いて、しばらくのあいだくつくつ笑っていたという蒲生憲之大将のことをどのように思いながら、平田は死んでいったのだろう。

いつか硫黄島へ行ってみようと、孝史は心に決めた。そこに平田の影を探すのだ。かつてまがい物の神だった男の影を。きっと焼きついて残っているはずだ。堂々と、人の形をした影が。

手のなかの手紙に視線を戻した。もう文章は残り少ない。こんなふうに結ばれていた。


孝史さん。

とても残念ですけれども、わたくしはきっと、孝史さんにお目にかかることはできませんでしょう。長男も嫁もはっきり申しませんけれど、なんだか良くない予感がいたします。浅草には蓉子を遣りますので、驚かないでくださいましね。

もしもじかにお目にかかれなくても、孝史さんがこれからどういう人生を歩まれるのか、わたくしはとても楽しみでございます。どうぞお幸せに、そして人様のためにもお役に立つ、立派な仕事をなすってください。

ふきはずっと、孝史さんを見て居ります。


孝史の額に、ふきの柔らかな手が触れたときの感触がよみがえった。

ふき——と、心のなかで呼んでみた。蒲生邸のふきの、あのふっくらとした頬を思い浮かべた。あのつぶらな目が笑うところを思い出してみた。

ふきは戦争を生き延びたんだね。戦後も生き抜いたんだね。旦那さんはいい人だったみたいだね。ふきの旦那さんも運転手だったんだね。ふきは旦那の運転する車に乗ったことがあったかい？

僕はあれから、昭和史のことをけっこう勉強したんだよ。玉音放送は、ラジオの感度がよくなくて聞こえにくかったんだってね。初めて昭和天皇の肉声を聞いたとき、神様だと思っていた人の声を聞いたとき、ふきはどんなふうに感じたんだろう。

買い出し列車は大変だったろうね。恐ろしい目には遭わなかったかい？　お嬢さま育ちの珠子と一緒じゃ、着物を売るにも足元を見られてずいぶん苦労したろう。僕の祖母は今じゃもう耳が遠いけど、戦中戦後の話をしゃべるのが好きでさ、マッカーサー総司令官はかっこよかったなんて言うんだよ。本当にそうだったのかな。ふきはどう思った？

　復興が少しずつ進んで、朝鮮戦争の頃から、日本の経済も上向きになってきて、少しずつ世の中が落ち着いてきたんだろ？　弟さんは無事だったのかい？　一緒に映画を見に行かれたかい？

　浅沼社会党委員長がテロリストに殺されたときには、また暗い時代が来るんじゃないかって不安にならなかったかい？

　東京オリンピックのときには、ふきはどこに住んでいたんだろう？　青空に飛行機雲で描かれた五色の五輪を、ふきはどこで誰と肩を並べて見上げたんだろう。

　東京タワーには登ったかい？　初めてテレビを見たのはいつだった？　ふきは力道山のファンだった？　本当に強かったらしいね。万国博覧会には、ふきは出かけていったの？

　そしてふき、今君が手紙を書いている時から半年と経たずに、「昭和」は終わるんだよ——

　その晩、孝史は電話を一本かけた。高崎にいる歴史好きの同級生と話をするためである。うどん屋の跡継ぎ息子は、すっかり商売人が板についた愛想のいい声で電話口に出てきた。

「おまえの歴史愛好家ぶりを見込んで、ひとつ教えてくれないかな」

「なんだよ、薄気味悪いな。いつも人のことバカにしてたくせによ」

「ホントのところは感心してたんだぜ。あのさ、陸軍大将の蒲生憲之という名前を知ってるか？」

「ガモウ？」すっとんきょうに繰り返してから、ああと膝を打つような感じで答えた。

「知ってるよ。皇道派の大将で、二・二六事件勃発当日に自決した人だろ」

「それだけ？」

「それだけって？　ほかに何かあんのかよ」

「いや、何か有名な遺書でも残してるとか、そういうことはないの？」

「ないんじゃない。あれば、俺だって知ってるよ。二・二六関係は資料が多いからさ」

「そうか……」

　ちょっと目を閉じてから、ありがとうと言って受話器を置いた。

　今まで、このことだけは図書館で確認するのを避けていた。ふきに会うまでは、これはとっておこうと思っていたのだった。

蒲生貴之は、父親の残した文書を公開しなかったのだ。

彼は文書を葬った。だから大将の、後世の歴史家を驚かすに足る「鋭い未来予想と陸軍批判」は存在しなくなった。孝史と貴之が出会ったことで、ちょっぴりではあるけれど、歴史の細部が変わった。

蒲生貴之は臆病者として戦争を生き抜き、臆病者ではなくなって戦後を生きた。

受話器に手を乗せたまま、孝史は目を閉じた。これで本当に全てが終わったと思った。

終わった——あの日、引きあげてゆく鎮圧部隊の戦車を見ながら、貴之が何度となく呟いた言葉だ。

今、世界が閉じてゆく。

蒲生邸の写真は、今も孝史の部屋の壁を飾っている。複写なので細部がぼけており、二階の左端の窓に映る平田の顔も、それと意識して探さないとすぐには確認できない。

しかし蒲生邸は、どこよりもはっきりと、くっきりと実在感を持って、孝史の脳裏に残っている。いつでも訪ねてゆくことができそうなほど身近に、孝史をこの現代に送り出してくれた蒲生邸が。

そこには憂鬱な横顔の貴之がいる。暖炉の炎を白い頬に照り返す珠子がいる。机に向かう蒲生大将の幅広の背中が見える。小腰をかがめて働くちえがいる。鞠恵の嬌声が高い天井に響く。嘉隆の油絵の絵の具の匂いがする。

そして誰よりも、そこにはふきがいた。

時折ふきの手紙を取り出して読み返してみると、そこには、孝史が想像することのできる範囲内の、小さくて可愛く年老いたふきの顔がある。孝史の幸せを願う、祖母のようなふきの声が聞こえてくる。孝史には手の届かない歴史を積み重ねた老女の、乾いた手で撫でられるような気がする。

だが孝史の頭のなかには、永遠に変わらぬふきがいる。二十歳のふき。白い割烹着のふき。心配するふき。怒るふき。笑うふき。冷たいあの手の感触。雪に覆われた蒲生邸。生涯消えることのないであろう孝史の記憶の息づく場所。

そこでは今も、佇《たたず》むふきの髪に肩に、ふたりが初めて出会ったあの日、昭和十一年二月二十六日の雪が降りつもる。

この作品はフィクションであり、蒲生憲之陸軍大将はまったく架空の人物です。モデルや原形となった陸軍軍人も存在してはおりません。

二・二六事件と相沢事件の経過につきましては、主に、

『昭和史発掘』全十三巻　松本清張著　（文春文庫）

『二・二六事件　昭和維新の思想と行動増補改訂版』

高橋正衛著　（中公新書）

この二著作を参考にさせていただきましたが、作品中に事実経過の記述や用語の間違いがありました場合は、文責はすべて著者に帰するものであります。

二・二六事件並びに大東亜戦争前後の昭和史につきましては数多くの優れた著書があり、まったくの戦無派世代であるわたくしは、それらの著作から大きな感動や示唆を受けつつ本書を書き上げました。末尾ではありますが、現代史の研究に力を注がれる多くの研究者や著者の方々に深く敬意を表し、厚く御礼申し上げます。

著者

この作品は「サンデー毎日」連載（一九九四年五月一日号～九五年六月四日号）を大幅に改稿したものです。

宮部みゆき（みやべ・みゆき）
1987年、短編集『我らが隣人の犯罪』でミステリー小説界にデビュー。作品に『魔術はささやく』『龍は眠る』（日本推理作家協会賞受賞）『レベル7』『本所深川ふしぎ草紙』（吉川英治文学新人賞）『火車』（山本周五郎賞受賞）『幻色江戸ごよみ』『鳩笛草』など。

蒲生邸事件《がもうていじけん》

1996年9月25日　印刷
1996年10月10日　発行

著　者　宮部みゆき
編集人　光田　烈
発行人　田中正延
発行所　毎日新聞社
〒100-51　東京都千代田区一ツ橋
〒530-51　大阪市北区梅田
〒802　北九州市小倉北区紺屋町
〒450-51　名古屋市中村区名駅
印刷　精興社
製本　大口製本

ISBN4-620-10551-1

毎日新聞社　話題のエンターテイメント

あした蜉蝣《かげろう》の旅

志水辰夫　著

きみが先祖から受け継いできたものの正体が知りたい——ふいに訪れた老人の奇妙な申し出が、平凡な男の人生を狂わせていく。北の海に眠る幻の財宝。愛する者たちを容赦なく奪う、終わりなき欲望のゲーム。過酷な運命に対する「男の矜持」を格調高い文体で謳い上げた、志水辰夫ハードボイルドの金字塔！

●定価　1950円

毎日新聞社　話題のエンターテイメント

かくも短き眠り

船戸与一 著

ベルリンの壁は崩れたが、世界はいまだ眠らない――東欧ルーマニアを訪れた日本人の〈わたし〉。遠い日に革命を語り合ったかつての同志の影がちらつく。そして、行く先々に死体を積み上げてゆく謎の殺戮集団。彼らの目的は何か？　時代の闇を抉りつつ、クライマックスに興奮一直線のハードボイルド巨編！

◉定価　２０００円